Matthias Falke

Der Zthronmische Krieg

Der Zthronmische Krieg

Umschlagbild - Alexander Preuss

Covergestaltung und Satz - Begedia Verlag

Lektorat - André Piotrowski

Druck und Bindung - PRINT GROUP Sp. z o.o.

ISBN-13 - 978-3-95777-001-1

Besuchen Sie uns im Web:
http://verlag.begedia.de

Matthias Falke

Der Zthronmische Krieg

Begedia

Das ENTHYMESIS-Universum

Eine Science-Fiction-Saga in sieben Trilogien

1. Laertes

2. Exploration

3. Gaugamela

4. Zthronmic

- Torus der Tloxi

  - *Der Zthronmische Krieg*

- Palisaden von S'Deró

5. Tloxi

6. Jin-Xing

7. Rongphu

Für Alexander

Der Autor

Matthias Falke wurde 1970 in Karlsruhe/Baden geboren. Nach Abitur und Grundwehrdienst studierte er Musikwissenschaft, Literaturwissenschaft und Philosophie an den Universitäten Karlsruhe und Freiburg/Breisgau. Seit 1999 ist er freier Autor, Herausgeber und Übersetzer. Sein Stück »Kassandra-Szenen« wurde 2007 beim Ersten Autorenwettbewerb des Sandkorn-Theaters Karlsruhe mit dem Publikumspreis ausgezeichnet. Nach Ausflügen in nahezu alle literarischen Gattungen und Genres konzentriert sich Falke in den letzten Jahren zunehmend auf die Science Fiction. Seine Texte wurden mehrfach für den renommierten Kurd-Laßwitz-Preis nominiert.

Falkes Novelle »Boa Esperanca« wurde 2010 mit dem Deutschen-Science-Fiction-Preis als Beste Kurzgeschichte ausgezeichnet.

Matthias Falke ist verheiratet und Vater von zwei Söhnen. Er lebt in Karlsruhe.

Laertes

Die Ordonnanz brachte die Getränke und stellte sie auf das zierliche gravimetrische Tischchen: einen Scotch in einem Tumbler aus echtem Kristall und einen alten spanischen Rotwein in einem Römer aus Elastalglas.

»Haben die Herren sonst noch einen Wunsch?«

Die beiden Männer verneinten wortlos. Dann sahen sie der jungen Offiziersanwärterin mit versonnenem Blick nach, wie sie mit elegantem Hüftschwung ihren Slalom zwischen den anderen Tischen und Sitzgruppen absolvierte und zu ihrer Bar zurückkehrte. Dort schmolz sie in die Silhouette einiger Palmen und genmanipulierter Ficusgewächse ein, die sich als filigrane Scherenschnitte von dem Hintergrund des Raumes abhoben. Die mächtige Kuppel aus polarisierendem Elastal war – wie immer zu dieser späten Stunde – vollkommen durchscheinend. Während man ihr tagsüber ein milchiges Aussehen zu geben pflegte, das einen hellen Erdhimmel imaginieren ließ, wurde die Polarisierung am Abend aufgehoben. Der Blick in den Kosmos wurde so zu einem »nächtlichen« Firmament – wenn auch zu einem, dessen Pracht die klarsten irdischen Winter- und Hochgebirgsnächte verblassen ließ. Millionen Sterne überstrahlten die Erinnerung an die paar Tausend, die man von der Erde aus hätte sehen können. Hinzu kamen die gewaltigen Artefakte, die scheinbar regungslos im Raum hingen: mächtige Schiffe, deren Parkraum eine Ebene von vielen Quadratkilometern bildete. Und in der Flucht stand die Hälfte des Torus als Regenbogen aus glitzerndem Titanstahl. Die Bewegung dieser Massen war vollständig synchronisiert. Sie teilte sich den Besuchern der Bar nur indirekt am gemächlichen Wandern des Sternenhintergrundes mit. Und daran, dass die roten und blauen Strahlen der Doppelsonne dieses Systems bisweilen zwischen den schweigenden Schiffskörpern durchbrachen und seltsame Halos auf ihre Flanken warfen.

Die beiden Männer hatten schweigend ihre Gläser gehoben, einander zugenickt und dann den ersten Schluck getrunken.

Die junge Ordonnanz hatte das Licht ein wenig weiter herabgedimmt und dezente klassische Musik angeschaltet. Es war die

Stunde der Liebespaare, die nach Schichtende in die SkyLounge kamen, um sich Zärtlichkeiten ins Ohr zu flüstern.

»Seltsam«, sagte der eine der beiden alten Männer, die einander gegenübersaßen und ihre Gläser in den Händen drehten.

Der andere erwiderte nichts, sah aber auch nicht auf. Sein Schweigen ermöglichte es dem ersten, seinen Gedankengang ohne Eile darzulegen.

»Da sitzen wir am anderen Ende der Galaxis, die zu unserer Jugend noch der Inbegriff des Unerreichbaren war, und was machen wir? Wir trinken schottischen Whiskey und spanischen Rotwein, hören Mozart, und die Pracht von tausend Sonnen vermag nicht die Nostalgie zu überstrahlen, die der Anblick einer schlanken Mädchenhüfte in uns auslöst.«

Laertes ließ den Wein in dem Pokal aus synthetischem Glas kreisen und seine Blicke über die halbdunkle Feierabendlandschaft der SkyLounge schweifen. Er wirkte, als versuche er, Augenkontakt zu der Ordonnanz herzustellen. Aber sie hatte sich mit dem Oberkörper über ihre Theke gelehnt und spielte mit ihrem KomGerät. Vermutlich tauschte sie Nachrichten mit ihrem Liebhaber aus.

»Ich weiß, was jetzt kommt«, sagte General a. D. Dr. Randolph Valerian Rogers. Er ließ die Eiswürfel in seinem Tumbler aneinanderklacken und verfolgte ihre Bewegungen dabei, als handle es sich um ein besonders spannendes Baseballspiel. »Warum sind wir hier? Was machen wir hier eigentlich?«

Er sah auf und grinste Laertes spöttisch an. Der selbst ernannte Chefideologe zuckte nicht einmal die Schultern. Die feine Ironie seines alten Weggefährten nahm er schon lange nicht mehr wahr.

»Warum nicht?«, sagte er leise. »Was schadet es, hin und wieder das Ganze infrage zu stellen?«

Er lehnte sich zurück und sah zu der mächtigen, nahezu unsichtbaren Kuppel hinauf, jenseits der das Universum lohte wie ein blauer Brand. Dann schüttelte er die grüblerische Stimmung ab und fasste Rogers scharf ins Auge.

»Wir müssen reden«, sagte er mit verwandelter Stimme.

Rogers musterte wieder die komplizierten Manöver seiner Eiswürfel.

»Dazu sind wir da«, meinte er halblaut, ohne auf Laertes' neu angeschlagenen Ton einzugehen.

Der weißhaarige Philosoph setzte sich noch eine Spur gerader auf.

»Wir müssen über das Imperium reden«, sagte er eindringlich.

Sein Gegenüber schien noch immer so von dem Inhalt seines Tumblers fasziniert, dass es fraglich blieb, ob er überhaupt zugehört hatte. Nach einer Weile kippte er den Rest seines Getränkes mit einer zackigen Bewegung hinunter und setzte das Glas abrupt auf die Tischplatte aus künstlicher Gravitation.

»Ich bin froh«, sagte er, »dass sie den Ordonnanzen neue Uniformen gegeben haben. Die alten waren zu zivil. Diese hier«, er nickte mit dem Kopf über die Schulter in Richtung Theke, »haben mehr Schneid. Sie sind den Ausgehuniformen der fliegenden Crew nachempfunden, das finde ich wesentlich angemessener.«

Laertes hatte Rogers' Ausführungen geduldig angehört. Er kannte den alten Schlachtenlenker und bei Generationen von Akademieabgängern gefürchteten Schleifer viel zu gut, als dass er sich von einem solchen Capriccio aus dem Konzept hätte bringen lassen.

Als das Schweigen zwischen ihnen wuchs wie die Feindseligkeit zwischen zwei konkurrierenden Mafiapaten, begegnete der pensionierte General schließlich dem Blick des Philosophen.

»Das ist ja neuerdings ein Lieblingswort«, knurrte er. »Man hört es immer wieder.«

Laertes lächelte schmerzlich.

»Das spiegelt nur die Realität. Wir haben – neuerdings – eine veränderte Situation und ich weiß nicht, ob wir sie schon angemessen reflektiert, ob wir sie überhaupt begriffen haben!«

Dr. Rogers nahm die Schultern zurück und drückte das Kinn auf die Brust. »Jetzt lass aber mal die Kirche im Dorf!«, sagte diese Körperhaltung. Aber er sah, dass der unausgesprochene Vorwurf an Laertes abprallte.

»Das Imperium«, begann dieser, indem er jedes Wort betonte, als spreche er für die Protokollfunktion des StabsLogs, »das Imperium ist Realität. Dieser Tatsache müssen wir ins Auge sehen. Alles andere wäre Selbstbetrug.«

Er fixierte den texanischen Haudegen, bis dieser seinen Blick mürrisch erwiderte.

»Schlimmer: Selbstmord. Wir können es uns in unserer Lage nicht mehr leisten, an der Wirklichkeit vorbeizuschauen. Mit dem Sieg über Sina ist uns eine Macht in den Schoß gefallen, auf die wir nicht vorbereitet waren. Wir kamen dazu wie die Jungfrau zum Kind. Oder«, wieder setzte er das schmerzliche Lächeln auf, das ausdrückte, wie unwohl ihm selber bei der Sache war, »oder wie der Schlafwandler auf den First seines Daches …«

»Da soll man ihn nicht aufwecken«, knurrte Dr. Rogers.

»Doch«, rief Laertes augenblicklich. »Man muss! Denn schon beim nächsten Schritt kann er in den Abgrund stürzen.«

Rogers hatte die Ordonnanz herbeigewedelt und ihr aufgetragen, ihre Getränke zu erneuern. Nachdem das Mädchen der Bestellung nachgekommen war, sahen sie ihm wieder nach, wie es seine Kurven in der straffen weißen Uniformhose zwischen den Gravitischchen schwingen ließ.

»Ich würde ja auch lieber«, sagte Laertes halblaut, als sie zum zweiten Mal an diesem Abend ihre Gläser erhoben, »in einem Altenheim in Pensacola sitzen und meinen Lebensabend damit verbringen, jungen Dingern nachzuträumen. Aber das dürfen wir uns nicht gestatten.«

Rogers hatte die Augen geschlossen und einen Schluck Scotch die Kehle hinuntergleiten lassen.

»Worauf willst du hinaus?«, fragte er endlich, als er einsah, dass Laertes sein Steckenpferd für den Rest dieser Unterhaltung nicht mehr freigeben würde.

»Ich weiß es ja selbst nicht«, sagte der alte Philosoph entwaffnend. »Mir scheint nur, dass wir – seit jener Schlacht – noch nicht einen Tag zur Besinnung gekommen sind. Wir wurden angegriffen. Wir setzten uns zur Wehr. Wir errangen den Sieg. Aber sei doch ehrlich: Niemals hätten wir gedacht, dass wir eine solche Attacke nicht nur zurückschlagen, sondern die Macht, die hinter ihr stand, restlos würden vernichten können!«

Beinahe wäre dem General a. D. die Faust ausgerutscht und auf die Tischplatte gekracht. Der Veteran zweier Kriege war für sein aufbrausendes Temperament bekannt. Und seine Freunde wussten, dass er dieses unter Alkoholeinfluss noch wesentlich schlechter im Zaum halten konnte. Im letzten Augenblick beherrschte er sich aber und besann sich, wo er war und wem er gegenübersaß.

»Wir waren weder unvorbereitet noch unbewaffnet«, knurrte er lediglich. »Schon bei Persephone haben wir ihnen gezeigt, was eine Harke ist.« Er funkelte Laertes finster an. »Ich weiß, wovon ich spreche: Ich darf behaupten, dabei gewesen zu sein. Und Sina City …«

Der Chefideologe und Vorsitzende des verfassunggebenden Konvents wischte das weg.

»Darum geht es jetzt nicht«, sagte er bestimmt. »Nicht mehr. Sina ist zerschmettert. Wer wollte es leugnen? Aber das war gestern.«

Dr. Rogers schlürfte geräuschvoll seinen Whiskey.

»Ich dachte, wir wollten innehalten«, äffte er. »Uns besinnen …«

Er war sichtlich verstimmt. Seine beiden größten Triumphe, die beiden Siege über die Kaiserliche Sinesische Flotte, ließ er sich so schnell nicht madig machen.

»Wir haben das Sinesische Imperium ungespitzt in den Boden gestampft«, grinste Laertes. »So würdest du das doch sagen?!«

Er wartete ab, aber als Rogers nichts entgegnete, wurde er wieder ernst. »Und die Trümmer dieses Imperiums fliegen uns jetzt um die Ohren. Wir müssen das Erbe dieses Imperiums antreten – ob wir wollen oder nicht.«

Der alte General hatte schmollend die Unterlippe vorgeschoben. Sein schwerer Schädel war dunkelrot. Ob von Zorn oder von Whiskey – das würde sich nicht mehr auseinanderhalten lassen.

»Dazu sind wir doch hier«, brummte er und nickte zur Panoramakuppel hinaus, wo die obere Hälfte des gewaltigen Torus sichtbar war. Dort tagte seit Monaten der Galaktische Kongress, der einberufen war, die aus der Knechtschaft der Sineser befreiten Völker an die Union zu binden und das Miteinander in der Galaxis neu zu ordnen.

»Gewiss«, beeilte Laertes sich zu sagen. »Dennoch frage ich mich, ob wir dieser Aufgabe gewachsen sind. Nicht wir paar Politiker und Militärs, Diplomaten und Wissenschaftsastronauten, sondern wir: die ehemalige Union, die Menschheit.«

Das Wort verhallte in einem langen Schweigen. Die Rotation des Torus, der die geparkten Schiffe in unsichtbaren Nachführbewegungen folgten, brachte es mit sich, dass das Licht der beiden fernen Sonne – des blauen Sterns β-Horus und des roten γ-Horus –, komplexe Muster über die riesigen Gebilde wandern ließ. Die Sonnen, die selbst aus dieser Perspektive nicht zu sehen waren, mussten gerade nebeneinander stehen. Ihr Licht vermischte sich. Wo es gemeinsam auftraf, vereinigte es sich zu einem harten Weiß, das unerträglich gewesen wäre, wenn die polarisierenden Elastalglasfelder es nicht selbsttätig gemildert hätten. Wo es sich aber an den Kanten und Aufbauten der Schiffe brach, zersplitterte es zu smaragdblauen und magentafarbenen Höfen, die wie Elmsfeuer um Antennenbäume und Triebwerksdorne spielten.

»Diese Ambition«, setzte Laertes neu an, »haben wir doch in unseren kühnsten Träumen nicht gehabt. Wem könnte ich das eher begreiflich machen als dir, dem letzten noch in Dienst stehenden Angehörigen der goldenen Generation? Dem letzten, der sich noch an die Anfänge der interstellaren Exploration erinnern kann!«

Er fasste Rogers am Arm und zwang ihn, seinem aufrüttelnden Blick standzuhalten.

»Kannst du dich noch daran erinnern?«, fragte er provozierend. »Der Jungfernflug der MARQUIS DE LAPLACE! Zum Sirius! Zehn Lichtjahre!«

Die beiden sanken wieder in ihre Erinnerungen zurück. Viele Jahrzehnte war das her. Auf der Erde waren Jahrhunderte vergangen. Die hohen Geschwindigkeiten im konventionellen Flug mit Hawken-Antrieb und die damit verbundenen langen Flugzeiten hatten in der Anfangszeit zu einem enormen Timeshift geführt. Dann erst kam der Warp. – Und dann kamen die Schiffe der III. Generation mit oszillierendem Warpantrieb, der es ermöglichte, jeden Punkt des Universums innerhalb weniger Tage zu erreichen.

»Alles«, sagte Laertes versonnen, auch wenn diese Erinnerungen für ihn nicht frei von tiefem persönlichen Schmerz waren, »alles im Zeichen der Wissenschaft, der Forschung, der zweckfreien Erkundung des Kosmos, der menschlichen Neugierde auf die unfassbare Pracht der Schöpfung.«

Er wies mit ausgebreiteten Armen zu den großen Panoramafronten hinaus. Seine Augen glänzten feucht und ein feines Lächeln spielte um seine schmalen Lippen, das auszudrücken schien, dass ihm dieser Ausflug in Pathos und Nostalgie ein wenig peinlich sei.

»Von militärischen Belangen war gar nicht die Rede«, fuhr er nüchterner fort. »Wir waren ja die Einzigen und wir kamen in Frieden.«

Dr. Rogers hatte grimmig vor sich hin gelacht.

»Ja«, knurrte er, »und jetzt sind wir Herren über ein galaktisches Imperium.«

Laertes nickte.

»Wir haben es weit gebracht«, sagte der General und seine Stimme blieb vollkommen ausdruckslos.

»Wir sind zu schnell gewachsen«, rief der Philosoph. »Wir sind wie eine Larve, der über Nacht mächtige Flügel gewachsen sind. Aber sie hat keine Zeit, sich ihrer neuen Fertigkeiten zu vergewissern, denn schon stellen ihr die ersten Feinde nach!«

Rogers hob die Schultern und setzte sein breitestes texanisches Haifischgrinsen auf.

»Haben wir Feinde?«, fragte er scheinheilig.

Es war bekannt, dass Laertes in den bisherigen Konflikten immer auf den Verhandlungsweg gesetzt hatte. Auch als der Frachter ENCOURAGE II gekapert und seine Mannschaft massakriert worden war, hatte er daran festgehalten, die Krise auf diplomatischem Wege beilegen zu wollen. Jennifers aus dem Augenblick geborene Entscheidung, das zthronmische Shuttle abzuschießen, in das die Zthronmic mehrere Zehntausend Tonnen Plasma abgepumpt hatten, hatte er intern scharf kritisiert. Und jetzt sprach er von Feinden? In den vierundzwanzig Stunden, die seit dem Vorfall verstrichen waren, schien er seine Meinung modifiziert zu haben.

»Wir sind Herren über ein galaktisches Imperium«, nahm er Rogers' Formulierung auf, weil er wusste, dass dieser sie in provozierender Absicht gewählt hatte. »Die Union hat mehrere Dutzend neue Mitglieder, friedliche Kulturen – und weniger friedliche. Hochtechnisierte Zivilisationen und Völker, die zur Meditation neigen. Rohstoffreiche Welten und Kulturen, die ihrem eigenen Ethos verpflichtet sind.«

Dr. Rogers saß mit angehobenen Schultern da und starrte ihn unverwandt an.

»Dass es in einer solchen Gemengelage Feinde gibt«, sagte Laertes, »ist so naturgegeben wie, dass es« – auf der Suche nach einem Bild fiel sein Blick auf das regenbogenförmige, in sämtlichen Astralfarben schillernde Tor der nur zur Hälfte sichtbaren Raumstation –, »wie, dass es zentrifugale und zentripetale Kräfte gibt. Wir müssen aufpassen, dass erstere nicht die Oberhand gewinnen.«

»Sonst fliegt uns der ganze Laden auseinander«, brummte Rogers.

Er nahm die Achseln wieder herunter. Seine Miene war von demonstrativer Gleichgültigkeit. »Sie sollen nur kommen!«, schien der Veteran zweier furchtbarer Schlachten seinen imaginären Feinden zurufen zu wollen.

»Meine Frage ist«, sagte Laertes abschließend, »ob wir darauf vorbereitet sind. Ob wir dieser Aufgabe gewachsen sind.«

Dr. Rogers leckte sich den Whiskey von den Lippen. Seine blauen Augen funkelten angriffslustig.

»Wir sind zweimal mit Sina fertiggeworden«, knurrte er drohend. »Mit diesen – Zthronmic«, er wirkte, als wolle er vor lauter Verachtung ausspucken, »werden wir schon auch noch ein Hühnchen rupfen.«

Laertes musterte ihn aufmerksam. Das verbale Säbelgerassel des alten Veteranen vermochte ihn nicht zu beeindrucken. Vielmehr schien er in dessen Miene lesen zu wollen, wie viel hinter den martialischen Sprüchen wirklich steckte.

»Das meine ich nicht«, sagte er nachdenklich. »Hier eine Polizeiaktion, dort ein kleiner Abschreckungsfeldzug – das traue ich unseren Truppen durchaus zu.«

Rogers hatte sein Glas zur Hand genommen und ließ das Eis darin klacken. Es klang wie das Laden und Präsentieren automatischer Waffen beim Exerzieren.

»Aber wollen wir das wirklich?«, fragte Laertes. »Diesen Belagerungszustand auf Dauer? Dieses Denken in militärischen und strategischen Szenarien? Diesen Kalender, in dem wir die Jahre nicht mehr nach entdeckten Welten und erforschten Planeten zählen, sondern nach Kriegen?«

Dr. Rogers hielt seinem herausfordernden Blick ungerührt stand. Für ihn schien es Schlimmeres zu geben. Ein ganzes ereignisreiches Leben hatte er so geführt. Im Rückblick waren die Jahrzehnte der interstellaren Exploration, in denen es eine zivile Erforschung des Weltraums gegeben hatte, kaum mehr als eine Episode.

»Sind wir dazu bereit?«, insistierte Laertes im Tonfall eines Plädoyers. »Zu dieser ständigen Härte? Zu der Erbarmungslosigkeit, die das notwendigerweise mit sich bringt? Sind wir bereit, immer und immer wieder Blut zu vergießen?«

Der General hatte einen Eiswürfel in den Mund genommen und ihn krachend zerbissen. Jetzt schluckte er die Splitter herunter und spülte mit dem Rest des Whiskeys nach.

»Blut muss fließen«, sagte er.

»Wollen wir das?«, fragte Laertes. Das verzweifelte Vibrieren seiner Stimme war gespielt. Die ganze Szene war ein Planspiel, ein inszeniertes Kreuzverhör von Staatsanwalt und Verteidigung. Und dennoch war es ernst. »Können wir das? Auch das Blut Unschuldiger und Unbeteiligter? Können wir es fließen sehen? Immer und immer wieder? Auch unser eigenes? Das unserer Soldaten, unserer jungen Piloten, unserer Zivilisten?«

Er nickte zu der Ordonnanz, die ihnen den Rücken wies und halblaut auf dem KomLog sprach, vermutlich mit einer Verabredung, die sie nach dem Ende ihrer Schicht am Elevatorschacht erwarten würde.

»Ihr Blut!«

Jetzt wurde es Dr. Rogers zu bunt. Er atmete vernehmlich durch.

»Jetzt mach mal halblang«, sagte er unwirsch. »Die Zthronmic sind nicht die Sineser.«

»Das meine ich auch nicht«, versetzte der Philosoph.

»Auf die eine oder andere Weise werden wir uns mit ihnen ins Benehmen setzen«, knurrte der General a. D. »Ihnen eine Lektion erteilen …« Er blinzelte Laertes pfiffig zu. »Und dann kann Norton endlich zu seiner Ringgalaxis aufbrechen, von der er jede freie Minute schwärmt.«

Laertes schüttelte den Kopf.

»Die ist auch noch in einem Jahr da«, sagte er. »Aber in einem Jahr wird es den nächsten Aufstand geben, den nächsten Übergriff, den nächsten lokalen Separatismus! Begreifst du? Das wird nun immer so weitergehen!«

Rogers schnalzte mit der Zunge, um die Ordonnanz herbeizurufen. Sie brachte die dritte Runde.

»Ihr Philosophen«, sagte er, der mit jedem Glas jovialer wurde, »macht ein Geschäft daraus, euch den Kopf zu zerbrechen. Aber was vielleicht im übernächsten Jahr sein könnte, lässt mir heute keine grauen Haare wachsen.«

Er grimassierte, denn tatsächlich hatte er fast überhaupt keine Haare mehr auf dem schweren, geröteten Schädel. Er hob sein Glas und ließ es brutal gegen Laertes' zierlichen Weinkelch krachen.

»Wenn da ein Problem ist«, dozierte er im Stil seiner Taktikvorlesungen an der Akademie, »werden wir es lösen.« Er dachte eine Weile nach. »Du hast natürlich recht: Ein Aufstand kann den nächsten nach sich ziehen. Die Union ist ein volatiles Gebilde. Ruhe wird es vermutlich niemals geben. Umso mehr müssen wir darauf achten, dass wir nicht den Eindruck von Schwäche erwecken. Das eine Attentat, das wir aus Weichherzigkeit durchgehen lassen, wird augenblicklich Nachahmer finden.«

Laertes nickte zustimmend.

»Deshalb«, fuhr Dr. Rogers fort, indem er sich in seinem Sessel aufblies, »werden wir uns dieser seltsamen Amish-Zthronmic-Angelegenheit zu widmen haben.« Er zwinkerte seinem alten Weggefährten gut gelaunt zu. »Ich muss gestehen, dass ich die Sache nicht durchschaue. Sie interessiert mich auch nicht. Aber wir werden wohl oder übel ein Exempel statuieren müssen.«

Laertes blickte skeptisch in sein Glas. Auch seine asketischen Züge hatten ein wenig Farbe angenommen.

»Hier ist eine Bürde«, sagte er halblaut, »auf die wir nicht vorbereitet sind.«

Dr. Rogers stieß auf und blies eine saure Alkoholwolke vor sich hin.

»Klingt angelesen«, knurrte er.

Laertes lächelte.

»Der alte Ash«, sagte er. »Er hat das alles kommen sehen. Die Punischen Kriege waren für ihn der Präzedenzfall, den er sich immer und immer wieder wiederholen sah.«

Rogers nickte. Seine Augen verklärten sich und nahmen wieder den feuchten Glanz des Alters an.

»Du hast ihn gekannt …«, sagte er. Es war weder Frage noch Feststellung.

Laertes bejahte mit einem fast unmerklichen Niederschlagen der Lider.

»Auf der Höhe des ersten Sinesischen Krieges sah er die gesamte Entwicklung voraus, die uns nun bis hierher geführt hat. Das hatte für ihn etwas von naturgesetzlicher Notwendigkeit. Wir würden das Schicksal Roms teilen und wiederholen. Verurteilt dazu, ein Imperium zu errichten, ob wir nun wollten oder nicht. Verurteilt dazu, alle Feinde zu besiegen, so lange, bis keine mehr übrig wären. Verurteilt dazu, ein Weltreich zu sein, stehende Legionen zu halten und in jedem Frühjahr an einer anderen Grenze Krieg zu führen – tausend Jahre lang.«

Rogers presste die Lippen zu einer wurstigen Grimasse aufeinander.

»Nicht das schlechteste Beispiel, das man sich aus der Geschichte wählen kann.«

Laertes betrachtete den dunklen Wein, der langsam in seinem Pokal aus künstlichem Tloxi-Glas kreiste.

»Die kleine Ash hat einen Frachter angefordert«, sagte er nach einer Weile.

»Nachschub«, nickte Dr. Rogers. »Treibstoff, Munition, Lebensmittel, Mannschaften. Ich habe die Anforderung gelesen und ausdrücklich gutgeheißen, auch wenn ich nichts mehr zu entscheiden habe.«

»Norton hat zugestimmt«, erwiderte Laertes. »Aber er hat meine Meinung eingeholt.« Er zog süffisant die Lippen kraus. »Das ist der Grund, weshalb ich dich um diese Unterredung gebeten habe.«

»Wir müssen unsere Präsenz vor Ort verstärken«, sagte Rogers schlicht.

Laertes kniff die Augen zusammen und beobachtete den alten General einige Zeit durch die schießschartenschmalen Schlitze.

»Es ist eine Falle«, meinte er dann.

Dr. Rogers entblößte seine Zähne.

»Jetzt können die Zthronmic zeigen, wie tapfer sie sind – oder wie dumm«, brummte er streitlustig. »Diesmal sind wir vorbereitet!«

»Ihr wollt sie in flagranti stellen …«, riet Laertes.

»Wenn sie so dämlich sind.« Der Texaner zuckte die Achseln.

Laertes trank einen Schluck Wein. Dann legte er nachdenklich den Finger an die schmale Nase. Irgendwo hatte sich das blaue Licht der Sonne β-Horus in dem Segment eines Schiffes gespiegelt und brach als kalte Flut über die SkyLounge herein. Die Polarisierung der Elastalglaskuppel hatte sich selbsttätig vertieft. Dennoch war der Raum für eine Weile in unwirkliches Gletscherlicht getaucht. Die Gesichtshaut des alten Philosophen wirkte mit einem Mal grau und leichenhaft.

»Die Kleine spielt mit dem Feuer«, sagte er.

Dr. Rogers unterdrückte ein verächtliches Lächeln nur unzureichend. Es sah aus, als sei ihm abermals der Whiskey aufgestoßen.

»Sie hat die Unbeugsamkeit ihres Vaters!«

Laertes schien nicht gewillt, auf den frivolen Tonfall einzuschwenken.

»Muss das wirklich sein?«, fragte er resigniert. »Müssen wir die Zwischenfälle auch noch provozieren?«

»Was willst du?«, brauste Dr. Rogers auf. »Du hast selbst gesagt, dass uns der ganze Laden um die Ohren fliegt, wenn wir einmal nachgeben. Wenn wir nicht einmal mehr Nachschub zu unseren Basen schaffen können, können wir die ganze Veranstaltung namens Imperium gleich abblasen!«

Laertes schüttelte den Kopf.

»Es ist zu offensichtlich«, sagte er. »Selbst wenn es zu einem Scharmützel kommt und selbst wenn wir es für uns entscheiden, gerade dann …«

»Das will ich doch schwer hoffen«, fuhr der pensionierte General ihm übers Wort. »Diesmal sind wir schließlich gewarnt.«

»Gerade dann«, fuhr der Philosoph unbeeindruckt fort, »wird man es uns als böses Kalkül auslegen.«

»Diese Art zu denken«, knurrte Dr. Rogers, »wird sich mir nie erschließen.«

»Man wird sagen«, hob Laertes die Stimme, »wir hätten es darauf angelegt!«

Rogers schlug mit der Faust auf den Tisch, dessen gravimetrisches Feld für einen Augenblick summte und knisterte.

»Dann darf ich mich überhaupt nicht mehr bewegen!«, tobte er. »Ich könnte ja überfallen werden. Und dann könnte man hinterher sagen, ich habe überfallen werden wollen, um einen Vorwand zu haben, nach der Polizei zu schreien.«

Laertes blickte ihn offen an. Sein Schweigen wirkte ernüchternd auf den alten Haudegen, der drauf und dran gewesen war, sich wieder einmal in seine geliebte Rage zu reden.

»Jennifer bekommt den Frachter«, sagte Rogers. »Und ein Geschwader schneller Jäger hält sich mit programmierten

Sprungvektoren bereit. Reynolds' ingeniöse Quantenbox macht es möglich, in Echtzeit Hilfe durch den Hyperraum zu schicken.«

»Ich sage ja nicht«, führte Laertes seinen Gedankengang zu Ende, »dass es logisch oder überzeugend ist. Aber ich fürchte, es wird dennoch so kommen!«

»Dann scheiß drauf!«, polterte der Texaner.

»Es wäre sogar denkbar«, spann Laertes den Faden aus reinem Widerspruchsgeist noch ein wenig fort, »dass sie auf Baisse spielen und sich von unserer Übermacht überrumpeln lassen. Ein paar ihrer Leute zu opfern, stellt für sie ja offensichtlich kein Problem dar. Und wir kämen einmal mehr als diejenigen an den Pranger, die überzogen reagieren und blindwütig um sich schlagen.«

»Wir verteidigen nur unser Eigentum und unsere Rechte«, sagte Dr. Rogers.

»In den Augen der Dritten, aller kleinen und militärisch schwachen Völker, werden wir als die eigentlichen Aggressoren dastehen.«

»Umso besser! Dann werden sie sich in Zukunft zweimal überlegen, mit wem sie anbandeln!«

Die beiden stemmten die Blicke ineinander. Dann entspannten sie sich wieder. Es war nur ein Schaukampf gewesen. Ein Strategiespiel. Ein möglicher Ablauf dessen, was sich vielleicht schon morgen oder übermorgen realiter auf dem Kongress ergeben könnte.

»Wir müssen aufpassen, dass wir nicht überreizen«, sagte Laertes, als sich die inszenierten Wogen wieder geglättet hatten.

»Wir sind rein defensiv«, gab Dr. Rogers zurück. »Wir verfahren nach der Strategie der flexible Response. Wenn der Gegner eskaliert, eskalieren wir auch. Dann wird man sehen, wer den längeren Atem hat.«

Laertes hatte den Zeigefinger ausgefahren. Jetzt stach er ihn seinem alten Weggefährten mitten in die Brust.

»Siehst du?«, versetzte er mit einem Beigeschmack von rhetorischem Triumph. »Darum ging es mir die ganze Zeit. Müssen wir wirklich mit den Zthronmic darum wetteifern, wer brutaler ist? Wer zu mehr Grausamkeiten fähig ist? Ein erstes Exempel ihrer – Fertigkeiten haben sie schon abgeliefert.«

Rogers schien der Debatte müde zu sein.

»Erstes strategisches Gesetz«, sagte er im leiernden Tonfall einer Vorlesung, die er schon hundertmal gehalten hatte, »den Krieg dorthin tragen, wo er herkommt. Und zweitens: so früh wie möglich klarmachen, dass man zur größtmöglichen Härte entschlossen ist.«

Er senkte einen tiefen Blick in Laertes.

»Alles Appeasement der Geschichte hat nicht einen Krieg verhindert – nur die, die kamen, noch schlimmer gemacht.«

»Dann bekommt Jenny ihren Frachter«, stellte Laertes fest.

»Sie bekommt ihn«, nickte Dr. Rogers. »Und vielleicht fallen uns ja noch ein paar Überraschungen ein.«

Die Gläser waren geleert. Die übrigen Gäste der SkyLounge waren längst gegangen. Nach Bordzeit der MARQUIS DE LAPLACE war Mitternacht vorüber. Die Ordonnanz hatte sich schon einige Male laut und vernehmlich geräuspert, geräuschvoll die Gläser weggeräumt und sich an ihrer Theke zu schaffen gemacht. Ihre via KomLog eingefädelte Verabredung wartete vermutlich schon, zwei oder drei Etagen tiefer im dreidimensionalen stählernen Labyrinth des riesigen Schiffes. Dennoch wagte sie natürlich nicht, die beiden Alten direkt zum Gehen zu drängen. Mit der Schwere von Männern, die zu müde sind, um aufzustehen und nach Hause zu gehen, hockten der pensionierte General und der selbst ernannte Chefideologe da und starrten vor sich hin.

»Wiszewsky liegt im Sterben«, sagte Laertes nach einer Weile.

In Rogers' gerötetem Gesicht war keine Regung zu erkennen.

»Hab's gehört«, brummte er.

»Die Komarowa ist bei ihm«, fügte Laertes noch an. Dann musste er schmunzeln, denn das war sie ja all die Jahrzehnte permanent gewesen. Von den Anfängen der interstellaren Exploration bis zur Schlacht um Sina war sie buchstäblich nicht von der Seite des Commodore gewichen. Jetzt begleitete sie ihn auf seinem letzten Gang.

Auch Rogers hatte unwillkürlich grinsen müssen, als er sich das ungleiche Paar vor Augen führte. Der stets zerstreut wirkende Wiszewsky, der die MARQUIS DE LAPLACE mehrere Dezennien lang wie ein Duodezfürst regiert hatte – und die püppchenhafte Weißrussin, die während der ganzen Zeit wie nur je eine Mätresse an ihm geklebt hatte.

»Die Goldene Generation stirbt aus«, sagte der Veteran der beiden größten Schlachten, die die raumfahrende Menschheit je geschlagen hatte.

»Wir sind die Letzten«, nickte Laertes.

Nach einer Weile erhoben sie sich schwankend und taumelten, einander unterfassend, zum Elevatorschacht. Das Kraftfeld baute sich selbsttätig auf, als sie die unsichtbare Sperre der KI durchschritten. Dann glitten sie einige Hundert Stockwerke senkrecht hinunter zu den Wohntrakten und Offiziersunterkünften der MARQUIS DE LAPLACE.

Pater Bel

Pater Pu Rhea Bel hatte die Nacht vom 4. auf den 5. Shalem der Periode 10-294 in Gebetshaltung vor seinem Meditationskaktus verbracht. Zwar war er am Abend zur gewöhnlichen Stunde zu Bett gegangen, aber kurz nach Mitternacht hatten ihn ferne Erschütterungen und Detonationen geweckt. Er hatte sich den Morgenmantel übergeworfen und war auf das Vordach seines Pueblos gestürzt, dessen weiß gekalkte polyedrische Flächen in der klaren sternenhellen Nacht bläulich geleuchtet hatten. Im Frost der Stunde leicht zitternd, hatte er zum Himmel aufgesehen, der von mächtigen Explosionen durchzuckt wurde. Eine Art Wetterleuchten pulste und blitzte naturwidrig am wolkenlosen Firmament. Aus den Feuerbällen lösten sich rußig rote Meteoriten, die langsam in parabelförmigen Bahnen nach Westen zogen und dort, tief in der Großen Ngév und weit jenseits des Horizontes, zerschellten. Von dort kam auch das ferne Rumpeln und Grollen, das ihn aus dem Schlaf geweckt hatte. Es vereinte das Unheimliche eines Erdbebens oder Vulkanausbruchs mit dem regelmäßig mahlenden Takt eines großen Walzwerkes. Die Meteore oder Asteroiden schlugen mehrere Tagesmärsche weit hinter den Westbergen in die Ebene, daran konnte kein Zweifel sein. Doch was flackerte und brannte da am Himmel? Pater Bel musste widerstreitende Assoziationen zurückdrängen. War es ein Stern von Betlehem – oder ein flammendes Zeichen der Apokalypse? Beide Erinnerungen waren blasphemisch; er musste sie in sich zum Schweigen bringen. Denn das Zeichen von Betlehem war nur einmal erschienen, es hatte nur einmal erscheinen können; auf eine Wiederkehr zu hoffen, war Gotteslästerung. Und kein kosmisches oder historisches Ereignis konnte den Jüngsten Tag evozieren, wenn der Herr und Heiland die Himmel aufrollen und Gericht halten würde.

Nach einer Weile kamen die lautlosen Explosionen in der hohen Atmosphäre zum Erliegen. Und auch das ferne Donnern aus den lebensfernen Weiten der Ngév verstummte beinahe; es ebbte zu einem fast unhörbaren Grummeln ab, wie wenn ein Gewitter vorbeigezogen war und sich jenseits der Gebirge austobte. Die Brände, die über den Einschlagkratern lohten, schienen anzuhalten. Der westliche Horizont war von einem tiefroten, wabernden Schein überwölbt, einer Art schmutzigen Zodiakallichtes. Niemand wusste, was sich dort in dieser Stunde zutrug, wie viel Blut in diese Feuersbrunst vermischt war.

Der Pater hätte es sich nicht durchgehen lassen, sich nach diesem Schauspiel wieder zu Bett zu begeben. Er kehrte in seine Wohnung zurück und schloss die Tür aus wärmedämmendem Elastil, die die Verbindung zum terrassenförmigen Vordach bildete. Aber er verweigerte sich für den Rest dieser Nacht den Schlaf. Vermutlich hatte es Tote gegeben. Menschliche oder andere Seelen irrten im Raum zwischen den Welten umher. Er musste für sie beten.

Er ließ sich auf dem hölzernen Bänkchen vor seinem Meditationskaktus nieder und versenkte sich in Trance. Dabei liefen die Gedanken auf unterschiedlichen Ebenen weiter. Wie die Satelliten einer Welt, die diese auf den verschiedensten Bahnen umkreisen und einander niemals berühren, kreisten seine Überlegungen um das nächtliche Phänomen, das seinerseits die unterschiedlichsten Deutungen und Interpretationen erlaubte. Er glaubte ausschließen zu können, dass es ein natürliches Ereignis gewesen war. Ein Asteroid, der an den hohen Atmosphäreschichten zerschellt wäre, hätte niemals ein solches lang anhaltendes Feuerwerk geboten. Und Kometentrümmer oder Meteore, die auf die Wüste eingehagelt wären, hätten nicht zu solchen Bränden geführt. Was sollte brennen, in der Stein- und Geröllwüste der Großen Ngév? Es mussten enorme Treibstoff- oder Munitionsmengen im Spiel sein. Eines oder mehrere Schiffe mussten aus einem Orbit abgestürzt sein. Vermutlich war dem ein Gefecht vorausgegangen. Ihm war von einer politischen Krise oder einer sonstigen Bedrohungslage nichts bekannt. Aber die Situation auf dem geteilten Planeten war in den letzten Tagen und Wochen immer noch prekärer geworden. Auch ein Kampf im Raum über der Lufthülle konnte da nicht ausgeschlossen werden.

Er wusste nichts. Und er verbat sich alle Spekulation. Er ahnte nur eines: Im großen schwarzen Buch der Geschichte wurde wieder einmal ein neues Kapitel aufgeschlagen. Er fürchtete, es werde auf dieser Welt spielen, auf dem so überaus reichen und kargen, umkämpften und verlassenen, schönen und erbarmungslosen, gesegneten und verfluchten Zthronmia.

Pater Pu Rhea Bel betete zu Gott, dass der Konflikt glimpflich ablaufen und dass sein Hunger nach menschlichen und anderen Seelen nicht unersättlich sein würde. Er erteilte allen, die in der Nacht womöglich den Tod gefunden hatten, die Absolution. Dann verharrte er in durchlässiger Trance bis zum Morgen.

Nachdem er das Morgengebet gesprochen und die rituelle Verneigung vor seinem Kaktus absolviert hatte, widmete er sich im ersten Frühlicht seinen Übungen. Man sollte dem Körper nicht zu viel an Aufmerksamkeit widmen; aber ihn zu vernachlässigen, war dennoch Sünde. Schließlich war er das Gefäß des Geistes. Nachdem er sich gewaschen und angekleidet hatte, nahm der Pater sein knappes Frühstück aus getrocknetem Fla denbrot und dünnem Synthetkaffee zu sich. Eines seiner wenigen Zugeständnisse an die Zeit künstlicher Genussmittel. Er hatte sich eben die weiße Toga aus handgewebtem Tuch umgeworfen, um sich zu seiner Gemeinde zu begeben, als die Sirenen ertönten. Das war zwar in den letzten Wochen zu einer beinahe täglich wiederkehrenden Prüfung geworden, dennoch durfte es – auch in der inneren Haltung, die man dazu einnahm – niemals Routine werden.

Er trat auf die Plattform seiner Pueblos hinaus und beschattete die Augen vor der Sonne, die in diesem Augenblick über den staubigen Horizont kam. Im Westen war ihm gerade noch ein dünner schwarzer Rauchfaden aufgefallen, dessen Wurzel tief in der Großen Ngév stehen musste und der sich im Morgenwind zusehends zerfaserte. Doch jetzt loderte im Osten ein neuer Morgen. Es bestand kein Zweifel, dass es ein blutiger sein würde. Denn aus dem Strahlenfächer der aufgehenden platinfarbenen Sonne brach ein Geschwader Scyther hervor, das in weit auseinandergezogener Formation im Tiefflug auf den Kibbuz zuhielt. Wie es ihrer gewöhnlichen Taktik entsprach, bildeten die Scyther ein asymmetrisches Delta, dessen einer Balken aus drei, der andere jedoch aus mindestens einem halben Dutzend Maschinen bestand. So pflegten sie in geringer Höhe auf ihr Zielgebiet zuzuhalten und es dann in rollenden Angriffen ins Visier zu nehmen.

Der Pater konnte sehen, wie die Menschen überall den Schutz der Bunker und festen Unterstände aufsuchten. Er selbst blieb an seinem Platz, auf dem weit vorspringenden Terrassendach seines Pueblos. Die Angriffe der Zthronmic galten für gewöhnlich der Unterstadt, wo ihre Bomben im Gewirr der engen Gassen wie auch auf den weiten volkreichen Plätzen, Märkten und Foren mehr Schaden anrichten konnten als bei den vereinzelt stehenden Häusern der Oberstadt, die sich an den Hang des Hügels lehnte. Er fühlte sich einigermaßen sicher. Zugleich schämte er sich dieses Gefühls, das einen Beigeschmack von Überheblichkeit barg. Weidete er sich an der Illusion seiner Unversehrbarkeit – und am Anblick der Katastrophe wenige Steinwürfe unter seinen Füßen?

Der Pater beschloss, es diesmal nicht bei der Rolle des Zuschauers zu belassen. Während unten die ersten Einschläge krachten, hangelte er sich an der Außenleiter seiner Pueblos nach unten und tauchte in die kühle Gasse ein, die zu dieser frühen Stunde noch im Schatten lag. Dann begann er, die verwinkelten Treppen und Wege hinunterzueilen, die zur bevölkerungsreichen Unterstadt führten. Detonationen ließen die Gebäude erbeben. Scheiben aus Elastalglas gingen zu Bruch. Explosionen, Sirenen, Schreie ertönten und vermischten sich zu einem panischen Durcheinander. Das Gellen der Verwundeten wurde von den ohnmächtigen Rufen der Mütter durchdrungen, die ihre Kinder sterben sahen. Dazwischen schollen die Kommandos der Rettungskräfte und die anklagenden Laute der unfreiwilligen Zeugen, die mit ansehen mussten, wie der Kibbuz ein weiteres Mal angegriffen wurde, ohne sich zur Wehr zu setzen.

Je weiter er im kegelförmigen Bau der verschachtelten Siedlung nach unten kam, umso voller waren die Straßen von hin und her eilenden Menschen. Und immer noch krachten Einschläge. An der Ecke zum großen Markt kam ihm ein Mann der Schutztruppe entgegen, warf sich über ihn und zog ihn zu Boden. Während der Pater noch verwirrt um Atem rang, von der schweren Gestalt des Mannes fast erdrückt, bebte die Erde unter ihm und der Himmel verwandelte sich in flüssiges Blut. Eine Pilzwolke aus rotem Feuer blühte über ihnen auf, während der Boden wankte und der Explosionsdruck den Staub in seltsam ästhetischen Mustern um die Kanten der Gebäude tanzen ließ.

Brennende Schwaden troffen auf sie herab. Die Luft war geschwängert vom widrigen Dunst explodierten Treibstoffs und verkohlten menschlichen Fleisches. War eines der Depots getroffen worden?

Während sie sich mühsam erhoben und überall Leute dabei waren, die vom Himmel regnenden flüssigen Brände zu löschen, starrte der Pater den Mann an, der ihm das Leben gerettet hatte. Zwei Schritte weiter, aus dem Schutz des steinernen Gebäudes heraus, und der feurige Atem der Katastrophe würde ihn in Asche verwandelt haben.

»Was war das?«, stammelte er und erschrak darüber, wie heiser seine Stimme klang.

Der bullige Schutzmann, der nicht das traditionelle weiße Gewand der Amish trug, sondern eine Uniform aus Hitze abweisendem Elastil, lugte vorsichtig um die Ecke und auf den getroffenen Markt hinaus.

»Eine Aerosolbombe«, hustete er, sich Staub und Ruß aus dem Anzug klopfend.

Pater Bel schob ihn aus dem Weg und trat auf den Platz hinaus. Er erstarrte. Ein Bild des Grauens bot sich ihm, das die schrecklichen Szenen der vergangenen Wochen verblassen ließ. Der Sprengsatz von der Stärke einer thermischen Granate war in das Schulgebäude gefallen, das den südlichen Abschluss der großen Freifläche bildete. Mehrere Dutzend Kinder waren verbrannt. Auch auf dem Vorplatz wälzten sich zahllose Verletzte und Sterbende. Manchen hing die Haut in verkochten Fetzen vom entkleideten Leib. Andere verröchelten mit geplatzten Lungen. Wenige Schritte vor ihm starb ein zehnjähriges

Mädchen. Der Explosionsdruck musste sie quer über den riesigen Platz geschleudert haben. Ihr Rücken war aufgerissen und verbrannt. Man sah die rohen Lungenflügel zwischen den zerschmetterten Schulterblättern arbeiten. Ihr Haar war abgesengt. Ihre Beine bildeten zerknickte Muster wie die Gliedmaßen einer zerbrochenen Puppe. Hier kam jede Hilfe zu spät. Dennoch dauerte es erschreckend lange, bis das letzte gequälte Leben aus dem winzigen, zerstörten Leib gewichen war.

Die Scyther waren abgedreht. Während der Pater das sterbende Mädchen in seinen Armen barg, fragte er sich, was diese Zunahme der Gewalt bedeuten mochte. Der Angriff stellte eine neue Qualität dar. Auf den ersten Blick war klar, dass er mehr Opfer gekostet hatte als alle Terrormaßnahmen der letzten Wochen zusammen. Allein in der Schule … Er rang nach Luft, während er spürte, wie das kleine Herz in seinen Armen aufhörte zu schlagen. In dieser Stunde der Verzweiflung konnte er nur ahnen, dass der Angriff etwas mit den nächtlichen Vorgängen zu tun hatte. Stellten sie eine Antwort dar, eine Vergeltung? Worauf? Wofür?

Der Pater schloss dem toten Mädchen die von der Qual geweiteten Augen. Eine Frau kam auf ihn zu. Auch ihr Haar war angesengt. Ihre weiße traditionelle Tracht, von Brand- und Blutflecken besudelt, hing in Fetzen.

»Warum?«, schrie sie, in deren Augen der Schock brodelte. »Warum, Pater?«

Auch Pu Rhea Bel wusste, dass er unter Schock stand. Er war beinahe froh darum. Sich von solchen Ereignissen nicht schockieren zu lassen, wäre eine noch größere Sünde gewesen als die Hilflosigkeit, in der er jetzt Shorena gegenübertrat.

»Ich – weiß es nicht …«, stammelte er rau.

Er versuchte, die verstümmelte Leiche des kleinen Mädchens auf den von Staub bedeckten Steinboden zu betten. Dann erhob er sich unter Schmerzen. Er musste am ganzen Körper grün und blau sein von den zweieinhalb Zentnern des Hünen, der ihn umgeworfen hatte. Doch was war das gegenüber den Verletzungen derer, die verbrannt und gestorben waren?

Während er feststellte, dass er zitterte und sich kaum auf den Beinen halten konnte, sah er die Frau ben Cyrions, der seit Monaten in der Ferne war, traurig und ratlos an.

Auch mehrere Männer kamen auf sie zu und bildeten einen Halbkreis um ihn. Die meisten erwachsenen Amish arbeiteten in den Minen. Die wenigen, die sich im Kibbuz aufgehalten hatten, hatten bei der ersten Sirene alles stehen und liegen gelassen und waren zu den Schutz- und Sanitätsstaffeln gelaufen. Doch was konnten sie ausrichten?

»Warum lassen wir das zu?«, fragte der Hüne, der ihm das Leben gerettet hatte und der jetzt mit verbranntem Gesicht von der Löschung der letzten Brände zurückkam. Es war Ari ben Guron, der Führer der Freiwilligen, die turnusgemäß bei ihren Familien geblieben waren.

Der Pater zuckte die Schultern. Theologische Sophismen zuckten durch seinen Geist. Im Seminar hätte er sich eine bril lante Rechtfertigung zurechtlegen können. Aber hier, im wüsten Gestank Dutzender verbrannter Leichen, wurde sie zu Nichts.

»Gott …« Er schüttelte den Kopf. Ein hysterisches Schluchzen rang sich in ihm los.

»Warum lässt Gott es zu?!«, rief Shorena und stemmte die Fäuste in die rußverschmierten Hüften, die nackt unter ihrem zerfetzten Gewand hervorschienen.

Der Pater wagte nicht, sie anzusehen. Er hätte sie fragen müssen, wie viele ihrer sieben Kinder in der Schule gewesen waren …

»Wir müssen uns bewaffnen«, sagte Ari. Der ruhige Bass seiner Leibesfülle gab seinen Worten ein Gewicht, das keine noch so ausgeklügelte Argumentation hätte widerlegen können.

Mehrere andere Männer stimmten ihm zu und schüttelten die Fäuste.

»Wir dürfen uns nicht abschlachten lassen wie Vieh!«, riefen sie. »Ohne etwas zu unternehmen. Ohne uns zur Wehr zu setzen!«

»Wir sollten den Rat einberufen«, schlug Shorena vor. »Ich werde Cyrill schreiben, dass wir ihn hier vor Ort brauchen.« Sie funkelte den Pater zornig an. »Was kümmern uns diese Verhandlungen Gott weiß wo? Sie machen unsere Kinder nicht wieder lebendig!«

Dann bohrte sie den entschlossenen Blick ihrer schwarzen Augen, deren Lachen einst so unwiderstehlich schön gewesen war, in den Pater, bis er begriff. Er trat zur Seite und gab den Leichnam ihrer Tochter frei. Ohne erkennbare Regung bückte sie sich zu dem schwärenden Bündel, lud es auf ihre nackten Arme und ging damit davon.

Norton

Die Anfrage kam am nächsten Morgen. Sie überraschte mich nicht; ich hatte damit gerechnet. Allenfalls der Zeitpunkt hätte einen irritieren können. Hatten wir nichts anderes zu tun?

Das Dossier war um fünf Uhr morgens auf den Teil des StabsLogs überschrieben worden, der dem Zugriff des Kommandanten vorbehalten blieb. Ich wusste daher auch, von wem er stammte.

Die Mauretanier galten als Frühaufsteher. Ihre Arbeitsessen konnten sich den ganzen Vormittag hinziehen. Aber sie legten Wert darauf, das erste Tagewerk schon vorher zu erledigen.

Die Codierung zeigte an, dass die Anfrage persönlich auf meinen gesicherten Bereich des StabsLogs gestellt worden war und nicht etwa mittels einer programmierten Terminierung. Es musste also ein chronischer Nachtarbeiter wie zum Beispiel Direktor Reynolds gewesen sein – oder eben einer der unsympathischen Angehörigen des Mauretanierordens. Ich gab im Stillen einen Tipp ab und öffnete dann das Dokument.

Auch diese Wette hätte ich gewonnen!

Die Anfrage stammte von Dr. Flitebuca, dem weißhaarigen Rat und Stellvertreter Xanda Salanas. Während Salana als Hoher Repräsentant den protokollarischen Pflichten nachkam, Empfänge eröffnete und Sonntagsreden hielt, wirkte Moran Flitebuca im Verborgenen. Er kümmerte sich um die Ausarbeitung der Schriftstücke und Verträge, deren Verabschiedung Salana dann mit viel Champagner und noch mehr Händedrücken feierte. Flitebuca war der Herr des Kleingedruckten. Ein Aktenfresser, Paragrafenreiter, Strippenzieher. Ein Mauretanier eben. Denn dieser Orden hatte es sich zum Ziel gesetzt, einerseits die Schaltstellen der Macht zu besetzen, andererseits aber unter der Oberfläche zu wirken. Es hieß, dass er nur wenige Hundert Mitglieder habe und dass ihre Zahl seit mehreren Jahrhunderten konstant sei. Sterbe ein Mitglied, werde ein neues aufgenommen. Diese wenigen Hundert Männer hielten die Fäden von Politik, Industrie und Militär in der Hand und kontrollierten so –

ohne sich um Dinge wie demokratische Legitimierung zu kümmern – die Geschicke der Union seit ihrer Gründung und ihrem Aufbruch ins Zeitalter der interstellaren Exploration.

Es wurde gemunkelt, Jorn Rankveil gehöre dem Orden ebenfalls an. Zumindest würde mich das nicht wundern. Er war der Typ dafür. Und vermutlich war auch Commodore Wiszewsky ein Mauretanier gewesen. Die selbstverständliche Art, wie er das Amt des Kommandanten der MARQUIS DE LAPLACE angetreten hatte, und die gleichzeitig seltsam unspektakuläre Art, wie er es jahrzehntelang geführt hatte, deuteten darauf hin. Bewiesen würde es nie werden. Es schickte sich auch nicht, danach zu fragen. Er würde auch dieses Geheimnis mit ins Grab nehmen, und wahrscheinlich schon recht bald. Denn sein Gesundheitszustand hatte sich in den letzten Tagen rapide verschlechtert. Der Bordarzt der MARQUIS DE LAPLACE sah mehrmals täglich nach ihm. Und natürlich wich die Komarowa nicht von seiner Seite. Wann hätte sie das je getan?

Das alles erfuhr ich, als ich mich an diesem Morgen in die Kommandantenebene der Schiffsprotokolle einloggte.

Aber das Auffälligste war die Anfrage Dr. Moran Flitebucas. Ihm war aufgefallen, dass sämtliche Flugbewegungen rund um Torus und Parkraum, aber etwa auch im Bereich der Baustellen der MARQUIS DE LAPLACEs II und III, vom telepathischen Kontinuum der Tloxi gesteuert und überwacht wurden. Für einen Zivilisten und Sesselfurzer wie ihn war das eine enorme Leistung. Wahrscheinlich erwartete er im Stillen, dass man ihm Anerkennung zollte.

Tatsächlich war es – seit wir Sina zerschlagen hatten und die Tloxi der Union beigetreten waren –so, dass sämtliche Aktivitäten unserer Schiffe – von Shuttleflügen bis hin zu den intergalaktischen Operationen unserer Lambda-Ionensonden und von Frachtdrohnen bis zu den Missionen unserer schweren Kreuzer –, vom Tloxi-Kontinuum erfasst, koordiniert, gesteuert, überwacht und auch gespeichert wurden.

Dr. Flitebuca hatte nun zu rechnen begonnen und herausgefunden, dass wir unsere eigene Flugsicherung doch eigentlich einsparen könnten. Große Schiffe wie die MARQUIS DE LAPLACE unterhielten bislang einen eigenen Tower, untergebracht im 127. Stockwerk über dem Großen Drohnendeck, der alle Flugbewegungen von EVAs bis zu den Missionen der ENTHYMESIS-Explorer steuerte und überwachte. Und das galt auch für unseren Wartungsraum im Neptunorbit, für unsere Basen vom Asteroidengürtel bis zu den Kolonien im Eschata-Nebel und für Raumstationen wie die Ikosaeder, die wir von den Sincsern übernommen hatten.

Allein auf der MARQUIS DE LAPLACE waren mehrere Dutzend Planstellen dafür vorgesehen. Im Einflussbereich der Union summierten sie sich auf einige Tausend. Flitebuca vertrat die Auffassung, man könne sie sich sparen. Natürlich enthielt das Dokument umfangreiche Anlagen. Aufstellungen und Rechenbeispiele, in denen der Hohe Rat dokumentierte, wie sich – über einen entsprechenden Zeitraum gesehen – Milliarden Dollar freibekommen ließen, die man für andere Aufgabenfelder einsetzen könne, etwa für den Aufbau einer galaktischen Verwaltung.

Xanda Salana und Jorn Rankveil hatten sich dem Vorschlag bereits angeschlossen. Flitebuca hatte ihr Statement ebenfalls angehängt, in dem sie die Maßnahme nicht nur als Effizienzsteigerung priesen, sondern auch als Akt der Vertrauensbildung. Da wir mit den Tloxi ohnehin eng zusammenarbeiteten, könnten diese die Aufrechterhaltung einer Parallelstruktur als Dokument unseres Misstrauens interpretieren. Dem würden wir begegnen, wenn wir die Parallelen beseitigten.

Als Kommandant der MARQUIS DE LAPLACE – immerhin des größten Schiffes, über das die Union verfügte – und ranghöchster diensttuender Offizier eben dieser Union bekam ich die Anfrage zur Kenntnisnahme. Mein Urteil war erwünscht. Entscheiden würde jedoch ein politisches Gremium. Ein unmittelbares Mitspracherecht hatte ich dabei nicht.

Es war klar, dass das Harakiri war. Eigentlich musste es jedem denkenden Menschen einleuchten. Aber wann hätten Politiker je zu den denkenden Menschen gezählt? Wir begaben uns nicht nur in eine noch tiefere technologische Abhängigkeit von den Tloxi. Wir verloren auch jeden Handlungsspielraum für den Fall, dass sie einmal nicht mehr so wollten wie wir. Das Sinesische Imperium war zusammengebrochen, als die Tloxi gemeutert hatten. Ich wollte ja nicht ständig den Teufel an die Wand malen, aber es wäre mir lieb gewesen, die Union hätte die Einsatzbereitschaft ihrer Flotte auch dann bewahrt, wenn die undurchschaubaren kleinen Wesen es sich wieder einmal anders überlegten.

Ich setzte ein entsprechendes Memorandum auf. Die Union … – Aber wir alle waren jetzt die Union, sogar Sineser, Zthronmic und Amish gehörten dazu. Man musste sagen: die alte Union, der Teil der raumfahrenden Menschheit, der vor mehreren Jahrhunderten terrestrischer Zeit beschlossen hatte, die interstellare Herausforderung anzunehmen. Das war ein bisschen umständlich, zumal für ein Schriftstück, das anderthalb bis zwei Leseminuten auf keinen Fall überschreiten durfte. Ich nahm Zuflucht zu einem Trick. Statt »Der Teil der raumfahrenden und so weiter« schrieb ich: »Wir«. Sollte jeder für sich selbst entscheiden, ob er zu diesem Wir gehörte oder nicht.

»Wir können es uns«, schrieb ich, »nicht leisten, organisatorisch und technologisch in noch weiter gehendem Maße von den Tloxi abhängig zu werden, als wir das ohnehin schon sind. Darin ist kein Misstrauen ausgedrückt, sondern lediglich der Ansporn formuliert, dass wir – und das heißt letztlich: jeder Einzelne – unsere Fähigkeiten jeden einzelnen Tag unter Beweis stellen und fortentwickeln müssen. Gerade wenn wir den Anspruch erheben, die Galaxis zu verwalten« – das hässliche Wörtlein »beherrschen« hatte ich ausgespart; es hätte in diesem Kontext kontraproduktiv gewirkt – »und die Hinterlassenschaft des Sinesischen Imperiums in ein friedliches und ziviles Miteinander zu überführen, können wir es uns nicht leisten, einer Haltung der Bequemlichkeit und der kurzfristigen Effekte Vorschub zu leisten. Gez. Commodore Frank Norton, Kommandant der MARQUIS DE LAPLACE.«

Ich schickte das Memorandum an meinen gesamten Verteiler im StabsLog der fliegenden Crew und der Planetarischen Abteilung, unter anderem also an Dr. Rogers und Direktor Reynolds, von denen ich mir Unterstützung erhoffte, und natürlich auch an die abwesende Jennifer, die sich mit anderen Problemen herumschlug. Aber wer wusste es zu sagen? Vielleicht waren ihre Probleme gar nicht so weit von dem entfernt, worum es hier ging. Die Aufrechterhaltung der Handlungsfähigkeit der »alten« Union, die sich gerade anschickte, die Galaktische Karte zu spielen, und die sich dabei nicht selbst unnötige Fesseln anlegen durfte – weder technologisch noch organisatorisch, weder wissenschaftlich noch militärisch, weder politisch noch juristisch, weder ideologisch noch moralisch. Wir standen im Begriff, ein neues Zeitalter zu eröffnen, und mir war sehr daran gelegen, dass wir dies ohne Einschränkungen oder Hypotheken taten.

Anschließend begab ich mich auf den Torus. Für gewöhnlich trat ich die kurze Passage erst nach Feierabend an, wenn ich meinen Dienst als Kommandant der MARQUIS DE LAPLACE beendet hatte. Aber auf dem Schiff gab es vorderhand wenig zu tun. Die Geschehnisse auf dem Kongress schienen dagegen einer Entscheidung zuzustreben. Das hatte sich mir schon morgens aufgedrängt, als ich die aktuellen Meldungen des StabsLogs abgerufen hatte. Der Eindruck bestätigte sich, als ich unterhalb der großen Agora aus der Schleusenkammer trat.

Der Torus war kaum wiederzuerkennen. Schon nach dem Attentat auf unseren Frachter waren die Sicherheitsvorkehrungen verschärft worden. Wachen waren verdoppelt, Kontrollen verstärkt, die Bewegungsfreiheit eingeschränkt worden. Doch war das im Rückblick kaum ein Vorspiel zu dem, was mich jetzt erwartete.

Ich hatte das Shuttle verlassen, hatte mich ausgewiesen, war durchleuchtet und sogar abgetastet worden. Jetzt kam ich auf den Hauptweg innerhalb des Torus hinaus, die mehrere Hundert Meter breite, hundert Kilometer über unseren Köpfen in sich zurückgekrümmte Halle, die die transparente Weite eines Raumhafenhangars und das kosmopolitische Gewusel eines galaktischen Basars in sich vereinigte. Patrouillierende Tloxi-Trupps und Wachmannschaften der Union waren allgegenwärtig.

Dazwischen bildeten die Delegationen der einzelnen Völkerschaften abgeschottete Grüppchen, die wie Inseln aus dem Meer der Sicherheitskräfte aufragten. Boten, Zuträger, Referenten und Angehörige des protokollarischen Dienstes liefen dazwischen herum. Die Delegationsleiter hielten kurze Ansprachen an ihre Fraktionen und schworen sie auf die kommende Sitzung ein. Es war wie bei einem Turnier, bei dem die Trainer ihrer Teams noch einmal um sich scharten und sie mit ritualisierten Schlachtrufen für die anstehenden Auseinandersetzungen aufpeitschten. Statt eines sportlichen Wettkampfes, so hatte ich den Eindruck, standen jedoch Auseinandersetzungen auf Leben und Tod an.

Von einem fröhlichen oder auch nur geschäftsmäßigen Ton, wie er dem gemeinschaftlichen und vertrauensvollen Aufbau einer galaktischen Großorganisation entsprochen hätte, war endgültig nichts mehr zu spüren. Stattdessen herrschte eine eisige und feindselige Atmosphäre vor. Wenn zwei Delegationen einander auf ihrem Weg durch die weiten Ebenen des Torus kreuzten, gifteten und fauchten sie einander in den abenteuerlichsten Idiomen der Galaxis an. Tloxi-Aufpasser, die dazwischenzugehen versuchten, wurden von Zthronmic oder Sinesern mit äußerster Brutalität beiseitegeschoben. Einige zerschellten, als sie durch die Luft geschleudert wurden. Ihre emsigen Geschwister bargen die Trümmer und brachten sie zur Rekonstruktion in Sicherheit. Aber auch die Hostessen und Wachmänner der Union mussten sich hüten, den aufgebrachten Gesandtschaften nicht zu nahe zu treten.

Andere – wie die Amish oder die Prana-Bindu – würdigten den ganzen Aufruhr keines Blickes und schritten mit stolzem Schweigen durch das Tohuwabohu. Mein Blick fiel auf Cyrill ben Cyrion, der mir mit der Kargheit eines englischen Butlers zunickte.

Als die gravimetrischen Tore sich zur Großen Agora öffneten und die Delegationen eingelassen wurden, sah ich, dass Cyrill sich sofort zum Podium begab, wo Laertes den Platz des Vorsitzenden eingenommen hatte. Die Sitte, den Leiter des Konvents vor Beginn einer Debatte zu begrüßen, war von den meisten Abordnungen still und leise fallen gelassen worden. Cyrill schien einer der Letzten zu sein, der sich ihrer noch erinnerte. Er nutzte die steife und formelle Begrüßung, um Laertes etwas zu überreichen. Es war ein faustgroßer Kristall, in den ein Qchip eingelassen war. Vermutlich eine Protestnote oder ein Memorandum. Der Träger bestand aus reinem kristallinen Zthrontat. Allein der materielle Wert musste unermesslich sein. Ein exquisiter Traum der Materie, geträumt in den Tiefen eines gewaltigen Gebirges auf einem abweisenden Planeten irgendwo in den östlichen Quadranten der Galaxis.

Der Kristall war von großer symmetrischer Perfektion. Er glich einem Diamanten von einigen Tausend Karat. Allerdings war sein Feuer nicht ganz so reich wie das eines natürlichen Brillanten. Schiefrige Splitter oder Substrukturen schienen in den hexagonalen Stein eingesprengt zu sein.

Einen Quantenchip, auf dem eine Note von wenigen Sätzen zu Protokoll gegeben wurde, in ein solches Kleinod einzubetten, kam einer Arroganz gleich, die selbst im Fall der Amish beeindruckte. Ich sah, dass Laertes Cyrill die Hand reichte und den Vorsitzenden der amishen Delegation, der sich sofort hatte abwenden wollen, zu einem kurzen Gespräch beiseite nahm. Unser alter Chefideologe wirkte ernst und besorgt. Er schien ben Cyrion ins Gewissen zu reden. Natürlich konnte ich nicht verstehen, was gesprochen wurde.

Die Sitzung war öffentlich. Deshalb konnte ich in einer der Besucherboxen Platz nehmen, die auf halber Höhe über den Sitzgruppen und Tribünen der offiziellen Delegationen und ihrer nachgeordneten Mitarbeiter und Referenten schwebten. Laertes war auf die Idee verfallen, in regelmäßigen Abständen offene Aussprachen abhalten zu lassen. Da die Sitzungen, die der Verabschiedung der einzelnen Paragrafen der neuen Charta dienten, regelmäßig in Grundsatzdiskussionen auszuarten drohten, waren hin und wieder freie Debatten angesetzt, in denen die Delegationen ihre Sicht der Dinge ausführlich und im Zusammenhang darlegen konnten. Diese Debatten konnten von allen

Angehörigen der beteiligten Völker besucht werden; sie wurden unzensiert im StabsLog übertragen. Deshalb wurde das Instrument rasch angenommen und die einzelnen Völker nutzten es, um sich vor der noch weitgehend virtuellen Öffentlichkeit der neuen Union in Szene zu setzen.

Der Zufall wollte es, dass an diesem Vormittag kein Geringerer als Zthron Muqa Zthé das Rederecht hatte, der Vorsitzende der zthronmischen Delegation. Er wirkte wie ein Säbelzahntiger, den man in eine von Orden lastende Uniform gezwängt hatte und der sich unbeholfen am aufrechten Gang versuchte. Allerdings war seine Erscheinung beeindruckend, um nicht zu sagen: einschüchternd genug. Hoch aufgerichtet, überragte er jeden erwachsenen Mann um mehrere Hauptеslängen. An Manschetten und Kragen quoll struppiges gelbes Raubtierfell aus seinem Kampfanzug. Und handlange Reißzähne brachen aus seinem Furcht einflößenden Maul, das unablässig ein geiferndes und bebendes Brüllen ausstieß. Dass die übersetzende KI eine smarte junge Frauenstimme wählte und die Tiraden des Anführers in geschliffener Diktion vortrug, machte einen nicht unwesentlichen Anteil an der hochgradig skurrilen und grotesken Anmutung des Auftrittes aus.

In letzter Sekunde drückte ich mich in die Besucherbox. Das Haifischgrinsen eines Dr. Rogers strahlte mir entgegen, der auf einem der wenigen freien Sitze in der hintersten Reihe Platz genommen hatte. Er wies neben sich und ich beeilte mich, mich auf den gravimetrischen Sessel zu quetschen.

Die Vorderfront der Box bestand aus gewölbtem Elastalglas. Wir vergewisserten uns, dass es einseitig polarisiert war, sodass man uns vom Plenum aus nicht sehen konnte. Zwar war der Blickwinkel ungünstig – wir sahen über die Tribünen der Delegierten hinweg und vom Rednerpodium aus war man von Scheinwerfern geblendet –, aber wir wollten sichergehen, dass uns die Angehörigen der fremden Abordnungen nicht bemerkten. Für einige von ihnen – die Sineser natürlich und in ihrem Gefolge Zthronmic und Laya – waren wir Militaristen und Kriegsverbrecher. Hätten sie unsere Anwesenheit geahnt, hätten sie sich nicht zu der Freimütigkeit hinreißen lassen, die die einzige Rechtfertigung der zu erwartenden Veranstaltung sein konnte.

Ich musste Laertes im Stillen zu seinem Schachzug gratulieren: den Führern der zwielichtigsten Völkerschaften eine Plattform bieten, auf der sie sich ungehemmt produzieren konnten. Man wusste dann immerhin, woran man mit ihnen war. Die meisten Äußerungen, die hier fielen – und Muqa Zthés Rede würde mit Sicherheit nicht enttäuschen –, waren haarsträubend, hatten aber den Vorzug der Offenheit. Wenn einem einer mitten ins Gesicht sagte, dass er einen hasste oder dass er einen auszulöschen wünschte, war das mehr wert als die tausend und abertausend Druckseiten an diplomatischem Gesäusel, die der Kongress in den vergangenen Monaten angehäuft hatte.

Ich begrüßte Dr. Rogers mit einem kantigen Händedruck und zwängte mich neben ihn in die erstaunlich schmale gravimetrische Bank. Auf einem kleinen Display vor mir öffnete sich die Protokollfunktion des StabsLogs. Wir sahen die Tagesordnungspunkte, die Reihenfolge der Redner, die vorgesehene Agenda.

In einer Leiste am unteren Rand des sensorischen Monitors liefen sonstige Meldungen durch. Ich kannte sie teilweise schon von meiner morgendlichen Abfrage auf der Brücke der MARQUIS DE LAPLACE. Es war wieder zu mehreren schweren Übergriffen auf Zthronmia gekommen. Zthronmische Scyther – ich konnte mir darunter wenig vorstellen, es musste sich um einen Typ schneller Jagdbomber handeln – hatten mehrere amishe Kibbuzim bombardiert. Darunter befand sich auch der Pueblo S'Deró, aus dem Cyrill ben Cyrion stammte. Ich begriff die selbst für seine Verhältnisse ungewöhnlich strenge Haltung, die er an diesem Morgen zur Schau getragen hatte. Er musste in großer Sorge um die Seinen schweben. Oder wusste er schon mehr, als in den offiziellen Kommuniqués verlautbarte?

Unten ertönte die Glocke. Die wenigen Delegationen, die den Schein eines einvernehmlichen Miteinanders mitspielten, erhoben sich und versuchten, dem Vorgang einen Rest von Würde zu geben. Laertes trat ans Rednerpult. Die Abgeordneten nahmen ihre Plätze wieder ein.

Laertes sprach einige unverbindliche Worte, in denen er die Vision einer friedlichen und zivilen Union beschwor, in der gemeinsame Werte galten, Gewalt geächtet war und Konflikte auf dem Verhandlungswege beigelegt wurden. Dünner Applaus erfolgte vonseiten der alten Union und einiger anderer Fraktionen. Sein Tröpfeln sagte mehr über den Zustand der Veranstaltung aus als alle Reden, die hier noch gehalten werden konnten. Nicht einmal alle Delegierte der alten Union stimmten mehr ein. Auch durch diese Fraktion ging seit dem Rücktritt Kommissar Rankveils ein tiefer Riss. Sineser und Zthronmic, aber auch Laya und Amish verzogen keine Miene.

Laertes räusperte sich. Er schien stark gealtert. Auch er, musste ich im Stillen denken. Commodore Wiszewsky lag im Sterben. Sein Ableben war nach allem, was man hörte, nur noch eine Sache von Tagen. Und auch der alte Haudegen und Schlachtenlenker General a. D. Rogers war nur noch ein Schatten seiner selbst, was besonders in den Vormittagsstunden sichtbar wurde, wenn der Whiskey des letzten Abends seine Augen rötete und er sich die Dosis des neuen Tages noch für eine oder zwei Stunden verkniff. Vom Elan des Helden von Persephone war wenig übrig. Und als Laertes jetzt das Wort an Muqa Zthé abgab und zu seinem Platz auf der rückwärtigen Empore schräg hinter dem Rednerpult schlich, war es, als trete eine ganze Generation ab. Die Goldene Generation verließ die Bühne der Galaxis, die sie selbst erschaffen hatte. In Besitz nehmen vermochte sie sie – wie Moses das Gelobte Land – nicht mehr.

Die Übertragung des StabsLogs schrillte und pfiff, als Zthrons erste, nach Raubtierart herausgebrüllte Sätze das System übersteuerten und an den Rand des Zusammenbruchs brachten. Dann hatte die KI die Übertragung heruntergeregelt. Zthrons Bellen und Röhren wurde unhörbar. Wir verstanden die emotionslose und unverbindliche Stimme der Übersetzungsintelligenz, deren Kontrast zu dem sich löwenhaft gebärdenden Anführer der Zthronmic kaum hätte drastischer sein können.

Muqa Zthé begann mit einem wohlberechneten Sarkasmus.

»Ich sollte mich jetzt vermutlich bei dem Vorsitzenden dafür bedanken, dass er mir das Wort erteilt hat. Aber wir Zthronmic lassen uns nicht das Wort erteilen, sondern wir nehmen es uns, wann immer wir etwas zu sagen haben, und wir bedanken uns nicht dafür, dass wir unsere Meinung aussprechen dürfen. Wir sind heute hier zu einer Generaldebatte zusammengekommen. Zu einer Grundsatzdiskussion, einer Aussprache ohne vorher festgelegtes Thema. Ich möchte die Gelegenheit nicht ungenutzt lassen, meine Sicht der Dinge ausführlich und vorbehaltlos darzustellen. Meine Ansicht im Besonderen und die des heroischen Volkes der Zthronmic – für das ich in Gänze zu sprechen behaupte – im Allgemeinen.

Die Zthronmic haben sich vor einiger Zeit der Union angeschlossen. Wir sind dem Beispiel der Sineser und einiger anderer Völker gefolgt, denen wir uns seit vielen Jahrhunderten eng verbunden fühlen. Aus unserer Skepsis gegenüber diesem Schritt haben wir nie einen Hehl gemacht. Wir wollten es darauf ankommen lassen, wir wollten – wie es in Ihrer Sprache heißt – die Probe aufs Exempel machen. Das Ergebnis war vorhersehbar. Leider muss ich konstatieren, dass wir enttäuscht wurden. Wir hatten es nicht anders erwartet. Wenn Sie gestatten, möchte ich diesen Gedanken etwas ausführlicher darstellen.

Die Union gibt sich den Anschein eines Zusammenschlusses freier Völker, der von gegenseitiger Achtung und Respekt getragen sein soll. Sie garantiert Würde und Leben jedes einzelnen Angehörigen jedes einzelnen Volkes. Sie sichert Glaubensfreiheit und kulturelle Selbständigkeit zu. Sie ächtet die Gewalt und den Krieg. Sie verpflichtet sich auf ein friedliches Miteinander, bei dem allen Völkern und allen Individuen – soweit dieser Begriff bei ihnen tragfähig erscheint – umfassende Rechte zukommen. Alle sollen gleich vor dem Gesetz und der Charta der Union sein. Es gibt keine Vorrechte, keine Privilegien, keine geborenen Führer oder führenden Nationen, sondern es herrscht Gleichberechtigung und die Einklagbarkeit objektiver Garantien vor unabhängigen Gerichten.«

An dieser Stelle schwieg Zthron für einen Augenblick. Es war erstaunlich still im Saal. Selbst die für ihren Radau bekannten Delegationen hörten aufmerksam zu. Die Amish saßen mit stocksteifen Rücken da und verzogen keine Miene, während auf den Fratzen der Zthronmic und Sineser schon der Triumph des nahen Gegenstoßes glitzerte.

»Das alles«, fuhr Muqa Zthé nach einer Atempause fort, »hat man uns in Aussicht gestellt. Man hat es uns versprochen, uns damit gelockt, der Union beizutreten und uns dem kommenden Zeitalter des Friedens und der Gerechtigkeit nicht zu verweigern. Jeder einzelne Satz dieser Charta ist in diesem Gremium und in den Ausschüssen leidenschaftlich diskutiert worden. Die Charta selbst war Gegenstand erbitterter Debatten und eines verbissenen politischen und juristischen Ringens um Formulierungen und Verbindlichkeiten. Endlich schien eine Einigung erzielt, die von allen Völkern unserer Galaxis mitgetragen werden konnte. Auch wir wollten nicht abseits stehen. Schließlich setzten wir unsere Unterschrift unter das Dokument und traten der Union als Vollmitglieder bei – mit allen Rechten und Pflichten.«

Er beugte sich drohend vor und ließ die Blicke seiner glühenden Raubtieraugen über die Reihen der Delegierten schweifen. Den Abgeordneten der (alten) Union stockte der Atem. Die Haltung der Amish wurde, falls das überhaupt möglich war, um eine Spur eisiger. Zthronmic und Sineser holten Luft, um gemeinsam mit Zthés Antithese loszuschreien. Diese ließ nun auch nicht länger auf sich warten.

»Doch wie sehr wurden wir getäuscht!«, brüllte das ordenklirrende Monstrum. »Wir ließen uns auf das Spielchen ein und augenblicklich belehrte man uns eines Besseren. Man zeigte uns – in lehrhafter Schmerzlichkeit –, wie die hehren Worte und die hochherzigen Garantien zu verstehen waren. Sie waren, das erwies sich rasch, das Pergament nicht wert, auf dem die kostbaren Urkunden abgefasst waren. Sie wogen die Speicherkristalle nicht auf, auf denen sie, scheinbar für alle Zeit, niedergelegt worden waren. Was wir im Stillen befürchtet und in zahllosen Debatten laut ausgesprochen hatten, es zeigte sich leider allzu schnell und allzu deutlich als die nackte grausame Wahrheit. Die Gleichheit aller Völker und Individuen? Sie ist nichts wert! Die Souveränität und Selbstbestimmung? Hohle Phrasen! Die Ächtung von Gewalt und Willkür? War schneller vom Tisch, als die Tinte unserer Unterschriften zum Trocknen brauchte!«

Jetzt brach der Sturm vielstimmigen Jubels los. Zthronmic und Laya, Sineser und kuLau waren aufgesprungen und verwandelten das Plenum im Amphitheater der großen Agora in einen Hexenkessel. Zthron ließ die tobende Masse einige Augenblicke gewähren. Der Orkan ihrer frenetischen Beifallsbekundungen raste durch den Versammlungssaal. Dann breitete er beschwichtigend die zottigen Arme aus. Mit den mächtigen Pranken, deren Schlag einen erwachsenen Mann hätte zerschmettern können, gebot er der Menge seiner Sympathisanten Schweigen. Er war ein Dirigent, der sein Orchester im Griff hatte. Eine Nuance seines Gesichtsausdrucks ließ Chöre von Entrüstung losbrechen und wieder ersterben. Er war ein Volkstribun, der über einen wütenden, mordgierigen Mob gebot. Ein Wort von ihm, und dieser Mob würde sich wie ein Lavastrom aus den Türen wälzen und draußen alles unter sich begraben, was so töricht war, sich ihm in den Weg zu stellen. Er hatte die Mehrheit des Konvents in seiner Hand. Er gebot den Repräsentanten von Völkern, die die halbe Galaxie darstellten. Und auf einen Wink von ihm würden sie sich in Bewegung setzen und alles niederreißen, was niederzureißen er ihnen anheim stellte.

Ich wechselte einen Blick mit Dr. Rogers, der unbeeindruckt neben mir saß. Mit einer unmerklichen Handbewegung ließ er das Bild auf seinem Monitor umspringen. Es zeigte jetzt einen der angrenzenden Säle, in denen sich die Delegationen für Zwischenberatungen zu treffen pflegten. Jetzt hielt sich dort eine schwer bewaffnete Schutztruppe bereit. Es mussten mehrere Hundert Mann sein, die dicht gedrängt ausharrten, das Geschehen im Plenum auf einem kleinen Schirm des StabsLogs verfolgten und ihrerseits nur auf ein Zeichen ihres Vorgesetzten warteten, um die Agora zu stürmen und die aufgebrachte Masse mit Waffengewalt zu zerstreuen.

Aber das allein erklärte nicht Rogers' Ruhe. Er musste über weitergehende Informationen verfügen. Was wusste er? Hielt er etwas vor mir geheim?

Aber indem ich meine Aufmerksamkeit wieder der Vollversammlung zuwandte und den mit ausgebreiteten Armen am Rednerpult verharrenden Zthron Muqa Zthé betrachtete, begriff ich, dass es nicht zum Äußersten kommen würde. Heute noch nicht. Auch dies war nur eine Demonstration. Eine kleine Vorführung dessen, wozu man fähig war.

»Wir wurden getäuscht«, fuhr Zthron fort. »In allen Punkten und in jeglichem Betracht. Ich möchte ein Beispiel aus den letzten Tagen erwähnen, um das zu veranschaulichen. Mir ist bewusst, dass diese Rede von der Protokollfunktion des StabsLogs aufgezeichnet und in alle Teile der Galaxis übertragen wird. Ich spreche also zur Öffentlichkeit unserer versammelten Völker. Und ich wende mich an die Geschichte als an die unabhängige Richterin, die über diesen Fall einst wird befinden müssen.«

»Achtung!«, sagte Dr. Rogers halblaut neben mir. Aber es war nicht nötig, mich zur Konzentration zu mahnen. Auch weil ich in groben Zügen ahnte, was jetzt kommen würde, hing ich atemlos an Zthrons geifernden, von mächtigen Hauern entstellten Lippen.

»Vor wenig mehr als vierundzwanzig Stunden – um uns auf die Standards unserer hochgepriesenen Union einzulassen – kam es in einem niedrigen Orbit über unserer heiligen Heimatwelt Zthronmia zu einem bedauerlichen und bezeichnenden Zwischenfall. Ein Frachter der Union, der alten Union, wie man bei diesen delikaten Sachverhalten immer sagen muss, trieb manövrierunfähig dahin. Das Schiff war havariert. Sein Kurs war instabil. Es war abzusehen, dass es innerhalb weniger Standardstunden auf den Planeten stürzen würde. Dummerweise hatte es mehrere Zehntausend Tonnen hochverdichteten Plasmas geladen, die dabei in Flammen aufgehen und die fragile Luftschicht unserer Heimat kontaminieren würden.«

Das war nun wirklich dreist! Ich hatte nicht damit gerechnet, die Zthronmic zerknirscht und schuldbewusst wegen des Vorfalls anzutreffen. Dass sie sich – auf die Massakrierung unserer Crew und die Aufbringung der ENCOURAGE angesprochen – herausreden würden, verstand sich von selbst. Dass sie das Thema aber von sich aus ansprechen und ihr Verbrechen zu einer Waffe gegen uns schmieden würden, übertraf meine kühnsten Erwartungen.

Dr. Rogers zog beeindruckt die Stirne kraus.

»Das ist impertinent«, flüsterte ich.

»Es ist brillant«, gab er zurück und in seiner Stimme schwang offene Anerkennung. Er war stets ein Soldat gewesen, der dem Ideal der Ritterlichkeit verpflichtet geblieben war. Viel Feind, viel Ehr, war seine Devise. Und die Sache hatte ihm immer umso mehr Spaß gemacht, je tapferer und tüchtiger sich die Gegenseite erwiesen hatte. Gemessen an den Sinesern waren ihm die Zthronmic als Gegner zweiter Klasse erschienen, die im Grunde kaum satisfaktionsfähig waren. Zthron Muqa Zthés rhetorisch aggressive Schachzüge schienen ihn eines anderen zu belehren. Für ihn war das ein Leckerbissen. Er lechzte danach, diesem Wesen in der offenen Feldschlacht gegenüberzutreten.

»Die Zthronmic«, führte Zthé aus, »versuchten, den Frachter zu bergen. Als dies nicht gelingen konnte, da seine Bahn zu sehr abgesunken war, bemühte man sich, das Plasma abzupumpen, um es vor dem Verglühen und die Atmosphäre vor der Kontaminierung zu bewahren. Dann ereignete sich der Zwischenfall, auf den ich bereits angesprochen hatte …«

Doch hier und jetzt, im Plenum der Großen Agora, ereignete sich ebenfalls etwas, auf das keiner von uns vorbereitet war. Die Sirene ertönte, mit der der Vorsitzende einen Redebeitrag unterbrechen und sich selbst das Wort zurückerobern konnte. Sofort erhob sich der zu erwartende Tumult. Zthronmic und Sineser schrien auf Laertes ein, der Vorsitzende habe nicht das Recht, sich in den Debattenbeitrag einer freien Aussprache einzuschalten.

Laertes hatte sich ganz ruhig erhoben. Während Zthron noch verdutzt, für einen Augenblick überrumpelt, auf sein ertaubtes Mikrofon starrte, ließ der alte Chefideologe der neuen und alten Union seine Stimme ertönen.

»Ich vermag Ihrem Widerspruch nicht stattzugeben«, sagte er in Richtung der Zthronmic, Laya und Sineser, die aus ihren Sitzen aufgesprungen waren und wild gestikulierten. »Der Vorsitzende ist zu Neutralität und Zurückhaltung verpflichtet. Er darf laufende Redebeiträge nicht ohne zureichenden Grund unterbrechen und sich nicht willkürlich in Diskussionen einschalten. Ein Recht hat er allerdings. Er darf intervenieren, wenn er den Eindruck gewonnen hat, dass ein Redner wissentlich und willentlich falsche Fakten verwendet oder auf eine Weise argumentiert, die erkennbar nicht mit der Wahrheit in Einklang zu bringen ist.«

Zthron Muqa Zthé glotzte ihn sprachlos an. Vermutlich überlegte er, ob er ihn in der Luft zerreißen sollte. Der greise Philosoph ließ sich von der einschüchternden Nähe des Monstrums und seiner physischen Überlegenheit nicht im Geringsten beeindrucken.

Die KI war für Augenblicke überfordert, das Durcheinander aus Schreien der unterschiedlichsten Idiome wiederzugeben. Zthron schien Laertes eher ungläubig als empört zu fragen, ob er ihn in aller Öffentlichkeit der Lüge zeihe. Daraufhin ging Laertes zu einem zweiten Pult, das auf der Seite des Podiums aufgeschlagen war. Bei kontroversen Debatten konnte hier ein Redner der Gegenpartei das Wort nehmen und so gewissermaßen die Position des Staatsanwalts vertreten. Diese Position nahm nun, was ungewöhnlich genug war, Laertes als der Vorsitzende des Konvents selbst ein. Ein präzedenzloser Vorgang, der alles bisher Dagewesene über den Haufen warf.

Dr. Rogers kroch beinahe in sein Display hinein. Er sah aus, als wäre er am liebsten über die Absperrung geklettert und hätte sich ins Geschehen gemischt. Für ihn war das eine besonders spannenden Partie 3D-Schach oder ein glänzendes Turnier im Holo-Billard.

»Keine Angst«, sagte Laertes unten in aufreizender Ruhe und Gelassenheit an Zthés Adresse, »Sie bekommen das Wort gleich wieder, um sich zu verteidigen. Ich fühle mich nur meinem Amt gegenüber verpflichtet, einige Dinge klarzustellen.«

Zthron fauchte etwas vor sich hin, das die KI unübersetzt ließ. Vermutlich war es besser so.

»Soweit ich weiß«, sagte Laertes, »war der Frachter ENCOURAGE II, um den es sich hier handelt, keineswegs havariert. Er wurde vielmehr von einem zthronmischen Kommando aufgebracht und geentert. Die Mannschaft wurde auf bestialische Weise massakriert. Uns liegen die Aufnahmen der Bordkameras vor, die den barbarischen Akt in Bild und Ton dokumentieren. Wenn Sie, lieber Zthron, das Folgende für sich zu reklamieren versuchen, müssen Sie auch die Verantwortung für die Aufbringung des Schiffes und Ermordung seiner Crew übernehmen.«

Der Wahnsinn, der sich jetzt im Plenum abspielte, ließ mich um das Leben des alten Philosophen fürchten. Einige Soldaten der Wachmannschaft rückten demonstrativ vor. Bis zur offenen Saalschlacht schien es nur noch ein Schritt zu sein.

Zthron blieb vollkommen ruhig. Er war sich seiner Sache viel zu sicher, als dass er sich von Laertes hätte aus dem Konzept bringen lassen.

»Von einem solchen Überfall ist mir nichts bekannt«, sagte er. »Es muss sich um ein Kommando einer Splittergruppe gehandelt haben, die sich von der zthronmischen Zentralregierung losgesagt hat. Für eine solche Gruppe können wir selbstverständlich keine Verantwortung übernehmen.«

Laertes nickte. »Wir nehmen das so ins Protokoll. Eine spätere Untersuchung …«

»Eine weitergehende Untersuchung«, fiel Zthron ihm jetzt in wohldosiertem Auftrumpfen ins Wort, »ist leider nicht mehr möglich, da sämtliche Beweise vernichtet wurden. Ich komme jetzt dazu, den eigentlichen Vorfall zu schildern. Als unsere Crew damit beschäftigt war, den Frachter zu sichern und die Ladung aus hochexplosivem und giftigem Plasma zu bergen, wurde sie ohne Vorwarnung von einem Schiff der Union – der alten Union – angegriffen und unter Feuer genommen. Ihr Shuttle wurde zerstört, wodurch ihr der Rückzug aus dem havarierten Schiff unmöglich wurde. Die Mannschaft kam des Frachters ums Leben. Mehrere Zehntausend Tonnen Treibstoff gingen in der hohen Atmosphäre in Flammen auf, erhellten die Nacht über unseren Städten und kontaminierten die ohnehin dünne und anfällige Lufthülle unserer Heimatwelt.«

Er breitete wieder die Arme aus und gebot seiner Gefolgschaft Schweigen. Die meisten hatten schon Luft geholt, um Laertes endgültig niederzuschreien. Sie mussten sich noch für Augenblicke gedulden. Doch mit jeder Sekunde, um die sie zurückgestaut wurde, wurde die Lawine zerstörerischer, die nun sofort losbrechen musste.

»Das Schiff«, brüllte Zthron Muqa Zthé, »war der Explorer ENTHYMESIS, ein Schiff der alten Union. Die verantwortliche Pilotin war Jennifer Ash, eine Offizierin im militärischen Rang eines Commodore, die auch schon während früherer Konflikte für zahlreiche völkerrechtswidrige Angriffe stand. Dies ist also die Unabhängigkeit der gepriesenen Union. Dies ist ihre Achtung vor Souveränität und Selbstbestimmung der Völker. Dies ist ihr Verzicht auf willkürliche Gewalt!«

Jetzt riss er die zottigen, unverhältnismäßig langen Arme in die Höhe. Ein einziger Aufschrei aus Dutzenden Kehlen war die Folge.

Laertes stand ungerührt inmitten des Orkans, obwohl es von der ersten Reihe der zthronmischen Delegation nur ein Schritt bis zu seinem Rednerpult war. Was machte ihn so sicher? Er musste mit dem Leben abgeschlossen haben, ehe er sich auf ein solches Abenteuer einließ. Aber vermutlich hätte der alte Stoiker nur gelächelt über meine laienhafte Vorstellung.

Erstaunlich blieb immerhin, dass auch die Amish den Auftritt unbeeindruckt über sich hinweggehen ließen. Sie saßen da, die Arme vor der Brust verschränkt, die würdigen Häupter stolz erhoben, und zuckten mit keiner Wimper, während links und rechts von ihnen urtümliche Kreaturen Zeter und Mordio brüllten.

»Ich fordere«, rief Zthron – wobei er sich mehr an seine Anhänger wandte als an die, denen gegenüber er seine Unverschämtheiten vorzubringen hatte –, »ich fordere Entschädigung für das zerstörte Shuttle, die getötete Crew und die Kontaminierung der Atmosphäre. Ich verlange eine Entschuldigung der

Union – der alten Union –, für die in diesem feigen Überfall zum Ausdruck kommende Arroganz und Selbstherrlichkeit. Und ich beantrage, dass die durch nichts gerechtfertigte Überwachungs- und Bespitzelungsmission, die immer noch eine Raumstation im Orbit unserer Heimatwelt besetzt hält, umgehend für beendet erklärt wird. Die Besatzung dieser Orbitalstation ist abzuziehen, die Station selbst der Obhut meines Volkes zu unterstellen. Die Höhe der Entschädigung werden wir nach eigenem Gutdünken festlegen.«

Er sah mit triumphierender Grimasse über die Scharen seiner Gefolgsleute, die mit erhobenen Pranken und glühenden Augen an ihm hingen.

»Wenn die alte Union in diesem Sinne die Verantwortung übernimmt, unsere Forderungen erfüllt und sich in aller Form bei uns entschuldigt, werden wir darüber nachdenken, ob wir der neuen und erweiterten Union in Zukunft angehören wollen. Sollte dies nicht der Fall sein, werden wir unseren Austritt aus dieser heuchlerischen und verbrecherischen Organisation erklären.«

Er trat an die Rampe und nahm die Huldigung seiner aufgeputschten Anhänger entgegen. Wie ein Opernsänger, der sich nach der Arie von seiner Claque feiern lässt. Danach schien er gewillt, das Podium zu räumen und die Sache sich selbst zu überlassen. Es war ihm um den Auftritt als solchen gegangen. Was auf seine Forderungen erwidert und was aus der Union als solcher würde, war ihm vollkommen egal.

Doch er kam nicht dazu, sich ins Plenum zurückzubegeben und in die johlenden Reihen seiner Delegation einzuschmelzen.

»Ein Wort noch«, rief Laertes. »Abgeordneter Zthron Muqa Zthé.«

Der Angesprochene verharrte mitten in der Bewegung. Auf halber Strecke zwischen Rednerpult und seinem Sitzplatz in der ersten Reihe der zthronmischen Fraktion, blieb er stehen und glotzte den Vorsitzenden mit gespielter Verständnislosigkeit an.

»Wir können«, sagte Laertes, »diesen Tagesordnungspunkt nicht zu den Akten nehmen, ohne das Bild zu vervollständigen.

Zu welchem Zeitpunkt und in welcher Form auch immer sich eine Kommission mit den Vorgängen im Orbit über Zthronmia befassen wird, sie sollte doch von einem weiteren Detail nicht ohne Kenntnis bleiben.«

Er nickte ins Plenum, in Richtung der amishen Delegation. Cyrill ben Cyrion, als ihr Vorsitzender, erhob sich, blieb aber wortlos stehen und bedeutete Laertes mit einer knappen Geste, er möge den Sachverhalt selbst darlegen.

»Vor Eröffnung der Sitzung«, führte der Philosoph daraufhin aus, »wurde mir eine Protestnote der Amish überreicht. Dieses Volk, das den nämlichen Planeten Zthronmia bewohnt, teilt darin mit, dass es in der jüngsten Vergangenheit wiederholt Opfer willkürlicher gewaltsamer Übergriffe seitens der Zthronmic geworden ist. Zthronmische Staffeln, auch bekannt als Scyther, haben in den vergangenen Wochen mehrere Dutzend grundlose Angriffe auf Siedlungen der Amish geflogen.«

In den Reihen der Zthronmic und Sineser wurde empörtes Murren laut. Die Amish bewahrten ihre statuarische Haltung, während die Angehörigen der alten Union, Prana-Bindu und der anderen Fraktionen, die wir zu unserem Flügel zählten, aufhorchten.

»Zthron Muqa Zthé hat recht«, fuhr Laertes fort. »Wir unterhalten eine Beobachtermission auf einer ehemaligen Sinesischen Ikosaeder-Kampfstation in einem Orbit über Zthronmia. Diese Mission hat sämtliche Vorfälle aufgezeichnet und dokumentiert. Ihr Bericht liegt dem Vorsitzenden vor.«

Er wischte die Proteste des Sineser-Flügels weg und holte tief Luft.

»Demnach kam es zu Luftangriffen, Bombardierungen sowie zu vereinzelten Granatwerferüberfällen, die ausnahmslos den Pueblos und Kibbuzim der Amish galten, mit anderen Worten: Frauen, Alten und Kindern, denn die Männer im waffenfähigen Alter sind zur Arbeit in den Minen. Heute Morgen kam es zu einem Angriff, an dem ein Dutzend Scyther beteiligt war. Das Geschwader bombardierte den Kibbuz S'Deró im Distrikt Kirjasch Moná. Dabei wurden völkerrechtlich geächtete Aerosolbomben eingesetzt, deren Abwurf über bewohntem Gebiet seit

Jahrzehnten verboten ist. Eine dieser Bomben traf die Schule des Kibbuz. Insgesamt starben fünfzig Personen einen grausamen Flammentod, die meisten von ihnen unschuldige Kinder.«

Jetzt waren es die Angehörigen auf unserer Seite des Plenums, die von ihren Sitzen aufsprangen und wild gestikulierten. Ein Trupp Wachsoldaten zog auf und bildete einen Kordon zwischen den beiden verfeindeten Blöcken des Konvents. Übergriffe und Tätlichkeiten mochten so verhindert werden können. Aber eine vertrauensvolle Zusammenarbeit war damit Geschichte. Weniger als das: Sie war nie Realität gewesen, sondern von Anfang an eine verhängnisvolle Illusion.

»Was sagen Sie zu diesen Vorwürfen, Delegationsleiter Muqa Zthé?«, rief Laertes dem Anführer der Zthronmic hinterher, der keine Anstalten machte, ans Rednerpult zurückzukehren. Stattdessen reihte er sich bei seiner Fraktion ein und aktivierte an seinem Sitzplatz die Protokollfunktion des StabsLogs. Das allein drückte als Geste von unüberbietbarer Verachtung aus, welchen Stellenwert er dem ganzen beimaß.

»Die Union«, bellte er, dass die Luft im Plenum bebte und die Elastalglasscheiben unserer Besucherbox erzitterten, »die Union garantiert die territoriale und politische Souveränität ihrer Völker, auch nachdem diese dem Verbund als Vollmitglieder beigetreten sind. Diese Garantie möchten auch wir in Anspruch nehmen. Oder liegt auch hier ein weiterer Fall von Doppelmoral vor? Die Rechte gelten nur für die menschlichen Völker der Union, die Pflichten aber für alle anderen?!«

Die Zthronmic johlten. Es ging inzwischen zu wie beim Wrestling oder Catchen. Jeder feuerten seinen Helden an und jubelte, wenn der Gegner ein blaues Auge geschlagen bekam. Dass die Völker, die hier repräsentiert wurden, mit jedem Moment dichter an einen neuen Krieg heranrutschten, schien kaum jemandem im Saal bewusst zu sein.

Laertes war es bewusst. Doch auch er schien inzwischen zu der Überzeugung gelangt zu sein, dass der Verhandlungsfrieden, wie er hier einige Monate lang zelebriert worden war, zur Farce verkommen war.

»Antworten Sie auf meine Frage!«, sagte der alte Chefideologe unerschüttert. »Wie stellen Sie sich zu den Vorwürfen, die Zthronmic würden wahllos Zivilisten bombardieren, unschuldige Zivilisten eines Volkes, mit dem sie die Lebenswelt teilen und seit vielen Jahrzehnten eng zusammenarbeiten?«

Zthron stand nicht einmal auf. Er lehnte sich zurück und fläzte sich breit in seinen gravimetrischen Sessel, dessen Feldgenerator unter seiner Leibesmasse stöhnte.

»Ich habe auf Ihre Frage geantwortet«, sagte er frech. »Ehrenwerter Vorsitzender: Wir nehmen das Recht für uns in Anspruch, auf unseren Welten frei schalten und walten zu können. Nun unterhalten die Amish keinen eigenen Staat und keine eigene interstellare Flotte. Ihre Kibbuzim genießen nach innen Autonomie und Selbstverwaltung. Nach außen unterstehen sie der staatsrechtlichen Hoheit der Zthronmic.«

»Mehr haben Sie dazu nicht zu sagen?«, insistierte Laertes.

»Wir betrachten alles, was sich im Orbit, der Atmosphäre und auf dem Erdboden von Zthronmia ereignet, als unsere innere Angelegenheit, in die wir uns jede Einmischung vonseiten Dritter ausdrücklich verbitten.« Zthron verschränkte die Arme hinter dem Kopf und schloss die Augen, als rekele er sich unter einer wohltuenden Massage. Dabei ließ er ein halblautes, teils klagendes, teils zufriedenes Stöhnen erklingen.

»Auch der Schutz Ihrer staatlichen Souveränität«, sagte Laertes leise, »gibt Ihnen nicht das Recht, wehrlose Frauen und Kinder zu bombardieren.«

»Dafür gibt es keine Beweise«, gähnte Zthron.

»Wir haben mehrere Berichte«, führte Laertes an. »Sowohl vom Boden als auch von unserer Orbitalstation, die den Vorfall beobachtet und aufgezeichnet hat.«

»Keine unabhängigen Beweise …«, schnurrte Zthron, der sich nicht einmal durch die ständigen Unterbrechungen aus der Fassung bringen ließ.

Jetzt fuhr Cyrill ben Cyrion herum und richtete einige energisch klingende Worte an den Zthronmic. Da er die Protokollfunktion nicht aktiviert hatte, blieben die wenigen Sätze unhörbar; sie wurden auch nicht übersetzt. Zthron richtete sich mit spürbarer Mühsal ein wenig auf und wandte sich seinerseits an das StabsLog.

»Der ehrenwerte ben Cyrion«, sagte er, und die KI übertrug sein Fauchen in einen süffisanten Singsang, »regt an, ich solle im Namen der Zthronmic die Verantwortung für den Vorfall übernehmen. Allein, das kann ich gar nicht. Unsere Organisationsstruktur ist dezentral. Wir haben Dutzende von Distrikten, deren Führer autark sind und in eigener Verantwortung handeln können.«

Er erhob sich, und seine Stimme wurde wieder zu markerschütterndem Gebrüll. »Wenn einer meiner Unterkommandanten jedoch zu der Auffassung gelangt sein solle, dass die Amish in seinem Gebiet eine Strafaktion verdient haben, so wird er seine Gründe dafür haben!«

Jetzt war es mit der Beherrschung der Amish vorbei. Sie versuchten, den Kordon der Wachmannschaften zu durchbrechen. Es fehlte nicht viel und sie wären mit den Zthronmic handgemein geworden. Einzig Cyrill selbst bewahrte die Ruhe und beschwor seine Landsleute, sich nicht provozieren zu lassen.

Die Schutzmänner und die ungerührt zwischen den Fraktionen umhertrippelnden Tloxi hatten ihre Mühe, die verfeindeten Delegationen voneinander fernzuhalten. Dann schrillte Laertes' Sirene, und der Vorsitzende verkündete, er lasse den Saal räumen. Die Aussprache wurde für beendet erklärt, die weitere Debatte auf unbestimmt verschoben.

In das Durcheinander der den Saal verlassenden und dabei miteinander rangelnden Abgeordneten rief Laertes noch, man werde eine unabhängige Kommission einsetzen, die die Vorfälle über Zthronmia untersuchen werde. Jorn Rankveil, der Kommissar für Zthronmische Angelegenheiten, wurde als Vorsitzender bestimmt. Niemand protestierte, weil niemand mehr auf Laertes acht gab. Resigniert deaktivierte der Leiter des galaktischen Konvents die Protokollfunktion an seinem Pult. Sein Blick schien uns zu suchen, die wir in der Besucherbox saßen. Aber die Elastalglasscheiben war nach außen hin polarisiert, er konnte uns nicht sehen.

Während wir uns erhoben, um die Box auf einem schmalen Gang zu verlassen, der uns an den offiziellen Delegationen vorbeischleusen würde, versuchte ich, in Rogers' Miene zu lesen, wie er den Ablauf der Debatte einschätzte. Der alte Haudegen war dem Auftritt Muqa Zthés und ben Cyrions abschließender Replik gebannt gefolgt. Er hatte sich vorgebeugt und war in das Geschehen hineingekrochen, als wohne er einem Schaukampf unter Gladiatoren bei; fehlte nur noch, dass er seinen Favoriten lautstark anfeuerte.

Aber was war nun davon zu halten? War dies der Eklat, den wir alle seit Langem hatten kommen sehen? Wir hatten ihn gefürchtet, der eine oder andere hatte ihn klammheimlich herbeigesehnt. Rogers wirkte gefasst, beinahe zufrieden. War das nun das Resultat, das er sich erhofft hatte? Der offene Ausbruch war gerade noch einmal vermieden worden. Tätlichkeiten hatten unterbunden werden können. Durch die Einsetzung einer weiteren Kommission, die Laertes über die Köpfe der auseinandergehenden Delegierten hinweg verkündet hatte, war der Schein eines regulären Ablaufs gewahrt. Im Protokoll des StabsLogs würde sich die Sache wie eine zwar temperamentvolle und widersprüchliche Debatte lesen, aber eben doch eine Debatte, der prinzipiell noch endlos viele weitere würden folgen können.

Nur uns, die wir Zeugen der Vorgänge geworden waren, kamen Zweifel, ob man auf dieser Grundlage weiterarbeiten konnte.

Wir kamen in einen der streng abgeschirmten Bereiche, die den Abgeordneten und Referenten der Union, der alten Union, zur Verfügung standen. Die Politiker und Juristen wirkten ernüchtert. Man sah betretene Gesichter. Laertes, Rankveil oder die anderen Gestalten blieben unsichtbar. Sie saßen in den Hinterzimmern der Hinterzimmer und beratschlagten mit ihren Ratgebern.

Rogers steuerte zielstrebig die kleine Bar an, die es in diesem Bereich gab, und bestellte etwas zu trinken. Ich folgte seinem Beispiel und zündete mir, während die Ordonnanz die Gläser füllte, eine Qat-Zigarette an. Nachdem ich den ersten Zug tief inhaliert hatte, musterte ich Dr. Rogers und wartete darauf, dass er das Wort ergreife.

Es dauerte eine Weile. So lange musste ich versuchen, in seinen verwitterten Zügen zu lesen. Er wirkte erleichtert, beinahe aufgeräumt. Insgesamt machte er den Eindruck eines Mannes, der lange auf etwas gewartet hat und nun froh ist, dass es eingetreten ist. Dieses Gefühl konnte unabhängig davon sein, worum es sich handelte. Auf der Akademie hatte er uns erzählt, dass im Krieg selbst das Signal zur Schlacht eine solche Erleichterung auslöste, und zwar nicht nur bei der Generalität, die sich das Ganze aus der Sicherheit ihrer Unterstände ansah, sondern auch bei den einfachen Soldaten, denen das Herumsitzen eine größere Pein zu bereiten schien, als wenn sie nun endlich ins Feuer durften.

Als er ein wenig mit der Ordonnanz geschäkert und sich am Scotch gestärkt hatte, erinnerte der Held von Persephone sich meiner Anwesenheit. Er sah mich an und setzte ein pfiffiges Gesicht auf. Offenbar verfügte er wieder einmal über Informationen, die mir vorbehalten worden waren.

»Was ben Cyrion nicht sagte«, begann er mit einer Stimme, die von Alkohol und Alter rau war, »unter den Toten dieses Morgens war auch eine seiner Töchter.«

Ich spürte, wie ich blass wurde. Cyrills statuarische Haltung war mir aufgefallen. Sie hätte als Karikatur wirken können, wenn man ihn nicht kannte. Die strenge Würde, die er ausstrahlte, war schwer mit der Tatsache in Einklang zu bringen, dass sein Volk dort draußen drangsaliert wurde, dass seine Glaubensgenossen litten und starben. Sie wurde unerträglich, wenn man nun noch dieses in Betracht zog.

»Eines seiner Kinder hat den Tod gefunden?«, fragte ich.

Dr. Rogers schwenkte seinen Whiskey. Für gewöhnlich hätte er jetzt einen schneidenden Zynismus angebracht. Aber er wusste um das enge Verhältnis, das wir zum Delegationsleiter der Amish hatten. Jennifer stand ihm sehr nahe. Er hatte sie zu Anfang des Kongresses daran erinnert, was ihr selbst nicht bewusst gewesen war: dass sie vor Jahren einem jungen Mädchen seines Volkes das Leben gerettet hatte. Dieses Mädchen war nun seine Frau, die Mutter seiner Kinder. Und eines dieser Kinder war in diesen Morgenstunden im Aerosolfeuer des Scytherangriffs verbrannt.

»Cyrill und Shorena haben sieben Kinder«, sagte Dr. Rogers trocken. »Vier Töchter und drei Söhne. Eine der Töchter fiel der heutigen Attacke zum Opfer …«

Ich schüttelte den Kopf.

»Schrecklich …«, war alles, was ich dazu sagen konnte.

Natürlich war diese Reaktion irrational. Wir wussten, dass an die fünfzig Menschen – überwiegend Schulkinder und Frauen – das Leben verloren hatten, und die Opferzahlen der letzten Monate gingen in die Hunderte. Dennoch erschütterte uns das eine Schicksal, weil wir zufällig den Vater des Kindes kannten.

Meine Gedanken schweiften zu Jennifer, die auf der Orbitalstation hoch über Zthronmia saß und die Beobachtermission inspizierte. Auch sie war Zeugin der Vorfälle gewesen. Kannte sie die Namen der Opfer? Wusste sie, was das zu bedeuten hatte? Und noch ein anderer furchtbarer Gedanke stieg in mir auf: Hatte ihr Angriff auf das Zthronmische Kommando, das die ENCOURAGE hatte plündern wollen, den Überfall auf Cyrills Heimatkibbuz provoziert. Der Einsatz von Aerosolbomben war eine neue Qualität. Die Zthronmic hatten ihren Terror, der seit Langem auf kleiner Flamme köchelte und die Amish in einem Klima von Angst und Schrecken leben ließ, intensiviert. Es konnte nicht anders sein: Jennifers Vergeltungsmaßnahme, die auch Rache für unsere massakrierten Kameraden gewesen war, hatte zu einer weiteren Eskalation geführt. Die Spirale der Gewalt hatte eine weitere Umdrehung beschrieben. Und wieder waren Unschuldige die Leidtragenden. Wehrlose Angehörige eines wehrlosen Volkes, das entschlossen schien, sich weder zu verteidigen noch zur Wehr zu setzen. Wie Schlachtvieh saßen sie da und sahen tatenlos zu, wie ihre Frauen und Kinder verbrannten. Ich spürte, wie eine ohnmächtige Wut in mir aufstieg, die nur eine Camouflage meiner Hilflosigkeit war. Ich hätte Cyrill am liebsten geohrfeigt. So schlimm konnten diese Scyther nicht sein. Mit zwei oder drei Feldwerfer-Batterien musste man sie in Schach halten können. Aber dazu war man zu stolz.

Doch auch diese künstliche Erregung war nur Ausfluss der Tatsache, dass ich nichts getan hatte und nichts tun konnte. Und nichts tun würde?

»Können wir das hinnehmen?«, fragte ich laut. »Selbst wenn sie selbst an ihrer absurden Gewaltlosigkeit festhalten – muss nicht die Union sie gegen solche Attacken verteidigen? Sie zwingen, sich verteidigen zu lassen? Unsere Charta ist das Pergament nicht wert, auf dem sie steht, wenn wir so etwas geschehen lassen, da hat sogar Muqa Zthé ausnahmsweise recht.«

Dr. Rogers sah mich aufmerksam an.

»Was willst du tun?«, fragte er ruhig. Er klang, als würde er augenblicklich in die Tat umsetzen, was ich ihm vorschlüge. Er war wieder der alte Vorgesetzte, der vor einem Angriff seine Unteroffiziere fragte, wie sie entscheiden würden – und der dann alles ganz anders machte.

»Ich weiß es nicht!«, rief ich grollend. »Aber wenn an unseren Garantien und an all den hehren Worten irgendetwas dran sein soll, müssen sie auch für die Amish gelten …«

Weiter kam ich nicht.

»Es geht nicht um die Amish«, sagte Dr. Rogers freundlich.

Ich hätte mich beinahe am Rauch verschluckt. Vorsichtshalber drückte ich Qat-Zigarette aus und wartete, bis sich der süßlich riechende Rauch verzogen hatte.

»Worum denn dann?«, fragte ich beherrscht.

»Jetzt guck nicht so erschrocken!« Rogers schien amüsiert. »Sagen wir: Es geht nicht nur um die Amish!«

Ich stöhnte auf.

»Worum geht es dann?«, wiederholte ich. »Und kommen Sie mir bloß nicht mit Zthrontat, Rohstoffen, übergeordneten Interessen.«

Er erwiderte nichts. Stattdessen musterte er mich aufmerksam. Verdammt, ihm gegenüber war und blieb ich auf ewig der Erfolg versprechende Kadett. Und er war immer noch der strenge, aber wohlwollende Chefausbilder, der mit wissendem Grinsen zusah, wie man in die nächste behutsam präparierte Falle tappte.

»Wenn es nur um das Zthrontat geht«, schäumte ich, »dann lass uns hingehen und es uns nehmen. Die Zthronmic bomben wir in die Steinzeit zurück. Daran kann es ja wohl nicht liegen!«

»Sondern?«, fragte der alte Schleifer lauernd.

»Offenbar geht es uns auch um etwas anderes.« Ich betonte das »Auch«, um ihn nachzuäffen und seine diplomatische Abgeklärtheit ins Lächerliche zu ziehen. »Um all die großen Worte, die Muqa Zthé schon diskreditiert hatte, allein dadurch, dass er sie in den Mund genommen hat.«

Rogers genoss den Abgang des letzten Tropfens Whiskey und leckte sich die Lippen.

»Entweder – oder«, sagte er.

»Ja!«, rief ich. Ich schrie beinahe. Und am meisten brachte es mich in Rage, dass ich wusste, dass der Alte es nur darauf abgesehen hatte.

»So einfach ist es nicht«, sagte er mild. »Die Wahrheit liegt in aller Regel irgendwo dazwischen.«

Ich schüttelte den Kopf, noch heftiger als zuvor. Dann überließ ich mich eben meiner Aufgebrachtheit.

»Realpolitik oder Werte«, führte ich trotzig aus. »Da müssen wir uns schon entscheiden. Die Wahrheit die dazwischen liegt, das ist die Wahrheit der Grauzonen, des hinhaltenden Taktierens, des Politikergeschwätzes – während dort draußen unschuldige Kinder sterben!«

Rogers legte mir die Hand auf den Unterarm und lächelte begütigend. War die Lektion beendet? Aber es war keine Lektion. Dies hier war die Realität, war harte, blutige Realität.

»Ich gebe dir recht, Frank«, sagte er rau. »Aber ich bezweifle, dass du dir die Konsequenzen verdeutlichst.«

Was sollte das nun wieder heißen?

Ich hob die Achseln, halb abwartend, halb schmollend.

»Du sagst, wir sollen die Zthronmic in die Steinzeit bombardieren …«

Ich hielt seinem Blick stand. Das immerhin hatte ich in all den Jahrzehnten gelernt.

»Ich glaube nicht«, sagte der Veteran zweier schwerer Kriege, »dass das so ein Spaziergang wird, wie du es dir vorzustellen scheinst.«

»Jennifer …«, hob ich an.

Er wischte das weg.

»Ich weiß«, knurrte er grob. »Wir stellen ihnen eine Falle. Wir sehen, wie sie sich verhalten.«

»Und?«

»Das frage ich dich«, brauste er auf. »Und dann? Was wird die Folge sein? Gesetzt, sie gehen uns in die Falle, greifen den Frachter an. Es kommt zu einem weiteren Gefecht. Ausgang ungewiss. Glaubst du, sie werden zum Dank dafür die Amish in Milch und Honig baden?«

Ich schlug die Faust auf die Theke der kleinen Diplomatenbar, dass unsere leeren Gläser einen Satz machten.

»Die Amish haben nichts damit zu tun! Es geht dann nur noch um die Zthronmic und uns!«

Rogers malte wieder dieses herablassende altersweise Grinsen auf sein schlachtenerprobtes Antlitz. Ich hasste ihn.

»Offensichtlich sieht man das in Wrathnia anders«, sagte er schlicht. »Sie halten die Amish seit Jahrzehnten als Sklaven, die die Dreckarbeit für die erledigen. Warum sollten sie sie nicht als Geiseln nehmen? Für jede unserer Maßnahmen lassen sie als Vergeltung dort unten ein paar Unschuldige über die Klinge springen.«

Wie immer, wenn er zynisch wurde, fiel einem nichts mehr ein, was man entgegnen könnte. Das machte es ja so ätzend.

»Dann dürfen wir ihnen das nicht durchgehen lassen!«, sagte ich umso betonter, als ich wusste, dass es ihn keine Sekunde überzeugen würde.

»Sondern?«, fragte er schlicht.

Unsere Blicke fraßen sich ineinander. In einem offenbar unbeschäftigten Winkel meines Hirns ging mir auf, wie absurd der ganze Dialog war. Eigentlich pflegte er die Rolle des Falken einzunehmen, der die Sache lieber mit seinen Bataillonen regelte, statt sich auf schlaue Ratschläge und abstrakte Klügeleien einzulassen. Dass er ins weiche Federkleid der Taube schlüpfte, zeigte mir an, dass er nur eines seiner vielen Spielchen spielte. Oder hatte er vor den verfluchten Zthronmic wirklich einen solchen Respekt? Wir waren mit Sina fertiggeworden. Und von diesen Wüstensöhnen sollten wir uns einschüchtern lassen?

»Was willst du tun?«, fragte er, als habe er meine Gedanken Wort für Wort von meiner Stirn gelesen. »Den Planeten besetzen? Mit Bodentruppen landen? Eine Palisadenstadt nach der anderen einnehmen, dich in Häuserkämpfe verwickeln lassen, in unzugänglichen Wüsten- und Gebirgsregionen einen Guerilla- und Partisanenkrieg führen?«

Ich zuckte die Schultern. Wie man das im Einzelnen machte, war Sache der Generalstäbler. Die wussten nicht nur alles, sie wussten es sogar besser.

Rogers presste noch einmal meinen Unterarm mit seiner schwieligen Pranke und lehnte sich dann zurück.

»Jennifer bekommt ihren Frachter«, sagte er leise. »Ich habe die Sache von Laertes absegnen lassen. Aber was dann geschieht, entzieht sich jeder Planung.«

Er sah mich offen an und seine unverhohlene Ratlosigkeit machte mir mehr Angst, als es seine cholerischen Ausbrüche je vermocht hatten.

»Wir begeben uns auf eine schiefe Ebene. Kann sein, wir holen uns eine blutige Nase. Kann sein, wir werden in etwas hineingezogen, aus dem wir so schnell nicht wieder rauskommen.«

»Kann sein«, äffte ich in purem Widerspruchsgeist, »wir geben den Zthronmic eins auf die Nase, bis sie die Lektion gelernt haben.«

Er erhob sich, quittierte die Getränke und walzte schwerfällig hinaus. Eine Entgegnung auf meinen letzten Satz hatte er nicht mehr für nötig angesehen.

Jennifer

Die Aussicht war atemberaubend. Es war, als stünde man auf einem gewaltigen Berggipfel, auf dem höchsten Punkt eines mächtigen Massivs aus Stahl, dessen Flanken nach allen Seiten steil in die Tiefe stürzten.

Die Plattform, von einer dreh- und schwenkbaren Kanzel aus doppelt gehärtetem Elastalglas umfangen, erhob sich auf der Spitze über drei flach aufeinander zulaufenden Ebenen aus schwarzem Titan. Die einzelnen, kilometerweiten Fluchten aus Stahl waren allerdings nicht glatt, sondern von zahllosen Aufbauten und sekundären Strukturen gegliedert. Antennen und andere Sensoren streckten ihre kirchturmhohen Fühler in den Raum vor. Die komplexen Waffensysteme einer Kampfstation, die auf massive Raumgefechte ausgelegt war, starrten in die Leere. Torpedoschächte öffneten sich. Die miteinander verschalteten Katapulte von KI-Detonatoren erhoben drohend ihre Wurfarme gegen den schweigend dahinziehenden Sternenhintergrund. Die Nachführautomatiken von DeepField-Radar und dezentraler Zielerfassung narbten die schrundige Oberfläche aus mattgrauem Stahl.

Jennifer erinnerte sich an den Mount Everest, den sie während der Akademiezeit einmal bestiegen hatten, um eine neue Generation von Schutzanzügen zu testen. Auch sein Gipfel hatte einen Dreikant kilometerhoher Flanken aus Fels und Eis gekrönt. Wenn man auf dem höchsten Punkt stand, wo sich die drei Wände und die Grate vereinigten, konnte es einen schwindeln. Die Welt schien sich unter einem hindurchzudrehen, während der eigene Standpunkt losgelöst über den Dingen zu schweben schien.

So war es auch hier, am Nordpol der Ikosaeder-Kampfstation, dessen teratonnenschwerer, zwischen Würfel und Kugel die Mitte haltender Leib unter ihren Füßen um seine Rotationsachse schwang. Jede der zwanzig dunklen Seiten war über einen Quadratkilometer groß. Die Station hatte die Masse eines kleinen Asteroiden. Wie ein kompakter Mond auf einer niedrigen Bahn zog er über seinem Planeten dahin, der rohstoffreichen und lebensfeindlichen Welt von Zthronmia. Denn das vertiefte den Raumeindruck der spektakulären Aussicht noch: Anders als im Hochgebirge mündeten die Steilwände zu allen Seiten nicht in die Ebene, in die Sicherheit der Terra firma – hier stürzte der Blick noch einige Hundert Kilometer weiter hinunter und prallte über einen Abgrund hinweg, den er nicht mehr ermessen konnte, auf die zinkoxidfarbenen Wüsten des Zthrontatplaneten.

Jennifer war in den schwenkbaren gravimetrischen Sessel des Richtschützen geklettert, um die Umschau genießen zu können. Die Elastalglaskanzel bot ein Panorama von 360 Grad. Die Geschütze, die hier installiert waren, konnten fast 70 % einer gedachten Kugeloberfläche bestreichen. Lediglich nach unten schloss die Masse der Kampfstation den freien Ausblick ab. Und dann die rostroten und ockerbraunen Ebenen der Welt, die es zu schützen galt. Erstaunlich dicht und erstaunlich rasch zogen sie durch den unteren Bereich der Aussicht. Die Ikosaeder-Kampfstation befand sich auf einem niedrigen Orbit, auf dem sie den Planeten alle anderthalb Standardstunden umrundete. Ihre elliptische Bahn führte sie dabei sinusförmig zwischen den 50. Breitengraden Nord und Süd hin und her. Da die Polregionen unbewohnt und rohstoffarm waren, war die Sicherung dort nicht notwendig.

Zthronmia drehte sich unter den Sinusschleifen der Bahn von Alpha Ceti Tau hindurch, sodass die Station, bezogen auf eine gedachte Karte des Planeten, eine Schlangenlinie beschrieb, die sie, jeweils um hundert Längenkreise versetzt, die mittleren und tropischen Breiten bestreichen ließ.

»Ist die Nachführung rückgekoppelt?«, fragte Jennifer gerade. Sie ließ die Kanzel einmal um ihre Vertikalachse wirbeln und die Batterie gleichzeitig die Läufe senken und sie gegen die Drehrichtung stabilisieren.

»KI-gestützte antizipierende Vernetzung«, sagte Kommandant Borissowitsch lustlos.

Er stand zu Füßen der mächtigen Verankerung des Geschützes, einige Meter unter Jennifer, wodurch er noch kleiner und dicker wirkte, als er ohnehin war.

»Alle Batterien der Nordhalbkugel der Station werden mit dieser hier oben am Pol verknüpft. Sie beschreiben automatisch dieselbe Nachführbewegung und bleiben immer auf das gleiche Ziel fokussiert. Außer, natürlich, sie programmieren eine andere Erfassung. Die KIs können auch selbsttätig arbeiten. Dann können sie mehrere Hundert Ziele gleichzeitig unter Feuer nehmen.«

Jennifer schien nicht zuzuhören. Sie wirbelte auf dem von GraviGurten geschützten Sitz des Richtschützen herum, wobei die Feldgeneratoren vorwurfsvoll zu ächzen und zu stöhnen begannen. Die Kommandantin des ENTHYMESIS-Geschwaders ließ die Kanzel im Uhrzeigersinn rotieren, während sie ihren Sessel kopfüber rollen und die Batterie nach Art einer Möbiusschleife unter sich selbst hindurchtauchen ließ. Dabei stieß sie ein halblautes anerkennendes Pfeifen aus.

»Das kann von Vorteil sein«, setzte Borissowitsch seine Ausführungen fort, »wenn man von einer Staffel schneller Jäger angegriffen wird. Die KIs können auf bestimmte Ziele konditioniert werden, die sie dann selbsttätig bekämpfen.«

Er warf einen skeptischen Blick zu Jennifer hinauf, die einen abrupten Schwenk beschrieben hatte und gerade kopfunter über ihn hinwegsauste.

»Wissen Sie«, sagte er müde, »im Grunde ist es unnötig, hier oben tatsächlich Schützen einzusetzen. Am besten, man steuert das Ganze von der Brücke aus …«

Jennifer hatte, in den Gurten aus künstlicher Schwerkraft hängend, noch einige Salti mortali vorwärts und rückwärts absolviert, bis die tonnenschwere Batterie in den Fundamenten knirschte. Dann hatte sie ein Einsehen und fuhr die Kanzel auf die Ausgangsposition zurück, wo sie mit einem elektronischen Signal arretierte.

»So macht es aber mehr Spaß!«

Sie kannte Borissowitsch inzwischen gut genug, um einschätzen zu können, dass diese Kategorie in seiner Sicht der Dinge die geringste Bedeutung spielte.

»Es ist wesentlich gefährlicher«, brummte der Kommandant von Alpha Ceti Tau.

Er sah zu, wie die Aufpasserin, die die Union ihm vor die Nase gesetzt hatte, die fünf Meter hohe Leiter herunterkletterte, die in den Geschützturm eingelassen war. Ihre weiße Uniformhose spannte über dem knackigen Arsch. Ansonsten war sie mit weiblichen Reizen eher sparsam ausgestattet. Alles an ihr war hart und knochig. Das kurze Haar vervollständigte eine burschikose Erscheinung. Außerdem war sie einige Jahre zu alt für seinen Geschmack.

Andererseits war es auch wieder gut, dachte er grimmig, dass sie nicht gerade dem Ideal eines Pin-up-Girls entsprach. Seine Männer waren ziemlich ausgehungert. Die Zeit hier oben dehnte sich. Die Ablösung war mehrere Tage überfällig. Aber über die da würden sie nicht herfallen, solange sie sich noch beherrschen konnten.

Jennifer war am Fuß der Batterie angekommen und baute sich neben Borissowitsch auf. Mit einem missmutigen Stirnrunzeln nahm er zur Kenntnis, dass sie ihn um eine Haupteslänge überragte.

Die Offizierin ließ die Blicke durch die Kuppel aus Elastalglas schweifen. In den Geschützturm waren mächtige Feldgeneratoren eingelassen, die die blitzschnelle Nachführung der Maserkanonen steuerten. Diese empfingen ihre Energie aus einem eigenen Reaktor, der aus Sicherheitsgründen einige Hundert Stockwerke tief in das komplexe Innenleben der Kampfstation eingelassen war. Der Fuß der Batterie war vom Umfang eines alten Urwaldriesen. In fünf Metern Höhe kragte die Kanzel des Richtschützen aus, von deren Beweglichkeit und Rollfähigkeit sie sich soeben überzeugt hatte. Darüber ragten die Zwillingsläufe der Kanone in den schwarzen Sternenhimmel. Zehn Meter lange Geschützrohre aus gezogenem Titanstahl, die Energiepakete aus harter Strahlung in den Raum pumpten, tödliche Massierungen von Röntgenwellen, die jede Panzerung und jedes Kraftfeld durchdrangen und die geeignet waren, jedes feindliche Schiff in Scheiben zu schneiden. Über Sina hatte sie sich ein Bild von der furchtbaren Effizienz dieser Waffensysteme machen können.

»Und sie schießt durch die Elastalglaskuppel?!«, fragte sie ungläubig.

Borissowitsch zuckte schwerfällig die runden Achseln.

»Die Polarisierung ist an die Nachführung gekoppelt«, erklärte er. »Das Feld, durch das gerade geschossen wird, hebt automatisch die Polarisierung im entsprechenden Wellenbereich auf.«

Jennifer schob anerkennend die Unterlippe vor.

»Ist doch viel praktischer«, bemerkte Borissowitsch noch. »Bei der hohen Beweglichkeit! Andernfalls müssten sie mit Raumanzug in die Kanzel – wenn die ganze Vorrichtung ohne die Kuppel auskommen müsste.«

Jennifer nickte.

»Und die Abschirmung?«, fragte sie. »Sie sagten, auf der Brücke sei es sicherer?«

Borissowitsch ließ einen mitleidigen Blick durch sie hindurchgleiten.

»Selbstverständlich, Ma'am«, sagte er träge. »Die Brücke ist der sicherste Bereich der ganzen Kampfstation, vom Reaktorbereich in ihrem Zentrum einmal abgesehen. Aber wenn dort was schief läuft, können Sie sowieso das ganze Ding vergessen.«

Er musterte sie mürrisch.

»Sämtliche Schutzschilde, Kraftfelder, Katapulte und selbsttätig nachführenden Geschütze sind auf die Sicherung der Brücke ausgerichtet. Hier oben …«

Er wiegte skeptisch den Kopf, statt seinen Satz zu Ende zu führen.

»Was heißt das?« Jennifer ließ ihn nicht aus den Augen. Ihre Stimme war hart und zupackend, wie in einem Messerkampf immer bereit, in einer unvorhersehbaren Ausfallbewegung zuzustechen.

Borissowitsch registrierte, dass sie im letzten Augenblick den Reflex unterdrückt hatte, seinen vielsagend abgerissenen Halbsatz nachzuäffen.

»Das Schutzfeld der Station ist wie das Magnetfeld eines Planeten strukturiert«, nahm er zu trockenen Auskünften seine Zuflucht. »Am Äquator ist es am stärksten. Mehrere Schichten liegen übereinander. Sie sind gegeneinander polarisiert. Da ist praktisch kein Durchkommen. Hier oben treten die Feldlinien aus und krümmen sich dann um den Leib des Ikosaeders.«

Er vollführte eine komplizierte Bewegung mit beiden Händen. Etwas wie das Aufblühen eines Blumenstraußes, der dann in Zeitlupe verwelkte und nach allen Seiten auseinanderblätterte.

»Bei seitlichen Angriffen sind Sie geschützt«, fuhr er fort. »Aber wenn sie einen senkrechten Treffer erhalten, genau in der Fortsetzung der Rotationsachse, ist es, als wenn sie ungesichert im Freien stünden.«

Er sah sie herausfordernd an, als wolle er in ihrer Miene forschen, ob sie nun mit seinen Auskünften zufrieden sei.

»Verstehe«, sagte Jennifer knapp. In ihre Augenwinkel nistete sich ein pfiffiges Lächeln ein. »Warum gibt es diese Kanzel dann überhaupt?«

Borissowitsch sah sie an, als sei sie nicht mehr ganz bei Trost. Als sie seinen Blick unverwandt erwiderte, verdrehte er die Augen. Kam hierher und stellte die absonderlichsten Fragen! Auf diese Art von Vorwitz hatte er keine Lust. Bald würde er Schulklassen durch die Station führen und irgendwelchen Rotznasen erklären müssen, wie ein Feldgenerator funktionierte oder was geschah, wenn man einen thermischen Sprengkopf aufs Dach bekam!

Aber im Augenblick musste er das Spielchen mitspielen. Also tief Luft holen und ganz fest an die Pension denken, die nicht mehr allzu weit entfernt war. Wenn nicht, dachte er im Stillen, die ganze Kriegsspielerei hier einen Strich durch seine Rechnung machte.

»Die Sineser nahmen es mit eigenen Verlusten nicht so genau«, sagte er so gleichgültig wie möglich. »Wie Sie ja wissen, handelt es sich hier ursprünglich um eine Einrichtung des Sinesischen Imperiums.«

»Ist mir bewusst, Kommandant«, flötete Jennifer. »Fahren Sie fort.«

»Darüber hinaus gibt es Situationen, in denen die Anwesenheit menschlicher Richtschützen geboten sein kann. Bei sehr komplexen Gefechtssituationen zum Beispiel.«

Er wollte sich auf den Rückweg machen, aber Jennifer rührte sich nicht von der Stelle. Hatte sie denn immer noch nicht genug?

»Gerade weil sie sehr viel schneller reagieren und zahlreiche Vorgänge gleichzeitig verarbeiten können, sind KIs im konkreten Geschehen oft seltsam …« Er überlegte. »Überfordert. Wenn mehrere gleichrangige Gegner anfliegen, wird ein Mensch nicht lange überlegen, sondern anfangen, den ersten besten davon unter Feuer zu nehmen. Eine KI wird aufwendige Analysen durchführen. Sie ist darauf programmiert, eine Entscheidung zu treffen, auch wo es objektiv gar keine begründbare Entscheidung gibt.«

Jennifer schien überzeugt.

»Hinzu kommt«, sagte sie, »dass ein Mensch Angst vor dem Tod hat. Da lässt man schneller fünf gerade sein.«

Sie sah den Kommandanten schief an, als forsche sie in seinem aufgedunsenen Gesicht nach ähnlichen Erfahrungen.

»Die KIs haben eine programmierte Selbsterhaltungsroutine«, sagte Borissowitsch. »Sie dürfen sich nicht vorschnell aufgeben und opfern.« Er grinste sie schwächlich an und deutete mit dem Arm zum Elevatorschacht, um sie endlich zum Gehen zu bewegen. Zu seinem Erstaunen folgte sie diesmal der Aufforderung. »Aber natürlich ist das nicht dasselbe«, sagte er, um sich versöhnlich zu zeigen. Außerdem hatte er in ihren Augen gelesen, dass die Befragung früher oder später auch persönlich werden würde. Und Auskunft darüber zu geben, was er während des Sinesischen Krieges getrieben hatte, verspürte er nicht die geringste Lust.

Sie betraten das bläulich undulierende Kraftfeld des Elevatorschachtes, das sich mit sanftem Andruck um sie schloss und sie mehrere Hundert Stockwerke in die Tiefe katapultierte. Sie landeten in der Reaktorkammer, die sie zuvor ausgiebig inspiziert hatten. Das Fusionskraftwerk, das die Kampfstation mit Energie versorgte, lief reibungslos. Allerdings wurde der Treibstoff knapp. Die Vorräte an hochverdichtetem Plasma waren auf zehn Prozent der Sollmenge gesunken. Der Frachter war nicht von ungefähr abgefordert worden.

Ein Stollen brachte sie an die Oberfläche des Ikosaeders. Sie kamen in der Nähe der Brücke heraus, die sie zu Fuß in einem kurzen Slalom erreichten. Jennifer war aufgefallen, dass

Borissowitsch seine Männer in der Zwischenzeit angewiesen hatte, in dem Bereich für Ordnung zu sorgen. Überall waren Leute mit Kompressionssäcken unterwegs, die Müll und Essensreste einsammelten. Ioan und einer seiner Kameraden waren damit beschäftigt, die in den Angeln hängende gravimetrische Tür zu reparieren. Man musste etliche Tonnen Abfall aus der Schleuse katapultiert und die Atmosphärentauscher hochgedreht haben. Jedenfalls ließ sich die Luft an Bord der Kampfstation schon beinahe wieder atmen. Und Borissowitschs Leute erschienen neuerdings gewaschen und rasiert, mit ordnungsgemäß sitzenden Uniformen!

»So weit, so gut«, sagte Jennifer. Sie ließ sich am Hauptbedienplatz nieder und betätigte einige virtuelle Felder der Konsole.

Die Katze Morgan sprang auf ihren Schoß. Jennifer nahm sie auf den linken Arm und kraulte sie, während sie mit der Rechten den Status der Station abfragte.

Kommandant Borissowitsch musterte die Szene missgünstig. Es war nicht festzustellen, was ihn mehr verdross: dass Jenny ungefragt seinen Platz einnahm – oder dass das Mistviech Morgan sich in sie verliebt zu haben schien.

Jennifer hatte ihre Anfrage abgeschlossen. Sie schwenkte ihren gravimetrischen Sessel herum und fixierte erst Borissowitsch, dann Ioan und den anderen Mann, den sie nicht kannte. Die beiden machten sich noch immer an der Durchgangstür zur Brücke zu schaffen.

»Ich habe um 1600 Standard eine Besprechung mit der MARQUIS DE LAPLACE«, sagte sie schließlich. »Höchste Geheimhaltungsstufe. Es wäre mir recht, wenn wir bis dahin ungestört wären.«

Sie richtete ihre braunen Augen wie Flakscheinwerfer auf Borissowitsch. Er stotterte etwas vor sich hin, das sie nicht verstehen konnte.

»Haben Sie kapiert?«, fragte sie und nickte zu den beiden Männern, die jetzt in ihrer Arbeit innehielten und irritiert herüberglotzten.

»Ich – Verzeihung, Ma'am«, stotterte der Kommandant. »Was haben Sie gesagt?«

Jennifer knipste ihr gewinnendstes Lächeln an. Aber er wusste, dass es genauso rasch wieder verschwinden konnte.

»Ich würde gerne ungestört sein«, flötete sie. »Kommandantenebene. Sie können natürlich hier bleiben.«

Borissowitsch wedelte Ioan und den anderen mit einer unwirschen Handbewegung fort. Die beiden beeilten sich, die Tür in die gravimetrische Aufhängung zu bugsieren und zu verschwinden. Die Automatik erfasste die beiden schmalen Türflügel, ließ sie sich schließen und versiegelte sie mit einem zufriedenen Schmatzen.

Jennifer sah auf die Uhr.

»Noch fünf Minuten«, sagte sie und strahlte Borissowitsch an.

»Ich verstehe nicht«, entgegnete der Kommandant von Alpha Ceti Tau. »Sie haben ein Rendezvous? Die MARQUIS DE LAPLACE kommt hierher?«

Jennifer schmunzelte.

»Nein, Boris«, antwortete sie sanft. »Ich habe eine Schaltung …«

Borissowitsch kratzte sich am Kopf. Er war froh, seine Männer fortgeschickt zu haben. Sein Eindruck musste kläglich genug gewesen sein, in ihren Augen. Er ließ sich von dieser Zicke herumscheuchen. Aber nun redete sie offenbar blanken Unsinn.

»Das ist unmöglich …«, brachte er hervor.

»Neue Technologie«, sagte sie fröhlich. »Wir nennen es Qbox. Sie bekommen auch eine. Sowie wir hier etwas Ruhe haben, wird sie auf Ihrer Brücke installiert.«

Sie ließ einen irgendwie mitleidigen Blick über Borissowitschs Kommandostand gleiten. Immerhin war er inzwischen von Elastilkartons, Selbstwärmmahlzeiten und Pizzaresten gesäubert.

»Für diesmal wird die ENTHYMESIS als Relais dienen.«

Borissowitsch fragte sich, ob sie den Verstand verloren hatte. Oder ließen seine Sinne ihn allmählich im Stich? Die MARQUIS DE LAPLACE, das Flaggschiff der Union, lag im Horus-System, etliche Tausend Lichtjahre entfernt. Keine Technologie der Welt konnte diese Entfernung in einer Echtzeit-Schaltung überbrücken!

Oder doch? Er hatte läuten hören, dass die Planetarische Abteilung einige Teufelskerle in ihren Reihen hatte. Außerdem arbeitete man dort jetzt mit den Tloxi zusammen, von deren haushoch überlegener Technik man sich wahre Wunderdinge erzählte. Zum ersten Mal seit Jahren begriff er, dass er auf einem Außenposten gelandet war, in der galaktischen Provinz, am Arsch der Welt …

Jennifer rief die Brücke der ENTHYMESIS, die auf der Landeplattform der Ikosaeder-Kampfstation, einige fünfzig oder sechzig Stockwerke unterhalb der Brücke festgemacht hatte. Zwei Offiziere versahen dort Dienst. Der 2. Pilot meldete sich.

»Hier Commodore Ash«, begrüßte Jennifer ihn bester Laune. »Bauen Sie via Quantenbox einen Kanal zum Mutterschiff auf. Die andere Seite weiß Bescheid.«

Sie wartete einige Augenblicke, bis sich auf einem zweiten Bildschirm ein Feld öffnete.

»Sehr gut«, sagte sie dann zur ENTHYMESIS-Besatzung. »Es wird nicht lange dauern. Und noch was: Höchste Geheimhaltungsstufe, Kommandantenebene. Sie schalten die Leitung durch und verkneifen sich jede Versuchung, das Gespräch mitzuhören!«

»Aye, aye, Ma'am«, erwiderte der Pilot.

Auf der Konsole sah man, wie er salutierte. Schräg hinter ihm hockte der WO des Explorers an seinem seitlich versetzten Bedienplatz. Er tippte etwas auf seinem MasterBoard. Dann machte er das Good-to-go-Zeichen in Richtung Kamera. Im gleichen Augenblick verschwand das Bild.

Stattdessen baute sich ein anderes auf. Es war die Offiziers-lounge auf dem Brückendeck der MARQUIS DE LAPLACE.

»Das klappt ja wie am Schnürchen!« Jennifer freute sich wie ein kleines Kind.

Mit einem Blick über die Schulter sah sie nach Borissowitsch. Der gemütliche Russe stand zwei Schritte hinter ihr und starrte mit offenem Mund seinen eigenen Hauptbedienplatz an.

»Das ist unmöglich!«, stammelte er immer wieder.

Jennifer bedeutete ihm mit einem Kopfnicken, er möge neben ihr Platz nehmen. Und offenbar war er so verwirrt, dass er es nicht als anstößig empfand, sich von einer Fremden auf seiner eigenen Brücke Anweisungen geben zu lassen. Ohne den Blick von der Konsole zu nehmen, auf der man nun mehrere Personen erkannte, rutschte er neben Jennifer auf den gravimetrischen Sessel des Ersten Offiziers.

»Hallo John«, zwitscherte Jennifer, als Direktor Reynolds' asketisches Gesicht auf ihrem Bildschirm sichtbar wurde.

Man sah den Leiter der Planetarischen Abteilung verzerrt, in der überdehnten Einstellung einer holografischen Weitwinkelkamera, die seine Nase riesig, seine Schultern und Arme aber winzig erscheinen ließ. Der genialste Wissenschaftler, den die Union je in ihren Reihen gezählt hatte, fummelte etwas an der Qbox auf der MARQUIS DE LAPLACE, die das Pendant zu derjenigen darstellte, die auf der Brücke der ENTHYMESIS stand und die Übertragung bewerkstelligte. Außer diesen beiden Geräten gab es keine Vorrichtung im gesamten Universum, mit der man ihr Gespräch hätte belauschen können.

Endlich nahm Reynolds zwischen einigen anderen Männern Platz. Die KI der HoloKamera nahm den Fokus automatisch zurück und stellte eine mittlere Bildperspektive her. Man sah vier Personen.

Kommandant Borissowitsch registrierte, wie die Offizierin an seiner Seite erstarrte, kaum dass sie das Bild in sich aufgenommen hatte.

»StabsLog: Protokollfunktion«, sagte Direktor John Reynolds, viele Quadranten weit entfernt. »Die Sitzung ist eröffnet. An Bord der MARQUIS DE LAPLACE nehmen daran teil …«

Jennifer hatte den Mund geöffnet, um etwas zu sagen. Vermutlich wollte sie Reynolds zurufen, ganz so förmlich müsse er es auch nicht machen. Doch dann ließ sie ihn gewähren. Sie schien ihre Meinung geändert zu haben. Womöglich war sie zu dem Schluss gekommen, dass die Aktivierung der Protokollfunktion kein Fehler sein mochte. Schließlich würden Dinge von außerordentlicher Tragweite verhandelt werden. Wer wusste schon, was sich daraus ergeben würde? Und wer behauptete später vielleicht, von nichts gewusst zu haben?

»Commander Frank Norton«, zählte Reynolds auf, »Kommandant der MARQUIS DE LAPLACE im militärischen Rang eines Commodore, General a. D. Dr. Rogers, vormals Leiter der Planetarischen Abteilung, Kommissar Jorn Rankveil, Sonderbeauftragter der Union für Zthronmische Angelegenheiten, und Direktor Reynolds, amtierender Leiter der Planetarischen Abteilung. Es handelt sich um eine Besprechung auf Führungsebene, höchste Geheimhaltungsstufe.«

»Aufseiten der Orbitalstation Alpha Ceti Tau nehmen teil: Commodora Jennifer Ash, Kommandantin des ENTHYMESIS-Geschwaders, und Boris Borissowitsch, Kommandant der Orbitalstation. Geheimhaltungsstufe ist gewährleistet.«

Jennifer war verzweifelt. Sie suchte Nortons Blick, der scheinbar unbeteiligt auf dem gravimetrischen Sofa seiner Kommandantenlounge saß, direkt neben Jorn Rankveil, der regungslos aufgepflanzt dahockte und abwartend in die Kamera starrte. Es war nicht zu erkennen, ob er ihren Blick durch die Übertragung hindurch auffangen konnte. Sie entschloss sich, die Sache auf eigene Faust anzugehen.

»Kurze Frage noch«, sagte sie harmlos. »Kommissar Rankveil ist kein Offizier der Union. Wie kommt es, dass er an einer internen Besprechung auf der höchsten Führungsebene teilnimmt?«

In zwei, um einige Tausend Lichtjahre voneinander entfernten Räumen, gefror die künstliche Atmosphäre und alle beteiligten Personen hielten den Atem an.

Jorn Rankveil sah ausdruckslos in die Kamera und ließ einige Sekunden verstreichen. Dann richtete er sich geringfügig auf. Seine stechenden schwarzen Augen blieben ruhig. Ein hintergründiges Feuer schien in ihnen zu glosen, von dem man nur ahnen konnte, dass es im Handumdrehen zu einem vernichtenden Blitzen auflodern konnte.

»Jorn Rankveil«, sagte er herablassend, »ist Beauftragter für Zthronmische Angelegenheiten und seit diesem Vormittag Vorsitzender der Untersuchungskommission, die den Auftrag hat, die verschiedenen Vorfälle auf und über Zthronmia zu klären.«

Er ließ das wirken und blickte Jennifer über einen Abgrund von einigen Billiarden Kilometern eiskalt an.

»Es ist«, fuhr er schließlich fort, »Ihren Freunden daher nicht gelungen, ihn von diesem konspirativen Treffen fernzuhalten.«

Da er sich ein wenig vorgebeugt hatte, konnte Norton ihr jetzt hinter seinem Rücken Zeichen machen. Allerdings konnten sie beide nur die Schultern heben und durch lautlose Lippenbewegungen andeuten, dass sie ruhig mit der Besprechung fortfahren sollten. Offensichtlich gab es so oder so gar keine andere Möglichkeit.

Jennifer verfluchte Reynolds' Quantenbox. Wie jede neue Technik barg sie Für und Wider. Und wie jede Neuerung auf dem Gebiet der Kommunikation schuf sie nicht nur Möglichkeiten des Austauschs, sondern auch der Überwachung und Bespitzelung. Hätten Sie doch eine Lambda-Ionensonde durch den Warpraum geschickt. Bei der derzeitigen Flugtätigkeit im Rahmen von Reynolds' Sondenprogramm wäre ein Start mehr oder weniger nicht aufgefallen.

Am besten wäre es, sie hätte freie Hand bekommen. Aber der Charakter der geplanten Aktion brachte es mit sich, dass sie ohne engste Absprache nicht zu realisieren war.

»In Ordnung«, schaltete Dr. Rogers sich jetzt ein. »Kommen wir zu Sache.«

Er sprach betont und für seine Verhältnisse sehr steif. Das war zum einen der Anwesenheit Jorn Rankveils, zum anderen aber auch der Protokollfunktion des StabsLogs geschuldet.

»Commodora Ash und Kommandant Borissowitsch haben einen Versorgungsfrachter mit Nachschub für die Orbitalstation Alpha Ceti Tau angefordert. Da der letzte Frachter, die ENCOURAGE II, von zthronmischen Verbänden aufgebracht wurde und verloren ging, mangelt es nun vor allem an Treibstoff, aber auch an Wasser, Sauerstoff, Lebensmitteln, Munition und nicht zuletzt an frischen Mannschaften.«

Insgeheim schien jeder auf einen Einwand seitens Kommissar Rankveils zu warten. Aber er saß stumm und regungslos da und lauschte den für die Ewigkeit gesprochenen Sätzen des alten Generals.

»Die Führung der Union«, fuhr Dr. Rogers fort, »hat beschlossen, der Anfrage zu entsprechen. Der Frachter ENCOURAGE IV, ein Schwesterschiff des verlorenen, wird in diesen Stunden betankt und munitioniert. Es wird in circa achtzehn Standardstunden, das heißt morgen Vormittag, bereit zum Abflug sein.«

»General Rogers«, sagte Jennifer. »Wir bedanken uns für die Gewährung von Nachschub und Verstärkung beziehungsweise Ablösung.«

Sie wechselte ein schiefes Lächeln mit Kommandant Borissowitsch. Dieser glotzte immer noch mit offen stehendem Mund auf die Konsole. Von den politischen Implikationen des Vorhabens schien er nichts zu ahnen. Im Moment schlug ihn der technische Aspekt des Vorgangs in seinen Bann.

»Um eine Wiederholung des Überfalls ausschließen zu können«, beeilte Jennifer sich fortzufahren, »haben wir außerdem darum gebeten, ein Geschwader schneller Jäger bereitzustellen. Dieses soll sich in einem Bereitschaftsraum versammeln und zum fraglichen Zeitpunkt die Warpreaktoren hochfahren. Der Abruf erfolgt mittels Qboxen, die in die Cockpits des Jägers integriert werden und Kommunikation in Echtzeit mit jedem beliebigen Punkt des Universums ermöglichen.«

Sie ließ eine Pause entstehen, aber es wurde auch jetzt kein Widerspruch laut. Das machte sie misstrauisch. Sie hatte damit gerechnet, dass Rankveil verhinderte, den Zthronmic eine solche Falle zu stellen. Aber der Kommissar saß für seine Verhältnisse gutmütig dabei, hörte sich alles an – und schwieg. Was mochte er im Schilde führen?

Andererseits, dachte sie, wenn etwas herauskam, wusste man, wo die undichte Stelle war. Wenn der Plan vereitelt wurde … Die Frage war nur, was für Konsequenzen ein Fehlschlag nach sich ziehen würde und ob die Auswirkungen dann nicht so gravierend sein würden, dass das Schicksal des gelbhäutigen Jorn Rankveil ihnen herzlich gleichgültig sein würde.

Wie auch immer. Sie konnte es nicht ändern. Die Dinge waren viel zu weit gediehen. Viel zu viel war in Gang gesetzt und aktenkundig geworden – es gab kein Zurück mehr.

»Die Jäger halten sich lediglich bereit«, sagte sie laut. »Sie haben einen gestaffelten Einsatzbefehl. Solange der Frachter den Zielraum ungefährdet erreicht, die Kampfstation anfliegen und seine Ladung löschen kann, greifen sie auf keinen Fall ein.«

Die vier Männer auf der MARQUIS DE LAPLACE nickten unisono.

»Nur falls es zu neuerlichen Übergriffen kommt, setzen die Jäger durch den Warpraum nach, kommen der ENCOURAGE IV zu Hilfe und geben ihr Geleit, notfalls auch Feuerschutz.«

Auch jetzt kam keinerlei Widerspruch.

Jennifer holte tief Luft. Bis jetzt war sie auf der Schwelle gestanden. Im schlimmsten Fall hätte man das Ruder noch einmal herumreißen können, wenn auch nicht ohne Ansehensverlust. Doch jetzt tat sie den entscheidenden Schritt.

»Und dann habe ich mir noch Folgendes überlegt«, sagte sie und aktivierte eine vorbereitete Übertragung. Auf der Konsole sah sie, wie die Daten auf der anderen Seite ankamen und von der KI des StabsLogs aufbereitet wurden. Die Augen der Männer wurden umso größer, je mehr sich davon enthüllte. Sie stieß Borissowitsch kumpelhaft in die Seite. Dann wartete sie auf die Bestätigung.

Nach Ende der Videokonferenz begab sich Jennifer wieder auf die ENTHYMESIS, um dort die Nacht zu verbringen. Die Nacht vor dem Gefecht – denn dass es zu Zwischenfällen kommen würde, stand für sie außer Zweifel. Vielleicht die letzte Nacht zu Friedenszeiten.

Sie instruierte die beiden Offiziere ihrer spartanischen Crew, die sich die Nachtwache teilten. Auch Borissowitsch hatte sie angewiesen, die Brücke auf Alpha Ceti Tau im Dreischichtrhythmus besetzt zu halten. Der maulfaule Russe hatte es ihr zugesagt, ebenso unverbindlich, wie er ihr einen Nächtigungsplatz auf seiner Raumstation angeboten hatte. Aber sie hatte wenig Lust verspürt, das Domizil mit einem Dutzend gelangweilter, frustrierter und sexuell ausgehungerter Männer zu teilen.

Da waren ihr die beiden gesetzten Familienväter, die sie sich auf die ENTHYMESIS geholt hatte, lieber.

Jennifer ging nicht davon aus, dass es in der Nacht zu Übergriffen kommen würde. Aber man konnte nie wissen. Die Gemengelage in diesem abgelegenen Quadranten war undurchsichtig. Hier blühte die Korruption, wucherte der Schwarzhandel, feierten Fanatismus und religiöse Verbohrtheit fröhliche Urständ.

Während sie ihre Kabine aufsuchte, die gravimetrische Tür verriegelte, die Schiffsautomatik auf Alarm stellte, sich auszog und in die Nasszelle ging, kreisten ihre Gedanken um die Ereignisse dieses Tages. War es wirklich erst an diesem Morgen gewesen, dass sie den Sprung durchgeführt, sich das Scharmützel mit den zthronmischen Schmugglern geliefert und die Orbitalstation angeflogen hatte. Auf dem Planeten unter ihr war es Nacht und wieder Tag geworden. In den Morgenstunden lokaler Zeit hatten zthronmische Scyther einen schweren Angriff auf amishe Kibbuzim geflogen. Derweil hatte sie mit Kommandant Borissowitsch die Station inspiziert.

Sie stand unter der Dusche und ließ sich von warmem Wasser berieseln. Es war ein Luxus, den man sich auf einem so kleinen Schiff wie einem ENTHYMESIS-Explorer nicht jeden Tag gönnen konnte. Für gewöhnlich duschte man mit Ultraschall. Die selbstreinigende sensorielle Kleidung sorgte dafür, dass man während einer Mission nicht allzu viele Gedanken an die Körperpflege verschwenden musste. Hin und wieder zog sie jedoch ein richtiges Bad vor, mit warmem Wasser und parfümierter Seifenlösung. Und anschließend frottierte sie ihren Leib, bis er zu glühen schien.

Sie zog sich nicht an, sondern nahm in Meditationshaltung auf der gravimetrischen Matratze ihres Bettes Platz. Dann schloss sie die Augen und versetzte sich in eine leichte Trance. Die oberen Schichten der Prana-Bindu-Meditation waren für das Bewusstsein durchlässig. Sie schaltete nur alle störenden Einflüsse ab, unterdrückte Assoziationen und den persönlichen Teil ihres Gedankendickichts. Sie war wie ein Computer, der rational und effektiv ein vorgelegtes Problem bearbeitete. Nachdem sie den Plan für die morgige Falle, die sie den Zthronmic gestellt hatte, noch einmal durchgegangen war und ihn auf logische Fehler abgeklopft hatte, konzentrierte sie sich auf Kommandant Borissowitsch. Neben Kommissar Rankveil blieb er eine der Unbekannten in diesem Spiel. Der Russe war undurchdringlich. Er hatte nichts von sich preisgegeben. Privat schon gar nicht. Aber auch über sein Dienstverständnis und seine Einschätzung der Situation hier draußen konnte man nur mutmaßen. Er wollte seine Ruhe haben, so viel war durchgedrungen. Solange er selber nicht an Leib und Leben gefährdet war, blieben ihm die Vorgänge einige Hundert Kilometer weiter unten herzlich egal. Sein Job war sicher. Er hatte ihn bis jetzt weitgehend unkontrolliert, in eigener Regie ausgeführt. Zu erkennbaren Unregelmäßigkeiten war es nicht gekommen. Wie viel er für die eigene Tasche abzweigte, wie viel des florierenden Zthrontathandels über seine speckige Konsole lief oder wie lukrativ seine sonstigen Deals mit den Zthronmic waren – darüber konnte man nur spekulieren. Er hatte sich mit der Lage hier draußen arrangiert. Gut möglich, dass er an die entsprechenden Stellen der Unionsverwaltung eine Art von umgekehrtem Schutzgeld zahlte, um nicht abgelöst zu werden. Der Verlust der ENCOURAGE hatte ihn nicht besonders schwer getroffen. Er war nicht eingeschritten, als der Frachter aufgebracht worden war, und hatte auch nichts unternommen, als er manövrierunfähig auf seiner instabilen Bahn dahintrieb. Seine Trauer über das Scheitern der Mission, den Absturz des Schiffes und den Tod der Mannschaften hatte sich in Grenzen gehalten.

Jennifer musste sich nicht eigens dazu ermahnen, ihm nicht über den Weg zu trauen. Bei Gelegenheit würde sie ein wenig investigativ werden: Vielleicht ließ sich in den Tiefen des Stabs-Logs etwas darüber auffinden, was er hier draußen trieb oder wie er zu diesem Posten gekommen war. Aus Bemerkungen, die er während des Gespräches hatte fallen lassen und die sie mit der Chronologie der häufig wechselnden zthronmischen Führung kurzgeschlossen hatte, glaubte sie, ableiten zu können, dass er schon während des Sinesischen Krieges in diesem Quadranten zu tun gehabt hatte. Wie war das aber möglich? Die Ikosaeder-Kampfstation war damals noch von den Sinesern selbst betrieben worden. Diese hatten schwerlich einem Offizier der Union Zugang gewährt. Freilich, glaubte sie, sich zu erinnern, hatte die Union schon nach Persephone ein Netz von Verbindungsoffizieren zu verschiedenen Völkern in der Tiefe der Galaxis aufgebaut. Die Zthronmic waren während der Schlacht um Sina neutral geblieben. Sie hatten eine der Phasen durchgemacht, in denen sie auf Distanz zum Sinesischen Imperium zu gehen pflegten. Es war denkbar, dass Borissowitschs Kontakte bis in diese Zeit zurückreichten. Das herauszufinden, würde eine mehrstündige Tiefenrecherche im StabsLog erfordern, was wiederum nur auf der MARQUIS DE LAPLACE möglich war. Jennifer machte sich einen Vermerk im Hinterkopf, sich beizeiten um die Sache zu kümmern. Dann schüttelte sie die Trance ab, stand auf und warf sich ein leichtes Negligé aus Tloxi-Seide über. Während sie ihre schlanke Gestalt mit dem verführerischen durchscheinenden Kleid im Spiegel betrachtete, kam ihr noch ein weiterer Gedanke.

Sie nahm ihr MasterBoard vom Pult, setzte sich im Lotossitz aufs Bett und rief die Dialogfunktion auf. Dann wählte sie sich mit ihrer Identifizierung als Kommandantin in die Brückenautomatik der ENTHYMESIS ein. Danach ließ sie sich den Status der Quantenbox geben. Anhand einiger elektronischer Spuren, die sie hinterlassen hatten, erkannte Jennifer, dass ihre beiden Offiziere das Gespräch mit der MARQUIS DE LAPLACE belauscht hatten. Das war nicht nur gegen die Vorschrift, sondern auch gegen ihre ausdrückliche Anweisung. Andererseits war es ihr egal. Es würde ihr das morgendliche Briefing sparen. Die Gesichter des 2. Piloten und des WO, wenn sie ihnen sagte, dass sie ja ohnehin schon Bescheid wüssten, würden köstlich sein.

Aber sie hatte jetzt gar keine Lust, allzu lange bei diesen Dingen zu verweilen. Sowie sie sich in die interne KI der Quantenbox eingeloggt hatte, rief sie die Brücke der MARQUIS DE LAPLACE.

Die Bestätigung kam erstaunlich rasch.

»Das ging aber schnell«, sagte sie, während sich die Übertragung aufbaute und die HoloFunktion ihres MasterBoards das Videobild erzeugte.

»Ich hatte so ein Gefühl …«, grinste Norton auf der anderen Seite, während er noch irgendwas an seinem Gegenstück der Box zu fummeln hatte.

»Du hast Gefühle?!«, sagte Jenny grob. Sie schmunzelte, um anzudeuten, dass es nicht ganz ernst gemeint war.

Frank schien mit der Einstellung der Technik zufrieden zu sein. Er trat einen Schritt zurück und nahm in seinem gravimetrischen Sessel Platz. Ganz so wie am Nachmittag, nur dass er jetzt allein war.

»Ist sie bei dir?«, fragte Jennifer.

»Ich weiß nicht, was du meinst«, gab er zurück. Das jungenhafte Grinsen schien er überhaupt nicht mehr abstellen zu können.

Jenny ließ sich wider Willen davon anstecken.

»Deine – Anwärterin«, sagte sie, knipste ihr Lächeln wieder aus und legte abwartend den Kopf schief. Er würde jetzt ihr kurzes Haar sehen, das noch ein wenig feucht war und stachlig nach allen Seiten abstand. Sie hatte es nur mit einem Handtuch abgerubbelt und weder geföhnt noch gekämmt. Außerdem bot sie ihm das energische Kinn, den Halsansatz und die nackte Schulter. Ihre Brust zeichnete sich deutlich unter dem transparenten Nachthemd ab.

Sie sah, wie er sich alles wohlwollend besah.

»Lieutenant Milesi ist zur Schulung in Pensacola, falls du das meinst«, antwortete er abwesend. »Rufst du mich deshalb an?!«

»Ich wollte mal sehen, was du so treibst!«, entgegnete sie.

Dann beugte sie sich vor und änderte die Übertragungsrate.

»Wir gehen auf Audiokanal«, verkündete sie. »Die Qbox ist teilweise erschöpft. Wir dürfen ihre Kapazität nicht vorzeitig aufbrauchen, und der LiveStream frisst zu viele Bytes …«

Die Matrix brach zusammen. Der Bildschirm wurde schwarz. Nur noch ein blinkender Schriftzug teilte mit, dass sie weiterhin online mit der Brücke der MARQUIS DE LAPLACE verbunden war, zehntausend Lichtjahre entfernt.

Ihr ging auf, dass es für Norton wie reiner Sadismus wirken musste. Sie präsentierte sich in einem ihrer erlesensten Negligés, um dann den Monitor zu löschen. War sie grob? Er hatte versöhnlich geklungen und ausgerechnet an diesem Abend gab sie sich kurz angebunden. Andererseits brauchte er nicht immer so leicht davonzukommen.

»Bist du noch da?«, fragte sie zögernd.

»Ich kann dich hören«, kam seine Stimme. »Aber das ist nicht das Gleiche …«

Sie musste unwillkürlich glucksen.

»Willst du Telefonsex machen? Über ein paar Hundert Parsecs?«

Auch er unterdrückte auf der anderen Seite ein halblautes Prusten.

»Das wäre zumindest ein neuer Rekord.«

»Lass uns zur Sache kommen«, sagte Jennifer. »Wie ist die Besprechung bei euch aufgenommen worden?«

»Ganz gut …«

Sie sah es vor sich, wie er die Achseln zuckte.

»Keine Beanstandungen – was mich gewundert hat. Keine weiteren Kommentare.«

»Das wundert mich«, sagte sie leise.

»Rogers scheint es leid zu tun, dass er nicht dabei sein kann. Aber es ist besser so. Er wird allmählich alt.«

»Rankveil?«

Je weniger aus dieser Richtung kam, umso nervöser wurde sie.

»Hat sich alles angehört, hat alles abgenickt und ist dann wieder gegangen.«

Jennifer holte Luft.

»Irgendetwas führt er im Schilde. Allein schon, um seine Zuständigkeit unter Beweis zu stellen, muss er doch etwas aushecken!«

»Was soll er tun?«, fragte Norton gleichgültig. »Er hat nichts in der Hand. Noch hat er keinen Stab, kein eigenes Schiff, nicht einmal so ausgefeilte Kommunikationsmittel, wie wir sie hier missbrauchen.«

Was war denn los mit ihm, fragte Jennifer sich im Stillen. Frank wirkte so aufgeräumt. Entweder hatte er gerade mit der Kleinen gevögelt oder er hatte sie tatsächlich zur Schulung geschickt und war froh, sie loszuhaben. Über keines von beiden vermochte sie sich so recht zu freuen. Und dennoch sendete er versöhnliche Signale aus.

Ihr wurde bewusst, wie absurd die Situation war. Bis gestern hätten sie einander jeden Tag sehen können, waren sich aber aus dem Weg gegangen. Und nun saßen sie Billiarden Kilometer voneinander entfernt in den winzigen Kabinen ihrer Schiffe und verzehrten sich nacheinander. Sie fragte sich, ob sie den ganzen Trip nur angestrengt hatte, um genau diese Empfindung herbeizuführen. Es waren schon Kriege angezettelt worden, weil ein Liebespaar nicht den rechten Ton gefunden hatte.

»Dann lassen wir die Sache also steigen«, stellte sie fest.

»Die Staffelführer sind instruiert«, kam es von drüben. »Sie halten sich im erdnahen Raum bereit. Die Sprungkoordinaten sind ihnen auf abhörsicheren Qverbindungen übermittelt worden. Reynolds selbst hat das bewerkstelligt. Er hat ein System ausgeklügelt, wie auch mehrere Partner an solchen Quantenkommunikationen teilnehmen können. Jede Qbox besteht eigentlich aus mehreren Modulen, die irgendwie über Kreuz miteinander verschränkt sind, sodass sie jeweils als Relais dienen und man sie miteinander vernetzen kann … So irgendwie. Du würdest das mit Sicherheit viel besser kapieren als ich.«

Dass er ein bisschen zu dumm für seinen Job sei, war eine seiner Maschen, auf die man nicht immer eingehen musste.

»Umso besser«, sagte Jennifer knapp. »Dann können wir den Einsatz noch enger koordinieren.«

»Wenn er denn nötig wird«, wandte Norton ein.

Aber ihnen beiden war bewusst, dass dieses Wenn rein hypothetisch war. Die Zthronmic würden die Gelegenheit nicht verstreichen lassen. Ihnen musste klar sein, dass es sich um eine Falle handelte. Aber nach Muqa Zthés auftrumpfender Rede vor dem Konvent war auch klar, dass sie viel zu selbstbewusst waren, um einer solchen Falle auszuweichen. Sie würden es darauf ankommen lassen.

»Dann also: Gute Nacht!«

Der Satz war zweideutig. Sie ließ ihn in der Schwebe. Doch als sie sich schon verabschieden wollte, sprang plötzlich die Videofunktion wieder an. Noch einmal baute sich das HoloBild auf. Franks graublaue Augen waren auf einmal ganz nahe vor ihr.

»Ich wollte dich noch einmal sehen«, sagte er linkisch. Immer wenn er den großen Buben spielte und sich seiner Sentimentalität hingab, war er besonders süß. Natürlich wusste er das auch.

»Da bin ich«, gab Jennifer zurück. Sie registrierte, dass sie einen Kloß im Hals hatte.

Über einen Abgrund von abertausend Lichtjahren sahen sie einander an.

»Pass auf dich auf!«, sagte Norton leise.

Dann war die Übertragung beendet.

Am Morgen marschierte Jennifer alert auf die Brücke der Raumstation Alpha Ceti Tau. Während der Nacht war nichts vorgefallen. Jetzt begab sie sich zu Kommandant Borissowitsch, um gemeinsam mit ihm das Eintreffen des Versorgungsfrachters ENCOURAGE IV abzuwarten.

Der Kommandant saß vor seiner Konsole und studierte die hereinkommenden Meldungen. Dabei mampfte er etwas aus einem selbsterhitzenden Elastilbehälter in sich hinein. Es sah aus wie recyceltes Müsli, in dem kleine Fleischstückchen trieben. Jennifer hätte sich beinahe der Magen umgedreht.

»Wie war die Nacht?«, fragte sie, bemüht, sich die Irritation nicht anmerken zu lassen.

Borissowitsch sah kaum von seinem Frühstück auf. In zusammengesunkener Haltung, die seinen runden Rücken noch runder, die hängenden Schultern noch hängender erscheinen ließ, schlang er vor sich hin.

»Angenehm ruhig«, sagte er undeutlich. Dennoch schien er die Worte zu betonen. »So ruhig, wie wir es vor Ihrer Ankunft immer hatten.«

Jennifer zuckte die Achseln.

»Und unten?«

Sie trat an die mächtige, konvex gekrümmte Scheibe aus polarisiertem Elastalglas. »Unten«, das war der Planet Zthronmia, dessen zinkoxidfarbene Wüsten und Gebirge in der Tiefe dahinzogen. Rostrote und ockerbraune Landstriche, die so menschenleer und gottverlassen waren, als hätte nie ein lebendes Wesen diese Welt betreten. Und doch war sie zum Zankapfel geworden. Möglicherweise zum Auslöser eines interstellaren Erbfolgekrieges.

»Erstaunlich friedlich«, kaute der Russe. »Ein paar Scytherangriffe auf amishe Kibbuze. Die Opferzahlen werden gerade kompiliert.« Er schlürfte geräuschvoll den Grund der Schüssel aus und wandte Jennifer sein aufgedunsenes Gesicht zu. »Nicht halb so schlimm wie gestern, beispielsweise.«

Die Daten würden aufbereitet und komprimiert, auf eine Warpdrohne überspielt und zum Torus gefeuert werden. Dort würden sie automatisch ins StabsLog überschrieben und auf diese Weise »veröffentlicht« werden. Jeder, den es interessierte, würde sich ein Bild machen können. Auch in dieser Nacht war es auf Zthronmia nicht ruhig geblieben. Ruhiger als in der vorangegangenen Nacht allerdings, und das würde in der an prozentualen Verschiebungen und Ableitungen orientierten Öffentlichkeit als Erfolg erscheinen.

»Es gab Opfer«, stellte sie nüchtern fest.

»Ein paar.« Borissowitsch ließ die Elastilschüssel auf den Boden gleiten. Aus irgendeinem Versteck kam die Katze Morgan hervor und stürzte sich darauf, um sie genüsslich auszulecken.

In einer Welt der Statistiken und der elegant aufbereiteten dreidimensionalen Diagramme, die ohnehin niemand las, spielten absolute Zahlen keine Rolle, und wenn sie Menschenleben repräsentierten.

»Was wollen Sie?«, rief der Kommandant, der sich den Mund an seinem schwarzen Pullover abwischte. »So geht das hier seit ich weiß nicht wie vielen Jahren – seit ich denken kann. Und noch nie hat sich irgendjemand darüber aufgeregt. Nicht einmal die Amish selbst. Sie nehmen es hin wie Sandstürme, Grubenbeben und andere Misslichkeiten ihrer selbst gewählten Existenz hier draußen auch.«

»Aber wir nehmen es nicht hin«, sagte Jennifer knapp. Sie stand breitbeinig, die Hände hinter dem Rücken verschränkt, an der Panoramascheibe und blickte hinunter. Sie passierten gerade wieder die Tag-und-Nacht-Grenze, die ihre Flugbahn in einem spitzen Winkel schnitt. Dort unten lagen Mütter in ihren Betten und trauerten um ihre Kinder, die im Aerosol verbrannt waren. Und gleich nebenan, von hier oben aus nur einen Steinwurf entfernt, ließen die Scythergeschwader vielleicht schon wieder die Turbinen warm laufen, um im Morgengrauen anzugreifen.

Die Tag-und-Nacht-Linie wanderte erstaunlich schnell über die rötlichen Gebirgszüge, wenn auch nicht ganz so schnell wie Alpha Ceti Tau auf ihrer elliptischen Bahn, die den Planeten alle siebenundneunzig Minuten umrundete. In der dünnen Atmosphäre Zthronmias, in der es kaum Dämmerungszonen zu geben schien, war die Schattenlinie scharf ausgeprägt, wie auf einem Mond ohne schützende Luftschicht. Es gab Licht und es gab Schatten. Dazwischen war nichts.

Im wirklichen Leben, dachte Jennifer, zumal im komplexen Feld der interstellaren Politik, war es leider nicht so einfach. Recht und Unrecht, Gut und Böse, Freund und Feind waren oft kaum voneinander zu unterscheiden. Die Welt schien in einem beständigen Zwielicht dazuliegen, einem moralischen Claire obscure, in dem die Konturen verschwammen und die Gegensätze sich ineinander auflösten.

Die Schattenlinie, die über die Bergkämme und Geröllwüsten kroch, war gezackt. Sie wirkte wie ein Sägeblatt, das den Planeten Nacht für Nacht in zwei Hälften schnitt.

»Nun, darum kümmern wir uns später …«

Jennifer wandte sich um. Borissowitsch hatte die Katze Morgan auf den Arm genommen und kraulte sie. Dabei begegnete er ihrem Blick. Seine Miene war vollkommen ausdruckslos.

»Sie wissen Bescheid.« Jennifer sah nach der Uhr. »Wenn der Frachter attackiert wird, fordern wir Geleitschutz an. Ich möchte, dass Sie auch hier die Geschütze bemannen und alle Stationen besetzt halten …«

Der Kommandant wollte einen Einwand vorbringen, aber Jennifer verurteilte ihn mit erhobener Hand zum Schweigen.

»… soweit es Ihre knappen Ressourcen an Mannschaften, über die Sie mich nicht belehren müssen, gestatten.«

Sie funkelte ihn finster an.

»Die drei Mann«, Borissowitsch zelebrierte jedes einzelne Wort, »der Frühschicht haben in diesem Augenblick Feierabend. Sie haben die ganze Nacht nicht geschlafen …«

Jennifer stieß amüsiert die Luft durch die schmale Nase.

»Sie werden Feierabend bis ans Ende ihres Lebens haben«, sagte sie. »So oder so.«

Ihr Blick bohrte sich in die schwammige Visage des Kommandanten.

»Ich befehle Ihnen, sämtliche relevanten Stationen zu bemannen und die Station gefechtsbereit zu machen.«

Borissowitsch feuerte die Katze quer über die Brücke; sie fing sich mit einem Salto ab, schüttelte sich einmal und ging dann unter einem der Konsolenpulte in Deckung. Der Kommandant erhob sich schwerfällig, bückte sich keuchend, hob den Elastilbehälter auf und stopfte ihn mit ostentativem Seitenblick in einen der schwarzen Kompressionssäcke. Jennifer verfolgte das umständliche Manöver ungerührt.

»Und dann haben wir ja noch immer etwas in der Hinterhand«, sagte sie fröhlich.

Borissowitsch aktivierte die Durchsagefunktion der Automatik.

»Alle Mann auf Gefechtsstation«, sagte er emotionslos. »Der Schichtplan ist aufgehoben. Ich wiederhole: Alle Mann auf Gefechtsstation. Dies ist keine Übung!«

Mit herablassender Geste ließ er den Kanal zurückschnappen.

»Ich weiß nur noch immer nicht, wozu der Aufwand gut ist«, brummte er in Richtung Jennifer. »Glauben Sie im Ernst, die Zthronmic werden Ihnen den Gefallen tun und auch diesen Frachter angreifen?«

Jennifer zuckte die Achseln.

»Es ist immer gut, wenn man noch einen Trumpf im Ärmel hat!«

Borissowitsch war zur Tür geschlurft, deren Steuerung schon wieder ausgefallen zu sein schien. Er musste die Flügel mit den Händen auseinander drücken.

»Ioan«, brüllte er in den Gang, der sich dahinter im Halbdunkel verlor, »und bring mir einen Kaffee!«

Damit kehrte er an seinen Hauptbedienplatz zurück und ließ sich schwerfällig in seinen gravimetrischen Sessel fallen, dass der Feldgenerator aufstöhnte und die Federung aus virtueller Schwerkraft nachgab. Er aktivierte die Statusfunktion seiner Konsole und sah regungslos zu, wie seine Männer Reaktoren hochfuhren, Schutzschilde aufbauten und Geschütztürme besetzten.

»Kann ich sonst noch etwas für Sie tun?«, fragte er, während seine fettigen Lippen sich zu einem frechen Feixen aufbliesen.

»Halten Sie einfach die Klappe!«, blaffte Jennifer zurück.

Sie hatte sich wieder umgedreht und musterte die Nachtseite des Planeten, die lautlos unter ihnen in der Finsternis trieb und sich erwartungsvoll dem blutigen Horizont des Morgenrots entgegendrehte.

Pater Bel

Der Pater hatte die Formel gesprochen, die für die Aufnahme unschuldiger Seelen in das Himmelreich des Einen Gottes bat. Er hatte die Tora dreimal über den frischen Gräbern geschwenkt und den Totengesang angestimmt. Schließlich war er zurückgetreten. Die Särge waren in die sandigen Gruben hinabgelassen worden. Die Angehörigen hatten Erde darauf geworfen. Viele hatten Votivbildchen, Zettel oder Briefe, die ledrigen Glieder von Meditationskakteen oder kostbare Zthrontatkristalle in die Gräber gebettet. Dann waren die Männer vorgetreten, die die undankbare Aufgabe hatten, die Reihe von fünfzig neuen Grabstätten zuzuschaufeln und die provisorischen Grabsteine aus gestanztem Elastil aufzustellen. Kaum jemand hatte geweint. Die Zeremonie war in großer Würde und Stille über die Bühne gegangen. Der staubige Nachmittagswind, der jenseits der großen Palisade durch die Ebenen heulte, war oft das einzige Geräusch gewesen.

Pater Bel hatte sich am Ende der Reihe postiert. Die Trauergäste schritten den ganzen Kordon der schmalen Gräber ab. Dann kamen sie bei ihm vorbei, der sie noch einmal segnete und versuchte, ihnen ein Wort des Trostes mit auf den Heimweg zu geben. Von einem zum anderen wurde es immer noch schwerer.

Die Tradition hatte gefordert, die Toten des morgendlichen Angriffs noch vor Sonnenuntergang beizusetzen. Sie durften nicht unbestattet bleiben, wenn die Nacht hereinbrach. Das war mit knapper Not gelungen. Fünfzig Gräber hatten aus dem steinharten Boden gebrochen werden müssen. Fünfzig Särge hatten gezimmert werden müssen, die meisten von ihnen kleine Kindersärge. Fünfzig Leichen hatten gewaschen und in weißes Leinen gebettet werden müssen. Zuvor waren die Toten zu identifizieren gewesen, was nicht mehr in allen Fällen gelungen war. Viele der Kinder waren bis zur Unkenntlichkeit verbrannt. In einzelnen Fällen hatte man sich mit einer Handvoll Asche beholfen, die man auf gut Glück aus den noch immer schwelenden Trümmern der Schule geborgen hatte. Die Zuweisung zu einem Namen erfolgte nach der Schulliste. Irrtümer waren ausgeschlossen. Alle Kinder, die an diesem Tag nicht nach Hause gekommen waren, mussten verbrannt sein, auch wenn man nicht mehr die geringsten Überreste von ihnen fand. In einem Kibbuz mit wenigen Tausend Einwohnern, in dem jeder jeden kannte und der auf allen Seiten von Wüste umgeben war, gab es keine andere Möglichkeit, nichts, woran sich die Hinterbliebenen der »Vermissten« klammern konnten.

Der Pater segnete die Angehörigen. In den meisten Augen las er Trauer und Resignation, aber auch Auflehnung und Trotz. Natürlich wurde kein Wort gesprochen. Dennoch funkelte ihn aus vielen Gesichtern die schwindende Bereitschaft an, all dieses Leid unwidersprochen hinzunehmen. Viele schienen ihn mit zurückgestautem Vorwurf anzustarren. War er denn für das Grauen verantwortlich? In gewisser Weise schon, dachte er, während er wieder und wieder die Segensformel sprach, insofern als er sich zum Fürsprecher eines Gottes gemacht hatte, der Verbrechen wie diese geschehen ließ. Zu einem Gott zu beten, der Akte purer Grausamkeit nicht verhinderte? In vielen der stolzen Mienen, die sich ihm entgegenhoben, zu stolz, um zu weinen, und zu stolz, um anzuklagen, glaubte er so etwas zu lesen. »Wer bist du«, schienen sie zu fragen, »dass du dich zum Anwalt eines solchen Gottes machst?«

Eine der letzten in der Reihe war Shorena. Sie hatte, wie alle anderen Frauen auch, das schwarze Trauergewand angelegt, das ihre dunkle Schönheit noch vertiefte. Ein schwarzer Schleier aus handgestickter amisher Seide fiel über ihren Scheitel, verbarg ihr Gesicht, ihre Schultern und Arme. Dennoch sah er ihre dunklen Augen darunter lodern. Sie deutete die Beugung ihres Knies nur an, als sie den Segen empfing. Dann stand sie da, gab den Weg nicht frei, für die wenigen, die noch nach ihr kamen, sondern musterte den Pater unter ihrem Schleier hervor. Es war eine Herausforderung, ein Affront. Aber dennoch wich sie nicht vor ihm zurück. Sie schlug die Augen nicht nieder, sondern sie forschte in seinem blassen, von Trauer, Schock und Resignation gezeichneten Gesicht. Was suchte sie? Suchte sie die Seele hinter der Maske des Geistlichen, der seine Zuflucht zu Formeln und Ritualen, Dogmen und Zeremonien nehmen konnte? »Du hast nie geliebt«, schien ihr glosender Blick zu sagen, »wie kannst du ermessen, was es heißt, um seine Lieben zu fürchten? Du hast keine Kinder; wie kannst du ermessen, was es heißt, ein Kind zu verlieren?«

»Du musst weitergehen …«, sagte er leise.

Sie ließ es geschehen, dass er sie mit sanftem Nachdruck weiterschob. Aber sie ging nur ein paar Schritte und wartete dann in einer Gruppe von Männern und Frauen, die sich – im Gegensatz zu allen anderen – noch nicht zerstreuten. Der Pater hatte die Segensformel zum letzten Mal gesprochen und den Totengräbern das Zeichen gegeben, dass die Zeremonie beendigt war. Es war keine Minute zu früh. Die Sonne war hinter den Palisaden verschwunden, in deren Schatten es empfindlich kalt zu werden begann. Lediglich die höheren Gebäude und der stumpfe Kegel, der jenseits der Unterstadt ansteigenden Pueblos wurden noch von ihren Strahlen angeschienen. Die weiß gekalkten Flächen wurden zinnoberfarben, als wolle die Wüste alles, was sich über sie erhoben hatte, in sich zurücksaugen. Dann dunkelte das Rot schnell ein, wurde blutig, rostig, purpurn. Am Himmel wurden die ersten Sterne sichtbar. Einer davon schoss mit erheblicher Geschwindigkeit gegen das unbewegte Feld der anderen dahin. Es war eine Raumstation, die auf ihrem Orbit in den Schatten des Planeten tauchte.

Dann fiel die Nacht ein. Der Pater verharrte noch einige Minuten in stillem Gebet vor der endlosen Reihe frischer Gräber.

Als er sich umwandte, war die Gruppe immer noch da. Ein Dutzend Männer und Frauen. Shorena war unter ihnen, Ari ben Guron, der ihm am Morgen das Leben gerettet hatte, und einige andere, deren Namen ihm wieder einfallen würden.

»Pater«, sagte Ari zögernd, »auf ein Wort …«

Er schien sich zum Sprecher der Gruppe gemacht zu haben. Die anderen warteten schweigend ab. Unter den Frauen war Shorena diejenige, die einen Schritt vor den anderen stand. Ihre Haltung drückte Trotz und Unbeugsamkeit aus.

Der Pater nickte. Er führte die Männer und Frauen zum Gemeindezentrum, das nur wenige Gassen entfernt war. Auch hier waren durch die Wucht der morgendlichen Explosion die Scheiben zerborsten. Ein Teil des Daches war abgedeckt. Man hatte die Fenster durch einen provisorischen Schutz aus Elastilfolien ersetzt. Auch das Dach war mit Folien repariert und mit Steinen beschwert, um diese gegen den starken Wind zu sichern. Der Pater ging hinein. Die Gruppe folgte ihm. Er kannte sie alle seit Jahrzehnten. Die meisten hatten von seiner Hand die ersten Sakramente empfangen, waren in die Gemeinschaft der Gläubigen eingeführt worden, er hatte sie getraut.

Er hatte ihre Kinder begraben, dachte er.

Pater Bel begab sich zu der Seitenkapelle, murmelte die rituelle Formel vor dem Meditationskaktus und zündete einige Lichter an.

Dann sah er sich nach denjenigen um, die er im Stillen schon die Verschwörer nannte. Was wollten sie von ihm? Trost? Mehr Trost, als er es gerade getan hatte, konnte er nicht spenden. Auflehnung, Anklagen und Fragen? Sie vertieften nur das Leiden, waren wie das Stochern und Wühlen in einer Wunde, die allenfalls die Zeit schließen konnte.

Der kleine Gemeinderaum bot einen trostlosen Anblick. An den Fenstern und der niedrigen Decke zeichneten sich die Spuren der Verheerung ab. Man hatte einige halbverkohlte Schulbänke und andere Zeugen des morgendlichen Angriffs untergestellt. Ansonsten war er leer. Kein Schmuck, keine Bildnisse. Die Schritte und Stimmen klangen hart und kalt. Die Luft roch brandig und schal.

»Was wollt ihr?«, fragte der Pater. Ihm war bewusst, dass es barsch klingen musste. Aber er brauchte diese Schutzhaltung, um den letzten Rest des eigenen Lebenswillens aufrechtzuerhalten.

Sie standen um ihn herum. Wie von ungefähr hatten sie einen Halbkreis gebildet. Die düstere Atmosphäre in dem kleinen Saal schien ihre aufrührerische Stimmung, die er draußen an den Gräbern gespürt hatte, zu dämpfen. Plötzlich waren sie alle wieder die Kinder und Jugendlichen, die er hier in den Glauben eingeführt hatte. Sie waren verstockt wie damals, als sie ein Kapitel auswendig hersagen sollten und es nicht gelernt hatten.

Endlich trat Shorena vor. Sie legte den Schleier ab und sah ihn trotzig an.

Die Erde auf dem Grab ihrer Tochter war noch nicht festgestampft und sie warf schon die Trauerkleidung ab. Es war ein furchtbarer Affront, eine fürchterliche wortlose Klage.

Zugleich sah er, dass der tiefe Ernst noch ihre Schönheit verstärkte. Shorena war seit je die schönste Frau des ganzen Kibbuz S'Deró gewesen. Alle Männer hatten für sie geschwärmt und alle waren auf ben Cyrion neidisch gewesen, als er sie heimgeführt hatte, als blutjunges Mädchen noch. Wenn ben Cyrion nicht so angesehen gewesen und bei allen im höchsten Respekt gestanden wäre, hätte der Neid böse Früchte tragen können. So war die allgemeine Empfindung gewesen, dass die beiden einander angemessen waren. Sie waren das schönste und angesehenste Paar im Kibbuz und im ganzen Distrikt Kirjasch Moná. Sie hatten sieben Kinder gehabt …

Der Pater bemühte sich, Shorenas anklagenden Blicken standzuhalten. Er fühlte sich erschöpft und ausgebrannt wie seit Langem nicht mehr. Die Last der Jahre lag auf ihm und drückte ihn zu Boden. Doch in der Schönheit dieser Frau lag auch etwas, das ihm Kraft gab. Er war alt und er hatte das Gelübde gesprochen. Aber er war auch ein Mann und er hatte Augen im Kopf.

»Wie lange sollen wir das noch hinnehmen?«, sagte sie leise und mit drohendem Unterton.

Auch die anderen Frauen legten jetzt die Schleier ab. Die Männer zogen die schwarzen Kippas von den Köpfen. Der Pater erstarrte. Wollten sie den Glauben abtun?

»So kann es nicht weitergehen, Pater!«, sagte Ari, der neben Shorena getreten war und sie am Unterarm fasste. Ihre Hand zu nehmen, hätte er nicht gewagt. Sie war eine verheiratete Frau. Schon, dass er sie auf diese Art berührte, kam einem neuerlichen Tabubruch gleich.

Wollen sie alles über Bord werfen?, durchzuckte es Pu Rhea Bel. Die Sitte, die Tradition, das Herkommen, die Werte ihrer tausendjährigen Gemeinschaft?

»Was wollt ihr?«, fragte er kraftlos.

Er rechnete mit Fragen, mit Anklagen. Und innerlich wappnete er sich. Er rief sich die scholastischen Definitionen und Syllogismen seiner Ausbildung ins Gedächtnis. Gott rechtfertigen? Das Böse in der Welt erklären? Kein Problem, wenn man im theologischen Seminar saß. Doch hier, vor einem Dutzend aufgebrachter Eltern, die gerade ihre Kinder zu Grabe getragen hatten? Der Pater wich unwillkürlich einen Schritt zurück. Würden sie es wagen, ihn tätlich anzugreifen?

Aber dann las er etwas anderes in ihren versteinerten Mienen. Es ging ihnen nicht um Worte oder Begriffe, um endlose Darlegungen und Erörterungen, es ging ihnen nicht um Aufhellung des Warum. Es ging ihnen um etwas viel Konkreteres.

»Was wollt ihr?«, wiederholte er und konnte nicht verhindern, dass seine Stimme ängstlich zitterte.

»Wir haben uns entschlossen«, sagte Ari ben Guron. Und die Art, wie dieser muskulöse Mann das sagte, ließ daran auch keinen Zweifel aufkommen.

Der Pater hatte mit seiner halb bewussten Einschätzung recht gehabt. Sie probten den Aufstand!

»Was habt ihr vor?«, erwiderte er rasch.

»Wir werden das nicht länger hinnehmen«, warf Shorena ein.

»Wir lassen uns nicht wehrlos abschlachten!«, rief ben Guron.

»Was wollt ihr?«, fragte der Pater zum vierten Mal.

»Sie müssen das Zeughaus aufschließen«, sagte ben Guron bestimmt.

Der Pater taumelte. Im Zeughaus lagerten die Waffen des Kibbuz. Was sie gegen Scythergeschwader ausrichten konnten, blieb dahingestellt. Aber es waren immerhin Strahlenwaffen und Feldwerfer, auch Minen und sogar einige Detonatoren, mit denen man eine kleine Armee ausrüsten konnte. Ihre Freigabe blieb dem Votum des Rates vorbehalten. Der Rat musste einberufen werden. Cyrill würde den Vorsitz führen müssen, doch er weilte auf jenem Kongress am anderen Ende der Galaxis.

»Die Amish waren seit Jahrhunderten …«, begann der Pater zögernd.

»Dem Ethos der Gewaltfreiheit verzichtet«, beendete Shorena seinen Satz im leiernden Tonfall einer Halbwüchsigen, die eine auswendig gelernte Stelle wiedergibt. »Und was hat es ihnen gebracht? Terror und Verfolgung über ein Dutzend kolonisierter Welten. Die Hälfte davon mussten sie wieder aufgeben, da sie nicht in der Lage waren, sie zu verteidigen. Endloses Leid, endlose Opfer und alles war immer wieder umsonst gewesen.«

»Sie müssen uns ins Zeughaus lassen«, insistierte ben Guron mit seinem schweren Bass. »Wir könnten es auch aufbrechen, aber wir dachten, es wäre – ehrlicher, wenn Sie uns den Schlüssel geben würden, Pater!«

Der Pater musste wider Willen lächeln. In der Sicht dieses Bären von einem Mann hatte diese Argumentation einen geradezu dialektischen Charme.

»Wir müssen den Rat einberufen«, beharrte er. »Der Rat wird entscheiden. Die Waffen dürfen nur im Kriegsfall herausgegeben werden und nur der Rat kann über Krieg und Frieden befinden.«

Shorena warf sich mit verächtlichem Lachen herum.

»Und was ist das!«, rief sie und ließ die ausgebreiteten Arme über die verkohlen Überreste der Schulbänke gleiten. »Was war das heute Morgen wenn nicht Krieg? Haben Sie schon vergessen, wo wir gerade herkommen? Sieht so der Frieden aus?«

»Die Amish sind jetzt Mitglied der Union«, unternahm der Pater einen letzten, verzweifelten Versuch. »Die Charta der Union …«

Weiter kam er nicht.

»Der Krieg ist geächtet«, brummte ben Guron. »Alle Konflikte werden auf dem Verhandlungsweg gelöst.« Er hatte das massige Haupt stolz erhoben und sah kühl auf Pater Bel herab. Offensichtlich war es nicht notwendig, noch mehr zu sagen.

»Wir werden eine Petition einbringen«, sagte der Pater leise.

»Eine Petition«, äffte Shorena aufgebracht. »Sind wir denn Bittsteller?« Sie wandte sich in aufpeitschender Gebärde an die anderen. »Sind die Amish Bittsteller? Müssen wir um das Leben unserer Kinder bitten?!«

Der Pater erinnerte sich, dass sie im Schulchor immer die Soli gesungen hatte. Ihr reiner, klarer Mädchensopran hallte ihm noch im Ohr. Er zwang sich wieder ins Hier und Jetzt zurück. Die Männer und Frauen waren dichter zusammengerückt. Zugleich drängten sie gegen ihn an. Er wusste, dass seine Person mit der höchsten Autorität ausgestattet war, die zu empfinden sie alle fähig waren. Dennoch schien ihm an diesem Abend alles möglich zu sein. Sie würden über Leichen gehen. Sie würden sogar ihn, den Pater, lynchen, wenn er sich ihnen in den Weg stellte.

Shorena hatte sich jetzt neben ihn geschoben. Sie sprach nicht mehr aus der Gruppe der Verschwörer auf ihn ein, sondern an seiner statt zur Gruppe.

»Cyrill hat heute Morgen auf dem Kongress eine Protestnote eingereicht«, berichtete sie. »Ich habe seither noch keine Nachricht von ihm. Aber ich weiß, dass man sie zu den Akten genommen hat, ohne dass etwas geschehen wird.«

Pater Bel versuchte, sie am Arm zu fassen. Sie schüttelte ihn ab.

»Von diesem Kongress dürfen wir uns nichts erhoffen«, rief sie aus. »Von der Union dürfen wir uns nichts erhoffen. Das haben wir immer wieder erlebt!«

»Die Union denkt politisch«, pflichtete ben Guron bei. »Sie sucht den Ausgleich mit den Zthronmic, denn diese vertreiben das Zthrontat.«

»Aber es ist doch unser Zthrontat«, rief eine der Frauen. »Unsere Männer gewinnen es unter Lebensgefahr in unseren Minen!«

»Wir sollten ihnen das Zthrontat verweigern«, sagte ein Mann mit kahlem Schädel und rotem Gesicht. »Wir vertreiben es selbst, das hätten wir schon längst tun sollen!«

»Das werden die Zthronmic nicht hinnehmen«, wandte ben Guron ein. »Sie werden ihre Angriffe verstärken!«

»Deshalb sollten wir ihnen hier und heute einige empfindliche Nadelstiche beibringen«, sagte Shorena. »Wir können nicht länger warten! Schon morgen früh, in wenigen Stunden, werden sie wieder angreifen, ob wir ihnen dafür einen Vorwand liefern oder nicht. Die Scyther fliegen sowieso.«

»Aber diesmal werden wir sie gebührend empfangen«, rief Ari ben Guron laut, dass der niedrige Bau des Gemeindesaals von seiner tiefen Stimme dröhnte.

»Geben Sie uns den Schlüssel!«, sagte Shorena.

Der Pater begriff, dass es die letzte Möglichkeit war, die Sache noch zu steuern. Er durfte sie nicht weiter in die Enge treiben. Am Ende führte er sie nur in die Versuchung, sich der Waffen über seiner Leiche zu bemächtigen.

Die zwölf Männer und Frauen spürten, dass er seine Meinung geändert hatte. Nachdem sie sich gegenseitig aufgeputscht hatten, verstummten sie plötzlich und sahen ihn voller Spannung an. Der Pater nestelte an seinem Talar. Dann hielt er den schweren Schüsselbund in der Hand. Ihm war bewusst, dass es ein Anachronismus war: Im Zeitalter interstellarer Raumfahrt, intelligenter Systeme, gravimetrischer Türen hielt er einen Bund mit zahllosen schweren Eisenschlüsseln in der Hand. Aber dieser Anachronismus – das waren die Amish selbst! Sie würden ihre Seele verkaufen, wenn sie dieses Prinzip aufgaben.

Er ließ den Blick prüfend von einem zum anderen schweifen. Sie öffneten eine Büchse der Pandora. Aber die Gesichter der Verschwörer glänzten wie die von Kindern am Weihnachtsabend, wenn das Bescherungszimmer aufgeschlossen wird. Wussten sie, worauf sie sich da einließen? Mit einer Handvoll Feldwerfern und Strahlenpistolen würden sie die zthronmischen Geschwader nicht in Schach halten können. Gewalt würde Gegengewalt provozieren. Die Spirale endloser Vergeltungsmaßnahmen würde sich schneller und immer schneller drehen. Dennoch begriff er, dass es keine Alternative mehr gab. An diesem Morgen war eine Schwelle überschritten worden. Die Duldsamkeit der Amish, in Jahrhunderten erprobt, war überstrapaziert worden, das Fass war übergelaufen. Er konnte sich dem Gang der Dinge nicht länger entgegenstellen. Hieße das nicht auch, Gott in den Arm fallen wollen? Hier waren Mächte im Spiel, die stärker waren als er oder irgendein anderer Einzelner. Er musste den Weg frei machen und sie passieren lassen. Gott allein wusste, was daraus folgen würde. Er sammelte sich innerlich und empfahl seine Seele in aller Demut dem Höchsten.

Dann wand er mit einer raschen Bewegung den Schlüssel aus dem Bund und drückte ihn Ari ben Guron in die Hand.

Norton

Am Morgen war ich früh wach, mehrere Stunden früher als sonst. Ich hatte noch genügend Zeit bis zu dem Termin und so tigerte ich im privaten Teil der Kommandantenebene herum. Ich hatte nachts kaum geschlafen, zu vieles ging mir durch den Kopf. Und das hing wiederum mit dem Gespräch zusammen, das ich am Abend mit Jennifer geführt hatte.

Wir hatten miteinander telefoniert. Allerdings war es das der Distanz nach weiteste Telefongespräch, das je geführt worden war. Die Audiofunktion von Reynolds' Qbox fungierte als Medium.

Jennifer erwischte mich in einem Moment, in dem ich in meiner Kommandantenlounge um Reynolds' ingeniöse Box herumgeschlichen war und mich gefragt hatte, ob ich sie noch an die Leitung bekommen könne. Im selben Augenblick traf ihr Ruf ein.

Es wurde ein ruhiges, vertrauliches Gespräch. Nach ein, zwei bissigen Bemerkungen hatte sie die schnippischen Äußerungen eingestellt. Und so unterhielten wir uns halblaut, beinahe flüsternd. Es war wie während der Akademiezeit, wenn wir zu unterschiedlichen Schulungen unterwegs waren – ich auf Hawaii und sie in Pensacola oder ich in Pensacola und sie auf Luna – und wir abends noch für ein Stündchen auf dem persönlichen Kanal miteinander geplaudert hatten. Wir sprachen noch einmal ihren Plan durch.

Es war ein nahes und sehr intimes Gespräch. Die persönliche Nähe stand in sonderbarem Kontrast zu der äußeren Entfernung, die wir dabei überbrückten. Aber auch über das Technische hinaus standen räumliche Entfernung und persönliche Nähe in einem dialektischen Verhältnis. Ich hatte plötzlich begriffen, dass ich einen Fehler gemacht hatte.

Das eigentliche Gespräch führten wir auf dem Audiokanal, aber zu Anfang der Unterhaltung und an deren Ende schalteten wir für einige Sekunden den HoloStream. Über Abgründe von einigen Zehntausend Lichtjahren hatten wir uns in die Augen sehen können.

Jennifer hatte gerade geduscht gehabt. Ihre Haut glänzte von Feuchtigkeit und pflegenden Essenzen. Ihre Haare waren ungekämmt. Kurz und stachelig, so wie sie sie nur gerade eben mit einem Elastiltuch trocken frottiert hatte, standen sie um ihren Kopf. Dann war mein Blick in Jennifers Augen getaucht, ich hatte das dunkle Blond ihres ehemaligen Pferdeschwanzes erkannt und der warme Teint hatte nicht nur auf eine ihrer geliebten Duschen, sondern auch auf die tiefe Entspannung der Prana-Bindu-Trance hingewiesen, der sie sich im Anschluss an die Abendtoilette gerne hinzugeben pflegte. Es hatte mir wieder einmal einen Stich gegeben, wie schön sie war. Und in diesem Moment sah ich ein, dass es ein Fehler gewesen war, sie alleine fliegen zu lassen.

Das war mir während der ganzen Nacht durch den Kopf gegangen und ich hing diesen Überlegungen immer noch nach, als ich – lange vor meiner üblichen Frühstückszeit – durch die Kommandantensuite tigerte. Es war noch über eine Stunde, bis der Frachter ENCOURAGE IV im Zthronmia-System eintreffen würde. Ich setzte mich ans StabsLog, um die Ereignisse des anstehenden Tages zu ordnen. Aus der Maschine hatte ich mir nur einen Kaffee gelassen; Hunger verspürte ich keinen. Und als ich gerade dachte, dass auf dem Mutterschiff und im Torus an diesem Tag wieder einmal nichts von Bedeutung anliege, nichts, was den mutmaßlichen Geschehnissen am anderen Ende der Galaxis zu vergleichen wäre, erhielt in einen Ruf von Kommissar Jorn Rankveil. Es war eine knappe Mitteilung, auf dem offiziellen Kanal des StabsLogs an den Kommandanten der MARQUIS DE LAPLACE gerichtet. Dringlichkeit und Geheimhaltungsstufe waren die jeweils höchste, die den Stellen der Union in Friedenszeiten zur Verfügung standen. Und die in wenigen dürren Worten abgefasste Aufforderungen ließ keinen Zweifel darüber aufkommen, dass er es absolut ernst meinte.

Ich versuchte, ihn zu erreichen. Aber ließ sich von der KI verleugnen. Vermutlich saß er schon in dem Besprechungszimmer des Unionsmoduls des Torus, das er für die Zusammenkunft vorgeschlagen hatte. Eine Weile stritt ich mich mit der Protokoll-KI des StabsLogs herum: ich konnte jetzt unmöglich auf den Torus kommen: Reynolds' Quantenbox war fest in meiner Suite auf der MARQUIS DE LAPLACE installiert, und sie bot die einzige Möglichkeit, die Geschehnisse über Zthronmia zu verfolgen. Aber die juristische Intelligenz des Programms war unerbittlich und unbestechlich. Der Termin war verpflichtend. Er konnte weder ausgeschlagen noch verschoben werden. Weder war es möglich, ihn online abzuwickeln, noch würde Rankveil sich dazu herablassen, zu mir zu kommen. Er hatte sich gestern aufs Mutterschiff begeben. Heute würde ich ihn auf dem Torus besuchen. Daran führte kein Weg vorbei. Je verzweifelter ich zu argumentieren und Zeit zu schinden versuchte, umso deutlicher wurde die KI. Sie war auf rechtliche, protokollarische und diplomatische Finessen geeicht. Es war ein hoffnungsloses Unterfangen, sich mit ihr anlegen zu wollen. Zumal als herauskam, worum es gehen würde. Ich hatte damals selbst den Vermerk aktiviert, dass ich bei jeder einschlägigen Entscheidung unverzüglich hinzugezogen zu werden wünschte. Das bekam ich nun nicht wieder rückgängig gemacht. Meine Ausflucht, ich sei davon ausgegangen, dass das Ganze eine Sache von Monaten sei und nicht von wenigen Tagen, ließ das Protokoll genauso wenig gelten wie die Bestimmungen über die Geheimhaltung einer solchen Unterredung.

Also gab ich es auf und willigte ein hinüberzukommen. Ich sah auf die Uhr: Die Sache sollte eigentlich in wenigen Sätzen abgemacht sein. Wenn ich mich also beeilte, konnte der Vorgang über die Bühne sein und ich konnte zur MARQUIS DE LAPLACE zurückkehren, bis sich im Orbit über Zthronmia das Schicksal der Galaxis entschied.

Ich aktivierte den Ruf für die Bereitschaft und stürmte zur Schleusenkammer. Der Shuttlepilot, der mich dort empfing, lamentierte, ich dürfe den offenen Elastilbecher, in dem mein heißer Kaffee schwappte, nicht auf den Transfer mitnehmen. Natürlich kannte ich die Vorschrift; ich hatte sie selbst erlassen. Aber einem Jorn Rankveil ohne die nötige Herzstärkung des morgendlichen Kaffees gegenüberzutreten – dazu sah ich mich nicht in der Lage. Ich stauchte den armen Piloten zusammen und drohte ihm ein Disziplinarverfahren an. Einige Minuten später schwebten wir in den hermetisch abgesicherten Bereich des Unionsmoduls des Torus ein.

An der Besprechung nahmen Kommissar Jorn Rankveil und Dr. Moran Flitebuca teil. Die Mauretanier unter sich. Außerdem Gordon Kauffmann, der die Zivilregierung auf dem Kongress vertrat. Die mischte sich auch zunehmend in Dinge ein, die sie nichts angingen und von denen sie nichts verstand. Insgeheim sehnte ich mich nach den Jahren der Diaspora zurück, als wir frei hatten schalten und walten können. Auch nach dem Ende des Krieges, als man auf der Erde neue Strukturen schaffen musste, waren die Apparate mit sich selbst beschäftigt gewesen. Wir hatten das nicht bedauert. Die Union war autonom. »Ein Staat im Staate«, sagten ihre Kritiker. »Eine der verantwortungsbewusstesten Institutionen, die je geschaffen worden war«, sagten die Befürworter; ein eigenes kleines Reich, in dem jeder selbst am besten wusste, was er zu tun und was er zu lassen hatte. Das hatte über die Jahre hinweg hervorragend funktioniert. Doch jetzt drohte ein Zweifrontenkrieg: nicht nur, dass die terrestrischen zivilen Stellen an Selbstvertrauen gewannen und sich immer mehr an Mitspracherechten und Kompetenzen anmaßten, auch durch die explosionsartige Erweiterung der Union, die diese in jenen Tagen zu einer galaktischen Föderation hatte aufschwellen lassen, musste die eigentliche, die alte Union enorme Machtmittel aus der Hand geben und der massiven Beschneidung ihrer Souveränität hilflos zusehen.

Auch Dr. Rogers war anwesend. Natürlich hatte er ebenso wenig eine Stimme wie ich selbst; aber sein Wort würde auch in diesem Kreis von Bürokraten und Beamten nicht ohne Autorität sein.

Schließlich einige Referenten und Adjutanten, deren Namen ich schneller vergaß, als sie mir genannt wurden, und die ich mich nach Kräften zu ignorieren bemühte. Sowie einige Tloxi.

Der Gegenstand des Gespräches war die Abschaltung der Flugüberwachung und ihre Übertragung an das Tloxi-Kontinuum. Die Sache musste im Eilverfahren durch den Instanzenweg gepeitscht worden sein. Ich hatte nicht vor Ablauf einiger Monate mit einer Entscheidung gerechnet. Bis dahin, so hatte ich gehofft, würde der Kongress beendet oder an nachrangige Gremien übergegangen sein. Sollte man sich auf Abteilungsleiterebene mit dem Kleingedruckten herumschlagen. Uns ging das nichts mehr an. Die MARQUIS DE LAPLACE würde auf dem Weg ins Große Manifest sein, um dort die neu entdeckte Ringgalaxis zu erkunden. Die Flugsicherung im Bereich des Torus und anderer Basen wäre mir herzlich egal.

Umso erstaunter war ich jetzt, als ich erfahren musste, dass alles schon beschlossene Sache war. Unsere eigenen Tower und Leitstände würden deaktiviert und demontiert werden. Alle externen Bewegungen würden dem telepathischen Kollektiv der Tloxi unterstellt. Und es würde sehr schnell gehen. Umfangreiche Pläne waren bereits ausgearbeitet; sie wurden nun verabschiedet und in Kraft gesetzt. Schon in den nächsten Tagen würde man damit beginnen, das entsprechende Personal von der MARQUIS DE LAPLACE und dem Torus abzuziehen. Ein Großteil davon würde in Umschulungen und Weiterbildungsmaßnahmen gesteckt. Anschließend würden die Mannschaften auf den MARQUIS DE LAPLACEs II und III sowie auf einigen anderen Basen und Stützpunkten zum Einsatz kommen. Die MARQUIS DE LAPLACE I wurde nicht nur personell geschwächt. Die Anordnung par ordre du mufti kam auch einer Demütigung gleich. Ich wechselte bedenkliche Blicke mit Dr. Rogers, dem ich ansah, dass er über die Entwicklung ebenso wenig glücklich war wie ich selbst. Ich kannte ihn gut genug: Er hatte alles in seiner Macht Stehende versucht, um die fatale Entscheidung zu verhindern. Dass wir jetzt hier beisammensaßen und das Ganze lediglich noch formal abnicken durften, dokumentierte besser als jede wortreiche Erklärung, dass er mit seinen Bemühungen gescheitert war.

Ich gab noch einmal meinen Protest zu Protokoll: Wir wurden politisch, militärisch und technologisch geschwächt. Mit unbeweglicher Miene lauschten Rankveil, Flitebuca und Kauffmann meinen Ausführungen. Sie kannten sie bereits. Und indem ich sie Wort für Wort wiederholte, setzte ich mich einer subtilen Qual aus. Ändern ließ sich nichts mehr; aber mit jeder Minute, die verstrich, näherte sich der Termin, an dem Jennifers Frachter ins Zthronmia-System einfliegen würde. Mir blieb keine Viertelstunde mehr. Ich musste in den nächsten paar Minuten zum Schluss kommen, zur Schleusenkammer sprinten, wo das Shuttle mit laufendem Feldgenerator auf mich wartete, und zur MARQUIS DE LAPLACE zurückkehren, wenn ich die Vorgänge im Orbit jenes fernen Planeten noch direkt verfolgen wollte.

Andererseits war es meine Pflicht, meinen Mannschaften und der Geschichte, den Angehörigen beider Stäbe und der raumfahrenden Menschheit gegenüber, bei dieser Gelegenheit nicht unausgesprochen zu lassen, dass es auch andere Auffassungen gegeben hatte, besser begründete, besser durchdachte, besser durch jahrzehntelange Erfahrung beglaubigte.

Ich war der Verzweiflung nahe. Das alles wäre mir leichtergefallen, wenn ich den Sinn des Ganzen eingesehen hätte. Dass ein paar Planstellen eingespart werden konnten, erklärte nicht den Eifer und den Nachdruck, mit dem die Sache betrieben worden war. Cui bono? Es musste eine Art Kartell vorliegen, in dem sich die unterschiedlichsten Alliierten zusammengefunden hatten, taktische Verbündete bei einem Vorgang, der ungleiche Parteien zu Koalitionären gemacht hatte.

Zum einen profitierten die zivilen Stellen. Sie gewannen an Einfluss. Schon als reine Machtdemonstration war das Ganze beeindruckend genug: Über die Kommandeursebene der Union hinweg hatten sie durchgesetzt, auf deren Basen und Schiffen zugreifen zu können. Ungeachtet der möglichen Weiterungen, war die Abwicklung des Ganzen ein kaum zu überbietender Affront. Dennoch musste etwas anderes dahinterstecken. Was trieb den undurchsichtigen Kommissar Rankveil an? Auch er dachte vermutlich, dass alles, was uns schwächte, »seinen« Zthronmic zugute kommen würde. Als Mauretanier hatte er gelernt, sich als reiner Mechaniker der Macht zu betätigen. Wenn irgendwo eine Waagschale sank, implizierte das, dass irgendwo eine andere stieg. Es wunderte mich, dass er bei der Übertragung seiner Loyalität auf neue Herren so flexibel war. Ich hätte die Mauretanier für – behutsamer gehalten. Aber es war wohl so: Als reine Ingenieure der galaktischen Balance, die ihren unbestechlichen Blick weder von Moral noch von traditionellen Empfindlichkeiten trüben ließen, agierten sie in höherem Sinne experimentell. Wenn sie zu der Auffassung gelangt sein sollten, dass im komplizierten Mobile des Willens zur Macht ein Ungleichgewicht existierte, würden sie versuchen, es zu beseitigen. Auf Zugehörigkeit zu einer bestimmten Gruppe – und sei es die Menschheit als Ganze – oder auf andere Idiosynkrasien der Herkunft konnten und würden sie dabei keine Rücksicht nehmen.

Während ich wieder und wieder meine Sicht der Dinge darlegte, die ins StabsLog überschrieben und niemals von irgendjemandem eingesehen werden würde, sah Dr. Rogers plötzlich auf seinen Handkommunikator und nickte mir dann knapp, aber bedeutsam zu. Ein Schreck durchfuhr mich. Ich hatte die Zeit vergessen. Mit einem Blick auf die Uhr stellte ich fest, dass der Termin schon einige Minuten überschritten war. Der Frachter ENCOURAGE IV war in den Orbit über Zthronmia eingeschwebt. Und kurz darauf war die Anforderung erfolgt. Das hatte Rogers' Nicken gemeint: Jennifer hatte das Geschwader zu Hilfe gerufen. Vielleicht tobten in diesem Augenblick, schon Kämpfe. Und wir saßen hier, redeten und redeten, wussten von nichts und konnten nichts tun. Wir waren ohnmächtig.

Jennifer

Exakt zum vorausberechneten Zeitpunkt wölbte der Versorgungsfrachter ENCOURAGE IV den hellblauen Warprüssel vor, materialisierte sich innerhalb der auseinanderrieselnden Energiefäden und flog bei konventionellem Antrieb in den realen Raum ein. Die bläuliche Schnauze des Korridors durch den Hyperraum verwehte im Rücken des Schiffes, als es die sekundären Ionentriebwerke zündete und seine Bahn einige Tausend Kilometer über den zinkoxidfarbenen Wüsten des Planeten Zthronmia stabilisierte. Die Schiffsautomatik schaltete Suchalgorithmen und setzte ihre elektronische Kennung ab.

Bei Kleiner Fahrt schwebte der Frachter durch die Scherkräfte, die den Rand des Gravitationstrichters von Zthronmia bildeten. Die kleine, verbrannte und weitgehend leblose Welt drehte sich in der Tiefe, eingebettet wie ein Brocken Rosenquarz in den opaken Samt des Raumes. Niedrige Gebirgszüge aus rotem Fels gliederten die endlosen Becken aus Sand und Geröll. Ein Staubsturm hüllte eine Ebene von der Größe der Sahara in seine wattigen Wirbel. Es gab keine Städte, keine Magistralen, keine Kraftwerke oder Fertigungsstätten, die Energie emittiert hätten, kein Funkfeuer, keine Satelliten, kein Empfangskomitee. Der Planet wirkte ausgestorben und unbesiedelt.

Nach einigen Sekunden stießen die vorgefertigten Routinen der Bordautomatik dennoch auf ein Echo. Die Signale glichen einander ab. Dann übergab die Künstliche Intelligenz des Frachters den Vorgang an die menschliche Besatzung.

»Versorgungsfrachter ENCOURAGE IV«, sagte eine männliche Stimme, »bitte kommen. Hier ruft Frachter ENCOURAGE IV, Captain O'Connor. Können Sie mich hören?«

Wieder dauerte es erstaunlich lange, bis der Ruf auf Resonanz stieß. Die andere Seite schien sich in beträchtlicher Entfernung zu befinden. Oder ihr Signal wurde gestört. Tatsächlich rauschte und knisterte die Übertragung, als sie endlich aufgebaut war, als komme sie direkt aus dem Inneren eines Ionensturms.

»Laut und deutlich«, brummte ein emotionsloser Bass.

Das Tosen des Kanals sprach den Worten Hohn. Die Übertragung brach zusammen und musste neu stabilisiert werden.

»Hier Frachter ENCOURAGE«, wiederholte O'Connor. »Ich rufe Alpha Ceti Tau! Alpha Ceti Tau, können Sie mich hören?«

Langsam und gleichgültig zogen die rostroten Ebenen des Planeten Zthronmia in abertausend Kilometern Tiefe dahin. Wüste schob sich hinter Wüste. Ein Bergzug sank unter den Horizont, um den nächsten freizugeben. Man ahnte: Das würde so weitergehen, bis man die Welt vollständig umrundet hatte, und es würde sich auch nicht ändern, wenn man andere Bahndaten wählte und über anderen Breitengraden herunterging.

»Frachter ENCOURAGE IV«, rief O'Connor unermüdlich. »Alpha Ceti Tau, können Sie mich hören?!«

»Selbstverständlich«, kam es unwirsch aus dem krachenden Kanal. »Gehen Sie auf Engstrahl und lassen Sie das Gequatsche!«

Die Übertragung sang und säuselte wie in den guten alten Tagen des Kurzwellenfunks. Dann rumpelte es wieder wie von durchziehenden Gewittern. Die Anzeigen der Automatik flackerten in allen Farbtönen des Spektrums, das technische Probleme symbolisierte. Dann gingen sie auf Grün.

»Hier Alpha Ceti Tau«, war eine andere Stimme zu hören, eine Frauenstimme. »Kommandantin Jennifer Ash, ich leite diesen Einsatz!«

Die Übertragung war jetzt automatisch auf Engstrahl im Pikometerband fokussiert, wodurch sämtliche Störungen ausgeschaltet wurden. Den Rest erledigten die selbstadjustierenden Filter der Bordintelligenz.

»Commodora Ash«, rief O'Connor, »freut mich, Sie zu hören!«

»Und mich erst«, gab Jennifer auf der Brücke der Orbitalstation zurück. »Wir geben Ihnen jetzt die Bahnkoordinaten für das Rendezvous.«

Sie tauschte einen raschen Seitenblick mit Kommandant Borissowitsch, der neben ihr an seinem Hauptbedienplatz saß. Er löste die vorgefertigte Routine aus, die die Daten für den Annäherungskurs überspielte.

»Kommt alles sauber rein«, bestätigte der Captain der ENCOURAGE IV. »Wir machen uns an die Verfolgung.«

Und das war nicht zu viel gesagt. Der Frachter gab vollen Schub auf das Haupttriebwerk, drückte die Schnauze nach unten und beschleunigte, während er auf einen niedrigeren Orbit hinunterging. Das Schiff hatte die Gestalt zweier hochgewachsener Karyatiden, die man Rücken und Rücken aneinandergebunden hatte. Zweier Karyatiden, die im neunten Monat schwanger waren und ihre prall gefüllten Bäuche voneinander abwandten. Sie bargen eine kostbare Fracht, mit der sie sich nun auf den Rendezvouskurs begaben, um sie an die Raumstation zu überstellen.

Der ehemalige sinesische Ikosaeder raste auf einer niedrigen Bahn dahin, nur wenige Hundert Kilometer über der verbrannten und zerschrundeten Planetenoberfläche. Die ENCOURAGE IV tauchte in die Feldlinien der zinnoberroten Welt ein, richtete sich auf die Orbitaldaten der Station aus und setzte sich auf ihre Fährte. Alpha Ceti Tau schoss mit dreißigfacher Schallgeschwindigkeit in Relation zu Zthronmias Wüsten dahin. Der Frachter hängte sich hinter sie, bis er den schwarzen Koloss, der die Mitte zwischen Kugel und Würfel hielt, auf einer Ein-Uhr-Position eingefroren hatte. In einem beständigen Sonnenuntergang kippte die Raumstation über den Horizont. Das erklärte die Schwierigkeiten beim Aufbau der Funkverbindung. Alpha Ceti Tau hing künstlich fixiert über der Planetenkrümmung, als stehe sie im Begriff, in die hohen, stark ionisierten Atmosphäreschichten einzutauchen. Das war natürlich eine Illusion.

Die beiden Artefakte hatten ihren Bahnen nun so weit synchronisiert, dass sie auf gleicher Höhe und mit den gleichen Orbitaldaten dahinrasten. Je tiefer die ENCOURAGE IV gegangen war, umso reißender war die Flucht der roten Ebenen, die unter ihr dahinglitten. Aus den Weiten des interstellaren Raumes kommend, mutete eine solche flache Umlaufbahn, nur noch knapp über der äußeren Luftschicht, wie Tiefflug an.

Alpha Ceti Tau schien vor dem Verfolger zu fliehen. Der Choreograf, der den filigranen Pas de deux dieser Annäherung am Himmel über Zthronmia ersonnen hatte, schien ein stiller Genießer zu sein, der das Manöver so lange auskostete und hinauszögerte, wie es überhaupt nur ging. Die ENCOURAGE war nur geringfügig schneller als die Orbitalstation. Eine höhere Geschwindigkeit war nicht möglich, da sie die Fliehkräfte auf dieser tiefen Bahn forciert hätte. Der Frachter wäre nach oben ausgebrochen und über sein Ziel hinausgeschossen.

Während die beiden Schiffe, der Rotationsrichtung des Planeten folgend, einander über seinen Nachthimmel hetzten, bereitete sich vor ihnen ein künstlicher Sonnenaufgang vor. Und während Alpha Ceti Tau auf den Schirmen der ENCOURAGE von einem punktförmigen Datum, das mit einem Symbol und einer Kennung versehen war, zu einem ausgedehnten räumlichen Objekt wurde, brach genau dahinter der platinfarbene Zentralstern des Systems über den Horizont.

»Wir melden uns kurz ab«, war noch die Stimme der Kommandantin Ash zu hören, dann brach die Übertragung im massiven Ionenfeuer der aufgehenden Sonne zusammen.

Unter ihnen überspülte eine rote Lichtflut die Becken und Buchten des Sandmeeres. Blutiges flüssiges Feuer überschwemmte die Ebenen der Wüsten und Geröllflächen, zwischen denen gezackte Berggipfel wie Leuchtfeuer stehen blieben. Direkt voraus aber stieg der gleißend helle Schein der kleinen, uberhellen Sonne im Zeitraffer über die Planetenkrümmung. Die Schiffsautomatik verstärkte selbsttätig die Polarisierung der Scheiben aus Elastalglas, sodass der Sternenhintergrund erlosch, der Kosmos schwarz wurde und selbst die kupferrot entflammten Landstriche in der Tiefe zu einem glosenden Purpur abgedämpft wurden.

Auf der Brücke der Orbitalstation warteten Jennifer Ash und Kommandant Boris Borissowitsch, dass sie aus dem Funkloch der aufgehenden Sonne herauskamen. Alpha Ceti Tau war so positioniert worden, dass die Besatzung die Sonne im Rücken hatte. Entgegen der Flugbahn sahen sie in nordwestlicher Richtung über die im Morgenlicht flammenden Weiten Zthronmias hinweg, wo jeden Augenblick die silbernen

Reflexe des Versorgungsfrachters, mit bloßem Auge sichtbar, über den unablässig zurückweichenden Horizont kommen mussten.

»Hier Alpha Ceti Tau«, sagte Jennifer mechanisch. »Hören Sie mich? ENCOURAGE IV, können Sie mich hören?!«

Sie warf einen Blick auf die Anzeigen ihrer Konsole, die das Rendezvous in abstrakten Diagrammen veranschaulichte. In ihrem Rücken war die Sonne rasch höher gestiegen. Sie kam nun – man befand sich auf der Höhe des nördlichen Wendekreises – zum linken Bereich des konvex gekrümmten Panoramafensters herein, während die Orbitalstation, langsam um ihre Polachse rotierend, sich dem Äquator zuwandte, den sie in wenigen Minuten überfliegen würde. Ein voller Umlauf dauerte nur etwas mehr als anderthalb Stunden.

»O'Connor«, rief Jennifer immer wieder. »O'Connor, bitte kommen!«

Die ENCOURAGE musste sich längst wieder melden. Die Sonne stand beinahe senkrecht über ihnen, ein ausdehnungsloser, überheller Punkt vor den unfassbaren Weiten des tiefschwarzen Firmaments, an dem während dieser Phase des Fluges keine Sterne sichtbar waren. Sie wurden überstrahlt vom platinfarbenen Hauptstern des Systems, was einer Engstrahlverbindung allerdings nicht im Wege stand, wie Jennifer mit zunehmender Unruhe dachte.

»ENCOURAGE IV«, rief sie. »Wo stecken Sie denn?«

Borissowitsch, auf seinem gravimetrischen Sessel, brummte etwas vor sich hin. Sie ließ einen skeptischen Blick über ihn gleiten. Als sie sich wieder ihrer eigenen Konsole zuwandte, blinkte ein dunkelrotes Alarmsignal.

»Hier ENCOURAGE IV«, prasselte es in diesem Augenblick aus der Audioübertragung. »Hier ENCOURAGE IV. – Wir werden angegriffen!«

Aus dem Augenwinkel nahm sie Borissowitschs verstörte Miene wahr. Er hatte trotz allem nicht damit gerechnet!

»Hier Alpha Ceti Tau«, rief sie in die krachende Automatik. »Wir hören Sie. Unterstützung ist auf dem Weg!«

Sie atmete tief durch und richtete sich in ihrem Sitz hoch auf. Dann löste sie die vorbereitete Maydaysequenz aus. Über mehrere Relaisstationen, die Quantenboxen an Bord der ENTHYMESIS und der MARQUIS DE LAPLACE und schließlich ein neues, von Direktor Reynolds improvisiertes Netz miteinander verknüpfter Qboxen der neuesten Generation wurde der Hilferuf ans andere Ende der Galaxis geleitet, wo ein Dutzend schneller Jäger mit hochgefahrenen Warpreaktoren bereit war, sich den Angreifern entgegenzuwerfen.

»Hier spricht Commodora Ash«, sagte Jennifer in den separaten Kanal. »Ich rufe Geschwader Bravo Tango II. Wir werden angegriffen. Erbitten Unterstützung gemäß Notfallplan!«

Die Antwort kam schneller als im Fall des Frachters selbst, der doch nur wenige Hundert Kilometer von ihnen entfernt war.

»Hier Bravo Tango II«, meldete sich der Staffelführer. »Wir kommen!«

Mehrere Zehntausend Lichtjahre entfernt fuhren zahlreiche Schiffe die Schilde hoch, beschleunigten auf Gefechtsgeschwindigkeit und aktivierten den oszillierenden Warp, um sich innerhalb weniger Sekunden durch den Hyperraum zu schleudern.

»Es geht los«, sagte Jennifer.

Sie stand auf, ging an Borissowitsch vorbei, der kleinlaut und zusammengesunken vor seiner Konsole hockte, und trat an die mächtige Panoramafront. Ein silbrig blitzender Punkt stand über dem Horizont der rostroten Planetenkrümmung. Das musste die ENCOURAGE sein!

Jennifer ließ die holografische Anzeige des Hauptbedienplatzes auf die polarisierende Elastalglasscheibe des großen Panoramafensters projizieren. Die fernen Punkte und Körnchen wurden von Symbolen und Kennungen umfangen.

»Scyther«, sagte Jenny halblaut. »Zwölf Stück. Und ein Tankshuttle! Sie laufen uns tatsächlich ins Messer!«

Kommandant Borissowitsch blieb in zusammengekauerter Haltung vor seiner Konsole sitzen.

»Das ist noch die Frage«, brummte er. »Wer wem ins Messer läuft …«

Jennifer verfolgte gebannt, wie die Angreifer ihre charakteristische asymmetrische Formation entfalteten. Ein ungleichseitiges Delta, dessen einer Balken aus fünf, der andere aus sieben Flugkörpern bestand. Der Keil der Formation stellte sich senkrecht und ging dann in rollenden Attacken zum Frontalangriff über. Die wendigen kleinen Kampfmaschinen feuerten aus ihren leichten Bordgeschützen, schossen über die ENCOURAGE hinweg und sammelten sich in weit ausholenden Hyperbelbahnen zum nächsten Angriff. Die ENCOURAGE erwiderte das Feuer aus ihren Maserkanonen.

»Hier O'Connor«, brach eine panisch klingende Stimme aus dem Chaos der Übertragung. »Wir werden beschossen!«

Jennifer sah auf die Zeitanzeige der holografischen Projektion. »Unterstützung ist schon unterwegs«, sagte sie ruhig.

Alles lief nach Plan. Sie aktivierte ein weiteres, vorab mit komplexen Abläufen programmiertes Bedienfeld und die Orbitalstation stieß eine Wolke an Beobachterdrohnen aus. Kopfgroße Automaten wurden aus den Äquatorialschächten des Ikosaeders gefeuert und stürzten sich mit zwanzigfacher Schallgeschwindigkeit auf das Kampfgebiet. Das Gefecht wurde in größerer Deutlichkeit übertragen, als es die Systeme der Station ermöglichten. Zugleich wurde jeder einzelne Schuss, den die zthronmischen Jäger auf den Versorgungsfrachter abgaben, aus zig verschiedenen Perspektiven aufgezeichnet und dokumentiert. Man hatte die Aggressoren in flagranti gestellt. Diesmal würden sie sich nicht herausreden können!

»Wo stecken Sie denn?«, gellte die Stimme des Captains aus den Lautsprechern. »Wir wurden getroffen!«

Man hörte fernen Tumult. Sirenen und die Durchsagen einer unpersönlichen Schiffsautomatik. Stimmen überschlugen sich. Irgendwo krachten Explosionen.

Jennifer trat näher an den holografischen Schirm, in den sie die Panoramafront verwandelt hatte, und berührte einige Symbole, um den Bereich näher heranzuholen. Die Angriffe der Scyther waren effektiv. Die Taktik rollender Attacken, bei der der asymmetrische Keil eines gesamten Geschwaders auf den

Gegner einprasselte, war von nicht zu leugnender Wucht. Indem sie unmittelbar hintereinander anflogen, ihr Feuer auf den gleichen Punkt konzentrierten und dann abdrehten, konnten auch die vergleichsweise leichten Bordwaffen der zthronmischen Jäger enorme Durchschlagskraft erzeugen. Sie entzogen den Abschirmungen ihrer Ziele durch den punktförmigen Beschuss mehr Energie, als die Feldgeneratoren in so kurzer Zeit nachführen konnten. Schließlich drangen sie durch. Ihre Zwillingskanonen konnten beträchtlichen Schaden anrichten.

Die Kraftfelder der ENCOURAGE IV glühten immer wieder blau auf, wenn schwere Treffer den unsichtbaren Kokon aus schützender Energie auflodern ließen. Der Frachter taumelte auf seiner Bahn. Seine Geschütze erwiderten das Feuer, aber die Scyther waren wendig; sie tauchten zwischen den Vernichtungsblitzen tödlichen Maserfeuers hindurch. Ein oder zwei von ihnen waren in strontiumfarbenen Explosionen zerschellt. Die anderen sammelten sich unbeeindruckt, um sich für den nächsten Angriff zu formieren.

Obwohl die Instrumente der Raumstation den Orbit über Zthronmia in allen Frequenzen scannten, konnten sie keinen Funkverkehr der zthronmischen Jäger feststellen. Die Detektoren horchten sich die Ohren aus dem Leib. Der Himmel über dem umkämpften Planeten war vollkommen still – von den immer panischer werdenden Hilferufen der ENCOURAGE abgesehen.

»Wir haben Schäden«, brüllte O'Connor. Seine Stimme brach sich und wurde von der Automatik heruntergeregelt. »Wo sind Sie denn? Wir können nicht mehr lange standhalten!«

Auf dem Schirm sah Jennifer, wie der Frachter eine Wolke KI-Detonatoren ausstieß. Die faustgroßen, selbststeuernden Granaten schleuderten sich den Scythern entgegen. Einige von ihnen wurden getroffen und verbrannten in thermischen Energieblitzen. Die anderen kurvten geschickt zwischen den intelligenten Minen hindurch oder schalteten sie mit ihren Bordwaffen aus.

Jennifer betrachtete das Modell eines solchen Scythers, das sie sich an den Rand des Sichtfeldes projizieren ließ. Es waren perfekt konzipierte schnelle Jäger. Die sensenförmig nach vorne gebogenen Tragflächen machten sie zu Flugkünstlern, die unter atmosphärischen Bedingungen jedem Luftduell gewachsen waren. Aber auch im freien Raum konnten sie effizient operieren. Sie waren ernüchternd klein. Ihre Spannweite betrug keine zehn Meter. Die spindelförmige Verdickung des Rumpfes war kaum drei Meter lang. Jenny fragte sich, wie die Zthronmic – die hoch aufgerichtet jeden Basketballspieler überragten – sich dort hineinzuzwängen vermochten. Abgesehen davon, dass die Schiffe auch noch Tanks für Treibstoff und Munition, Reaktoren und Triebwerke hatten. Wunderwerke der Technik. Waffen von tödlicher Präzision. Aber ihre Panzerung war dünn, ihre Abschirmungen konnten nicht viel hergeben und die Durchschlagskraft ihrer Bordkanonen war, bei hellem Tageslicht besehen, zu vernachlässigen. Ihre Angriffstaktik ging nur auf, wenn große Geschwader zur Verfügung standen. Der einzelne Scyther konnte wenig ausrichten. Und offenbar – das war die Rückseite ein und derselben Medaille – nahm man eigene Verluste billigend in Kauf.

Von dem Dutzend der angreifenden Maschinen war kaum noch die Hälfte übrig. Die Richtkanoniere der ENCOURAGE hatten sich auf sie eingeschossen. Energiefelder und ein doppelter Kordon aus KI-Detonatoren schützten das Schiff. Es hatte einige Treffer einstecken müssen. Aber das war nichts, was nicht reparabel gewesen wäre.

Dann blinkte die Anzeige, die das Eintreffen des Geschwaders Bravo Tango II durchgab. Es war beinahe nicht mehr nötig. Die Scyther hatten sich in ihrer, sich selbst gegenüber rücksichtslosen Taktik nahezu selbst aufgerieben. Das Tankshuttle, das aufgestiegen war, um die Ladung der ENCOURAGE abzupumpen, verharrte unentschlossen einige Kilometer abseits.

Und hoch darüber blähten sich nun die blauen Schnauzen von einem Dutzend Warptunneln auf.

Die Bahndaten des Frachters waren automatisch nachgeführt worden. Während des Fluges im oszillierenden Warp waren sie den Jägern online überspielt worden. Auch das eine Errungenschaft der Quantenbox. Ein solches Manöver wäre bis vor Kurzem undenkbar gewesen. Die Schiffe brauchten sich nicht lange orientieren, wenn sie aus dem Korridor kamen; ihre Automatik besaß bereits den aktuellen Kurs. Die Piloten mussten lediglich von Warp auf Normalantrieb umschalten und konnten sich direkt ins Gefecht stürzen.

Der erste Jäger materialisierte sich inmitten des bläulich wabernden Rüssels – und zerschellte! Der zweite und dritte kam aus dem Tunnel – und explodierten ebenso in magnesiumweißen Feuerbällen.

»Was ist denn das?«, schrie Jennifer.

Sie warf sich zu Borissowitsch herum, der im gleichen Augenblick wie in Trance von seinem Hauptbedienplatz aufsah.

»Ausweichkurs!«, brüllte sie noch in die Übertragung der Quantenbox. »Sprungkoordinaten reprogrammieren!«

Aber es war bereits zu spät.

»Schwere Strahlenkanone«, brummte Kommandant Borissowitsch. Er markierte ein Symbol auf seiner Konsole und gab es an Jennys großen Schirm weiter.

Als die ersten Unionsschiffe aus dem Korridor gekommen waren, hatte sich das angebliche Shuttle enttarnt. Es war gar kein Tankschiff, das sich bereithielt, das Plasma der ENCOURAGE abzupumpen! Stattdessen war es eine selbststeuernde gravimetrische Plattform, die in diesem Augenblick die ballonförmigen Verschalungen aus leuchtend gelbem Elastil abgesprengt hatte. Darunter kam ein schweres Masergeschütz zum Vorschein, das das Feuer auf die Sprungpunkte eröffnete.

»Sie müssen die Daten gekannt haben«, sagte Jennifer leise.

Hilflos sah sie mit an, wie weitere Schiffe in dem hohen Bereitschaftsraum über Zthronmia verbrannten. Von den zwölf schnellen Jägern des Geschwaders kamen nur fünf durch. Diese wurden von den verbliebenen Scythern attackiert, während die Kanone auf der Plattform weitere Schüsse vernichtender Energiepakete auf sie abgab.

»Sie müssen die Sprungkoordinaten gekannt haben!«, schrie Jennifer, der das volle Ausmaß des Desasters zu Bewusstsein zu kommen schien. »Wie ist das möglich?«

Borissowitsch sah sie träge an und zuckte resigniert die Schultern.

Jennifer tigerte auf der Brücke der Orbitalstation hin und her.

»Schön, schön«, zischte sie und biss sich dabei in die geballte Faust. »Sie haben es nicht anders gewollt.«

In ihren Augen funkelte die Entschlossenheit, mit der sie sonst die ENTHYMESIS durch Ionenstürme oder Plasmaeruptionen gesteuert hatte. Oder mit der sie über Sina gefochten hatte!

Sie kehrte zur Konsole zurück und öffnete die Quantenverbindung.

»Delta Tango I«, rief sie in den abhörsicheren Kanal. »Können Sie mich hören?«

Draußen tobte die Schlacht über der zinkoxidfarbenen Halbkugel der Tagseite des Planeten Zthronmia. Allmählich verlagerte sich das Geschehen wieder in den Schatten. Tiefrotes Abendlicht glühte unter ihnen, während die kantigen Gebirgszüge immer zerrissenere Schlagschatten über die Sandebenen warfen. Bald würde Alpha Ceti Tau – und mit ihr das gesamte verwickelte Geschehen des Raumgefechts – unter die Nachtseite von Zthronmia hinwegtauchen. Dann lag nur noch Schwärze unter ihnen. Die Schwärze einer scheinbar unbewohnten Welt, die Geschwader von perfider Kampftaktik entsenden konnte.

»Hier Delta Tango«, kam die charismatische Stimme eines jungen Piloten vom anderen Ende der Galaxis. »Brauchen Sie Verstärkung, Alpha Ceti Tau?«

Jennifer zwinkerte Kommandant Borissowitsch, der sich das Ganze ohne erkennbare Regung anhörte, verschwörerisch zu.

»Hier spricht Jennifer Ash«, sagte sie laut. »Wir wären in der Tat ganz dankbar um eine gewisse Unterstützung hier draußen.«

Sie warf einen Blick auf die holografische Projektion, die das komplexe Schlachtgeschehen abbildete.

»Aber bevor Sie losfliegen: Ändern sie die Sprungkoordinaten! Wählen sie randomizierende Parameter. Und steuern Sie manuell!«

Es dauerte einen Moment, bis der Staffelführer auf der anderen Seite das verdaut hatte. Dann kam die kampfeslustige Bestätigung.

»Aye, aye, Ma'am. Haben verstanden: manueller Anflug auf Randomkoordinaten. Und dann?«

Jennifer setzte ihr grimmigstes Grinsen auf.

»Dann Feuer frei, Geschwaderkommandant!«

Der Befehl überwand in Sekundenbruchteilen mehrere Zehntausend Lichtjahre. Dann war auch schon die Antwort da.

»Aye, aye. Halten Sie durch. Wir sind in wenigen Augenblicken da!«

Jennifer nickte Borissowitsch triumphierend zu. Dieser ließ seine Konsole nicht aus den Augen. Er verzog nicht die Miene, während hoch über Zthronmia zwei weitere Unionsjäger in Flammen aufgingen: zu Tode gehetzt von schnellen Scytherstaffeln, bis die schwere Maserkanone auf der Schwebeplattform ihnen den Gnadenstoß versetzte.

»Es ist uns eine Ehre«, sagte der Anführer von Delta Tango I noch, »mit Ihnen kämpfen zu dürfen, Mrs. Commodore!«

Ein Lächeln wider Willen verzerrte Jennifers Züge.

»Dann sehen Sie zu, dass Sie Ihren Arsch hierher bekommen!«, schrie sie in die Übertragung.

»Sind schon unterwegs.«

Die Übertragung wurde abgeschaltet, als die Jäger auf der anderen Seite der Galaxis die Warpkerne hochfuhren.

Jennifer kehrte an den großen halbtransparenten Schirm zurück, der auf irritierende Weise das tatsächliche Geschehen draußen im Raum und seine abstrahierende Deutung durch den Bordcomputer übereinanderblendete.

»Sie schicken ein Geschwader nach dem anderen ins Feuer«, brummte Kommandant Borissowitsch an seinem Platz. »Ganz, als müsse das so sein!«

Von ihrem Platz vor der holografischen Projektion erwiderte Jennifer: »Es muss sein! Oder sollen wir vor diesen räudigen Wüstenhunden namens Zthronmic den Schwanz einziehen?«

Borissowitsch lächelte schmerzlich; er saß in Jennifers Rücken, deshalb konnte sie die verächtliche Gebärde nicht sehen, die er dabei beschrieb.

»Ich frage mich, wo Sie so etwas gelernt haben …«

Jetzt wirbelte Jennifer herum. Mit durchgedrücktem Kreuz und vorgerecktem Hals starrte sie den Russen, der sich nicht aus der Ruhe bringen ließ, bedrohlich an.

»Ich bin Schülerin von General Rogers«, funkelte sie böse, »des Siegers von Persephone. Wir haben zusammen vor Sina gefochten.« Sie senkte einen forschenden Blick in den Kommandanten. »Ich weiß ja nicht, wo Sie damals gewesen sind?!«

Borissowitsch hob die runden Schultern. »All diese großen, heldenhaften Schlachten, die Sie da anführen, sollen sehr verlustreich gewesen sein. Ich kenne mich da ja nicht so aus, aber man sagt, dieser Rogers stehe im Ruf, auf seine eigenen Truppen nicht besonders viel Rücksicht zu nehmen …«

»Was wollen Sie damit sagen?«, giftete Jennifer ihn an.

»Gar nichts!« Der Kommandant von Alpha Ceti Tau gab sich noch immer gänzlich unbeeindruckt. »Ich frage mich nur, ob so etwas abfärben kann.«

Jennifer machte zwei Schritte auf ihn zu, der gleichgültig in seinem gravimetrischen Sessel vor dem Hauptbedienplatz sitzen blieb.

»Wenn Sie nicht aufpassen, wird Ihr Name auf den Verlustlisten ganz oben stehen!«

»Wollen Sie mir drohen?«, fragte Borissowitsch ruhig.

»Das habe ich nicht nötig«, entgegnete Jennifer kühl.

»Ich meine ja nur«, setzte der Russe nach. »Sie verheizen hier unsere besten Kräfte, vollkommen sinnlos, ohne erkennbaren Grund – ohne Kriegserklärung! Das wird Sie ganz schön in die Bredouille bringen.«

»Sie stecken bis zum Hals in der Bredouille«, fauchte Jennifer. Sie war jetzt rot angelaufen und am ganzen Körper angespannt wie eine Stahlfeder. Es war nur ihrem jahrzehntelangen Prana-Bindu-Training zu verdanken, dass sie sich noch in der Gewalt hatte. »Es ist wohl kaum der rechte Zeitpunkt für Grundsatzdiskussionen, Kommandant!«, sagte sie mit eisiger Beherrschung. »Aber im Anschluss an dieses« – sie nickte wegwerfend über die Schulter hinweg – »Scharmützel werden Sie einiges zu erklären haben.« Sie fixierte ihn mit glühenden dunklen Augen. »Zum

Beispiel, woher die Zthronmic die Koordinaten unserer Sprungpunkte kannten!«

Borissowitsch stand langsam auf. In der gemächlichen Art, in der er seine Leibesfülle aus dem ächzenden gravimetrischen Sessel hob, lag mehr Drohung, als wenn er abrupt aufgesprungen wäre.

»Kommen Sie mir nicht so!«, donnerte er unvermittelt. »Dies ist meine Station. Hier bin ich der Kommandant. Und wenn Sie mir mit unverschämten Verdächtigungen kommen, Kind, lasse ich Sie festnehmen!«

Für einige Sekunden standen sie einander schweigend gegenüber und bohrten die hasserfüllten Blicke ineinander. Dann forderte das Geschehen wieder ihre Aufmerksamkeit.

»Darüber reden wir später«, zischte Jennifer noch, indem sie sich wieder der Projektion zuwandte.

»Sehr gern, Mylady«, brummte Borissowitsch.

Einige Kilometer entfernt hatten die Scyther die wenigen schnellen Jäger der Union, die noch übrig waren, in schwere Kämpfe verwickelt. Die ENCOURAGE und die zthronmische Schwebeplattform versuchten, sich einzuschalten, indem sie mit ihren Strahlenwaffen wahllos zwischen die wendigen Manöver feuerten.

»Zum Beispiel«, sagte Jennifer betont, »könnten Sie sich um diese Maserkanone kümmern. Schließlich sind Sie doch Kommandant einer Kampfstation. Oder wollen Sie hier auf Ihre Pensionierung warten?«

Borissowitsch war neben sie getreten.

»Werden Sie bloß nicht frech, Fräulein«, sagte er halblaut. Nachdem er sich ein Bild von der Lage gemacht hatte, hob er die Stimme zur Automatik. »Gefechtskanal! An alle Stationen. Nehmen Sie die zthronmische Plattform unter Feuer. Ich wiederhole: Jungs, ihr habt Feuererlaubnis!«

»Oho«, äffte Jennifer in gespielter Anerkennung. »Sie wollen sich doch nicht schon einmischen! Noch sind doch zwei von unseren Jägern übrig!«

Borissowitsch verfolgte auf den Schirmen, wie die Besatzungen der Kampfstationen Energie in ihre Geschütze luden, sie automatisch nachführen ließen und dann eine erste schwere Salve auf den zthronmischen Schweber abbrannten.

»Die beschissene Taktik für dieses beschissene Manöver geht ganz auf Ihre Kappe, Lady«, zischte er zwischen den Zähnen. »Wir haben bereits zehn schnelle Jäger verloren. Dafür werden Sie geradestehen müssen!«

Jennifer reagierte nicht. Sie hielt die Kämpfe im Auge und sah immer wieder nach der Uhr.

Die Geschütze der Ikosaeder-Kampfstation hatten das Feuer auf die zthronmische Plattform eröffnet und schossen sich auf sie ein. Allerdings war der Schweber von starken Kraftfeldern geschützt. Die ersten massiven Energiepakete aus harter Strahlung prallten daran ab und detonierten in rubinroten und malachitgrünen Lichtblitzen.

Einige Scyther drehten bei und warfen sich der Kampfstation entgegen. Sie sammelten sich, schwärmten aus, fächerten sich auf und formierten sich neu. Dann starteten sie eine rollende Attacke auf den Nordpol des Ikosaeders, wo sich einer der Geschütztürme genau auf der Rotationsachse befand.

»Hoppla!«, schmunzelte Jennifer. »Offenbar kennen die genau Ihre Schwachstelle.«

Borissowitsch verfolgte den Angriff des kleinen Scythergeschwaders auf den Schirmen. Die leichten Bordwaffen der Jäger hatten keine Chance gegen die Schutzschilde von Alpha Ceti Tau, selbst an deren Achillesferse nicht.

»Die Bastarde«, brummte Borissowitsch. »Werden schon sehen, was sie davon haben, einen Ikosaeder anzugreifen.«

Die Besatzung des nördlichen Geschützturmes meldete sich auf dem Gefechtskanal und fragte nach neuen Anweisungen.

»Lasst euch davon nicht kirre machen, Jungs«, sagte der Kommandant beinahe väterlich. »In dieser Intensität können sie hundert Jahre anrennen, ohne durchzudringen. Alles Feuer auf die Schwebeplattform!«

»Sie scheinen sich ja sehr sicher zu fühlen …«, gluckste Jennifer.

»Dies ist eine Sinesische Großkampfstation«, knurrte Borissowitsch. »Bei voller Bewaffnung und Sollstärke der Mannschaften kann sie einen Planeten zerstören. Ich würde mir zutrauen, Ihr albernes Scharmützel dort draußen im Alleingang auszufechten, wenn ich könnte, wie ich wollte.«

Jennifer hob die Achseln mit den Schulterstücken einer Commodora und blinzelte ihn fröhlich an.

»Wenn wir könnten, wie wir wollten, wären wir alle Götter.«

Der Frachter ENCOURAGE rief auf dem externen Kanal: »Hier O'Connor, bitte kommen! Was quatschen Sie denn da die ganze Zeit? Unser Status ist prekär. Wir sind an mehreren Stellen getroffen. Feuer im Maschinenraum! Erbitten neue Befehle.«

Borissowitsch lüpfte die Augenbrauen und blickte Jennifer herausfordernd an.

»Keine Sorge, ENCOURAGE«, rief Jennifer in den Kanal. »Verstärkung ist schon unterwegs. Halten Sie sich bereit für weitere Anweisungen!«

»Roger«, kam die knappe Antwort. Dann wurde der Kanal deaktiviert.

Die schweren Geschütze der Ikosaeder-Kampfstation lieferten sich mit der zthronmischen Schwebplattform ein erbittertes Duell über einige Dutzend Kilometer hinweg, während unter ihnen ein neuer Tag auf Zthronmia begann. Gewaltige Energiemengen, die kleine Asteroiden hätten zerschmelzen können, wurden aufeinander abgebrannt. Die Schutzschilde absorbierten oder streuten sie. Der ganze Orbit war ein Chaos von detonierenden Maserpaketen und zerrieselnden Strahlenfeldern.

Der Captain der ENCOURAGE war unterdessen bestrebt, sein Schiff aus der Hauptkampflinie herauszuholen. An mehreren Stellen brennend, aber noch nicht manövrierunfähig, schlich sich der Frachter von der zthronmischen Plattform weg, der er zwischenzeitlich bedrohlich nahe gekommen war. Zum Glück hatte die Staffel der schnellen Jäger ihr Feuer auf sich gezogen; sonst hätte sie es aus nächster Nähe auf das Versorgungsschiff eröffnen können. Jetzt wurde sie von Borissowitsch in Schach gehalten. Das verbissene Ringen der beiden Richtkanoniere ging weiter. Mit wachsender Sorge beobachtete der Kommandant von Alpha Ceti Tau, dass seine Energievorräte zur Neige gingen.

Die Tanks tief im Inneren des Ikosaeders waren beinahe leer. Die Reaktoren liefen auf Vollbetrieb, um den Hunger der Batterien und der Schutzschilde zu stillen.

»Sehr lange halten wir das nicht mehr durch«, knirschte er halblaut vor sich hin.

Jennifer schien noch immer mehr amüsiert als besorgt.

»War da nicht etwas von hundert Jahren? Und nach fünf Minuten sind Sie schon erschöpft!«

Borissowitsch tippte auf die Anzeigen seiner Konsole.

»Geben Sie mir Nachschub und ich halte hier die Stellung bis zum Jüngsten Tag!«

»Das geht manchmal schneller, als man denkt«, sagte Jennifer.

Dann starrte sie wieder auf die holografische Projektion.

Endlich flammten neue Symbole auf. Weit voneinander entfernt, in unregelmäßigen Abständen von mehreren Tausend Kilometern, öffneten sich neue Warptunnel.

»Hier Delta Tango I«, meldete sich der Staffelführer des zweiten Geschwaders. »Was können wir für Sie tun?«

»Herzlich willkommen«, rief Jennifer. »Schnappt euch, was noch übrig ist!«

Die schnellen Jäger formierten sich und stürzten sich auf die verbliebenen Scyther. Auch diese waren mittlerweile dezimiert. Einige hatten sich in dem Versuch, ihrer Schwebeplattform Feuerschutz zu geben, direkt auf die Geschütztürme der Ikosaeder-Kampfstation geworfen und waren von deren schweren Salven zerrissen worden. Energiepakete aus harter Maserstrahlung, die darauf berechnet waren, meterdicke Panzerungen von Großkampfschiffen auf einige Hundert Kilometer Entfernung zu zerschneiden, hatten sie aus wenigen Hundert Metern getroffen und nichts übrig gelassen als flackernde Halos aus ionisierter Quantenmasse.

Die restlichen Scyther wurden nun von den Unionsjägern gestellt und zur Strecke gebracht. An Bord der ENCOURAGE hatte man die Brände gelöscht und die in Mitleidenschaft gezogenen Systeme stabilisiert. Im Trommelfeuer sämtlicher Schiffe der Union zerschellte schließlich auch der zthronmische Schweber.

»Gratuliere«, sagte Borissowitsch tonlos. »Aber wenn ich Ihnen fürs nächste Mal einen Tipp geben darf: Wenn Sie beide Staffeln gleichzeitig herbeordert hätten, wären unsere Verluste deutlich geringer gewesen.«

Jennifer stand unbewegt am großen Panoramafenster und sah zu, wie die Trümmer der zerstörten Gefechtsplattform auf die Nachtseite des Zthrontatplaneten stürzten. Die siegreichen Jäger sammelten sich in einem hohen Orbit, während die ENCOURAGE IV sich anschickte, das Rendezvous mit Alpha Ceti Tau zu beenden.

»Oder höher«, zischte sie nach einer Weile zwischen den zusammengebissenen Zähnen. »Aber das analysieren wir, wenn wir herausgefunden haben, wer unsere Sprungkoordinaten ausgeplaudert hat.«

Für einige Minuten war es ganz still auf der Brücke der Ikosaeder-Station. Die Geschwader warteten auf neue Anweisungen. Die Überlebenden leckten ihre Wunden. Die Zthronmic waren geschlagen. Und diesmal würden sie die Verantwortung für diesen Vorfall nicht mehr von sich weisen können. Sie hatten angegriffen – und sie waren abgewehrt worden.

Die Schlacht war verlustreich gewesen, da hatte Borissowitsch recht. Von zweimal zwölf Jägern waren elf verloren. Die ENCOURAGE war schwer beschädigt. Selbst die Kampfstation hatte einige Treffer einstecken müssenAngesichts der prekären Nachschublage in diesem entlegenen Winkel der Galaxis konnte sich jeder Kratzer zu einer Katastrophe ausweiten.

Während Jennifer den Kern ihrer Prana-Bindu-Kräfte aufsuchte, sich konzentrierte und den Abfluss des Adrenalins zu steuern versuchte, ertönten wieder die Sirenen.

»Feindliches Geschwader im Anflug«, hupte die Automatik.

Auf den holografischen Projektionen sprangen neue Lichtsymbole auf, die die gegnerischen Kampfstaffeln markierten.

»Es ist noch nicht vorbei«, sagte Jennifer leise. Es klang beinahe, als würde sie sich darüber freuen.

»Feindliches Geschwader im Anflug!«, wiederholte die Bordintelligenz. »Feindliches Geschwader im Anflug! Feindliches

Geschwader im Anflug! Feindliches Geschwader im Anflug!«

»Ich hab's gehört«, rief Jennifer in Richtung des Computers. »Bin ja nicht taub!«

Immer neue Symbole erschienen auf dem polarisierenden Sichtfeld.

»Das war keine Wiederholung«, sagte Kommandant Borissowitsch. Seine träge Stimme klang plötzlich ganz kleinlaut. »Sehen Sie …«

Aber Jennifer war schon zurückgetreten und hatte den Maßstab der Projektion entsprechend verändert.

»Verdammte Scheiße …!«, entfuhr es ihr.

Überall auf dem Planeten stiegen neue Geschwader auf. Jede Staffel bestand aus zwölf Maschinen. Sie flogen bis in einen niedrigen Orbit, formierten sich dann und nahmen ihre asymmetrische Gefechtstaktik an. Ohne weitere Vorwarnung gingen sie zum Angriff über.

»Achtung, an alle Stationen!«, brüllte Borissowitsch in den Gefechtskanal. »Es geht weiter!«

»Es sind vier, fünf … mindestens sieben Geschwader«, zählte Jennifer. »Achtzig Maschinen!«

»Heilige Mutter Gottes!«, keuchte Kommandant Borissowitsch.

Dann hörten sie, wie die Geschütze wieder zu feuern begannen. Vier Türme der Ikosaeder-Kampfstation waren bemannt. Die übrigen wurden von den KIs nachgeführt. Bei jedem Schuss erdröhnte der teratonnenschwere Stahlleib von Alpha Ceti Tau in den Grundfesten. Und bei jeder Salve sank die Anzeige der Energiereserven um einen Strich auf die Nulllinie zu, die unerbittlich näher kam.

»Sehen Sie«, sagte Jennifer. »Die haben auch noch etwas in der Hinterhand .«

»Gehen Sie zum Teufel!«, fluchte Borissowitsch. »Verrecken Sie! Fressen Sie Ihre eigene Scheiße!«

»Wer wird's denn gleich persönlich nehmen?«, gab Jennifer zurück.

Sie öffnete den Gefechtskanal und versuchte, die Unionsjäger so zu koordinieren, dass sie den Scytherangriff abwehren konnten. Das Problem war, dass die Scyther ausschwärmten und alle denkbaren Ziele gleichzeitig attackierten. Mehrere Staffeln stürzten sich auf die Orbitalstation. Andere flogen rollende Angriffe auf den Frachter ENCOURAGE, während die übrigen die Jäger der Union in weiträumige Kämpfe verwickelten.

Die ENCOURAGE wurde am schwersten unter Feuer genommen.

»Hier O'Connor, Ma'am«, meldete sich der Captain auf einem von Explosionen und Schreien durchtosten Kanal. »Wir können das Schiff nicht länger halten! Schwere Treffer mittschiffs und im Bereich der Reaktoren. Ich fürchte, sie bricht auseinander.«

Borissowitsch nahm den Blick von seinen zur Neige gehenden Energievorräten. Offenbar hatte er sich in diesem Augenblick von der Vorstellung befreit, er könne auf die Plasmatanks der ENCOURAGE IV rechnen.

»Sie reiten uns hier ganz tief in die Scheiße!«, knurrte er.

»Ruhig Blut«, gab Jennifer zurück.

Sie studierte die Lage am großen HoloSchirm. Dann wandte sie sich via Gefechtskanal dem Kommandanten der ENCOURAGE zu.

»O'Connor«, rief sie. »Können Sie mich hören?«

Sie wartete die Bestätigung nicht ab, sondern gab sofort ihre neue Direktive durch. Neben ihr vergaß Borissowitsch, die energieverschlingenden Aktivitäten seiner Batterien im Auge zu behalten. Er starrte sie mit einem großen Mondgesicht an. Nach seiner Meinung war sie nun endgültig verrückt geworden.

»Geben Sie die ENCOURAGE auf«, sagte Jennifer zum Captain des zerstörten Frachters. »Wir fahren Plan B!«

»Sind Sie des Wahnsinns?!«, brüllte Borissowitsch sie unvermittelt an, kaum dass sie den neuen Befehl an die ENCOURAGE durchgegeben hatte. »Das Schiff aufgeben! Unser Nachschub … Und was ist mit der Besatzung?«

Jennifer setzte ihr überlegenstes Grinsen auf. Vermutlich war es nicht die Zeit für Herablassung. Die Lage war ernst genug. Immer noch stiegen neue Scytherverbände von Zthronmia auf und warfen sich ins Gefecht. Und es war nur noch eine Sache von Minuten, bis die Reaktoren von Alpha Ceti Tau zusammenbrechen würden – und mit ihnen die Batterien und die Schutzschilde. Aber dennoch konnte sie sich eines breiten Triumphs nicht enthalten.

»Die ENCOURAGE ist nicht besetzt!«

Zum wiederholten Mal innerhalb weniger Augenblicke schien Borissowitsch durch unsichtbare Falltüren zu stürzen, die sich unter seiner Leibesfülle öffneten.

»Sie ist – was?!« Er prallte zurück und glotzte Jennifer sprachlos an. Dann schüttelte er sich, als müsse er einen wirren Traum abschütteln. »Hören Sie, Lady«, brummte er. »Die Situation ist beschissen, beschissener kann sie gar nicht sein. Sie brauchen mich nicht noch verarschen!«

Jennifer zog die Lippen zu ihrem gewinnendsten Lächeln auseinander.

»Das Schiff flog automatisch«, säuselte sie.

»Ich kann doch eine Automatik von einem lebenden Piloten unterscheiden!«, rief Borissowitsch. »Und mit wem hätten sie dann die ganze Zeit geplaudert?«

»Ich wiederhole: Plan B!«, sagte Jennifer gerade auf dem externen Gefechtskanal. Denn wandte sie sich wieder dem Kommandanten zu. »Überzeugen Sie sich selbst!«

Sie führte ihn an den Schirm, der auf ihre Anweisung die Projektion abermals veränderte. Der in Brand geschossene Frachter ENCOURAGE IV wurde sichtbar, wie er mit schwerer Schlagseite auf seinem Orbit trieb und rasch an Höhe verlor. Schwarzer Rauch quoll an mehreren Stellen aus der geborstenen Außenhaut. Thermische Brände schienen im Triebwerksblock zu wüten. Die Schutzschilde standen unmittelbar vor dem Zusammenbruch. Nur hier und da flackerten noch die bläulichen Energiefelder, die den fünfhundert Meter langen Leib des Schiffes als unstofflicher Kokon umhüllten. Verschalungen waren abgeplatzt, Teile der Antennenanlagen, Steuer- und Korrekturdüsen sowie anderer sekundärer Systeme waren im Lauf der schweren Gefechte weggesprengt worden. Die ENCOURAGE bot ein Bild des Jammers. Sie wäre nun eine leichte Beute für die zthronmischen Scyther gewesen. Aber diese verzichteten darauf, ihr den Todesstoß zu versetzen. Stattdessen hatten sie sich den Jägern der Union entgegengeworfen, die bemüht waren, die Kämpfe von dem Frachter wegzuziehen.

Die ENCOURAGE war nicht mehr zu retten. In wenigen Minuten würde sie das Schicksal ihres Schwesterschiffs teilen und in der Luftschicht des Planeten Zthronmia verglühen.

»Das schöne Schiff«, sagte Borissowitsch weinerlich. Vor allem aber schien er an die hunderttausend Tonnen hochverdichteten Plasmas zu denken, die nun ein Raub der Flammen werden würden und die er auf der Kampfstation mit jeder Minute dringlicher gebrauchen konnte.

Doch dann geschah etwas, womit er nicht gerechnet hatte.

Die ENCOURAGE IV öffnete die großen Ladeluken. Die mächtige Verdickung, die den Frachter um die Taille so unvorteilhaft und trächtig aussehen ließ, klappte auseinander. Statt Plasmatanks oder Munitionscontainer zu enthalten, gab er mehrere Geschwader schneller Jäger frei, die sich im Schutz seiner stählernen Flanken verborgen gehabt hatten.

»Ich sage doch: Man soll immer noch einen Trumpf im Ärmel haben«, sagte Jennifer.

Mit offen stehendem Mund verfolgte Borissowitsch an ihrer Seite, wie die ENCOURAGE IV seitlich wegtaumelte, in mehrere große Trümmer auseinanderbrach und in der Atmosphäre von Zthronmia verglühte.

»Gratuliere«, sagte der Kommandant tonlos. »Sie sind die erste Offizierin, die ich kenne, die innerhalb von vierundzwanzig Stunden zwei baugleiche Großschiffe vernichtet hat.« Er schüttelte den Kopf und sah zu, wie die Überreste der ENCOURAGE als künstlicher Meteor über die Nachtseite des zinkoxidfarbenen Planeten niedergingen. »In Friedenszeiten, wie ich bemerken darf!«

»Wenn das Frieden ist«, entgegnete Jennifer emotionslos, gebannt das Geschehen jenseits der Panoramafront verfolgend, »dann möchte ich niemals einen Krieg erleben.«

Borissowitsch grunzte verächtlich. »Sie marschieren aber mit Riesenschritten darauf zu!«

Die Kämpfe nahmen an Heftigkeit zu. Im Nachhinein ließen sie das erste Gefecht wie ein Vorgeplänkel erscheinen. Waren damals auf jeder Seite nur zehn bis zwölf Maschinen an den Auseinandersetzungen beteiligt gewesen, so waren es nun jeweils mehrere Dutzend – wobei die Scyther eine mehr als dreifache zahlenmäßige Überlegenheit behaupteten. Andererseits starben sie auch wie die Fliegen. Die zthronmischen Piloten schienen keinerlei Rücksicht auf ihr eigenes Leben zu nehmen.

In immer neuen rollenden Angriffen warfen sie sich den schweren Geschütztürmen des Ikosaeders entgegen. Borissowitsch ließ die automatische Nachführung der unbemannten Batterien aufheben und übergab sie an die Künstliche Intelligenz der Kampfstation. Alpha Ceti Tau feuerte aus allen Rohren und was die Reaktoren hergaben. Ganze Staffeln von Scythern wurden in Trauben von brandigen Flammenbällen getroffen. Ihr Feuer dagegen detonierte in silbervioletten und rubinroten Strahlblitzen an den Schutzschilden und der gehärteten Panzerung der Orbitalstation. Der sinesische Ikosaeder machte seinem Ruf alle Ehre. Obwohl Geschwader um Geschwader gegen ihn anrannte, wankte er nicht auf seiner Bahn, sondern spie Feuer und Verderben in alle Richtungen.

KI-Detonatoren wurden ausgestoßen und schleuderten sich selbsttätig den Angreifern entgegen. Diese mussten ihr Feuer auf die winzigen Projektile konzentrieren, thermische Granaten von der Größe einer Faust, und wurden so selbst wieder zu einer leichten Beute der unablässig pumpenden Maserkanonen.

Auch die ENTHYMESIS, die auf der Landeplattform der Raumstation vertäut war, beteiligte sich an dem Zielschießen. Jennifer hatte den beiden Offizieren, die die Brücke des Explorers besetzt hielten, Feuererlaubnis erteilt. Die Zwillingsgeschütze legten auf die immer dichter vorbeisausenden Scyther an und ließen sie in magnesiumfarbenen Lichtkugeln zerschellen.

Die schnellen Jäger der Union, die durch den Warpraum herangeführt oder dem Laderaum der ENCOURAGE IV entstiegen waren, verwickelten die zthronmischen Maschinen in taktische Gefechte, bei denen die Piloten ihr ganzes Können ausspielten. Die Verluste waren hoch, die der Gegenseite jedoch noch viel höher. Aber immer, wenn es so aussah, als würden die Verbände der Union die Oberhand gewinnen können, stiegen von Zthronmia neue Geschwader auf. Die Ressourcen an Scythern – und die Entschlossenheit, sie in die Schlacht zu werfen – schienen unerschöpflich.

»Wir halten nicht mehr lange durch«, knurrte Borissowitsch, der das Geschehen mit wachsender Verzweiflung ansah. »Sie können uns nichts anhaben, so wie es im Moment aussieht. Aber wenn die Akkus leer sind, sind sie leer.«

Jennifer nickte, ohne die Augen von der holografischen Projektion des Schlachtfeldes zu nehmen.

»Wer fünf Minuten länger durchhält, hat gewonnen!«

Borissowitsch stieß wieder sein verächtliches Grunzen aus.

»Haben Sie jetzt nichts mehr in der Hinterhand?«, fragte er provozierend. »Keinen Trumpf mehr im Ärmel? Sind Sie wirklich schon am Ende Ihres Lateins, Lady?!«

»Noch nicht ganz«, zischte die Kommandantin der ENTHYMESIS-Flotte.

Sie öffnete den Kanal der Quantenbox und rief die MARQUIS DE LAPLACE.

»Mayday, Mayday! Hier spricht Jennifer Ash, Kommandantin des Explorers ENTHYMESIS. Erbitten Verstärkung. Wer immer mich hört: Wir brauchen Verstärkung!«

Die MARQUIS DE LAPLACE antwortete nicht.

Jennifer wiederholte den Hilferuf einige Male. Schließlich schaltete sie eine vorgefertigte Maydaysequenz auf den Kanal.

»Ist das Ihre Trumpfkarte?«, wollte Borissowitsch wissen.

»Halten Sie die Klappe!«, fauchte sie. Zum ersten Mal an diesem Tag wirkte sie ratlos.

Die rollenden Angriffe der Scyther dauerten in unverminderter Heftigkeit an. Für jede Maschine, die im Feuer der schweren Geschütze zerschellte, stiegen zahllose neue auf. Der ganze Planet schien ein einziges Flugfeld zu sein, das nur darauf gewartet hatte, den Raum über seinen Wolken mit tödlichen Jägern zu überschwemmen. Die Kampfstaffeln der Union wurden aufgerieben. Zwar waren sie stärker gepanzert und bewaffnet als die Scyther. Doch während für diese unerschöpflicher Ersatz bereitzustehen schien, gab es für die Unionspiloten keine Möglichkeit, sich zu regenerieren. Sie konnten weder auftanken noch Munition aufnehmen. Die Besatzungen konnten sich weder erholen noch ausgetauscht werden. Die taktische Vorbereitung war auf ein rasches Gefecht ausgelegt gewesen. Doch was sich nun hoch über den zinkroten Wüsten Zthronmias entspann, war eine schwere Abnutzungs- und Vernichtungsschlacht, in der jedes Durchatmen tödlich sein konnte.

»Wir können uns natürlich zurückziehen«, dachte Jennifer laut nach. »Einfach durch den Warpraum fliehen. Meines Wissens sind die Scyther nicht warpfähig …«

Der letzte Satz war als Frage formuliert. Borissowitsch fasste ihn auch so auf.

»Sind sie nicht«, sagte er kühl.

»Wir könnten uns beim Torus sammeln«, überlegte Jennifer weiter. »Und dem gesamten Kongress vor Augen führen, wozu die Zthronmic fähig sind!«

Ein Geschwader Scyther flog direkt auf die Brücke des Ikosaeders zu. Es war eine taktische Zwölferstaffel. Sie bildete eine asymmetrische Deltaformation, die sich senkrecht aufgestellt hatte. Der untere Balken bestand aus fünf, der obere aus sieben Maschinen. Sie flogen an, feuerten aus den Bordkanonen an den Außenspitzen ihrer sensenförmig gebogenen Flügel und drehten dann ab, während die dahinter folgende Maschine ihr Feuer auf exakt denselben Punkt eröffnete. Die Taktik schien erfolgreich. An mehrere Stellen brachen die Schutzschilde zusammen. Die Strahlenbündel der Scyther schlugen in die harte Titanlegierung der Außenhaut der Kampfstation und brannten sie mehrere Meter tief auf. Die schweren Zwillingsgeschütze schickten den wenigen Maschinen geballte Energiepakete hinterher. Aber so geschlossen ihre Formation im Anflug war, so schnell zerstreuten sie sich, sowie sie abgedreht hatten.

»Sie sind zu klein«, stöhnte Borissowitsch, »und es sind zu viele.«

Während die Batterien noch in komplexen Nachführbewegungen ächzten, da die KI von den auseinanderstrebenden Verbänden zahlloser Scyther genarrt wurde, stürzte sich schon die nächste Staffel vor dem lodernden Sternenhintergrund auf sie herab. Einige schienen eine Kamikazetaktik zu verfolgen. Aus vollen Rohren bis zur letzten Sekunde feuernd, warfen sie sich frontal auf die Geschützstellungen des Ikosaeders. Mit dreißigfacher Schallgeschwindigkeit heranrasend, durchschlugen sie die Elastalglaskanzeln und rissen tiefe Krater in die Außenhaut der Kampfstation, die sich zu in einen trichtergenarbten Mond verwandelte. Mehrere Geschütztürme waren schon ausgeschaltet worden.

Die Verluste der Zthronmic waren immens. Aber sie schienen sich dadurch in keiner Weise beeindrucken zu lassen. Die Angriffe dauerten in unverminderter Heftigkeit an.

»Entschuldigen Sie, Lady«, sagte Borissowitsch zu Jennifer. »Ich wollte Sie nicht unterbrechen. Sie denken ja gerade nach.«

»Wir werden es nicht tun«, sagte sie, ohne sich von dem gereizten Sarkasmus seiner Worte aus der Fassung bringen zu lassen.

»Nein, werden Sie nicht«, tobte der Kommandant. »Und ich werde Ihnen auch sagen warum. Wenn Sie jetzt abziehen, brauchen sie niemals wiederkommen. Dann ist auch diese Kampfstation verloren, der Planet ist verloren, das Zthrontat ist fur immer verloren. Sie werden nie wieder einen Fuß in diesen Quadranten setzen.« Er schaute sie ernst und aufmerksam an. »Und die Amish werden noch in dieser Nacht bis auf die letzte Großmutter massakriert werden!«

»Ich weiß …«, sagte Jennifer.

Im Traum hätte sie nicht gedacht, dass die Zthronmic bereit wären, es zu einer Schlacht von derart verheerenden Ausmaßen kommen zu lassen. Sie mussten schon über hundert Maschinen verloren haben. Aber weder auf die zu Dutzenden im Feuer der Ikosaeder-Kampfstation verglühenden Scyther noch auf die politischen Implikationen dieser Schlacht, die sie selbst im Augenblick kaum abzuschätzen wagte, schienen sie bei ihrem

Vorgehen Rücksicht zu nehmen. Mit der Verbissenheit von Märtyrern, die weder den Tod scheuten noch den Verlust des Ansehens in den Augen Dritter, fochten sie über der staubgesättigten Atmosphäre ihrer Heimatwelt einen unerklärten Krieg aus, der schon jetzt an die schwersten Gefechte der Sinesischen Kriege heranreichte.

»Ach, und noch etwas«, sagte Borissowitsch gerade. »Es gibt eine neue Qualität!«

Jennifer sah über seine hängenden Schultern hinweg zur holografischen Projektion. Abermals waren mehrere Staffeln von Scythern aufgestiegen, um die sich lichtenden Reihen ihrer Vorgänger zu füllen. Die Jäger der Union waren beinahe aufgerieben und die Energievorräte des Ikosaeders so gut wie erschöpft. Doch etwas war anders. Die Symbole, mit denen die Bordautomatik die anfliegenden Maschinen auf dem Schirm markierte, unterschieden sich von denen, die während der letzten Stunden zthronmische Verbände dargestellt hatten.

»Was ist das?«, fragte sie.

Borissowitsch sah sich nach ihr um, die einen Schritt hinter ihm stand und über ihn hinweg das HoloFeld anstarrte.

»Mein Kind«, sagte er und seine Stimme war so hoffnungslos, dass sie schon fast wieder ironisch klang. »Du hast ja keine Ahnung …«

Im gleichen Augenblick krachten schwere Einschläge. Der Boden sackte unter ihnen weg. Der Ikosaeder schien auf seiner Bahn zu taumeln. Die künstliche Schwerkraft fiel für einige Sekundenbruchteile aus und wurde wieder neu aufgebaut, was sich als ungutes Flackern in der Magengrube mitteilte.

»Sie holen zum entscheidenden Schlag aus«, flüsterte Borissowitsch ergriffen.

Ein weiteres tiefes Bersten und Dröhnen rang sich durch den Milliarden Tonnen schweren Kugelleib der Kampfstation. Sie schien um einige Meter nach unten gestampft worden zu sein, als knie ein Titan neben ihr, der sie mit mächtigen Faustschlägen in den Boden rammte. Ein Vorhang aus orangerotem Feuer wallte jenseits der Sichtscheibe herunter und reagierte knisternd mit den Kraftfeldern der Abschirmung, die unmittelbar vor dem Zusammenbruch zu stehen schien.

»Meldung!«, schrie Jennifer. »Was ist da los?«

Die Automatik kämpfte mit einer schweren Benommenheit. Dann rappelte sie sich wieder hoch.

»Scytherangriff über der Nordplattform«, sagte die Computerstimme, die, kaum dass sie sich gefangen hatte, schon wieder beneidenswert unbeteiligt klang. »Geschützturm zerstört, virtuelle Gyroskope ausgefallen. Sämtliche Stationen evakuiert …«

Jennifer schüttelte den Kopf.

»Was heißt das?«, fragte sie Borissowitsch.

Der Russe sah sie an; seine Miene war vollkommen leer.

In diesem Augenblick zog wieder eine Staffel Scyther dicht vor dem Ausguck der Brücke vorbei. Sie waren so nah, dass man sie berühren zu können meinte. Ihre silbrig schimmernden Panzerungen waren auf allen Seiten hermetisch geschlossen. Kein Cockpit war zu sehen, kein Pilot zu erkennen. Die aerodynamisch nach vorne gezogenen Sensenflügel ließen sie schnittig und wendig erscheinen. Sie waren vollkommen!

Dennoch war etwas anders. Es war ein anderes Modell, ein etwas schwererer Typ.

»Thermische Torpedos«, sagte Borissowitsch nur und nickte zu den Maschinen hinaus, die mit mehrfacher Überschallgeschwindigkeit vorbeirasten. Einige von ihnen trugen noch die mannsdicken Zylinder unter dem Bauch. Die anderen hatten sie anscheinend gerade abgeworfen.

»Damit decken sie uns jetzt ein …«

Irgendwo zerbrach etwas, etwas vom Volumen eines Gebirgsmassivs. Ein unheimliches Rollen und Tosen arbeitete sich durch das stöhnende Innere der Raumstation. Die Automatik flackerte, fiel aus, fing neu zu booten an. Irgendwo roch es brandig.

»Wie lange können wir das aushalten?«, fragte Jennifer.

Der Kommandant hatte die ganze Zeit nicht die Augen von ihr genommen.

»Nicht lange«, sagte er ruhig.

Das war meine Station, fügte sein Blick hinzu, und du hast sie zerstört!

Jennifer rang mit sich. Sie ging einige Male auf der Brücke hin und her und biss sich dabei in die Faust. Ein Blick sagte ihr, dass der Notruf, den sie an die MARQUIS DE LAPLACE abgesetzt hatte, noch immer nicht gehört worden war. Weitere schwere Detonationen ließen die Kampfstation erzittern.

»Dann sollten wir gehen«, meinte sie endlich.

Ihr Blick fraß sich in den des Kommandanten.

»Gehen Sie, mein Kind«, sagte er müde. »Retten Sie Ihren Arsch!«

Plötzlich waren aller Groll und alle Feindseligkeit, die die ganze Zeit zwischen ihnen gestanden hatten, verschwunden. Es war offene väterliche Anteilnahme.

»ENTHYMESIS«, rief Jennifer in den externen Kanal. »Explorer ENTHYMESIS, bitte kommen!«

»Wir sind hier«, war augenblicklich die Stimme des 2. Piloten zu hören.

»Schiff klar zum Abheben machen«, schrie Jennifer gegen den Tumult der kollabierenden Raumstation an. »Vorstartroutine einleiten …«

»Schiff ist startklar«, antwortete der Offizier. »Alle Systeme auf einhundert Prozent.«

Ein Scythergeschwader schnitt im Tiefflug über die Brücke von Alpha Ceti Tau hinweg. Die Station taumelte unter einem Einschlag in den nördlichen Sektoren und krängte um einige Grade weg.

»Ich komme«, rief Jennifer in den Kanal und ließ die Leitung zuschnappen. Sie wandte sich zum Gehen.

Borissowitsch bewegte sich nicht vom Fleck.

»Was ist mit Ihnen?«, fragte sie, in der demolierten Tür stehend, deren Angeln auf den Gang hinausstürzten und einige Kompressionssäcke unter sich begruben. Staub und Elastilfetzen wirbelten hoch. Der Donner der Explosionen, die immer regelmäßiger kamen, war ohrenbetäubend.

Borissowitsch bewegte die Lippen, aber sie konnte nicht verstehen, was er sagte. Er musste sich an der Konsole seiner

Hauptbedienplatzes festkrallen, während Jennifer sich in der offen stehenden Tür verkantete, um nicht von den Beinen gerissen zu werden.

»Kommen Sie!«, schrie sie und ruderte mit dem freien Arm.

Der Kommandant rührte sich nicht.

»Mein Platz ist hier!«, gab er in seinem profunden Bass zurück. »Ich bin der Kommandant dieser Station!«

Ein letztes Mal rangen sie lautlos miteinander. Dann warf Jennifer sich herum und taumelte, sich zu beiden Seiten mit den Händen stützend, durch den sich windenden Gang zum Elevatorschacht.

Das Kraftfeld war ausgefallen. Jennifer holte tief Luft und sprang in den offenen Schacht hinunter. Sie spürte die Feldlinien der künstlichen Gravitation, die sich alle paar Meter veränderte. Mal stürzte sie schneller, dann glitt sie wieder durch eine Zone der Schwerelosigkeit. Die Eigenrotation der Station, die komplizierten Scherkräfte und die Erschütterungen durch die unablässigen Einschläge ließen den Schacht beben und tanzen.

Endlich kam sie unten an. Sie lief den Tunnel zur Schleusenkammer hinaus, immer gewärtigend, dass die synthetische Schwerkraft ausfiel und sie sich selber in die Luft katapultierte. Aber der Gang war mit GraviNoppen ausgelegt, deren Energieversorgung autonom zu sein schien. Sie erreichte die Schleuse, wand sich hindurch und verriegelte das Schott.

»Abheben!«, rief sie, während sie durch den zentralen Gang der ENTHYMESIS zur Brücke lief. »Frei schweben und voller Schub auf den Hauptreaktor! Alle Energie auf die Bugschilde!«

Sie kam auf die Brücke, wo der 2. Offizier an der Konsole saß und das Schiff eben nach oben riss. Der WO hatte den Platz des Richtkanoniers eingenommen und belegte die um die Raumstation kreisenden Scyther mit gedeckten Salven.

Die ENTHYMESIS riss sich los, wobei der Verbindungstunnel zum Ikosaeder, der nicht mehr eingefahren worden war, in Fetzen ging. Dann zog der bullige Explorer die Schnauze hoch und beschleunigte bei voller Leistung des Ionentriebwerks.

Jennifer warf sich auf den Hauptbedienplatz der Kommandantin.

»Ich übernehme«, sagte sie knapp.

Nummer zwei nahm seine Konsole offline und widmete sich der Bedienung der Geschütze.

»Haben wir ein Ziel?«, fragte er.

»Wir mischen uns ein!«, sagte Jennifer zwischen den Zähnen.

Die ENTHYMESIS beschrieb eine weit ausholende Kurve und raste dann wieder auf den beeindruckenden, mehrere Kilometer hohen Ikosaeder der Kampfstation Alpha Ceti Tau zu. Der einstige Stolz der Kaiserlichen Sinesischen Flotte war schwer angeschlagen. Mit einer Krängung von zwanzig Grad und einer sichtbaren Unwucht der Eigenrotation trieb die Raumstation auf ihrem Orbit. Die schwarze Panzerung aus gehärtetem Titanstahl war eine einzige Kraterlandschaft aus mittleren und schweren Einschlägen. An vielen Stellen lohten Brände. Die Gegenwehr war erloschen. Wo einst die schweren Geschütztürme über ihre Umgebung aufgeragt hatten, klafften nun Trichter von der Tiefe zehnstöckiger Häuser. Dort hatten thermische Bomben die Waffensysteme des Ikosaeders ausgeschaltet.

Scythergeschwader umkreisten den taumelnden Bau der Kampfstation. Sie mussten nun kein gegnerisches Feuer mehr fürchten. Zwar nahmen die beiden Offiziere der ENTHYMESIS die feindlichen Scharen aufs Korn. Aber die Bordkanonen des Explorers vermochten gegen die Überzahl der zthronmischen Jäger nichts mehr auszurichten.

»Wir können nichts mehr tun«, sagte der 2. Pilot.

Und immer noch flogen die Scyther rollende Angriffe gegen die Orbitalstation. Wie Fontänen stiegen ihre Geschwader auf, formierten sich zu asymmetrischen Keilen und stürzten sich senkrecht auf die Polebene des Ikosaeders herab.

Plötzlich hupte die Automatik. Jennifer warf einen raschen Blick auf den Schirm.

»Besser, wir bringen uns in Sicherheit.«

Die ENTHYMESIS beschrieb eine Rolle rückwärts, wälzte sich dabei um ihre Längsachse, gab vollen Schub auf den Hauptreaktor und raste mit dreißigfacher Schallgeschwindigkeit von Alpha Ceti Tau fort, die in ihrem Rücken rasch zu einem glosenden Punkt zusammenschrumpfte.

Dann erschütterte eine Explosion, schwerer als alle vorangegangenen, die Raumstation.

Die nachführenden Kameras vom Heck des Explorers zeigten, wie der Ikosaeder – mehrere Kilometer groß und viele Milliarden Tonnen schwer –zerbarst und der Länge nach aufplatzte wie ein Bratapfel, der zu dicht ans Feuer gekommen ist. Die Kampfstation riss mitten durch, wobei die weißen Flammen ihres Fusionsreaktors an den brockigen Innenflächen der Trümmer leckten. Zahlreiche kleine Brände und Detonationen sprangen auf, als die beiden Hälften sich auf die Seite legten und sich überschlugen. Dann drifteten sie langsam auf die Planetenoberfläche zu.

»Heilige Scheiße!«, stöhnte der 2. Pilot neben Jennifer. »Was war das denn?«

Jennifer verfolgte das Geschehen auf den Schirmen, sprach jedoch kein Wort.

»Antimaterie-Torpedo«, sagte der WO von seinem rückwärtigen Sitz. »Typus Planetenbrecher …«

Die ENTHYMESIS beschleunigte weiter. Dabei schaltete sie Suchalgorithmen, um sich mit den Resten ihrer zersprengten Geschwader zu vereinigen.

Norton

»Ich komme mit!«

Rogers musste nicht ausführen, worauf sich das bezog. Seit Minuten saßen wir auf Kohlen. Aber Rankveil, Flitebuca und Kauffmann fiel immer noch ein Nachsatz und noch ein Nachsatz ein. Wir hatten längst alles abgenickt – mehr ließen unsere Kompetenzen gar nicht zu – und mehrere Hundert Male Ja und Amen gesagt. Dennoch kamen wir nicht weg.

Auch in Rogers' Miene sah ich zunehmende Ungeduld. Der texanische Haudegen hatte sich diesmal mit der Rolle des Ratgebers und Zuschauers bescheiden müssen. Wie es im Augenblick aussah, wurde ihm jedoch sogar dieses Vergnügen verwehrt. Er hatte eine Nachricht bekommen. Aber sie konnte nicht mehr bedeuten als die Tatsache, dass Jennifer die bereitgehaltenen Geschwader angefordert hatte. Das hieß, dass es zu zthronmischen Übergriffen auf unseren Frachter gekommen war. Über alles Weitere konnten wir zu dieser Stunde nur Mutmaßungen anstellen. Würden die Zthronmic sich wirklich auf ein offenes Gefecht einlassen?

Wir mussten so schnell wie möglich auf die Brücke der MARQUIS DE LAPLACE, um uns via Qbox ins Geschehen einzuschalten. Aber immer noch stand Kommissar Jorn Rankveil da und legte uns seine Sicht der Dinge dar. Der Sonderbeauftragte der Union für Zthronmische Angelegenheiten war von Anfang an dagegen gewesen, die Falle aufzubauen. Nun, da sie zugeschnappt war, wollte er derjenige sein, der es immer schon gewusst hatte. Aber wie viel wusste er? Verfügte er über geheime Informationen? Technisch war es schwer vorstellbar – wobei den Mauretaniern natürlich alles zuzutrauen war. Aber wir hatten ihn während des ganzen quälenden Gesprächs nicht einmal nach der Uhr, geschweige nach dem StabsLog schielen sehen. Von seinem privaten Handkommunikator hatte er keinen Gebrauch gemacht. Auffällig war dagegen seine Eloquenz. Hatte er sich während der gestrigen Vorbesprechung in Schweigen gehüllt und die Sache wortkarg hingenommen, so schien er heute alles nachholen zu wollen, was noch ungesagt geblieben war. Zum vierten und zum fünften Mal erläuterte er, dass er jede Maßnahme missbillige, die geeignet sei, Misstrauen zwischen den Völkern der Union zu säen. Vertrauensbildende Maßnahmen waren das Gebot der Stunde. Und in dem Moment, da ich realisierte, dass er sich strategisch zwischen uns und der Ausgangstür aufgebaut hatte, schrillten bei mir sämtliche Alarmglocken. Es war ein einziger Bluff! Er wusste nichts, aber er wollte verhindern, dass wir etwas in Erfahrung bringen konnten.

Er versperrte uns den Weg!

Mit einem Seitenblick zu Dr. Rogers vergewisserte ich mich, dass er zu derselben Einschätzung gekommen war. Wir nickten einander zu. Dann schoben wir Kommissar Rankveil unsanft beiseite und marschierten zum Ausgang.

»Entschuldigen Sie«, knurrte der General a. D. noch, »dass wir Ihre Zeit so lange in Anspruch genommen haben!«

Er stapfte zur zweiflügeligen, gravimetrischen Tür. Die beiden Wachmänner, die dort aufgezogen waren, tauschten einen Blick mit Rankveil; er machte ihnen ein mürrisches Zeichen, uns passieren zu lassen. Dann traten sie auseinander und betätigten die Entriegelung. Ja, waren wir denn Gefangene?

Draußen mussten wir ein Stück den Hauptweg des Torus hinunter, um zur Schleusenkammer zu gelangen, wo das Shuttle mit hochgefahrenen Feldgeneratoren wartete. Wir prallten in eine undurchdringliche Masse hinein. Menschen und Tloxi, Amish und Zthronmic hatten sich zu einem chaotischen Durcheinander verkeilt. Ohrenbetäubender Lärm erfüllte die hangargroße Halle, die von sämtlichen Sprachen und Idiomen widerhallte. Rogers pfiff reaktionsschnell ein paar Wachleute herbei, die uns eine Bresche durch die erregte Menge bahnen sollten. Dennoch war kaum ein Durchkommen.

Während wir in dem engen Kordon von Schutzkräften durch die brodelnde Masse geschleust wurden, versuchte ich herauszukommen, was los war. Anscheinend waren Amish und Zthronmic wieder einmal aneinandergeraten. Das konnte man schon an den Parteiungen und ihren Anfeuerungsrufen ablesen.

Als ich über die Menge hinwegsehen konnte, erkannte ich Cyrill ben Cyrion und Zthron Muqa Zthé, die im Inneren des Tohuwabohus einander gegenüberstanden und aufeinander einschrien. Dazu bedienten sie sich einer Mischung aus amishen und zthronmischen Ausdrücken, die für mich gleichermaßen unverständlich waren. Dass Muqa Zthés Gebrüll die Luft erbeben ließ, war nichts Neues. Es wäre verwunderlich gewesen, wenn es anders gewesen wäre. Besorgt stimmte mich dagegen, dass Cyrill sich hatte hinreißen lassen, auf das Niveau des Anführers der zthronmischen Delegation herabzugehen.

Ich hatte ihm gestern, im Anschluss an die Sitzung, zum Tod seiner Tochter kondoliert. Er hatte die Beileidsbekundung unbewegt und wortlos entgegengenommen. So kannte ich ihn. Schwer auszudenken, was vorfallen musste, dass dieser Mann die Selbstbeherrschung verlor. Und doch stand er jetzt hier, hoch aufgereckt – wobei er Zthé kaum bis zur bulligen Brust reichte –, ballte die Fäuste und schrie ihm etwas entgegen, was man, auch ohne die Worte zu verstehen, nur als finstere Verwünschungen interpretieren konnte.

Tloxi und Wachleute der Union versuchten, die Streithähne und die Gruppen ihrer Sympathisanten zu trennen. Es würde noch eine Weile dauern, bis auf dem Torus wieder Ruhe eingekehrt sein würde. Die Ruhe vor dem Sturm. Denn dass dieser Kongress zu einem zivilisierten Miteinander führen könnte, war auch in diesem Augenblick wieder ein wenig unwahrscheinlicher geworden. Wenn selbst Cyrill sich provozieren ließ und die Haltung verlor …

Wir wurden von den Soldaten weitergeschoben. Allmählich kamen wir aus der Zone des dichtesten Gedränges heraus. Schließlich hatten wir den Auflauf passiert. Dennoch bestanden die Wachmänner darauf, uns noch bis zur Schleusenkammer zu eskortieren.

»Worum geht es?«, fragte ich den Führer der kleinen Einheit, einen Sergeant, dessen Namen ich mir gar nicht erst einzuprägen versuchte.

»Amish und Zthronmic«, sagte er gehetzt, während wir gemeinsam den Hauptweg des Torus hinunterjoggten. »Ich kenne mich da nicht aus. Nach allem, was ich verstanden habe, drohen die Amish, das Zthrontat zu sperren. «

Wir liefen weiter. Allerdings mussten wir auf Dr. Rogers Rücksicht nehmen. Der alte Veteran war hochrot und pumpte nach Luft. Vielleicht hätte er die eine oder andere Zigarre doch besser weggelassen, von den schweren Whiskeyorgien, denen er sich oft schon am frühen Vormittag hingab, ganz zu schweigen. Aber alles das brachte uns nicht weiter. In Sichtweite der Schleusenkammer mussten wir stehen bleiben, um Rogers eine Möglichkeit zum Verschnaufen zu geben. Gut, dass das Shuttle mit laufenden Motoren auf uns wartete. Wir würden nur einzusteigen brauchen und konnten sofort abheben.

»Zthrontat gegen Frieden«, keuchte Dr. Rogers, als er wieder zu Atem kam. »Das haben sie schon öfter versucht. Die Zthronmic haben sich immer zum Schein darauf eingelassen. Aber am Ende haben sie sich das Zthrontat genommen, ohne sich an das Kleingedruckte zu halten, zum Beispiel an das Versprechen, keine Kibbuzim mehr zu bombardieren.«

Langsam gingen wir wieder los. Ein Mann der Schutztruppe stützte Dr. Rogers, während die anderen einen Kordon um uns bildeten. Wir legten keinen Wert darauf, jetzt noch entdeckt zu werden. Am Ende würden wir mit den Zthronmic handgemein werden müssen.

»Die Amish haben angedroht, das Zthrontat zu sperren«, sagte der Sergeant.

Das war das einzige Druckmittel, das sie in der Hand hatten. Aber Rogers hatte recht: Sie hatten diese Karte wieder und wieder zu spielen versucht, der Trumpf hatte nie gestochen. Die Zthronmic wussten, dass die Amish weiter in die Minen einfahren würden. Es war mehr Religion für sie als Lebensunterhalt. Und sie wussten auch, dass die Amish auf die Erlöse aus dem Zthrontathandel angewiesen waren. Auf einer kargen und an sonstigen Rohstoffen armen Welt wie Zthronmia konnten sie nicht ohne Einfuhren überleben.

Was hatte Cyrill so aufgebracht?

Der Sergeant wusste es auch nicht.

»Die beiden haben Amish gesprochen«, sagte er brav. »Ich verstehe nur ein paar Brocken. Das Wort für ›Tochter‹ fiel, und das für ›Hure‹ …«

Also war Muqa Zthé persönlich geworden. Er wusste, dass das die einzige Schwachstelle im Panzer eines Amish war. Jedenfalls trieb die Gemengelage auf einen großen Knall zu.

»Glauben Sie, dass sie das Zthrontat tatsächlich sperren?«, fragte der Sergeant.

Ich wunderte mich. Eigentlich war es nicht die Aufgabe solcher Leute, Fragen zu stellen. Auch war mir nicht bewusst, als besonders leutselig bekannt zu sein. Dr. Rogers antwortete an meiner Stelle.

»Das würde zu schwerwiegenden Konsequenzen führen«, keuchte er.

»Ist es wirklich ein so wichtiger Rohstoff?«, erkundigte sich der Sergeant, der Geschmack an der großen Politik gefunden zu haben schien.

»Man könnte das kaum abschätzen«, hustete Dr. Rogers, ohne direkt darauf einzugehen. »In der jetzigen Phase, in der überall neue Flotten gebaut werden, ist es das Schmiermittel der erweiterten Union. Wenn es ausbleibt …«

Er brachte den Satz nicht zu Ende, der in einem asthmatischen Anfall erstickte. Ohnehin war er, für meinen Geschmack, schon zu redselig gewesen. Was gingen nachgeordnete Chargen wie diesen Schutzmann die strategischen Dimensionen eines solchen Konfliktes an?

Wieder musste wir stehen bleiben und abwarten, bis der alte General zu Atem kam. Dann schleppten wir uns weiter. Schließlich erreichten wir die Schleusenkammer. Der Pilot des Shuttles lungerte im Vorraum herum, an einer Qat-Zigarette saugend. Ich hatte eine Bemerkung auf der Zunge, die auf Rogers' schwere Attacke anspielte, aber dann fiel mir etwas anderes auf. Das Shuttle war kalt!

»Ich hatte Sie angewiesen, den Feldgenerator laufen zu lassen!«, pflaumte ich den Piloten an.

Er zuckte die Schultern und quetschte umständlich seine Qatlette aus. Dr. Rogers lehnte an der gravimetrischen Sitzbank des

Vorraums. Er hatte die Wachmannschaft weggewedelt, die sich, als ich anfing, cholerisch zu werden, nicht lange bitten ließ. Der Sergeant salutierte zackig; dann suchten die Männer das Weite.

Ich wandte mich dem Piloten zu, dessen Karriere in diesem Augenblick auf der Kippe stand.

»Sie haben auch gesagt«, maulte er, »Sie würden in wenigen Minuten wieder da sein.«

Ich raufte mir das Haar. Zunächst mussten wir den schwer atmenden Rogers in das Shuttle bugsieren. Es dauerte eine Weile, bis er seine Leibesmasse auf den gravimetrischen Sitz gehievt hatte.

»Mein Terminplan geht Sie nichts an«, tobte ich.

Der Pilot sah demonstrativ auf die Uhr.

»Jetzt sind es beinahe zwei Stunden«, verkündete er. »Ich habe gedacht, da kommt es auf die Minute auch nicht mehr an.«

Er war einer dieser jungen Nachwuchsoffiziere. Dinge wie militärische Hierarchien und Befehlsketten interessierten sie kaum noch pro forma. Sie waren ja Shuttlepiloten. Die ganze Galaxie wartete nur auf sie! Und je mehr man sie in die Ecke drängte und ihnen ihre Verfehlung vorrechnete, umso spitzfindiger und renitenter wurden sie.

»Umso eiliger haben wir es jetzt!«, schnauzte ich ihn an. »Sehen Sie zu, dass Sie uns auf die MARQUIS DE LAPLACE bringen!«

»Dem Alten geht es wohl nicht gut …«, sagte der Pilot. Der Schaum, der meterdick vor meinem Mund stand, ließ ihn unbeeindruckt. In Zeitlupe schlenderte er um das Shuttle herum, nahm seinen Platz ein und betätigte lustlos die Kontrollen für die Vorstartroutine.

»Der Alte«, schrie ich, »ist Veteran zweier Kriege, die Sie offenbar nicht einmal aus dem Geschichtsunterricht kennen!«

Mühsam kamen die Feldgeneratoren. Die Sekunden tröpfelten wie Blei, während das tiefe Brummen langsam höher stieg und sich der Einsatzbereitschaft entgegenschraubte.

»Ich hab ja nur gedacht …«, nölte der Leutnant.

»Sie sollen nicht denken, sondern Befehle ausführen!«

Ich marschierte mit Riesenschritten auf den ersten Herzinfarkt zu. Dr. Rogers legte mir die Hand auf den Unterarm. In diesem Augenblick machte ich mir wirklich Sorgen. Der alte Schlachtenlenker hatte über Jahrzehnte hinweg keine Gelegenheit ausgelassen, seine Adjutanten zusammenzuscheißen. Wenn er altersmilde wurde, konnte das nur heißen, dass es mit ihm zu Ende ging.

Endlich hoben wir ab. Das Tloxi-Kontinuum überwachte unseren Flug. Auch dieser Gedanke war nicht geeignet, meine Stimmung zu heben. Wir kamen um das Unionsmodul herum und flogen den Parkraum an, der einige Kilometer über der Rotationsebene des Torus eingerichtet war. Riesige Schiffe ruhten nebeneinander im Raum. Das blaue Licht der kalten Sonne -Horus verwandelte das Bild in eine Gletscherlandschaft. Die Ebene der Schiffe hatte die lebensferne Anmutung eines Inlandeises. Über Kilometer hinweg nur kühles Blau und gefrorene Leere.

Der Pilot zeigte sich weiterhin unbeeindruckt. Er fing allen Ernstes zu plaudern an. Von den politischen Vorgängen hatte er nur äußerst diffuse Vorstellungen. Diese legte er uns nun umständlich dar, ganz als wäre er der Erste, der entdeckt hatte, dass es einen amish-zthronmischen Konflikt gab.

»Halten Sie die Klappe!«, sagte ich, während wir den Abstand zwischen Torus und Parkraum überwanden. »Ich frage mich «, blaffte ich, »wie wir mit Leuten wie Ihnen einen Krieg gewinnen sollen?!«

Rogers' Husten, das aus dem Fond des Shuttles drang, wurde um eine Spur grimmiger.

»Krieg, Sir?«

Zum ersten Mal ritzte eine Ahnung von persönlicher Betroffenheit die Stimme des Piloten. Er wandte sich erschrocken um und musterte mich von der Seite. Ich verzichtete darauf, seinen Blick zu erwidern, sondern starrte stattdessen stur geradeaus. Wir flogen die MARQUIS DE LAPLACE an. Sie war das mit weitem Abstand mächtigsten Schiff, das mit abgeschalteten Reaktoren im Parkraum lag. Andererseits nur eines von einer ganzen Armada. Alle anderen …

»Krieg«, sagte ich schlicht.

Ich hörte, wie er neben mir schluckte. Immerhin blieb er jetzt still. Wenige Augenblicke später machten wir in der Schleusenkammer der Kommandantenebene fest.

Jennifer

Auf Lagrange IV, im Schutz des kleinen Mondes von Zthronmia, sammelte die ENTHYMESIS die Reste ihres versprengten Geschwaders um sich. Sie waren kläglich genug: Von fünf Staffeln schneller Jäger waren noch ganze sieben Maschinen übrig. Sie drückten sich im Rückzugsraum eng aneinander. Der bloße Anblick dieser winzigen verbliebenen Streitmacht hätte hingereicht, den Eindruck der Verstörung zu vermitteln, in der sich die Piloten befanden.

Captain O'Connor, der Staffelführer und einzige Überlebende der Gruppe, die aus der ENCOURAGE heraus angegriffen hatte, meldete sich auf dem Gefechtskanal und bat um weitere Anweisungen.

»Halten Sie sich bereit«, sagte Jennifer auf der Brücke der ENTHYMESIS. »Ich versuche, Rücksprache mit der MARQUIS DE LAPLACE zu halten. Dann bekommen Sie weitere Befehle.«

Mit einem lakonischen »Aye« ging O'Connor auf Stand-by. Er hatte alle Kameraden seines Geschwaders verloren und mit ansehen müssen, wie weitere Staffeln in den erbitterten Kämpfen über Zthronmia aufgerieben worden waren. Über fünfzig Maschinen waren vernichtet worden; fünfzig Piloten hatten ihr Leben gelassen. Hinzu kam der Verlust des Frachters ENCOURAGE IV, der auf die zinkoxidfarbenen Wüsten des Planeten gestürzt war. Das Versorgungsschiff war unbemannt gewesen, als es außer Kontrolle geriet. O'Connor hatte es von der Ladebucht aus gesteuert, in der die schnellen Jäger in ihren gravimetrischen Aufhängungen darauf warteten, dass sich die mächtigen Luken öffneten und sie ins Gefecht entließen.

Auf der Brücke des Frachters hatten einige Tloxi die Instrumente überwacht. Sie hatten ebenfalls den Tod gefunden – wenn man das bei dieser roboterartigen Spezies so nennen konnte. Glaubte man den Erzählungen, so waren sie leicht zu ersetzen – was sich von den menschlichen Opfern leider nicht behaupten ließ.

Und auch die Orbitalstation Alpha Ceti Tau, der ehemalige sinesische Ikosaeder, war verloren. Schwere zthronmische Angriffe mit thermischen Torpedos und einer Antimaterie-Granate, hatten der als unbesiegbar geltenden Kampfstation den Garaus gemacht. Ihre mächtigen Trümmer, Bruchstücke von der Größe kleiner Asteroiden, kreisten auf der niedrigen Umlaufbahn, auf der die mörderischen Kämpfe stattgefunden hatten. Sie drifteten langsam auseinander, zerbrachen dabei in weitere Fragmente und formierten sich zu einer in die Länge gezogenen Wolke. Die meisten von ihnen würden in den kommenden Stunden und Tagen auf die rostroten Wüsten des Planeten Zthronmia hinabstürzen. Kleinere Trümmer und solche, die durch die Wucht der Explosionen auf höhere Bahnen katapultiert worden waren, würden einen dünnen Ring um Zthronmia ausbilden.

Auch die Verluste der Zthronmic waren enorm. Sie mussten mehrere Hundert ihren kleinen einsitzigen Jäger vom Typus Scyther verloren haben. Dennoch stand außer Zweifel, dass sie den Sieg in diesem Kräftemessen behauptet hatten. Es war eine erbittert und ohne jede Rücksicht geführte Schlacht um das reine Prestige gewesen. Die Zthronmic hatten klargemacht, dass sie sich jeder weiteren Einmischung in ihre Politik entgegenstellen würden. Die Beobachtermission, die auf Alpha Ceti Tau stationiert gewesen war, war fulminant gescheitert. Die Falle, die der Versorgungsflug der ENCOURAGE dargestellt hatte, hatte sich in ein Desaster verwandelt. Sie war über den Unionstruppen selbst zugeschnappt, die die schwersten Verluste an Menschen und Material seit der Schlacht um Sina verbuchen mussten.

Die Zthronmic triumphierten. Immer noch stiegen weitere Geschwader kleiner schneller Jäger auf, die die titanischen Bruchstücke des Ikosaeders umkreisten wie Aasfliegen den Kadaver eines Dickhäuters. Sie bombardierten die kilometergroßen Trümmer mit thermischen Torpedos, um sie in kleinere Teile zu zersprengen. Diese würden beim Sturz auf die Planetenoberfläche keine ernst zu nehmenden Schäden mehr anrichten, während der Einschlag der nur in zwei oder drei Stücke zerschmetterten Kampfstation eine globale Katastrophe auslösen würde.

Auf die armseligen Reste von Jennifers Geschwader, das sich einige Tausend Kilometer jenseits des Schlachtfeldes die Wunden leckte, nahmen sie keine Rücksicht. Es war jedoch klar, dass sie sich der ENTHYMESIS und ihrer mageren Eskorte wie ein zorniger Moskitoschwarm entgegenstürzen würden, sollten diese sich zu einem neuerlichen Angriff entschließen.

»Die MARQUIS DE LAPLACE antwortet nicht, Ma'am«, sagte der WO der ENTHYMESIS, der sich seit mehreren Minuten verzweifelt bemühte, via Qbox eine Online-Verbindung des Explorers zu seinem viele Tausend Lichtjahre entfernten Mutterschiff aufzubauen. »Die Brücke scheint nicht besetzt. Einen technischen Fehler glaube ich ausschließen zu können.«

Jennifer hatte sich nach der kurzen Passage wieder vom Hauptbedienplatz der Ersten Pilotin erhoben und tigerte nervös im Rücken ihres 2. Offiziers hin und her.

»Verdammt noch mal, Frank«, zischte sie durch die Zähne, während sie in ihre zur Faust geballte Linke biss, »wo steckst du, wenn man dich einmal braucht ?«

»Und da ist noch etwas«, meldete der WO kleinlaut, dem es sichtlich unangenehm war, in der verfahrenen Situation nur mit weiteren Hiobsbotschaften aufwarten zu können. »Die Kapazität unserer Quantenbox ist weitgehend erschöpft. Wir können nur noch eine kurze Audiobotschaft absetzen.«

Jennifer schien nicht zu hören. Wortlos setzte sie ihren Rundgang über die Brücke der ENTHYMESIS fort. Schließlich atmete sie hörbar durch, blieb stehen und sah den Wissenschaftsoffizier mit einem Blick an, in dem Verzweiflung und äußerste Entschlossenheit durcheinanderbrodelten.

»In Ordnung«, sagte sie hart, »schalten Sie mich durch!«

Es dauerte nur einen Sekundenbruchteil, dann gab der Mann ihr das Good-to-go-Zeichen. Die Automatik des Explorers war auf die Quantenbox geschaltet, die wiederum auf das StabsLog der MARQUIS DE LAPLACE zugriff.

»Hier spricht Commodore Jennifer Ash«, diktierte Jennifer, »Kommandantin des Explorers ENTHYMESIS und Geschwaderführerin. Protokollfunktion. Höchste Geheimhaltungsstufe; Kommandantenebene. Da ein unmittelbarer Kontakt nicht zustande kommt, gebe ich Folgendes bekannt: Die Zthronmic haben ihr wahres Gesicht gezeigt und unseren Frachter ENCOURAGE IV mit starken Scytherverbänden und einer Schwebeplattform angegriffen. Obwohl wir auf diese Situation gefasst waren und die Attacke nicht unerwartet kam, wurden unsere Verteidigungsbemühungen zurückgeschlagen. Die Kämpfe wurden von beiden Seiten mit äußerster Verbissenheit und ohne Rücksicht auf eigene Verluste geführt. In ihrem Verlauf mussten wir uns der Übermacht geschlagen geben. Die ENCOURAGE ging ebenso verloren wie die Orbitalstation Alpha Ceti Tau. Nur sieben schnelle Jäger und dieser Explorer konnten gerettet werden. Die Zthronmic haben sich als aggressive Militärmacht offenbart, der – trotz ihres formellen Beitritts zur Union – nicht an einer friedlichen Zusammenarbeit gelegen ist. Die Beobachtermission muss als gescheitert gelten. Der Status der amishen Siedlungen auf dem Planeten Zthronmia ist ungeklärt.«

Sie hielt inne, um zu überlegen. Der WO signalisierte ihr, dass die Kapazität der Qbox, Nachrichten verzögerungsfrei an andere Ende der Galaxis zu übertragen, unerbittlich auslief.

»An eine vertrauensvolle Zusammenarbeit«, sagte Jennifer rasch, »ist unter diesen Umständen nicht mehr zu denken. Ich schlage vor, die zthronmische Delegation auf dem Kongress zur Rechenschaft zu ziehen und die Ausrufung des Kriegsrechts zu prüfen. Dem Volk der Amish müssen besondere Garantien zuteil werden, da sonst sein Überleben nicht mehr sichergestellt werden kann. Die Union sollte sich weitere – ich sage ausdrücklich: auch militärische – Schritte gegen die Zthronmic vorbehalten.«

Der Offizier zeigte mit den Fingern die restliche Zeit an. Es blieben nur noch wenige Sekunden.

»Ach, und noch etwas: Jemand muss die Sprungkoordinaten unserer Geschwader verraten haben. Soweit ich sehe, kommen dafür nur zwei Personen infrage … – Commodore Ash meldet sich ab. Over and out.«

Der WO ließ den Kanal zuschnappen. Eine Bestätigung vom StabsLog der MARQUIS DE LAPLACE traf nicht mehr ein. Die Qbox war erschöpft. Ihr Vorrat an verschränkten Teilchen, über den sie mit den Zwillingspartikeln in der Partnerbox kommunizieren konnte, war verbraucht. Da ein mehrmaliges Auslesen ein und derselben Partikeln nicht möglich war, ging die Kapazität des Mediums unwiderruflich zur Neige und die Übertragungen während der Kämpfe, die auf einem holistischen Gefechtskanal erfolgt waren, hatten enorme Datenmengen gefressen.

»Das war's«, sagte Jennifer tonlos. »Jetzt sind wir auf uns gestellt.«

Das waren sie die ganze Zeit gewesen. Außer den Jagdgeschwadern, die auf Abruf den Sprung durch den Warpraum angetreten waren, waren sie ohne Unterstützung. Dennoch kam ihnen die Abgeschiedenheit in diesem entlegenen Quadranten jetzt erst zum Bewusstsein. Der Komfort der Quantenkommunikation verleitete dazu, die eigene Position im physischen Universum nicht wahrzunehmen. War man nicht überall in unmittelbarem Kontakt, gleich wo man sich befand, und sei es eine Galaxie im Großen Manifest, Milliarden Lichtjahre von der Milchstraße entfernt?

Dieses Gefühl von ständiger Verbindung, das Absicherung suggerierte, war trügerisch. Tatsächlich waren sie in einem Sektor ihrer Heimatgalaxie gestrandet, den keiner von ihnen je zuvor betreten hatte und in den sich auch kaum ein Schiff der

Union verirrt hatte. Sie waren von einer Einsamkeit und Abgeschiedenheit umdroht, die an die Frühzeit der interstellaren Exploration erinnerte und die sie in den vergangenen Jahren überwunden zu haben glaubten.

Natürlich hätten sie den Warpreaktor der ENTHYMESIS anfahren und in wenigen Augenblicken zum Torus und der MARQUIS DE LAPLACE zurückkehren können. Aber alle drei Personen auf der Brücke der ENTHYMESIS – ebenso wie die sieben verbliebenen Piloten, die sich einige Kilometer entfernt hielten – waren sich klar darüber, dass ein solcher Schritt unmöglich war. Kommandant Borissowitsch – der in den Eingeweiden der Orbitalstation gestorben war – hatte recht gehabt: Wenn die letzten Repräsentanten der Union jetzt das zthronmische System verließen, würden sie niemals wiederkehren. Der Planet wäre für immer verloren, der kostbare Rohstoff, den er barg, auf ewig der Willkür der Zthronmic überlassen, das Volk der Amish unausrechenbaren Schikanen preisgegeben.

Aber was konnten sie ausrichten?

Der Versuch, Flagge zu zeigen und den Anspruch der Union auf die Oberhoheit über diese Welt zu behaupten, war gescheitert. Im Grunde konnten sie nichts anderes tun, als mit eingekniffenem Schwanz davonzuschleichen.

»Aber genau das werden wir nicht tun!«, rief Jennifer, als die Diskussion an diesen Punkt gelangt war.

Sie schaltete die Kommunikation auf den verschlüsselten, per Engstrahl geführten Gefechtskanal um, sodass auch die Piloten der verbliebenen schnellen Jäger mithören konnten.

»An alle«, sagte sie mit fester Stimme, »wir greifen an. Ich weiß zwar nicht, was wir noch ausrichten können, aber wenn diese Zthronmic glauben sollten, dass sie so mit uns umspringen können, haben sie sich getäuscht. Wir werden ihnen zeigen, was es heißt, sich mit Jennifer Ash und der Streitmacht der Union anzulegen.«

Sie machte dem 2. Piloten ein Zeichen, die Reaktoren hochzufahren, und nahm ihren Platz an der Konsole der Kommandantin wieder ein. Dabei entging ihr nicht, dass ihre beiden

Offiziere einen bedenklichen Blick miteinander wechselten. Die Männer hatten vorher noch nie mit ihr persönlich zu tun gehabt, aber ihr Ruf war ihr durch einige Jahrzehnte der interstellaren Exploration und mehrere Schlachten vorausgeeilt. Sie galt nicht nur als mit Abstand beste Pilotin, die die Union je in ihren Reihen gezählt hatte, sondern auch als Draufgängerin und Vabanquespielerin, die weder Menschen noch Material schonte. Sie scheute nicht, ihr Schiff, die bullige ENTHYMESIS, durch Ionenstürme und feindliches Feuer zu steuern, und schreckte auch nicht davor zurück, dabei das eigene Leben zu riskieren. Jetzt würden sie Zeuge einer weiteren halsbrecherischen Glanztat der ranghöchsten Soldatin der fliegenden Crew werden.

»An alle«, rief Jennifer vom Hauptbedienplatz aus, während sie die manuelle Steuerung der ENTHYMESIS übernahm und alle Aggregate bis zum Anschlag hochfuhr, »ich weiß nicht, ob euch der Name General Rogers etwas sagt. Er war mein Chefausbilder auf der Akademie. Ich wage zu behaupten: mein Ziehvater. Er hat mich in der Vorlesung über Taktik und Strategie eines gelehrt: Man soll den Krieg dorthin tragen, wo er herkommt. Im Fall des Sinesischen Imperiums hat sich das bewährt, wir haben den Aggressor zurückgeschlagen und ausgelöscht. Ich schlage vor, dass wir es auch diesmal wieder so handhaben. Das Ziel unseres Angriffes ist Wrathnia, die Hauptstadt des Planeten Zthronmia!«

Auf dem Kanal war ein unschlüssiges Gemurmel zu vernehmen. Die hereinkommenden Daten sagten aus, dass auch die Piloten der schnellen Jäger ihre Generatoren hochfuhren und die Schilde aktivierten.

»Wenn ich sage: Ich schlage vor, so ist das wörtlich gemeint. Dies ist kein Befehl. Wenn in jemandes Hirn gerade das Wörtlein Himmelfahrtskommando aufgeblitzt ist, so stelle ich ihm frei, den Warp zu benutzen und nach Hause zu fliegen. Er wird deswegen nicht belangt werden können. Die Teilnahme an dieser Aktion, die vielleicht unsere letzte sein wird, geschieht freiwillig.«

Sie wartete einige Sekunden ab. Es war vollkommen still auf der Brücke der ENTHYMESIS wie auch auf dem externen

Kanal. Niemand wagte, sich zu rühren, während die Anzeigen der Reaktorleistung langsam und unaufhaltsam in die grüne Zone wanderten.

»Wer aber entschlossen ist, diesen feigen Bastarden von Zthronmic eine Lektion zu erteilen, der möge sich mir anschließen! Wir sind empfindlich zurückgeschlagen worden. Aber solange wir noch eine Ladung in den Bordkanonen, einen Torpedo im Schacht haben, werden wir nicht klein beigeben. Nach Wrathnia!«

Vereinzelte zustimmende Rufe kreuzten und durchmischten sich in der Übertragung des verschlüsselten Kanals, dann schälte sich die Stimme des Geschwaderführers O'Connor heraus:

»Ich glaube, Ma'am, ich kann für alle sprechen, wenn ich sage: Niemand hat je daran gedacht, nach Hause zu fliegen, bevor wir nicht die letzte Rakete abgefeuert haben. Es ist uns eine Ehre, unter Ihrem Kommando kämpfen zu können. Auf nach Wrathnia!«

Lauter Jubel brandete auf dem Kanal und auch auf der Brücke der ENTHYMESIS auf.

»Captain O'Connor«, rief Jennifer über den Tumult der hochfahrenden Feldgeneratoren, die das Schiff erzittern und erdröhnen ließen. »Ich danke Ihnen. Das war gesprochen wie ein Mann!«

Sie schmunzelte bei diesen Worten, denn sie war die einzige Frau dieses versprengten Häufleins. Dann konzentrierte sie sich auf ihre Instrumente.

»Die Jäger bilden einen Kordon um die ENTHYMESIS und geben ihr Feuerschutz«, befahl sie dann. »Die Nachführautomatik unserer Bordkanonen ist auf das Kampfmuster der Scyther programmiert. Ich möchte das auch Ihnen empfehlen. Schießen Sie einfach auf alles, was sich da draußen bewegt. Dieser Explorer hat noch einige gewichtige Argumente vom Typus Antimaterie-Torpedos an Bord. Wollen mal sehen, was die Luftabwehr des Palisadenstädtchens Wrathnia dazu zu sagen hat.«

Die ENTHYMESIS richtete ihren Quadratschädel auf den tief unter ihr liegenden Planeten aus. Die Bug- und Deflektorschilde wurden hochgefahren. Die Torpedoschächte öffneten sich angriffslustig. Das schwerfällige und robuste Schiff stellte die Nackenhaare auf, fletschte die Zähne und fuhr die Krallen aus. Dann setzte es sich langsam, aber unaufhaltsam in Bewegung.

Die Jäger gruppierten sich in Gefechtsformation um sie. O'Connor setzte sich in seiner Maschine leicht zurückhängend senkrecht über die Brücke des Explorers. Die übrigen Jäger bildeten zwei Dreierstaffeln, die sich in kleinen Deltas an die Seite der ENTHYMESIS schoben, um ihre Flanken zu schützen. So glitt die zusammengewürfelte Streitmacht aus dem Schatten des Mondes und beschleunigte bei konventionellem Antrieb aus den blau glühenden Ionentriebwerken auf Höchstgeschwindigkeit.

Bei Mach 30 überwand die Flotte in wenigen Augenblicken die Entfernung des Rückzugspunktes L IV zum ehemaligen Schlachtfeld im niedrigen Orbit über Zthronmia. Dort kreisten noch immer die brennenden Trümmer der Ikosaeder-Kampfstation. Die ENTHYMESIS feuerte einige Torpedos, die mit schweren Antimaterie-Granaten bestückt waren, auf die kilometergroßen Titanstahlbrocken. Die Detonationen zerrissen sie in weiß strahlende Fetzen, die im Vakuum zu scharfkantigen Splittern gerannen und den Bereich in ein Chaos umherfliegender tödlicher Spreu verwandelten. Die Scyther wurden zu Dutzenden von dem Bombardement zersiebt. Sie zerschellten in der Druckwelle der schweren Waffen und rammten einander bei dem Versuch, sich aus der Gefahrenzone zu begeben.

Die schnellen Jäger eröffneten das Feuer aus den Bordkanonen. Auch die KI-gestützten, selbsttätig nachführenden Masergeschütze der ENTHYMESIS nahmen ihre Arbeit auf und spien Tod und Vernichtung zwischen die in Panik auseinanderfliehenden zthronmischen Jäger. Der Orbit über dem kargen Planeten verwandelte sich zum zweiten Mal in ein Kampfgebiet, das von unsichtbaren Lanzen aus Röntgenlicht durchzuckt wurde. Energiepakete harter Strahlung schnitten kreuz und quer in dem Durcheinander herum, als laufe ein Chirurg mit seinem Laserskalpell Amok und zerschnitzele den Körper seines be-

benden Patienten in immer noch winzigere blutige Partikel. Thermische Explosionen wallten blau im Vakuum. Stahl wurde von unstofflichen Fäusten zerrissen und zerfetzt. Reaktoren zerbarsten in weißen Plasmablitzen, Feldgeneratoren implodierten lautlos. Fragmente im Megatonnenbereich prallten ineinander und zermalmten alles, was sich zwischen ihnen befunden hatte.

»Zusammenbleiben!«, schrie Jennifer in den Gefechtskanal. »Die Formation halten!«

Die kompakte Wucht, mit der sie ihren Angriff vortrugen, war ihr letzter Trumpf. Sie boten keine offene Flanke. Keine Fläche für wirkungsvolle Gegenmaßnahmen. Die Jäger und das schwere Schiff in ihrer Mitte boten sich gegenseitig Feuerschutz. Als Ganzes waren sie unangreifbar. Ihre Schilde flossen zu einem bläulich knisternden Kokon zusammen, dessen undurchdringliche Hülle sich wie eine Eihaut um alle kämpfenden Maschinen schloss. Sie waren wie eine griechische Phalanx, wie eine römische Schildkröte, wie gepanzerte Ritter, die mit ihren Pferden zu einer Furcht einflößenden Einheit verschmolzen.

Jennifer studierte kühl den Ablauf der Gefechte. Die Scyther schienen zersprengt und überrumpelt. Nur noch wenige Kilometer, mitten durch ihr desorientiertes Feld, und sie würden ihren Abwehrring durchstoßen haben. Dann lag Zthronmia schutzlos unter ihnen. Und im Gegensatz zu Sina gab es hier keinen zweiten und dritten Verteidigungsgürtel, keine Killerdrohnen und intelligente Satelliten, keine weiteren Jäger und keine Luftabwehr. Noch ein paar Augenblicke und Wrathnia musste vor ihnen auftauchen – so wie einst Sina City vor ihnen gelegen war, als sie zum alles entscheidenden Gegenstoß ausgeholt hatten.

Doch das Überraschungsmoment währte nur kurz. Schneller, als sie es ihnen zugetraut hatte, hatten sich die Scyther neu formiert. Sie gingen zum Gegenangriff über. Das Nichts schien sie auszuschwitzen. Es wurden immer noch mehr.

O'Connor war getroffen. Seine Meldung erstarb in einem grellen Schrei. Dann zerplatzte seine Maschine wie kaltes Glas, das man in heißes Wasser wirft. Sie gefror zu einem weißblauen Ascheball und zerrieselte im Vakuum.

»Verdammte Scheiße!«

Auf der Brücke der ENTHYMESIS fluchte Jennifer vor sich hin. Die Gegenwart ihrer beiden Offiziere nahm sie nicht mehr wahr. Sie war mit ihrem Schiff zu einer Einheit verschmolzen. Dazu hatte sie sich in eine leichte Prana-Bindu-Trance versetzt. Sie antizipierte jede Bewegung der Scyther, deren Geschwader sie umschwirrten, und konnte im manuellen Flug darauf reagieren. Der vierschrötige Explorer, auf Einsätze in Ionenstürmen und Gravitationsanomalien hin konzipiert, bewegte sich durch das vieldimensionale Geschehen der Schlacht wie ein Raubhai durch einen Schwarm winziger Fische. Noch war die ENTHYMESIS unversehrt. Ihre Bordkanonen arbeiteten selbsttätig und feuerten pausenlos auf die winzigen, wendigen Jäger der Zthronmic. Und ihre schweren Torpedos – massive Antimaterie-Granaten, mit denen man Planeten in seismische Schwingungen versetzen konnte – rissen immer wieder furchtbare Breschen in die Massen der angreifenden Scyther. Dennoch wurden es nicht weniger, und auch ihr Vernichtungswille schien nicht zu erlahmen. Es war, als versuche man, sich eines Moskitoschwarms zu erwehren. Aber wie viele man auch mit der bloßen Hand zu blutigen Flecken schlug, es kamen immer neue und sie waren vom gleichen Hunger, vom gleichen selbstmörderischen Fanatismus beseelt.

Das Schlachtfeld, einige Hundert Kilometer hoch über den brandig roten Wüsten und Gebirgseinöden des Zthrontatplaneten, glich einer dreidimensionalen, durch den Raum vagabundierenden Trümmerlandschaft. Zahllose Splitter und Fetzen rasten mit vielfacher Schallgeschwindigkeit durcheinander und machten den Aufenthalt in diesem Gebiet zu einer tödlichen Herausforderung. Von den mikroskopisch kleinen Titanstahl- und Elastalglaspartikeln, die als Zeugen der unzähligen Explosionen das Vakuum durchsiebten, bis zu den noch immer viele

Millionen Tonnen schweren Bruchstücken der auseinandergesprengten Ikosaeder-Kampfstation, die wie geblendete Giganten umhertaumelten und alles unter sich zermalmten, reichte die Palette der Gefahren. Verbrannte Jäger und detonierte Torpedos, Projektile und Triebwerksdorne, Wolken brennenden Plasmas und zu schaumigem Stein erstarrte Leichen trudelten und torkelten durcheinander.

Immer wieder musste Jennifer die ENTHYMESIS in letzter Sekunde herumreißen, wenn sie an einem zerborstenen Scyther oder an einem kilometerhohen Trümmer der Orbitalstation zu zerschellen drohte. Und immer wieder unterlief die Automatik des Explorers ihre Kursvorgaben, wenn die hochsensible Aufklärung ihres DeepField-Radars winzige, aber überschallschnelle Stahlteile geortet hatte, die ihre Panzerung durchschlugen hätten, ohne dass Jennifer sie mit bloßem Auge hätte sehen können.

Das Schlachtfeld war ein künstlicher Asteroidengürtel aus glühenden Wracks und scharfkantigem Stahl, das einem Meteoritenhagel angreifender Jäger und alles zerreißender Torpedos ausgesetzt war. Und in diesem Chaos fand das Nachhutgefecht der Schlacht um Zthronmia statt. Jennifer stürzte sich mit dem verzweifelten Mut einer Raubtiermutter, die ihr Junges schützt, auf die Scharen der Scyther. Aber es war wie in einem Albtraum. Wie viele sie auch mit den Bordwaffen der ENTHYMESIS hinwegmähte, es kamen immer neue nach. Die Membranen des Raumes schienen sie auszuschwitzen. Sie schienen aus dem Vakuum hervorzubrechen wie Schweiß aus den Poren eines Sterbenden. Ihre Massen schienen unerschöpflich. Ihre Fähigkeit, eigene Verluste zu ersetzen und ihre Kampfkraft immer wieder zu regenerieren, war unheimlich. Wie wenn man immer und immer wieder auf einen Menschen feuerte, dem das Blut aus Dutzenden von Wunden schoss – und er gab dennoch nicht auf, wankte kaum auf den Beinen, sondern forderte einen zu verstärkten Anstrengungen heraus.

Ihre Attacken wurden noch erbitterter und gefährlicher. Ein zweiter und ein dritter Jäger aus Jennifers Eskorte wurden getroffen und zerschellten in einer magnesiumfarbenen Explosion. Die Formation geriet in Auflösung. In der übermenschlichen Wendigkeit ihrer Maschinen gelang es den Zthronmic, zwei weitere Jäger von der ENTHYMESIS abzudrängen. Dem Schutz ihrer Schilde und ihrer automatischen Kanonen beraubt, waren sie eine wehrlose Beute für die Bordwaffen der Scyther. Sie lagen auf dem Präsentierteller und wurden abgeschossen wie beim Tontaubenschießen. Es war eher eine Hinrichtung als ein fairer Kampf.

»Geht auf Warp und rettet euren Arsch!«, schrie Jennifer in den Gefechtskanal, auf dem sie per Engstrahl mit den beiden verbliebenen Jagdmaschinen verbunden war.

Die Piloten protestierten. Sie wollten die ENTHYMESIS nicht im Gefecht zurücklassen.

»Entweder wir ziehen uns alle zurück oder gar nicht!«, krachte die Stimme eines Captains in der Leitung.

»Sie werden auf Warpantrieb umschalten und den Torus anfliegen!«, rief Jennifer, während die ENTHYMESIS unter einem gewaltigen Bruchstück der Orbitalstation hindurchtauchte und die beiden Jäger Mühe hatten, an ihrer Seite zu bleiben. »Dies ist ein Befehl! Berichten Sie, was Sie hier gesehen haben! Wir bringen die Sache alleine zu Ende.«

Das Tosen einer thermischen Explosion störte die Verbindung trotz des abgeschirmten und mehrfach gegengesampelten Kanals.

»Aye, Ma'am«, war zu hören. Es klang wie Husten und Keuchen, das aus der Tiefe einer Asthmaklinik drang.

Atomares Feuer rann an den Energieschilden aller drei Schiffe entlang. Die beiden Jäger drehten ab. Dabei wurde einer noch Opfer eines Scythers, der sich wie eine tollwütige Hyäne auf den Gegner stürzte, den der Torpedos seines Gefährten waidwund geschossen hatte.

Der letzten Unionsmaschine gelang es, sich weit genug aus der Trümmerwüste und dem Schlachtfeld zurückzuziehen, um den Warpkern aktivieren und den Sprung durchführen zu können. Ein Zeuge war davongekommen. Wenige Augenblicke später, wenn er mehrere Zehntausend Lichtjahre überwunden haben würde, den oszillierenden Warp herunterfuhr und in den Parkraum über der Rotationsachse des Torus einflog, würde sein Bordcomputer alle Daten seines Logbuchs ins allgemeine Stabs-Log überschreiben. Dann würde der Kongress erfahren, was über Zthronmia geschehen war.

Der Flug eines Versorgungsfrachters war zum Tropfen geworden, der das Fass zum Überlaufen gebracht hatte. Die unscheinbare ENCOURAGE IV war der eine Funke gewesen, der in eine Pulverkammer gefallen war. Der Vorgang hatte den Zthronmic die Maske vom Gesicht gerissen. Aber er hatte auch unerhörte Opfer gefordert. Die Union hatte mehr Piloten und Maschinen verloren, als eine pure Demonstration ihres Machtanspruches, als das Flagge-Zeigen Wert geschienen hatte.

»Nun also zu uns«, knirschte Jennifer zwischen den zusammengebissenen Zähnen.

Die ENTHYMESIS fing sich wenige Meter vor den herumstürzenden kilometerhohen Bruchstücken der Alpha Ceti Tau ab, rollte nach rückwärts über die Längsachse und warf sich dabei wie eine Katze im leeren Raum herum. Dann ging sie zum Gegenangriff über. Die KI ihrer selbsttätig nachführenden Geschütze hatte sich jetzt auf die taktischen Muster der Scyther eingestellt. Sie antizipierte deren Manöver und deckte sie mit Salven ein. Die schnellen Jäger der Zthronmic wurden zu Dutzenden abgeschossen. Sie fielen wie Halme unter der Sense. Dennoch schloss sich jede Lücke in ihren Verbänden sofort und ihr Kampfeswille schien ungebrochen. Auch sie formierten sich zu einer neuen Attacke.

Nicht weniger als drei Geschwader flogen in asymmetrischen Deltakeilen an, fünf Maschinen zur einen, sieben zur anderen Seite. Anscheinend war auch die zthronmische Seite zu dem Schluss gekommen, dass sie es im Fall der ENTHYMESIS, die als einziges Unionsschiff auf dem Kampfplatz verblieben war, und der Pilotin Jennifer Ash mit einem ganz besonderen Gegner zu tun hatten. Die Scyther überboten ihre bisherige Rudeltaktik dahingehend, dass sie gleich drei ihrer schlagkräftigen Geschwader ins Gefecht schickten. Die ENTHYMESIS nahm die Herausforderung an. Wie ein Stier in der Arena senkte sie den klobigen Schädel, scharrte mit den Hufen aus leistungsfähigen Ionentriebwerken und warf sich dann den Angreifern entgegen. Die Maserbatterien feuerten aus rot glühenden Läufen. Ihre Strahlenblitze verwandelten die Phalanx der anfliegenden Maschinen in einen Wall aus thermischem Feuer, als ein Scyther nach dem anderen getroffen wurde und sein Plasmareaktor in blauem und weißem Licht krepierte. Auch die Abschirmung der ENTHYMESIS geriet in kritische Bereiche, als sie diese Zone der totalen Vernichtung zu durchqueren hatte. Selbst im Untergang waren die detonierenden und zerberstenden zthronmischen Maschinen noch tödliche Waffen.

Mit geblendeten Sensoren, revoltierenden Instrumenten und einer nörgelnden Computerstimme kam die ENTHYMESIS aus der Flammenwand und stellte sich der zweiten Staffel. Diese hatte innerhalb weniger Sekunden die Formation geändert. Sie flog jetzt um neunzig Grad gegen die erste Staffel versetzt an, als senkrecht stehender Keil, der wie eine riesige Axt auf die ENTHYMESIS herabprallte. Die KI der Geschütznachführung war für Augenblicke getäuscht und irritiert. Das genügte den schnellen wendigen Jägern, die Vorfeldaufklärung des Explorers zu unterlaufen und sich auf ihn herabzustürzen. Wie Krähen, die sich auf einen Adler stürzen und nach seinen Augen hacken, waren sie auf einmal über der ENTHYMESIS und nahmen ihre Kanonen und Triebwerke, Antennen und künstliche Sinne aus nächster Nähe unter Feuer.

Alarmsignale schrillten. Rotes Licht tauchte die Brücke in blutige Nebel. Irgendwo trat Dampf aus, und Funken regneten aus den Rechnerschränken.

»Wir sind getroffen!«, rief der 2. Pilot, der mit kalkweißem Gesicht neben Jennifer saß und ihre halsbrecherischen Manöver zu unterstützen versuchte.

»Das merke ich!«, brüllte die Kommandantin, ohne von ihrer Konsole aufzusehen.

Das Schiff ächzte und stöhnte. Sein dreihundert Meter langer Stahlleib wand sich unter den Schlägen aus harter Energie. Es waren längst mehr als Nadelstiche, was die Scyther ihm beibrachten.

»Ausfall der Systeme II und V«, meldete sich die Bordintelligenz zu Wort. »Verlust des DeepField in den Sektoren I und II. Reaktorkern überhitzt. Teile der vorderen Schilde inaktiv.«

Ein tiefes Seufzen rang sich aus den Abgründen des Schiffskörpers, als die stabilisierenden Feldkräfte teilweise erloschen und der mehrere Zehntausend Registertonnen schwere Korpus des Explorers der vollen Wucht der Scher- und Beschleunigungskräfte, des Maserbeschusses und der thermischen Explosionen ausgesetzt war.

»Wir haben zwei Geschütztürme verloren, Ma'am«, sagte der WO von seinem rückwärtigen Sitzplatz aus. »Und das Dopplerradar ist gestört, sodass unsere Nachführ-KI …«

Er kam nicht dazu, die Schadensanalyse zu beenden.

»Ich habe die Durchsage der Automatik verstanden!«, fauchte Jennifer. »Keine Meldungen mehr ohne ausdrückliche Aufforderung. Wir sind im Gefecht!«

Die ENTHYMESIS warf sich abermals auf der Stelle herum, schlug einen Haken und beschleunigte auf voller Kraft in die entgegengesetzte Richtung. Die Menschen auf der Brücke wurden in ihre GraviGurte gepresst. Ohne die stabilisierende Wirkung der künstlichen, ergonomisch angepassten Schwerkraft wären sie von einem Vielfachen der Erdbeschleunigung zu blutigem Schleim zermahlen worden. Die Feldgeneratoren heulten auf. Sie arbeiteten jenseits der Überlastungsgrenze. Sehr lange würden Mannschaft und Material diesen Belastungen nicht mehr standhalten.

»Achtung!«, schrie Jennifer.

Sie hatte die ENTHYMESIS wieder abgefangen. Das zweite Scythergeschwader, das sie wie ein zorniger Wespenschwarm umtobt hatte, war abgeschüttelt. Allerdings gelang es der automatischen Geschütznachführung jetzt kaum noch, feindliche Maschinen zu vernichten. Die Zthronmic zogen sich einige Kilometer zurück – wo sie sich ungefährdet sammelten und neu formierten.

Unterdessen flog das dritte Geschwader an. Es waren Scyther des schwereren Typs. Etwas größer und gedrungener konstruiert als die leichten Jäger. Sie trugen Torpedos unter dem stromlinienförmigen Bauch. In asymmetrischer Deltaformation rasten sie mit dreißigtausend Stundenkilometern auf die ENTHYMESIS zu, klinkten ihre Torpedos aus und drehten ab, ohne das Feuer aus den Bordwaffen zu eröffnen. Offenbar war sie zu der Entscheidung gelangt, dass dies nicht mehr nötig war.

»Torpedos im Anflug«, hupte die Automatik.

Trotz Jennifers Unterdrückung der Funktion, die Meldungen durchgab, schrillten die Sirenen und flammten roten Lichter auf.

»Alle Energie auf die Deflektorschilde!«, schrie Jennifer.

Dann riss sie die ENTHYMESIS herum. Die Torpedos waren KI-gesteuert und auf automatische Zielverfolgung programmiert. Sie schwenkten ein, als Jennifer die ENTHYMESIS sich aufbäumen ließ. Der Explorer drehte eine Pirouette und tauchte unter den anfliegenden Raketen hindurch. Ein Dutzend schwerer Explosionen durchtobten den leeren Raum und erschütterten das Vakuum in seinen Grundfesten. Es waren thermische Granaten, aber auch mindestens zwei Antimaterie-Sprengköpfe. Atomares Feuer floss über die Flanken der ENTHYMESIS, während sich in unmittelbarer Nähe ihrer mannsdicken Panzerungen Raum und Zeit ineinander verkrallten, als die Gefechtsköpfe ihre Nutzlast aus Antimaterie mit dem Rest des Universums reagieren ließen.

Das Schiff wälzte sich in seinem Schmerz.

»Ausfall der sekundären Systeme …«, meldete die Automatik. »Reserveenergie und …«

Die emotionslose Computerstimme erstarb.

»Wir sind getroffen«, rief der 2. Pilot. Obwohl er unmittelbar neben Jennifer saß, musste er schreien, um sich in dem Chaos des zerberstenden Schiffes verständlich zu machen.

»Wir verlieren die Abschirmung und zwei weitere Batterien«, sagte der WO von seinem Platz in Jennifers Rücken.

»Verfluchte Scheiße!«, schrie die Kommandantin. »Wollt ihr euch hier fertigmachen lassen?!«

Sie wirbelte in übermenschlicher Geschwindigkeit, zu der nur ihr Prana-Bindu-Training sie befähigte, auf ihrer Konsole herum, um die in Mitleidenschaft gezogenen Systeme zu checken. Die Analyse der Schäden war noch verheerender als der Anprall der zthronmischen Breitseite hatte befürchten lassen. Sämtliche Module der ENTHYMESIS waren beschädigt oder ausgefallen.

»Sekundärer Boot«, schrie sie in die Automatik. »Reserveenergie ...«

Jenseits der großen Bugscheibe begann der Sternenhintergrund, nach unten wegzudriften. Die ENTHYMESIS überschlug sich über die Längsachse.

»Wir haben negative Drift, Ma'am«, meldete der WO.

»Stabilisieren!«, rief Jennifer in das Bersten und Stöhnen des um sein Leben kämpfenden Schiffes.

Für einige furchtbare Sekunden war nichts zu hören als das Ringen und Keuchen der ENTHYMESIS, die schwer getroffen dahintrieb und versuchte, sich auf ihrer Bahn zu halten. Wie ein Boxer, der sich kaum noch auf den Beinen halten kann, taumelte sie zwischen den Trümmern des kosmischen Schlachtfeldes dahin.

Ein grauenhaftes Ächzen und Stöhnen rang sich immer wieder aus den Tiefen ihres Hunderte von Metern langen Titanstahlleibes los. So musste es im Inneren der Titanic geklungen haben, während die unteren Decks sich gurgelnd mit Atlantikwasser füllten und das aufgeschlitzte Schiff sich triefend aus dem Eismeer hob. Eine Erektion des Todes, die es stöhnend dem teilnahmslosen Nachthimmel entgegenreckte.

Auch die ENTHYMESIS kämpfte einen einsamen Todeskampf unter dem teilnahmslosen Sternenfeld, während sich unter ihr die abweisenden, zinkoxidfarbenen Wüsten des Planeten Zthronmia drehten.

Die Scyther schienen nicht mehr angreifen zu wollen. Das war das vernichtendste Signal. Der Explorer hatte den Todesstoß bereits erhalten. Jetzt warteten sie ab, bis er seinen Verletzungen erlag. Sie mussten nicht mehr eingreifen, hielten sich aber bereit, noch einmal zuzuschlagen, wenn er sich ein letztes Mal aufbäumen sollte.

»Negative Drift«, verkündete der 2. Pilot. »Ich fürchte, ich kann sie nicht halten …«

Jennifer biss sich in die Faust.

»Stabilisieren!«, nuschelte sie, aber es steckte keine Überzeugung mehr in dieser Anweisung.

Erst langsam und dann zunehmend schneller begann das Schiff, sich rücklings zu überschlagen und dabei auf den Planeten zuzustürzen. Feldgeneratoren und Reaktoren arbeiteten an der Leistungsgrenze. Immer wieder erloschen die Konsolen und die Brückenbeleuchtung für einige Augenblicke und kehrten dann flackernd wieder. An zahllosen Stellen war das Schiff getroffen. Metertiefe Wunden klafften überall in dem vierschrötigen schwarzen Leib aus ultrahartem Stahl. Das Vakuum drang in einzelne Sektoren ein, die noch von Schotten separiert waren. Wasser, Sauerstoff und flüssiges Plasma leckten aus verschiedenen Rissen in der Außenhaut.

»Wie viele Torpedos haben wir noch?«, fragte Jennifer.

Inmitten des Krächzens und Grollens, das das sterbende Schiff erfüllte, war ihre Stimme auf einmal wieder ganz ruhig und vollkommen beherrscht.

»Ein Antimaterie-Torpedo«, sagte der WO tonlos. »Der war für Wrathnia bestimmt.«

Jennifer nickte vor sich hin. Sie befand sich in einer leichten Prana-Bindu-Trance, die für äußere Einflüsse durchlässig war, ihre Reaktionen und Denkprozesse aber extrem beschleunigte.

»Geben sie ihn frei«, sagte sie ruhig. »Feuern sie ihn auf Wrathnia. Das ist unser Abschiedsgruß!«

Aus den Bugschächten des Explorers, die von Einschlägen atomarer Gefechtsköpfe zu deformierten Trichtern zerschmolzen waren, schoss der letzte Torpedo der ENTHYMESIS hervor. Er richtete sich aus und stürzte sich dann auf den Planeten hinab, um dessen Hauptstadt in einen hundert Meter tiefen kontaminierten Krater zu verwandeln.

Er kam jedoch nicht weit. Zthronmische Scyther setzten ihm nach und zerstörten ihn noch in der Beschleunigungsphase. In einer harmlosen thermischen Fusionswolke zerplatzte der Gefechtskopf.

»Das war die sprichwörtliche letzte Patrone«, sagte Jennifer, die dem Vorgang regungslos zugesehen hatte.

Während die ENTHYMESIS eine weitere Rolle rückwärts beschrieb, starrte sie auf ihren Hauptbedienplatz, dessen Anzeige von Störungen und weißem Rauschen durchtost wurde.

»Meine Herren«, sagte sie, ohne aufzublicken, »es war mir eine Ehre …«

Irgendwo explodierten Teile des Schiffsreaktors. Weitere Instrumente fielen aus. Subsysteme mussten abgeschaltet werden.

»Können Sie die Drift nicht stabilisieren?«, sagte Jennifer. Es blieb unklar, ob sie die Automatik oder ihre beiden Offiziere meinte.

»Offene Brände in den Sektoren II, IV und VIII«, sagte der WO.

»Mit Stickstoff löschen«, antwortete sie mechanisch. Sie schien selbst die Stelle der Automatik eingenommen zu haben. Sie war die ENTHYMESIS. Sie war die Seele dieses Schiffes. Seit Jahrzehnten war sie mit ihm vertraut. In der Zeit der interstellaren Exploration und während der Sinesischen Kriege hatte sie einige der atemberaubendsten Manöver mit ihm geflogen, die je an den Kompaniebars der MARQUIS DE LAPLACE die Runde gemacht hatten und die in den Annalen der fliegenden Crew ruhten. Es war undenkbar, dass sie von Bord gegangen und den Explorer aufgegeben hätte – selbst wenn vor dessen eingedrückter Schnauze nicht ein feindliches Geschwader darauf gewartet hätte, ihm den Gnadenstoß zu versetzen.

»Wir sind manövrierunfähig«, sagte sie. Wieder blieb offen, mit wem sie sprach und ob es eine Frage oder eine Feststellung war.

»Ich fürchte, so ist es«, sagte der WO.

Jennifer studierte konzentriert die Anzeigen ihrer immer öfter erlöschenden Konsolen und Monitore.

»Manövrierunfähig, unbewaffnet«, sagte sie. Ihre Stimme war so kalt und unbeteiligt, dass sie jedem Androiden zur Ehre gereicht hätte. Aber selbst einen Tloxi hätte es gefröstelt, wenn er sie so emotionslos den eigenen Untergang hätte konstatieren hören. »Dann sind wir zum Abschuss freigegeben.«

Als hätten sie sich in den Bordfunk eingeloggt und ihre letzten Worte mitgehört, feuerten die Zthronmic einen Torpedo auf die ENTHYMESIS ab. Mit der letzten Kraft, die noch in ihrem moribunden Korpus steckte, warf die ENTHYMESIS sich auf der Stelle herum, um dem Projektil nicht die Front oder die ungeschützte Bauchseite zu präsentieren. Das Geschoss bohrte sich ins Heck und explodierte. Große Teile des Triebwerksblocks und des Reaktors wurden weggerissen. Der Explorer erhielt einen übermächtigen Schlag und taumelte mit großer Unwucht zurück. In rasender Gewalt um die Längsachse rotierend und sich dabei immer wieder überschlagend, an zahllosen Stellen brennend und mit erlöschenden Systemen stürzte er auf Zthronmia hinab.

»Brückenbereich abschotten!«, schrie Jennifer, als sie spürte, wie der Druck der Atmosphäre an Bord des Schiffes abfiel. »Feldgeneratoren der GraviGurte …«

Doch sie kam nicht mehr dazu, ihren letzten Befehl als ENTHYMESIS-Kommandantin auszusprechen. In rasender Wucht wurde das Schiff herumgeschleudert. Das Licht auf der Brücke erlosch. Die Stimme der Automatik, der sanften und geduldigen Bordintelligenz, erstarb ebenfalls in einem Röcheln. Ein tiefes Heulen und Schrillen gellte durch die Sektoren, Gänge und Schächte, als die aufgerissenen und zerfetzten Schotte barsten und dem Sog des Hochvakuums nicht länger standhielten. Ein Modul nach dem anderen verlor Atmosphäre, Wärme und Licht. Die Automatik war weg!

Dann brachen die letzten Feldgeneratoren zusammen. Die künstliche Schwerkraft und die GraviGurte, die die Piloten in dem herumwirbelnden Schiff an ihren Sitzen gehalten hatten, hörten auf zu wirken. Der 2. Pilot und der WO wurden von ihren Plätzen gerissen und gegen die massiven Stahlschränke geschleudert. Sie waren sofort tot.

Die ENTHYMESIS rotierte mit Überschallgeschwindigkeit und überschlug sich über Kopf. Die dabei auftretenden Zentrifugal- und Scherkräfte brachen den beiden Offizieren das Genick noch in derselben Sekunde, in der die synthetische Gravitation kollabierte. Ihre leblosen Körper wurden auf der Brücke hin und her geworfen. Dann klatschte der Druck der Zentrifugalwirkung sie mit dem Vielfachen der Erdbeschleunigung an die Scheiben aus Elastalglas, an denen sie zerquetscht wurden. Krachend zerbrachen sämtliche Knochen in den Leibern, die sich dabei abplatteten und zu blutigen Lachen wurden, die sich flächig an den Scheiben ausbreiteten.

Jennifer hatte das Zusammenbrechen der GraviGurte um wenige Zehntelsekunden antizipiert. Sie hatte ihre Prana-Bindu-Trance auf die größtmögliche Tiefe verstärkt und ihren Körper versteift. Jede Fiber jedes einzelnen Muskels in ihrem Leib war nun so hart und widerstandsfähig wie Elastalstahl aus gehärtetem Titan. In diesem Zustand hatte sie sich unter der Konsole des Hauptbedienplatzes verkeilt. Die Arme über die Arbeitsfläche gekrallt, die Beine um die Sockel verspannt, die die Instrumente trugen, wurde sie auch physisch ein Teil des stählernen Schiffes, das in diesem Augenblick sein Leben aushauchte.

Sich hilflos überschlagend und um sämtliche Achsen rotierend stürzte der Explorer auf die oberen Atmosphäreschichten des Planeten Zthronmia zu. Die Reaktoren und Feldgeneratoren waren kollabiert, die Automatik erloschen. Die Subsysteme versagten den Dienst. Notfallaggregate kapitulierten. Das Vakuum, die wütenden thermischen Brände, die Strahlungsschocks und Antimaterie-Verwerfungen hatten selbst dieses Schiff, das robusteste, das je gebaut worden war, überfordert. Die letzten Anzeigen verglimmten. Tief in den elektronischen Eingeweiden des Quantenrechners brach die Künstliche Intelligenz zusammen, die das Schiff jahrzehntelang gesteuert und repräsentiert hatte. Das einzige Leben an Bord war die in tiefe Trance versenkte Jennifer.

Die ENTHYMESIS – starb.

»… und das war das Letzte, was ich sehen konnte«, schloss Captain Hakiko Taketsuma seinen Bericht. »Ich hoffe, Sie nehmen es mir nicht übel, Sir …«

Er stockte.

Ich begriff nicht sofort, was er meinte. Was er erzählt hatte, dröhnte um mich, als hätte ein Schwergewichtsmeister auf mich eingedroschen. Wie betäubt ging ich hin und her.

Dr. Rogers reagierte an meiner statt.

»Niemand, Captain, wird Ihnen irgendwelche Vorwürfe machen.«

Der alte General saß mit rotem Kopf in seinem gravimetrischen Lehnstuhl. Er hatte Taketsumas Bericht äußerlich regungslos angehört, während er sich bei einem Glas Wasser von der voraufgegangenen Aufregung erholte. Man hätte ihn für innerlich unbeteiligt halten können. Aber da ich ihn seit einigen Jahrzehnten kannte und wir das eine oder andere miteinander durchgemacht hatten, wusste ich, dass er nicht unbeeindruckt geblieben war.

»Wenn Mrs. Ash«, sagte ich zu dem Piloten, »Ihnen befohlen hat, hierher zurückzukehren, haben Sie das Einzige getan, was richtig war.« Ich presste mir die Fäuste in die Augenhöhlen, bis ich tanzende Sterne sehen konnte. Dann zwang ich mich, einige Male tief durchzuatmen. »Und nach allem, was Sie berichten, war es auch das einzig Richtige, was sie Ihnen befehlen konnte.«

Rogers nickte mir zu, als ich an seinem Platz vorüberkam. Ich schloss die nächste Schleife an meine unruhige Wanderung an.

»Sie sind der einzige Augenzeuge dieser Vorgänge«, knurrte Dr. Rogers grimmig. »Wir können uns glücklich schätzen, Sie als allem Anschein nach letzten Überlebenden …« Er brachte den Satz nicht zu Ende. Es war mehr als nur eine militärische Niederlage, was er zu verdauen hatte. Selbst von dem katastrophalen Ausgang des Gefechtes würde er sich unter gewöhnlichen Verhältnissen nur angespornt fühlen, umso unerbittlicher zurückzuschlagen. Aber dass es, außer diesem einen Piloten eines schnellen Jägers, keine Überlebenden geben sollte, war auch für ihn zu viel. Er wusste, was das bedeutete, und immer wenn er sich unbeobachtet glaubte, lag sein Blick mit väterlicher Sorge auf mir.

Jennifer tot?!

Ich konnte es nicht glauben. Irgendetwas sagte mir, dass ich es spüren würde, wenn ihr etwas zustieße. Noch während unseres nächtlichen Gespräches war solche Nähe gewesen, solche Vertrautheit, vor der die räumliche Distanz zu nichts geworden war. Und nun sollte sie nicht mehr sein? Es war undenkbar.

In Rogers' Augen las ich, dass auch er sich weigerte, dies als Tatsache zu akzeptieren. Allerdings mussten wir uns damit abfinden. Weitere Zeugen gab es nicht. Und den Schauplatz des Geschehens in Augenschein zu nehmen, verbot sich von selbst. Es wäre blankem Selbstmord gleichgekommen.

Als wir verspätet und abgehetzt vom Torus zurückkehrten, stürmte ich sofort auf die Kommandantenebene und in meine private Lounge. Dr. Rogers, asthmatisch keuchend und hustend, immer ein paar Schritte hinter mir. Meine Adjutanten, die mich schon vermisst hatten, schickte ich weg. Sie wollten mich wegen irgendwelcher Verwaltungsbanalitäten sprechen. Das hatte Zeit.

Wir vergewisserten uns, dass wir ungestört waren. Alle Türen waren verriegelt. Alle Protokollfunktionen der stets gegenwärtigen Automatik waren deaktiviert. Vor dem Zugang zu der Kommandantenlounge hatte ich zwei Wachen postiert und den Status der höchsten Geheimhaltung gesetzt. Die Qbox war absolut abhörsicher. Bis jetzt konnte nichts nach außen gedrungen sein. Und was wir davon an die Öffentlichkeit gaben, würden wir selbst entscheiden, nachdem wir sie abgehört hatten.

Mit klopfendem Herzen näherten wir uns dem kaum faustgroßen schwarzen Würfel, der die MARQUIS DE LAPLACE während der letzten Stunde mit der ENTHYMESIS verbunden hatte. Eine blinkende Anzeige teilte mit, dass in meiner Abwesenheit ein Notruf eingegangen war. Die Box hatte eine Maydaysequenz vom anderen Ende der Galaxis empfangen.

Ich loggte mich auf dem zugehörigen MasterBoard ein und

aktivierte die Wiedergabefunktion mit meiner ID. Nachdem ich mich als Kommandant der MARQUIS DE LAPLACE ausgewiesen hatte, begann die Stimme der KI, die die Box steuerte, mich auch schon anzunörgeln.

»Empfangene Maydaysequenz in Abwesenheit«, blökte die Automatik. »Durchstellung auf persönlichen Kanal nicht möglich. Eingegangene Übertragungen in hochauflösendem Live-Stream und Audiokanal.«

Ich begann, halblaut vor mich hin zu fluchen. Rankveil und seine verdammte Besprechung. Schon wieder hatte ich einen Fehler gemacht. Hatte mich hinter Vorschriften und protokollarischen Gebotenheiten versteckt, auf die zu schimpfen ich sonst nicht müde wurde. Schon wieder hatte ich Jennifer im Stich gelassen.

Ich vergewisserte mich, dass Rogers wieder zu Atem gekommen war. Vorsichtshalber stellte ich mir selbst ein Glas Wasser bereit. Dann spielten wir die Aufzeichnung ab.

Es war schrecklich!

Durch Raum und Zeit getrennt mussten wir die Niederlage der Unseren miterleben. Jennifer hatte das erste Geschwader angefordert. Sie hatte das zweite angefordert. Auch die im Inneren des Frachters versteckten Staffeln waren in die Kämpfe geworfen worden. Die Orbitalstation und nicht zuletzt die ENTHYMESIS selbst hatten in die Gefechte eingegriffen.

Es hatte alles nichts geholfen.

Der Frachter ENCOURAGE IV war verloren. Sämtliche schnellen Jäger waren verloren. Die Kampfstation Alpha Ceti Tau war verloren. Man sah, wie sie – von rollenden Scytherattacken, die sie mit schweren thermischen Torpedos belegten, sturmreif gebombt – mitten durchbrach. Das allein hätte genügt, das Fiasko zu verdeutlichen. Ein sinesischer Ikosaeder. Ich selbst hatte mir über Sina ein Bild von der Feuerkraft dieser Raumstationen machen können. Die winzigen, wendigen Scyther hatten sie erledigt. Durch die schiere Überlegenheit ihrer Zahl, durch die Beharrlichkeit ihrer Angriffe und durch die völlige Gleichgültigkeit gegenüber eigenen Verlusten, waren es ihnen möglich gewesen, die sinesische Orbitalstation, deren militärische Macht ich für unüberwindlich gehalten hätte, zu vernichten.

Jennifer hatte sich mit der ENTHYMESIS zurückgezogen. Ihre Hilferufe waren hier ungehört aufgelaufen, einer nach dem anderen. Schließlich hatte sie ihr dramatisches Resümee zu Protokoll gegeben und sich wieder in die Schlacht gestürzt. Über den Ausgang dieses zweiten Gefechtes konnte es keinen Zweifel geben.

Zumal, als der Anflug eines Schiffes gemeldet wurde. Rogers und ich waren gerade am Ende der Aufzeichnung angelangt, als die Automatik mein Gebot, uns nicht zu stören, unterlief. Es musste ein Vorfall der obersten Prioritätsstufe sein. Wir reagierten sofort und ließen uns den Kanal durchstellen. Meine für einige Herzschläge aufkeimende Hoffnung, es könne die ENTHYMESIS sein, wurde schnell zunichte gemacht.

Es war der letzte Jäger, der das Schlachtfeld hatte verlassen können. Ich wies ihn an, die Schleusenkammer unterhalb der Brücke anzufliegen, und wenige Augenblicke später führten meine Adjutanten ihn in die Kommandantenlounge.

Captain Taketsuma kam unmittelbar aus dem Gefecht. Es dauerte eine Weile, bis ich das begriff. Vor wenigen Minuten war er noch über Zthronmia gewesen. Jetzt stand er vor uns, die Augen schwammen in Adrenalin, sein Händedruck war fahrig.

Er machte nicht den Eindruck, besonders empfindlich zu sein. Aber angesichts seines jugendlichen Alters schätzte ich, dass er an der Schlacht um Sina noch nicht teilgenommen haben konnte. Es war sein erster militärischer Einsatz gewesen – und gleich einer, der mit einer vernichtenden Niederlage geendet hatte. Während er die Lücke zwischen Jennifers letzter Nachricht und seinem eigenen Abflug schloss, zitterten seine Hände und glitten seine Blicke immer wieder suchend durch den Raum. Ich bot ihm ein Glas Wasser an, einen Whiskey. Endlich gestand er mir, wonach es ihn gelüstete: Er hatte das Qat-Päckchen in meiner Brusttasche bemerkt.

Ich gab ihm eine. Musste ich, durchzuckte es mich, dem Mann, der mir den Tod meiner Frau berichtete, noch eine Zigarette anbieten? Aber dass Jennifer tot sei, war für mich noch keine Realität.

Taketsuma erzählte, was er während der letzten Minuten der Schlacht erlebt hatte. Wie die verbliebenen Jäger der ENTHYMESIS Feuerschutz zu geben versuchten und wie sie dabei Opfer der zthronmischen Scyther geworden waren. Wie in der Ferne der Ikosaeder der Orbitalstation auseinanderbrach und auf den Planeten hinabzustürzen begann. Schließlich hatte Jenny ihm befohlen, sich zurückzuziehen.

»Das Letzte, was ich sah«, schloss er, »war, wie die ENTHYMESIS sich mehreren Scytherstaffeln entgegenstürzte. Commodora Ash war besessen von der Idee, die Hauptstadt Wrathnia mit Antimaterie anzugreifen. Als ich den Warp hochfuhr, wurde sie von mehreren thermischen Torpedos getroffen. Dann verließ ich den Quadranten …«

Ich musste wider Willen leise lachen. Das sah ihr ähnlich! Mit dem Rücken zur Wand, aus tausend Wunden blutend, ging sie zum Frontalangriff über.

War er erfolgreich gewesen? Das konnte Taketsuma nicht mehr sagen. Während Jennifer die letzte Patrone freigab, die sie noch im Revolver hatte, hatte er in einer Kette von Sprüngen Abertausende von Lichtjahren überwunden.

Rogers und ich sahen uns an.

»Was für ein Teufelsmädchen!«, knurrte er.

Er schien auf gewisse, nur einem alten Haudegen wie ihm erschließliche Weise nicht unzufrieden zu sein. Man hatte der Welt wieder einmal ein Schauspiel geboten, das selbst Götter nicht unbeeindruckt lassen würde.

Wir schwiegen.

Im Prinzip konnte jeden Augenblick eine weitere Meldung erfolgen. Jeden Augenblick konnte die ENTHYMESIS sich draußen materialisieren, den blauen Kokon des Korridors und den Rauch der Schlacht abschütteln und in das Große Drohnendeck einschweben. Ob ihr letzter Coup geglückt war, hatte damit nur am Rande zu tun. Die Frage war, ob sie technisch und moralisch in der Lage war, den Warp zu schalten und zurückzukommen.

Technisch war es fraglich. Wenn die ENTHYMESIS von thermischen Torpedos getroffen worden war, hatte sie schwere Schäden davongetragen. Das Schiff war robust – das robusteste, das je von Menschen konstruiert worden war –, aber nicht unzerstörbar. Und die Warptechnologie war eine heikle Sache. Schon geringe physische Einwirkungen konnten die Reaktoren beeinträchtigen.

Aber das war nicht das eigentliche Problem.

Jennifer hatte sich in einen Gegner verbissen. Sie würde ihn nicht wieder freigeben, solange noch ein Funken Leben in ihr war. Ihre Sturheit war legendär. Und ihrer Rücksichtslosigkeit dem Material und den Kameraden gegenüber korrespondierte völlig gleichberechtigt die Rücksichtslosigkeit gegenüber sich selbst. Sie konnte sich in eine Sache hineinsteigern, bis das eigene Leben ihr gleichgültig wurde. Das hatten wir in Pensacola erfahren müssen, als sie sich weigerte, ihren sterbenden Vater zu verlassen, auch als ringsum eine Welt in Trümmer ging. Wenn sie sich ein Ziel setzte, identifizierte sie sich damit. Sie verfolgte es bis zur Selbstvernichtung und gab eher sich selbst auf als das Ziel. Bis jetzt war es immer gut ausgegangen.

Bis jetzt, musste ich mir sagen, war immer jemand da gewesen, der sie herausgehauen hatte.

Diesmal war sie allein gewesen.

Ich hatte einen unverzeihlichen Fehler gemacht.

Ich hätte sie besser kennen sollen. Zwar hatte niemand, selbst Dr. Rogers nicht, damit gerechnet, dass die Sache derart eskalieren würde. Dennoch hätte ich Jennifers Eigensinn einkalkulieren müssen. Wir hätten uns hier bereithalten müssen. Stattdessen hatte ich sie im Stich gelassen.

Ich setzte mich.

Rogers hatte während der ganzen Zeit die geröteten Augen nicht von mir genommen.

»Du brauchst dir keine Vorwürfe zu machen«, sagte er mit einem Blick zu der verfluchten Quantenbox. »Wir hätten von hier aus ohnehin nicht eingreifen können.«

Ich schüttelte den Kopf.

»Ich hätte hier sein müssen. Ich hätte ihr zureden und sie zurückholen können. Zur Not hätte ich es ihr befehlen können. So habe ich zugelassen, dass sie sich diesen Bestien auslieferte.«

Der Raum drehte sich um mich. Eine riesige stählerne Presse schien meinen Schädel zu zerquetschen. Und dennoch wusste ich, dass das ganze schreckliche Gewicht dieser Gewissheit erst in den kommenden Stunden und Tagen, Wochen und Monaten auf mich niederstürzen würde. Bis ans Ende meines Lebens würde ich keinen Frieden finden.

»Es tut mir sehr leid, Sir«, sagte Captain Taketsuma.

Das war anständig von ihm.

»Vielen Dank, Captain«, erwiderte ich. »Sie haben Ihre Pflicht getan. Ich wünschte, ich wäre mit Ihnen dort draußen gewesen.«

Dann stand ich auf und trat an die große Panoramafront, die zwei der vier Seiten der geräumigen Kommandantensuite einnahm. Jeden Augenblick konnte sich dort draußen dic ENTHYMESIS materialisieren und ihren Heimathafen anfliegen, ihren Hangar im Großen Drohnendeck der MARQUIS DE LAPLACE. Aber sie tat es nicht. Ich wusste, dass sie es nicht tun würde. Die ENTHYMESIS – hatte ihre letzte Schlacht geschlagen.

Ein schrecklicher Gedanke durchfuhr mich.

Vielleicht würden wir nie erfahren, wie die Sache ausgegangen war! Es gab keine Zeugen. Die Zthronmic, die als Sieger aus dem Ringen hervorgegangen waren, würden die Wahrheit als formbare Masse behandeln. Alles, was nach Captain Taketsumas Abflug vorgefallen war, war in ihrer Hand. Sie konnten es interpretieren und retuschieren. Sie konnten Teile weglassen und andere erfinden. Sie würden sich ihre eigene kleine Geschichte von der Schlacht um Zthronmia zurechtmachen und damit vor dem Kongress erscheinen.

Das durfte nicht geschehen.

»Über welche Daten verfügen Sie?«, fragte ich den Kampfpiloten, der sich langsam von dem Stress erholte.

»Alle«, sagte er schlicht. »Alle, vom Eintreffen der ENCOURAGE IV bis zu meinem Abflug.«

Während des Gefechtes war ein holistischer Gefechtskanal geschaltet gewesen, der sämtliche Informationen auf die Bordrechner sämtlicher beteiligten Einheiten übertrug. Jennifer hatte Beobachterdrohnen ausgesandt, die das Geschehen aus unterschiedlichen Perspektiven verfolgten. Sämtliche Bordkameras und Audiokanäle sämtlicher Schiffe waren in komprimierter Form dem Gefechtsprotokoll beigegeben.

»Wo sind sie jetzt?«, fragte ich rasch.

Der Captain lächelte.

»Für gewöhnlich«, führte er aus, »wird das Protokoll des Gefechtskanals automatisch in den militärischen Teil des StabsLogs überschrieben, sowie man eine größere Basis oder ein Mutterschiff anfliegt. Ich habe mir jedoch erlaubt, die Funktion zu unterdrücken, als ich aus dem Warp kam und den Torus ansteuerte.«

»Sie sind ein Prachtkerl«, stöhnte ich.

Auch Dr. Rogers, der während der letzten Minuten schweigend vor sich hin gebrütet hatte, war sofort wieder hellwach. Wir luden die verschlüsselten und komprimierten Daten von Taketsumas Jäger auf meinen persönlichen Bereich des StabsLogs der MARQUIS DE LAPLACE, der nur dem Kommandanten und ranggleichen Offizieren zugänglich war, also Dr. Rogers und Direktor Reynolds. Dann sahen wir die Aufzeichnungen durch. Es war eine sublime Qual. Noch einmal schwebte der Frachter ein, noch einmal wurde er von Scythern attackiert. Noch einmal entbrannte die Schritt für Schritt eskalierende Schlacht zu alles verschlingender Heftigkeit.

Noch einmal befahl Jennifer mit heiserer Stimme den Sturmangriff auf Wrathnia.

Mich fröstelte. Zwar wusste ich aus eigener Erfahrung, in welchen Rausch einen das Adrenalin versetzen konnte, zu welchen aberwitzigen Entscheidungen einen die Droge namens Lebensgefahr befähigte. Dennoch wunderte es mich, wie Jennifer sich ihren Gefühlen überließ. Was waren die Jahrzehnte des Prana-Bindu-Trainings wert, wenn sie sich so wenig im Griff hatte, wenn sie so wenig Distanz zu den Ereignissen – wie bedrohlich sie immer sein mochten – einnehmen konnte?

Sie war auf andere Weise engagiert als in vergleichbaren Situationen. War es das Schicksal der Amish, das ihr so am Herzen lag? Ihre blindwütige Attacke, Wrathnia angreifen zu wollen, konnte nur weiteres Unheil auf die Amish ziehen. Das musste ihr selbst in der Ekstase der Todesverachtung klar gewesen sein. Und dennoch hatte sie den letzten Angriff befohlen. Sie hatten ihn vorgeschlagen und die Piloten vom Befehlsnotstand entbunden; aber sie waren ihr gefolgt. Bis auf einen hatten sie den Tod gefunden.

Je öfter ich die Aufzeichnung hörte, umso schriller und fremder wurde mir ihre sich überschlagende Stimme. Und ich wusste, dass ich sie noch sehr oft hören würde. Die Vorfälle mussten untersucht und aufgeklärt werden. Und da zu erwarten stand, dass die Zthronmic die Vorgänge manipulieren würden, mussten wir dagegenhalten, am besten sogar die Initiative ergreifen. Ich würde Jennys Schrei noch sehr oft hören müssen. Nur sie würde ich nicht mehr hören.

Die Waage hatte sich zu unseren Ungunsten geneigt, als das erste Geschwader dem Frachter zu Hilfe kommen wollte. Die Zthronmic hatten die Sprungpunkte unter Feuer genommen. Wieder und wieder sahen wir auch diesen schrecklichen Teil der Aufzeichnungen an. Aber selbst für Dr. Rogers gab es keine andere Erklärung.

»Irgendein Bastard muss die Koordinaten verraten haben!«

Das Feuer der zthronmischen Batterie erfolgte so rasch und präzise, dass es jede Reaktionszeit eines menschlichen oder KI-gestützten Richtschützen unterlief. Die Sprungpunkte mussten vorab in die Zielerfassung eingegeben worden sein. Das hieß, dass sie weitergeben worden waren.

Es waren aber nur eine Handvoll Personen an der fraglichen Unterredung beteiligt gewesen. Ich selbst und Jennifer schieden ebenso aus wie General Rogers und Direktor Reynolds. Blieben zwei, da hatte Jennifer völlig recht.

Borissowitsch? Ich kannte ihn nicht, er hatte sich an der Aussprache kaum beteiligt. Ein klein gewachsener, übergewichtiger, mürrischer Mann, der unscharf im Hintergrund der Übertragung herumgelungert war. Aber was für ein Interesse hätte er an der Weitergabe der Daten haben können? Die Orbitalstation war zerstört, zerrissen von einem zthronmischen Volltreffer. Er selbst hatte den Tod gefunden, denn er war nicht an Bord der ENTHYMESIS gewesen, als diese von dem Ikosaeder ablegte. Selbst wenn man einräumte, dass er schwerlich mit einer solchen Eskalation des Scharmützels gerechnet haben konnte – was für ein Motiv konnte er haben, den eigenen Leuten derart in den Rücken zu fallen und seine Existenz auf einer unterbesetzten Kampfstation zu gefährden? Es ergab keinen Sinn. Aber er konnte die Zerstörung Alpha Ceti Taus unmöglich überlebt haben. Also würde seine Auffassung für immer ein Geheimnis bleiben.

Blieb Kommissar Jorn Rankveil, Sonderbeauftragter für zthronmische Angelegenheiten. Auch er war an der Besprechung beteiligt gewesen. Er hatte sie in einer Weise abgenickt, die alle anderen in Erstaunen versetzt hatte. Und heute Morgen hatte er mich auf den Torus gerufen und so lange dort festgehalten , bis die Ereignisse vorüber waren und ich für jedes Eingreifen zu spät kam. Er war Mauretanier. Als solcher hatte er einen Eid auf die Union geschworen, auf die alte Union. Andererseits war er ein Pragmatiker der Macht. Wenn er seine Loyalität auf die erweiterte Union übertragen haben und zu dem Schluss gekommen sein sollte, dass die Entsendung des Frachters als Köder ein Fehler war, würde er nicht zögern, entsprechende Maßnahmen zu ergreifen. Gegen Jennifer hegte er einen wohlbegründeten Hass, seit sie ihn ins Messer hatte laufen lassen. Er hatte es ihr zu verdanken, dass er den Vorsitz über die Fraktion der alten Union im Galaktischen Konvent hatte niederlegen müssen. Insofern konnte man ein Motiv konstruieren, das auf persönliche Rache hinausliefe.

Aber er war nicht der Mann, der mit seiner Meinung hinter dem Berg hielt. Wenn er die Entsendung des Frachters guthieß, blieb es dabei. Und ob es für ihn als Sonderkommissar eine Empfehlung darstellte, wenn er an einer Falle mitwirkte, den Zthronmic aber die Daten zuspielte, die die Falle wieder entschärften, musste dahingestellt bleiben.

Der Fall war unklar, nach vielen Richtungen hin. Umso wichtiger war es, dass wir schnell reagierten und die Initiative behielten. Wir durften die Wahrheit nicht aus der Hand geben. Schon bald würden die Zthronmic ihre Version der Ereignisse verbreiten. Darin würde es keinen unangekündigten Angriff auf unseren Frachter und keinen völkerrechtswidrigen Einsatz von Antimaterie-Torpedos gegen unsere Raumstation geben. Stattdessen jede Menge willkürliche Aggression von unserer Seite.

Wir unterdrückten den Teil der Aufzeichnungen, in dem Jennifer darüber spekulierte, wer die Sprungdaten verraten hatte. Den Rest überschrieben wir ins allgemeine StabsLog. Dann wies ich die Automatik an, einen Kanal zum Torus aufzubauen.

»Den Konventspräsidenten!«

»Was willst du von Laertes?«, fragte Rogers. Aber er wusste es. Während wir darauf warteten, dass die KI die Übertragung stabilisierte und den selbst ernannten Chefideologen an die Leitung holte, sahen wir uns ernst und schweigend an. Ich bezog Taketsuma ein.

»Sir?«, machte er verdattert und erschöpft. Er war nicht gewohnt, in Entscheidungsprozesse einbezogen zu werden. Vermutlich ahnte er kaum etwas von der strategischen Dimension, um die es ging. Sein Geschwader war irgendwo auf den Asteroiden stationiert. Vermutlich war er über den erdnahen Raum noch nie hinausgekommen. Ein paar Probestunden bei oszillierendem Warp vielleicht, zum Sirius und wieder zurück. Unter normalen Umständen würde er nun zurückfliegen und heute Abend seinen Kameraden an der Kompaniebar von den Wundern erzählen, die er geschaut hatte. Leider hatte es der Weltgeist nicht gut mit ihm gemeint.

Andererseits war er noch am Leben, während einige Dutzend seiner Kameraden an diesem Vormittag ins Gras gebissen hatten.

Auf dem Schirm erschien das altersweise Gesicht Laertes'. Er studierte mit einem Auge die Aufzeichnungen des Gefechtes, die wir simultan übermittelt hatten.

»Was – kann ich für euch tun?«, sagte er rau, während er erbleichte.

»Wir müssen das Kriegsrecht ausrufen«, gab ich zurück.

Jennifer

Ein tiefes Bersten und Stöhnen rang sich aus dem Inneren des Schiffes, als würden einem Giganten sämtliche Knochen einzeln im Leib zertrümmert. Explosionen dröhnten und pflanzten sich hohl in dem gemarterten Stahlkorpus der ENTHYMESIS fort. Thermische Brände und blaue Plasmafeuer fauchten durch die aufgerissenen Sektoren, sprengten die Schotten und fraßen an den Zwischenschleusen aus gehärtetem Elastalstahl.

Unter der Konsole des Hauptbedienplatzes auf der Brücke des Explorers kauerte Jennifer, in tiefe Prana-Bindu-Trance versenkt. Sie hatte jede Faser und jeden Muskel angespannt und ihren Körper zu einem Gebilde aus Metall gemacht. Ihr Geist war der überwach und unpersönlich agierende Geist eines Roboters. Blitzschnell und rational wie ein Quantenrechner glich sie ihre Chancen ab, erwog und verwarf in Sekundenbruchteilen ihre letzten Möglichkeiten und umklammerte dabei die Sockel der totgefallenen GraviSessel, die kreischend an ihren Verankerungen rissen.

Das Schiff rotierte wirbelnd um die Längsachse und überschlug sich mehrere Male pro Minute über den Schwerpunkt. Triebwerksblock, Warpkern und Reaktorkammer waren von den Treffern der zthronmischen Torpedos aufgerissen und zerfetzt. Es war nur eine Frage der Zeit, bis die ENTHYMESIS im Zugriff übermenschlicher Kräfte auseinanderbrechen würde. In ihrem Inneren war die künstliche Gravitation ausgefallen. Dafür wüteten Scher- und Zentrifugaleffekte, die alles, was nicht niet- und nagelfest war, mit dem Vielfachen der Erdbeschleunigung aus seinen Aufhängungen rissen und herumschleuderten.

Die Leichen der beiden Offiziere, die beim Ausfall der synthetischen Schwerkraft gegen die Elastalglasscheiben geschmettert worden waren, bestanden nur noch aus breiigen Lachen, in denen die zerfetzten Überreste ihrer weißen Schutzanzüge schwammen. Metallsplitter und MasterBoards, KomGeräte und Elastalbecher klebten an den Außenwänden der Brücke und wurden unter dem Druck der Rotationskräfte abgeplattet und deformiert.

Jennifer wusste, dass sie nur eine Chance hatte. Sämtliche Schotten im Schiff waren geschlossen und in ihren Aufhängungen verkeilt. Der Stahlleib des Explorers hatte sich verwunden und knirschend gegen seine Achse verdreht. Selbst wenn die Feldgeneratoren und die Automatik noch funktioniert hätten, hätte sich keine einzige der Zwischentüren mehr öffnen lassen, die zu Beginn des Gefechts, mit Setzung der höchsten Alarmstufe, selbsttätig geschlossen und verriegelt worden waren. Es gab einen einzigen Weg, der für Notfälle und Evakuierungen aufgespart worden war. Trotz zahlloser brenzliger Situationen, die die Crew der ENTHYMESIS gemeinsam mit ihrem robusten Schiff durchgestanden hatte, hatte sie ihn niemals in Anspruch nehmen müssen. Jetzt war der Augenblick da: Sie musste zur Notfallschleuse gelangen, um das brennende und abstürzende Wrack zu verlassen.

Der Explorer raste mit mehrfacher Schallgeschwindigkeit auf den Planeten Zthronmia zu. Die oberen Atmosphäreschichten zerrten und rüttelten an den Stummeln und Stümpfen der Aufbauten, die nicht schon das Feuer des thermischen Gefechtes weggebrannt hatte. Beim Blick aus den Front- und Seitenscheiben der Brücke, die den atemlos herumwirbelnden Horizont zeigten, versuchte Jennifer abzuschätzen, wie viel Zeit ihr blieb. Wenn die ENTHYMESIS in die zinkroten Wüsten des Planeten stürzte, würde sie zu glutflüssigen Klumpen zermahlen und von den atomaren Explosionen der kollabierenden Reaktoren verzehrt werden. Bis dahin musste sie ausgestiegen sein. Aber ihr blieben, wenn überhaupt, nur noch wenige Minuten.

Heulender Wind fing sich in dem zerborstenen und durchlöcherten Wrack und signalisierte den Eintritt in die Luftschicht Zthronmias. Die Außenhaut des Schiffes färbte sich dunkelrot. Vor seinen Schutzschilden bildete sich ein Kissen aus zu Plasma verdichtetem Stickstoff und Ozon. Bei intakten Kraftfeldern und funktionierender Automatik war ein Atmosphäreneintritt belanglose Routine. Aber für den leblos dahinstürzenden Stahlkorpus, der weder gesteuert noch ausgerichtet wurde, bedeutete er eine letzte Prüfung vor dem sicheren Ende, eine letzte grausame Geißelung vor dem gewissen Tod.

Jennifer überschlug im Kopf den Weg und unterteilte ihn in Etappen. Diese wiederum musste sie nach Griffen und Fixpunkten vorordnen wie eine ungesicherte Klettertour. Es war eine Kletterei durch ein wirbelndes Schiff, in dem jeder lose Gegenstand zu einem tonnenschweren Geschoss wurde.

Jennifer lockerte vorsichtig den Griff der rechten Hand, streckte sie gegen den Ansturm mörderischer Kräfte zum Nachbarsessel aus, dem gravimetrischen Sitz des 2. Piloten, und verspannte sich dann um dessen Sockel. Die Feldgeneratoren darin hatten den Dienst quittiert und selbst die Verankerung aus überhartem Titanstahl riss und rüttelte an ihrer Aufhängung im Unterboden des Brückendecks. Jennifer fand Halt, aber ihr Arm war im Zugriff der Rotationsenergien schwer wie Blei. Sie musste ein Vielfaches ihres Körpergewichtes daran nachziehen, als sie die andere Hand löste und sich dem brüchigen Sockel anvertraute.

Millimeter um Millimeter schob sie sich weiter. Sie durfte keine Sekunde ungesichert sein, kein Zoll ihres Körpers durfte entspannt werden. Als bewegliche Schlange aus lebendem Stahl wand sie sich über den Sitz des Kopiloten hinweg und nahm den Durchgang zum zentralen Korridor in Angriff. Dieser Fluchtweg blieb als einziger des gesamten Schiffes auch bei geschlossenen Schotten passierbar. Jennifer lag auf dem Boden, und doch war es, als klimme sie unter der Decke eines umgestülpten Raumes dahin, als hangele sie sich durch das Innere eines gekenterten Kutters, in dem unten zu oben geworden war. Tonnenschwere Gewichte schienen an jedem ihrer Glieder befestigt zu sein. Und sie schwankten und zerrten unberechenbar. Mal kamen die reißenden Kräfte von der Seite, dann wieder von vorne, es war unmöglich, sich auf sie einzustellen, sie zu antizipieren und die fehlende Entfernung im Rhythmus der Rotationen durch einen beherzten Sprung zu überwinden. Das Aufgeben der Fixpunkte, und sei es für einen Sekundenbruchteil, wäre der sichere Tod gewesen.

Unheimliches Grollen und Stöhnen drang aus den zerfetzten Eingeweiden des Explorers. Stahl schrie und verwand sich kreischend. Kraftzellen und Feldgeneratoren rissen sich aus ihren Verankerungen und Containments los und zerschellten. Ihre Explosionen sprengten weitere Zellen des kompakten Rumpfes auf, die wiederum Angriffsflächen für den Anprall der Atmosphäre boten. Deren Front wurden nun von Augenblick zu Augenblick massiver. Sensoren und Instrumente brannten zischend weg. Eine der wohnhausgroßen Stelzen, die den Explorer auf exotischen Welten getragen hatten, brach ab und wurde davongewirbelt. Die Unwucht ließ den dreihundert Meter langen Korpus der ENTHYMESIS taumeln. Zur Rotation um die Längsachse kam nun noch ein Schlingern um den Schwerpunkt, der sich mit jedem Modul, das abbrach oder fortgerissen wurde, verlagerte.

Jennifer bewegte stets nur einen Arm oder ein Bein. Die anderen drei Punkte mussten fest verankert bleiben. In Zeitlupe und dabei von dem Bewusstsein gequält, dass ihr keine Zeit mehr blieb, schob sie sich zum Durchgang, wand sich waagerecht durch die arretierte gravimetrische Tür, als wälze sie sich über eine hohe scharfkantige Mauer, und kroch dann, die Beine gegen die Seitentüren verkantet, in den Korridor hinaus.

Rechts und links gingen die Kabinen und Sektoren ab. Alle waren von Schotten gesichert und unerreichbar. Mit verzweifelten Klimmzügen, die das Vielfache ihres Körpergewichtes überwinden mussten, obwohl sie flach auf dem Boden dahinkroch, kämpfte sich Jennifer weiter. Sie passierte die Messe und das kleine Besprechungszimmer. Dort waren zahllose Briefings und Diskussionen abgehalten worden. Dutzende fremder Welten, die sie im Rahmen der interstellaren Exploration für die Menschheit in Besitz genommen hatten, waren dort gesichtet und eingeschätzt worden. Jetzt war der kleine Raum unzugänglicher und ferner, als es je einer der exotischen Planeten zu Beginn der galaktischen Raumfahrt gewesen war.

Jennifer schob sich keuchend an der Kombüse vorbei. Dort hatte sie sich oft einen Kaffee aus der Maschine gelassen, wenn sie zum Einsatz auf die Brücke gestürmt war, oder einen Lychee-Feigen-Drink, um sich nach Dienstschluss in der gravimetrischen

Liege zu entspannen. Bei offenen Durchgängen und einem stabil auf Kurs liegenden Schiff waren das nur wenige Schritte gewesen. In Sekunden hatte man das ganze Deck durchmessen. Die Kommandoebene der ENTHYMESIS-Explorer war überschaubar. Die Besatzung betrug selten mehr als vier oder fünf Mann. Man lebte auf engstem Raum, Zimmer an Zimmer, Tür an Tür. Für gewöhnlichen standen alle Schotten sperrangelweit auf. Es gab keine Geheimnisse, kein Privatleben, selbst die Nasszellen waren selten tabu. Man kannte sich seit Jahrzehnten und arbeitete offen zusammen. Konnte sein, dass einer aus der Dusche kam und nackt zu seiner Kajüte sprintete. Und nachts hatte man gehört, wie sich die Paare in ihren Unterkünften liebten.

Doch dieser wenige Schritte und Kubikmeter umfassende Bereich wuchs nun zu einem unüberwindlichen Hindernisparcours, er wurde zu einem dreidimensionalen Labyrinth, das von Rotationskräften und dröhnenden Erschütterungen durchtost wurde, und Jennifer wurde es physisch so schwer, diese paar Meter hinter sich zu bringen, wie es ihr seelisch schwer wurde, das sterbende Schiff zu verlassen.

Sie befand sich im zentralen Korridor. Dieser lag der Längsachse des Schiffes auf, sodass die Zentrifugalkräfte erträglich waren. Lediglich der Corrioliseffekt war zu berücksichtigen. Selbst wenn man mit angespannten Muskeln und bei höchster Konzentration die Hand ausstreckte, schien das Ziel des Zugriffs seitlich auszuweichen. Es war wie in einem Albtraum, in dem man einen Gegenstand zu fassen versuchte und ihn doch nicht berühren konnte.

Wie ein Meteor aus schrillendem Stahl stürzte die ENTHYMESIS durch die brennende Luftschicht des Planeten Zthronmia. Ein Beobachter tief unten in den zinkoxidfarbenen Staub- oder Geröllwüsten hätte kaum vermutet, ein Schiff zu sehen. Für ihn war es nur ein dröhnender Feuerball, der in lang gezogener Parabel über den Himmel zog und dabei eine rußig schwarze Rauchschleppe entrollte. Von Explosionen knatternd und berstend schrieb der Explorer ein brandiges Mal in die farblosen Wolken der lebensfernen Welt.

In tiefer Konzentration, versenkt in die roboterartigen Abgründe der Prana-Bindu-Trance, kroch Jennifer weiter. Sie spürte kaum noch die Eigenrotation des Schiffes. Umso mehr machten ihr das Schlingern und das Sich-Überschlagen zu schaffen. Für Sekundenbruchteile schien im zentralen Korridor trügerische Schwerelosigkeit zu herrschen. Man hätte versucht sein können, sich ihr zu überlassen und sich, wie bei einem Außenbordeinsatz, vom Boden abzustoßen und auf sein Ziel zuzugleiten. Doch sofort packte die eiserne Faust der Scherkräfte sie wieder und riss sie auf das Ende des Korridors hinunter. Hätte sie dem Ausbleiben des Rotationsimpulses nachgegeben, wäre sie über die ganze Länge des Schiffes nach hinten gestürzt – aber mit der Wucht eines freien Falls, der in einen Gravitationstrichter führte; die ansetzende Kraft hätte sich alle paar Meter exponentiell erhöht.

Jennifer blieb nichts übrig, als sich Meter um Meter weiterzukämpfen. Sie war jetzt auf Höhe des Kartenzimmers. Hier waren über dem großen gravimetrischen Desk, anhand interaktiver Hologramme, die in Besitz zu nehmenden Welten studiert und die Ergebnisse der Exkursionen diskutiert worden. Kommandeure und WOs, Piloten und Bordingenieure waren um den mehrere Quadratmeter großen Projektor gestanden und hatten – Elastilbecher mit selbstwärmenden Getränken in der Hand oder auch eine stinkende Qatlette im Mund – das weitere Vorgehen besprochen. Jetzt war das Zimmer ein Chaos umherflatternder Folien und berstender Instrumentenschränke.

Jennifer robbte weiter. Ihre Kräfte gingen allmählich zur Neige. Das galt für ihre körperliche Energie ebenso wie für die mentale Anspannung. Die Prana-Bindu-Trance versetzte sie in eine künstliche Todesnähe. Sie konnte Kräfte aufbieten, wie sie sonst nur einem Menschen zur Verfügung standen, der dem Tod ins Auge sah. Doch anders als in der Panik, etwa eines Ertrinkenden, konnte sie diese Kräfte steuern und bewusst einsetzen, sie konnte sie lenken und dosieren. Das änderte jedoch nichts daran, dass ihr Organismus aufs Äußerste beansprucht wurde und seine Reserven in Augenblicken ruinierte. Es war ein

Strohfeuer, das hell loderte und rasch in sich zusammenfiel. Und auch geistig konnte die tiefe und durchlässige Trance nicht lange aufrechterhalten werden.

Aber viel Zeit blieb ihr ohnehin nicht mehr. Der Blick durch die Bullaugen aus zolldickem Elastalglas zeigte einen herumwirbelnden und sich pausenlos überschlagenden Horizont. Es war der ebene Horizont einer Welt, nicht mehr der gekrümmte Rand eines Planeten, der im All hing. Und darüber spannte sich ein heller Tageshimmel, nicht mehr der schwarze Sternenraum des freien Kosmos. Die ENTHYMESIS befand sich nur noch wenige Kilometer über dem roten Wüstenboden Zthronmias. Es war eine Sache von Augenblicken, bis sie sich mit dem Äquivalent einer schweren thermischen Explosion in das Sandmeer bohren und dabei einen tiefen Krater reißen würde.

Die Geräusche im Inneren des Schiffes hatten ihren Charakter geändert. Das tiefe Ächzen und Stöhnen, das das riesige Stahlskelett durchzogen hatte, war einem permanenten Grollen und Brodeln gewichen. Die Atmosphäre riss an den Spanten aus geschwärztem. Die geometrischen Kräfte von Rotation und Unwucht wurden durch den Widerstand der Luftschicht abgedämpft. Dafür fraß diese selbst sich mit der Aggressivität einer permanenten Explosion ins Innere des Schiffes vor.

Jennifer hatten den Durchgang zur Rettungsschleuse erreicht. Unglaublich. Was sonst ein Sprint von wenigen Sekunden war – durch zwei Türen und dazwischen ein paar Meter geradeaus –, war zu einem Gang geworden, der ihr länger und schwerer als ihr gesamtes Leben schien. Sie wand sich über die knöchelhohe Schwelle und betätigte die manuelle Verriegelung. Unmittelbar in ihrem Rücken krachte das tonnenschwere Stahlschott mit der Wucht einer Dampfpresse herunter. Es verkeilte und verkantete sich sofort. Keine Macht der Welt würde es je wieder öffnen.

Jennifer sah sich rasch und aufmerksam in der Schleusenkammer um. Sie befand sich jetzt im Notausstieg, in der Evakuierungsschleuse, hoch über der vorderen Backbordstelze der ENTHYMESIS. Das Bullauge wies auf einen rotierenden Horizont. Er war sehr nah.

Sich mit den Füßen gegen die Druckkammer der Schleuse stemmend und waagerecht in der Luft schwebend, streifte Jennifer in einer Eile und Behändigkeit den Raumanzug über, die nur jahrzehntelanges Training und Prana-Bindu-Trance gemeinsam ihr ermöglichten. Sich schlangengleich verwindend, ohne die künstliche Versteifung ihres Körpers zu lockern, strampelte sie sich in den Schutzanzug. Die Automatik des Anzugs funktionierte!

»Stabilisieren!«, schrie Jennifer, deren Stimme kaum weniger unpersönlich war als die der Künstlichen Intelligenz, die das Innenleben des Anzugs überwachte.

Noch während sie den Helm einrastete und die selbsttätige Versiegelung aller neuralgischen Punkte an Fuß- und Handgelenken sowie am Halsansatz abwartete, spürte sie, wie der Anzug sich gravimetrisch ausrichtete und sich im Inneren des taumelnden Schiffes orientierte. Das gestattete ihr, die Anspannung ihrer Gliedmaßen ein wenig zu lösen.

Die Schleuse verfügte über einen manuellen Öffnungsmechanismus – schließlich war sie für Notfälle konzipiert; auch für den extrem unwahrscheinlichen und von den Konstrukteuren nur rein theoretisch angenommenen Fall eines totalen Kollapses sämtlicher Systeme. Ein Blick auf die zerdellte und von außen eingedrückte Stahltür überzeugte Jennifer davon, dass alle Kräfte dieser Welt nicht ausreichen würden, die Tür zu öffnen. Sie war nicht nur deformiert und in der Halterung verzogen, von ungeheuren Energien zerbeult und wulstig ins Innere des Schiffes getrieben – sie musste auf der Außenseite auch im thermischen Feuer der Gefechte verbrannt und mit dem massiven Korpus des robusten Schiffes verschmolzen sein. Sie war mit überheißem Plasma zugeschweißt.

Ihr blieben wenige Sekunden. Die ENTHYMESIS musste jeden Augenblick aufschlagen. Heulend und orgelnd stürzte der Explorer auf die roten Ebenen des Planeten Zthronmic zu. Der Einschlag würde die Gewalt einer Atomexplosion haben.

Panisch und mit der überscharfen Wahrnehmung eines Automaten scannte und rasterte Jennifer die kleine Schleusenkammer.

Mehrere weitere Anzüge wehten im Rhythmus der Rotationen an den Haken. Kleineres Gerät trieb wie Strandgut, das die Brandung hin und her spülte, um ihre Füße. Einige Offizierspistolen klemmten in den Halterungen. Damit hätte sie die meterdick versiegelte Stahltür aufschneiden können – wenn sie einige Stunden Zeit gehabt hätte.

Die ENTHYMESIS legte sich auf die Seite und stürzte senkrecht auf ein felsiges Wüstengebiet zu. Sandbecken bildeten ovale Flecken, zwischen denen sich kantige Gebirgszüge dahinzogen. Jennifer schien es, dass sie jeden Gesteinsbrocken und jedes Sandkorn erkennen konnte.

Plötzlich hielt sie einen Feldwerfer in der Hand. Er musste in der Reihe der Offizierspistolen und leichten Strahlenwaffen verankert gewesen sein, sich in diesem Augenblick losgerissen haben und von ihr mit roboterhaften Reflexen aus der Luft geschnappt worden sein.

Mit der maschinellen Selbstverständlichkeit, die in den Jahrzehnten seit der Akademie immer wieder geübt und verinnerlicht worden war, entsicherte Jennifer die Waffe und wartete die Sekunden ab, die der Feldgenerator zum Hochfahren brauchte. Gleichzeitig wich sie an das innere Schott zurück und verkeilte sich dort mit der linken Hand und beiden Beinen.

»Polarisieren!«, schrie sie in die Anzugautomatik. »Abschirmung!«

Dann zielte sie, gegen die Scher- und Corrioliskräfte kämpfend wie gegen böswillige Dämonen, auf die Schleusentür und drückte ab.

Der Feldwerfer riss ein meterbreites Loch in das Stahlschott.

Der Rotationsimpuls und der Sog der explosionsartig entweichenden Atmosphäre schleuderten Jennifer ins Freie. Jedem anderen Menschen hätte es das Genick gebrochen. Einzig das Zusammenspiel ihrer Prana-Bindu-Kräfte mit den Stabilisatoren des gravimetrischen Anzugs ließen sie überleben. Dennoch spürte sie, wie ihre Energie in diesem Augenblick zusammenbrach.

»Stabilisieren!«, rief sie noch einmal mit letzter Kraft. »Abfangen …«

Ihr herumwirbelnder Körper in dem weißen Raumanzug wurde wenige Hundert Meter über dem Wüstenboden aus dem herabstürzenden Schiff gespült wie ein Spritzer Abwasser aus einer Druckluft-Kloake. Sie flog durch den Raum. Der Anzug verpuffte in wenigen Sekunden die gesamte Leistung seiner integrierten Feldgeneratoren, die auf mehrwöchige Außeneinsätze berechnet war, und fing sie dicht über der Erde ab. Die Füße voraus, die einknickten und sich in den roten Staub bohrten, prallte Jennifer in den heißen Sand von Zthronmia. Ihr Fall entsprach einem Sturz aus zehn Metern Höhe. Während sie einen stechenden Schmerz im linken Knöchel spürte und unmittelbar darauf ohnmächtig wurde, zerschellte die ENTHYMESIS keinen Kilometer weiter.

Der Explorer riss einen mehrere Hundert Meter weiten Krater in die Wüste und wurde dann von einer blauen Plasmaexplosion verschluckt, als die Reaktorkammer und die Treibstoffvorräte in die Luft flogen. Eine brandige Pilzwolke markierte die Stelle des Aufschlages, der die Wucht eines thermischen Sprengkopfes hatte.

Schwarze Kügelchen geschmolzenen Sandes regneten auf Jennifers leblosen Leib herab. Die Druckwelle verschüttete ihn in glühendem Staub und weißflockigem Fallout.

Laertes

Die Neuigkeiten schlugen wie die sprichwörtliche Bombe im Torus ein. Sie machten die Runde, wobei sie die hundert Kilometer weite reifenförmige Konstruktion in Augenblicken umkreisten und bis in den letzten Winkel erfüllten. Auf dem hangargroßen Hauptweg und in den zahllosen tropfen- und blasenförmigen Modulen, die nach Art eines Zifferblattes daran hafteten, in den Bars und Bistros und in den Büros und Arbeitszimmern der Delegationen gab es kein anderes Thema mehr. Überall flackerten die zerrissenen und überhetzten Bilder des Gefechtskanals über die Bildschirme und Monitore, tönten die Schreie der Sterbenden und die Befehle der Kommandierenden aus den Lautsprechern. Der ganze Torus schien von Explosionen widerzuhallen. Aber es war der Lärm einer Schlacht, die bereits geschlagen war, einige Zehntausend Lichtjahre entfernt. In ermüdenden Endlosschleifen, wiederholten sich die grässlichen Szenen. Und die Offiziere und Ordonnanzen, Abgeordneten und Referenten, Hostessen und Barmädchen, Shuttlepiloten und Wachmannschaften schienen ihrer nicht überdrüssig zu werden. Mit starren Augen und geöffnetem Mund hingen sie an den HoloBildern und wohnten dem dutzendfachen Tod ihrer Kameraden bei.

Laertes hatte die höchste Sicherheitsstufe setzen lassen. Überall waren verdoppelte Wachmannschaften aufgezogen, hatten die Tloxi-Patrouillen ihre Präsenz erhöht und waren zusätzliche Schranken und Kontrollposten eingerichtet worden. Bis jetzt war es nicht zu Übergriffen gekommen. Aber das lag daran, dass alle Beteiligten unter Schock standen. Es würde noch ein paar Stunden dauern, bis man begriffen hatte, was geschehen war. Dann war nichts mehr auszuschließen. Angehörige der alten Union und der Zthronmic, aber auch der jeweiligen Verbündeten, der Amish etwa und der Sineser, würden aufeinander losgehen, wo immer sie sich in der gewaltigen Konstruktion über den Weg liefen. Eine Fortsetzung des Kongresses war wieder einmal noch unwahrscheinlicher geworden. Debattieren und verhandeln, während andernorts gekämpft und gestorben wurde? Es war schwer vorstellbar. Und doch war genau das Laertes' Strategie: Er musste die Konfliktparteien, die im Begriff standen, zu Gegnern in einem interstellaren Krieg und zu hasserfüllten Feinden zu werden, noch einmal, ein allerletztes Mal an einen gemeinsamen Tisch bekommen. Der Ausbruch der Gewalt, die alle Erwartungen übertreffende Eskalation des Militärischen, die aus einem harmlosen Hinterhalt in Augenblicken eine ausgewachsene Schlacht hatte werden lassen, musste eingedämmt werden. Man durfte nicht der Gewalt das Feld überlassen. Denn auch das war Laertes klar: Hier hatte man es nicht mit einem Gegner wie dem Sinesischen Imperium zu tun. Dieses war ein stabiler und geordneter Machtblock gewesen, dem man auf einer Augenhöhe gegenübergetreten war. Ein Großreich hatte gegen das andere gekämpft. Das hatte ein Minimum an Fairness garantiert, selbst inmitten des entsetzlichsten gegenseitigen Abschlachtens. Man hatte gewusst, mit wem man es zu tun hatte.

Das hier war etwas ganz anderes. Man stand einer Vielzahl potenzieller Gegner gegenüber: Zthronmic und Sineser, Laya und kuLau. Die Wechselwirkungen innerhalb dieser heterogenen Gruppe waren unausrechenbar. Die Zthronmic waren in sich zerstritten, es gab keine nachvollziehbaren Strukturen. Auf Zthronmia herrschte eine Stammeskultur, in der ein Clan gegen den anderen zu Felde zog. Wie würden die einzelnen Stämme sich in diesem Konflikt verhalten?

Laertes ging in seinem kleinen Arbeitszimmer auf und ab. Erst am Morgen waren wieder schwere Angriffe zthronmischer Scytherverbände auf amishe Siedlungen gemeldet worden. Cyrill ben Cyrion hatte seine tägliche Protestnote eingereicht, ein Speicherelement, das in einen unschätzbar kostbaren Zthrontatkristall eingebettet war. Auf dem Rückweg war er im Torus mit der zthronmischen Delegation aneinandergeraten. Die beiden Anführer, ben Cyrion und Muqa Zthé, waren handgemein geworden. Wachmannschaften waren eingeschritten und hatten sie getrennt.

Doch als hätte das nicht genügt, waren wenig später die Nachrichten von dem Gefecht eingetroffen, das zu einer gewaltigen

Schlacht eskaliert war. Norton hatte richtig reagiert und die Daten sofort auf das allgemeine StabsLog überschrieben. Im Augenblick hatte die galaktische Öffentlichkeit sich ein Bild von den Geschehnissen machen können. So war verhindert worden, dass die Zthronmic ihre Version der Ereignisse in Umlauf brachten und die Reaktionen darauf steuerten.

Laertes hatte den LiveStream wieder ausgeschaltet. Stattdessen hatte er den Bericht Hakiko Taketsumas studiert, des einzigen Überlebenden der Schlacht, sowie Nortons knapp gefasstes Memorandum. Nortons Forderung war eindeutig. Andererseits stand er unter Schock. Auch Jennifer war vor Ort gewesen. Und nach allem, was man den chaotischen Bildern entnehmen konnte, hatte sie den Tod gefunden.

Es ließ auch Laertes alles andere als kalt. Auch ihn traf Jennifers unerwartetes und gewaltsames Ende schwer. Umso mehr musste er seine persönliche Sicht der Dinge zurückhalten. Er durfte sich nicht von vorschnellen Rachegelüsten leiten lassen.

Er ging in dem kleinen Arbeitszimmer hin und her und versuchte, seine Gefühle unter Kontrolle zu bekommen und seine Gedanken zu ordnen. An dem kleinen Fenster, das es in diesem entwürdigenden Verschlag gab, blieb er stehen und starrte in den Raum hinaus. Der Torus selbst war aus dieser Perspektive unsichtbar. In der Ferne lagen gewaltige Schiffe auf ihrem Parkraum. Und alles das schimmerte im Licht der kleinen Sonne

-Horus wie eine Gletscherlandschaft in einer unwirklich gleißenden Sternennacht. Kälte und Geometrie, die Kälte des Raumes und des Vakuums, die abstrakte Macht riesiger Schiffe und die noch abstraktere Gewalt der politischen und militärischen Interessen, die sie repräsentierten. Es graute ihm davor, diese Schiffe im Krieg aufeinanderprallen zu sehen, im Grauen einer interstellaren Auseinandersetzung, die man im Sinesischen Krieg zum letzten Mal ausgefochten zu haben glaubte. Ging alles wieder vor vorne los? Im Kreis herum wie der mächtige Torus, der sich schweigend um seine unstoffliche Nabe drehte? Sie alle wurden herumgehoben wie Gondeln an einem Riesenrad, hinauf und herunter, Krieg und Frieden, ewiges Auf und Ab, ewige Wiederkehr. Und all die Verhandlungen, die geheimen Sitzungen und vertraulichen Absprachen, die Tagesordnungen und Protokolle, die mühsam aufgebauten Pakte und Beziehungen – alles löste sich in einem Augenblick in Rauch auf, als wäre es nie gewesen.

Und doch war keine Zeit für Besinnung, für das langwierige Abschätzen der Konsequenzen. Norton hatte recht: Sie mussten schnell handeln. Sie mussten die Initiative behalten.

Laertes nahm an seinem Arbeitstisch Platz und rief das Stabs-Log auf. Er gab seine Autorisierung ein und öffnete den Diplomatenkanal. Im nächsten Augenblick prasselten Prioritätsmeldungen auf ihn ein. Auch Zthronmic und Sineser hatten schon Anfragen formuliert. Er kam keine Sekunde zu früh. Staunend studierte er den Antrag der beiden Parteien, eine Dringlichkeitssitzung einzuberufen. Wie hatten sie so schnell reagieren können? Die Anträge waren komplex ausformuliert, nahmen auf entlegene Paragrafen Rücksicht und warteten mit umfangreichem juristischen Material auf. Sie hatten unmöglich in den wenigen Minuten seit Bekanntwerden der Vorfälle aufgesetzt werden können.

Vor Laertes' geistigem Auge lief der Beginn des Gefechts ab. Jemand musste die Sprungkoordinaten der Geschwader an die Zthronmic verraten haben. Diese waren im Bilde gewesen, als der Einsatz erfolgte. Das zeichnete sich auch in dieser politischen Eingabe ab. Der Gegner hatte die Bewegung längst antizipiert und zum Ziel seiner Attacke gemacht. Das war unheimlich.

Auch die Amish hatten ein Zusammentreten des Gremiums gefordert. In diesem Fall deutete es nicht darauf hin, dass sie mit den Zthronmic gemeinsame Sache machten. Das hatte in früheren Situationen nicht immer ausgeschlossen werden können und ein schiefes Licht auf die sonderbare Symbiose dieser beiden Völker geworfen, in diesem Fall konnte Laertes jedoch aufatmen: Es war die gleiche Petition, die seit mehreren Wochen jeden Tag eingereicht worden war. Nur wenige Sätze, die in aller Eile angefügt worden waren, gingen auf die aktuelle Lage ein.

Schließlich hatten die Tloxi eine Protestnote aufgesetzt. Sie bestand nur aus einigen kargen Sätzen. Aber sie erfüllten Laertes, als er sie überflog, mit Bestürzung.

»An die Verhandlungsführer aller am Kongress beteiligten Delegationen«, diktierte Laertes in den Diplomatenkanal des StabsLogs, »wegen der Ereignisse im Orbit über dem Planeten Zthronmia wird eine Dringlichkeitssitzung des höchsten Gremiums einberufen. Aus Zeitgründen wird diese als Konferenzschaltung via LiveStream abgehalten.«

Das Zeitmoment war nicht der eigentliche Grund, aber Laertes fiel keine andere Formulierung ein. Tatsächlich verspürte er wenig Lust, in dieser aufgeheizten Atmosphäre mit Amish und Zthronmic in einem gemeinsamen Raum aufeinanderzutreffen. Die nächste reguläre Sitzung war für morgen anberaumt. Dieser Fahrplan konnte ruhig einbehalten bleiben.

Er sah auf die Uhr und gab einen Termin für die Konferenz ein, der kaum zehn Minuten in der Zukunft lag. Dann löste er die Übertragung auf. Die Bestätigungen trafen augenblicklich ein. Natürlich hatten alle darauf gewartet.

Dann bauten sich die schimmernden HoloFelder auf, in denen die Gesichter Cyrill ben Cyrions und Zthron Muqa Zthés, der sinesischen und layischen Delegationsleiter und der übrigen Verhandlungsführer erschienen. Auch Jorn Rankveil nahm in seiner Eigenschaft als Sonderkommissar an der Schaltung teil. Das anonyme Antlitz eines Tloxi symbolisierte die Teilnahme dieses Volkes, dessen telepathisches Kontinuum als Medium der Übertragung fungierte.

»Ich danke Ihnen«, begann Laertes, »dass Sie sich so rasch und unbürokratisch bereit erklärt haben, diese Sitzung abzuhalten und an ihr teilzunehmen.«

Dann las er die Eingaben vor, die bei ihm eingegangen waren. Die Schaltung war nichtöffentlich. Das erklärte die Ruhe und würdevolle Gefasstheit, mit der die Delegationsleiter ihn gewähren ließen. Weder fauchte und brüllte Muqa Zthé, wie er es vor dem Plenum zu tun pflegte, noch grunzten und knurrten die Sineser oder Laya bei jedem seiner Worte ihren Protest ins Mikrofon. Auch die Betroffenheitserklärungen, die er erwartet hatte, blieben aus. Speziell der Vertreter der Zthronmic strahlte großes Selbstvertrauen aus. Laertes konnte in der Miene dieses uniformierten Säbelzahntigers kaum lesen, aber er sah in eine Fratze aus Triumph und unerschütterlichem Selbstbehauptungswillen.

»Es ist zu einem bedauerlichen Zwischenfall gekommen«, begann er. »Zwei mächtige Flotten prallten aufeinander. Beide Parteien erlitten große Verluste. Es ist hier nicht der Ort, darüber zu debattieren, wer die Schuld an diesem Vorfall trägt und wie er politisch einzuordnen ist. Dazu werden umfangreiche Untersuchungen und unabhängige Berichte nötig sein, wie sie uns zum gegenwärtigen Zeitpunkt noch nicht vorliegen. Im Augenblick geht es darum, möglichst schnell und geschlossen zu reagieren, um eine weitere Eskalation und Ausweitung des Konfliktes zu verhindern.«

Die Delegierten nickten würdevoll aus ihren holografischen Projektionen heraus. Kein Widerspruch regte sich. Der Zthronmic und seine Alliierten schwebten im Genuss ihres militärischen Sieges. Die anderen Vertreter, besonders ben Cyrion vonseiten der Amish, warteten angespannt und konzentriert, was Laertes vorschlagen würde.

»Um die umfassenden juristischen Instrumente nutzen zu können, die für einen solchen Fall vorgesehen sind, appelliere ich an die Parteien, das Kriegsrecht auszurufen.«

Laertes hatte den Satz so gefasst und bestimmt hervorgebracht, wie es ihm möglich war. Im Plenum wäre nun die Hölle losgebrochen. Hier ging es erstaunlich zivilisiert zu. Dennoch ließ die Reaktion nicht länger auf sich warten. Sie erfolgte augenblicklich, simultan von sämtlichen Beteiligten und, zu Laertes' Ernüchterung, vollkommen unisono. An allen Projektionsfeldern sprangen die Symbole an, die eine Wortmeldung darstellten, und die farbigen Schraffuren, die verrieten, wie die Entscheidung des Betreffenden gefallen war.

Laertes atmete tief durch. Dann war der Vorgang ebenso schnell erledigt, wie er begonnen hatte. Alles, was noch folgen würde, war nur für das Protokoll bestimmt. Aber gerade bei einer nichtöffentlichen Sitzung und Abstimmung wie dieser war das Protokoll, das später freigegeben werden würde, von nicht zu unterschätzender Bedeutung. Es war das Eigentliche. Und während die Bilder der Schlacht vor seinem geistigen Auge wetterleuchteten und sein Schädel von dem verzweifelten Versuch widerhallte, die Konsequenzen aus dieser Stunde zu ermessen, musste er sich zu Geduld zwingen, um die Redebeiträge in der richtigen Reihenfolge und der gebotenen Ausführlichkeit abzunehmen.

»Bevor ich Ihnen das Wort erteile«, sagte er und registrierte, dass seine Stimme rau und belegt klang, »möchte ich darauf hinweisen, welche Möglichkeiten uns dieser Schritt an die Hand gäbe. Er würde enorme Mittel freisetzen: finanzieller, technischer und militärischer Natur. Wir könnten die Schiffe, die auf diesem Kongress gebunden sind, ihrer diplomatischen Immunität entheben und sie in die Krisenregion entsenden. Fachleute und Experten aller Völker, die der Union angehören, könnten nach Zthronmia geschickt werden, um zu einer möglichst unabhängigen, objektiven und umfassenden Aufklärung der Vorgänge beizutragen. Nicht zuletzt könnten Beobachtermissionen aufgestellt und Schutzzonen eingerichtet werden, um Wiederholungen der furchtbaren Geschehnisse zu verhindern. Aber dies nur der protokollarischen Vollständigkeit halber; wie ich sehe, haben Sie Ihre Entscheidungen schon getroffen. Zthron Muqa Zthé, Sie haben das Wort.«

Der Leiter der zthronmischen Delegation hatte das Ende von Laertes' Ausführungen regungslos abgewartet. Als er das Wort ergriff, war er kaum wiederzuerkennen. Das Brüllen, das er im Plenum an den Tag zu legen pflegte, war einem sonoren Ton gewichen, der selbst in dem groben Idiom dieser Rasse beinahe seriös klang. Die KI, die sein Statement übersetzte, hatte Honig in der Stimme. Es war nicht festzustellen, ob er ein Kommuniqué verlas, das seine Berater ihm vorab aufgesetzt hatten, oder ob er sich an Stichworten entlanghangelte, die man ihm aufgeschrieben hatte. Jedenfalls gab er eine druckreife Erklärung zu Protokoll, die umfangreiche fachjuristische Vorbereitung erkennen ließ. Seine Delegation musste nicht nur genügend Zeit gehabt haben, sich auf die Sitzung einzustellen, sie musste auch Laertes' Schritt vorhergesehen haben.

»Im Orbit über unserem Heimatplaneten«, brummte sein Raubtierbass, »fand ein verlustreiches Gefecht statt, das Truppen der alten Union mutwillig vom Zaun gebrochen haben. Gerne willigen wir ein, die Schuldfrage separat klären zu lassen. Sie steht für uns außer Zweifel. Starke Verbände drangen in unser Hoheitsgebiet ein und eröffneten das Feuer auf unsere Einheiten. Wir konnten die Aggressoren jedoch zurückschlagen. Im Rahmen der Kämpfe wurde auch die Orbitalstation zerstört, auf der man eine längst obsolete, sogenannte Beobachtermission installiert hatte. Wir haben nie einen Hehl daraus gemacht, dass uns diese Einschränkung unserer Souveränität ein Dorn im Auge ist. Deshalb erfüllt uns die Vernichtung der Station mit der gleichen Freude wie der Sieg unserer heldenhaften Verbände, die die Eindringlinge bis zum letzten Mann zurückgeworfen haben. Einer neuerlichen Beschneidung unserer Hoheitsrechte und unserer staatlichen Souveränität unter dem Deckmantel der Aufklärung können wir nicht zustimmen. Unsere Fachleute und Experten werden die Wracks der zerstörten Schiffe inspizieren und sämtliche Aufzeichnungen, die von dem Geschehen existieren, analysieren. Die Frage nach der Schuld werden wir dem größeren Gremium vorlegen. Was die heutige Schlacht angeht, so ist sie geschlagen. Für uns ist die Sache damit erledigt. Wir wurden angegriffen, wir haben uns verteidigt. Unsere Souveränität ist wiederhergestellt. Wir werden sie nicht mehr aus der Hand geben, unter welchen fadenscheinigen Vorwänden auch immer. Deshalb lehnen wir die Ausrufung des Kriegsrechts ab. Veto!«

Laertes nickte. Das Wort ging an Cyrill ben Cyrion.

»Die Amish«, sagte er schlicht, »dringen seit Langem darauf, den unhaltbaren Zuständen auf und über Zthronmia mehr Aufmerksamkeit zu widmen. Über Wochen und Monate hinweg hat die Union der fortgesetzten Eskalation der Gewalt gegen unschuldige Zivilisten tatenlos zugesehen. Seit Jahren unterhält sie eine Beobachtermission, die jeden Übergriff protokollierte, die aber nicht ein einziges Mal eingeschritten ist. Auch die Zunahme der Bombardierungen in den letzten Tagen, an denen die Opferzahlen dramatisch in die Höhe schnellten, hat daran nichts geändert. Nun hat sie einen Privatkrieg vom Zaun gebrochen, in den wir nicht eingeweiht waren und dessen strategische Absicht, muss ich gestehen, mir immer noch schleierhaft ist. Aber indem sie die eine Schlacht verloren geben muss, in der sie selbst den bedauerlichen Verlust von Menschenleben hinnehmen muss, lässt sie sich plötzlich zu einer Reaktion hinreißen, die wir nicht anders als überzogen, unangemessen und kontraproduktiv ansehen können. Die Amish sind nicht bewaffnet. Im Falle der Ausrufung des Kriegsrechts stünden sie den Zthronmic hilflos gegenüber. Und dass die Union, die alte Union, die die terrestrische Menschheit repräsentiert, weder willens noch in der Lage ist, ihnen beizustehen, hat sich zur Genüge erwiesen. Wir halten, verehrter Vorsitzender, Ihren Vorschlag daher für einen Schachzug, der die Hilflosigkeit und den Egoismus der einstigen Union dokumentiert und dem wir uns nicht anschließen können. Daher: Veto!«

Laertes nickte wieder, noch trauriger als bei Muqa Zthé. Ben Cyrions Ausführungen waren brillant. Man konnte der Argumentation kaum etwas entgegensetzen. Das machte es ja so deprimierend. Vor kaum mehr als vierundzwanzig Stunden hatte dieser Mann eine Tochter im Feuer eines zthronmischen Überfalls verloren. Und doch bildete er eine Allianz mit den Zthronmic, um die Ausrufung des Kriegsrechts zu verhindern, die allein die Entsendung umfangreicher Truppenkontingente und Schutzmannschaften ermöglicht hatte. Er traute der Union nicht und weigerte sich, sich auf ihre Zusagen zu verlassen. Das erfüllte Laertes mit tiefer Niedergeschlagenheit, da er ihm nicht absprechen konnte, vernünftig zu handeln. Auch der Union war das Hemd näher als die Jacke, das Zthrontat wichtiger als das Leben einiger amisher Schulkinder. Obwohl er selbst diese Haltung verachtete, wusste er, dass sie von vielen Militärs und Politikern geteilt wurde. Realpolitik nannte man das. In der holografischen Übertragung suchte er ben Cyrions Blick und versuchte herauszufinden, ob dessen Skepsis auch seine persönliche Loyalität mit einbezog. Aber der Amish hatte nur das rote Feld aktiviert, das sein Veto ins Stabs-Log überschrieb, und dann statuarisch vor sich hin gesehen.

Das Wort hatte der Vertreter der Tloxi.

»Leider«, sagte die schnarrende Stimme des Kontinuums, die von einem beliebigen Angehörigen des androiden Volkes verwendet wurde, »leider müssen wir uns den beiden Vorrednern anschließen. Es ist nicht lange her, da wurde im Konvent darüber debattiert, dass der Krieg geächtet werden sollte. Alle Mitglieder der erweiterten Union, so sollte es doch heißen, regeln ihre Konflikte auf dem Verhandlungswege. Nun müssen wir erleben, dass dieselbe Union – und zwar die älteste und ursprünglichste Fraktion derselben – wegen eines vorläufig undurchsichtigen, aber vermutlich auch unbedeutenden Anlasses, einen gewaltigen militärischen Kampf vom Zaun bricht. Und es soll sogar das Kriegsrecht ausgerufen, das heißt der Krieg als Dauerzustand installiert werden. Als innerer Zustand der Union, in der die einzelnen Parteien sich unvermittelt als Kriegsgegner gegenüberstünden.«

Laertes hatte ein letztes Mal die Resignation niedergekämpft, die ihn zu erfassen drohte, und von seinem Recht Gebrauch gemacht, selbst das Wort zu ergreifen und sich in die Ausführungen der anderen Vertreter einzuschalten.

»Gestatten Sie einen kurzen Widerspruch«, sagte er matt. »Es geht nicht darum, den Krieg als inneren Zustand der Union zu verankern. Dies soll gerade vermieden werden. Es geht um die rein formale Ausrufung des Kriegszustandes, die der Freigabe bestimmter operativer Mittel dient. Im Grunde geht es um eine Polizeiaktion, nur dass sie im völkerrechtlich volatilen Raum zwischen souveränen Völkern und Staaten stattzufinden hätte. Deshalb möchte ich den Vorredner, insbesondere Muqa Zthé, entgegenhalten, dass eine Einschränkung der Souveränität nicht gegeben ist.«

Er gab das Wort an die Tloxi zurück. Keiner der Beteiligten entgegnete etwas Der Sprecher der Tloxi fuhr in seiner Verlautbarung fort.

»Kriegsrecht, Völkerrecht, Polizeiaktion. Das scheint uns ein Streit um Worte, wo die Fakten eine ganz andere Sprache sprechen. Es bleibt das Problem: Wer befindet darüber? Hier dürfen wir an Einwände erinnern, die während der fraglichen Sitzung des Konvents bereits geäußert wurden. Wer setzt die Maßstäbe? Wer entscheidet, wann Souveränität angetastet werden darf? Wann ist der Einzelne wichtiger als das Ganze? Und wann wiegt ein menschliches Leben mehr als das Selbstbestimmungsrecht eines ganzen nichtmenschlichen Volkes? Dazu noch ein vielleicht nicht unbedeutendes Detail.«

Laertes seufzte. Er wusste, was jetzt kommen würde. Die Zusammenfassung hatte er schon vorab im StabsLog gelesen.

»An Bord des Frachters ENCOURAGE IV«, führte der Tloxi aus, »befand sich auch eine kleine Besatzung von Tloxi. Da die menschliche Mannschaft sich mit ihren Jägern im Laderaum verborgen hatte, war die Anwesenheit einer kleinen Crew vonnöten, die das Schiff steuerte. Offenbar war das Schiff als Köder gedacht, auf den die Zthronmic auch eingingen. Und da der Verlust des Schiffes offenbar billigend in Kauf genommen wurde – die menschlichen Besatzungen hatten es ja mit ihren Maschinen verlassen –, müssen wir leider zu dem Schluss kommen, dass auch die beteiligten Tloxi vorsätzlich geopfert wurden. Der Eindruck drängt sich auf, dass weder den Völkern noch ihren Individuen der erweiterten Union die gleichen Rechte zukommen. Wir hatten seinerzeit darauf hingewiesen, dass das Individuum in unserer Vorstellung keinen so hohen Stellenwert genießen sollte. Nun sehen wir unsere schlimmsten Befürchtungen bestätigt. Die aus unserer Sicht überzogenen Garantien für das Individuum entpuppen sich in Wahrheit als verdeckter menschlicher Chauvinismus. Es geht nicht darum, Individuen zu schützen, menschliche wie nichtmenschliche, sondern menschliche Interessen gegen die der anderen Völker auszuspielen. In der Verhängung des Kriegsrechts erblicken wir einen weiteren Schritt auf diesem Weg. Die alte Union will die Vorherrschaft über die Galaxis erringen. Sie strebt anscheinend eine gleichberechtigte Gemeinschaft an, verfolgt unter der Hand aber weniger idealistische Ziele. Hierzu ein letztes Wort. Wie allen bekannt ist, verfügt der Planet Zthronmia über die reichsten derzeit bekannten Zthrontatvorkommen. In dem Willen der alten Union, die Kontrolle über den Planeten zu erlangen, indem sie seine Souveränität außer Kraft setzt, das Kriegsrecht ausruft und neue sogenannte Beobachter entsendet, sehen wir den Versuch, den unmittelbaren Zugriff auf diesen wichtigen Rohstoff zu erlangen. Dem müssen wir uns entgegenstellen: Veto!«

In rascher Folge und bei gleichlautender Argumentation gaben die anderen Delegationen ihre Entscheidungen zu Protokoll. Die Ausrufung des Kriegsrechts wurde einstimmig abgelehnt. Dann vertagte man sich auf die nächste reguläre Sitzung des Konvents. Laertes schloss die Konferenz und wartete ab, bis die Projektionen erloschen waren. Dann zeichnete er das Protokoll mit seiner Kennung ab und überschrieb es ins StabsLog. Die Erklärung des Kriegszustandes war verhindert worden. Sollte er darüber nicht eigentlich froh sein? Aber er war nicht der Mann, der sich selber in die Tasche log. Er hatte eine Niederlage erlitten, die auf diplomatischem Gebiet nicht weniger verheerend war wie die militärische hoch über Zthronmia. Es war einer der herbsten Rückschläge, die er jemals hatte einstecken müssen. Was den Kongress und den Aufbau einer galaktischen Union anging, so musste er sich eingestehen, dass er in dieser Stunde endgültig jeden Handlungsspielraum und jede Initiative verloren hatte. Er war am Ende seines Lateins.

Jennifer

Schmerz.

Das Erste, was sie empfand, war Schmerz. Einen allgegenwärtigen, alles durchdringenden, ubiquitären und absoluten Schmerz.

Sie durfte nicht wach werden!

Rudimente von Bewusstsein, von Dasein, von Sein überhaupt, nach der tiefen Ohnmacht, Ortlosigkeit, nach dem Nichts, dem sie entkommen war. Sie war da, sie lebte, sie konnten denken und empfinden. Und doch war, dachte und empfand sie ausschließlich eines: furchtbaren Schmerz.

Ganz langsam und vorsichtig! Sie musste die Pfützen, Lachen, Rinnsale und Bäche ihres Bewusstseins behutsam sammeln und zusammenleiten. Es war zersprengt wie Tropfen nach einer wilden Explosion. Nun regten sich die Tropfen, zitterten wie Tau, bebten unter ihrer durchscheinenden Oberfläche und wollten sich wieder vereinen. Aber das durften sie nicht! Nicht ungelenkt und ungesteuert.

Schmerz.

Wie versprengte Truppen nach einer Schlacht, wie verstörte und traumatisierte Landser, die von ihren Einheiten abgetrieben wurden, die ihre Kameraden verloren hatten, die ihre Führer suchten. Sie müssen sich verbergen. Ist der Feind noch dort draußen? Und zugleich müssen sie sich den Ihren zu erkennen geben. Sie müssen sich melden. Doch die Schlacht ist verloren, daran besteht kein Zweifel.

Die Schlacht!

Neuer Schmerz gesellte sich zum alten, eine neue, andere Qualität von Schmerz. Sie unterschied körperlichen und seelischen Schmerz, die physische Qual und die geistige. Die Schlacht war verloren. Wie viele waren gestorben? Und es war alles ihre Schuld. In ihrer Überheblichkeit und Selbstgewissheit hatte sie gedacht, den Zthronmic eine Lektion erteilen zu können. Ein kleines Scharmützel. Ihnen eine Falle stellen und dann zuschlagen, um ihnen zu zeigen, wer Herr im Hause war! Nun hatten sie selbst eine Lektion erhalten. Die Schlacht war verloren. Die Falle – in der Falle hatten sie sich selbst gefangen. Der Schuss war nach hinten losgegangen.

Schmerz. Und Qual!

Wo war sie? Sie durfte sich nicht bewegen, sich nicht rühren. Sie durfte kaum wach werden. Der Schmerz überwältigte sie mit jedem Fingerbreit, den sie sich wieder ins Bewusstsein zurücktraute. Sie durfte nicht schreien, nicht einmal stöhnen. Sie durfte sich nicht verraten.

Langsam, unendlich langsam und behutsam, musste sie ihr Bewusstsein, das qualvoll und widerstrebend zurückkehrende Bewusstsein, in eine andere Form überführen. Sie war ohnmächtig gewesen. In tiefer, traumloser, nachtschwarzer Ohnmacht war sie gefangen gewesen. Aber wohin sie jetzt glitt, das war kein Schlaf. Dabei: Wie gerne hätte sie geschlafen! Aber sie konnte und durfte jetzt nicht schlafen. Sie musste ihr Bewusstsein auffangen und weich betten. Wie einen Abstürzenden, den man knapp über dem Boden abfängt und auf die Erde bettet.

Der Sturz!

Wie tief war sie gefallen? Der Aufschlag war hart gewesen. Nicht tödlich, aber auch nicht viel weniger. Ohne ihre Körperbeherrschung, zu der ihre Trance sie befähigt hatte, und ohne den Anzug, der den Großteil der ungeheuren Energien kompensierte, wäre sie gestorben. Noch war sie nicht tot. Sie dachte. Sie empfand Schmerz. Sie lebte! Aber wo war sie?

Schmerz. Qual, Leid – und Angst!

Sie überführte ihr Bewusstsein, das aus Ohnmacht und Trauma, aus der Schutzhaltung des Nichtseins zusammenrinnen wollte, in eine leichte Prana-Bindu-Trance. Sie ging den umgekehrten Weg wie vorher. Nur die Trance hatte sie gerettet, hatte ihr den Weg aus dem abstürzenden Schiff gewiesen und sie in die Lage versetzt, den mörderischen Kräften zu entfliehen und sich in allerletzter Sekunde ins Freie zu katapultieren. Dann war sie, zu Tode erschöpft, in die Bewusstlosigkeit gefallen. Das Letzte, was sie registriert hatte, war aufzuckender Schmerz gewesen, der wie lichterloh aufbrennender Zunder ihren Körper überflammt hatte. Ihren Körper und ihren Geist. Dann waren ihre Kräfte am Ende gewesen, ihre Fähigkeiten hatten versagt, ihre nur scheinbar übermenschliche Macht hatte sich als das erwiesen, was sie war: ein Strohfeuer. Eine Macht auf Pump.

Schmerz!

Und nun beschritt sie den umgekehrten Weg. Aus Ohnmacht kehrte sie durch das Bad des Schmerzes zum Bewusstsein zurück. Und während die Inseln des verstörten Bewusstseins sich zum Wachsein vereinigten wie ein Kontinent, der aus dem Meer aufsteigt, differenzierte sich der Schmerz. Das Allumfassende unterteilte sich. Qualitäten und Orte ließen sich unterscheiden. Es gab körperlichen und seelischen Schmerz, es gab dumpfes Leid und Furcht. Es gab Durst! Sie litt entsetzlichen Durst! Und sie kannte diesen Durst. Er war eine der Folgen der Überanstrengung, zu der sie sich in der Trance gezwungen hatte. Um zu überleben, hatte sie sich in eine kontrollierte Todesangst, in eine gesteuerte Panik versetzt. Und in diesem Zustand, durch das herumwirbelnde und brennende Schiff kriechend, hatte sie ein Vielfaches der Energie verbraucht, die der menschliche Organismus für gewöhnlich in einem solchen Zeitraum bereitstellen konnte. Sie war wie ein Badender gewesen, der um sein Leben schwamm, weil ihn Haie attackierten – und der gar nicht wusste, dass er Rekorde brach. Sie war wie eine Mutter gewesen, die ein tonnenschweres Gewicht aufhob, um ihr Kind zu retten; ein Gewicht, vor dem jeder Athlet versagt hätte. Sie war wie ein Feuerwehrmann gewesen, der minutenlang die Luft anhielt, um sich den Rückweg durch ein zusammenstürzendes Gebäude frei zu hauen.

Und nun forderte der überforderte Körper seinen Tribut, forderte seine Rechte ein. Durst marterte sie. Und überall war Schmerz.

Aber sie musste wachsam sein. Sie durfte ihre Lage nicht verändern. Sich nicht bewegen, sich nicht vernehmlich machen. Wo immer sie war, es konnte sein, dass sie nicht allein war. Vielleicht war sie in Unfreiheit. Vielleicht wurde sie überwacht. Womöglich mit den subtilsten Methoden! Sie überführte ihren Geist aus dem wattigen, tauben Dunkel der Ohnmacht in die durchlässige Helle einer leichten Trance und achtete dabei darauf, dass dies für keinen Außenstehenden kenntlich wurde – selbst wenn er sich direkt neben ihr befände, wenn er sich über sie beugte, wenn er sie mit Sonden und intelligenten Instrumenten überwachte. Ihr Puls blieb so träge, zähfließend und langsam wie der Puls der Bewusstlosen. Ihre Atmung blieb so tief und ruhig, auf ein Minimum herabgesetzt, wie die Atmung der Bewusstlosen. Der Leitungswiderstand ihrer Haut, der Zustand ihrer Muskeln, die Lage ihrer Gliedmaßen, selbst die Reflexe ihrer nach innen verdrehten Augen waren immer noch die der Bewusstlosen, die vom Himmel gefallen war und sich wie ein Projektil in den heißen Wüstensand gebohrt hatte.

Weder ein Bewegungsmelder noch ein Biosensor hätten die Veränderung ihres Bewusstseinszustandes zu registrieren vermocht. Aber wo war sie wirklich?

Langsam und behutsam begann sie, den Zustand ihres Geistes und ihres Körpers zu erforschen. Ungegenständliche Organe und Sensoren fuhren aus, ertasteten und erkundeten ihr Sein. Millimeter um Millimeter eroberte sich ihr Bewusstsein die Herrschaft über ihren Leib zurück und erforschte dessen Status. Dabei war sie des Schlimmsten gewärtig. Obwohl alles in dumpfen und durchdringenden Schmerz getaucht war, wusste sie, dass es zu jedem Schmerz einen noch größeren gab. Sie veränderte ihre Trance um eine winzige Nuance und gab ihr die Gestalt, die die Meister des Prana-Bindu-Ordens »auf alles gefasst sein« nannten. So gewappnet, machte sie sich innerlich auf, ihre äußere Lage ins Bewusstsein zu heben.

Schmerz! Dumpf und brennend, stechend und ortlos quälend. Unterschiedlichste Varianten und Qualitäten von Schmerz. Alle Farben. Die ganze Palette des Schmerzes!

Sie lag am Boden, in verrenkter Lage. Sie spürte weder Wärme noch Kälte, noch körperlichen Druck. Wenn sie verschüttet gewesen war – das letzte Bild war die Explosion der ENTHYMESIS und die auf sie herunterprasselnde Fontäne geschmolzenen Sandes –, wenn sie verschüttet gewesen war, schien sie befreit worden zu sein. Oder war es der Anzug, der ihre leibliche Integrität bewahrte. Lag sie in seinem trügerischen Kokon, begraben unter Tonnen von Hitze verbackenen, radioaktiven Schutts?

Aber es war nicht der Anzug, der sich um ihre verrenkten Glieder schloss! Der Anzug war fort. Man hatte sie seiner beraubt! Man hatte sie ausgezogen! Sie erkundete und erforschte ihren Körper, der mit angewinkelten und verdrehten Beinen und angezogenen, vor der Brust verknüllten Armen am nackten Boden lag. Der Raumanzug, der gravimetrische Schutzanzug, der ihr das Leben gerettet hatte, war fort. Vielleicht war er verschmort und in den glutflüssigen Explosionsrückständen, die vom brennenden Himmel regneten, zerschmolzen. Dann hätte man sie gerettet, indem man sie daraus befreit hatte.

War sie nackt?

Sie konnte es nicht sagen, ohne sich zu bewegen, ohne die Augen zu öffnen oder sich abzutasten. Und das wollte sie so lange wie möglich hinausschieben. Sie brauchte mehr Informationen. Sie musste weitere Details ihres aktuellen Status in Erfahrung bringen, ehe sie sich der Gefahr aussetzte, von wem auch immer entdeckt zu werden.

Aber es war so: Sie war nackt. Am Fuß und an der Schulter glaubte sie, den kühlen Boden zu spüren, auf dem sie lag. Metall oder Stein. Ihre Schenkel und ihr Leib fühlten sich anders an. Vermutlich trug sie noch das sensorielle Unterzeug – oder Reste davon. Doch unterhalb der Knie und oberhalb der Schultern war sie bloß und sie war sich beinahe sicher, dass auch der übrige Teil des Innenanzugs bestenfalls noch in Fetzen um sie hing.

Schmerz!

Indem sie ihr Bewusstsein auf ihren linken Fuß fokussiert hatte, war greller stechender Schmerz aufgeflammt. Sie glaubte, ihn im Sprunggelenk lokalisieren zu können. In perfekter Regie spielte ihr Unterbewusstes ihr die passenden Erinnerungen ein. Sie war mit dem linken Fuß aufgekommen. Bei dem Sturz war sie auf die Füße gefallen. Aber die Wucht war viel zu stark gewesen. Obwohl die Feldgeneratoren des Anzugs neun Zehntel des mörderischen Sturzes aus den Wolken abgefangen hatten, musste der Aufprall immer noch einem Sprung aus etlichen Metern Höhe entsprochen haben. Und es stimmte: Die letzte Erinnerung war die an einen stechenden Schmerz, der in ihren linken Knöchel explodierte. Vermutlich war das Gelenk geplatzt. Bänder und Sehnen waren gerissen, womöglich Knochen gebrochen. Sie würde, falls sie gehen oder laufen musste, nicht auftreten können! Sie würde, falls sie in den falschen Händen gelandet war, weder kämpfen noch fliehen können!

Weiterer Schmerz! Anderer Schmerz! Noch viel mehr Schmerz …

Je mehr sie die inneren Fenster ihres Bewusstseins öffnete, umso greller stand das blendende Licht des Schmerzes herein. Es war wie nach einer durchzechten Nacht, wenn die Sonne des nächsten Morgens die Augen tränen ließ und das Hirn zerschnitt. Sie musste ihre Trance wieder um ein weniges vertiefen, um sich nicht durch Stöhnen zu verraten. Dann setzte sie die innere Erkundung fort. Da waren andere Inseln, andere Zentren des Schmerzes, andere Knotenpunkte. Ihre Seite! Beim Sturz hatte sie mit dem letzten Rest der Körperbeherrschungversucht, sich abzurollen. Aber durch das Einknicken, als der zertrümmerte linke Fuß nachgab, hatte dieser Versuch, die Schwere des eigenen Leibes abzufangen, weder die nötige Eleganz noch die gebotene Gewandtheit gehabt. Dass sie von oben bis unten grün und blau war, war das Mindeste. Vermutlich waren auch einige Rippen gebrochen.

Arme und Beine schienen, das eine Gelenk in Abzug gebracht, unversehrt zu sein. Hatte sie innere Verletzungen? Blutete sie? Der quälende Durst, an dem sie litt, hätte auch auf Blutverlust hindeuten können. Aber sie glaubte, das ausschließen zu können.

Schließlich Schulter, Hals und Kopf? An Schulter und Oberarm spürte sie die Härte und Kälte der Unterlage. Sie befand sich nicht in einem Bett. Also wohl kaum in wohlwollender Obhut. Es gab auf Zthronmia nur zwei Völker. Zu dem einen lebten sie in wohlwollender Distanz, gegründet auf reservierten Respekt. Doch bildete sie sich ein, dass ihr Name und ihr

Verhältnis zu ben Cyrion sich herumgesprochen hatten. Wenn sie also von Amish gefunden worden wäre … Aber vielleicht hatten die Vergeltungsmaßnahmen der Zthronmic schon begonnen. Und wenn die Amish sie nun fanden, aus einem zerstörten Schlachtschiff kriechend, würden sie nicht ihr die Schuld an der Eskalation geben? Gesetzt den Fall, sie würden sie als die erkennen, die sie war. Und dennoch – sie hatten Anstand und Würde genug, auch einen Anspruch an sich selbst, einen Maßstab von Ehre. Sie würden sie nicht ihrer Kleider berauben und sie auf die nackte Erde werfen.

Blieben die anderen …

Sie zwang sich, den Gedanken nicht zu Ende zu denken, ehe sie nicht die Analyse ihres Status abgeschlossen hatte.

Im Bereich des Oberkörpers empfand sie nur Kälte und Härte, Kühle und Nacktheit. Auch der sensorielle Anzug musste stark in Mitleidenschaft gezogen sein, sei es, beim Absturz selbst, sei es, als man sie aus dem Raumanzug zerrte. Ein lebloser Körper war schwer und widerspenstig. Und wer wusste schon, ob die, die sie geborgen hatten, mit einem solchen Ding überhaupt umgehen konnten. Sie hatten ihn aufgeschnitten oder zerfetzt. Dann hatte man ihren ohnmächtigen Körper herausgezogen wie ein Neugeborenes aus dem Mutterleib.

Beim Gedanken daran empfand sie keine Scham, auch keine Sorge. Wenn man ihr etwas hätte antun wollen, hätte es keine bessere Gelegenheit gegeben. Sie war vollkommen schutzlos gewesen. Aber sie lebte! Also hatte man ihr nichts getan.

Es sei denn …

Sie musste die Panik zurückdämmen, die in ihr aufsteigen wollte. Aber es ging beinahe über ihre Kräfte. Wenn sie wirklich in der Gewalt der Zthronmic war?! Zwischen Leben und Tod gab es viele Übergänge. Diese Wesen rühmten sich, Meister der Folter zu sein. Sie hatten sie nicht getötet. Nein! Aber für welche Prüfung hatten sie sie aufgespart?

Doch das war zum gegenwärtigen Zeitpunkt reine Spekulation.

Konzentriere dich! Überlasse dich nicht der Angst! Erkenne deine Lage, schätze deine Kräfte, deine Chancen ein und handle dann danach!

Sie versuchte, sich das Gesicht Tsen Resiqs zu vergegenwärtigen, ihres Lehrers in der Prana-Bindu-Trance. Er hatte sie in die Mysterien eingeweiht. Von ihm hatte sie die Niederen Weihen des Ordens empfangen. Und später war er in ihren Armen gestorben, als die Sineser sein Kloster angegriffen und zerstört hatten. Jetzt musste sie seine geistige Macht beschwören, um sich gegen die anbrandende Panik zu behaupten, die von ihr Besitz ergreifen wollte.

Auch Laertes erschien vor ihrem inneren Gesicht. Er gehörte nicht den Prana-Bindu an. Aber der Philosoph war bekennender Stoiker. Er hatte sie gelehrt, zwischen dem Wesentlichen und dem Unwesentlichen zu unterscheiden. Es gab Dinge, auf die wir einen Einfluss hatten, und andere, die sich unserer Willkür entzogen. Letztere waren in der Überzahl. Und zu ihnen gehörten auch der Leib und seine Unversehrtheit, in letzter Konsequenz sogar das Leben, denn es war nur geliehen und musste zurückgegeben werden. Das Leben, hatte er einmal gesagt, ist nur eine Probe auf das, was man ertragen kann. Das Unerträgliche gibt es nämlich nicht. Das Unerträgliche wäre der Tod, aber der Tod ist nicht unerträglich. Demgegenüber gab es nur eines, was wesentlich war, eines, auf das wir Einfluss hatten: Das war unsere innere Haltung. Irgendwann würden wir sterben, so viel war gewiss, aber wir sollten es in Haltung tun – ob im Bett oder in der Folterkammer, blieb dabei unwesentlich.

Sie musste die düsteren Gedanken von sich drängen. Auch unter dem Aspekt des Trostes und der Anrufung ihrer Schutzheiligen durfte sie sich nicht der Ausweglosigkeit überlassen.

Sie zog sich wieder ganz in sich zurück. Äußerlich war sie während der ganzen Zeit unbewegt geblieben. Ein Beobachter hätte nicht festzustellen vermocht, dass sie aus der Ohnmacht erwacht war. Jetzt vertiefte sie wieder ihre Trance und beeilte sich, die Analyse ihrer Situation so rasch wie möglich abzuschließen.

Irgendetwas stimmte mit ihrem Schädel nicht. Er ruhte hart und kalt auf nacktem Stein oder Metall. Zwar hatte sie sich vor einiger Zeit die Haare geschnitten, aber die kurze Frisur, die verschwitzt und stoppelig sein musste, glaubte sie eher spüren zu sollen als das glatte, eng am Kopf anliegende Haar, das sie früher getragen hatte. Da war aber nichts! Ihre Kopfhaut lag auf dem rohen Boden. Man hatte sie geschoren! Man hatte sie nicht nur ihrer Kleider, sondern auch ihrer Haare beraubt.

Und wieder galt es, sachlich zu erforschen, was das für ihre Lage zu bedeuten hatte. Vielleicht war ihr Anzug in Brand geraten. Glühende, zu winzigen Tröpfchen und Kügelchen zerschmolzene Sandpartikel mussten nach der Explosion der ENTHYMESIS auf sie herabgeregnet sein und sie verschüttet haben. Womöglich war ihr Haar versengt gewesen. Vielleicht hatte es mit der Kapuze ihres sensoriellen Anzugs reagiert, war in das Kopfteil eingebrannt gewesen. Man hatte sie gerettet, indem man sie geschoren hatte. Doch passte ein solches Verhalten kaum zu ihrer desolaten Lage, nackt und ohne medizinische Versorgung, ohne Infusionen, die Brüche nicht geschient, auf hartem Steinboden zu liegen.

Blieb die andere Möglichkeit. Man hatte sich einen Spaß daraus gemacht, sie in bewusstlosem Zustand zu demütigen. Was noch hatte man mit ihr angestellt? Ihr Bewusstsein tastete sich zögernd zu ihrem Unterleib hinab. War sie vergewaltigt worden? Zumindest empfand sie in den infrage stehenden Regionen keinen auffälligen Schmerz. Die Zthronmic hatten mit der menschlichen Anatomie nur wenig gemein; zudem waren sie eingeschlechtlich. Sie kannten externe Fortpflanzungsorgane nicht. Dennoch hätten sie sich ein Vergnügen daraus machen können, über ihren wehrlosen Körper zu verfügen.

Und wenn es noch eine dritte Möglichkeit gab? Weder Amish noch Zthronmic, aber vielleicht marodierende Banden, vagabundierende Trupps und Abenteurer, Schmuggler und Kriegsgewinnler. Planeten wie Zthronmia, rohstoffreich, unkontrolliert und von Wesen bewohnt, mit denen man in allerhand obskure

Geschäfte kommen konnte, lockten das zwielichtigste Gesindel an. War sie in die Hand von Desperados gefallen?

Schmerz! Doch verblasste der Schmerz allmählich vor der wütenden Verzweiflung.

Alle diese Spekulationen brachten sie keinen Deut weiter. Zwar war es wichtig, sich die Lage zu vergegenwärtigen, den »Sachstand«, wie Dr. Rogers in seinen Vorlesungen zu sagen pflegte, aber über einen gewissen Punkt der Bestandsaufnahme brachten diese sie nicht weiter.

Status: am Leben, aber traumatisiert und verletzt. Vermutlich Knöchel- und Rippenbruch, vermutlich kaum gehfähig. Flucht unwahrscheinlich. Zudem erschöpft und dehydriert, nur noch wenige Reserven. Verlangsamte Reaktion, gedämpfte Entschlusskraft, stark reduzierte körperliche Leistungsfähigkeit und Ausdauer. Der Gegner: nicht an ihrem (unmittelbaren) Tode interessiert, wohl aber daran, sie zu demütigen, sie vielleicht zur Schau zu stellen. Vielleicht auch Schlimmeres.

Daran, sich selbst zu befreien, war kaum zu denken. Sie musste auf Hilfe warten und auf Zeit spielen.

Sie versuchte, die Trance in Heilschlaf zu überführen. Die letzten Energien, über die ihr malträtierter Körper verfügte, leitete sie dem linken Fußgelenk zu, in dem ein pochender, pulsender Schmerz hauste, und dem flächigen Brennen an ihrer Seite, auf Höhe der Rippenbögen. Dann senkte sie Puls und Atmung so tief ab, wie es ihr möglich war. Sie musste Kraft sparen und sich in eine Art von Winterstarre versetzen. Sie riskierte dabei, eine längere Regenerationsphase zu benötigen, wenn sie erwachte – oder wenn sie geweckt wurde. Aber das glaubte sie, sich leisten zu können. In wessen Hände sie auch immer gefallen war, er schien ihre Wehrlosigkeit nicht über Gebühr ausnutzen zu wollen. Sonst hätte er es längst tun können. Also verließ sie sich darauf, dass man, was immer man mit ihr vorhatte, erst veranstalten würde, wenn sie das Bewusstsein wiedererlangt hatte. Und damit gedachte sie sich Zeit zu lassen. Denn wenn sie die schützende Ohnmacht abwarf, auch das war klar, würde sie Herrin ihrer Kräfte sein und ihre sieben Sinne beisammenhaben müssen.

Pater Bel

Auch in dieser Nacht fand der Pater kaum Schlaf. Nach der Öffnung des Zeughauses hatten die, die er bei sich die Verschwörer nannte, sich mit leichten Strahlenwaffen und veralteten Feldwerfern versehen. Was man damit gegen die hochgerüsteten Zthronmic ausrichten konnte, blieb zweifelhaft, selbst wenn man der Prämisse zustimmte, dass man ihnen in Zukunft nicht mehr unbewaffnet gegenübertreten werde. Bewaffnet waren sie; sie schwangen Steinschleudern gegen ein Heer von Goliaths.

Die Augen der Männer und Frauen hatten geleuchtet. Für eine heilige Stunde waren sie wieder die Kinder seiner Einweisungsgruppe, die am Festtag ins Bescherungszimmer durften und sich dann gegenseitig ihre schönsten Geschenke präsentierten. Ari ben Guron hatte einen Feldwerfer geschwungen, als beabsichtige er, den ganzen Pueblo in Schutt und Asche zu legen. Und selbst Shorena hatte sich mit Strahlenpistolen und den zugehörigen kleinen Brennzellen behängt, als bereite sie sich auf einen Kostümball vor. Die genügsamen Amish hatten sich martialischer gebärdet, als selbst aus dem verzweifelten Selbstbehauptungswillen dieses Tages zu erklären war. Pater Bel hatte hilflos zusehen müssen, wie Jahrzehnte der Erziehungsarbeit, in denen er sie zu Demut, Friedfertigkeit und Duldsamkeit hatte führen wollen, in Augenblicken in den Staub sanken. All die frommen Worte, die süßen Chorgesänge, die gläubig zu ihm aufgeschlagenen Kinderaugen, die auswendig gelernten und mit Inbrunst gelispelten Verse, die heiligen Schwüre und kraftvollen Eide – all das wurde zu nichts, als sie das kalte Metall und den tödlichen Glanz der Waffen spürten.

Die Trauer um die Toten dieses Vormittags und der seit Jahrzehnten aufgestaute Hass auf die entwürdigende Behandlung durch die Zthronmic, die Unzufriedenheit mit der fatalen Situation und die Enttäuschung über eine Union, die seit Jahren nicht zu ihren Versprechen stand – all das war zusammengeflossen zu einer glühenden Melange. Wie eine Legierung im heißen Bad des Hochofens war ein neuer Zustand geronnen, bei dem die ursprünglichen Eigenschaften in ihr Gegenteil umgeschlagen waren. Was weich war, war hart geworden. Was biegsam war, war starr geworden. Was elastisch war, war unnachgiebig geworden. Und was bereit gewesen war zurückzuweichen, das griff plötzlich an.

Der Pater fragte sich, wer Schuld an dieser Entwicklung war. Aber er begriff, dass die Frage falsch gestellt war. Die Entwicklung brach sich Bahn. Sie hatte die unaufhaltsame Gewalt eines Naturgeschehens. Auch ein Erdbeben oder ein Vulkanausbruch verwandelten Sicheres in Unverlässliches, Festes in Flüssiges. Und doch waren auch sie ein Teil des Schöpfungsplans. In diesen Tagen erlebten sie, wie vulkanische Beben und tektonische Hebungen ihr Leben erfassten. Was nützten die Fundamente und Mauern eines Hauses, die Ordnung eines Gemeinwesens, die Gesetze eines Staates, wenn der Kontinent, auf dem er errichtet war, in Bewegung geriet? Wenn die Welt, die sie seit Generationen unverrückbar umfangen hatte, plötzlich zu schwanken begann? Wer stand dahinter? Etwas, das man Gott nennen mochte. Aber der Pater scheute sich, den Gott, an den er glaubte und den er Generationen von Kindern und Schülern anempfohlen hatte, dafür zur Rechenschaft zu ziehen. Die Kinder waren selber Eltern geworden; Eltern, denen ein unerklärter Krieg ihre Kinder genommen hatte. Etwas war falsch an dieser Geschichte. Etwas daran roch faul. Alles verkehrte sich in sein Gegenteil. Worauf sollte man bauen?

Der Pater stand mit dem Rücken zur Tür des Zeughauses, die er nach ihrem Eintreten sofort wieder verriegelt hatte. Dennoch hatte sich die Nachricht sofort im Kibbuz verbreitet. Ständig klopfte es und weitere Männer und Frauen begehrten Einlass, verlangten, mit Waffen versehen zu werden. Sie pochten halb schüchtern, halb fordernd an. Und wenn der Pater die Tür einen Spaltbreit öffnete, drängten sie an ihm vorbei. Es gab längst nichts mehr zu verteilen. Aber immer noch tauchten neue Leute aus den dunklen nächtlichen Gassen auf. Wenn schon nichts mehr da war, was man ihnen geben konnte – selbst die Ausrüstung der ersten zwölf, die mit ihm eingedrungen waren, war rein symbolisch –, wollten sie wenigstens dabei sein, wollten die stickige Luft dieses Aufbruchs atmen und das unwiederbringliche Feuer dieser Stunde genießen. Einer Stunde, von der sie einst ihren Enkeln erzählen würden – wenn sie sie nicht mit der gleichen Inbrunst, mit der sich ihr hingaben, verfluchen würden.

Mehrmals in der Nacht trafen kleine Trupps ein, die aus den Minen oder aus benachbarten Kibbuzim nach S'Deró kamen. Es waren Arbeiter, die in den Zthrontatlagern schufteten und ihr Leben in den gefährlichen Stollen riskierten. Warum sollten sie es nicht zum Schutz der Ihren aufs Spiel setzen? Und es waren Kämpfer aus anderen Pueblos, die das gleiche Schicksal teilten. Ohne Absprache, ohne voneinander zu wissen, hatten sie sich erhoben, hatten auch sie ihre Ältesten überstimmt oder überwältigt, hatten auch sie ihre bescheidenen Depots geöffnet. Manche brachten Waffen und Material mit, um sie an die anderen zu verteilen. Sie unterwiesen sich gegenseitig in der Bedienung schwerer Feldwerfer oder in den Abschussvorrichtungen der intelligenten Granaten, deren sich hier und dort noch eine Kiste gefunden hatte. Ohne viele Worte zu machen, ohne Zeit zu verlieren, ohne über Hierarchien zu streiten, verwandelten sie das enge Zeughaus des Kibbuz in ein Ausbildungslager, in dem man einander den Gebrauch von Brennzellen und Strahlengeschützen beibrachte.

Ein weiterer Trupp von Neuankömmlingen, der lange nach Mitternacht an der schweren Holzpforte klopfte, schreckte sie mit der Nachricht auf, im Orbit würden wieder Gefechte toben, hundertmal schwerer als die, die man in der vorangegangenen Nacht hatte beobachten können. Alle liefen ins Freie und starrten zum Himmel empor. Tatsächlich loderte und flammte der ganze Himmel von lautlosen Blitzen und Entladungen. Diesmal war kein Zweifel mehr möglich. Dort wurde gekämpft. Dort trugen große Verbände eine Schlacht aus. Flotten, die nach Dutzenden und Hunderten von Einheiten zählen mussten, lieferten sich ein Kräftemessen, das alles übertraf, was die braven Amish je erlebt oder für möglich gehalten hatten.

Das ganze Firmament war in Aufruhr. Die Sterne, die für fix gegolten hatten, hatten ihre Plätze und Positionen verlassen und rasten umeinander. Sie jagten und hetzten einander, kollidierten, zerrissen und zerplatzten, zerschellten in unhörbaren, aber gewaltig leuchtenden Explosionen. Kleine weiße Lichtblitze, wie Nadelstiche im schwarzen Samt des Himmels, prickelten unaufhörlich. Dazwischen sprangen wuchtige Feuerringe auf, deren roter Schein in der Nacht verblühte und verblutete. Grünliche und blaue Reflexe maserten und musterten die Kuppel, die sich unbeeindruckt über ihnen wölbte. Dann schienen gewaltige Brände zu lodern, denen selbst die Kälte und das Vakuum des Weltraums nichts anhaben konnten. Trümmer und Bruchstücke der zerstörten Schiffe und Basen stürzten herab und gingen als knatternde Meteore tief in der Wüste nieder, irgendwo in den endlosen menschenleeren Weiten der Großen Ngév.

Im eingemotteten Material des Zeughauses fand jemand ein primitives, seit Jahrzehnten veraltetes Empfangsgerät. Auch das schleppten sie ins Freie und versuchten, sich damit in den Gefechtskanal einzuwählen. Tatsächlich gelang es den Versierteren, Teile des Funkverkehrs der kämpfenden Einheiten abzuhören. Allerdings reichte es kaum hin, um sich ein Bild von dem Geschehen zu machen. Man hörte gebellte Kommandos und Befehle, dann wieder die Schreie von Verwundeten und Sterbenden. Explosionen krachten – und verstummten wie abgeschaltet, als die betreffende Maschine vor der Gleichgültigkeit des Alls verglühte. Man hörte eine Frau, die erstaunlich ruhig und mit natürlicher Autorität neue Direktiven durchgab. Dann fiel ein Chor von rauen Männerstimmen ein, erhitzt und überschrien. Und man sah sie vor sich: schwitzende Gestalten, die Augen von Wahnsinn geweitet, die die letzte Rücksicht fahren ließen und sich in den sicheren Tod stürzten. Schließlich dröhnten nur noch die Echos von berstendem Stahl und schweren Detonationen. Der künstliche Meteoritenregen am Himmel nahm zu, während die Übertragung nach und nach verstummte. Lang gezogene Rauchfahnen durchkreuzten das Morgenrot, das sich mit silbergrünem Besatz über dem östlichen Horizont ankündigte. Nur leise wurde geflüstert, während man ehrfürchtig um den kleinen Empfänger zusammenstand.

»Sie verlieren«, sagte einer. »Die Union verliert die Schlacht.«

»Geschieht ihnen recht«, sagte ein anderer.

Eine junge Frau gab sich empört: »Sie kämpfen doch für uns!«

Der andere zuckte die Achseln: »Sie kämpfen nur für sich, für ihre eigenen Interessen, die nicht die unseren sind.«

»Sie haben uns das alles eingebrockt«, sagte ben Guron. »Ohne ihre Provokation wären die Zthronmic friedlich geblieben.«

»Vielleicht«, gab Shorena zu bedenken, »hat ihre Anwesenheit bisher das Schlimmste verhindert.«

Der Pater stand abseits, an einen knorrigen Baum gelehnt, der dem kleinen Vorplatz des Zeughauses tagsüber Schatten spendete. Nachts verbreitete er einen süßen Duft. Trotz der Kälte, die nach Sonnenuntergang herrschte, saßen hier oft Liebespaare und flüsterten und küssten sich, mit Billigung der Eltern, die das Eheversprechen bereits unterzeichnet hatten. Jetzt war der gesamte Pueblo zusammengelaufen. Der Platz war voller Menschen, deren weiße Leinengewänder zu ringförmigen blauen Wänden ineinanderschmolzen. Kinder drückten sich an die Beine ihrer Eltern, schmiegten die Köpfe an die Hüften ihrer Mütter. Alte tuschelten leise miteinander. Junge Männer wollten sich zu den Kämpfern gesellen und sich ausrüsten lassen. Sie wurden abgewiesen. Manch einer erhielt von Vater oder Mutter eine Maulschelle und wurde ins Haus geschickt. Die Erwachsenen aber, Männer und Frauen, nahmen Anteil an der Gruppe der Verschwörer. Sie brachten Essen und warme Getränke, denn auch diese Nacht war kühl – auch wenn niemand es spürte. Sie schleppten herbei, was sie an Ausrüstung zu haben glaubten: Stiefel und Tarnanzüge, kuriose Helme und verrostete Brennzellen, alte Strahlengewehre und primitive Feldstecher.

Die sich dazu berufen glaubten, fummelten weiter am Empfangsgerät herum. Unter Assistenz der Kämpfer, die von anderen Kibbuzim gekommen waren, bauten sie Verbindungen zu Nachbarorten und zu weit entfernten Siedlungen auf, zu Minen und Pueblos, zu einzelnen Kommandos und zu aufständischen Zellen, die sich anderswo zusammenfanden. Alles ging beinahe lautlos über die Bühne. Still und einvernehmlich. Alle schienen zu flüstern – ob aus uneingestandener Angst oder aus Ehrfurcht vor der Größe der Stunde – oder sich ohne Worte zu verstehen. Mitunter dröhnte Ari ben Gurons schwerer Bass durch die Menge oder der Pater konnte Shorenas klare Stimme vernehmen. Aber alles war von einer Sicherheit und einem Sich-Verstehen getragen, das ihn an einen Insektenstaat erinnerte.

Niemand erhob Widerspruch, als die Amish von S'Deró in Absprache mit denen der anderen Kibbuzim, jahrhundertealte Ideale über Bord warfen. Sie gaben ihre Askese gegenüber jeder Technik auf und sie warfen ihre Haltung des Gewaltverzichtes über Bord. Es schien ganz einfach. Es war so selbstverständlich. Nur Pater Bel wunderte sich darüber, dass sich niemand zu wundern schien. Die Entwicklung war unumkehrbar, das war jetzt schon klar. Und sie konnte nur eine Folge haben: Gewalt und Tod. Gewalt würde neue Gewalt provozieren, Gegenwehr zu weiteren Angriffen führen. Der Tod würde sich fortzeugen und reiche Ernte halten. Von hier und heute aus, dachte Pater Pu Rhea Bel, ging eine Spur des Todes und der Verwüstung aus, die den ganzen Planeten in Mitleidenschaft ziehen würde. Das war unverkennbar – und unvermeidbar.

Dann heulten die Sirenen. Ein starker Verband von Scythern war im Anflug. Im ersten Frühlicht kamen die deltaförmigen Geschwader über den Horizont. Allerdings griffen sie nicht aus dem Sonnenaufgang an, von Wrathnia her, sondern sie näherten sich von der Nachtseite, aus Westen.

Die Verschwörer und Kämpfer, die sich eben noch im Gebrauch ihrer veralteten Waffen unterwiesen hatten, liefen in die offene Wüste hinaus. Falls sie gegnerisches Feuer auf sich zogen, sollte es nicht den Kibbuz treffen. In der Geröllebene verschanzten sie sich, so gut es ging, hinter Felsbrocken. Dann rasten die Scyther im Tiefflug heran. Es waren viele Staffeln, viele asymmetrische Keile. Sie waren wie Wellen eines Ozeans, die sich unzählbar hintereinander reihten, so weit das Auge reichte. Wie die Dünen im Sandmeer, weiter draußen in der Großen Ngév. Nur ein Wahnsinniger würde versuchen, ihre

Zahl zu bestimmen. Aus der Dunkelheit anfliegend, die silbernen Schilde in der Sonne glitzernd, die eben im Osten über den Horizont brach, schossen sie heran. Die Amish eröffneten das Feuer. Ihre harmlosen Strahlenwaffen richteten keinen Schaden an. Sie wurden von den Panzerungen und Kraftfeldern der zthronmischen Maschinen gestreut. Die Feldwerfer waren erfolgreicher. Mehrere Scyther wurden getroffen. Sie explodierten in verpuffenden weißen Rauchbällen oder stürzten, schwarze Rauchschleppen nach sich ziehend, ab. Kein einziger erwiderte das Feuer. Erregt und verblüfft kehrten die Kämpfer in den Schutz der Palisade zurück. Ari ben Guron rühmte sich, drei Scyther abgeschossen zu haben. Er schwang seinen Feldwerfer wie eine Trophäe. Andere waren skeptischer.

»Das waren die Geschwader, die aus der großen Schlacht heimkamen«, sagte einer. »Sie hatten ihre Munition verschossen und wollten nach Hause.«

»Ja«, nickte Shorena, deren schwarze Augen wie geschliffene Obsidiane glühten. »Aber sie werden wiederkommen.«

»Und doch«, dröhnte ben Guron, »dies waren die ersten Schüsse, die Amish in dieser Auseinandersetzung abgegeben haben.«

Jennifer

Wieder das Abstreifen der Bewusstlosigkeit und die Rückkehr ins Sein. Und wieder der Schmerz; er schien mit dem Sein identisch. Es war, als komme sie mitten im freien Fall zu sich und im selben Augenblick stürze sie in ein Becken siedenden Öls, so schlug der Schmerz über ihr zusammen.

Sie stöhnte und warf sich herum. Dabei zuckte neuer Schmerz auf. Ihr Fuß! Ihre Rippen!

Sie weigerte sich, die Augen zu öffnen. Zwar reichten ihre Kräfte nicht mehr aus, die Ohnmacht, in die ihr Heilschlaf irgendwann abgeglitten sein musste, in eine durchscheinende Trance zu überführen. Aber noch würde ein außenstehender Betrachter davon ausgehen, dass sie sich in der Bewusstlosigkeit auf die andere Seite gewälzt habe.

Ihr Zustand schien unverändert. Der harte Boden, ihr weitgehend unbedeckter Körper. Brennender Schmerz an mehreren, im Rhythmus ihres Herzschlags pulsenden Stellen und darüber ein anderer diffuser und ortloser Schmerz, ein allgemeiner und allgegenwärtiger Schmerz, der das Sein als solches zu betreffen schien.

Auch Durst! Sie war am Verschmachten. Sie spürte ihre Zunge, die als angeschwollener Kloß in ihrem trockenen Mund klebte. Ihre Nase war verschlossen, die Schleimhäute brannten; ihre Kehle war ein hölzerner Schlund. Das Atmen und Schlucken war mit Qual verbunden. Und dazu kamen die Mattigkeit und der fiebrige Wahnsinn schweren Flüssigkeitsverlustes. Sie war stark dehydriert. Wie ein Bergsteiger, den die Höhe, in die sein Wille ihn getrieben hatte, bei lebendigem Leib verdorren und vertrocknen ließ. Schon bald nach seinem Tod würde er mumifiziert sein, da Luft und Strahlung jedes Quäntchen Feuchtigkeit aus seinem Körper bleichten.

So ähnlich konnte es auch hier der Fall sein. Zthronmias Atmosphäre war dünn, der Marsatmosphäre ähnlicher als jener der Erde. Auf dem Heimatplaneten der Menschheit hätte man in große Höhen steigen und sich zudem extremer Trockenheit aussetzen müssen, um vergleichbare Bedingungen anzutreffen.

Man hatte ihr nichts zu trinken verabreicht, ihr keine Infusion gelegt. Man ließ sie verschmachten!

Aber wie lange war sie schon hier? Mit nachträglichem Entsetzen stellte sie fest, dass sie ihr Zeitgefühl verloren hatte. Die Prana-Bindu trainierten ihre innere Uhr vor allen anderen Fähigkeiten. Da sie an die Allmacht der Zeit und die Allgegenwart der Vergänglichkeit glaubten, übten sie sich darin, das Verrinnen der Zeit am eigenen Körper spüren zu können. Den Tod und die Erneuerung jeder einzelnen Zelle zu wissen, war das erklärte Ziel der großen Prana-Bindu-Meister gewesen. Zwar war sie von diesen Höhen weit entfernt. Aber auch sie war, als sie die Niederen Weihen des Ordens erworben hatte, in die Kunst eingeführt worden, den Vergang zu spüren.

Dieses Empfinden war ihr abhanden gekommen.

Es war überlagert und verbrannt im alles umwogenden Schmerz.

Sie konzentrierte sich. Seit ihrem letzten Erwachen waren einige Stunden vergangen, nicht mehr. Wenigstens drei, so glaubte sie zu spüren, als sie tief in sich hineinhorchte, kaum mehr als vier. Die davor liegende Ohnmacht, musste länger gewesen sein. Wie viel länger? Stunden? Tage? Wie lange lag sie schon hier, halbnackt, mit zertrümmertem Gelenk, ohne medizinische Versorgung, ohne einen Tropfen Wasser, der Erschöpfung und der konservierenden Trockenheit der Atmosphäre schutzlos preisgegeben?

Immerhin war sie nicht im Freien. Der Kälte der Nacht und dem Brand der platinfarbenen Sonne dieser Welt, die stach, aber nicht wärmte, hatte man sie entzogen.

Schmerz. Quälender Durst. Lähmende Angst.

An was sollte sie sich halten?

Und dann war da noch ein anderes Bild. Norton! Der junge Norton. Norton, wie er auf der Akademie gewesen war, während der Vorlesungen, oder abends, am Strand von Pensacola. Der Norton, in den sie sich verliebt hatte. War er so weit weg, so tief verdrängt, bedeutete er ihr so wenig, dass sie erst jetzt an ihn dachte? Oder hatte ihr Unterbewusstes ihn mit seiner eigenen Weisheit so lange zurückgehalten und spielte ihn ihr erst jetzt zu, als letzten Trumpf, als letzten Trost?! Der jungenhafte, schlaksige, stets etwas zerstreute, diese Attitüde aber auch zelebrierende Norton, den sie kennengelernt hatte, vor Jahrzehnten, vor so langer Zeit, in einem anderen Leben. Er hatte nicht den Glamour eines Wiszewsky gehabt, auch nicht Kurtz' chaotischen Sex-Appeal oder die Vorzüge der anderen Kadetten. War er nicht von allen der Normalste, der Harmloseste, der Langweiligste? Bis heute kultivierte er seine Unauffälligkeit, gab sich begriffsstutziger, als er eigentlich war, und feilte an seinem Image als Biedermann. Dabei war er nichts weniger als das. Er war der Beste, der Verlässlichste, der Stärkste. Als solchen hatte Dr. Rogers ihn zuerst erkannt und ihn zu seinem Ziehsohn gemacht. Und Dr. Rogers hatte ihr zu ihm geraten, als sie ihn um seine Meinung bat.

Der liebe Norton … Jennifer musste schmunzeln.

Und dann richtete sie sich auf und öffnete die Augen.

Beinahe hätte sie sich den Kopf gestoßen, denn der Käfig, in dem sie lag, war nicht hoch genug, dass sie sich darin aufsetzen konnte.

Sie lag in einem Käfig!

Es war ein Zwinger von der Grundfläche eines schmalen Bettes und nicht höher, als dass sie, auf dem Rücken liegend, die oberen Stangen mit der ausgestreckten Hand hätte berühren können. Sie zuckte davor zurück. Wenn die armdicken Gitterstäbe aus Elastalstahl unter Strom standen? Aber der Käfig war zu klein. Man hatte nicht ausschließen können, dass sie in der Bewusstlosigkeit an eine der Stangen stieß. Und offenbar hatte man nicht vor, sie sofort zu töten.

Sie richtete sich auf und inspizierte in aller Eile ihre Lage. Zwar floss keine gefährliche Ladung durch das stählerne Gehäuse. Aber mit Sicherheit war es mit Sensoren ausgestattet, die ihr Erwachen denen melden würden, die sie gefunden und eingesperrt hatten.

Der Käfig stand etwas erhöht in einem nicht sehr großen, dunklen Raum. Er war auf ein Postament gestellt, vielleicht eine fahrbare Lafette. Der Raum enthielt einige Gegenstände, die sie im spärlichen Licht kaum deuten konnte: Instrumente, Geräte,

Apparaturen, deren genauer Zweck unklar blieb. Manche von ihnen waren mit trüben Folien aus Elastil verhängt, auf denen sich der rote Staub des Planeten abgesetzt hatte. Das Ganze hatte die Anmutung eines Schuppens, in dem Gärtner ihre Maschinen und Hilfsmittel aufbewahrten.

Der Boden bestand aus nacktem Beton. Er war rissig und schmutzig. Eine Tür stand einen Spaltbreit offen. Es war eine Tür, die in rostigen Angeln hing. Kein Feldgenerator, der gravimetrische Flügel steuerte. Durch den Türspalt drang grelles Licht herein, das das Innere des Raumes noch finsterer erscheinen ließ. Der rückwärtige Teil dieses Geräteschuppens verlor sich in staubiger Dunkelheit.

Jennifer inspizierte ihren Körper. Tatsächlich trug sie nur noch das sensorielle Unterzeug. Doch statt von den Fußknöcheln bis zum Hals und den Handgelenken zu reichen, war es zerrissen und zerfetzt. Zerschlissene Streifen baumelten um ihre Schenkel und Arme. Kaum, dass die verschmutzten Überreste ihre Blöße deckten.

Ihr linkes Sprunggelenk war blaurot angeschwollen. Sie tastete es ab: Der Knochen war nicht in Mitleidenschaft gezogen, wohl aber Bänder, Sehnen und Kapsel. Sie würde nur unter starken Schmerzen auftreten und nicht schnell laufen können.

An ihrer Seite waren die Rippen ins Innere des Brustkorbes gedrückt. Auch sie waren nicht gebrochen. Sonst hätten sich Splitter in Lunge und Herz gebohrt. Bei medizinischer Versorgung wäre sie in ein paar Tagen wiederhergestellt gewesen. Doch so war sie ein Wrack, das sich, wenn man es aus diesem Raubtierkäfig befreite, kaum würde auf den Beinen halten können. Den Schädel hatte man ihr kahl geschoren. Dessen vergewisserte sie sich mit einer raschen Handbewegung. Und wieder musste sie schmunzeln, als sie an Norton dachte. Schon ihre Kurzhaarfrisur hatte er getadelt. Nun wäre ihm ihr nackter Schädel entgegengeglänzt!

Sowie sie sich bewegte, taten ihre auch die übrigen Knochen im Leibe weh. Sie war grün und blau geschunden, jeder Quadratzentimeter ihrer Haut war von Hämatomen bedeckt, die in allen Farben des Regenbogens schillerten. Der Durst ließ sie schwindeln. Und als sie sich, so gut es ging, aufrichtete, um die steif gelegenen Glieder zu dehnen, bemerkte sie das Drängen einer vollen Blase. Beim fortgeschrittenen Zustand ihrer Dehydrierung würde der Urin rot wie Blut sein und wie Feuer brennen. Aber dazu musste sie aus diesem Käfig heraus …

Inzwischen war sie sich beinahe sicher, wohin es sie verschlagen hatte. Trotz des Fehlens moderner Technik glaubte sie, davon ausgehen zu können, dass dies keine amishe Einrichtung war. Dafür war sie zu schmutzig und heruntergekommen. Die Amish hatten sich zwar einen Verzicht auf Technik auferlegt, aber sie spiegelten ihr Selbstwertgefühl in Ordnung und Sauberkeit. Diese Hütte, dieser in Staub versunkene Geräteschuppen, dieser windschiefe Anbau einer Palisadensiedlung konnte nur einer Spezies zugehören.

Ob ihre Bewegung tatsächlich irgendeinen Sensor aktiviert hatte, ob man sie gehört hatte oder ob es Zufall war – draußen näherten sich Schritte und Stimmen. Es waren keine menschlichen Schritte und keine menschlichen Stimmen. Noch bevor sie sie sah, erkannte Jennifer ihre Gastgeber an etwas ganz anderem: am stechenden und durchdringenden Geruch. Es war zwar nicht der pestilenzialische Gestank der Sineser, mit dem sie konfrontiert wurde, doch wohnte er in der Straße der Duftnoten gleich nebenan. Schritte, die über knirschenden, unbefestigten Sand- und Geröllboden zu kommen schienen, und die raubtierartig brüllenden und fauchenden Stimmen, die von keiner KI in Uniertes Englisch übertragen wurden, kamen um das Gebäude herum und näherten sich ihm von vorne.

Jennifer hatte noch rasch zwei lange Streifen von den Beinteilen ihres sensoriellen Anzuges gerissen und sich den Knöchel verbunden. Der Schmerz, der darin aufbrannte, als sie die Stoffbänder über Kreuz legte und langsam enger zog, ließ ihr das Wasser aus den Augen schießen. Dann konzentrierte sie sich. Sie blinzelte die Tränen weg, vertiefte die Atmung, um ihren Körper mit Sauerstoff zu versorgen, und nahm die Haltung ein, die im Jargon der Prana-Bindu »Auf alles gefasst sein« heißt. Und dann öffnete sich die Tür.

Norton

Wieder eine Nacht ohne Schlaf. Wie hätte ich schlafen können!

Doch auch das war Selbstbetrug.

Der Körper nahm sich, was er brauchte. Der Organismus beanspruchte seine Rechte. Die Qualen des Bewusstseins waren ihm gleichgültig. Und so entkam ich minutenweise in die Gnade der Bewusstlosigkeit.

Wenn ich, von kreisenden Gedanken gemartert, einnickte, schreckte ich wieder hoch, gefoltert von den Bildern, die noch schlimmer waren als alle Ausgeburten des wachen Geistes. Immer wieder sah ich Jennifer. Jennifer, die in atomarem Feuer verbrannte. Jennifer, die vom Druckverlust eines kollabierenden Schiffes zerrissen wurde. Jennifer, die in der abstürzenden ENTHYMESIS zerquetscht wurde. Jennifer, in deren Augen die Verzweiflung wütete. Jennifer, die mich aus nächster Nähe ansah und nach Hilfe schrie.

Dann lag ich lieber wach und wälzte Selbstvorwürfe.

Am Abend waren wir noch lange zusammengesessen. Die Freunde und ich. Die wenigen guten, engen Freunde, auf die man sich seit Jahrzehnten verlassen konnte. Laertes, Rogers, Reynolds. Es waren nicht viele, aber sie genügten – solange irgendetwas genügen konnte in dieser fürchterlichen Stunde der Prüfung.

Ein paar Meter weiter, in seiner privaten Suite, lag Commodore Wiszewsky im Sterben. Er begriff nicht mehr, was vor sich ging. Vielleicht hatte er es besser.

Laertes berichtete. Die Ausrufung des Kriegsrechts war am einhelligen Widerstand aller anderen Vertreter gescheitert. Auch die Tloxi, die wir bis dato für unsere engsten Verbündeten gehalten hatten, hatten ihr Veto eingelegt. Ebenso die Amish, obwohl sie sich nach unser aller Meinung damit ihr eigenes Grab schaufelten. Es war jetzt nicht die Stunde, darüber nachzugrübeln, was sie bewogen haben mochte. Wir mussten den Mut zu einem neuen Egoismus haben. Wir mussten an uns denken; zur Not mussten wir uns dazu zwingen.

Was bedeutete die neue Situation für uns?

Wir hatten eine Schlacht verloren. Aber der Hergang war alles andere als klar. Die Auswertung der Aufzeichnungen dauerten an. Sie waren lückenhaft. Ein objektives Bild daraus zu gewinnen, erforderte detektivisches Geschick. Unsere Fachleute arbeiteten daran.

Die Zthronmic beuteten ihren Triumph ohne Skrupel aus. Ständig trafen neue Warpdrohnen am Torus ein, die neue Versionen ins StabsLog überspielten. Aufbereitet und gefälscht, kaschiert und retuschiert waren sie alle. Aber ihre schiere Menge überwucherte die unsere. Wieder und wieder sah man den Frachtraum der ENCOURAGE, der sich mit sinistrer Feierlichkeit öffnete und unsere Geschwader ausspie. Diese stürzten sich dann auf die Scyther, die zunächst zurückgedrängt wurden, sich der »Aggressoren« dann aber tapfer erwehrten. Was sie eigentlich im Orbit zu suchen gehabt hatten, ging aus den Bildern nicht hervor. Ohne Vorwarnung, das war der Tenor, hatten wir Zthronmia angegriffen. Aber der Überfall war abgeschmettert worden. Und nie mehr würde sich ein fremdes Schiff in den Quadranten wagen, der von Zthronmic kontrolliert wurde.

Letzteres war leider wahr.

Unsere Schiffe – allen voran die MARQUIS DE LAPLACE – standen unter diplomatischer Immunität. Das war ein Schutz, der den Bereich des Torus für die Dauer des Kongresses in eine demilitarisierte Zone verwandelt hatte. In der gegenwärtigen Situation wurde es zu einer Fessel, die es uns verwehrte, frei über unsere Schiffe zu verfügen. Und just in diesen Tagen hatten unsere eigenen Politiker nichts Dringenderes zu tun, als unser Personal zu reduzieren und unsere Leitstände zu demontieren. Mit jeder Stunde schwand unsere Fähigkeit, auf eigene Faust im Raum zu operieren. Mit jeder Stunde schlitterten wir tiefer in die Abhängigkeit von den Tloxi, die sich im Gegenzug immer störrischer und unzuverlässiger zeigten.

Noch waren es politische Rücksichtnahmen, die uns an den Torus fesselten. Wir konnten nicht abfliegen, weil wir nicht durften. Bald würden wir es tatsächlich nicht mehr können. An die Stelle der politischen Abhängigkeit würde bald die technologische treten. Dann waren wir auch gefesselt, unserer Handlungsfähigkeit beraubt. Zthronmic und Sineser, Amish und Tloxi, Laya und Prana-Bindu würden mit ihren Mehrheiten darüber befinden können, wohin wir fliegen durften und wohin nicht.

Die Zthronmic ließen keinen Zweifel darüber aufkommen, dass sie auf alles schießen würden, was sich ihrem System näherte. Wir konnten uns nur mit massiver militärischer Übermacht in jene Regionen wagen. Daran hinderte uns die delikate völkerrechtliche Situation, an der Laertesnicht ganz schuldlos war.

Das gab er sogar zu, hielt aber daran fest, es weiterhin auf dem Verhandlungsweg versuchen zu wollen. Die friedfertigen Völker würden früher oder später wieder zu uns übergehen. Es kam alles auf eine unabhängige Aufklärung der Vorfälle an. Wir durften den Zthronmic nicht die Deutungshoheit über diesen ihren vermeintlichen Triumph überlassen. Wie das zugehen sollte, darüber schwieg er sich aus. Unabhängige Sachverständige würden sie niemals in ihr Hoheitsgebiet lassen. Stattdessen überboten sie sich darin, die Medien des Torus mit ihren manipulierten Bildern zu überfluten.

Immer wieder sah man die ENTHYMESIS, die sich mit dem Kampfschrei »Auf nach Wrathnia!« dem friedlich daliegenden Planeten entgegenstürzte. Ein dreifacher Kordon von Scythern warf sich ihr in den Weg. Dann brannte und zerbarst sie im thermischen Feuer der Torpedos. Ihr armseliger, verkohlter Torso fiel den dürren Wolkenschichten dieser Welt entgegen.

»Sie haben das Wrack noch nicht gefunden«, knurrte Rogers, nachdem wir die Sequenz einige Male aus unterschiedlichen Blickwinkeln über uns hatten ergehen lassen. »Sie haben Jennifers Leiche noch nicht. Sonst hätte sie sie längst auf sämtlichen Kanälen präsentiert.«

Sollte mich das trösten? So zusammengeschossen, wie das Schiff war, würde nach einem Absturz nicht mehr viel übrig bleiben, das man präsentieren konnte. Geschweige von den drei

Personen, die sich an Bord befunden hatten: Jennifer und ihren beiden Offizieren. Aber der alte General, der schon andere Niederlagen hatte einstecken müssen, hatte recht: Solange der Tod nicht erwiesen war, musste eine vermisste Person als lebend gelten.

Ein Trost war das nicht. Und eine Befreiung von den Bildern, die sich in dieser Nacht ohne mein Zutun blähten und entfalteten, dreimal nicht.

Dann lag ich wieder wach. Ich versuchte, einen seelischen Kontakt zu Jennifer herzustellen. Wenn ich in Prana-Bindu über die Anfangsgründe hinausgekommen wäre, hätte ich ein Feld aufbauen können. Ich hätte sie mit mentalen Kräften rufen können, so wie sie einst Tsen Resiq gerufen hatte. Das war mir nicht möglich. Und dennoch war ich sicher: Wenn sie tot wäre, würde ich es spüren.

Oder war auch das nur eine Schutzhaltung? Eine Zurechtmachung? Rational betrachtet gab es keine Hoffnung mehr. Ich konnte mir beim besten Willen nicht vorstellen, wie sie lebend aus dem Schiff hätte herauskommen sollen, das zu einem glühenden Klumpen zusammengeschossen auf den Planeten niederstürzte. Sein Aufprall musste die Gewalt einer thermischen Explosion gehabt haben.

Aber das Wissen beeindruckte mich nicht; solange ich nicht die Gewissheit hatte, dass sie tot war, nährte ich die gegenteilige. Die Wahrheit war: Ich konnte mir ein Leben ohne sie nicht vorstellen. Ihr Tod war mir so unbegreiflich wie der eigene.

Wie lange waren wir nicht zusammen gewesen?! Wir hatten unser gesamtes Leben miteinander verbracht. Auf der Akademie, wo wir uns kennengelernt und – nach anfänglichen Irritationen – ineinander verliebt hatten. Dann die ersten gemeinsamen Exkursionen. Wie eng ihr Radius war, verglichen mit den heutigen Operationen. Aber wie innig auch die Zusammenarbeit zwischen uns beiden und unserer kleinen Crew. Dann das eigene Schiff: Wir flogen auf der ENTHYMESIS durch die Ära der interstellaren Exploration und nahmen als friedliche Gesandte der Wissenschaft und der zivilisierten Menschheit

Dutzende von Welten in Besitz. Jetzt lag die ENTHYMESIS zerschmettert in der Wüste einer Welt, die wir damals noch nicht in unseren Karten hatten. Schließlich die Auseinandersetzung mit dem Sinesischen Imperium. Die Gefahr für die Erde, die Jahre der Diaspora, der Gegenschlag und der Triumph. Es hatte Phasen der Innigkeit gegeben und solche der Entfremdung. Und bei unserem letzten Gespräch –so nah und doch unerreichbar fern – schien das Pendel zurückzuschwingen. Wo Fremdheit gewesen war, schien wieder Nähe auf. Wo Gleichgültigkeit sich einzuschleichen gedroht hatte, war wieder Vertrauen möglich gewesen. Dann zog sie in die Schlacht. Es konnte nicht unser letztes Gespräch gewesen sein. Es durfte ganz einfach nicht das Letzte gewesen sein, was ich von ihr sah und hörte.

Irgendwann nickte ich ein und schlief den unverzichtbaren Schlaf von ein oder zwei traumlosen Stunden.

Am Vormittag wankte ich in der Kommandantensuite umher. Ich schmeckte weder den Kaffee, noch nahm ich wahr, was ich im StabsLog las. Laertes wollte Muqa Zthé vor dem Konvent zur Rede stellen. Dabei würde nichts herauskommen. Der Willen unseres alten Chefideologen, die Form zu wahren und das Ganze in zivilisierten Gleisen zu belassen, hatte etwas Rührendes, hinter dem die nackte Verzweiflung lauerte. Ich wusste, wie viel seines Herzblutes in der erweiterten Union, in dem Projekt einer galaktischen Verfassung steckte. Und mit einer Verbissenheit, die nicht mehr mit anzusehen war, kämpfte er um dieses Ideal.

Der Bordarzt kam, um nach Wiszewsky zu sehen, mit dem ich seit der Amtsübernahme Tür an Tür wohnte. Auf dem Rückweg versäumte der Doc es nie, bei mir hereinzuschauen. Was den alten Commodore anging, so hatte er seine Prognose schon von Wochen auf Tage zurückgenommen; jetzt reduzierte er sie auf Stunden. Es ging zu Ende

Schließlich ließ sich ein Mann von der Militärischen Abteilung melden. Ich bat ihn herein. Unsere Blicke fraßen sich ineinander. Seine Meldung war tadellos, ebenso wie seine Uniform. Nichts verriet, weshalb er gekommen war. Ich bot ihm einen Platz an.

Er bestand auf höchster Geheimhaltung. Ich sagte ihm, sie sei gewährleistet. Dann öffnete er einen kleinen Metallkoffer und nahm einen unscheinbaren Speicherkristall heraus. Es war ein Tloxi-Fabrikat. Aber das hatte nichts zu heißen.

»Vor etwas mehr als einer Stunde«, begann er, »traf eine Warpraum-Drohne der Zthronmic beim Torus ein. Sie überspielte diese Datei …«

Mein Herz begann zu schlagen. Was war das? Ein Lebenszeichen Jennifers? Oder der Beweis ihres Todes?

»Und?«

»Die gute Nachricht vorneweg«, sagte der Mann. »Commodora Ash ist noch am Leben!«

Ich konnte ein Aufschluchzen nicht unterdrücken. Er wandte diskret den Blick ab und wartete, bis ich mich wieder in der Gewalt hatte.

»Aber?«

Irgendetwas an seiner Miene gefiel mir nicht. Ich ging durch sämtliche Himmel und Höllen. Warum ließ er sich alles aus der Nase ziehen?!

Er beugte sich vor und setzte den Chip behutsam auf die Tischplatte. Dann sah er mich an, wie nur diese Typen von der Abwehr einen ansehen können. Mich fröstelte.

»Ich möchte mal so sagen«, meinte er mit zurückgenommener Stimme, »ich weiß nicht, ob sie selbst darüber so besonders froh ist …«

Er gab sich alle Mühe, seriös und vertrauenerweckend zu wirken. Die militärische Abteilung rekrutierte nur die Besten. Das drückte auch an ihm jeder Zollbreit aus, von der Frisur, über die Krawatte bis zu den Bügelfalten und den wohlgesetzten Worten. Warum aber spannte er mich derart auf die Folter?

»Was soll das heißen!«, zischte ich ihn an.

Er gab sich ganz cool.

»Wir haben das Band geprüft«, sagte er. »Es ist echt.« Er zögerte einen Moment, der ausreichte, meine Aufmerksamkeit zum Zerreißen zu strapazieren. »Und es ist unbedenklich.« Dazu nickte er mir vielsagend zu.

Die Aufzeichnung aus der ENCOURAGE II stand mir plötzlich vor Augen. Das entsetzliche Massaker an der Besatzung. Man sah, wie ihnen die Augen herausquollen und wie sie ihn einer Art von Wahnsinn krepierten. Was die Zthronmic mit ihnen angestellt hatten, hatte man nicht gesehen. Unsere Fantasie reichte nicht hin, es uns vorzustellen. Und doch begriff ich, in welcher Gefahr Jennifer schwebte, wenn sie in die Hände dieser Monstra gefallen war.

»Geben Sie her!«, sagte ich.

Er reichte mir den Datenträger über den flachen Tisch hinweg.

»Ich warne Sie«, sagte er überflüssigerweise. »Es wird nicht leicht werden.«

Ich zuckte die Achseln.

»Wir werden nicht darum herumkommen …«

Dann sah ich ihn an.

»Haben Sie es schon gesehen?«

Er nickte. Ich versuchte, in seinen grauen Augen zu lesen. Aber seine Miene blieb beherrscht und ausdruckslos.

Ich schob den Chip in das Lesegerät und aktivierte die Abspielfunktion. Das Bild baute sich auf. Ich erkannte Jennifer. Gott, wie sie aussah! Sie war nur noch ein Schatten von dem, was einstmals Jennifer Ash gewesen war. Was hatten sie mit ihr gemacht?

Ihr Schädel war kahl. Man hatte sie geschoren. Ihr Gesicht war von blutigen Striemen bedeckt. Sie trug nur noch das sensorielle Unterzeug und auch das war zerfetzt, zerschlissen, blutgetränkt. Arme und Schultern waren nackt, ihre Brust mehr schlecht als recht verhüllt. Mehr war in der Einstellung nicht zu sehen. Man hatte sie auf einen Stuhl geschnallt, eine Art Thron, nur dass der Inhaber eines solchen schwerlich mit den Armen an die gravimetrischen Lehnen gefesselt werden würde. Sie hielt sich schlecht. Ihre Erscheinung war ein Bild eines gebrochenen Menschen. Und ich hatte ihren Willen immer für unbeugsam gehalten.

Ihre Miene war leer. Ihr Blick war trübe. Ihre Augen waren gerötet und zur Hälfte zugeschwollen. Sie wirkte abwesend und desorientiert. Was hatte man mit ihr gemacht? Stand sie unter Drogen? Natürlich hatte sie einen Schock erlitten. Sie war erschöpft, traumatisiert, verwundet. Das erste Standbild sagte nichts darüber aus, welche Verletzungen sie sich zugezogen hatte.

»Okay?«, fragte der Offizier.

Ich war aufgestanden und zurückgetreten. Er war am Tisch sitzen geblieben und langte jetzt nach den Kontrollen.

Ich nickte.

Er ließ die Aufzeichnung ablaufen.

Es entspann sich ein Frage- und Antwortspiel. Jennifers Stimme war matt, leise, fast unhörbar. Und doch erkannte ich darin den Willen, sich fest und ungebrochen zu zeigen. Ihre physischen Kräfte gaben einfach nicht mehr her. Die Fragen ertönten aus dem Off der Kameraperspektive. Es war zthronmisches Gekeife und Gebrüll, wie wir es während des Kongresses zur Genüge zu hören bekommen hatten. Eine KI sorgte für die Übersetzung.

»Der – Gesprächspartner«, erläuterte mein Offizier, »ist M'tadr Zathr, der Führer der Paz-Thrun, des nach unseren Kenntnissen aggressivsten und unnachgiebigsten zthronmischen Stammes.«

Er sagte das, als wolle er uns zu diesem Volltreffer gratulieren.

Mir graute bei der Vorstellung, wehrlos in die Hände dieser Säbelmonster zu fallen. Jennifer gab sich, soweit ihre Reserven es erlaubten, unbeeindruckt. Ab und zu blitzte ihr Widerspruchsgeist im Winkel ihrer trüben Augen auf. Offenbar ging es darum, sie zu zwingen, die Verantwortung für das Gefecht zu übernehmen. Sie weigerte sich. Daraufhin fuhr der Zoom der Kamera zurück. Jennifers ganze Gestalt wurde sichtbar. Sie hockte, an Armen und Beinen gefesselt, auf diesem thronartigen gravimetrischen Stuhl. Auch die Beinteile ihres sensoriellen Unterzeugs waren zerfetzt und reichten kaum noch bis zu ihren Schenkeln herab. Von den Knien abwärts war sie nackt; ihr linker Fuß ruhte in eingeknickter Stellung auf dem Boden.

»Wir haben Mittel, Sie zu zwingen«, brüllte der unsichtbare M'tadr Zathr.

Jennifer trotze sich ein verächtliches Lachen ab. Es geriet ein kraftlos. Dennoch war ihre Haltung beeindruckend.

»Ich fürchte den Tod nicht«, sagte sie. Dabei hob sie den Kopf – jeder Millimeter jeder Bewegung schien ihr Schmerzen zu bereiten – und lächelte selbstgewiss in Richtung der holografischen Kamera. Ahnte sie, dass diese Aufzeichnung für mich bestimmt war?

»Aaahhrrgg!«, fauchte der Zthronmic, dass mich ein Schauer überlief. »Es gibt andere Möglichkeiten …«

Ein Zthronmic wurde im Bildausschnitt sichtbar. Ich nahm an, dass es ein zweiter war, nicht derjenige, der die Verhandlung führte. Er trug einen unscheinbaren schwarzen Kasten, der neben Jennifers Thron befestigt wurde. Es war eine Box von der Größe einer Zigarrenkiste. Sie bestand aus obsidianfarbenem Material, das nicht einzuordnen war. Einige primitive Schnörkel und Verzierungen bedeckten die Oberseite. Die Vorderseite war offen, und man sah, dass die Box hohl war. Der Zthronmic stülpte sie wie einen Handschuh über Jennifers Rechte. Dann grinste er in Richtung der Kamera oder seiner dahinter stehenden Chefs. Jennifer verzog nicht eine Miene.

Ich warf meinem Offizier einen fragenden Blick zu.

Er stoppte die Wiedergabe.

»Das«, sagte er, und seine Stimme schwang von feierlicher Ehrfurcht, »ist ein Zthron Zathar.«

Ich glotzte ihn verständnislos an.

»Es gibt davon nur wenige Exemplare«, führte er aus. »Die Tloxi haben sie einst im Auftrag der Sineser entwickelt. Während des ersten Sinesischen Krieges sind drei Stück davon in unsere Hände gefallen.« Es sah mich bedeutungsschwer an. »Nachdem sie unserer Abwehr schwer zu schaffen machten, wie ich hinzufügen darf.«

Auf dem eingefrorenen Bild saß Jennifer in ihrem Thron, die Arme an die Stuhllehnen gefesselt, die rechte Hand in der schwarzen Box. Ihre Miene sollte Gleichgültigkeit ausstrahlen. Aber unwillkürlich war sie mit dem ganzen Körper ein wenig von der Kiste abgerückt. Als sei sie bereit, den Arm zu opfern, wenn sie den Rest ihres Körpers retten könne.

»Und was tut es?!«, schrie ich. Ich schluckte und atmete einige Male tief durch. »Entschuldigen Sie«, nuschelte ich noch.

»Schmerz«, entgegnete er ruhig. »Elektromagnetische Induktion der Nervenenden. Unerträglicher Schmerz. Einige unserer Agenten wurden damit – konfrontiert. Die meisten von ihnen starben. Physisch waren sie unversehrt. Aber sie starben an Herzversagen, am Hirnschlag …«

»Halten Sie die Klappe, Mann!«, herrschte ich ihn an. Dieses Geschwätz brachte uns nicht weiter.

Er ließ die Aufzeichnung weiterlaufen.

»Sie ahnen nicht«, brüllte der unsichtbare Zthronmic Jennifer an, »wozu wir fähig sind!«

»Ich fürchte den Schmerz nicht«, sagte sie gefasst.

Dann zuckte sie zusammen. Das Zthron Zathar schien aktiviert worden zu sein. Jennifers Miene erstarrte. Ich sah, wie sie kämpfte. Sie war alles anderes als zimperlich. Ihr Prana-Bindu-Training gab ihr Techniken an die Hand. Die Großmeister dieses Ordenskonnten sich bei vollem Bewusstsein mit den Klingen ihrer Ritualschwerter zerfleischen, ohne eine Miene zu verziehen. Dennoch fragte ich mich, ob sie dieser Prüfung gewachsen sein würde.

Zuckungen und Reflexe liefen über ihr Gesicht. Ihr Arm schien sich zu verselbständigen, als hätten die Muskeln, Knochen und Sehnen auf eigene Faust beschlossen, das nicht länger mitzumachen. Ich sah, wie ihr Bizeps zu flattern begann. Krämpfe verdrehten und verschraubten den rechten Arm bis zur Schulter hinauf. Aber die gravimetrischen Fesseln hielten ihn unerbittlich an seinem Platz, die Hand im Inneren der Teufelsbox.

Mir brach der kalte Schweiß aus.

»Beeindruckend«, kläffte der Zthronmic gerade aus dem Off. »Wirklich beeindruckend. Und dennoch werden Sie nichts damit erreichen.«

Anscheinend hatte er seinem Helfershelfer ein Zeichen gegeben. Dieser trat an den Thron heran und betätigte eine Kontrolle am Zthron Zathar. Man sah sofort, was das bewirkte.

»Alle Ihre Fähigkeiten«, bellte der Folterknecht, »werden nur dazu führen, Ihre Qualen zu verstärken und Ihr Leiden zu verlängern.«

Jennifer bäumte sich in ihren Fesseln auf. Ihr ganzer Leib, um den das zerfetzte Unterzeug schlackerte und tanzte, war nur noch ein einziges Sich-Winden. Sie wurde von Krämpfen geschüttelt, von Wellen von Krämpfen, von einer Sturmflut des Schmerzes überschwemmt. Ihr Kopf pendelte sinnlos hin und her. Ihre linke Faust ballte sich unkontrolliert. Ich sah, dass sie sich in die tiefste ihr zugängliche Prana-Bindu-Trance versetzte. Ihr Gesicht gefror zu einer marmornen Maske, als sich ihr Geist aus dem gepeinigten Gehäuse ihres Körpers zurückzog. Dann erlosch ihr Blick.

»Schalten Sie ab!«, rief ich, am Ende meiner Kräfte.

Ich hatte mich abgewandt. Kalter Schweiß brach mir aus, wie er der Vorbote einer Ohnmacht ist.

»Es ist gut, Sir«, sagte der Offizier.

Ich drehte eine Runde, an der Panoramafront entlang. Das Licht der blauen Sonne -Horus war so kalt und ekelhaft wie die saure Körperflüssigkeit, die ich aus allen Poren schwitzte. In der Bar holte ich mir ein Glas Wasser. Eigentlich hätte ich lieber einen doppelten Scotch getrunken. Aber das hätte in einem bodenlosen Besäufnis samt abschließendem Amoklauf geendet.

In was für eine Scheiße hatte sie sich da geritten?!

Das war eine neue Qualität. Darauf waren wir nicht vorbereitet gewesen.

»Wie lange geht das Band?«, fragte ich.

»Etwas über eine Stunde«, sagte der Mann von der militärischen Abteilung.

Ich näherte mich behutsam wieder dem Tisch. Schon der Anblick des Abspielgeräts verursachte mir Übelkeit. Dann studierte ich die Anzeige. Wir hatten erst wenige Minuten bewältigt.

»In Ordnung«, stöhnte ich.

Ich blieb hinter dem gravimetrischen Sessel stehen, als könne er mir Schutz bieten. Im schalen Vorgefühl neuer Ungeheuerlichkeiten krallte ich die Finger in die gepolsterte Lehne. Dann nickte ich dem Offizier zu.

»Weiter!«

Laertes ...

Laertes eröffnete die Sitzung des Konvents. Es würde die entscheidende Sitzung seit Einberufung des galaktischen Kongresses werden, eine historische Sitzung, eine Sitzung von noch kaum abzusehender Tragweite.

Aber das hatte er bis jetzt bei jeder Sitzung gedacht.

Nach einigen einleitenden Worten, in denen er die Ereignisse der vergangenen vierundzwanzig Stunden noch einmal in möglichst neutraler Weise rekapitulierte, nahm er an seinem seitlichen Tischchen Platz.

Muqa Zthé stapfte zum Rednerpult.

Laertes hatte sich, als es um die Vorbereitung dieser Zusammenkunft ging, gewundert, dass Zthé sich ohne Weiteres bereit erklärt hatte, ihm in einer öffentlichen Debatte Rede und Antwort zu stehen. Käme es nicht einer Demütigung gleich, einem Verhör, nahm Laertes nicht die Rolle eines Großinquisitors ein, der den Sprecher der zthronmischen Delegation zur peinlichen Befragung aufs Podium bat?

Aber dann hatte er begriffen, dass die Einschätzung der Zthronmic sich geändert hatte. Der Sieg in der Schlacht gab ihnen Aufwind. Sie konnten es sich leisten, das aggressive Auftreten um einige Nuancen zu mildern. Für Zthron Muqa Zthé würde es ein Triumph werden. Es war im breiten Raubtiergrinsen abzulesen, mit dem er seine hünenhafte zottige Gestalt ans Rednerpult wälzte.

Laertes hoffte, ihm diesen Zahn ziehen zu können. Allerdings musste er sich sagen, dass seine Strategie auf Bluff aufgebaut war. Wenn er nur mehr Informationen besessen hätte. Wenn er nur einige Minuten mit Jennifer hätte reden können. Dem Kampfpiloten Taketsuma, den er für ein kurzes Gespräch beiseitegenommen hatte, hatte er nicht mehr entlocken können, als aus dessen Livedateien hervorgegangen war. Eine unabhängige Expertenkommission, die Zthronmia besuchte, die Wracks analysierte, die gefangene Jennifer unvoreingenommen befragte – aber das war eine Illusion. Jennifer wurde vor laufender Kamera gedemütigt, zur Schau gestellt, gefoltert. Sie lebend aus der Sache herauszubekommen, war mehr, als man im Augenblick hoffen konnte. Umso mehr kam darauf an, sie nicht zu verraten, ihr furchtbares Opfer nicht sinnlos gewesen sein zu lassen.

»Ehrenwerter Delegationsleiter Zthron Muqa Zthé, Sie haben sich freundlicherweise bereit erklärt, uns heute im Rahmen einer Fragestunde zur Verfügung zu stehen. Uns alle beschäftigt, was sich im Orbit über Zthronmia, Ihrem Heimatplaneten, zugetragen hat. Doch unser Wissen ist lückenhaft. Ich begrüße es deshalb ausdrücklich, dass Sie zugestimmt haben, nach Maßgabe Ihrer Möglichkeiten an Aufklärung und Wahrheitsfindung mitzuwirken.«

Zthé war kaum wiederzuerkennen. Zwar gab er sich nicht ganz so staatstragend wie während der gestrigen nichtöffentlichen Konferenz, aber es war ihm deutlich anzusehen, dass er sich alle Mühe gab, vor seinen Anhängern und den Deputierten der verbündeten Fraktionen in möglichst günstigem Licht zu erscheinen. Weder brüllte er, dass die Luft im Sitzungssaal erbebte, noch schüttelte er seine Mähne. Eher stand er wie ein Preisträger da und lauschte Laertes' einführenden Sätzen mit versonnener Miene. Man hätte den Eindruck gewinnen können, der Vorsitzende habe eine Laudatio gehalten.

Seine Erwiderung klang wie ein einschmeichelndes Schnurren, wie der Anbiederungsversuch eines zu groß geratenen Kätzchens; die KI übersetzte mit der gewohnten diplomatischen Geschliffenheit und einer singenden, aber ausdruckslosen Stimme. Immerhin geriet der Kontrast dadurch nicht ganz so krass wie während seines sonstigen Gebells, das in der gleichen Unverbindlichkeit durch die Dolmetschautomatik ging.

»Vielen Dank, verehrter Präsident«, begann er. »Es freut mich, dass wir uns darin einig sind. Die fraglichen Vorgänge bedürfen einer lückenlosen und vorbehaltlosen Aufklärung. Wem könnte daran mehr gelegen sein als mir« – er ließ die Pranke aristokratisch über seine Delegation schweifen – »als uns allen? Selbstverständlich habe ich mich gerne und ohne zu zögern, bereit erklärt, nach bestem Wissen und Gewissen dazu beizutragen, dass der bedauerliche Vorfall im hellen Licht der Wahrheit erscheint.«

Laertes holte Luft, um die erste Frage zu stellen. Doch einen Satz konnte sich Zthé dann doch nicht mehr verkneifen.

»Schon, um eine Wiederholung derartiger Geschehnisse für alle Zeiten ausschließen zu können.«

Das konnte nun jeder nach seiner Richtung interpretieren. Zthronmic und Sineser nickten zustimmend und knurrten und grunzten beherrscht vor sich hin.

»Auch hierin kann ich ihnen nur beipflichten«, sagte Laertes. Er musste sich bemühen, das protokollarische Gesäusel nicht zur Karikatur zu treiben. Unter diesem Austausch vorgestanzter Höflichkeiten kochte sein Hass und gärte seine Verzweiflung.

»Kommen wir zur Sache.« Seine Stimme schraubte sich mehrere Stockwerke nach unten in einen kühlen und finsteren Keller, aus dem sie so bald nicht wieder emporkommen würde. »Was sagen Sie zu dem Vorwurf, Ihre Jagdstaffeln, sogenannte Scyther, hätten unseren Frachter ENCOURAGE IV grundlos angegriffen und ohne Vorwarnung das Feuer eröffnet?«

Zthron Muqa Zthé grinste quer über die ganze widrige Raubtierfratze. Diese Frage fiel ihm nicht beschwerlich. Er hatte sie erwartet. Mehr noch: Er hatte sie herbeigesehnt. Eine Weile badete er im Vorgefühl seines Triumphes. Er nahm den Schädel zurück, ließ den funkelnden Blick über die Reihen seiner Unterstützer gleiten, die mit Anspannung an seiner Gestalt hingen, und wandte sich dann in majestätischer Herablassung wieder Laertes zu.

»Gestatten Sie«, bellte er halblaut, »dass ich mit einer Gegenfrage antworte?«

Im Grunde war dies selbst schon eine. Aber sie war nicht ernst gemeint. Ein Zthron Muqa Zthé, das hatte er bei früheren Gelegenheiten deutlich gemacht, fragte nicht um Erlaubnis.

Laertes erteilte sie ihm, auch wenn sich in diesem Augenblick fragte, ob er nicht einen ersten Fehler begangen hatte.

Wachen und Schlaf, Ohnmacht und Trance, Verlies und Folter, Kerker und Bühne.

Und Schmerz und immer wieder Schmerz. Das war die einzige Konstante.

Sie hatte jedes Realitätsgefühl verloren. Hatte man sie zwischen den Verhören in ihren Käfig zurückverfrachtet und sie nach unbestimmter Zeit wieder auf den sonderbaren Thron geholt oder war sie nur eine Weile bewusstlos gewesen und auf dem nämlichen Stuhl wieder zu sich gekommen, den sie nie verlassen hatte? Sie hätte es nicht zu sagen vermocht. Auch, wie viel Zeit vergangen war, entzog sich ihren Schätzungen. Sie wusste es nicht. Sie wusste nur, dass Befragungen und Vorwürfe miteinander wechselten, Ruhephasen unkonkreter Dauer mit neuerlichen Anwendungen des Zthron Zathar. Sie hatte schon von diesem Höllengerät gehört, dieser teuflischen Erfindung, die auf das Konto der Sineser ging, wenn die technische Umsetzung auch von den Tloxi geleistet worden war. Darin erwies sich die Moral- und Skrupellosigkeit dieses Maschinenvolkes. Wies man sie an, Schiffe und Raumstationen zu bauen, kamen sie dem nach. Gab man ihnen aber den Auftrag, die mörderischsten Folterinstrumente zu konstruieren, die die Galaxie gesehen hatte, so erfüllten sie auch diesen Wunsch, ohne zu zögern. Doch das war nicht ihr dringendstes Problem.

Die akute Frage war, wie sie es überleben sollte, wieder und wieder damit traktiert zu werden.

Ihre rechte Hand war mit Nadeln zersiebt und mit Feilen gehäutet, mit Skalpellen zerfleischt und in Feuer gesotten worden. Der Schmerz hatte ihren Arm bis zur Schulter hinauf betäubt und kauterisiert; das Echo des aberwitzigen, wühlenden, alles hinwegschwemmenden Schmerzes tobte und rüttelte in ihrem Schädel wie eine eingesperrte Bestie, die an den Gitterstäben ihres Käfigs rüttelte.

Bei all dem war es unmöglich, sich eine Strategie zurechtzulegen. Im Augenblick war das nackte Überleben das Einzige, an das sie sich klammerte. Sie wusste, dass ihr Schaum auf der Lippe stand, die sie sich teilweise zerbissen hatte, dass dünnes, seröses Blut aus ihrer Nase geronnen war, dass ihre Augäpfel im Begriff gestanden hatten, aus den Höhlen zu quellen, so wie sie es bei der Besatzung der ENCOURAGE II gesehen hatte. Nur durch die Flucht in die tiefste Prana-Bindu-Trance war es ihr möglich gewesen, so lange durchzuhalten. Aber auch die Aufrechterhaltung der Trance erforderte Kraft. Und sie spürte ihre Kräfte schwinden.

Wenn sie wenigstens gewusst hätte, was sie von ihr wollten. Ging es ihnen um Information? Um Zugeständnisse, um eine offizielle Übernahme der Schuld? Oder lebten sie nur ihren Sadismus aus und weideten sich daran, die ranghöchste Offizierin der Union zu demütigen. Vor laufender Kamera, das war ihr nicht entgangen. Auch, was mit den Mitschnitten geschehen würde, stand außer Zweifel. Aber all das bot keine Anhaltspunkte, nichts, woran sie sich klammern konnte in der ohnmächtigen Qual, die aus dem Zthron Zathar aufstieg, kaum dass M'tadr Zathrs Handlanger es wieder aktivierte.

Jetzt baute er sich wieder vor ihr auf. Die zottige Mähne schüttelnd, stapfte er auf der mit hölzernen Bohlen ausgelegten Terrasse hin und her. Sie saß auf ihrem Thron, gefesselt, die rechte Hand im Zthron Zathar. Ein kleines Vordach kragte über ihr aus und schützte sie vor der direkten Sonneneinstrahlung. Wie gnädig! Dabei war es purer Eigennutz ihrer Folterknechte. Ungeschützt dem platinfarbenen Zentralstern dieses von Gott vergessenen Systems preisgegeben, wäre sie innerhalb weniger Stunden geröstet worden und bei lebendigem Leibe mumifiziert. Sie wollten noch länger etwas von ihr haben.

M'tadr Zathr konnte das schneidende Licht seiner Heimatwelt nichts anhaben. Die Orden und Bänder seiner Fantasieuniform klingelten und klirrten bei seinen tigerartigen Bewegungen. Anführer der Paz-Thrun, Häuptling des Stammes, der als der verwegenste und gefährlichste von allen Clans der Zthronmic galt – und der, damit hatte er nicht hinter dem Berg gehalten, die Alleinherrschaft über alle Zthronmic für sich beanspruchte. In ihrer Person war ihm jetzt ein Pfand in die behaarte Pranke gefallen, das er pressen und quetschen würde, bis etwas Verwendbares für ihn dabei herausgekommen war.

Drohend reckte er seine zweieinhalb Meter hohe Gestalt auf den klauenbewehrten Hinterläufen. Sein Gebrüll hatte die haptische Gewalt eines Sandsturms. Es hätte ihr in den Ohren geschrillt, wenn sie nicht von anderen Reizen abgestumpft gewesen wäre, neben denen sich dieses Gebell wie ein Seufzen ausnahm. Die kleine veraltete Übersetzer-KI, die an der Armlehne ihres gravimetrischen Stuhls befestigt war, verdolmetschte den geifernden Orkan in brüchiges, aber verständliche Uniertes Standard.

»Was hatte dieser Frachter überhaupt in unserem System zu suchen?«

»Er brachte Nachschub für die Orbitalstation Alpha Ceti Tau«, sagte sie schlicht.

Das Zthron Zathar köchelte auf kleinster Stufe vor sich hin. Es war, als ruhe ihre Hand in heißem Wasser, das in Kürze zu sieden beginnen würde. Sie ignorierte es.

Muqa Zthé ließ seine Pranke auf das Rednerpult niedersausen. Es war eine einstudierte Geste. Ein seltsam menschliche auch, wie Laertes dachte.

»Und was sollte diese Orbitalstation? Wir Zthronmic hatten uns seit Langem jede Bespitzelung verbeten. Die Union garantierte laut der von uns unterzeichneten Konvention die Souveränität der einzelnen Völker. Nur für uns schien das nicht zu gelten. Wir wurden beobachtet und ausgeforscht.«

Laertes registrierte, dass Zthé sich den Triumph, damit sei es nun vorbei, noch eine Weile aufsparte.

»Die Beobachtermission war eine offizielle Mission der Union. Sie war es seit vielen Jahren und durch ihren Beitritt zur Union haben auch die Zthronmic ihr automatisch zugestimmt.«

Er überlegte, ob er jetzt schon auf die Amish zu sprechen kommen sollte. Aber dann entschied er sich anders; er folgte dem Beispiel Muqa Zthés und ließ noch ein paar Pfeile im Köcher.

Zathr blies sich auf, dass seine fassförmige Brust beinahe seine Uniform zersprengte. Das überladene, orientalisch wirkende Lametta klirrte blechern und drohte abzuplatzen.

»Durch unseren Beitritt wollten wir die Rechte in Anspruch nehmen, die die Union allen Mitgliedern zusagte. Aber wir mussten feststellen, dass diese allen Völkern zukamen, nur nicht uns. Man begegnete uns mit Misstrauen.«

Jennifer schwieg. Der Schmerz nahm zu und ebbte wieder ab. Er wurde beinahe unerträglich, sodass der Wunsch, in die Geborgenheit der Trance zu entkommen, unwiderstehlich wurde. Dann ließ er wieder nach und zwang sie, in der Wirklichkeit zu bleiben und sich auf das Gespräch zu konzentrieren.

»Lassen wir fürs Erste die Orbitalstation«, kläffte M'tadr Zathr. »Was den Frachter angeht: Wie sich herausstellte, enthielt er gar keinen Nachschub für Ihre Station, sondern mehrere als Fracht getarnte Geschwader schneller Jäger!«

Jennifer holte Luft und versuchte verzweifelt, sich eine Antwort zurechtzulegen. Es war ihr unmöglich, sich zu konzentrieren. Im nächsten Augenblick wurde der schmerzinduzierende Mechanismus im Inneren der schwarzen Box bis zum Anschlag hochgefahren. Sie hätte sich fast die Zunge zerbissen und den Arm ausgekugelt, als der Schmerz sie wie eine Brandungswoge aus purem Feuer erfasste und an der Klippe der Bewusstlosigkeit zermalmte.

Laertes lächelte dünn. Bis jetzt war Zthés Gesprächstaktik vorhersehbar. Selbst kleine Ungereimtheiten, die einen objektiven Zuhörer nicht zu überzeugen vermocht hätten, nahm er in Kauf. Viel zu sicher war er sich darin, auf einen Triumph hinzusteuern. Laertes durfte sich davon nicht einlullen lassen.

»Unsere Erfahrungen mit dem Frachter ENCOURAGE II hatten uns vorsichtig gemacht.«

Muqa Zthé reagierte nicht. Lauernd, mit lichtlos glühenden Augen, sah er durch ihn hindurch.

»Ich darf daran erinnern, dass der vorangegangene Versorgungsflug von Zthronmic aufgebracht worden war. Die Mannschaft wurde bestialisch massakriert!«

Zthé zuckte die massigen Schultern.

»Das muss ein Kommando eines Stammes gewesen sein, der sich der Kontrolle durch die Zentralregierung entzogen hatte. Selbstverständlich können wir dafür keine Verantwortung übernehmen.«

Er knurrte Laertes drohend an. Für einen Moment schien er die Maske des souveränen Staatsmannes fallen zu lassen.

»Aber Sie weichen aus«, zwang er sich wieder auf die planierte Bahn der Auseinandersetzung zurück. »Wenn der Frachter keinen Nachschub enthielt, stattdessen aber mehrere Staffeln Jagdbomber: Was bezweckten Sie dann eigentlich damit?«

Sie hörte ihr eigenes Stöhnen, das nichts Menschliches mehr hatte. Dann rieselte der um wenige Grade nachlassende Schmerz vor ihr herunter wie ein Vorhang aus Blut, der sich langsam lichtete. Wie ein Echo, eine Erinnerung an einen furchtbaren Traum, hatte sie noch Zathrs Frage im Ohr.

»Wir wollten auf Nummer sicher gehen«, sagte jemand matt, dessen Stimme entfernt der ihren ähnelte. »Selbstverständlich enthielt der Frachter auch Nachschub für die Orbitalstation. Für den Fall eines Angriffs hielt sich das Geschwader bereit.«

Sie wandte ihre ganze verbliebene Kraft auf, um den Kopf so weit zu heben und die zugeschwollenen Augen so weit zu öffnen, dass sie Zathr einen selbstbewussten Blick zuwerfen konnte. Es wurde nicht einmal die Karikatur eines Versuchs.

Der Führer der Paz-Thrun tigerte auf seiner Plattform hin und her.

»Sie sind mit aggressiven Absichten in unser Hoheitsgebiet eingedrungen«, brüllte er. »Und als unsere Kräfte Sie abzufangen versuchten, haben Sie ein Gefecht vom Zaun gebrochen, das jeder Verhältnismäßigkeit Hohn spricht!«

Laertes hatte die Hand gehoben. Auf keinen Fall durfte er Zthé in Fahrt kommen lassen. Von seinen Fähigkeiten, die gruppendynamische Energie seiner Anhänger für seine Zwecke zu nutzen, hatte er bereits eindrucksvolle Demonstrationen abgeliefert.

»Wessen Verhalten dem Grundsatz der Verhältnismäßigkeit spottet, lassen wir im Augenblick dahingestellt.«

Zthé grunzte missbilligend, ließ ihn aber ausreden.

»Unsere Mission war rein defensiver Natur. Wenn der Frachter nicht angegriffen worden wäre, wären die Jäger niemals aufgestiegen.«

Muqa Zthé bleckte die Zähne, handlange Hauer, die an ausgestorbene Vorzeitkreaturen erinnerten, und schüttelte die fransige Mähne.

»Den Beweis müssen Sie leider schuldig bleiben«, kläffte er. »Wir haben das Kontingent zum Glück enttarnt, ebenso die Invasionsarmee, die durch den Warpraum herangeführt wurde, und konnten so das Schlimmste für unsere Heimatwelt verhindern.«

Laertes schüttelte den Kopf.

»Das alles, ehrenwerter Muqa Zthé, führt nicht an der Tatsache vorbei, dass Sie den ersten Schuss abgegeben haben.« Er lächelte, aber er wusste, dass es angestrengt aussehen würde.

»Selbstverständlich!«, bellte der Delegationsleiter der zthronmischen Fraktion. »Hätten wir abwarten sollen, bis Ihre Truppen unsere Verteidigungsstellungen überrannt und unseren Planeten besetzt haben würden?«

Sie fühlte Müdigkeit, die bleierne, schwere, unwiderstehliche Müdigkeit, die nur im tiefen Schlaf des Todes zu stillen war – und die bereit war, diesen Preis zu zahlen. Dennoch durfte sie sich ihr nicht überlassen.

»Ich wiederhole«, sagte sie leise, »es gab keine Invasionspläne. Die Mission war friedlicher Natur. Die Geschwader dienten als Begleitschutz. Sie wären nie zum Einsatz gekommen, wenn der Frachter nicht angegriffen worden wäre.«

Mit riesigen Schritten stürmte M'tadr Zathr auf sie zu. Zu ihrem Entzücken spürte sie, dass sie erschrak. Nichts, was er ihr hätte antun können, wäre der Tortur, der sie im Zthron Zathar ausgesetzt war, gleichgekommen. Und dennoch versetzte sie der Anblick des brüllend auf sie zustiefelnden Untiers in kreatürliche

Panik. Sie konnte nicht dagegen an. Sie wollte es auch gar nicht. Denn Panik bedeutete Adrenalin, bedeutete Kraft, bedeutete noch ein paar Tropfen für ihre schmachtende Reserve.

»Wenn Sie keine offensiven Absichten hatten«, fauchte der Häuptling der Paz-Thrun sie aus nächster Nähe an, dass sein Geifer an ihrem Gesicht herabtroff, »war alles nur eine einzige Falle, die Sie uns stellten!«

Er brachte das im Tonfall einer scharfsinnigen Schlussfolgerung vor.

Jennifer stellte fest, dass sie zu schwach zum Lügen war.

»Wenn Sie es so nennen wollen«, sagte sie schlicht. »Wir wollten sehen, wie wir mit Ihnen dran sind.«

M'tadr Zathr schien amüsiert. Er senkte einen funkelnden Blick in sie. Sag dir selber, wie du mit uns dran bist, sagte dieser Blick, jetzt, in diesem Moment.

»Sie haben uns misstraut«, stellte er nüchtern fest.

Er richtete sich auf und begann wieder, auf der hölzernen Plattform hin und her zu stapfen.

»Hätten wir Ihnen trauen sollen?«, fragte Jennifer.

Das war Frechheit, war offener Widerstand. Sie biss antizipierend die Zähne zusammen und nahm die Zunge an den Gaumen zurück, ballte die Fäuste und spannte die Beinmuskulatur an. Aber die Aktivierung des Zthron Zathar blieb aus. Der oberste Paz-Thrun reagierte nicht auf ihre vorlaute Bemerkung. Der Schmerz blieb weich, auf kleiner Flamme schmorend, beinahe angenehm. Das Nachlassen des Schmerzes, wenn er wieder auf Normalmaß zurückging, war nicht ohne eine Unterströmung tiefer Lust. Seit je hatte sie im philosophischen Gespräch mit Laertes die Auffassung vertreten, Lust und Schmerz seien keine absoluten Werte, sondern relative. Ein Nachlassen der Lust bedeute so Schmerz und das Nachlassen des Schmerzes bereite Lust. Wenn nach einer schweren Verletzung das synthetische Opiat zu wirken begann, hatte es ihr Tränen der Erleichterung in die Augen getrieben. Auf einer abstrakten Skala des Schmerzes war sie lediglich auf Null zurückgegangen. Aber im Wechselspiel extremer Empfindungen zählte nicht die Position, nur Positionsveränderung.

Das Zthron Zathar nötigte sie jedoch dazu, ihre Ansichten zu revidieren. Auch der milde und erträgliche Schmerz war immer noch Schmerz. Und der große, der wilde, der beinahe tödliche Schmerz war so wütend und allversengend, dass auch sein abruptes Verschwinden keine Erleichterung bedeutete, sondern nur ein ohnmächtig weiterbrennendes Pochen und Pulsen.

»Sie geben also zu«, sagte Muqa Zthé, »dass Sie uns eine Falle stellten. Sie räumen ein, dass die Mission nicht rein defensiver Art war. Was ist die Ausbringung eine Falle anderes als ein aggressiver Akt? Ich weiß, was Sie jetzt sagen werden: Wir hätten ja nicht hineinzutappen brauchen.«

Er wandte sich derjenigen Hälfte des Plenums zu, in dem er breiter Zustimmung sicher sein konnte. Tatsächlich wiegten sich nicht nur die Zthronmic selbst, sondern auch Sineser und Laya in vergnügter Heiterkeit. Selbst die Amish, registrierte Laertes, schienen Zthés Argumentation nicht unplausibel zu finden. Natürlich lachten sie nicht. Ernst und aufmerksam verfolgten sie die Auseinandersetzung. Aber die eigentliche Aussage, dass man die Zthronmic nicht ohne Not provozierte und nicht ungestraft, schienen sie unterschreiben zu wollen.

»Finden Sie Ihr Verhalten vertrauenerweckend?«, fragte Laertes.

Zthron Muqa Zthé stieß verächtlich die Luft durch die geblähten Nüstern.

»Wenn Sie wieder auf den angeblichen Überfall auf Ihren ersten Frachter anspielen …«

Aber Laertes ließ ihn nicht zu Ende kommen. Stattdessen ließ er ihn auch in diese Falle gehen.

»Warum halten Sie Commodore Jennifer Ash fest, stellen sie öffentlich zur Schau – was gegen alle Gepflogenheiten des internationalen Rechts verstößt –, foltern sie, statt zuzulassen, dass sie vor einem unabhängigen Gremium wie diesem zur Aufklärung des Ganzen beiträgt?«

Der Zthronmic schien für einen Augenblick überrumpelt. Mit einem Angriff aus dieser Richtung hatte er nicht gerechnet.

Aber hatte er im Ernst erwartet, man würde Jennifers Kidnapping und ihre öffentliche Demütigung unwidersprochen hinnehmen? Solange er um eine Antwort rang, stieß Laertes unerbittlich nach.

»Wir fordern«, sagte er »die sofortige und bedingungslose Freilassung von Mrs. Ash, ihre Überstellung auf den Torus und ihre Anhörung vor dem Plenum dieses Kongresses!«

Zthron glotzte ihn ungläubig an. Das, drückte sein wütender Blick aus, sind die Manöver, die wir uns vorbehalten wissen wollen!

Dann brüllte er noch lauter, als er je zuvor gebrüllt hatte. M'tadr Zathr spie Geifer und Galle. Die Luft bebte unter seinem Geschrei, das Gegenstände tanzen und den roten Sand auf den Holzbohlen merkwürdige Figuren bilden ließ. Sein Brüllen musste tief in den Infraschall hinabreichen. Jennifer registrierte mit groteskem Wohlbehagen, wie es ihr Bauchdecke massierte und wie die Furcht ihre Eingeweide streichelte. Panische Angst, Lebensangst, das Vorgefühl des baldigen und sicheren Todes – das alles war Balsam verglichen mit dem Zthron Zathar.

»Weil Sie eine Kriegsverbrecherin sind!«, schallte es ihr aus der übersetzenden KI. »Wir sollen Sie freilassen? Sie zu Ihren Spießgesellen zurückbringen? Ihnen die Möglichkeit geben, Ihre Version der Geschichte zu verbreiten?«

Er schüttelte sich in einem markierten Lachen, das ein Rudel Wölfe in die Flucht geschlagen hätte.

»Sie, liebe Commodora Ash, haben bei jenem ersten, im Nachhinein ganz unbedeutenden Vorfall, das Feuer auf unsere Leute eröffnet. Sie haben unter Umgehung des Völkerrechts starke Truppenkontingente in unser Hoheitsgebiet geführt. Sie haben uns eine Schlacht geliefert, die – in Anbetracht der Tatsache, dass unsere Völker offiziell in Frieden leben – nichts an militärischer Brutalität zu wünschen übrig ließ. Nur gut, dass wir sie für uns entscheiden konnten. Und sie glauben, wir würden sie einfach so gehen lassen?!«

Er stampfte erregt mit dem Fuß auf. Dann sah er sich im

Kreis seiner Getreuen um, seiner Unterhäuptlinge oder Generäle, die die primitive Holzplattform umstanden wie Manager und Buchmacher den Schauplatz eines illegalen Boxkampfs.

»Also geben Sie zu«, sagte Jennifer direkt in die kleine Kamera gerichtet, die das Ganze hoffentlich aufzeichnete, »dass es Ihre Leute waren, die die ENCOURAGE II geentert haben, Kommandos der Paz-Thrun …«

Weiter kam sie nicht. M'tadr Zathr stand plötzlich wieder vor ihr. Von ihrem eigenen Mut berauscht, dröhnte und schwankte alles um sie. Sie hatte nicht wahrgenommen, wie er die drei polternden Schritte zwischen der Plattform und ihrem perversen Thron überwunden hatte. Er starrte sie an. Dann gab er seinem Henkersknecht ein Zeichen.

Ihr Arm verbrannte in einer schwarzen Flamme. Ihre Kiefer krachten aufeinander. Ihr Schädel explodierte.

»Und deshalb«, schloss Muqa Zthé, »können wir Mrs. Ash leider nicht freigeben. Sie wird an einem geheimen, nur uns bekannten Ort auf Zthronmia so lange festgehalten, bis der Vorfall aufgeklärt ist und sie die volle Verantwortung für alles übernommen hat.«

Er grinste breit in Richtung seiner Anhänger. Die ließen ein zustimmendes Husten und Scharren ertönen. Dennoch blieb es auch jetzt erstaunlich still im Saal. Man hätte, wären die KIs nicht aktiviert worden, meinen können, es gehe um einen unverbindlichen Austausch über Belanglosigkeiten statt um die Frage, wie der Ausbruch des nächsten Krieges noch zu verhindern sei.

Plötzlich rastete in Laertes' Hirn etwas ein. Plötzlich wusste er: Zthé hatte gelogen. Er betrieb einen Bluff. Während der Zthronmic noch die Huldigungen seiner Leute entgegennahm, fasste der alte Philosoph ihn scharf ins Auge. Zthé war unsicher, er ging auf dünnem Eis. Er soff die Unterstützungsbekundungen seiner Claque in sich hinein, weil er sich alles anderes als gewiss war, dass er mit dieser Masche durchkommen würde.

Er wusste nicht, ging es Laertes auf, wo Jennifer war! Er hatte keinen Zugriff auf sie! Er gerierte sich als Sprecher und Repräsentant aller Zthronmic, dabei war er nur ein Trittbrettfahrer, der dem Coup eines seiner abtrünnigen Kommandos aufzureiten versuchte. Aber er würde sie nicht unter Kontrolle bekommen. Wenn man genau hinsah, konnte man das in seiner Miene lesen.

Laertes überlegte, ob er noch ein Kännchen Öl ins Feuer gießen sollte. War es intelligent, den Zthronmic zu provozieren und in die Ecke zu drängen? Gerade wenn es um eine inner-zthronmische Auseinandersetzung ging, konnte man ihn womöglich noch einmal brauchen. War er am Ende das kleinere Übel, wenn es zu einem Schisma, einem zthronmischen Bürgerkrieg kommen sollte?

Aber dann spürte er Nortons Blick auf sich liegen, Rogers' Blick, Reynolds' Blick. Sie alle saßen in den Besucherboxen oder vor den Terminals des StabsLogs und wohnten der Debatte bei. Sie alle fluchten in diesem Augenblick vor sich hin und forderten ihn laut, aber unhörbar auf, es diesem Säbelzahntiger in Uniform zu zeigen.

Er spürte Jennifers Blick auf sich. Wenn er in ihrer Situation gewesen wäre, mit Leib und Leben diesen Wilden ausgeliefert, auf deren Gnade man ebenso wenig hoffen durfte wie auf ihre politische Vernunft – selbst dann, sagte er sich, würde er einen Vorteil nicht mehr aus der Hand geben. Sie würde selbst unter Folter und Lebensgefahr nicht davor zurückscheuen, ihren Peinigern die Wahrheit ins Gesicht zu schreien.

Aber was hatte er in der Hand? Einen Bluff, um einen Bluff auszuhebeln? Ihn fragen, wo Jennifer versteckt war? Es würde ihn keine Mühe kosten zu sagen, dass er das nicht verraten werde. Höhnischer Jubel war ihm sicher. Ihm auf den Kopf zusagen, dass er es nicht wusste? Dazu bräuchte man einen stichhaltigen Beweis. Etwas, das im Trubel und angesichts der Verblüffung des Gegners wie ein Beweis aussehen würde.

»Sind Sie sicher«, fragte er, »dass Sie es sind, der Mrs. Ash gefangen hält? Unsere Experten sind zu dem Schluss gekommen, das Video sei im Gebiet der Paz-Thrun aufgenommen worden, einem Stamm, der sich von der Zentralregierung losgesagt hat?!«

Muqa Zthé glotzte ihn an. In diesem Augenblick wusste Laertes, dass er recht hatte. Er wusste noch nicht, was daraus folgte. Am liebsten hätte er die Sitzung beendet und sich mit seinen Beratern zusammengesetzt. Tausend Gedanken rasten durch seinen Schädel. War es nun gut oder schlecht? Erhöhte es Jennys Chancen oder verringerte es sie? Aber noch war der Schaukampf nicht vorbei.

Zthé brach in dröhnendes Gelächter aus. Es klang hohl. Er brauchte nur eine Sekunde, um sich wieder zu fangen.

»Geschätzter Vorsitzender«, polterte er übertrieben laut, »was konstruieren Sie sich da zusammen? Es gibt nur ein zthronmisches Volk, und ich bin sein Vertreter auf diesem Kongress …«

Laertes legte nach: »Als der erste Frachter, ENCOURAGE II, gekapert wurde, räumten Sie ein, nicht die volle Kontrolle über alle ihrer separatistischen Kommandos zu haben. Was, wenn es nun genauso wäre?«

Muqa Zthé funkelte ihn drohend an. Sowie wir von diesem Podium herunter sind, sagte sein Blick, werde ich dich ohne weitere Vorwarnung zerfleischen! Aber dann schien er zu dem Schluss zu kommen, dass seine Haltung umso überzeugender war, je weniger er sich in Rage bringen ließ.

»Dafür gibt es keine Anhaltspunkte«, sagte er. Seine Stimme knirschte unter der Anstrengung, sie so unaufgeregt wie möglich zu lassen.

Laertes fand, dass die Zeiten vorbei waren, in denen man sich den Luxus der Nachgiebigkeit leisten konnte.

»Unsere Experten haben herausgefunden, dass das Gerät, mit dem Commodora Ash völkerrechtswidrig gefoltert wird, ein sogenanntes Zthron Zathar ist.«

Muqa Zthé nickte mit zustimmender Zufriedenheit.

»Nach unseren Informationen existieren nur wenige Exemplare dieser verabscheuungswürdigen Vorrichtung. Und das einzige, das sich auf Zthronmia befindet, ist in den Händen der Paz-Thrun!«

Der selbst ernannte Sprecher aller Zthronmic stieß ein Knurren aus, das die KI unübersetzt ließ. Einige seiner Gefolgsleute waren aufgesprungen. Jetzt wurde es brenzlig. In kritischen

Situationen, war eine von Laertes' Direktiven, musste man für den Gegner mitdenken. Am liebsten hätte er ihm zugeflüstert, was er sagen solle.

»Wenn Mrs. Ash mit einem Zthron Zathar traktiert wird«, sagte Zthé, »wird sie es verdient haben. Offensichtlich ist es die einzige Möglichkeit, die Wahrheit aus ihr herauszubekommen.« Er legte den Kopf schief und grinste Laertes an; beinahe wirkte es versöhnlich. »Ich persönlich bedauere es zutiefst«, sagte er. »Aber meine Leute vor Ort wissen, was sie zu tun haben.«

Laertes war zufrieden. Besser hätte er selbst nicht antworten können.

Zwischen kollidierenden Sonnen und zerberstenden Kometen wurde ihr Leib zerrieben und zerrissen. Er gehorchte ihr nicht mehr. Es war kein Leib mehr, nur noch unterschiedliche Regionen des Schmerzes. Wo Arme gewesen waren, war verbrannter Schmerz. Wo Beine gewesen waren, war mahlender Schmerz. Ihre Zähne mussten zersplittert sein, als der Krampf ihr die Kiefer aufeinandergeschmettert hatte.

Und doch saß sie wieder in dem gravimetrischen Thron, dessen künstliche, von einer KI gesteuerte Schwerkraftfelder sie in die Sitzfläche pressten und ihre Gliedmaßen fesselten. Warme Tropfen rannen an ihrem Kinn herunter. Blut oder Speichel? Ihre Augen pulsten. Es war, als kehrten sie eben erst in ihre Höhlen zurück. Von ihrer Hand konnte unmöglich etwas übrig sein, das über ein paar glosende Moleküle hinausging.

»Ich bedauere außerordentlich, Ihnen das antun zu müssen. Aber in unseren Augen sind Sie eine Kriegsverbrecherin. Und solange Sie zu allen Vorwürfen beharrlich schweigen, habe ich leider keine andere Wahl ...«

Die KI hatte sich verselbständigt. Ihr teilnahmsloses Zwitschern drang durch blutige Nebel zu ihr durch. Nur langsam klärte sich ihr Sichtfeld, rannen die pochenden Regionen des Schmerzes wieder zu einer Welt zusammen. Schemenhaft erkannte sie M'tadr Zathrs ragende Gestalt, die sich unscharf vom Hintergrund seiner Kompagnons abhob. Dahinter primitive Baracken, ähnlich der, in der sie zu sich gekommen war, vor unaussprechlich langer Zeit. Dahinter eine windschiefe Palisade. Dahinter? Wüste und immer nur Wüste.

»Sie werden sich fragen, auf was wir diesen Vorwurf gründen.«

Sie fragte sich nur eines: warum sie noch am Leben war.

Zathr stolzierte einige Male auf der Plattform hin und her. Plötzlich war er wie ein hormongeschwellter Gockel, der sich seinen Widersachern präsentierte. Und dabei waren die Zthronmic geschlechtslos. Das, nahm sie sich vor, war das Letzte, was sie ihm entgegenspucken würde in der Sekunde, in der ihr Geist zusammenbrach. Aber es würde ihn nicht erschüttern. In seiner Welt, in der sandigen, staubigen, lebensfeindlichen Welt, in der er aufgewachsen war und als deren neuer Herrscher er sich gerierte, gab es keine Eunuchen, keine Schwuchteln, keine Impotenten. Keine der einschlägigen Verunglimpfungen würde bei ihm verfangen.

»Wir konnten Ihren Gefechtskanal mithören«, sagte M'tadr Zathr. »Daher wissen wir, dass Sie den Angriff auf unsere Hauptstadt Wrathnia befohlen haben. Geben Sie dies zu?«

Sie nickte. Zu sprechen kostete sie zu viel Kraft. Ihre Zunge stocherte in einem Durcheinander aus zersplitterten Zähnen, zerkautem Zahnfleisch und warmem Blut herum.

»Geben Sie zu, dass dieser Angriff mit Antimaterie-Granaten geführt werden sollte. Den letzten einschlägigen Torpedo hielten Sie während des Gefechtes im Orbit ausdrücklich zurück.«

Das also wussten sie auch. Jennifer erinnerte sich an den heiligen Moment, in dem sie alle Vernunft und allen Lebenswillen, alles taktische Kalkül und alles strategische Denken abgeschüttelt hatte. Sie versuchte, einen Funken, ein letztes fernes Echo davon zu erhaschen und sich daran wieder aufzurichten.

»Fffhlll …«

Ihre Zähne waren gar nicht zersplittert. Das hatte ihre Zunge jetzt ertastet. Der Schmerz blieb zwar derselbe, aber er beruhte auf der bösen Illusion des Zthron Zathar. Aus irgendeinem Grund gab ihr das Kraft. Auch ihre Hand war noch nicht zu kontaminierter

Ionensuppe zerkocht und zerstrahlt. Zwar hatte sie die deutliche Empfindung davon. Zugleich konnte sie sie aber im Inneren der Box bewegen, die Finger aneinander reiben, um sich zu vergewissern, dass sie noch existierten. Alles war nur Machination.

Sie nahm ihre ganze Energie zusammen und formulierte noch einmal das Wort, das sie hatte aussprechen wollen, das aber über ein kraftloses Gelispel nicht hinausgekommen war.

»Vergeltung! Der Angriff war als Vergeltungsmaßnahme gedacht.«

M'tadr Zathr beugte sich in künstlichem Interesse über sie.

»Vergeltung wofür?«

Seine raue Stimme war näher als der Singsang der KI. Das irritierte sie. Und natürlich stank sein Raubtieratem, dass es ihr den ihren verschlug.

Dennoch zwang sie sich, die Luft einzuziehen, sich aufzurichten und ihn offen anzusehen, auch wenn ein Winkel ihres Selbst sich fragte, wo sie die Kraft für diesen Wahnsinn hernahm.

»Für die Zerstörung unserer Orbitalstation, die mit ebensolchen Antimateriewaffen erfolgte …«

Wie lang die Wörter waren! Wie mühsam es war, sie auszusprechen, und in der richtigen Reihenfolge. Sie sank erschöpft zusammen. Das hatte gesessen, spottete ein Teil von ihr, und ein anderer patschte höhnisch Beifall. Wurde sie schizophren? Das Prana-Bindu-Training gab ihr die Möglichkeit, innere Bereiche abzugrenzen, ihr Unbewusstes in Sektoren zu unterteilen. In einem solchen hermetisch abgesicherten Bereich würde sie später die Erinnerung an das hier einsiegeln und unschädlich machen. Später …

M'tadr Zathr glotzte sie sprachlos an. Er schien verblüfft. Hatte sie einen Coup gelandet? Natürlich würde er sich wieder darauf herausreden, dass jener Angriff auf das Konto eines anderen zthronmischen Kommandos ging, für das er nicht verantwortlich zu machen war.

Doch dann brach er wieder in sein wieherndes, bellendes, löwenhaft brüllendes Lachen aus.

»Glauben Sie das wirklich?!« Muqa Zthé schüttete sich aus vor hohnschreiendem Gelächter. »Wo haben Sie bloß ihre Informationen her?!«

Laertes verfluchte seine Berater, die ihm vorab die Stichworte genannt hatten, an denen er sich jetzt entlanghangelte. Stimmte es etwa nicht? Aber er hatte selbst die Bilder gesehen: die Orbitalstation Alpha Ceti Tau, ein umgewidmeter sinesischer Ikosaeder, war der Länge nach aufgerissen und in zwei Teile zerborsten, eine kilometerhohe, teratonnenschwere Kampfstation. Keine thermische Granate konnte solche Wucht entfalten.

Zthé bekam wieder die Oberhand. Und wie es den Gesetzen dieser rhetorischen Schaukämpfe entsprach: Wer einen Punkt machte, machte damit alle anderen, die an den Gegner gegangen waren, ungeschehen.

Sollte er auf Baisse spielen? Den Gegner, wie beim Kampfsport, über den eigenen Schwung stolpern lassen?

»Was war es dann?«, fragte er entwaffnend.

Der Zthronmic stutzte. Auf eine solche Finte war er nicht vorbereitet. Und es konnte nur eine Finte sein, wenn man sein Unwissen derart präsentierte. Aber er beschloss, das Spiel mitzuspielen.

»Ich will es Ihnen sagen«, knurrte er. »Als Zeichen meines guten Willens und als Grundlage zukünftiger vertrauensvoller Zusammenarbeit.«

Laertes schwieg und sah ihn unverwandt an.

»Was Ihre Kampfstation zerstörte, war nichts anderes als deren eigener Selbstzerstörungsmechanismus!«

»Das kann nicht sein!«

Sie bäumte sich auf und schrie den ganzen Schmerz ihrer Verzweiflung heraus, der schlimmer war als der künstliche Schmerz des Zthron Zathar – auch wenn sie das bis vor einem Augenblick für unmöglich gehalten hätte.

»Das ist unmöglich«, stöhnte sie. Es war ein Wimmern, das ihr selber in den Ohren schmerzte und das kläglicher war als alles, was sie während der Folter von sich gegeben hatte.

M'tadr Zathr betrachtete sie nachdenklich. So viel Inbrunst, schien er sich zu sagen, konnte man nicht spielen.

»Es ist so, wie ich Ihnen sage«, grunzte er. »Ich leugne nicht, dass wir den Ikosaeder bombardierten, mit thermischen Gefechtsköpfen. Ich will auch nicht verhehlen, dass uns seine Zerstörung sehr gelegen kommt. Die Beobachtermission war uns seit Langem ein Dorn im Auge. Aber …«

Er zwirbelte, was bei einem Menschen der Schnurrbart gewesen wäre. Dabei sah er Jennifer traurig an.

»Ich will einmal so sagen«, knurrte er. »Sie tun unseren Scythern zu viel der Ehre an, wenn Sie ihnen einen solchen Angriff zutrauen. Dazu hätte es eines unserer großen Kampfschiffe bedurft.«

»Sie lügen …«

Sie hing in den Kraftfeldern, die sie an den Verhörstuhl ketteten wie ein ersäuftes Welpen.

M'tadr Zathr drehte ein paar Runden auf der abgeteilten Plattform. Seine Schritte knarrten auf den primitiven Holzbohlen. Nach den Maßstäben dieser Welt mussten sie wertvoll sein. Echtes Holz wurde hier mit Zthrontat aufgewogen, das andernorts wiederum kostbarer als Platin war. Einer seiner Gehilfen drückte ihm ein Blatt aus intelligentem Elastil in die Pranke. Damit kehrte er zu Jennifer zurück, die regungslos in ihrem Thron kauerte. Er gab seinem Folterknecht ein Zeichen. Dieser löste die gravimetrische Fessel ihres linken Arms. Zathr reichte ihr die KI-gesteuerte Folie, auf der sie wenige Sätze in Uniertem Standard erkannte.

»Lesen Sie«, sagte er grob. »Dort ist die Kamera.«

Sie nutzte die Gelegenheit, ihre Stellung zu verändern und den linken Arm zu bewegen. Dann nahm sie die knappen Worte auf, ließ das Blatt achtlos auf den Boden fallen, wandte sich dem holografischen Aufzeichnungsgerät zu und tat, was er von ihr verlangt hatte. Im nächsten Augenblick schloss sich wieder die Klammer aus künstlicher Schwerkraft um ihren Arm. In der rechten Hand begann der Schmerz zu prickeln, als der Helfershelfer das Zthron Zathar aktivierte.

M'tadr Zathr nickte ihm gleichgültig zu.

Ganz plötzlich wurde es Nacht.

Als die besserwisserische Kuh, die die Union ihm vor die Nase gesetzt hatte, endlich verschwunden war, beugte Kommandant Borissowitsch sich über die Konsole des Hauptbedienplatzes, gab seine Kennung und einen zweiten Code für spezielle Autorisierungen ein und aktivierte den Countdown. Es blieben wenige Minuten.

Im Grunde, dachte er grimmig, war es gleichgültig, auch welche Weise die Station ihr Ende fand. Aber so war es sauberer. Es würden keine Spuren zurückbleiben, keine Zeugen würden je an das Desaster dieses Tages erinnern. Für das nicht er verantwortlich war.

Dann öffnete er den internen Kanal.

»An alle Stationen«, brüllte er in seinen Handkommunikator, während er sich auf den Weg zum Elevatorschacht machte, »hier spricht der Kommandant. Alle Stationen räumen! Alpha Ceti Tau wird evakuiert! Ich wiederhole: Alle Stationen räumen und Ikosaeder evakuieren!«

Er schnappte die Katze Morgan, die verdutzt auf einem der Rechnerschränke stand und einen Buckel machte, und klemmte sie sich unter den Arm. Blöd, wie das Viech war, sträubte es sich natürlich, fauchte und fuhr die Krallen aus. Er musste sie mit aller Kraft in den Ringergriff nehmen, um zu verhindern, dass sie sich frei strampelte und seiner Faust entwand. Dann hatte er die Hand um ihr Genick gelegt und drückte so fest zu, dass er sie gerade nicht erdrosselte. Morgan stieß keuchende Geräusche aus, wurde aber ruhiger.

Aus den Augenwinkeln sah er, wie die ENTHYMESIS von der Landeplattform ablegte und sich mit hochgefahrenen Deflektorschilden und blau glühendem Ionentriebwerk in die Schlacht stürzte. Ihre beiden Geschützbatterien feuerten wie wild, als sich mehrere Scythergeschwader auf sie warfen. Die neunmalkluge Lady hatte natürlich keine Chance. Aber sie hatte partout dieses Gefecht vom Zaun brechen müssen! Den Zthronmic eine Falle stellen, deren Namen sie kaum buchstabieren konnte!

Ein schwere Erschütterung ließ die Orbitalstation auf ihrer Umlaufbahn taumeln und riss ihn fast von den Beinen. Der enge Gang, den er hinunterlief, schwankte und schien sich wie in einem Drogenrausch zu winden. Der Boden rollte sich ein, als sehe man eine lang gestreckte Spirale entlang; die Wände glühten tiefrot und sie pulsierten wie die Innenwände von Koronararterien unmittelbar vor einem Herzinfarkt. Die Beleuchtung war kurz weg. Nur die antiseptische grüne Notbeleuchtung tauchte alles in die fahle Anmutung eines Operationssaales. Dann kamen die Systeme wieder. Allerdings waren diese sekundären Boots jedes Mal zögernder und widerwilliger.

Die Station hauchte ihr Leben aus. Die Sirene jaulte durch die Gänge, und die emotionslose Stimme der Automatik zählte ihren Evakuierungscountdown herunter. Viel Zeit blieb nicht mehr.

Auf dem zentralen Korridor der Brückenebene, die wie ein nach innen verlegter Äquator die Raumstation umrundete, prallte er in Ioan hinein, der sich von der anderen Seite in den Fluchtweg eingefädelt hatte. Wo kam er her? Anscheinend war er nicht mehr auf Station gewesen. Hatte er die Geschütze der KI überlassen? Borissowitsch nahm innerlich davon Abstand, ihn zur Rede zu stellen. Die Schlacht war so oder so verloren. Dass Ioan ein Feigling war, war ihm bekannt. Und ob die Batterien der auf mehrere Tausend Mann Besatzung ausgelegten Kampfstation mit deren elf oder zwölf besetzt gewesen waren, machte keinen Unterschied. Immerhin war Ioan noch am Leben …

»Wo sind die anderen?«, keuchte der Kommandant.

Der Maat antwortete nicht. Gemeinsam liefen sie den Gang hinunter. Wieder ließ ein schwerer Einschlag den teratonnenschweren Stahlkomplex des Ikosaeders erbeben. Für einen Moment hob es sie von den Beinen. Sie segelten einige Meter im freien Fall den waagerechten Stollen entlang. Dann kamen die Feldgeneratoren mühsam wieder und zwangen sie auf die Füße zurück. Schwer aus den Knien das zurückerlangte Gewicht abfangend, rannten sie weiter, immer den neongrün blitzenden Signalen des Evakuierungspfades nach.

»Die anderen …«, schnaufte Borissowitsch noch einmal.

Ioan reagierte nicht. Im Weiterlaufen warf der Kommandant ihm einen ungläubigen Blick zu. Der Hobbykoch schüttelte den Kopf.

»Verdammt noch eins!«, stöhnte Borissowitsch.

Zehn Mann tot! Dann hatte es wirklich keinen Sinn mehr, die Station zu halten. Von Anfang an war es aussichtslos gewesen, sich mit dieser Minimalbesatzung in ein Gefecht verwickeln zu lassen. Aber nun war es entschieden. Zu zweit konnten sie nicht einmal mehr eine reguläre Abschaltung der aus den letzten Löchern pfeifenden Systeme zuwege bringen. Alpha Ceti Tau war Geschichte.

Während sie sich gegenseitig den immer enger und schmaler werdenden Schacht entlangstießen, brannten zweierlei Empfindungen in Borissowitsch auf. Sie waren wie Wasser und Öl, die sich nicht vermischten, und doch wurden sie in seiner schmerzenden Brust durcheinandergerührt.

Das eine war die Trauer über den Verlust der Mannschaft. Mehrere Jahre lang hatten sie gemeinsam hier draußen ausgeharrt. Am Arsch der Galaxie, abkommandiert zu einer absurden Mission, um die sich bis vor ein paar Tagen keine Sau gekümmert hatte, vergessen und sich selbst überlassen wie auf einer Strafkolonie. Und auch wenn er die Männer in Ruhe gelassen hatte und gerade so viel auf sie gesehen hatte, dass sie in ihrer Langeweile nicht übermütig wurden, hatten die Isolierung und das Bewusstsein einer unerfüllbaren Aufgabe sie zusammengeschweißt. Jetzt hingen sie zerfetzt in den Geschütztürmen oder waren unter dem Aufprall thermischer Torpedos zu ionisierter Strahlung verglüht.

Und das andere war die Station, Alpha Ceti Tau, der einstige Ikosaeder der Kaiserlichen Sinesischen Flotte, eine Furcht einflößende Kampfstation, deren Feuerkraft ausgereicht hätte, einen Planeten zu verbrennen. Unterbesetzt, seit Jahren nicht gewartet und kaum mit dem Nötigsten versorgt, war sie auf ihrem Orbit langsam, aber sicher verfallen, ihr Stahlskelett korrodiert, ihr Innenleben ein Raub des Staubs, des Schimmels und der Ratten. Doch auch dieses modernde und müffelnde Ungetüm, dieses dreidimensionale Labyrinth, von dem er nur einen winzigen Teil hatte in Augenschein nehmen können, war ihm ans Herz gewachsen. Dieses düstere Verlies aus gehärtetem Titan – von außen ein um seinen Orbit rollendes Gebirge, von innen ein lichtloser Kerker, in dem es stank – war seine Heimat gewesen, viele Jahre lang. Und nun, da sie in ihren Spanten ächzte, von thermischen Bränden verwüstet, von schweren Einschlägen erschüttert, schien es ihm, als habe er sein ganzes Leben in ihren lichtlosen Gängen und unbequemen Kabinen zugebracht.

Die Automatik, diese gefühllose KI, zählte unerbittlich den Evakuierungscountdown herunter. War er zu kurz bemessen? Die endlosen Stollen und Schächte, die wie in einem Bergwerk durch das Innere der Kampfstation führten, brachten ihnen deren gewaltige Ausmaße zu Bewusstsein. Hier unten, Hunderte von Metern unter der Oberfläche, wäre man in Sicherheit; selbst einem lang andauernden thermischen Bombardement konnte man trotzen. Allerdings war die Bahn des Ikosaeders instabil. Die rollenden Angriffe der Scyther, ausnahmslos auf den Nordpol der Station gerichtet, hatten diese Meter um Meter in die Tiefe gestampft und ihren Orbit mit einer Drift versehen, der sie auf die zinkoxidfarbenen Wüsten des Planeten Zthronmia stürzen lassen würde. Das rechtfertigte die Auslösung der Evakuierungssequenz. Und was nach dem Kollaps der Reaktoren geschehen würde, vermochte kein Mensch abzuschätzen.

Borissowitsch und Ioan kamen an einem Elevatorschacht vorbei. Die rote Warnlampe blinkte: Der Feldgenerator war ausgefallen. Unter diesen Umständen war es Selbstmord, sich dem wandernden Kraftfeld anzuvertrauen. Der Kommandant hatte auf dem Monitor der Kontrollkamera zwar staunend und nicht ohne sportliche Anerkennung verfolgt, wie die Klugscheißerin sich auch nach dem Zusammenbruch seines gravimetrischen Generators in den totgefallenen Schacht eines Elevators gestürzt hatte. Aber dazu fehlte ihm die Wendigkeit. Wenn die Notbeleuchtung ausfiel, würden sie in einem solchen grundlosen

Schacht verschollen gehen wie in den kilometertiefen Stollen einer amishen Mine.

Sie kletterten die senkrechte Leiter des separaten Notfallschachtes hinunter. Die Katze Morgan gebärdete sich tollwütig, riss sich aus Borissowitschs Armen los, als dieser den Griff lockerte, um die Sprossen der Leiter zu umfassen, und sprang ihm auf die Schulter. In nackter Panik fuhr sie die Krallen aus und schlug sie, durch den schwarzen Pullover, in das Fleisch des Kommandanten. Dabei fauchte sie ihm aus nächster Nähe ins Ohr, dass er vor Schmerz und Wut zu ertauben glaubte. Er schleuderte das Vieh von sich, das den Schacht hinunterstürzte und sich unten auffing, als wäre nichts gewesen. Es schüttelte sich und trabte dann, mit steil aufgestelltem Schwanz, den Gang zur Rettungsdrohne entlang.

Eine Druckwelle fuhr orgelnd durch den Stollen. Irgendwo musste ein Schott gebrochen sein. Ferne und nicht ganz so ferne Detonationen stauchten und komprimierten die Luft und pressten sie durch die engen Schächte. Borissowitsch und Ioan wurden wie Fallobst von der Leiter gerissen und in die Tiefe geschleudert. Zum Glück stand auch die künstliche Schwerkraft unmittelbar vor dem Kollaps, so war der Aufprall am unteren Ende des Stollens nicht allzu stark. Sie rappelten sich hoch und liefen den Gang hinunter, der zu den Evakuierungskapseln führte.

Durch die Auslösung des Countdowns waren die Kapseln geöffnet. An ihren Halterungen und auf den Anzeigen ihrer Bedienfelder prangte in großen Ziffern der Countdown, der gerade die letzte Minute unterschritt.

»Rein da!«, schnaufte Borissowitsch.

Er gab Ioan einen Tritt, dass dieser Kopf voran in die winzige kreisrunde Kabine stürzte. Dann packte er die Katze Morgan, die sich geziert im Vorraum herumtrieb, am Nackenfell und schmiss sie hinterher. Schließlich kroch er selbst in die Rettungsdrohne, die für vier Personen konzipiert war, in der es aber zu zweit schon ziemlich eng wurde. Ihrer zehn standen in einer langen Reihe bereit, die Mannschaft dieses Sektors aufzunehmen. Aber eine einzige genügte, um die beiden letzten Überlebenden der Kampfstation ins Freie zu befördern.

»Festhalten!«, knurrte der Kommandant.

Er betätigte die Verriegelung. Zischend schloss sich die Druckkammer. Nun waren sie autonom, eingepfercht in einem winzigen Habitat von kaum mehr als vier Kubikmetern. Rücken an Rücken nahmen sie auf zwei der vier mit GraviGurten gesicherten Sitzen Platz. Borissowitsch betätigte die Absprengung. Doch inzwischen hatte die Automatik schon die kritische Marke erreicht: Die Kapsel wurde selbsttätig ausgeklinkt und durch einen stählernen Schacht, der einem hundert Meter langen Kanonenrohr glich, in den Raum hinausgefeuert.

Der Beschleunigungsdruck wurde durch die Feldgeneratoren kompensiert. Dennoch blieb ihnen die Luft weg, als sie in wenigen Sekunden auf mehrfache Schallgeschwindigkeit gebracht wurden. Gleichzeitig verließen sie den klaustrophobischen dunklen Kanal und rasten in den Orbit, der von Bränden und Gefechten erhellt war. Die sandrote Halbkugel von Zthronmia erleuchtete das Geschehen mit ihrem Widerschein. Die platinfarbene Sonne des Systems stand schräg hinter ihnen und warf dramatische Licht- und Schatteneffekte auf die herumkurvenden Jagdbomber und den in der Schwerelosigkeit kreisenden Müll der Schlacht.

Die Vorfeldkontrolle musste ausgefallen sein – oder die automatische Auslösung am Ende des Countdowns hatte sie unterlaufen –, jedenfalls raste die Rettungskapsel unmittelbar in eine Wolke aus Stahlschrott, Metallfetzen und schockgefrorenem Fleisch. Die Sirene schrillte, als die KI auszuweichen versuchte. Aber der gesamte Raum um die Kampfstation war auf Dutzende von Kilometern mit scharfkantigen Partikeln übersät. Zerplatzte Detonatoren und die Splitter der Torpedos, die aufgerissenen und deformierten Überreste vernichteter Scyther und schwere Stahlbrocken, die die Einschläge thermischer Granaten aus der Masse Alpha Ceti Taus gerissen hatten. Das alles trudelte und kreiselte umeinander, notdürftig zusammengehalten und zu einer künstlichen Akkretionsscheibe arrangiert vom

Schwerefeld der Raumstation. Der Schrott würde mit dieser weiter absinken und auf die sandigen Ebenen des Planeten Zthronmia stürzen, die in den letzten Stunden und Tagen schon von so viel Weltraummüll beregnet worden waren.

Rote Warnlichter flammten auf und tauchten das Innere der Kapsel in blutigen Nebel, als sie ungebremst und ohne eine Chance, ein Ausweichmanöver zu fliegen, in eine Wolke aus Elastalstahlfetzen hineinraste, vermutlich die Überreste eines zerschellten Scythers. Die Kraftfelder der Drohne warfen eine bläulich knisternde Bugwelle auf, als sie die Metallsplitter beiseite schoben. Etliche Partikel schlugen in die gepanzerte Hülle der Rettungskapsel. Diese flog mit dem Hitzeschild und seinem gehärteten Keramikwulst voraus, sodass der Impakt ohne Folgen blieb. Lediglich eine leichte Unwucht teilte sich den Insassen mit, ein Schlingern in der Eigenrotation der Kapsel, das von den Korrekturdüsen und den virtuellen Gyroskopen der Feldgeneratoren aufgefangen wurde.

Einige Scyther glitten in geringem Abstand an ihnen vorbei, nahmen sie aber nicht zur Kenntnis.

»Sie schießen nicht auf uns …«, stellte Ioan fest, der unwillkürlich flüsterte.

Borissowitsch sah nicht von den Anzeigen des handtellergroßen Bedienfeldes der Drohne auf.

»Warum sollten sie?«, brummte er.

»Sie verfolgen uns nicht einmal.«

Der Kommandant zuckte die Achseln.

»Na hören Sie mal, Chef!«, rief Ioan aus. Die Scyther waren abgeschwenkt und widmeten sich wieder der Kampfstation, die sie mit schweren Torpedos beschossen.

Borissowitsch schenkte ihm ein väterliches Schmunzeln. Allerdings nahmen nur die Mundwinkel daran teil; seine tief liegenden, ernsten Augen blieben kalt.

»Ihre Zielerfassung ist nicht auf so – unbedeutende Objekte programmiert«, sagte er. »Die Zthronmic sind Krieger. Sie schießen nicht auf Wehrlose.«

Er machte sich wieder an der kleinen Konsole zu schaffen.

Ioan starrte gegen die Flugrichtung hinaus, wo der schwarze Ikosaeder der sinesischen Kampfstation rasch zurückfiel. Der künstliche Asteroid war von zahllosen Einschlägen und Explosionstrichtern genarbt. Überall wüteten Brände und leckte die charakteristischen blauen Flammen thermischer Fusionsprozesse aus klaffenden Wunden. Hochhausgroße Lecks waren in den meterdicken Stahlpanzerungen aufgesprungen. Hier und da blitzte noch das Mündungsfeuer der automatisch nachgeführten Geschützbatterien, als die sterbende Station im Todeskampf um sich schlug. Dann spaltete ein überschwerer Einschlag sie vom Nord- zum Südpol. Die kilometerhohe Masse brach der Länge nach auf. In milchig weißer Zunge ergoss sich das brennende Plasma des Hauptreaktors über die Trümmer und leckte in den Raum hinaus.

»Heilige Scheiße …!«, stöhnte Ioan.

Er hatte die Katze Morgan gegriffen, die zwischen ihren Beinen umhergestrichen war, und sie an sich gepresst. Jetzt kraulte er mechanisch ihren schnurrenden Kopf, während er zusah, wie die Fragmente der Ikosaeder-Kampfstation weiter von den Scythern attackiert und dabei in immer noch kleinere Fragmente zerbombt wurden.

Kommandant Borissowitsch hatte noch einige Koordinaten eingegeben. Die Rettungsdrohne richtete sich aus und beschleunigte aus ihrem kleinen Ionentriebwerk. Sie strebte auf die Nachtseite des Planeten, tauchte in dessen kegelförmigen Schatten ein, wechselte auf einen parabelförmigen Korridor und ging mit rot glühenden Hitzeschilden auf die schlafenden Wüsten nieder.

Lama Töndup legte die Handflächen aneinander, berührte Stirn, Nase und Brust mit den Fingerspitzen und verneigte sich.

»Ich danke Ihnen für die Einladung, Commander. Seien Sie versichert, dass wir in unseren Gedanken und Gebeten stets bei Ihnen sind. Ich werde Ihnen nicht eigens sagen müssen, welche Wertschätzung Commodora Ash, die gelehrige und begabte Schülerin unseres verehrten Großmeisters Tsen Resiq, bei uns allen genießt. Ihr Schicksal erfüllt uns mit großer Sorge und Anteilnahme.«

Wie ich es von Jennifer gelernt hatte, legte ich die Hände um die seinen und erwiderte seine Verbeugung, bis unsere Stirnen sich sanft berührten.

»Ich freue mich«, gab ich zurück, »Sie an Bord unseres Mutterschiffes, der MARQUIS DE LAPLACE, begrüßen zu dürfen. Natürlich hätten wir uns alle andere Umstände für dieses Aufeinandertreffen gewünscht. Dennoch danke ich Ihnen für Ihr rasches Erscheinen und für Ihre tröstenden Worte.«

Der Mönch lächelte sein undurchdringliches Lächeln, in dem Demut und Anteilnahme sich die Waage hielten. Das Wort »Schicksal« hatte im Glauben der Prana-Bindu ein anderes Gewicht: Letztlich, über die Kette der miteinander verknüpften Existenzen hinweg, war jeder für alles, was ihm in diesem Leben widerfuhr, verantwortlich. Ich hatte nie herausgefunden, ob Jennifer diesen Glauben teilte oder ob sie sich lediglich der Konzentrations- und Meditationstechniken bediente, die sie im Schoße dieses Ordens gelernt hatte. Als Tsen Resiq in ihren Armen gestorben war – eines der ersten Opfer des Zweiten Sinesischen Krieges! – und ins Pranavana einging, wie das bei ihnen hieß, hatte sie seinen Geist in den ihren aufgenommen und später an die führenden Mitglieder des Ordens weitergegeben. Sie behauptete, sie habe durch eine lange Reihe von Existenzen schauen können wie durch eine endlose Flucht von Zimmern, zwischen denen die Türen offen standen. Derlei musste man auf sich beruhen lassen. Fraglich war was sie in ihrer voraufgegangenen Existenz verbrochen haben konnte, dass sie sich dafür eine solche Strafe auf den Hals geholt hatte. Und wenn die letzte Existenz durch die davor liegende determiniert gewesen war? Welche Erbsünde stand am Anfang dieser unendlichen Kette? Und wo blieb Platz für die Entscheidungsfreiheit, die eine Bestrafung zu rechtfertigen vermochte? Mit logischem Denken kam man nicht weiter und die meditative Erforschung dieser Seelenräume war mir verwehrt geblieben.

Ich stellte dem Lama Dr. Rogers und Direktor Reynolds vor, die sich bereit erklärt hatten, das neue Entführervideo mit mir anzusehen. Mich der Tortur ein zweites Mal allein zu unterziehen, sah ich mich außerstande. Schon das erste Band hatte mich in einen Zustand versetzt, der einem Albtraum bei hellem Tageslicht gleichkam, einem Nachtmahr, aus dem es kein Erwachen gab.

Der Schnösel von der Militärischen hatte protestiert, das Holo unterliege strengster Geheimhaltung. Ich musste ihn zurechtweisen und ihm erklären, wer der ranghöchste Offizier auf diesem Schiff war und über Geheimhaltungsstufen zu befinden hatte. Da hatte er sich getrollt. Allerdings wies ich ihn an, sich für weitere Fragen bereitzuhalten.

Schon nach Betrachtung des ersten Videos hatte ich die Freunde ins Vertrauen gezogen. Laertes hatte bei seiner Vernehmung Zthron Muqa Zthés nach Kräften Kapital daraus geschlagen.

Was die Empfindlichkeiten der militärischen Abteilung anging, hatte General a. D. Rogers mir zugestimmt. In einer jahrzehntelangen hochdekorierten Laufbahn, die von zwei siegreichen Schlachten gekrönt war, hatte er noch nie etwas Verwendbares von diesen Leuten zugespielt bekommen. Die Geheimdienste beobachteten und belauerten sich gegenseitig und hüteten ihre Erkenntnisse, wenn sie welche gewonnen haben sollten, wie ihren Augapfel; im Grunde waren diese so unzugänglich wie vor ihrer Entdeckung. Was nützte aber eine Erkenntnis, wenn man nicht Gebrauch von ihr machen konnte?

Wenig später war eine weitere zthronmische Warpdrohne eingetroffen, die neues Material überspielt hatte. Diesmal zögerte ich nicht, meine Vertrauten hinzuzuziehen. Und da mir beim ersten Mal aufgefallen war, dass Jennifer zur Prana-Bindu-Trance gegriffen hatte, um der Folter zu entfliehen, war ich auf den Gedanken gekommen, den Delegationsleiter des Ordens hinzuzuziehen, der als amtierender Großmeister der Nachfolger Tsen Resiqs war.

Gemeinsam betrachteten wir das Video. Jennifer wurde von einem Zthronmic verhört, der selbst nicht in Erscheinung trat. Wie bei dem ersten Video blieb der Peiniger unsichtbar, seine bellende Stimme von der Übersetzung der KI überlagert. Am Ende musste Jennifer eine Erklärung verlesen. Mit nuschelnder Stimme und von den Folterungen schwer angegriffen, gab sie die Sätze zu Protokoll, die man ihr aufgeschrieben hatte:

»Hiermit übernehme ich, Commodore Jennifer Ash, die volle Verantwortung für das völkerrechtswidrige Eindringen unionsgeführter Verbände in das Hoheitsgebiet der Zthronmic und insbesondere für den – vereitelten – Angriff auf die Welthauptstadt Wrathnia mit international geächteten Antimaterie-Waffen. Ich bedauere den Vorfall zutiefst. Nach mir selbst wird sich auch die Union dafür zu entschuldigen haben. Ich fordere diese Entschuldigung und bitte die politische und militärische Führung der Union darum, mit den Zthronmic über meine Freilassung und die Überstellung an ein Kriegsgericht zu verhandeln.«

Wir sahen diese Passage der Botschaft mehrere Male an. Einmal achteten wir auf den Wortlaut, dann wieder auf Jennifers Stimme, auf ihren zu Tode erschöpften Tonfall. Wir ließen den Text auf Elastilfolie ausgeben und studierten ihn Satz für Satz, Wort für Wort. Dann analysierten wir wieder ausgewählte Standbilder und versuchten, in Jennifers Miene zu lesen.

»Warum hat sie das gemacht?«, fragte Direktor Reynolds.

Mein erster Reflex war, ihm eine reinzuhauen. Weil sie ihnen hilflos ausgeliefert war, schrie jede Faser meines Wesens, weil sie seit Tagen bestialisch gefoltert wurde und weil ihr Willen offenbar gebrochen war. Aber vielleicht hatte der rational denkende Naturwissenschaftler recht. Er kannte Jennifer ebenso lange und so gut wie ich. Er wusste, wir beide wussten, dass sie niemals klein beigeben würde. Spätestens seit ihrem engen Kontakt mit Cyrill ben Cyrion und ihrer tiefen Anteilnahme für die Amish verachtete sie die Zthronmic viel zu sehr, als dass sie ihnen gegenüber zu Zugeständnissen bereit gewesen wäre. Selbst im Angesicht des Todes.

»Sie hat Zeit gewonnen«, sagte Dr. Rogers. »Indem sie kooperiert, schindet sie eine Galgenfrist heraus.«

»Aber wie lange kann sie das durchhalten?«, rief ich aus. Dann wandte ich mich an Lama Töndup. »Wie schätzen Sie ihre Chancen ein?«

Der klein gewachsene Mönch in seiner roten Robe hatte das Video aufmerksam mit angesehen. Einige Male hatte er die Augen geschlossen. Weil ihm die Bilder zu grausam wurden? Oder weil er versuchte, eine mentale Brücke zu Jenny aufzubauen? Jetzt sah er mich wieder mit dieser undurchdringlichen Mischung aus Sympathie und Unerschütterlichkeit an, die eine der Gründe dafür war, weshalb der Orden mir immer unheimlich gewesen war.

»Sie setzt ihre Prana-Techniken sehr – besonnen ein«, sagte er leise. »Beinahe virtuos. Sie weiß genau, wann sie die Trance vertiefen und wann sie sie öffnen muss, wann sie sie als Panzer und wann als Quelle einsetzen kann.«

Ich seufzte. »Aber wie lange kann sie einem solchen Verhör standhalten?«

Der Lama wiegte den kahlen runden Schädel auf dem kurzen Hals.

»Ein Prana-Bindu-Meister kann tagelang ohne Wasser auskommen, ein bis zwei Wochen ohne Schlaf, ein bis zwei Monate ohne Nahrung. Er kann Schmerzen erdulden, die einen Laien in den Wahnsinn treiben würden …«

»Ich habe«, schaltete Dr. Rogers sich mit der ihm eigenen Respektlosigkeit ein, »mich mit unseren Freaks von der Militärischen unterhalten. Sie haben die Bänder ebenfalls analysiert. Demnach ist unsere liebe Jennifer traumatisiert, ohne medizinische Versorgung und stark dehydriert. Unter gewöhnlichen Verhältnissen bleiben ihr keine 48 Stunden mehr. Bei Folter sehr viel weniger. Der Schmerzschock kann einen Menschen töten.«

Ich stöhnte innerlich auf. Noch einmal aktivierte ich die Wiedergabefunktion und wir sahen gemeinsam die wenigen Sekunden, die Jennifer brauchte, um das vorgefertigte Pamphlet zu verlesen.

»Vielleicht ist es manipuliert?«, dachte ich laut nach. »Man hat ihr Sprachmuster auf eine KI überspielt und sie den Text auf Band sprechen lassen. Oder der ganze Film ist ein Fake, eine Machination.«

Ich wusste, dass das reines Wunschdenken war. Zwar war die technische Qualität des Videos nicht besonders hoch. Das Bild war grieselig. Windböen störten den Ton. Der schwere Tritt des Zthronmic, der selbst unsichtbar blieb, überlagerte immer wieder das gesprochene Wort, sein heiseres Gebrüll war übersteuert. Aber wir alle wussten, dass die Zthronmic nicht die Leute waren, die ein solches Dokument synthetisiert hätten. Dazu gebrach es ihnen sowohl am technischen Raffinement als auch am Willen.

Direktor Reynolds schien etwas anderes aufgefallen zu sein.

»Was macht sie da eigentlich immer mit der Hand?«

Man hatte die gravimetrische Fessel ihres linken Arms gelöst, um ihr das Elastilpapier zu geben. Sie hatte es durchgelesen, dann aber weggeworfen und das Statement auswendig vorgetragen. Dabei drehte und dehnte sie die linke Hand. Die rechte steckte im Zthron Zathar. Vermutlich war sie froh, die linke für einen Augenblick entspannen zu können. Oder steckte mehr dahinter?

Reynolds hatte seine Frage allgemein gehalten. Als niemand antwortete, beugte er sich über den holografischen Projektor, änderte die Einstellungen und spielte die Sequenz dann nochmals ab, in Zeitlupe und auf Jennifers linken Arm fokussiert.

»Das sind Prana-Gesten«, sagte Lama Töndup plötzlich.

Ich starrte ihn an. Ein Schimmer von Erkennen war über sein kreisrundes Gesicht geglitten, aber seine Stimme blieb unbewegt. Dafür zog man Experten zurate, dass sie von Laien auf das Wesentliche gestoßen wurden!

»Und was bedeuten sie?«, keuchte ich.

Der Großmeister ließ keine seelische Regung durchscheinen. Er gab Reynolds ein Zeichen, die Wiedergabe ein weiteres Mal ablaufen zu lassen. Dann nickte er in einer Heftigkeit, die bei ihm einem Gefühlsausbruch gleichkam.

»Ich muss mich entschuldigen«, wandte er sich dann an mich. »Ich habe es beim ersten Mal übersehen. Es sind sehr schwache und undeutliche Gesten. Aber es besteht kein Zweifel: Es sind geheime Mudras unseres Ordens.«

»Und was sagt sie damit?«, fragte ich. »Es ist doch eine Form der Kommunikation?!«

Reynolds hatte den Vorgang in eine Sequenz von einzelnen Standbildern zerlegt, die er nacheinander umspringen ließ. Was wie ein beiläufiges Ausschütteln eines verspannten Handgelenks gewirkt hatte, sah plötzlich aus wie ein Führer durch die buddhistische Kunst. Mein Gott, wie raffiniert sie war!

Lama Töndup beugte sich vor und kroch beinahe in die holografischen Einzelbilder hinein.

»Diese Geste«, begann er zu erläutern, »nennen wir die Geste des Zwangs. Sie gleicht einem vorweggeschickten Ausrufungszeichen: Alles, was ich sagen werde, sage ich nicht freiwillig.«

Wir nickten uns zu. Aus irgendeinem schwer erklärlichen Grund löste das große Erleichterung aus. Dass sie unter Zwang stand, hatten wir zwar gesehen. Jetzt hatten wir aber die Gewissheit, dass es tatsächlich nicht ihre Auffassung war, die sie in dem Statement wiedergab. Sie war keineswegs gebrochen, sondern im Gegenteil hellwach!

»Diese Bewegung«, fuhr der Lama fort, »heißt in unserer Schule die Große Umkehrung. Sie besagt, dass alles, was folgt, im genauen Gegenteil zu verstehen ist.«

Rogers hatte die Folie in der Hand, auf der wir Jennys Erklärung festgehalten hatten.

»Das heißt «, improvisierte er, »sie übernimmt nicht die Verantwortung. Sie entschuldigt sich nicht. Sie bedauert nichts …«

»Sie fleht nicht um ihr Leben«, sagte ich.

»So muss man es deuten«, pflichtete Töndup bei. »Hier sind zwei weitere Gesten, eigentlich bloße Andeutungen. Sie hatte weder genügend Zeit noch ausreichend Bewegungsspielraum. Aber wenn man weiß, was es bedeuten soll, kann man es erkennen. Das eine nennen wir die Geste des ›Was liegt an mir?‹. Sie besagt, dass die eigene Person nichts wert ist, dass auf sie keine Rücksicht genommen werden soll. Für gewöhnlich ist es die letzte Bewegung, die Großmeister vollziehen, wenn sie ins Pranavana eingehen. Wenn sie sterben – nach Ihren Begriffen. Das soll heißen, dass ihre Person unbedeutend ist, dass sie nur eine Rolle gespielt und ihre Pflicht erfüllt haben.«

Ich schluckte. »Wie sollen wir das verstehen …?«

Dr. Rogers hatte den Ausführungen des Mönchs mit halbem Ohr zugehört. Das Kinn in die rechte Faust gestemmt, ging er in der Kommandantensuite hin und her.

»Wir sollen nicht verhandeln«, knurrte er. »Sie nicht auslösen. Keine Rettungsmission entsenden!«

Meine Euphorie fiel jäh in sich zusammen.

»Dann hat sie sich aufgegeben?«, sagte ich schwer.

Der Held von Sina und Persephone blieb auf seiner Wanderung stehen und sah mich über das flimmernde Standbild hinweg an.

»Das heißt ja nicht«, brummte er, »dass wir uns daran halten müssen!« Seine kleinen roten Augen funkelten angriffslustig. Was wollte er tun? Eine Invasionsarmee entsenden? Selbst wenn es möglich wäre, sie innerhalb weniger Stunden zusammenzustellen , würden die Zthronmic Jennifer den Hals durchgeschnitten haben, ehe der erste Unionssoldat seinen Stiefel auf diese verfluchte Welt gesetzt hatte.

»Und schließlich die letzte«, fuhr Lama Töndup unterdessen ungerührt fort. »Sie ist sehr schwer zu deuten. Wir nennen eine solche Geste die Geste des Unwichtigen, des Nachrangigen, des Sekundären. Es gibt in Ihrer Sprache kaum einen angemessenen Ausdruck dafür.«

»Ein melancholischer Abschied …«, riet ich.

Aber Reynolds schüttelte energisch den Kopf. Er schaltete den Projektor aus und kratzte sich an der Nase, wie er es immer tat, wenn er einer bahnbrechenden Idee auf der Spur war.

»Nein«, sagte er, die Silbe näselnd in die Länge gezogen. »Sie will uns etwas mitteilen. Sie versucht, uns zu sagen, wo sie ist. Offenbar ist sie nicht in der Hand der offiziellen zthronmischen Führung, sondern in der Gewalt eines nachgeordneten Stammes.«

»Brillant!« Dr. Rogers schlug die rechte Faust in die linke Hand, dass der Knall in den Ohren wehtat. »Dann hat Laertes richtig geraten. Sein Bluff war ein Volltreffer! Und das erklärt auch, weshalb Muqa Zthé kurz die Luft wegblieb.«

Ich hatte Laertes' Schaukampf mit Zthron Muqa Zthé im StabsLog verfolgt.

»Muqa Zthé«, erläuterte Dr. Rogers, »konstruiert einen Alleinvertretungsanspruch. Er stellt sich als Repräsentant aller Zthronmic hin. Offenbar sind in seiner Abwesenheit aber Machtkämpfe aufgebrochen. Wir wissen, dass es rivalisierende Stämme gibt, die um die Oberherrschaft streiten.« Mit den Armen rudernd, wobei sein roter Schädel immer noch dunkler anzulaufen schien, stiefelte er in meiner bescheidenen Suite hin und her.

»Ich bin dafür«, sagte er plötzlich, »dass wir dieses Video freigeben. Stellen wir es ins allgemeine StabsLog. Dann wissen wir Bescheid. Ich vermute, dass es einen Keil zwischen die zthronmischen Fraktionen treibt.«

Ich vermochte seinen Optimismus nicht zu teilen. »Dieser Keil«, gab ich zu bedenken, »besteht aus nichts anderem als aus Jennifers Leib und Leben! Soll sie auch noch zwischen die Fronten wild gewordener Stammeskämpfer kommen?!«

Reynolds und Rogers verständigten sich mit einem raschen Blick.

»Aber nur so fügt sich alles zusammen«, sagte Direktor Reynolds. »Jennifer hätte uns den Hinweis sonst nicht zugespielt. Sie sagt, sie ist in der Macht der Nummer zwei. Und sie sagt, wir brauchen ihr nicht zu Hilfe kommen.«

Ich kapierte kein Wort. Doch dann klärte sich alles!

Rogers hatte in meiner Miene gelesen, dass endlich der Groschen gefallen war.

»Das wird die Nummer eins für uns erledigen …«

Borissowitsch

Ioan lehnte im Schatten der Rettungsdrohne, deren konische obere Hälfte windschief aus dem zinkroten Sand aufragte. Die polymerisierte Außenhaut der Kapsel war auf Tarnmodus geschaltet. Sie hatte Farbe und Musterung ihrer Umgebung angenommen und war selbst auf eine Entfernung von wenigen Metern kaum mehr zu erkennen. Aus der Luft oder aus dem Orbit war sie unmöglich zu orten, zumal der Kommandant sämtliche Maydaysequenzen und Suchalgorithmen unmittelbar nach der Notlandung unterdrückt hatte.

»Wir machen uns eine Weile unsichtbar«, hatte er gebrummt.

Und das war dann auch geschehen. Die abgeplattete Unterseite hatte sich beim Aufprall in den staubfeinen Sand gegraben. Dieser war mit dem überhitzten Keramikschild verschmolzen. Die Kapsel war ein Teil ihrer Umgebung geworden. Ohne schweres Gerät würde sie nicht mehr von der Stelle zu bewegen sein – und bis jetzt sah es nicht danach aus, dass ihnen jemand zu Hilfe käme. Aus dem einfachen Grund: Es war niemand da.

Nach der Landung hatten sie sich eine Weile still verhalten. Borissowitsch hatte missmutig versucht, eine Ortung vorzunehmen, dann aber alle Instrumente auf Stand-by geschaltet. Er schien mit dem Manöver nicht restlos zufrieden zu sein. Bei ihrer Absprengung von der zerberstenden Raumstation Alpha Ceti Tau hatte der Kommandant einige Koordinaten eingegeben. Offenbar waren sie dennoch nicht dort aufgekommen, wohin er die Kapsel hatte steuern wollen. Aber wo waren sie? Ioan hatte gewagt, sich danach zu erkundigen. Borissowitsch war über den Mund gefahren.

»Wo sollen wir sein, Blödmann? Stell dich nicht dümmer, als du bist …«

Daraufhin hatte Ioan beschlossen, die Klappe zu halten und seinem Chef, soweit es die Enge der Kapsel und die Unwirtlichkeit der Umgebung erlaubten, aus dem Weg zu gehen.

Eine passive Bestimmung ihrer Lage war nicht möglich. Mit der Zerstörung der Orbitalstation war deren Peilsignal vom

Himmel verschwunden, das eine Berechnung ihrer Koordinaten gestattet hätte. Die Zthronmic unterhielten kein Satellitennetz oder ein globales Positionierungssystem. Und eine aktive Bestimmung, durch die Schaltung eines Suchalgorithmus, verbot sich von selbst, solange die Lage nicht geklärt war. Zum gegenwärtigen Zeitpunkt hätten sie nur die Zthronmic auf sich aufmerksam machen können. Daran konnte ihnen nicht gelegen sein.

Am Ausgang der Schlacht konnte es keine Zweifel geben. Die ganze Nacht hatten sie beobachtet, wie die künstlichen Meteore der herabstürzenden Trümmer den Himmel durchflammt hatten. Die Sternschnuppenregen kleinerer Partikel – zerfetzter Scyther und explodierter Torpedos – ließen das Firmament erglühen. Die Stille der Nacht wurde erfüllt von dem unaufhörlichen Bombardement synthetischer Meteoriten, die in der Atmosphäre Zthronmias verglühten und dabei ein fernes Knattern hören ließen. Hin und wieder waren auch schwere Brocken über den Himmel gezogen. Auch nach dem anhaltenden Beschuss mit thermischen Granaten waren die Bruchstücke der Orbitalstation noch Tausende von Tonnen schwer. Und die karge Luftschicht des Planeten reichte nicht hin, ihnen merkbar zuzusetzen. Als hell strahlende Kometen fuhren sie waagerecht über den Himmel, um irgendwo in den menschenleeren Wüsten mit der Wucht schwerer Atomgranaten einzuschlagen. Immer wieder folgten Ioans Blicke solchen künstlichen Kometen und immer wieder zuckte er reflexartig zusammen, wenn ihr Bersten den Horizont aufwölbte und das nächtliche Sternenfeld mit flüssiger Glut zu bewerfen schien. Erdbeben ließen den sandigen Boden unter ihren Füßen erzittern. Einmal war die Druckwelle zu spüren, als eine Megatonnenexplosion nur knapp außerhalb ihres Blickfeldes die Luft verbrannte und die Atmosphäre stauchte. Ioan pfiff anerkennend durch die Zähne und presste die Katze Morgan noch fester an die Brust, während der Kommandant nicht darauf acht gab.

Es war Tag geworden. Zthronmia war ein kleiner Planet, dem Mars ähnlicher als der Erde, und er rotierte schneller als diese.

Ein Umlauf war kürzer als die 24 Stunden Standard. Ioan hatte versucht zu dösen. Allerdings gab es kaum Raum dafür. In der Kapsel hatte sich der Kommandant Borissowitsch häuslich eingerichtet. Er peilte die Untergangspunkte bestimmter Sterne und dann die aufgehende Sonne an und tippte die Daten in sein kleines Kommunikationsgerät. Offenbar versuchte er, ihre Position manuell zu bestimmen, mittels der guten alten Sextantentechnik. Ioan hatte sich aller weiteren Fragen enthalten.

Im Freien war der Aufenthalt kaum weniger unangenehm. Die platinfarbene Sonne dieser Welt brannte stechend vom Tageshimmel. Unbedeckte Körperteile röteten sich nach wenigen Minuten. Im Schatten dagegen war es eisig kalt. Ioan zog einen der sensoriellen Schutzanzüge über, die er in der Überlebensausrüstung der Evakuierungsdrohne gefunden hatte, und kauerte sich damit in den wandernden Bereich, der von der seitlich überhängenden Kapsel vor Blicken und Sonnenstrahlen bewahrt wurde. Die Drohne enthielt Wasser und Lebensmittel für 48 Stunden. Aber da sie für vier Insassen konzipiert war, würden sie doppelt so lange damit haushalten können. Trockene Kekse kauend und süßen Tee aus selbsterwärmenden Elastilflaschen schlürfend, verdämmerte Ioan den ereignislosen Tag.

Und jetzt wurde es wieder Nacht. Der Himmel, tagsüber farblos, von den Rauchspuren des anhaltenden Bombardements gestreift, glühte auf und verwandelte sich in eine Orgie sämtlicher Rottöne, vom aggressiven Orange und Zinnober über matteres Karmin bis hin zu den blutigen Werten satter tropischer Sonnenuntergänge. Das Schauspiel währte nur wenige Augenblicke. Dann brach die Finsternis herein. Die Finsternis äquatorialer Breiten auf einer Welt, deren Atmosphäre weder für Dämmerung noch für Streulicht sorgte. Die Finsternis der offenen Wüste, über der die Sterne wie unerreichbar ferne und absurd winzige Lagerfeuer loderten. Die Finsternis eines nahezu unbesiedelten Planeten, auf dem es keine Städte und nur vereinzelte künstliche Lichtquellen gab. Ioan krallte die Hände noch fester in Morgans schnurrendes Fell und gestand sich ein, dass er fröstelte. Sowie die trügerisch helle Sonne dieses Systems unter den

Horizont gesunken war, wurde es noch kälter. Warmer Tee in einem offenen Elastilbecher, dessen Selbstwärmfunktion bereits erloschen war, gefror innerhalb weniger Augenblicke zu einem massiven Block, und selbst in dem sensoriellen Anzug begann der Maat der Alpha Ceti Tau zu frieren. Aber das war nicht der eigentliche Grund für sein Schaudern. Es war die Dunkelheit, die er in dieser niederschmetternden Tiefe noch nie erlebt hatte.

Borissowitsch schien sich auch davon nicht beeindrucken zu lassen. Er wartete noch eine Stunde ab, dann kam er aus der offen stehenden Luke der Rettungsdrohne geklettert.

»Wir gehen«, sagte er bestimmt.

Ioan raffte sich auf. Die Frage »Wohin?«, die sich in seinem Kopf gebildet hatte, verkniff er sich. Stattdessen packte er Vorräte und Waffen zusammen, wartete, bis der Kommandant voranging, und stapfte dann schweigend hinter ihm her, das Bündel mit ihrer bescheidenen Ausrüstung über der rechten Schulter, die Katze Morgan auf der linken, die blinden Blicke auf die rasch verwehenden Fußstapfen des Chefs gerichtet, der zügig in die offene Wüste hinausmarschierte, als habe er ein Ziel.

»Dann ist es wirklich wahr?«

Der Chefideologe der Union sah seinen alten Freund und Weggefährten ungläubig an.

»Du hast geblufft, er hat geblufft, alle haben geblufft – und am Ende haben alle Recht gehabt!« Dr. Rogers schwenkte seinen Scotch und grinste in sein Glas, als bereite ihm das alles ungeheures Vergnügen. Dann sah er auf und zuckte die Achseln. »Jeder landet, ohne es zu wissen, einen Volltreffer. Und am Ende hebt sich alles gegenseitig auf. Wir sind so schlau als wie zuvor …«

Laertes' verzog keine Miene. Er hatte erkennbar keine Lust, auf Rogers' aufgeräumten Tonfall einzugehen.

»Wir sind ein ganzes Stück schlauer geworden«, sagte er. »Die Frage ist, was es uns nützt. Wie wir es ausmünzen können!«

Die SkyLounge war ausgestorben. Sie waren die einzigen Gäste. Und zu ihrem unverhohlenen Verdruss war es heute ein junger Mann, der im Rahmen seiner Ordonnanzpflichten den Thekendienst versah. Er hatte sie nuschelnd begrüßt und ihnen wortlos ihre Getränke hingeknallt. Kein charmantes Lächeln, kein wehendes Blondhaar, kein animierender Hüftslalom zwischen den gravimetrischen Tischchen. Es ging tatsächlich bergab.

Die Stimmung an Bord der MARQUIS DE LAPLACE war schlecht. Die Nachrichten von der verloren gegangenen Schlacht bedrückten die Mannschaften. Die sich noch aus eigener Anschauung an die Schlacht um Sina erinnern konnten, wussten, was es bedeutete, in ein interplanetares Gefecht verwickelt zu werden. Sie waren nicht scharf darauf, diese Erfahrung zu wiederholen. Und die Jüngeren, die sich wegen guter Karriereaussichten, aufregender Arbeitsstätten und ordentlicher Zulagen zur Union gemeldet hatten, bekamen auf einmal das mulmige Gefühl, dass sie womöglich selbst zu einem solchen Einsatz herangezogen werden könnten. Und dabei hatte es geheißen, der Sinesische Krieg sei der letzte gewesen; eine Ära des galaktischen Friedens stehe bevor!

Als dann die Entführervideos eintrafen und die Bilder der vor laufender Kamera gefolterten Jennifer Ash über sämtliche Bildschirme und Monitore liefen, hatte sich Friedhofsruhe über das riesige Schiff gelegt. Die Zthronmic, das waren doch die, mit denen man im Rahmen des Kongresses Tag für Tag zusammenarbeitete. Jetzt zeigten sie sich von einer Seite, die ihr gewöhnliches Gebrüll und Tloxi-gegen-die-Wand-Schmeißen harmlos und pittoresk erscheinen ließ. Ihr Pfalzschiff, die Furcht einflößende ZTHRONMA, lag längsseits neben der MARQUIS DE LAPLACE, nur einen Shuttleflug von wenigen Minuten entfernt. Das wirkte sich nicht gerade förderlich auf den Nachtschlaf aus.

Wer etwas zu tun hatte – etwa an Direktor Reynolds' ehrgeizigem Sondenprogramm mitarbeitete –, verstärkte seine Anstrengungen. Wer wusste, ob es nicht eine solche Entwicklung war, die der Union die Vorherrschaft in der Galaxis wiedergab? Im Sinesischen Krieg war es die technologische Aufholjagd unter John Reynolds gewesen, die zur Überflügelung der Sineser geführt und den Ausschlag in der Schlacht gegeben hatte.

Hinzu kam, dass die fliegende Crew, auf Druck der politischen Stellen der Zivilregierung, angefangen hatte, Personal abzuziehen und zu obskuren Umschulungs- und Fortbildungsmaßnahmen auf die Erde zu schicken. Man munkelte zwar, dass sich aus diesen Kontingenten die Mannschaften der neuen Schiffe MARQUIS DE LAPLACE II und III rekrutieren würden, und einige meldeten freiwillig. Die meisten blieben skeptisch. Auf den Gängen und in den gewaltigen Hallen der MARQUIS DE LAPLACE wurde es immer leerer, einsamer und deprimierender.

Die verbliebenen Mannschaften lungerten in ihren Unterkünften herum. Die Vergnügungseinrichtungen waren geöffnet , aber die meisten hätten es frivol gefunden, sich jetzt in eine der zahllosen Bars zu begeben.

Nicht so die beiden ältesten diensttuenden Offiziere, die beiden letzten Angehörigen der Goldenen Generation, außer dem moribunden ehemaligen Kommandanten Wiszewsky die einzigen verbliebenen Veteranen beider Sinesischen Kriege.

»Also wirklich Selbstzerstörung?« Laertes klang immer noch ungläubig. Als Muqa Zthé ihn vor dem versammelten Konvent mit dieser Aussage konfrontiert hatte, hatte er seine Verblüffung kaum verbergen können. Nur mit Mühe und Not war es ihm gelungen, die Sitzung zu schließen und den Saal zu verlassen, ohne dass es zu weiteren Tumulten gekommen war.

Rogers nickte stumm.

Laertes schüttelte den Kopf.

»Wie kann dieser« – er musste überlegen – »Borissowitsch so etwas tun?«

Dr. Rogers drückte die whiskeyglänzende Unterlippe nach vorn.

»Der Mechanismus ging auf die Sineser zurück, wie die ganze Station. Vergleichbares gibt es auch auf unseren Schiffen und Basen. Wenn man eine solche Einheit nicht mehr halten kann, jagt man sie in die Luft, um zu verhindern, dass sie dem Feind in die Hände fällt.«

Laertes sah durch ihn hindurch.

»Soweit wir das Gefecht rekonstruieren können, hatten die Zthronmic keine Absichten, diese Orbitalstation zu besetzen.«

»Sie konnten auch nicht ernsthaft damit rechnen«, grinste der Texaner schief, »dass ihnen ein solches Pfund in den Schoß fallen würde.«

»Trotzdem frage ich mich, was ihn dazu bewogen hat.« Er dachte nach. »Aber hat nicht der WO der ENTHYMESIS selbst gesagt, es sei ein zthronmischer Antimaterie-Torpedo gewesen?«

»Er hat sich geirrt«, sagte Dr. Rogers.

Mit schweren Blicken studierte er das Innere seines Glases. Er war nicht bei der Sache.

»Und ist damit Jennifer in den Rücken gefallen«, lamentierte der alte Philosoph. »Und mir!«

General Rogers lachte halblaut.

»Das nimmst du ihm übel? Aber solche Konsequenzen konnte er in diesem Augenblick wirklich nicht bedenken.«

Laertes nippte am Wein.

»Und wenige Augenblicke später war er tot.«

»Davon müssen wir ausgehen«, brummte Rogers gelangweilt. »Von den drei Personen, die sich an Bord der ENTHYMESIS befanden, hat nach allem, was wir wissen, nur eine den Absturz überlebt.«

Laertes holte tief Luft und ließ den Blick durch die ausgestorbene SkyLounge schweifen. Suchte er dort nach einem Anhaltspunkt? Nach einer Lösung?

»Es gibt noch eine andere Möglichkeit …«

Rogers sah nicht auf. Er war mit anderen Dingen beschäftigt. Dennoch ließ Laertes noch nicht locker.

»Wenn er mit diesem Borissowitsch unter einer Decke steckte?«

Rogers blickte ihn fragend an. Aber der Chefideologe winkte ab. Er wusste selbst nicht, auf was er hinauswollte.

»Ich spekuliere nur«, sagte er matt.

»Es ergibt keinen Sinn«, stellte Dr. Rogers nüchtern fest. »Und außerdem werden wir es nie erfahren.«

Die beiden schwiegen. Es war ganz still. Der junge und leider männliche Offiziersanwärter hatte es nicht für nötig befunden, wegen zweier renitenter Gäste Musik anzuschalten. Man hörte die leisen Geräusche der Kühlaggregate, der Atmosphärentauscher, der Feldgeneratoren. Fernes Zischen und Stöhnen kündete von der unermüdlichen Arbeit des Schiffes, das auf einer beständigen Nachführbewegung gehalten wurde. Korrekturdüsen sprachen an, vielleicht Kilometer entfernt. Und virtuelle Gyroskope sorgten für die Stabilisierung des riesigen Titanstahlleibes, der auf seinem Parkraum über der Rotationsebene des Torus gehalten werden musste.

»Aber?« Laertes horchte plötzlich auf.

Dr. Rogers grummelte etwas Unverständliches vor sich hin.

»Ich höre ein Aber in deinem letzten Satz.«

»Es gibt etwas anderes«, knurrte Rogers, der sich einen Moment darauf besinnen musste, was er hatte sagen wollen. »Etwas viel Interessanteres: Als Kommandant Borissowitsch den Selbstzerstörungsmechanismus aktivierte und den Ikosaeder in einer Rettungskapsel verließ, wurde er nicht von zthronmischen Scythern attackiert!«

Laertes schmunzelte. »Und du wirst mir bestimmt gleich sagen, woran das lag!«

»Er schaltete ein zthronmisches Signal!«

»Woher wissen wir das?«, fragte der Chefideologe der Union.

»Auf der Brücke der ENTHYMESIS«, erklärte Dr. Rogers, »bekam das niemand mit. Die waren mit sich selbst beschäftigt. Aber die Instrumente des Explorers haben es registriert.« Er grinste sein arrogantes Ausbildergrinsen. »Wir mussten ziemlich tief ins Kleingedruckte der automatischen Protokolle des Gefechtskanals, der uns auf Umwegen erreichte. Aber jetzt wissen wir es zweifelsfrei: Kommandant Borissowitsch hat Alpha Ceti Tau auf dem Gewissen, er ist mit mindestens einer weiteren Person geflohen und er hat offenbar beste Kontakte zu den Zthronmic.«

Laertes zeigte sich nicht übermäßig beeindruckt.

»Für den langjährigen Leiter einer Beobachtermission nicht eben verwunderlich. Es lag in seinem ureigensten Interesse, sich mit diesen Leuten gutzustellen.«

»Hoffen wir«, presste Rogers zwischen den Zähnen hervor, »dass ihm diese seine Kontakte auch etwas nützen!«

»Wo ist er jetzt?«

»Das wissen wir nicht«, sagte der Texaner. »Seine Spur verliert sich irgendwo über Zthronmia. Die Übertragung riss ab, als unser letzter Zeuge das System verließ.« Sein Grinsen wurde wieder breiter. »Aber ich habe eine Vermutung.«

»Lass hören!«

»Es könnte sein«, aalte Dr. Rogers sich in seiner informationsmäßigen Überlegenheit, »dass er unterwegs zu den Paz-Thrun ist. Vielleicht will er in der großen Auseinandersetzung, die sich auf dem Planeten vorzubereiten scheint, ihre Karte spielen.«

»Das sind Spekulationen.«

Aber Dr. Rogers ließ sich nicht aus dem Konzept bringen. Jetzt konnte er aussprechen, an was er seit dem Nachmittag gegrübelt hatte. Unter vier Augen. Laertes war als Philosoph und spätberufener Politiker der ideale Gesprächspartner für solche nächtlichen Gedankenexperimente. Wenn er nicht zu überzeugen war, hatte eine Hypothese wenig Chancen auf Verwirklichung.

»Und es gibt noch etwas«, sagte er eifrig. »Wenn wir Jennys gestischen Geheimcode richtig interpretiert haben, können wir eine Mutmaßung darüber anstellen, wo sie gefangen gehalten wird!«

Laertes hob herausfordernd den Kopf. Es war ein nach oben gerichtetes Nicken; so provozierte ein Messerkämpfer den anderen, der um ihn herumschlich, den ersten Stoß zu tun.

»Wenn sie wirklich in der Hand der Paz-Thrun ist«, führte Dr. Rogers aus, »spricht einiges dafür, dass sie in Um-Qathr festgehalten wird.«

»Was ist das?«

»Ein Stützpunkt der Paz-Thrun, tief in der gleichnamigen Wüstenregion. Keine feste Siedlung, kaum ein Fort. Ein winziges Nest, nur ein paar Wellblechbaracken, eine primitive Palisade. Selbst aus dem Weltraum kaum zu sehen. Ich habe es mir auf den Orbitalkarten unserer Raumstation angeschaut.«

Laertes stieß entnervt die Luft aus.

»Und?«, fragte er. »Willst du dort einmarschieren?«

Die geröteten Augen des alten Generals und Schlachtenlenkers konnten ein angriffslustiges Glitzern nicht verbergen.

»Mit einer kleinen, schnellen Kommandoeinheit …«

Aber dann winkte er ab. Sie wussten beide, dass es unmöglich war. Seit Jennifers fehlgeschlagenem Handstreich waren die Zthronmic auf dem Posten. Sie würden alles, was sich ihrem System auf hundert Millionen Kilometer näherte, ohne Vorwarnung vernichten. Mit ihrer missglückten Fallehatte Jennifer alle Brücken hinter sich verbrannt. Sie hatte sich ihr eigenes Grab gegraben.

»Gesetzt den Fall«, sagte Laertes, »dieser Borissowitsch ist auf dem Weg dorthin, und gesetzt den Fall, er verfügt über gute Kontakte zu diesem Stamm der Zthronmic, und gesetzt den Fall natürlich, Jennifer ist wirklich dort, wo du vermutest – glaubst du, dass er etwas für sie erreichen kann?«

»Das sind zu viele Unbekannte«, brummte Dr. Rogers. »Und zu wenige feste Größen. Außerdem«, er funkelte den anderen grimmig an, »wissen wir noch nicht einmal, ob er das wollte!«

»Er ist Offizier der fliegenden Crew«, stieß Laertes empört hervor. »Der gleichen Union verpflichtet wie Jennifer auch.«

Rogers wiegte den schweren, vom Alkohol geröteten Schädel zwischen den Schultern.

»Ihre Unterhaltungen auf der Brücke der Ikosaeder-Kampfstation waren nicht eben freundlich anzuhören. Und offensichtlich unterscheidet dieser Herr Borissowitsch zwischen seiner ehrenwerten Person und der Union. Auf seine Loyalität würde ich mich lieber nicht verlassen.«

»Muqa Zthé ist abgereist«, sagte Laertes unvermittelt.

Dr. Rogers nickte. Obwohl er seinen nicht mehr allzu athletischen Körper scheinbar nur von einer Bar zur anderen schleppte, um deren Scotchreserven zu dezimieren, war er immer auf dem Laufenden.

»Dass du ihm ins Gesicht sagen musstest, er sei nicht mehr Herr im Haus!«

Laertes lächelte entschuldigend.

»Er kann es nicht hinnehmen, dass Zathr hinter seinem Rücken große Politik macht.«

»Es war ein Fehler«, knurrte Rogers, »zu dem Kongress zu kommen und hier galaktische Machtansprüche durchsetzen zu wollen, wenn er daheim den eigenen Laden nicht im Griff hatte.«

»Glaubst du, dass es dort zu einem Machtkampf kommt?«, fragte Laertes.

»Und den nächsten Fehler«, hielt Rogers an seinem Gedankengang fest, »macht er gleich hinterher: Er hat ein Shuttle genommen und die ZTHRONMA hier gelassen. Wie kann man heim fliegen, um Herrschaftsansprüche zu festigen, und dann auf die gewichtigsten Argumente verzichten, die eigene Hausmacht?«

»Die Tloxi haben einen Bann auf alle Großkampfschiffe gelegt«, sagte Laertes.

Der General a. D. schüttelte unwillig den Kopf.

»Das ist nicht unumgänglich. Wenn er das Schiff hätte haben wollen, hätte er einen Weg gefunden, es in Gang zu setzen. Es ist eine politische Rücksicht. Mit dem Veto gegen die Ausrufung des Kriegsrechts hat er eine Schlinge geknüpft, in der er sich vierundzwanzig Stunden später selbst gefangen hat.«

»Das konnte er da noch nicht wissen!« Laertes lächelte vergnügt.

»Ich verstehe es trotzdem nicht«, grollte Dr. Rogers. Es war klar, dass es ihm vor allem um die Verfügung über die eigenen Schiffe ging, allen voran die MARQUIS DE LAPLACE.

»Pacta sunt servanda«, sagte der Vorsitzende des Konvents.

»Ja«, stieß Dr. Rogers hervor, »aber ich frage mich, warum man das immer noch betonen muss, während es die anderen gerade zu vergessen suchen.«

»Muqa Zthé hat sich daran gehalten«, sagte Laertes. Das Veto gegen die Ausrufung des Kriegszustandes hatte ihn geschmerzt; umso mehr genoss er es nun, dass auch dieser Vorgang seine positiven Aspekte zu haben schien.

»Ich weiß nicht«, schmollte der Veteran zweier Auseinandersetzungen mit dem Sinesischen Imperium, »ob das wirklich sein Kriterium war.« Er ließ sich sein Glas neu füllen und schlürfte den nächsten Schluck. »Darüber würde ich mich gerne mal mit ihm unterhalten!«

Der höchstdekorierte General der Union hatte zwei Kriege gewonnen, beide durch den Einsatz verbotener Waffen: die Schlacht vor Persephone durch Antimaterie-Torpedos, die Schlacht um Sina durch den Abwurf einer künstlichen Singularität, die den Heimatplaneten des Imperiums vernichtet hatte.

Er sah, dass Laertes noch einen Hintergedanken hatte.

»Du denkst natürlich in anderen Bahnen«, riet er.

»Man kann es auch so sehen«, nickte Laertes. »Indem er sich an den Bann hält, legt er die Latte für uns umso höher. Er macht es uns unmöglich, die MARQUIS DE LAPLACE einzusetzen, wenn wir uns nicht dem Vorwurf aussetzen wollen, wir würden mit zweierlei Maß messen. Es wäre Wasser auf die Mühlen derer, die von Anfang an behaupteten, wir würden Wasser predigen und Wein trinken. Wenn wir nun, obwohl die Ausrufung des

Kriegsrechts von der Mehrheit abgelehnt wurde, unsere Flotte in Marsch setzen und militärische Maßnahmen einleiten, können wir den Kongress ein für alle Mal vergessen.«

Rogers zog das Gesicht schief. Das können wir sowieso, sollte das heißen. Laut sagte er: »So sieht das also der Politiker und Diplomat. Ich gebe zu, als reiner Gedankengang ist es bestechend. Aber in der Sache wird es uns nichts bringen.«

Er kicherte in sich hinein.

»Zthé«, sagte er leise, »denkt schon wie wir. Er schwächt sich selbst, um daraus irgendeinen moralischen Bonus abzuleiten. Er fesselt sich den rechten Arm und hofft auf ein Entgegenkommen seines Gegners.«

Er sah Laertes aufmerksam an. Dieser nahm den Sarkasmus unerschüttert hin.

»Ich halte daran fest, es war ein Fehler. Auf welchen Gegner er dort auch immer trifft, der wird diese Hochherzigkeit nicht honorieren, sondern sie als Schwäche deuten, die es auszunützen gilt. Und wir haben ihn auf dem Gewissen.«

Laertes zog fragend die weißen Augenbrauen hoch.

»Wir haben ihn korrumpiert«, sagte Dr. Rogers. »Er war zu lange auf diesem Kongress. Er pflegte zu lange Umgang mit Politikern …«

»Und so beginnt der Bruderkrieg der Zthronmic.« Laertes war weit davon entfernt, sich provozieren zu lassen. Und umso weiter, je genauer er wusste, dass Rogers es zu fortgeschrittener Stunde gerne darauf anlegte.

»Sagen wir«, hielt dieser dagegen, »der Machtkampf ihrer Alphatiere.« Er hob die Schultern. »Ich gebe keine Wette ab!«

Laertes dachte nach.

»Die Frage ist, auf welchem Gebiet sie miteinander wetteifern. Geht es darum, wer zu den größeren Grausamkeiten fähig ist?«

»Dann hat der andere schon mächtig vorgelegt«, stellte Dr. Rogers sachlich fest.

»Am besten wäre es«, sagte Laertes im Tonfall eines nicht einmal hypothetischen Gedankenspiels, »sie würden sich gegenseitig zerfleischen.«

»Und uns raushalten«, nickte Rogers im gleichen Tenor. »Aber wir wissen beide, dass das nicht geschehen wird. Wir sind schon mittendrin. Die kleine Ash ist zwischen ihre Fronten geraten. Gnade ihr Gott, wenn sie zum Gegenstand ihres Wettstreits wird.«

Sie schwiegen und hingen ihren Gedanken nach. Dass diese nicht rosig waren, war an ihren altersmürben und gefurchten Stirnen abzulesen. Schließlich sah Laertes auf und blickte seinen Freund illusionslos an.

»Erinnerst du dich an das Gespräch, das wir hier oben führten? Es ist erst ein paar Tage her …«

»Zweiundsiebzig Stunden«, sagte Dr. Rogers kalt. »So lange hat Jennifer nichts mehr getrunken.«

»Die arme Jennifer«, sagte Laertes. »Sie ist hart, sehr hart, so hart, wie ein Mensch nur sein kann. Als ihr Vater sie in meine Obhut gab, war sie ein Rohdiamant. Das Prana-Bindu-Training, das sie ehrgeiziger verfolgte als jeder andere Offizier, hat ihr den Schliff gegeben.«

»Es hat ihr das Leben gerettet«, pflichtete Rogers bei. »Bis jetzt.«

»Sie ist ein menschlicher Brillant. Was ein Mensch ertragen kann, wird sie ertragen.«

General Rogers musterte ihn lange.

»Diese Monster werden sie zerbrechen«, sagte er ruhig.

Laertes nickte. Und dann fuhr er doch wieder auf. »Und das meinte ich. Wollen wir das? Können wir das? Können wir das ertragen?«

Dr. Rogers biss sich auf die Lippe, entgegnete jedoch noch nichts.

»Können wir zusehen, wie das Mädchen vor unseren Augen langsam zerbrochen wird?«

»Sie ist nun gerade kein Mädchen mehr …«, sagte Rogers flau.

»Lenk nicht ab!« Laertes schrie. In all den Jahrzehnten, in denen sie mehr als nur eine Krise miteinander durchgestanden, mehr als nur eine Schlacht geschlagen hatten, hatte Rogers ihn nur wenige Male so erregt gesehen. Er rief sich Laertes' eigene

Geschichte ins Gedächtnis. Die Opfer, die er hatte bringen müssen, die Wunden, die tief unter der stoischen Alltagsmaske des Philosophen immer noch nicht verheilt waren, und Rogers fragte sich, was Jennifer ihm bedeutete.

»Sind wir hart genug«, fragte Laertes, jetzt wieder ganz leise, »das nicht nur zu ertragen, sondern es zu – bejahen? Es als den Preis anzusehen, den wir zu zahlen – bereit sind?«

»Gibt es eine Alternative?«, versetzte Rogers kühl.

»Nein«, sagte der Vorsitzende des verfassunggebenden Konvents einer Galaxis. »Nicht mehr.«

Borissowitsch

Der Kommandant kauerte sich in den Schutz einiger bizarrer Felsen. Diese manchmal spitz und scharfkantig, manchmal keulenförmig und überhängend aus dem Sandmeer ragenden Formationen waren die einzige Gliederung, die die Einöde der Wüste erträglich machte, die einzigen Gebilde, die die zinkrote Langeweile strukturierten. Es waren lang gezogene Kämme, wie die Rückgrate im Staub versunkener Drachen, die herausgewitterten, von Sand und Wind erodierten Überreste niedriger Gebirgszüge. Oder auch kleine Inseln, die sich wie Atolle und Eilande versteinerter Palmengruppen aus den uferlosen Weiten des Gerölls abhoben. Ockerfarbene oder obsidianschwarze Zacken, rostrote oder kreideweiße Splitter, die aus der Einsamkeit aufstrahlten wie gefrorene Explosionsgarben. Manchmal umgaben sie Trichter von Treibsand, in denen Ioan und Borissowitsch bis über die Knie einsanken, dann bauten sie sich aus sonderbar porösem Material auf, das wie ziegelroter Bimsstein aussah. Hexagonale Säulen aus zerborstenem Basalt standen mitten in der Wüste wie müde Krieger, die seit Jahrtausenden im Umsinken begriffen waren, und kristallische Prismen waren in die Leere gelagert, als sei die Ereignislosigkeit zu undurchdringlicher und unabweisbarer Geometrie geronnen.

Borissowitsch machte Ioan ein Zeichen, in Deckung zu gehen. Der Maat hatte sich längst in den Schatten geduckt, den die grotesken Felsfinger über die tiefschwarze Nacht der Wüste warfen, und war näher herangekrochen. Dicht nebeneinander, sodass sich die Fahnen ihres schwer gehenden Atems in der kargen Luft vermischten, spähten sie über die Krone aus zerschmettertem Gestein.

Ioan lugte nach vorne und versuchte zu erkennen, auf was der Kommandant mit dem ausgestreckten Arm wies. In der undurchdringlichen Finsternis des Wüstenbodens schien sich eine violette Lache zu öffnen. Das tiefe Schwarz des lichtschluckenden Gerölls, das in der Nacht vollkommen opak wurde, hellte sich um die kleinstmögliche Nuance zu tiefem Purpur auf. Was war das? Der Kommandant strahlte große Zufriedenheit aus, dass er diesen Teich aus Farbe im Ozean der Dunkelheit gefunden hatte. Allerdings gab er weder die Deckung auf, noch lockerte er die Konzentration. Ioan wagte nicht zu sprechen, geschweige weitere unpassenden Fragen zu stellen.

Ein Meteor glitt über den Himmel. Das Bombardement des verglühenden Schrotts hatte zwar an Intensität nachgelassen, prinzipiell aber auch diese Nacht ununterbrochen angedauert. Das war beim Gehen hinderlich gewesen, denn jede Explosion, die knatternd über das sternenarme Firmament glitt, hatte sie geblendet und die Anpassung der Augen an die Finsternis erschwert. Man sah einige Sekunden lang die Landschaft wie mit titanischen Scheinwerfern ausgeleuchtet; anschließend fiel man in umso tiefere Finsternis zurück.

So auch jetzt. Im harten Weißlicht des künstlichen Meteoriten aus verbrennendem Stahl erkannte Ioan eine amethystfarbene Kuppel, die sich einige Meter über den plötzlich schwarz erscheinenden Wüstenboden erhob. Ihre Wölbung schien anzudeuten, dass sie sich unterirdisch um ein Vielfaches des sichtbaren Bereiches fortsetzte. Doch dann zerplatzte der Meteor mit fernem Donner und entließ sie in undurchdringliches Dunkel, in dem Bild noch auf der Netzhaut brannte und tanzte. Dabei kippte es vom ursprünglichen Violett abrupt ins Grüne um.

»Wir sind da«, sagte der Kommandant mit kaum zurückgehaltener Befriedigung in der Stimme.

Ioan brauchte eine Weile, bis er registrierte, dass der Chef nicht mehr nach vorne starrte, sondern ihn aufmerksam und abwartend von der Seite musterte. Als er seinem Blick begegnete – dem schwarzen Glanz in der tieferen Schwärze, die sein Gesicht war –, nickte er ihm knapp zu und deutete dann nach vorne.

Ioan sträubte sich einige Sekunden, die Aufforderung auf sich zu beziehen. Dann sah er ein, dass es keinen Zweck hatte. Er streifte den Elastilbeutel mit der Ausrüstung von der Schulter und bettete ihn neben Borissowitsch in den kalten Sand, der zwischen den scharfkantigen Felsen angeweht war. Die Katze Morgan, die er am Abend in dem Sack verstaut hatte, maunzte kläglich. Sie schmiegte sich an seine Hand, als er behutsam hineingriff, um sich eine Strahlenpistole herauszuangeln. Aber als sie den eisigen Luftzug spürte, der mit seinem Arm hereinkam, gab sie alle Anstalten, aus dem Sack zu klettern, sofort wieder auf.

Ohne hinzusehen, prüfte Ioan den Ladungszustand der Waffe und entsicherte sie. Die leichte Wärme und das fast unspürbare Vibrieren, mit dem sich ihre Energiezellen aufluden, genügte ihm. Während der Ausbildung hatten sie das Hantieren mit den leichten Waffen der Infanterie bis zum Überdruss exerziert. Er konnte sie mit verbundenen Augen auseinandernehmen und wieder zusammenbauen, hinter dem Rücken, mit einer Hand, in Schwerelosigkeit, bei starken Erschütterungen und unter extremem Zeitdruck. Aus irgendeinem Grund war er immer der Beste seine Gruppe gewesen. Das fiel ihm jetzt wieder ein, als er die Pistole in der Hand wog, und ein Gefühl der Sicherheit durchströmte ihn.

»Was ist denn?«, zischte Borissowitsch an seiner Seite. Im Schutz der Felsen beschrieb er schaufelnde Bewegungen mit dem rechten Arm.

Ioan antwortete nicht, sondern ließ sich rückwärts den Sandhaufen hinunterrutschen, der das Fundament der Felsformation bildete, schlich um diese herum und begann, sich an die schwach gewölbte, violette Blase anzupirschen.

Es gab kaum Deckung. Nur noch einige lose Felsbrocken, die größten von ihnen nicht viel mehr als hüfthoch, lagen in unregelmäßigen Abständen ausgestreut. Ioan spurtete von einem zum anderen und duckte sich in den Schutz, den sie zu bieten schienen. In solchen Intervallen überwand er die Distanz zu der amethystenen Kuppel. Im Licht des nächsten Meteoriten, der knatternd über den Himmel zog, warf er einen fragenden Blick zu Borissowitsch zurück. Er war nahe genug herangekommen, um zu sehen, dass die Kuppel keinerlei Gliederung besaß. Keine Pfeiler oder Träger, keine Fenster oder Türen. Der Kommandant wurde für einen Wimpernschlag über der Zackenkrone der Felseninsel sichtbar. Mit dem Arm vollführte er eine kreisende

Pantomime, als rühre er eine überdimensionale Kaffeetasse um. Dann war er wieder verschwunden.

Ioan verstand: Er sollte im Uhrzeigersinn um die Kuppel herumgehen. Er wartete das Zerplatzen des Meteors und das Erlöschen der grünen Nachbilder ab und sprang vor. Jetzt war er an der Kuppel. Glatt und schwach von innen heraus glühend lag sie in der schwarzen See der Nacht. Sie mochte aus halbtransparentem Elastal bestehen, das von innen beleuchtet war. Oder handelte es sich um Eigenlumineszenz des Materials? Jedenfalls war sie glatt und fugenlos. Ihre Wölbung schnitt in flachem Winkel in den Sand, unter dem sie sich noch viele Stockwerke tief fortsetzte. Wenn man sie im Geiste zu einer Kugel vervollständigte, musste sie in eine beträchtliche Tiefe unter die Wüstenoberfläche hinunterreichen.

Der Maat folgte der Anweisung seines Chefs und begann, die Kuppel im Uhrzeigersinn zu umrunden. Als er auf eine Elf-Uhr-Position gekommen war, hoben sich niedrige Strukturen von der glatten Blase ab. Ioan drückte den Rücken an die schwach leuchtende Masse und schlich, die Waffe im Anschlag, auf die rechtwinkligen Wülste zu, die so einen Eingang zu formen schienen. Dann tastete er sie mit der Linken ab, während die Rechte die geladene Strahlenpistole umklammerte.

Narben und Grate erhoben sich aus der glatten Oberfläche, die wärmer war als die nächtliche Umgebung. Allerdings gab es nirgends Sensorfelder oder andere Möglichkeiten, die Tür zu öffnen. Konnte man sich bemerkbar machen? Soweit er wusste, war dies alles zthronmisches Gebiet. Würden sie so erfreut sein, einen nächtlichen Ruhestörer hereinzubitten? Aber der Chef schien zu wissen, was er tat.

Im nächsten Augenblick stand er neben ihm. Ioan hätte beinahe aufgeschrien. Er hatte weder gesehen noch gehört, wie der Kommandant ihm gefolgt war. Allerdings hatte die Kuppelwölbung die Felseninsel vor seinem Blick verborgen.

»Was dauert denn daran so lange?«, brummte Borissowitsch. Er drückte sich an seinem Maat vorbei und begann damit, die Strukturen zu erkunden. »Ist denn niemand da?«

Nachdem er eine Weile an den amethystfarben glühenden Narben und Wülsten herumgedrückt hatte, nahm er zu Ioans Entsetzen die Strahlenwaffe verkehrt herum in die Hand und pochte mit dem Knauf gegen die Kuppel. Ioan meinte, an seinem Herzschlag ersticken zu müssen.

Nichts geschah.

Schließlich holte der Kommandant seinen Handkommunikator hervor und richtete ihn gegen die Tür. Irgendwo schien ein Kontakt zustande zu kommen. Das Bedienfeld in Borissowitschs Handfläche nahm den roten Farbton einer Eingabeaufforderung an. Er überlegte einen Moment und tippte dann einen Code in die virtuellen Felder. Ioan bekam weiche Knie, als sich tief im Inneren der Kuppel erst ein summendes, dann ein klickendes Geräusch ergab. Zugleich wurde das Violett der Wölbung intensiver und – bedrohlicher. Der Kommandant hatte eine Möglichkeit gefunden, mit der Kuppel zu kommunizieren. Und noch bevor er dazu kam, sich darüber zu wundern, musste Ioan mit ansehen, wie ein türgroßer Ausschnitt der Elastalmasse, die jetzt in grellem Purpur glühte, nach innen versenkt wurde und zur Seite glitt. Die Luft, die aus dem Inneren hervorströmte, kondensierte in der eisigen Nacht. Weiße Nebelschwaden krochen aus der Öffnung und wanden sich um ihre Beine. Der Geruch, der dabei aufstieg, hätte Ioan beinahe den Magen umgedreht. Er trat instinktiv ein paar Schritte zurück, um die kalte, klare Luft zu atmen. Langsam erkannte er, dass es der Geruch von organischer Wärme war, der Geruch von nasser Erde und tropischer Fruchtbarkeit.

Borissowitsch wies ihn an, den Materialsack zu holen. Ioan stolperte, von klammem Schweiß umströmt, zur Felsinsel zurück. Als er den Elastilbeutel, in dem die Katze Morgan zappelte, aufnahm und zur Kuppel zurücksah, leuchtete sie in intensivem Violett, das die Umgebung kilometerweit zu erhellen schien. Die Dampfschwaden, die aus der Öffnung quollen, verbreiteten sich, flach über den Boden kriechend, in der Ebene, aus der die Kuppel wie eine unwirkliche Erscheinung aufragte.

Ioan beeilte sich, zu Borissowitsch zurückzukehren. Doch als er zur Einstiegsluke gehastet kam, war der Kommandant verschwunden. Er musste hineingegangen sein. Ioan umklammerte den Materialsack mit der linken Faust und streckte die Rechte vor, die die Pistole trug. Er füllte die Lungen ein letztes Mal mit der klaren Nachtluft Zthronmias, die ihm auf einmal unaussprechlich süß und köstlich erschien. Dann duckte er sich in den Einlass und begann, in die wabernde feuchte Tiefe zu steigen.

Steile Treppen aus Metallgitter führten in die Tiefe. Ein Geländer sicherte es zu beiden Seiten. Als Ioan einige Stufen hinabgestiegen war, lichteten sich die weißen Schwaden, die sich in der Kälte der einströmenden Nachtluft gebildet hatten. Er konnte ins Innere der Kuppel sehen und stellte fest, dass sie noch sehr viel größer war, als der oberirdische Teil hatte vermuten lassen. Gleichzeitig registrierte er, nicht ohne ein Aufwallen von Panik, dass sich über seinem Kopf die Einstiegsluke schloss und mit hermetischem Schmatzen verriegelte. War es ein automatischer Vorgang oder wurden sie beobachtet?

Ioan kam nicht dazu, sich darüber Gedanken zu machen. Den Materialsack, in dem die Katze Morgan zappelte und klagte, über der linken Schulter, die entsicherte Pistole in der Rechten, tastete er sich in die Tiefe, in der er einen Weg erkannte. Die steile Treppe mündete in einen breiten und gewundenen Pfad, der mit ziegelroten Fliesen ausgelegt war. An beiden Rändern verliefen längliche Vertiefungen, wie Abflussrinnen. Tatsächlich sammelte sich die Feuchtigkeit, die die ganze Kuppel wie ein schwerer Brodem erfüllte, dort und lief in zwei schmalen Rinnsalen neben dem Hauptweg her. Dieser war nicht schnurgerade, sondern schlängelte sich in gemächlichen Mäandern zwischen riesigen Pflanzendickichten und grünen Inseln hindurch. Manche waren mit haushohen Elastalglasscheiben gesichert. Ioan glaubte, Vögel und Eidechsen zwischen der tropisch üppigen Vegetation zu erkennen. Andere schienen Gewächshäuser zu sein. Spektakuläre Palmen und Urwaldriesen ragten zu der violetten Kuppel auf, die zehn Stockwerke über dem feuchten Grund dieser künstlichen Dschungel schwebte. Wieder andere Habitate waren nur durch groben Maschendraht vom Hauptweg getrennt. Exotische Kreaturen hangelten sich dort von Baum zu Baum oder dämmerten in den grünen Schatten, die das künstliche Licht auf ihre Felsinseln und Wohnhöhlen warf. Ioan vermutete, dass diese Käfige durch Kraftfelder gesichert waren. Tatsächlich entlud sich ein bläuliches Prickeln, als er die Hand ausstreckte und mit dem Pistolenlauf an das Maschengitter klopfte. Im gleichen Augenblick fuhr er zurück. Im Inneren des Käfigs hatte sich ein Wesen entrollt, das aus einem Albtraum entsprungen schien, und war bis an den Rand des Gitters vorgestoßen. Ioan hatte es für eine exotische Pflanze gehalten. Eine in sanften Blau- und Rottönen schillernde Blüte schien sich über einer Masse dunkelgrünen Laubs zu erheben. Doch als er an das Gitter klopfte, entfaltete sich das Ganze zu einem übermannshohen gedrungenen Leib, der aus einem stachligen, moosgrünen Hornpanzer bestand, und ein viele Meter langer Schlangenhals schoss auf Ioan zu. Er blickte in den aufgerissenen Rachen eines dinosaurierartigen Reptilienschädels. Eine armlange, ledrige Zunge, auf der diamantene Borsten saßen, und drei Reihen messerscharfer Zähne prallten gegen das elektrisch knisternde Gitter. Mächtige Kiefer schnappten mehrere Male ins Leere, ehe sich der Hals zurückzog und das Wesen wieder seine Ruhehaltung einnahm.

Ioan war zurückgetaumelt. Beinahe hätte er im Reflex auf die Kreatur gefeuert. Er vergrößerte respektvoll den Abstand zu den Käfigen, Gewächshäusern und Volieren und ging langsam weiter.

Das nächste Habitat sah wie ein riesiges Seewasseraquarium aus. Es schien eine Korallenlandschaft zu enthalten, war aber, statt mit Wasser, nur mit Luft gefüllt. Winzige Wesen, die an Tropenfische oder Seepferdchen erinnerten, glitten über den Bänken dahin, die in der Tiefe des Biotops in mächtigen Treppen und Stufen anstiegen. Sie schwammen durch die Luft, wie Kolibris mit unsichtbaren Flügeln schlagend. Die Korallenbänke waren mit Kugeln und Knollen besetzt. Man hätte sie für Steine oder sukkulente Pflanzen halten können. Aber wenn einer der kleinen Luftfische ihnen zu nahe kam, zerteilten sie sich urplötzlich und schlangen ihn reflexhaft ein. Dann wurde er verdaut, wobei die Knollen zufriedene Rülps- und Furzlaute ausstießen. Manche sonderten auch irisierende Partikelwolken ab wie zerplatzende Boviste, die ihre Sporen in die Luft entließen. Diese Sporen hefteten sich wie Schimmel an die vorbeipropellernden Flugwesen, wodurch diese in eine Art Schnellfäule überzugehen schienen. Sie wurden in Augenblicken zersetzt. Als eingespeichelte Nährstoffbrocken stürzten sie in die Tentakelschöpfe anemonenartiger Kreaturen, die mit langen Fangarmen den Luftraum über sich durchpflügten. Hier schien eine komplizierte Symbiose vorzuliegen. Größere Echsen, die wie Frösche auf Stelzen oder Störche mit Froschmäulern aussahen, weideten die Wiesen der Fangarme ab, gegen deren Gifte sie immun wirkten. Ioan drängte sich der Eindruck auf, dass der Grundsatz des Fressens und Gefressenwerdens hier eine besonders aggressive Umsetzung erfahren hatte. Die Lebensdauer keines Wesens konnte wenige Minuten übersteigen und doch barst das Habitat von wimmelnder Lebensfülle, die sich beständig zu erneuern schien.

Ioan taumelte weiter. Mit offen stehendem Mund, die Waffe gesenkt, war er ins Schauen versunken. Nie hatte er eine solche Vielzahl an Lebensformen gesehen, nie eine solche tropische Üppigkeit. Es war, als wäre der Reichtum der ganzen Galaxie hier ausgestellt, und das in einer unterirdischen Kuppel inmitten der Wüsten einer Welt, die als eine der lebensfeindlichsten dieser Galaxis galt. Reine Pflanzhäuser wechselten mit Terrarien, die bizarre Echsen oder Fellwesen zur Schau stellten. In dreißig Meter hohen Volieren flatterten und kreischten unzählbare Vogelarten und ihre Pendants an flugfähigen Wesen, die von anderen Planeten stammten. Manchmal gabelte sich der Weg und führte um eine einzelne, mächtige Palme herum. Dann gingen wieder kleine Seitenpfade ab. Sie schienen sich völlig in der grünen Hölle dieser künstlichen Lebensräume zu verlieren.

In einem Käfig, der in der Mitte unterteilt war, darbten zwei kuLau. Ioan hatte diese Kreaturen nie mit eigenen Augen gesehen. Er kannte sie nur vom StabsLog, wenn er und seine Kameraden sich aus purer Langeweile über den galaktischen Kongress auf dem Laufenden gehalten hatten. Sie waren Paarwesen, mehr zweihäusige Pflanzen als Anthropoide. Und dennoch waren sie intelligent. Sie besaßen Bewusstsein und hatte eine der subtilsten Hochkulturen der Galaxie hervorgebracht. Dass sie hier eingesperrt wurden, warf ein bedrückendes Licht auf diesen Kuppelbau, der ihm als Denkmal des Lebens und Verherrlichung der evolutionären Fülle erschienen war. Hinzu kam, dass die beiden kuLau einander nicht berühren konnten. Eine transparente Elastalscheibe trennte ihr Habitat in zwei Hälften. Einander zu sehen, ohne einander zu spüren, musste für diese Wesen Folter sein. Tatsächlich wirkten sie heruntergekommen und grau, verglichen mit den Repräsentanten ihrer Gattung, deren elegante Bewegungen Ioan im StabsLog bewundert hatte. Sie schienen – welk zu sein. Ob sie aus Unwissenheit oder aus Sadismus so gehalten wurden, ließ sich kaum entscheiden. Allerdings deutete die Tatsache, dass sie eingesperrt waren, auf Letzteres hin. Die hochsensiblen, feinfühligen Kreaturen reagierten kaum, als Ioan an ihrem Käfig vorbeiging. Träge folgten ihre an große Knospen erinnernden Köpfe seinem Weg.

Ioan vergewisserte sich, dass Borissowitsch nur zwei oder drei Käfige weiter war. Er fing seinen Blick auf und deutete dann auf das Habitat, in dem die kuLau eingezwingert waren. Der Kommandant nickte grimmig. Sie waren tatsächlich Gefangene, sollte das heißen. Aber dann winkte er ihn heran und Ioan beeilte sich, zu ihm aufzuschließen.

Das Gehege, vor dem der Kommandant stehen geblieben war, war größer und prachtvoller als alle vorausgegangenen. Es nahm die volle Höhe der Kuppel ein und erstreckte sich in eine unabsehbare, von üppiger Vegetation und Felsgruppen verdeckte Tiefe. Ein künstlicher Wasserfall rauschte von oben herunter, zerteilte sich in mehrere Kaskaden, die Bassins füllten und sich im Vordergrund zu einem kleinen See vereinigten. Dichter Rasen füllte die Flächen zwischen den Wasserläufen und den erratischen Findlingsblöcken. Mächtige Palmen und Banjanbäume wuchsen zum violetten Himmel empor. Hinten türmten sich riesige Felsen zu einem kleinen Bergmassiv aufeinander. Überall gab es Becken, durch die klares Wasser strömte, kleine Moosteppiche oder Blumenwiesen, Singvögel und Schmetterlinge gaukelten durch die Luft. Aber die eigentlichen Insassen dieses Käfigs …

Ioan klappte den Mund auf und bekam ihn nicht wieder zu.

»He, seht mal«, rief eines der Wesen, »wir bekommen Besuch!«

»Und was für hübschen«, antwortete das zweite mit laszivem Unterton.

»Darauf haben wir schon lange gewartet«, zwitscherte das dritte.

Ioan ließ die Pistole sinken und atmete tief durch. Er versuchte, in Borissowitschs Miene zu lesen. Der Kommandant zwinkerte ihm zu. Aber die Bewegung blieb auf den Augenwinkel isoliert. Der Rest seines Gesichts blieb maskenhaft und ernst.

Das Gehege beheimatete drei Mädchen, Menschenmädchen. Sie schienen eben erwacht und Ioan musste sich ins Gedächtnis rufen, dass es nach lokaler Zeit mitten in der Nacht war.

Sie lebten wie Papageien in einem Bauer. Sie wurden gehalten wie Tiere, wie schillernde Korallenfische oder Paradiesvögel in einer aufwendigen Voliere.

Alle drei waren so gut wie nackt. Das eine trug nur zwei Kettchen, die mit Glöckchen besetzt waren, an den Fußgelenken. Das Zweite hatte ein rosafarbenes, waagerecht abstehendes Röckchen um, ein Tutu wie im klassischen Ballett. Das Dritte schlug mit Flügeln aus bunter Elastilfolie, die man an seinen Armen befestigt hatte. Ansonsten waren sie unbekleidet. Alle drei hatten gebräunte, olivenfarbene Haut und schwarzes Haar, das struppig und verfilzt war. Sie waren blutjung, kaum achtzehn oder neunzehn Jahre alt. Von einer gewissen Verwahrlosung abgesehen, schienen sie gesund und wohlgenährt zu sein. Und sie zwitscherten gut gelaunt wie sprachkundige Vögel.

»Was hat das zu bedeuten?«, stammelte Ioan.

»Amish«, sagte Borissowitsch leise. »Sie kidnappen sie und sperren sie hier ein …«

»Das wusste ich nicht …«, flüsterte der Maat.

Er steckte seine Pistole weg und betrachtete das Innere des Habitats. Dabei wich seine Bestürzung rasch einem Ausdruck des Wohlgefallens. So schnell, wie sie über ihn gekommen war, hatte er seine Betroffenheit wieder abgelegt. Er ließ die Blicke über die paradiesische Kunstlandschaft und über die Mädchen schweifen, die sie erwartungsvoll erwiderten, und leckte sich die Lippen.

»Und was machen wir jetzt mit ihnen?«, fragte er und wechselte einen Augenaufschlag mit seinem Vorgesetzten.

Jennifer

Etwas war anders. Aber was? Hatte sie geschlafen, war sie ohnmächtig gewesen? Immer weniger gelang es ihr, Ordnung in die Abläufe zu bringen. Hatte man sie zwischenzeitlich in den Käfig zurückverfrachtet und jetzt wieder hervorgeholt? Oder hatte sie das in einer ihrer Absencen geträumt? Sie hätte es nicht zu sagen vermocht. Was war Trance, was Wachen? Der blutigste Albtraum, aus dem sich jede Faser ihres gequälten Seins endlich, endlich zu erwachen wünschte, hörte auf den Namen Realität.

Wieder der Thron, der gravimetrische Stuhl, an den sie mittels unsichtbarer Kraftfelder gefesselt war. Wieder die Bühne, die mit groben Holzbohlen belegte Terrasse, die vor ihr ein grobes Karree bildete. Es schien größer geworden. Hatte man es erweitert oder war es ein Trick ihres Unbewussten, alles in der Erinnerung zu verniedlichen? Dreierreihen roter Kordeln umfingen den Bereich. An den drei anderen Seiten stiegen hölzerne Tribünen an, die das Karree zu einer primitiven Arena machten. Das war neu, zweifelsfrei. Wann hatte man sie aufgeschlagen? Und welchem Spektakel diente der Aufwand?

Ihr ging auf, dass sie auf ihrem Thron die Stirnseite dieser Theaterbühne einnahm. War sie die Heldin der Tragödie, die hier ihren Lauf nehmen sollte? Was hatten sie mit ihr vor?

Die Reihen füllten sich mit Zthronmic, zottigen Wüstenkämpfern mit strähnigen Mähnen und bunten Fantasieuniformen. Man hätte ihn sagen sollen, dass eine Brust voller Orden nichts wert war, wenn alle sich damit schmückten. Was ging hier vor?

Ihre Verfassung war schlecht. Sie spürte die Enttäuschung, die die Zuschauer des Spektakels bald befallen würde. Wenn man vorhaben sollte, sie hier über Stunden genüsslich zu Tode zu foltern, hatte man einen Fehler gemacht. Dann hatte man sich vorschnell verausgabt und sein Pulver verschossen, ehe es richtig losging. Sie würde nicht mehr lange durchhalten. Wenn man sich längerfristig mit ihr amüsieren wollte, hätte man ihr Ruhe gönnen müssen, ihr ein paar Schlucke zu trinken geben müssen.

Denn der Durst hatte längst alle anderen Schmerzen undeutlich gemacht. Sie spürte weder das Pulsen im verletzten Fuß noch das Pochen in den eingedrückten Rippen. Da war nur dieser lähmende, nicht einmal mehr brennende, sie nur noch stumpf und apathisch machende Durst tiefer Dehydrierung.

Sie lauschte in sich hinein. Da waren Echos und Nachbeben des Schmerzes. Auch jetzt steckte ihr rechte Hand in der schwarzen, mit goldenen Tloxi-Hieroglyphen verzierten Box, dem Zthron Zathar. Aber es schien deaktiviert zu sein. Der bloße Anblick bereitete ihr Schweißausbrüche, die wiederum auf das Konto ihres Flüssigkeitshaushaltes gingen. Sie durfte nicht den Fehler machen, die Angst vor dem Schmerz höher zu bewerten als diesen selbst. Sie durfte dem Trauma und der Furcht keinen höheren Stellenwert einräumen als dem, was sie fürchtete und was sie traumatisierte. Das hatte Tsen Resiq sie gelehrt. Gerade wenn es uns schlecht geht, müssen wir uns an den Augenblick halten. Gerade im Elend und im Leid müssen wir die Gegenwart leben. Denn der Augenblick ist das, was vorübergeht, und die Gegenwart ist das, was gar nicht existiert.

Das war das Paradox der Zeit. Und in der Meditation, in der klösterlichen Abgeschiedenheit von Loma Ntang, war es ihr gelungen, die tiefe Wahrheit darin zu sehen, sie zu schauen. Die Zeit war eine Illusion, denn sie bestand aus drei Bereichen, die allesamt nicht existierten. Das Vergangene existiert nicht, denn es ist vergangen. Das Zukünftige existiert nicht, denn es kommt erst noch. Und die Gegenwart ist immer nur ein Augenblick, ist pure Flüchtigkeit, ist reißendes, haltloses Vorüberfliehen ohne jeden Bestand. Im hellsten, schreiendsten Leid musste man sich daher an den Gedanken halten, dass es jetzt Realität war. Denn im nächsten Augenblick war das Jetzt schon wieder Vergangenheit.

Aber wenn es keinen Ausweg gibt, hatte sie den Großmeister des Prana-Bindu-Ordens einst gefragt. Wenn der nächste Augenblick ebenso trostlos wie der vergangene ist?

Er hatte gelächelt. Dann hatte er es ihr erklärt. Wer den kommenden Augenblick über den jetzigen stelle, hoffe auf Verbesserung. Auf Verbesserung innerhalb der Realität. Der habe das Ganze nicht verstanden. Denn das Ganze besage, dass die Realität als Ganze nur ein Trug sei. Auch das Leiden. Auch das unausgesetzte Leiden.

Sie hatte gesagt, dass das in ihren Ohren nicht besonders tröstlich klinge.

Das soll es auch nicht, hatte er gesagt und sie in seiner milden Heiterkeit angelächelt.

Für ihn gab es den Ausweg, auf eine andere Existenz zu hoffen. Irgendwann würde alles anders werden, vielleicht sogar besser. Wenn nicht in diesem Leben, dann im nächsten. Wobei auch die Kette der Existenzen nur eine Kette von Gegenwarten war, die eine so leer wie die andere blieben.

Ihr selbst blieb dieser Ausweg nicht. Denn obwohl sie die Niederen Weihen des Ordens empfangen hatte, hatte sie dessen Prämissen nie geteilt. Seelenwanderung und Wiedergeburt waren keine Gegenstände ihres Glaubens. Sie glaubte an das Diesseits und an das eine, endliche und unwiederbringliche Leben. Das war der Grund, weshalb sie den Orden wieder verlassen hatte. Sie hatte den Dienst in der Union angetreten und sich der Erforschung dieses Universums gewidmet. Ihr Leben dem Diesseits geweiht. Als Ausweg blieb ihr nur die Trance. Ein vordergründiges, instrumentelles Verständnis, über das jeder Prana-Meister nur nachsichtig gelächelt hätte. Und doch hatte diese sie bis jetzt am Leben gehalten.

Sie horchte in sich hinein. Die inneren Auswege waren verstellt! Die seelischen Fluchträume waren blockiert! Etwas hinderte sie, sich in die Trance zu begeben.

Das Zthron Zathar hatte seine Arbeit wieder aufgenommen. Sie hatte es kaum gemerkt. Der Schmerz war ubiquitär geworden; sie nahm ihn kaum mehr wahr. Sie schwamm und badete darin wie eine Nixe in der Meeresbrandung. Nur wenn ein besonders hoher und schwerer Brecher über ihr zusammenschlug, zog er ihre Aufmerksamkeit auf sich.

Es war auch der grunzende, stinkende Folterknecht nicht mehr erschienen, der das schwarze Kästchen im Auftrag des

Verhörenden bedient hatte. Offenbar funktionierte es selbsttätig. Wie alle Tloxi-Fabrikate wurde es von einer KI gesteuert. Diese tobte sich jetzt auf eigene Rechnung an ihr aus. Beinahe war sie enttäuscht. Jemanden von einem Automaten foltern lassen, ohne hinzusehen. Das machte doch keinen Spaß! Aber dann zuckte sie zusammen. Das Scheißding arbeitete eine Randomliste ab! Auf einlullende Pausen folgte stechende Qual, als schneide und schlitze ein Skalpell an ihren Nerven und Sehnen herum. Dann wieder ein flächiges Verfluten des Schmerzes, als werde ihr Hand in siedendes Öl getaucht. Schließlich ein Aufflammen und prickelndes Brennen, als werde ihr Arm bis zur Schulter durch einen Fleischwolf gedreht. Das alles löste sich nach dem Zufallsprinzip ab und machte es ihr unmöglich, sich darauf einzustellen. Sie konnte so wenig in die Trance entfliehen wie ein Opfer chinesischer Wasserfolter in den Schlaf. Das war die eigentliche Qual: dass es aus der Qual kein Entkommen gab.

Sie wand sich und versuchte, alle Tricks ins Feld zu führen, die sie sich jemals angeeignet hatte. Die Atmung kontrollieren und den Herzschlag. Die Zähne aufeinanderbeißen. Die Muskulatur entkrampfen. Neun Zehntel der Schmerzen entstanden anderswo und davon wiederum der Löwenanteil im Gehirn. Das Zthron Zathar, versuchte sie, sich immer wieder zu sagen, beruhte auf Illusion. Ihre Hand wurde nicht wirklich zerfleischt! Doch es war ihr unmöglich, dieses Bewusstsein aufrechtzuerhalten. Sie konzentrierte sich auf andere Partien ihres Körpers, versuchte, den Arm geistig zu amputieren, ihn zu einem Ding zu erklären, das mit ihr selbst nichts mehr zu tun habe. Es gelang ihr von Minute zu Minute weniger. Ihr Muskulatur revoltierte, verspannte sich in Krämpfen, wurde stahlhart und vervielfachte die Qual. Ein Gekreuzigter starb an Atemlähmung, nicht an den lächerlichen Nägeln, die in seinem Fleisch steckten. Doch was nützte ihr dieses Wissen?

Die Tribüne hatte sich gefüllt. In ihrem verzweifelten Versuch, sich abzulenken, sich auf etwas anderes zu konzentrieren, zählte sie die Zthronmic, die drei fauchende und keifende Wände bildeten. Es waren über einhundert. Drei schräge Seiten voll zottiger Mähnen, handlanger Reißzähne, prangender Uniformen und Kampfanzüge, widrigen Gestanks. Sie johlten und tobten wie bei einem Sportereignis. Seltsamerweise schienen sie dabei gar nicht auf sie zu achten. Sie wand sich in einer Qual, die der Agonie nahe kam, und die Zuschauer waren mit sich selbst beschäftigt!

Dann ließ das Zthron Zathar wieder nach. Wie ein Spielzeug, das man achtlos, mit zerknickten Einzelteilen in die Ecke warf, schleuderte das plötzliche Aussetzen des Schmerzes sie in ihren Thron zurück. Sie atmete durch und beeilte sich, ihre Kräfte zu regenerieren, soweit ihr das noch möglich war.

Dann ging es los. M'tadr Zathr kam auf die primitive Bühne gestapft, trommelte sich wie ein Silberrückengorilla auf die ordenbehangene Brust und erhob ein Gebrüll, das die Luft erbeben ließ. Glücklicherweise wandte er sich von ihr ab, den Kämpfern auf den Tribünen zu. Einige Minuten schrie und bellte er auf sie ein. Sie jubelten ihm zu wie einem Gladiator, der in die Arena trat. Die KI war deaktiviert. Das Getöse wurde nicht übersetzt. Ob aus Unachtsamkeit oder um sie der zusätzlichen Qual der Unsicherheit auszusetzen, musste offen bleiben. Es ging um etwas ganz anderes, um etwas viel Größeres. Sie war nur Zaungast. Ein Ehrengast, der sich an einem zthronmischen Spektakel weiden durfte.

Vielleicht sollte sie so denken, um sich in Sicherheit zu wiegen?

Sie beschloss, sich an das zu halten, was sie sehen konnte. Bei den Zthronmic, die das brutale Publikum des Auftritts bildeten, fiel ihr auf, dass nur zwei Drittel Zathr zugejubelt hatten. Eine Seite der Tribüne war stumm geblieben. Was hatte das zu bedeuten?

Dann stapfte ein anderer Zthronmic in die Mitte des Karrees. Er glich Zathr äußerlich – wie sich die Zthronmic untereinander glichen bis zur Ununterscheidbarkeit. Wer hätte die Nuancen ihrer geifernden Fratzen, ihrer strähnigen Fellbüschel, ihrer Operettenuniformen auseinanderhalten können? Wie bei jeder fremden Rasse wirkte die Fremdheit für den Außenstehenden uniformierend.

Der zweite Zthronmic erhob ein ähnliches Gebrüll wie Zathr. Ihm jubelten die Kämpfer auf der dritten Tribünenseite zu. Und während Jennifer fieberhaft überlegte, bei was für einem Gladiatorenkampf in einem provinziellen Wüstenfort sie als unfreiwillige Zuschauerin herhalten musste – vielleicht als Preis und Beute für den Sieger, als lebende Trophäe? –, drehte der Neuankömmling, sich den Brustkorb trommelnd, eine Runde über die ausgesparte Bühne und ließ dabei wie von ungefähr einen Blick über sie streifen, der sie erstarren ließ. Sie kannte ihn! Es war der einzige Zthronmic, dessen individuelle Züge sich ihr eingeprägt hatten. Kein Geringerer als Zthron Muqa Zthé stapfte an ihr vorbei, der Verhandlungsführer der zthronmischen Delegation auf dem Galaktischen Kongress und Herrscher des Planeten Zthronmia.

Er musterte sie. Rasch und für die kochende Menge in seinem Rücken unauffällig, aber neugierig. Sie versuchte, diesen Blick zu lesen, diesen kalten Raubtierblick. In welche Rolle war sie hier gerutscht? Zankapfel oder Symbol? Obwohl sie kein Wort verstand, reichten die Gesten und Bewegungen der beiden Alphamännchen hin, den Vorgang klarzumachen. Hier wurde die Machtfrage gestellt. Dass Zathr sie gefangen hielt, sie folterte und das öffentlich machte, konnte der nicht hinnehmen, der sich als Häuptling aller Zthronmic ansah. Und nun forderte er ihn heraus!

Sie wehrte sich gegen den Impuls, ihre Sympathien Muqa Zthé zuzuwenden. Er war mitnichten gekommen, um sie befreien. Er klagte seine Rechte ein, die uneingeschränkte Hoheitsrechte waren. Vollständige Gefolgschaft und Unterwerfung aller Zthronmic. Sie war nur der Auslöser dieses Machtkampfes.

Die beiden umkreisten einander in der Mitte der Bühne. Sie brüllten und fauchten einander an, dass die Luft zu kochen schien, der Raum sich schlingernd zwischen ihnen wand. Hinzu kam das Anfeuerungsgeschrei ihrer Anhänger. Das Ganze floss zu einer Lärmkulisse zusammen, wie kein Urwald sie zu produzieren vermocht hätte. Und das in dieser abgelegenen Wüste, in der das Zischeln und Sausen des Windes und ein gelegentlicher Staubsturm die einzigen Geräusche waren.

Wie würde die Auseinandersetzung weitergehen? Würde es

beim Wortwechsel bleiben? Dass dieser als trommelfellzerfetzendes Gebrüll erschien, sprach nicht dagegen. Das war der normale Umgangston dieser Wesen. Im Konvent hatte es oft nicht anders geklungen und die übersetzende KI hatte sich dann in formalen Haarspaltereien ergangen, die mit dem Gebell zusammenzubringen man sich schwertat.

Aber dann war auch diese Frage beantwortet. Die beiden Zthronmic wurden handgreiflich. Mit ihren Pranken rissen sie an Fell und Uniform und versuchten, einander zu Fall zu bringen. Sie rangen, wobei ihr Brüllen in gepresstes Keuchen überging. Dann schlichen sie wieder umeinander herum. Noch machte alles einen sonderbar abstrakten Eindruck. Es schien Konventionen und Regularien zu geben. Mit der Strenge eines alten Rituals lief alles ab. Rohe Gewalt war ausgespart geblieben. Immer wenn einer einen Schlag, einen Griff, einen Tritt hätte anbringen können, wich er wieder zurück und gab den Gegner frei. Ein schematisierter Schaukampf, bei dem beide darauf verzichteten, einander ernsthafte Verletzungen beizubringen. Der bloße Gedanke, was man mit ihren messerscharfen Säbelzähnen anrichten konnte, ließ solche Reglementierungen ratsam erscheinen. Doch irgendetwas sagte ihr, dass es nur ein Vorgeplänkel war.

Wenige Augenblicke später gaben die Geschehnisse ihr recht. Nachdem sie einander eine Weile umkreist und angeblökt hatten, traten M'tadr Zathr und Muqa Zthé zurück und deuteten eine Verneigung an. Für einen Moment hatte das Zeremoniell eine asiatische Kälte und Vornehmheit. Im nächsten Augenblick streiften sie ihre Uniformen ab. Sie warfen der von Feldkräften gefesselten Jennifer einen undeutbaren Blick zu. Dann stürzten sie sich aufeinander.

Plötzlich loderte furchtbare Angst in ihr empor. Sie wusste, was das werden würde! Sie wand sich und riss an ihren Fesseln. Aber es war aussichtslos. Und zum ersten Mal stieg Verzweiflung in ihr auf und schloss sich rau um ihren Herzmuskel.

Als die beiden Kämpfer die grünen Kampfanzüge abgeworfen hatten, hatte sie nach ihren Geschlechtsteilen geschielt. Sie hatten keine! Es waren keine Alphamännchen, wie sie im Stillen formuliert hatte, sondern asexuelle Alphatiere. Rogers' Worte fielen ihr ein, als sie bei der Eröffnung des Kongresses zum ersten Mal mit diesen Wesen konfrontiert worden waren. Er hatte sich geweigert, ihnen zu verraten, wie sie sich fortpflanzten. Später hatte sie sich im StabsLog über das Sozialverhalten der Zthronmic informiert. Das, was sie erfahren hatte, hatte ihr gereicht und sich hatte sich inbrünstig gewünscht, derlei niemals miterleben zu müssen.

Zathr und Zthé stürmten aufeinander los. Mit Pranken und Zähnen fielen sie einander an. Sie versuchten, einander zu umklammern und wie beim Ringen unterzufassen. Doch jetzt beließen sie es nicht mehr dabei, die reine Körperkraft zu messen. Wo sie konnten, schlugen sie die handlangen Reißzähne in das Fleisch des Gegners. Blut floss. Und dies war erst der Anfang.

Jennifer hatte die Bilder der ENCOURAGE II vor Augen. Die Besatzung war auf grausame Weise massakriert worden. Dabei hatte man sie nicht angerührt. Sie waren gezwungen worden, die rituelle Selbstentleibung ihrer zthronmischen Entführer mitanzusehen.

Sie wollte den Kopf abwenden. Gravimetrische Kräfte hielten ihn umklammert. Sie konnte sich keinen Millimeter rühren. Sie wollte die Augen schließen. Selbst das war nicht möglich! Das Generatorfeld umschloss sie wie ein exakt angepasster sensorieller Anzug. Sie konnte weder den Mund öffnen, obwohl sie gerne geschrien hätte, noch blinzeln oder die Augen schließen. Sie versuchte, sich in Trance zu versetzen. Aber das Zthron Zathar hatte seine Arbeit wieder aufgenommen. Der induzierte Schmerz war gering, verglichen mit der Panik, die sie überschwemmte, als sie begriff, dass sie nicht entkommen konnte. Die unregelmäßigen, von Zufallsgeneratoren bestimmten Muster, in denen die Schmerzen aufbrannten, erloschen, wiederkehrten und ihre Art veränderten – dumpf, mahlend, reißend, grell, anschwellend, unerträglich –, blockierten ihre Fähigkeit, sich in tiefe Prana-Bindu-Meditation zu versenken. Und das wäre die einzige Möglichkeit gewesen, der Tortur ihres mit unsichtbarem Beton fixierten Körpers zu entrinnen.

Muqa Zthé hatte die Oberhand. Er hatte Zathr untergefasst und in die Höhe gestemmt. Dann schmetterte er ihn zu Boden, dass die zentnerschwere Leibesmasse des Führers der Paz-Thrun die Holzbohlen erbeben ließ. Zthé warf sich über ihn, mit ausgefahrenen Klauen und gebleckten Hauern. Aber M'tadr Zathr rollte sich ab und tauchte unter dem nachsetzenden Zthé hindurch. Der Führer aller Zthronmic prallte hart auf die krachende Bühne. Sein Herausforderer, der ihm die Alleinherrschaft streitig machte, stand über ihm. Er schlug die Krallen seiner mächtigen Pranken in Zthés zottigen Rücken, dass sie tief in dessen stöhnenden Leib eindrangen, riss ihn daran in die Höhe, brachte sich hinter ihn und bohrte die mächtigen Säbelzähne zum Fangstoß in Zthés berstendes Genick. Die Arme des Geschlagenen erschlafften. Der riesige Körper war nur noch eine baumelnde Marionette, die an Zathrs Reißzähnen hing.

Jennifer erstarrte. Sie wandte ihre letzte Energie auf, um sich in Trance zu versetzen. Es ging nicht. Das Einzige, was ihrem Willen gehorchte, waren ihre Pupillen. Sie stellte sie auf unendlich, um das Bild, das sich ihr bot, verschwimmen zu lassen. Denn was jetzt kam, wollte sie ein für alle Mal nicht sehen. Sie durfte es nicht sehen!

Auf der Tribüne herrschte gespannte Stille. Von einem Augenblick zum anderen war das hundertstimmige Gebrüll der konkurrierenden Parteien verstummt, als M'tadr Zathr seinem Widersacher das Genick durchbissen hatte. Man hörte nur noch das schwere Keuchen des Siegers und das langwellige Atmen der versteinerten Zuschauer.

Der Führer der Paz-Thrun warf Jennifer über die Schulter des getöteten Muqa Zthé einen grauenhaften Blick zu. Triumph in einem Kampf auf Leben und Tod und neue Blutgier strömten darin zusammen. Sie nahm es aus dem Augenwinkel wahr, während sie sich darauf konzentrierte, ihr Sichtfeld diffus und undeutlich verschwimmen zu lassen. Sie blinzelte nicht, um ihre Linsen austrocknen zu lassen. Sie durfte nicht sehen!

Und dann geschah es. M'tadr Zathr griff mit beiden Armen um den mächtigen, von strohigem Fell bedeckten Brustkorb seines Gegners herum, schlug die Klauen beider Pranken ein und riss mit einer gewaltigen Bewegung die Brust Muqa Zthés auf. Undeutlich und doch klarer, als ihr lieb war, erkannte Jennifer das schwarze Herz, das hinter den brechenden Rippenbögen kauerte wie ein verschrecktes Tier und das in diesem Augenblick seinen letzten Schlag tat. Rechts und links davon wucherten gelbgrüne Trauben. Wie in einem Polster aus Fett saßen sie in einem schmierigen Gewebe. Zathr kratzte sie mit beiden Pranken heraus, dass der Schleim der Keimdrüsen lange Fäden zog. Er gab Zthés Nacken frei; der ausgeweidete Leib des Toten fiel zu seinen Füßen ineinander. Dann bleckte er die Reißzähne, von denen dünnes Blut troff, ließ die Luft in einem wilden Triumphgeheul erzittern und schlang die beiden Bündel glitschiger Drüsenmasse gierig ein. Für einen Augenblick hörte man nur das Geräusch des Gallerts, das er durch seine mächtigen Hauer schlürfte. Dann brach der Jubel seiner Anhänger wie ein Tornado über ihn herein.

Borissowitsch

»Zurück!«, rief Kommandant Borissowitsch. Er hatte die Offizierspistole im Anschlag.

Ioan wich erschrocken einige Schritte nach hinten. Borissowitsch wandte sich dem Habitat der Amishmädchen zu. Mit rudernden Armbewegungen scheuchte er sie hinter eine der Felsengruppen. Dann legte er an und schnitt mit der Strahlenwaffe einen mannsgroßen Durchlass in die Gitterstruktur aus Elastil, die das Gehege umgab.

»Was machst du denn?«, flötete das Mädchen mit den Glöckchen am Fuß.

Die Rußwolke des zerschmolzenen Elastils hatte sich noch nicht gelichtet, da kamen die drei schon wieder aus ihrer Deckung hervorgesprungen. Sie liefen nach vorne und besahen sich den aufgeschweißten Durchgang, den der Kommandant geschaffen hatte.

»Zerstörst du unser schönes Haus?«, zwitscherte das Zweite und wippte mit dem rosafarbenen Röckchen.

Keines von ihnen machte Anstalten, den Käfig zu verlassen. Allerdings musste Borissowitsch Ioan zurückhalten, zu ihnen in das Gehege zu klettern.

»Bist du dazu hergekommen?«, plapperte das Dritte. Es schlug halb spaßhaft, halb entrüstet mit den bunten Folienflügeln, die an seinen Armen befestigt waren.

Der Kommandant steckte die Waffe weg und wartete, bis sich der Rauch verzogen hatte. Dabei ließ er die Augen nicht von Ioan, der sich mit der Zunge über die Lippen fuhr und von einem Bein aufs andere trat.

»Chef …«, stieß der Maat hervor. Seine Stimme war rau von zurückgehaltener Begierde.

»Untersteh dich«, knurrte Borissowitsch.

Die Mädchen kicherten und tanzten einen Ringelreihen. Borissowitsch sah ihnen regungslos zu wie ein geduldiger Vater seinen ausgelassenen Töchtern. Endlich wurde es ihm zu viel.

»Raus mit euch!«, brummte er und nickte zu dem Durchlass hin, den er in die Käfigwand gebrannt hatte.

Lautes Gelächter prasselte auf ihn ein. Die Mädchen schütteten sich aus und gluckste, als habe er einen Scherz gemacht. Dabei fassten sie sich an den Händen und wirbelten umeinander herum. Ein rosafarbenes Röckchen und bunte Elastilflügel schwirrten durch die Luft, die vom hellen Klingeln und Klirren kleiner Glöckchen erfüllt wurde. Das Trio war nur noch ein Durcheinander nackter Arme und Beine. Ihr zottiges, seit Jahren nicht mehr geschnittenes Haar, das ihnen bis zu den Hüften reichte, flog im Rhythmus ihrer Schritte um ihre schmalen Schultern.

Borissowitsch stand da und sah dem Schauspiel zu, ohne sich zu rühren.

Als die Mädchen zu bemerken schienen, dass es ihm ernst war, stellten sie ihren Rundtanz ein. Sie bauten sich auf einem kleinen Wiesenstück auf, stemmten die Fäuste in die Seite und blickten ihn herausfordernd an.

»Raus da!«, wiederholte Borissowitsch.

»Kommt doch lieber rein«, flöteten die drei im Chor. »Oder traut ihr euch nicht …«

Der Kommandant stieß resigniert die Luft aus und ließ die Arme hängen. Ehe er ihn zurückhalten konnte, war Ioan durch den schwelenden Durchlass geklettert und in das Gehege gestürmt. Die Mädchen flohen kreischend – aber nur einige Meter. Dann blieben sie wieder stehen und musterten den Maat und Hobbykoch abwartend.

»Na endlich«, sagte eines.

»Was für ein starker Mann!«, das Zweite.

Und das Dritte schlug mit den künstlichen Flügeln. »Wir können viel Spaß miteinander haben …«

Ioan warf den Materialsack auf die Erde. Er platzte auf, und die Katze Morgan kam fauchend herausgeschossen. Im Freien sah sie sich irritiert um, stellte den Schwanz auf und stolzierte dann davon. Die Mädchen stürzten ihr sofort hinterher.

»Komm sofort da raus«, knurrte Borissowitsch zu Ioan, während die drei Grazien die Katze durch das dichte Unterholz ihres Geheges hetzten.

»Aber Chef«, murrte der Maat, »sie scheinen gar nicht abgeneigt.«

Der Kommandant warf ihm einen strafenden Blick zu.

»Wir müssen von hier verschwinden …«, zischte er. Dabei ließ er die Mädchen nicht aus den Augen, die jetzt aus dem wuchernden Grün zurückkehrten. Eines trug die Katze auf dem Arm, die sich wohlig an seine nackte Brust schmiegte und sich mit zusammengekniffenen Augen von ihm kraulen ließ.

»Wozu sind wir dann gekommen?«, fragte Ioan. Er verfolgte jede Bewegung der drei und hing voller Eifersucht an der schnurrenden Katze Morgan, die von einem zum anderen weitergereicht wurde.

»Schluss jetzt!«

Borissowitsch duckte sich durch den Eingang und trat an Ioans Seite in das Habitat. Die Mädchen betrachteten ihn furchtlos und mit abschätzendem Interesse.

»Kennen wir uns nicht?«, sagte das eine. Goldene Glöckchen klirrten an seinem bloßen Fuß.

Der Kommandant senkte einen vernichtenden Blick in das Mädchen.

»Das ist vollkommen ausgeschlossen«, erwiderte er kategorisch.

Die Kleine zuckte die Schultern und wandte sich mit geschürzten Lippen ab.

»Dann eben nicht«, schmollte sie. »Ihr seid doch sowieso einer wie der andere …«

Borissowitsch packte den in der Wiese liegenden Materialbeutel und wühlte darin herum. Er fand einige sensorielle Anzüge. Da Ioan sich einen genommen hatte, blieben drei übrig. Er warf sie den Mädchen hin.

»Zieht euch das an!«, befahl er. Seine Stimme duldete keinen Widerspruch. Ioan war unwillkürlich zusammengezuckt, obwohl er während der ganzen Zeit kein Auge von den Mädchen nahm. Diese zeigten sich allerdings unbeeindruckt.

»Gefallen wir dir nicht?«, fragte das eine. Es schlug sein Haar zurück, hob die Arme über den Kopf und präsentierte seine jungen straffen Brüste.

»Wir fühlen uns so viel wohler«, flötete das Zweite. Es wandte ihm seine Rückseite zu und wippte dabei verführerisch mit seinem kurzen Röckchen.

»Vielleicht macht er sich nichts aus Frauen«, zwitscherte das Dritte. Es schlang die flügelbesetzten Arme um sich und verbarg seine Reize mit bedauerndem Gesichtsausdruck.

Ioan sah aus, als habe er sich gerade die Zunge abgebissen.

»Oh Chef«, stöhnte er. »Seien Sie doch nicht so herzlos.«

Borissowitsch sah immer wieder durch den künstlich geschaffenen Durchschlupf auf den Hauptweg hinaus.

»Wovor hast du denn Angst?«, fragten die Mädchen. Sie umringten ihn und begannen, an seinen Kleidern zu nesteln.

»Wo sind denn …«, keuchte der Kommandant. »Wo sind sie denn alle?«

Die drei hatten ihn in ihrer Mitte eingeschlossen und wanden sich langsam um ihn herum. Ioan verfolgte das Schauspiel atemlos und fing an, seine Schutzjacke abzustreifen.

»Wer denn, mein Süßer?«, flötete die Glöckchenträgerin.

»Es ist niemand da«, säuselte die Berockte.

»Du brauchst dich nicht zu fürchten«, sang die Geflügelte.

Borissowitsch machte sich von ihnen los und taumelte ein paar Schritte beiseite.

»Eure Bewacher«, stieß er hervor. »Die Herren dieser … dieses Palastes. Wo sind sie?«

Die Mädchen kicherten wieder und tauschten amüsierte Blicke.

»Das beschwert dich also«, spottete das Erste. Es bückte sich und löste die Riemen mit den Glöckchen von seinen Gelenken. Dann warf es sie Borissowitsch verächtlich vor die Füße.

»Sie sind ausgeflogen«, lachte das Zweite. Es streifte das Balletttröckchen ab und schleuderte es ihm ins Gesicht. »Und sie sahen nicht so aus, als ob sie so bald wiederkommen würden.«

Das Dritte rupfte die künstlichen Schwingen aus bunter Elastilfolie von seinen nackten Armen, an denen sie mit Haftstreifen befestigt gewesen waren, und schmiss sie in theatralischer Geste in die Luft. »Wir sind frei …«

Die drei fassten sich unter und standen vor Borissowitsch hin. Sie hielten Ioans lüsternen Blicken ebenso gelassen stand wie der kalten Musterung des Kommandanten.

Borissowitsch schien zu überlegen. Dann sah er auf die Zeitanzeige seines Handkommunikators.

»Wann sind sie gegangen?«, fragte er rasch.

Die Mädchen zuckten synchron die Achseln. Ohne den papageienartigen Schmuck wirkten sie kleiner und jünger, zugleich auch schutzloser. Sie traten von einem Fuß auf den anderen, drehten ihr verfilztes Haar zwischen den Fingern oder kneteten ihre Lippen.

»Vor ein paar Stunden«, überlegte eines.

Das andere warf Borissowitsch einen pfiffigen Blick zu.

»Wir haben nämlich keine Uhren hier drin!«

Das Dritte schien flüsternd etwas auszurechnen.

»Gegen Sonnenuntergang«, sagte sie dann. »Die Kuppel schließt sich mit Einbruch der Nacht. Tagsüber steht sie einen Spaltbreit offen, um einen Luftaustausch zu ermöglichen.«

Jetzt dachten auch die anderen beiden wieder nach.

»Es war kurz nach der letzten Fütterung …«

Ioan klappte den Mund auf.

»Ihr werdet gefüttert?«

Dreistimmiges Gelächter ergoss sich über ihn.

»Naturlich«, plauderten sie durcheinander. »Was glaubst du, wie wir uns so gut entwickelt haben?«

Der Maat schien für einen Moment in seine Kombüse auf der Orbitalstation Alpha Ceti Tau zurückzukehren. Überlegte er sich, wie er die drei bekochen und hochpäppeln konnte? Sie waren gesund und normal entwickelt, wenn auch nicht gerade übergewichtig. An der Seite traten ihre Rippen hervor. Ihre Brüste waren klein. Knie und Ellbogen wirkten wie zu groß geratene Knoten in ihren dünnen Gliedmaßen. Wie lange mochten sie hier eingesperrt gewesen sein?

»Und was – bekommt ihr so?«, erkundigte sich Ioan.

Die Mädchen hoben die Achseln und plapperten alle zugleich los.

»Hauptsächlich Obst«, erklärten sie. »Das wächst in den anderen Gewächshäusern. Oder Gemüse. Manchmal auch Konserven. Die rauben sie wohl, wenn sie einen unserer Kibbuzim überfallen.«

Das Wort »Kibbuz« holte den Kommandanten in die Wirklichkeit zurück, nachdem er eine Zeit lang seinen Überlegungen nachgehangen hatte.

»Also sie brachen bei Sonnenuntergang auf?«, fragte er. »Die ganze Besatzung?«

Die jungen Amish sahen ihn verwundert an. Sein Beharren auf der Befragung schien sie zu langweilen.

»Es waren immer nur ein paar von ihnen hier«, gaben sie widerwillig Auskunft. »Nie mehr als fünf oder sechs. Richtig voll wurde es nur, wenn sie einen ihrer Empfänge hatten. Dann kamen Gäste. Vermutlich die Führer der verbündeten Stämme. Die ganze Station wurde herausgeputzt. Wir wurden mit irgendwelchem Tand geschmückt.«

Die zuvor die Flügel getragen hatte, schlug wieder mit den Armen, als wolle sie sich in die Lüfte schwingen.

»Wir waren die Attraktion des ganzen Komplexes«, sagte sie nicht ohne Stolz.

Ioan hatte mit großen Augen zugehört.

»Haben sie euch – etwas angetan?«

Die drei zirpten wie ausgelassene Zikaden.

»Dazu sind sie ja gar nicht in der Lage«, erklärten sie. »Die Zthronmic sind geschlechtslos. Schwanzlose Eunuchen!«

Dann kniff diejenige, die mit dem Röckchen angetan gewesen war, verschwörerisch ein Auge zu. Mit dem anderen senkte sie einen verführerischen Blick in Ioan.

»Manchmal«, sagte sie leise und mit abgedunkelter Stimme, »manchmal nötigten sie uns, es miteinander zu treiben. Das schien sie ungeheuer zu amüsieren …«

Die anderen beiden schmunzelten versonnen. Ioan schluckte schwer.

Borissowitsch versuchte ein weiteres Mal, zur Sache zurückzukehren.

»Wenn sie die Kuppel völlig unbewacht zurückgelassen haben, kann das nur eines bedeuten.«

Keiner antwortete. Ioan verschlang die Mädchen, die sich ihm spielerisch zuwandten und wieder entzogen, mit lüsternen Blicken.

»Dann gibt es Bürgerkrieg.«

»Was heißt das, Chef?«, fragte der Maat mechanisch.

»Die Paz-Thrun erheben sich. Sie beanspruchen seit Langem die Herrschaft über ganz Zthronmia.«

Ioan hatte sich auf den Rasen niedergelassen. Die Mädchen folgten seinem Beispiel und lagerten sich dicht an seine Seite.

»Können sie diesen Bürgerkrieg nicht ohne uns ausfechten?«, fragte der Hobbykoch.

Borissowitsch sah kopfschüttelnd auf ihn herab. Doch dann prüfte er noch einmal die Uhr.

»Es wird bald hell.« Er schien einen letzten Vorbehalt niederzuringen. Schließlich streifte er den Gurt ab, an dem er Strahlenpistole und Feldwerfer getragen hatte. »Vor heute Abend können wir ohnehin nichts mehr unternehmen.« Er ließ sich auf die Knie nieder und musterte die Mädchen aufmerksam. Gier trat in seine Augen. »Aber wir müssen eine Wache einteilen«, sagte er noch. Dann schlossen sich Mädchenarme um seinen Nacken und zogen ihn auf die Wiese.

Jennifer

Als sie zu sich kam, befand sie sich wieder in ihrem Käfig. Sie setzte sich auf und sah sich um. Auch die äußere Lage war die alte. Man hatte sie wieder in den staubigen Schuppen gebracht, in diese Abstellkammer aus rohem, rissigem Beton, durch dessen Tür der zinkrote Sand von Zthronmia hereinwehte. Die Tür stand offen. Sie ließ sich wohl gar nicht richtig schließen. Draußen brannte das platinfarbene Licht dieser lebensfeindlichen Welt, und der Wind ließ die Tür sachte hin und her schlagen.

Wieder spürte sie Schmerz. In ihrer rechten Hand brannten noch die Nachwirkungen des Zthron Zathar. Unerträglicher Schmerz durch Nerveninduktion. Sie betrachtete die Hand und tastete sie dann behutsam ab. Schließlich wagte sie es, die Finger zu bewegen. Ein Prickeln flammte auf, als sei die Haut mit flüssigem Treibstoff übergossen und in Brand geraten. Das unangenehme Gefühl eines ertaubten Gliedes, dessen Blutkreislauf lange unterbunden gewesen war und das nun wieder zum Leben erwachte. Wie Bewusstsein Schmerz war, so war auch Leben Schmerz. Das Brennen war tausendmal stärker als das, mit dem man einen eingeschlafenen Arm massierte. Und doch war es nur ein fernes Echo des Schmerzes, den das Zthron Zathar verursacht hatte. Das war ein Schmerz der Kategorie gewesen, der Menschen in den Wahnsinn treibt, der sie ihre Zungen zerbeißen oder sich die Eingeweide zerfleischen lässt. Von Schwerverwundeten in offener Feldschlacht wurden solche Dinge berichtet. Sie pulten sich die Augäpfel heraus oder fraßen ihr eigenes Gedärm in ihrer Qual.

Von dieser Art war der Schmerz des Zthron Zathar gewesen. Sie hatte ihn nur ertragen, die im Irrsinn röchelnde Qual nur bemeistern können, indem sie sich in die tiefste Prana-Bindu-Trance versetzt hatte, zu der sie fähig war. Und dennoch war ihr Geist betäubt von dem unmenschlichen Wüten kreatürlicher Not, das wie ein Berserker gegen die versiegelten Pforten ihres Bewusstseins angerannt war.

Das Echo davon, die traumatisierende Erinnerung, der widrige Geschmack mit dem man aus einem unfassbaren Albtraum erwacht, dies alles pulste und zuckte noch in ihrer rechten Hand. Es würde sie noch eine Weile beschäftigen, aber es war auszuhalten. Organisch war die Hand unversehrt, einzig eine Überreizung der stimulierten Nervenenden würde zu Phantomschmerz und gestörten Reflexen führen. Fraglich war, wie es weitergehen würde. Vermutlich hatte Zathr recht gehabt: Je tapferer sie im Ertragen der Folter war, umso länger zog sie selber ihre Qual hinaus.

Sie war bereit, diesen Preis zu bezahlen. Es schien ihr, dass ihr ganzes Dasein, die Ausbildung an der Akademie und das Prana-Bindu-Training, die Jahrzehnte der interstellaren Exploration und die Erfahrungen der Kriegseinsätze, auf diese eine Prüfung zielten. Ihr bisheriges Leben war nichts als die Vorbereitung gewesen, die sie bereit gemacht hatte, die Prozeduren der Zthronmic zu erdulden. Darin war etwas Heroisches, aber auch etwas Tröstendes. Sie fühlte sich wie ein Athlet, der ein Leben lang von einem Wettkampf geträumt, sich darauf vorbereitet und ihn herbeigesehnt hatte. Jetzt war der Tag gekommen. Es war schwer, sehr schwer. Sie staunte selbst darüber, wie unfassbar schwer es trotz all des Trainings und der ungeduldigen Erwartung war; und doch war es der Tag, auf den ihr Dasein ausgerichtet gewesen war, seit sie denken konnte.

Sie setzte die Untersuchung ihres abermals aus Folter und Ohnmacht erwachenden Körpers fort. Indem sie den mahlenden Schmerz in der Rechten einzuschätzen gelernt hatte, wurde der zertrümmerte linke Fuß wieder spürbar. Auch diese Verletzung meldete ihre Rechte an. Es gelang ihr, die beiden Zentren gegeneinander auszuwuchten. Sie konnten einander die Waage halten. Wie ein Kuli, der zwei schwere Gewichte auf einer Stange über dem Nacken balanciert, pendelte sie die beiden Schmerzen gegeneinander aus. Sie neutralisierten sich in gewisser Weise. Wie ein Trapezkünstler, der mit der langen Stange über das Hochseil schreitet, ging sie, von ihren Schmerzen stabilisiert, mit und zwischen ihnen dahin.

Und dann war da noch etwas. Als sie den Fuß untersucht und überlegt hatte, die Bandage zu verstärken, war ihr der besudelte Zustand ihres sensoriellen Unterzeugs aufgefallen. Sie hatte im Schritt geblutet. Hatte sie menstruiert? Das konnte sie ausschließen. Hatte man sie auch am Unterleib gefoltert? Zumindest hatte sie keine Erinnerung daran. Sie war aus der tiefen Trance sofort in die Ohnmacht geglitten, als ihr kauterisierter Geist unter dem Schmerz des Zthron Zathar zusammenbrach.

Doch dann wusste sie: In der Qual der Folter oder in der Bewusstlosigkeit, hatte sich ihre Blase entleert. Von der starken Dehydrierung, der ihr Organismus ausgesetzt war, war ihr Urin so dunkel wie Blut. In wehr- und willenlosem Zustand hatte sie unter sich gemacht. Und obwohl es nicht die Stunde war, sich zu genieren, erfüllte sie ein Gefühl der Scham, als sie diese Preisgabe ihrer Würde konstatieren musste. Für diese Wesen, ihre Folterknechte, war sie nichts anderes als ein Tier, das sich nass machte und das man aus Spaß noch ein wenig quälen konnte, ehe man seine leer geprügelte Hülle auf den Müll warf.

Sie musste ihre ganze Kraft zusammennehmen, um nicht zu verzweifeln. Tränen stiegen in ihr auf. Sie registrierte es kühl; die Empfindung hatte sie seit vielen Jahren nicht mehr gehabt. Und doch war die Verlockung süß, sich diesem Ausbruch der Gefühle hinzugeben. Die Versuchung war groß, sich dem überwältigenden Ansturm von Hoffnungslosigkeit und Verzweiflung zu überlassen. Aber sie durfte nicht nachgeben. Jetzt nicht. Noch nicht!

Stattdessen setzte sie die Erkundung ihres Kerkers fort, dieser sonderbaren Abstellkammer, Geräteschuppen mehr als Verlies. Überall Staub. Überall seltsam geformte Apparaturen, größtenteils mit billigen Elastilfolien verhängt, auf denen sich der rote Sand dieses Planeten abgesetzt hatte. Das einzige Intakte schien ihr Käfig zu sein. Während der Verbringung zu den Folterungen hatte sie versucht, sich darauf zu konzentrieren. Es war kein mechanischer Schlüssel gewesen, mit dem man das Gatter aus stumpfem Elastalstahl geöffnet und sie herausgelassen hatte. So primitiv ging es selbst bei den Zthronmic nicht zu. Irgendein virtueller Mechanismus. Sie hatte – in der Einschwingphase ihrer durchlässigen Trance – so etwas wie ein holistisches Muster zu erkennen geglaubt. Ihre überscharfen, überwachen und überreizten, von Todesangst stimulierten Sinne hatten etwas registriert. Ein mentaler Vorgang eher als ein physikalischer.

Sie versuchte, das Muster in sich wachzurufen und zu reproduzieren. Dazu versetzte sie sich wieder in die Trance, die ganz auf die adaptive Wahrnehmung von Feldern und Resonanzen zugeschnitten war. Renegaten des Prana-Bindu-Ordens nutzten diese Art von Kräften, um auf Jahrmärkten und im Zirkus aufzutreten. Sie hatten den Idealen des Ordens entsagt und verdingten sich als Hypnotiseure und Entfesselungskünstler, als Zauberer und Wahrsager, als Telepathen und Tranceartisten. Sie lasen die Gedanken ihrer Opfer oder Kunden, präsentierten sich als künstliche Schlafwandler und anderes mehr. Aus der Sicht des Ordens waren sie Scharlatane. Abtrünnige, die das heilige Wissen für vordergründige Spektakel ausmünzten. Aber es waren die gleichen Kräfte und Fähigkeiten. Sie zum Überleben einzusetzen, konnte nicht verwerflich sein.

Und so schloss sie die Augen und begann einen mentalen Rundgang um den Käfig. Sie strich mit geistigen Händen über seine Gitterstäbe und Stahlplatten, ihre geistigen Finger ertasteten den Sicherungsmechanismus, der in einem winzigen Gehäuse an der Unterseite saß. Es war ein fingernagelgroßer Feldgenerator, der ein holistisches Magnetfeld steuerte, das die Integrität des Käfigs aufrechterhielt. Sein Äquivalent an physischer Kraft war sehr groß. Man hätte Tonnen an Zug auf die Gitterstäbe lenken können, ohne sie ein Haarbreit zu verbiegen. Der Faraday-Effekt musste hineinspielen. Dennoch war es ein im Grunde simpler Mechanismus.

Mit virtuellen Fingern tastete sie die mehrdimensionale Intelligenz des Schlosses ab. Sie spielte damit. Es war ein Spielzeug, das seinem Konstrukteur mit Sicherheit mehr Spaß bereitet hatte als denjenigen, die darin gefangen wurden. Vor ihren geistigen Augen wandte sie das holistische Feld hin und her. Es war ein Schloss. Ein in mehreren Dimensionen in sich verzahntes, extrem raffiniertes zwar, aber es war ein Schließmechanismus. Und als sie ihn verstanden hatte, vermochte ihr Geist, den Schlüssel zu formen, der sich in die komplexe Matrix der virtuellen Sicherung einpasste. Im Grunde war es simpel; beinahe kam sie Mitleid mit denen an, die sich darauf verlassen hatten. Eine winzige mentale Wendung, die Dosierung geistiger Energie auf den richtigen Punkt – und das HoloSchloss sprang auf.

Die Gitterstäbe waren jetzt nur noch Gitterstäbe. Sie glitten zur Seite, als sie die Augen wieder öffnete, die Konzentration abwarf wie ein Kostüm, das sie nicht länger benötigte, und sich durch die entstehende Lücke wand.

Dann stand sie neben dem Käfig. Sie spürte ihr Gewicht, das in dem zertrümmerten Gelenk brannte, und die Taubheit in der Hand, die den induktiven Abdruck des Zthron Zathar bewahrte. Dennoch war sie frei.

Rasch sah sie sich im staubigen Inneren des Schuppens um. Wie anders alles wirkte, wenn man es nicht mehr durch Gitterstäbe betrachtete! Und wie winzig und entwürdigend der Käfig sie nun anstarrte, als sie auf ihn herabsah. Keinen Affen, keinen Leoparden würde man so halten wollen, und sei es nur zu Transportzwecken. Und doch war es etwas in der Art. Die kleine Lache blutigen Urins nicht ausgenommen, die von ihren Bewegungen verwischt war. Ein ranziger Geruch stieg davon auf.

Die Tür stand offen, leicht im Wind dieses Planeten schwankend. Grelles Licht, das draußen loderte, machte es unmöglich, weiter hinauszusehen. Dennoch glaubte sie, die knurrenden und fauchenden Stimmen zweier Zthronmic unterscheiden zu können. Und als sie sich behutsam in den hinteren Bereich des Schuppens bewegte, sah sie auch die zottigen, in speckigen Uniformen steckenden Leiber ihrer beiden Bewacher. Sie hatten ihr den Rücken zugewandt und unterhielten sich mit brüllenden und kläffenden Lauten, erstaunlich gedämpft für ihre Verhältnisse. Dabei rauchten sie Qat. Diese gelangweilten Gefängniswärter – auch das schien eine Konstante der Weltgeschichte zu sein, und nicht nur der terrestrischen. Solange sie sich die Zeit mit Zigaretten und mit belanglosen Gesprächen vertrieben, ihre

Opfer nicht zur Kenntnis nahmen und vor den Vorgesetzten kuschten, waren sie der Inbegriff der Harmlosigkeit. Doch wenn sie die Macht über die Gefangenen bekamen und ihren Sadismus ausleben durften , verwandelten sie sich in blutrünstige Bestien. Auch das war also kein Privileg der menschlichen Spezies, sondern ließ sich überall im Universum wiederfinden. War Grausamkeit eine Konstante dieses Kosmos? Das hätte auf dessen Schöpfer ein schiefes Licht geworfen.

Sie schlich sich an der Tür vorbei und orientierte sich in den hinteren Bereich des Schuppens. Bei ihrer Verbringung hatte sie gesehen, dass dieser nach rückwärts in einen lang gestreckten Anbau überging. Vielleicht gab es dort eine Hintertür? Aber nichts dergleichen war zu sehen. Zwar zog sich der L-förmige Bau in seinem hinteren Flügel um ein Vielfaches dessen in die Länge, was sie ursprünglich als sein Ganzes angenommen hatte. Doch trotz Dunkelheit und den tanzenden Lichtern des Schmerzes vor ihren Augen überzeugte ein einziger Blick sie, dass dort kein Weiterkommen war. Auch hier reihten und stapelten sich sonderbare Gebilde. Auf einem Bein humpelnd, um den linken Fuß, so gut es ging, zu schonen, erkundete sie in aller Eile die verhüllten Apparaturen. Es waren Teile von Scythern! Hier ragte eine der sensenförmig nach vorne gebogenen Schwingen, die den einsitzigen Jägern der Zthronmic den Namen gaben, in die Dunkelheit, dort rostete der mannslange Zylinder eines Feldgenerators vor sich hin. Hohle Module, hinter denen sich die engen Cockpits verbargen, waren mit rotem Leder ausgeschlagen. Andere Elemente waren von Elastilfolien verborgen, vermutlich die komplexeren Aggregate des Antriebs und der Steuerung.

Ein widriger Geruch ging von diesem Ersatzteillager aus. Hatte man schrottreife Scyther ausgeschlachtet und die noch verwendungsfähigen Teile hier untergestellt? Schwarzes Öl bildete kleine Lachen zwischen den monströsen Skulpturen. Doch war es nicht nur der charakteristische Gestank von Gummi und Schmieröl, von Treibstoff und geschweißtem Stahl, der diesen Bereich erfüllte. Etwas Organisches kam hinzu. Es roch wie auf dem Schlachthof oder beim Abdecker. Der halb süßliche, halb strenge Dunst von gegerbtem Leder und verrottendem Fleisch hing in der Luft.

Es war der Gestank der Zthronmic. Der ganze Planet hätte nach ihnen gestunken wie Sina nach den Sinesern, wenn nicht die Weite der Wüste und der Wind für frische Luft gesorgt hätten. In Verschlägen wie diesem staute sich jedoch der raubtierhafte Eigengeruch dieser Wesen und raubte einem den Atem.

Hier ging es jedenfalls nicht weiter. Selbst wenn der Flügel eine Hintertür besessen hätte, sie war durch die Schrottelemente Dutzender zerlegter Scyther verbaut. Der Schiffsfriedhof verlor sich im Dunkel der Halle, die die Ausmaße eines kleinen Hangars hatte. Sie hätte sich hier gut verstecken können. Eine Fluchtmöglichkeit bot der Anbau nicht. Und sowie entdeckt wurde, dass sie aus dem Käfig entkommen war, würde man jeden Schraubenschlüssel umdrehen und keinen Stein auf dem anderen lassen, bis man sie gefunden hatte. Sie musste sich etwa anderes überlegen. Ihre Gedanken kehrten zum Käfig zurück. Indem sie den virtuellen Riegel geknackt hatte, hatte sie die Vorrichtung in das verwandelt, was sie bei mechanischer Betrachtung war: ein leeres Gestänge aus Stahlrohren. Auf den Zehenspitzen schleichend und die Zähne zusammenbeißend, wenn sie mit dem linken Fuß auftreten musste, machte sie sich an die Erkundung des Käfigs, diesmal mit ihren Augen und Händen. Ihre mentale Erforschung hatte ihr ein gutes Bild geliefert. Sie brauchte nicht lange, um sich zurechtzufinden. Dann legte sie die Hände um einen der Stäbe und begann zu drehen. Mit einem Knirschen, das ihr das Blut gefrieren ließ, gab er nach. Sie lauschte auf das Gebell ihrer beiden Wächter. Aber draußen heulte der Wind. Die Tür schlug klappernd auf und zu. Die gegrunzte Unterhaltung der beiden Zthronmic war kaum zu hören. Da sie es waren, die dem Wind ausgesetzt waren, würden sie nicht hören können, was im Inneren des Schuppens vor sich ging.

Sie beeilte sich, im Rhythmus der knallenden Tür fortzufahren. Und dann gab die Stange ihren geräuschvollen Widerstand auf und ließ sich herausdrehen. Sie lag gut in der Hand. Armlang und einen halben Zentner schwer. Einen Menschen hätte man damit erschlagen können – auch bei erschöpften Kräften und gestörter Koordination infolge tauber Finger. Was man gegen diese Wesen damit ausrichten konnte …

Aber sie kam nicht dazu, sich ihr weiteres Vorgehen zurechtzulegen. Irgendetwas musste die Aufmerksamkeit der beiden Zthronmic auf den Verschlag gelenkt haben, in dessen Dämmer die Gefangene in ihrer Ohnmacht lag. Die Wächter grunzten und knurrten etwas. Der eine warf seine Qatlette fort. Dann duckten sie sich in das staubige Finster des Geräteschuppens.

Im letzten Moment konnte Jennifer sich beherrschen und den Lähmungsschrei der Prana-Bindu unterdrücken, den sie beinahe aus Reflex ausgestoßen hätte. Sie wusste nicht, inwieweit er bei diesen Wesen verfing, und er wäre in der ganzen Palisadensiedlung widergehallt. Stattdessen biss sie die Zähne zusammen, presste die Lippen aufeinander, legte ihren ganzen Hass, ihren ganzen Zorn, ihre ganze ohnmächtige Verzweiflung in den Schlag – und schmetterte dem ersten der beiden Zthronmic die Stahlstange in die Fresse. Er taumelte und ging zu Boden. Einem Menschen hätte der Schlag den Schädel zerschmettert und das Genick gebrochen. Hier hatte sie es mit einem Koloss von über zwei Metern und einem Gewicht von wenigstens drei Zentnern zu tun. Dennoch sackte er zusammen, als mit einem krachenden Geräusch sein Stirnknochen barst.

Sie sprang zurück, um nicht von der Leibesmasse dieses Monstrums begraben zu werden.

Stechender Schmerz brannte in ihrem Knöchel auf. Sie musste aufpassen, nicht das Gleichgewicht zu verlieren. Nach Luft schnappend, taumelte sie zurück. Dann wand sie dem Zthronmic, der mit zermalmter Schnauze an ihr vorbei zu Boden stürzte, die Strahlenwaffe aus der Pranke und eröffnete das Feuer auf den zweiten, der hinter dem struppigen Gebirge des ersten sichtbar wurde. Auch er hatte die Pistole im Anschlag gehabt, war aber zu perplex, um zu reagieren. Er würde nie erfahren, was für einen Fehler er gemacht hatte. Mit durchschossener Brust fiel er über seinen Kameraden. Hinter ihnen schloss sich knarrend die Tür.

Sie atmete durch.

Borissowitsch

»Habt ihr eigentlich auch Namen?«

Ioan lag in der Wiese und rauchte eine Qat-Zigarette. Er hatte den sensoriellen Anzug bis zur Hüfte angezogen. Sein schwammiger Oberkörper war nackt. Er ruhte schwer im Gras und sah mit trägen Blicken den Mädchen zu, die sich in einem der künstlichen Wasserläufe wuschen.

»Ich bin Shanya«, sagte das Erste, das die Glöckchen am Fuß getragen hatte. Es bündelte sein Haar und wrang das Wasser heraus. Dann tauchte es die Hände ins Becken, schöpfte ein wenig von dem klaren Nass heraus und rieb sich das Gesicht ab. Schließlich rubbelte es mit dem Zeigefinger über seine Zähne. Es spuckte aus, erhob sich und tänzelte über die Wiese auf Ioan zu. Dessen Auge war schläfrig, und er folgte Shanyas anmutigen Bewegungen wie ein vollgefressener Löwe den Sprüngen einer jungen Gazelle.

»Ich heiße Shury«, verkündete das Zweite. Es hatte das rosarote Röckchen angehabt. Jetzt schwamm es ein paar Runden in dem See, der das Sammelbecken der unterschiedlichen Bassins und Flüsschen bildete. Immer wieder tauchte es den Kopf unter und warf ihn dann zurück. Sein dichtes, schwarzes Haar schleuderte helle Tropfengarben in die Luft und klatschte denn schwer ins Wasser zurück. Schließlich stieg es an Land.

»Mein Name ist Sheyla«, erklärte das dritte Mädchen, das mit Flügeln aus bunter Elastilfolie ausgestattet gewesen war. Es hatte seine Toilette schon beendet. Jetzt suchte es ein Gitter auf, das in den grünen Rasen eingelassen war, und stellte sich breitbeinig über den warmen trockenen Luftstrom, der dort in das Habitat geblasen wurde. Der Atmosphärentauscher versorgte den Käfig mit Nachschub an reiner Luft und diente zugleich als Heizung, die das unterirdische Gehege auf subtropische Temperaturen brachte.

Shanya und Shury folgten Sheylas Beispiel. Eine Weile standen alle drei beieinander, walkten ihr Haar über der begehbaren Düse und rekelten sich in dem warmen Strom. Ioan paffte den herben Rauch des Qat, der ihn in milde Benommenheit versetzte, und sah ihnen zu. In den vergangenen zwölf Stunden hatte er sich mit jeder von ihnen vergnügt. Dennoch konnte er sie nicht auseinanderhalten. Ihre Namen vergaß er so schnell, wie sie sie genannt hatten. Sie konnten Schwestern und sogar Drillinge sein. Sie waren exakt gleich groß. Das gleiche schwere Haar wallte um die drei schmalen Gesichter. Sie hatten dieselbe hübsche Figur und dasselbe heitere Wesen, das zu ihrer Gefangenschaft in Widerspruch zu stehen schien. Auch jetzt hatten sie es nicht eilig, den Männern in die Freiheit zu folgen. Und noch während er darüber nachgrübelte in der satten, schläfrigen und zutiefst befriedigten Mattigkeit, die ihn erfüllte, stellte Ioan fest, dass auch er am liebsten hier geblieben wäre. War es nicht ein kleines Paradies?

Aber Kommandant Borissowitsch mahnte zum Aufbruch. Er hatte sich nur mit einer der Kleinen abgegeben. Danach schien er genug gehabt zu haben. Den ganzen Tag hatte er irgendwelche Berechnungen in seinen Handkommunikator getippt und am Eingang des Geheges Wache geschoben. Die Kuppel hatte sich mit fernem Knirschen ein wenig geöffnet. Kühle Außenluft war von oben herabgesunken und hatte sich mit der wärmeren vermischt, die durch mehrere große Gitter in das Habitat geblasen wurde. Schwaches Tageslicht war durch die Wölbung aus Amethyst gesickert und hatte verraten, dass es draußen hell war. Es hatte jedoch nicht das künstliche Licht überstrahlen können, das aus mehreren starken Flammern ins Innere fiel. Es musste einen hohen Infrarotanteil haben, denn es war heiß wie die Sonne Afrikas. Borissowitsch hatte mit freiem Oberkörper auf dem Mittelgang patrouilliert; mit seinen runden Schultern und dem dicken Schmerbauch hatte das absonderlich genug ausgesehen. Aber in seinem schwarzen Pullover war es nicht auszuhalten gewesen in der feuchtschwülen Gewächshausatmosphäre.

Übrigens hatte er die beiden kuLau befreit. Sowie sie einander berühren und umranken konnten, waren sie wieder aufgeblüht. Sie erfrischten sich an einem der künstlichen Wasserläufe und erholten sich rasch. Borissowitsch tauschte sich mit ihnen aus, wobei sein kleiner Kommunikator schlecht und recht als

Übersetzer fungierte. Er reichte nicht an eine spezialisierte KI heran. Aber eine notdürftige Unterhaltung war möglich. Die beiden kuLau bedankten sich für die Befreiung und erzählten, wie sie auf ihrer Welt gekidnappt worden waren, als sie mit den Zthronmic über eine Lieferung Zthrontat verhandeln wollten. An der Flucht mochten sie sich nicht beteiligen. Sie waren weder langen Fußmärschen gewachsen noch auf die harte Sonneneinstrahlung des Planeten vorbereitet. So beschlossen sie, in der Kuppel zu verbleiben und die Ereignisse abzuwarten. Sie verströmten den Eindruck, dass sie überall zufrieden waren, wo sie zusammen sein konnten, und dass ihnen kein Schicksal schlimmer schien als das der Trennung, und sei es durch eine fingerdicke, aber unüberwindliche Elastalglasscheibe.

Borissowitsch kehrte in das Gehege der Amishmädchen zurück.

»Die Kuppel schließt sich«, sagte er. »Draußen wird es dunkel. Wir müssen los.«

Ioan richtete sich träge auf. Es schien, als ob er das Gewicht seines bleichen, schwammigen Körpers kaum mehr in die Höhe bringen könne. Wie ein Schwimmer, der lange vom Wasser getragen worden war und nicht begreifen kann, wie schwer seine Leibesmasse , trottete er mit schlurfenden Schritten umher und sammelte seine Kleider und den Rest der Ausrüstung zusammen.

»Wir sind gleich so weit«, rief Shanya.

Die drei standen noch immer über dem Warmluftgitter und versuchten, einander bei der Bändigung ihres Haars zu helfen. In zottigen, verfilzten Trauben hing es um ihre schmalen Schultern. Früher oder später würden sie es abschneiden müssen.

»Dann zeigen wir euch auch den richtigen Ausgang«, kicherte Shury schnippisch. Sie drehte ihre Mähne zu einem mächtigen Zopf zusammen und lief dann über die Wiese auf Ioan zu, der gerade den sensoriellen Anzug bis zum Kragen schloss und seine Sachen in den Elastilbeutel stopfte.

»Damit ihr nicht wieder über die Feuerleiter stapfen müsst«, schloss sich Sheyla an.

Alle drei ließen sich von Ioan Bänder und Klammern aus Elastil geben, die zur Notfallausrüstung der Rettungsdrohne gehörten, und steckten damit behelfsmäßig ihr Haar zusammen. Dann besahen sie skeptisch die dünnen Ganzkörperanzüge, die er ihnen hinhielt.

»Ihr habt uns gesehen?«, fragte er perplex.

»Wir haben euch gehört«, schnurrten die drei Mädchen. »Ihr dachtet wohl, ihr wärt ganz leise, wie ihr da eingestiegen seid. Aber ihr habt euch gegenseitig in lautem Stöhnen und Keuchen übertroffen. Wir wussten immer ganz genau, bei welchem Käfig ihr gerade wart …«

Sie schütteten sich aus vor Lachen. Immer noch stand Ioan da, die drei sensoriellen Anzüge in der Hand wie ein Verkäufer, der schlechte Ware feilbietet und sie nicht losbekommen kann.

»Und was wäre der richtige Ausgang?«, brummte der Kommandant von weiter vorne. Er streifte den schwarzen Pullover über, in dem er aus der Raumstation geflohen war und den er während der vergangenen Nächte getragen hatte.

Anstatt zu antworten, lenkten die Mädchen seinen Blick auf die Seitenwand ihres Geheges. Durch einige Büsche und Fächerpalmen verdeckt, öffnete sich eine schmale Pforte. Borissowitsch sah verdutzt zwischen dem Durchgang, den er mit der Strahlenwaffe in den Käfig gebrannt hatte, und diesem Törchen hin und her. Dann schlug er die dichte Vegetation auseinander und rüttelte an er Tür. Sie sprang sofort auf.

»Nicht einmal abgeschlossen …«, stammelte er.

Die Mädchen gaben nicht auf ihn acht, sondern stritten sich um die Anzüge, die Ioan ihnen offerierte. Diese unterschieden sich nur geringfügig nach Größe und Schnitt, boten aber Anlass zu zeitraubenden und wortreichen Vergleichen.

Borissowitsch drückte sich durch die kleine Pforte und landete in einem engen Seitengang, der zwischen dem Habitat der Mädchen und dem Nachbarkäfig – einem mit exotischen Pflanzen bestandenen Gewächshaus – nach hinten führte.

»Ihr konntet euch frei bewegen?«, fragte Ioan, der den Weg seines Chefs mit Staunen verfolgt hatte.

»Selbstverständlich«, lachte Shanya. Sie riss Shury einen Anzug aus der Hand und begann, ihn sich über die Beine zu streifen.

»Wir konnten uns in der ganzen Kuppel frei bewegen«, nickte Shury, die ihrerseits einen Anzug öffnete und zögernd hineinstieg. »Und auch in der Umgebung.«

»Ihr konntet ins Freie?« Ioan kam aus der Verblüffung nicht mehr heraus.

»Wir zeigen euch gleich den Elevator«, nuschelte Sheyla, die gerade den Öffnungsmechanismus des dritten Anzugs mit den Zähnen bearbeitete. Ioan zeigte ihr, wie er zu bedienen war. »Aber was sollten wir denn da?«

»Was ihr da solltet?«, fragte Borissowitsch sarkastisch. »Zum Beispiel abhauen!« Der Kommandant war in das Gehege zurückgekehrt. Ungeduldig sah er den Mädchen beim Anziehen zu. Wieder erntete er nur kreischendes Gelächter.

»Wie denn?«, riefen sie durcheinander. »So?« Und dabei wiesen sie an sich herunter, die noch immer nackt in der Wiese standen. Gerade halfen sie einander, die sensoriellen Anzüge über die Hüften zu ziehen. Auch mit den Fußteilen, die in dünne Schuhe mündeten, schienen sie unzufrieden zu sein.

»Ab und zu sind wir tatsächlich ins Freie gegangen«, erzählte Shanya. »In den Morgen- oder Abendstunden, um mal ein bisschen frische Luft zu schnappen.«

»Aber an Flucht zu denken, war vollkommen ausgeschlossen«, pflichtete Shury bei. »Wir hatten nichts anzuziehen und keinerlei Ausrüstung.«

»Ringsum ist nur Wüste«, erklärte Sheyla. »Nachts ist es viel zu kalt und tagsüber brennt die Sonne einem die Haut vom Leib …«

Sie zogen die Anzüge über die Schultern. Ioan und Borissowitsch assistierten ihnen dabei, die Kapuzen über ihre widerspenstigen Haarmähnen zu streifen und den Kopfschutz unter dem Kinn zu schließen.

»Eine hat es tatsächlich mal versucht«, sagte Shanya noch.

Alle drei Gesichter waren plötzlich verändert. Das lag zum einen daran, dass sie jetzt aus sandfarbenen Schutzanzügen hervorsahen, die an Stirn, Wangen und Kinn nahtlos abschlossen. Zum anderen daran, dass sie alle die gleiche Trauer aufsetzten, als sie von Erinnerung überwältigt wurden.

»Shoanna«, nickte Shury. »Sie hatte es schwer …«

»Was ist passiert?«, erkundigte sich Ioan.

»Sie war hier mit uns eingesperrt«, erzählte Sheyla. »Die Vierte im Bunde. Wir kamen gut miteinander aus. Eines Tages wurde sie weggebracht. Die Zthronmic nahmen sie mit, als sie zu einer Basis der Union aufbrachen, als Gastgeschenk. Sie besuchten ab und zu auch Raumstationen, um sich mit deren Besatzungen gutzustellen.« Sheyla ließ die Blicke über Ioan und Borissowitsch schweifen. Eine Weile musterte sie den schwarzen Pullover des Kommandanten, auf dem die Embleme der Union und der Fliegenden Crew prangten.

»Als sie zurückkam, war sie halb tot«, fuhr Shanya in der Erzählung fort. »Sie haben sie vergewaltigt, die ganze Besatzung, und wenn der Letzte fertig war, fing der Erste wieder von vorne an. Ohnmächtig und blutend schmissen sie sie wieder zu uns in den Käfig. Wir päppelten sie hoch, so gut es ging, ohne Medikamente …«

Ioan und Borissowitsch tauschten einen eindringlichen Blick. Der Kommandant machte seinem Maat ein Zeichen, den Materialsack zu nehmen.

»Als sie wieder bei Kräften war«, berichtete Sheyla, »ist sie geflohen. Sie lief in die Wüste hinaus und versuchte, einen der nächsten amishen Kibbuzim zu erreichen. Aber der ist viele Hundert Kilometer weit entfernt.«

Sie gingen langsam los.

»Und?«, erkundigte sich Ioan.

»Sie fanden sie zwei Tage später«, sagte Shanya. »Sie war nicht weit gekommen. Im Nachtfrost hatte sie sich schwere Erfrierungen an Händen und Füßen zugezogen. Tagsüber hatte die Sonne ihr die Haut vom Fleisch geschält. Sie hatte sich einen Schutz aus Blättern und Palmwedeln gebastelt, aber der war von der Sonne ausgebleicht und von der Trockenheit zerstört worden.«

Hintereinander drückten sie sich den schmalen Gang zwischen ihrem Käfig und dem angrenzenden Gewächshaus hinunter.

»Sie hatte keine Chance«, schloss Shury die Erzählung. »Sie

war bei lebendigem Leibe mumifiziert worden. Ein Skelett mit ledriger verbrannter Haut und verblichenen Haaren.«

»Schrecklich«, stöhnte Ioan.

»Ja«, sagte Sheyla noch.

Die Mädchen zeigten den beiden Männern den Quergang, der auf der Rückseite der Habitate um die Kuppelwölbung herumführte. Dort verliefen die Rohre und Schächte der Atmosphärentauscher, die Pumpen der künstlichen Wasserfälle, die Kabel der Infrarotstrahler und was der technischen Vorkehrungen mehr waren, die es bedurfte, um mitten in der zthronmischen Wüste eine unterirdische Oase erstehen zu lassen.

Schließlich zweigte ein Stollen ab, der in die Tiefe des nur roh behauenen Gesteins zu führen schien. Sie folgten ihm schweigend, wobei Borissowitsch, den Feldwerfer im Anschlag, die Nachhut bildete. Nach unbestimmter Strecke erreichte der Stollen einen Vorraum, der sich keulenförmig verbreiterte. Ein Elevatorschacht öffnete sich. Sie stiegen ein und glitten nach oben.

Doch wie groß war Ioans und Borissowitschs Bestürzung, als sie an der Oberfläche ins Freie traten und erkannten, dass der getarnte Ausstieg des Elevators jene Felsinsel war, auf der sie in der Nacht zuvor in Deckung gegangen waren.

Dann standen sie in der zthronmischen Nacht. Im Westen verglommen die letzten Überreste des Sonnenuntergangs in schmutzigem Braunrot. Der Himmel war voller Sterne, die in der dünnen und trockenen Atmosphäre dieses Planeten kaum flimmerten. Ioan zog den sensoriellen Anzug fester um sich zusammen und vergewisserte sich, dass der Materialbeutel, der auch die Katze Morgan beherbergte, sicher verschlossen war. Er fröstelte bei dem Gedanken, nackt und unbewaffnet in diese Wüste hinauslaufen zu müssen. Ihr Atem stand als weißer Dampf in der stillen Luft. Und der Frost fraß an ihren unbedeckten Gesichtern. Ein Meteor zog über das Firmament und zerplatzte mit lautloser Explosion. Borissowitsch wartete, bis ihre Augen sich an die Finsternis gewöhnt hatten. Dann peilte er die Richtung mit seinem Handkommunikator an und ging los, ohne noch ein Wort zu sagen.

Jennifer

Sie spähte durch die Tür. Draußen war nichts zu sehen. Einige andere Baracken, derjenigen ähnelnd, in der sie gefangen war, standen beieinander. Der Wind pfiff zwischen ihnen durch. Nackter Boden aus brüchigem Beton oder rotem Fels dorrte in der Sonne, die beinahe senkrecht stand und harte Schlagschatten aus allen Gegenständen stanzte. Fetzen von Elastilfolie wurden vorbeigetrieben. Ansonsten war alles still.

Aber ihr Blickfeld war schmal. Nur wenige Bogengrade konnte sie aus dem Schutz der halb angelehnten, in den Böen vor und zurück pendelnden Tür einsehen. Sie wusste nicht, was sich links und rechts davon befand. Konnte sein, sie stürmte hinaus und lief direkt dem nächsten Zthronmic in die Arme.

Andererseits konnte sie auch nicht in dem Schuppen bleiben. Es war nur eine Frage der Zeit, bis das Verschwinden ihrer beiden Bewacher bemerkt werden würde. Zwar hatte sie abgewartet, bis beide im Inneren des Verschlags gewesen waren, und sie erst dann attackiert. Ihr Angriff schien unbeobachtet geblieben zu sein. Dennoch erhöhte jede Sekunde, die sie zögerte, die Chance, dass jemand vorbeikam und dass ihre Befreiung aufflog.

Ihre Befreiung? Bis jetzt hatte sie sich lediglich aus dem entwürdigenden Raubtierkäfig befreit. Noch hatte sie nicht einmal das Gebäude verlassen, das während der letzten Tage ihr Verlies gewesen war, geschweige denn die Siedlung, geschweige den Planeten, von dem sie schon seit Langem wünschte, sie hätte seinen Namen nie gehört und nie von seiner Existenz erfahren.

Sie hatte ihre Bewacher umgenietet. Bis jetzt hatte sie nicht mehr als einen vagen Plan, wie sie von hier verschwinden konnte. Aber das war in Ordnung so. Das Improvisieren war immer ihre Stärke gewesen. Alles, was über ein diffuses Handlungsmuster hinausgegangen wäre, wäre Luxus gewesen.

Innerlich grinste sie. Doch äußerlich verzog sie keine Miene. Breitbeinig über den beiden toten Zthronmic stehend – das Gewicht auf dem rechten Bein, das Gleichgewicht mit den Zehen des linken Fußes ausbalancierend –, lugte sie durch den schmalen Spalt ins Freie. Auch jetzt würde sie wieder das Überraschungsmoment benutzen müssen. Andererseits war sie es nun, die das schützende Dunkel verließ und in blendende Helle hinausstolpern würde. Sie konnte sich nicht darauf verlassen, für Gegner unsichtbar zu sein, und sei es auch nur für die ersten, entscheidenden Sekundenbruchteile. Sie würde noch rascher handeln, noch schneller reagieren, noch entschlossener vorgehen müssen. Ihre Linke umklammerte den schweren Totschläger aus Stahl. Sie wog die zthronmische Strahlenwaffe in der Rechten. Und auch, wenn sie unhandlich und klobig in der Hand lag – sie hatte sich von ihrer Wirksamkeit überzeugen können.

Sie wollte schon loslaufen, da hielt sie sich ein letztes Mal zurück. Etwas Nasses war ihr Bein hinuntergetropft und hatte sie daran erinnert, dass die zerfetzten Überreste ihrer sensoriellen Hose noch immer blutigen Urin verloren. Wie die Windeln eines Neugeborenen lagen die zerschlissenen, nicht einmal mehr knielangen Reste um ihre Hüften. Dunkelrote Tropfen fielen bei jeder stärkeren Bewegung heraus. Wohin auch immer sie sich gewandt hätte, sie hätte ihren Weg markiert wie ein läufiges Reh.

Kurz entschlossen streifte sie die Hose ab und warf den feuchten, übel riechenden Klumpen auf die beiden Zthronmic. Sie spürte den kühlen Wind, der durch die Tür hereinstand, an den Schenkeln und im Schritt. Das hatte beinahe etwas Erregendes. Dann konzentrierte sie sich wieder.

Sie schlich auf Zehenspitzen vor, bis sie sich an den hin und her schwingenden Türflügel schmiegen konnte. Vorsichtig spähte sie weiter hinaus. Der Vorplatz des Verschlags war frei. Nach links kam sie in die verwinkelten Wege, die zwischen den Baracken und Schuppen dieses Wüstenforts dahinführten. Aber sie konnte sich rechter Hand um den Winkel ihres L-förmigen Kerkers drücken. Mit zwei Sätzen, die ihr den Schmerz im linken Fuß in Erinnerung brachten, überwand sie den ungedeckten Teil der Außenwand und verschwand hinter der Ecke. Das niedrige Gebäude bestand aus billigem gestanzten Elastalblech, das im Wüstenwind knarrte und knackte. Auch sein flaches Dach bestand aus Blech, das ein Stück weit vorstand und in der senkrechten Sonne einen harten Vorhang von Schatten vor der Wand herunterfallen ließ. Im Schutz dieses Schattens lief sie die Längsseite des Schuppens nach hinten und verschanzte sich auf seiner Rückseite.

Sie war am äußeren Rand des Forts. Einige Meter vor ihr lief die Palisade vorbei, ein wenige Meter hoher Zaun aus Stahlblech und massiven Trägern. In regelmäßigen Abständen verstärkten Pylone die Konstruktion, die im Fall eines Angriffes die Funktion primitiver Wehrtürme einzunehmen hatten. Und unter der Krone des Ganzen lief ein Wehrgang um, der zur Innenseite der Siedlung ein wenig auskragte und einen schützenden Schatten warf.

Dennoch war dieser windschiefe Schutzwall eher auf die Sandstürme der Wüste berechnet als auf einen militärischen Gegner. Mit Bulldozern hätte man ihn überrennen, mit leichten Feldwerfern klaffende Breschen hineinsprengen können, während seine instabile Konstruktion aus dünnem Elastalblech kaum geeignet war, schwere Waffen zu tragen oder solchen standzuhalten. Ein symbolischer Schutz, nur ein Grenzzaun, der das Gebiet des Forts von der offenen Wüste trennte.

Sie stand, den Rücken an die Wand ihres Kerkers gepresst, und war bereit, auf die andere Seite der Palisade zu wechseln und im dürftigen Schutz des Wehrgangs weiterzulaufen. Da bemerkte sie einen hellen Fleck auf der gegenüberliegenden Stelle der Palisade. Etwas reflektierte. Sie bewegte sich behutsam, indem sie von einem Bein auf das andere trat – das linke konnte sie nur für Sekundenbruchteile und unter starken Schmerzen belasten. Die helle Spiegelung vollzog die Bewegung nach. Sie selbst war es, die einen hellen Fleck warf!

Panisch sah sie an sich herunter. Es war das sensorielle Oberteil, das Einzige, was sie noch am Leibe trug. Auch es war an Halsansatz und Ärmeln zerfetzt und hing wie eine Fantasie-Indianerkluft um ihre mageren, von Hämatomen gestriemten Rippen. Sich rasch bückend, füllte sie die Faust mit rotem Staub und begann, ihn auf ihrer Brust zu verstreichen. Aber obwohl die Selbstreinigungskräfte des Anzugs ebenso totgefallen und vergessen waren wie alles andere, was noch an die ENTHYMESIS und ihr früheres Leben erinnerte, erwies sich das Oberteil als erstaunlich schmutzabweisend. Es nahm den Sand von Zthronmia nicht an. Wie Wasser an einer imprägnierten Oberfläche aus intelligentem Elastil rieselte die rote Erde an ihrem Hemd herunter, ohne es zu färben.

Mit Resignationriss sie sich auch das herunter, was von ihrem sensoriellen Oberteil noch übrig war. Sie knüllte es zusammen und versteckte es in einer Ritze zwischen den Blechplatten. Jede Spur, die sie verwischte, würde ihre Verfolger einige Sekunden kosten und am Ende würden es vielleicht diese Sekunden sein, die ihr das Leben retteten.

Zusammengekauert am Boden hockend, bestrich sie sich mit rotem Staub, bis der helle Fleck auf der gegenüberliegenden Wand verschwunden war. Auch ihr nackter Körper war hell gewesen, bleich und ausgemergelt, auch er hätte aus den Schatten geleuchtet wie ein Scheinwerfer. Aber er nahm wenigstens die trockene rote Erde an, die sie nun rasch auf Brust und Bauch, Arme und Schenkel verrieb. Dann richtete sie sich wieder auf.

Nun war sie also nackt. Ein flüchtendes, waidwundes Tier. Außer der Bandage, die ihren zerborstenen, ballonartig aufgeschwollenen Knöchel mehr schlecht als recht fixierte, trug sie nichts mehr am Leib. Sie war eine Indianerin, die bloß und mit rotem Lehm beschmiert ins Lager ihrer Feinde eingedrungen war. Und wie mit einer feindlichen Indianerin würde man auch mit ihr nicht mehr viel Federlesens machen, wenn man sie erwischte. Aber lieber fliehen und kämpfend sterben, als wehrlos Folter und Demütigungen ausgesetzt zu sein!

Zu ihrer Rechten wucherte ein wenig von dem trockenen, dornigen Gestrüpp, das das einzige Gewächs auf diesem gottverlassenen Planeten zu sein schien. Leere Fässer, rostige Brennzellen und abgeschweißte Scytherflügel stapelten sich dort und reichten bis an die Außenpalisade. Dort war der Weg versperrt. Aber ohnehin zog ihr Instinkt sie zur Linken. Dort verlief ein schmaler Weg mit Unterbrechungen immer zwischen den Rückseiten der flachen, barackenartigen Gebäude und der

Palisade. Ein idealer Fluchtweg, ein ideales Versteck – solange ihr Verschwinden unbemerkt blieb und man nicht nach ihr suchte.

Sie überwand die Lücke zum nächsten Gebäude und schlich in dessen Schatten weiter. Die Waffe im Anschlag, den stählernen Prügel fest in der linken Faust, pirschte sie sich an die nächste Ecke heran, um die der Wind säuselte und heulte, spähte in den nächsten Zwischenraum und sprintete dann abermals weiter.

Ihr Fuß revoltierte. Nach jedem dieser kurzen Zwischensprints brannte der Schmerz heller und dauerte es länger, bis sie sich wieder unter Kontrolle hatte. Das Gelenk war zertrümmert. Selbst wenn sie nicht richtig auftrat, sondern nur mit den Zehen die humpelnden Schritte des rechten Beins unterstützte, konnte sie die Schmerzen kaum ertragen. Sie merkte, wie erschöpft sie war, wie ruiniert ihre Nerven und ihre mentalen Kräfte, wie ausgelaugt ihr Körper und ihr Geist. Sowie sie sich auch nur ein wenig in Sicherheit fühlte und die Todespanik nachließ, deren Adrenalin sie wach gehalten hatte, schlug die bleierneMüdigkeit über ihr zusammen.

Aber sie durfte sich nicht sicher fühlen. Sie durfte in ihrer Konzentration keine Sekunde nachlassen!

Sich immer wieder selbst zur Wachsamkeit ermahnend, huschte sie weiter. Auch hier rollten leere Tonnen aus korrodiertem Elastal im Wind, stapelten sich ausrangierte Feldgeneratoren, verschmutzte Selbstwärmbehälter und rostige Stahlelemente. Hin und wieder patschten ihre bloßen Füße durch warme Pfützen – offene Latrinen? Das war wirklich nicht die Hauptstadt Wrathnia, wie sie anfangs geglaubt hatte. Dies war ein heruntergekommener Außenposten, ein verlorenes Fort, eine windbrüchige Palisadensiedlung irgendwo in der Tiefe einer der großen Wüsten, die sich entlang des Äquators von Zthronmia aneinander reihten wie blasige Halbedelsteine an einem billigen Collier. Wo mochte sie sein? Sie hatte sich die Geografie dieser Welt in groben Zügen eingeprägt, bevor sie zu dieser vermaledeiten Mission aufbrach. Aber was gab es schon für Anhaltspunkte? Wüsten und niedrige Gebirge, Sand, Staub und

Geröll. Und dazwischen stinkende Nester wie dieses hier, ein Dutzend Baracken, die ein Zaun aus Elastalblech davor bewahrte, davongeweht zu werden. Und mit dieser – Zivilisation hatten sie nicht fertigwerden können?

Sie humpelte über den Zwischenraum hinweg, in dem die platinfarbene Sonne dieser Welt sie mit ihrer sonderbar abstrakten Wut versengte, und drückte sich in den kargen Schatten eines nur wenige Handbreit vorspringenden Daches aus gewelltem Stanzblech. Wohin zog es sie? Sie dachte nicht darüber nach, sondern überließ sich ihrem Instinkt, besser gesagt: ihrer Nase. Diese hatte sie selten getrogen. Und auch jetzt wusste sie sich auf dem richtigen Weg. Bestimmte Hinweise verdichteten sich. Eine charakteristische Aura, die auf jedem besiedelten Planeten der Galaxis die gleiche war, begann, sich aus dem allgegenwärtigen Gestank von Zthronmicpisse abzuheben.

Wie viel Zeit war vergangen, seit sie aus der Abstellkammer für zerlegte Scyther geflüchtet war? Kaum mehr als einige Minuten. Dennoch konnte jeden Augenblick Alarm gegeben werden. Dann würde die gesamte Besatzung dieses Wüstenforts ausschwärmen und sich an ihre Fersen heften.

Sie kauerte im Schatten eines Dachvorsprungs und verschnaufte. Dabei versuchte sie, sich den Grundriss der Siedlung zu vergegenwärtigen. Durch die Zwischenräume zwischen den Baracken hatte sie manchmal einen Blick auf die gegenüberliegende Palisade erhascht, nicht allzu weit entfernt. Das Fort konnte nicht mehr als einige Hundert Meter Ausdehnung haben, eine Grundfläche von wenigen Hektar. Sie schätzte, dass sie es zu einem Drittel umrundet hatte. Und die Besatzung? Wohl kaum mehr als einige Dutzend Mann, maximal hundert. Aber eine Hundertschaft zornergrimmter Zthronmic, die sich voller Rachegelüste über sie warfen? Sie beeilte sich, die Vorstellung zu verdrängen. In gewisser Weise war das hier das Gegenstück zu Borissowitschs heruntergekommener Orbitalstation: derselbe Dreck, dieselbe Abgelegenheit, dieselbe Langeweile – und die gleiche Unberechenbarkeit, die aus diesem frustrierten Auf-sich-Gestellt-Sein resultierte.

Weiter!

Ihre Nase hatte sie nicht getrogen. Mit jedem Gebäude, das sie weiterhastete, intensivierte sich der typische Geruch, der zum Köstlichsten gehörte, das einem Piloten zwischen hier und Alpha Centauri in die Nase steigen konnte. Ein Irrtum war nicht möglich. Sie roch die Rückstände verbrannten Plasmas. Sie roch Gummi und Öl. Sie roch die flimmernde Hitze über kochendem Asphalt, mit dem Flugfelder überall in der Galaxis ausgelegt waren. Sie roch – nun, einen Raumhafen würde sie hier schwerlich vorfinden. Aber eine kleine Piste, eine Station, an der Plasma getankt und Munition aufgenommen werden konnte.

Und dann schob sie sich um die nächste Kante aus korrodiertem Elastalblech, das im heißen Wüstenwind klagend hin und her schwang. Vor ihr standen Scyther! Innerlich jubelte sie. Dann mahnte sie sich wieder zur Ruhe. Zwar hatte sie keine Ahnung, wie sie ein solches Ding fliegen würde , aber der pure Anblick dieser eleganten Kampfmaschinen ließ ihr Herz höher schlagen.

Sie duckte sich an die Erde, verschmolz mit dem Schatten, der vom Vorsprung des Gebäudes nach hinten fiel, und machte sich so klein wie möglich. Sie wurde unsichtbar. Für einige Minuten bestand sie nur noch aus Augen, die das Flugfeld wie Robotersensoren rasterten und scannten. Aber was war das auch für ein Flugfeld?! Da waren weder Wachen noch Zäune. Irgendwo schien ein Stutzen einen unterirdischen Plasmatank zu verraten. Irgendwo waren auf einer Gleitlafette schwere Projektile gestapelt – vermutlich die thermischen Granaten, die die Scyther des größeren Typs verschossen hatten. Irgendwo ahnte man das charakteristische Bellen zthronmischer Stimmen. Da schien ein Offizierscasino zu sein. Die heldenhaften Piloten erholten sich von der Bombardierung amisher Kibbuzim!

Aber das war alles. Keine Wachmannschaften, keine Servicecrews, keine Leitstände. Es gab auch keine Rollbahn, kein Flugfeld. Die Scyther standen auf engem Raum beieinander. Die Spitzen ihrer sensenförmig nach vorne gebogenen Tragflächen berührten sich fast. Waren es am Ende ausgemusterte Modelle, die auf ihre Verschrottung warteten? Eine furchtbare Angst durchzuckte sie. So gedemütigt und entwürdigt sie war – das ließe sich überbieten, wenn sie in einen nicht betankten, nicht funktionstüchtigen, auf seine Ausschlachtung wartenden Jäger stieg und damit zu fliehen versuchte!

Aber es war nicht so. Die Scyther mussten Senkrechtstarter sein. Sie hoben einfach ab und stiegen hoch in den Himmel. Die Gerüche waren frisch: das Plasma, das Ozon, der kochende Asphalt. Dies war ein in Betrieb befindliches Flugfeld. Ein halbes Dutzend Maschinen stand bereit, von ihr geentert zu werden. Ein halbes Geschwader. Auch das passte ins Bild dieses verlotterten Außenpostens. Nicht einmal das ganze Dutzend, das für die Rudeltaktik der Scytherangriffe typisch war, brachten sie zusammen!

Aber das brauchte nicht ihr Problem zu sein. Einen bangen Moment dachte sie an ihre bloßen Füße, als sie den schwarzen Asphalt sah, der unter der senkrechten Sonne lag und flimmerte. Dann würden zu ihren Blessuren eben noch ein paar Brandblasen hinzukommen. Auf ihre Sohlen konnte sie jetzt wirklich keine Rücksicht nehmen.

Stattdessen konzentrierte sie sich auf das Nächstliegende. Welche Maschine? Und wie kam sie hinein?

In Anbetracht der Tatsache, dass jeden Moment Alarm gegeben werden konnte , wählte sie eine der Maschinen aus der zweiten Reihe. Sie würde, wenn sie sich daran zu schaffen machte, noch ein bisschen länger verborgen bleiben. Dann zögerte sie nicht länger, sondern sprang los, kauerte sich sofort wieder zusammen, duckte sich unter den Tragflächen der ersten Reihe durch und steuerte den außen stehenden Scyther der zweiten Reihe an. Der Boden war kochend heiß. Sie konnte spüren, wie ihre Hornhäute verschmorten. Aber das war nicht wesentlich. Auch der bei jeder Belastung aufpulsende Schmerz im linken Knöchel wurde dazu verdammt, nicht wahrgenommen zu werden.

Dann stand sie vor der eleganten Maschine. Sie war unfassbar schön! Aerodynamisch, silberglänzend, mit den symmetrisch nach vorne geschwungenen Flügeln und dem stromlinienförmigen Rumpf. Selbst während der Gefechte im Orbit, als diese Miststücke ihr bis zur Verzweiflung zugesetzt hatten, hatte sie sich gewünscht, einmal selbst ein solches Ding zu fliegen. Jetzt trennten sie nur noch wenige Schritte davon.

Sie achtete darauf, auf einer Fläche zu stehen, die von der Tragfläche beschattet wurde und deren Hitze sich in erträglichem Rahmen hielt. Außerdem nutzte sie die anderen Maschinen als Deckung, die sie zum Fort hin abschirmten. Dann trat sie ganz nahe an den Scyther heran.

Es gab keine Luke, keine Gangway, keine Treppe. Auch keine Fenster, keine Sichtscheibe, keine Instrumente. Das Ding war glatt und stromlinienförmig. Seine in der hellen Sonne spiegelnde Oberfläche wies nicht die geringste Kontur auf. Keinen Kratzer, kein Bedienfeld, keine sensoriellen Tasten, mit denen man den Einstieg hätte öffnen können.

Sie kroch darunter hindurch und besah die Unterseite. Nicht einmal Aufhängungen für die thermischen Torpedos! Aber vermutlich waren alle diese Strukturen unsichtbar, verborgen unter einer intelligenten Haut aus programmierten Polymeren. Sie dachte an das sinesische Shuttle, mit dem sie aus Sina City geflohen waren. Auch seine Außenhaut schien konturlos und spiegelglatt, bis man das rechte Feld fand und die Luke öffnete. Man musste nur das rechte »Sesam, öffne dich!« sprechen.

Aber was hieß »Sesam, öffne dich!« auf Zthronmisch?

Keine Panik! Sie durfte sich nicht von Panik übermannen lassen. Sie strich mit der flachen Hand über die glatte Oberfläche, die nichts Metallisches hatte. Vielleicht lag ihr Verdacht, es mit KI-gesteuerten Polymeren zu tun zu haben, gar nicht so falsch. Behutsam, als streichele sie einen gestrandeten Wal, fuhr sie über die warme Außenhaut. Sie schloss die Augen und konzentrierte sich auf das, was vor ihr war.

Und da war etwas!

Sie spürte eine Resonanz. Eine mentale Resonanz! Da war etwas, ein Wesen, eine Entität!

Vorsichtig versuchte sie, sich darauf einzuschwingen. Es konnte auch eine Falle sein. Ein mentales Feld. Und wenn sie es aktivierte, löste es Alarm aus. Aber sie glaubte, die Zthronmic inzwischen gut genug einschätzen zu können, dass sie ihnen so viel Raffinement nicht zutraute. Auch den holistischen Sicherungsmechanismus ihres Stahlkäfigs hatte sie geknackt, ohne dass Alarm gegeben worden wäre.

Weiter! Langsam! Sie versenkte sich in eine leichte, durchlässige Trance. So hatte sie mit Tsen Resiq und anderen Mönchen des Prana-Bindu-Ordens meditiert. Sie hatten sich in kollektive Trance versetzt, die die externen Einflüsse ausschaltete und zugleich offen für die anderen Geister war; dann hatten sie ihre Seelen zusammenfließen lassen. So suchte und rief, streichelte und liebkoste sie die mentale Größe, der sie sich gegenüberfühlte.

Und sie erhielt eine Antwort. Da war etwas, mit dem sie würde kommunizieren können. Sie versuchte, sich darauf einzustellen, es zu umwerben, seine Struktur zu erkunden, seine Schwachstellen zu erahnen. Dass sie splitternackt, mit geschlossenen Augen auf einem Flugfeld stand und versuchte, eine gegnerische Maschine zu entern, hatte sie vergessen. Dass jeden Moment ein Feind, ein Zthronmic, sich aus ihrem Rücken anschleichen und sie niederschlagen konnte, war ihr nicht länger präsent. Sie war nur noch Geist, mentale Offenheit, nur noch Werben und Bitten. Sie bat darum, die Offenheit zu erwidern.

Öffne dich!

Und dann spürte sie, wie sie auf tiefe Resonanz stieß. Etwas ließ zu, dass sie sich darauf einschwang. Etwas ließ einen Vorbehalt fallen. Etwas öffnete sich.

Sie schlug die Augen auf und starrte den Scyther an. Die Maschine summte. Knisternd baute sich ein bläulich schimmerndes Kraftfeld auf, das den eleganten, silbernen Leib umgab und sein Flimmern in der hellen Sonne verdoppelte. Und dann öffnete sich, direkt vor ihr, eine Luke. Sie starrte ins Innere des Jägers und sah – nichts!

Da waren keine Instrumente! Keine Apparaturen. Keine gravimetrische Liege. Kein Cockpit.

Es war nur eine rote Höhle, die mit etwas ausgeschlagen war, das nach feuchtem roten Samt aussah. Eine flache, lang gestreckte Höhlung, in die sie sich, so eben würde hineinzwängen können, abgemagert, wie sie war. Wie sollte ein Zthronmic seine drei bis vier Zentner hier hereinbekommen – gesetzt den Fall, er beherrschte die quasi-telepathischen Mechanismen dieser Steuerung. Ein widriger Gestank von Fleisch und Leder, das in der Sonne moderte, schlug ihr entgegen.

Plötzlich fügten sich alle Steinchen zu einem verblüffenden Mosaik zusammen. Doch als sie es in seiner Ganzheit vor sich sah, war es so wenig verblüffend, dass sie sich fragte, wieso sie nicht schon längst darauf gekommen war. Aus den verwirrenden Details schoss das Bild zusammen. Natürlich! Es war alles so logisch.

Die Scyther waren keine Maschinen, keine »einsitzigen Jäger«, keine von Zthronmic bemannten Stratosphärengleiter. Sie waren – Organismen. Es waren Cyborgs. Lebende Geschöpfe mit einem widerstandsfähigen Ektoskelett aus Elastalstahl. Aber ihr Inneres war lebendes Fleisch!

Das erklärte plötzlich alles. Warum sie so winzig und wendig waren. Sie mussten keine Piloten aufnehmen oder auf diese Rücksicht nehmen. Ihre eigener – Organismus war an höhere Druckunterschiede und Beschleunigungskräfte angepasst als jeder menschliche oder zthronmische Insasse.

Warum sie so verbissen kämpften, ohne Rücksicht auf eigenen Verluste. Sie waren darauf konditioniert. Sie waren wie Ameisen, deren Tausende sich in einen Bach warfen, um den Nachfolgenden eine Brücke zu bauen. Oder wie die Tloxi!

Und warum sie nicht kommunizierten. Die KI der ENTHYMESIS hatte immer wieder sämtliche Frequenzen gescannt und Störfelder geschaltet, um die Koordination ihrer Rudeltaktik zu stören. Sie hatte sich dabei auch der Erfahrungen bedient, die sie bei der Kommunikation mit dem telepathischen Kontinuum der Tloxi gemacht hatte. Aber die Scyther funktionierten ganz anderes. Sie kommunizierten überhaupt nicht! Sie waren wie Zugvögel oder Schwarmfische. Jeder richtete sich nach seinen Nachbarn aus und das Ganze war ein Superorganismus, der rascher und wendiger reagierte, als es jeder noch so perfekt koordinierte Verband gekonnt hätte.

Es war eine Offenbarung. Sie empfand Stolz. Und beinahe so etwas wie Zärtlichkeit. Die Artgenossen dieser lebenden Kampfmaschine hatten Menschen getötet und riesige Schiffe zerstört. Aber sie waren auch selber bedenkenlos hingeopfert worden. Sie waren nur Bauern auf dem Schachbrett der Galaxis, waren Fußsoldaten und Landser in der großen Schlacht, die ohne einen Moment des Zögerns verheizt werden konnten. Die sich selbst verheizten, denn sie agierten selbstständig. Sie waren konditioniert. Wahrscheinlich waren sie genetisch determiniert. Sie waren geschaffen, um zu töten und sich dabei selbst zu opfern. Sie waren lebender Fanatismus …

Irgendwo wurden Stimmen laut. Eine blecherne Sirene schrillte. Ihre Flucht war entdeckt worden!

Jetzt war keine Zeit für falsche Zimperlichkeit.

Sie stieß sich vom Boden ab, wälzte sich ins Innere des Scythers und zog die Beine nach. Es war – ekelhaft. Die lebende Flugmaschine war innen mit rotem Material gepolstert, das feucht war und bestialisch stank. Es war das Fleisch dieser künstlichen Organismen. Nur eine schmale Tasche, eine Art Bauchhöhle bot ihr Platz. Sie wühlte sich hinein und versuchte, den Brechreiz zu unterdrücken. Es war, als liege sie in einem Berg von leicht angegangenem Aas, das sie nach allen Seiten umschloss. Das lebende Fleisch des Scythers umschloss sie wie eine Mundhöhle. Als liege sie auf einer riesigen Zunge, die sich wie ein Futteral um sie zusammenrollte. Als krieche sie in einen schleimigen Uterus …

Die Einstiegsluke hatte sich hinter ihr geschlossen oder war verschwunden. Sie versuchte, sich in Position zu bringen. Das Futteral aus stinkendem lebendem Gewebe war eben lang genug, dass sie sich darin ausstrecken konnte. Sie nahm die Längsachse des Scythers ein, Gesicht nach vorne. Allerdings gab es keine Fenster, keinen Auslug. Ihre Hoffnung, es könne sich wie im Sinesershuttle verhalten, dessen Polymere von innen durchsichtig waren, wurde getrogen. Sie starrte in rotes Fleisch und musste das Gesicht hineinwühlen, um sich nach vorne schieben zu können.

Ihr nackter Körper war ringsum eingebettet wie im Mutterleib. Sie ruhte auf dem warmen und ein wenig nässenden Gewebe.

Sie streckte die Beine nach hinten aus, dem Heck der Konstruktion entgegen. Und das rote Fleisch schloss sich schmatzend um ihre Schenkel, Waden und Füße. Sonderbarerweise war diese weiche Umhüllung am zertrümmerten Knöchel angenehm. Sie linderte den Schmerz, der dort pochte, augenblicklich.

Dann breitete sie die Arme aus und führte sie in die hohlen Tragflächen, die ebenfalls wie Futterale waren. Lang ausgestreckt, die Arme in Kreuzesform abgewinkelt, ruhte sie mit geschlossenen Augen, das Gesicht in lebendes rohes Fleisch gebettet, im Inneren der Maschine und versuchte wieder, den tastenden Kontakt zu ihr aufzubauen.

Wusste dieses Wesen, wer sie war? Ahnte es, dass der Feind von ihm Besitz ergriffen hatte? Aber sie empfand nicht feindselig gegenüber diesem Scyther. Die Zthronmic waren ihre Feinde. Dieses Wesen war nur eine unbedeutende, bedauernswerte Schachfigur in einem Spiel, das es vermutlich nicht durchschaute.

Und dennoch spürte sie jetzt so etwas wie Widerstand. Die Offenheit, die zur Öffnung der Einstiegsluke geführt hatte, schien verschwunden. Jetzt registrierte sie starke mentale Barrieren, Ablehnung, auch Feindschaft.

Draußen waren Stimmen. Sahen die Zthronmic, in welchem Scyther sie steckte? Und falls ja: Würden sie das Feuer eröffnen? Das Wesen hatte sein Schutzschild aktiviert. Mit leichten Strahlenwaffen würde man ihm nicht mehr beikommen können. Diese Energieschirme waren auf interstellare Gefechte berechnet. Dennoch war es Zeit, von hier zu verschwinden. Dazu musste sie sich den Willen dieser lebenden Maschine unterwerfen.

Sie begann, mit dem Wesen, in das sie hineingekrochen war wie ein Parasit in einen Wirt, zu ringen. Mentale Energien bauten sich auf und prallten aufeinander. Sie spürte so etwas wie eine Person, eine Entität. Diese war ihr feindlich gestimmt.

Warum hatte sie sie dann hereingelassen? Indem sie weiterforschte, glaubte sie, andere Nuancen wahrzunehmen. Da war Unsicherheit, war Scheu, war Verwirrung. Sie glaubte, die Angst des Wesens zu spüren. In jedem Fall konnte sie sie riechen! Es war wie bei einem ungezähmten Pferd. Seine Vorbehalte waren nicht unüberwindlich.

Sie nahm das Ringen wieder auf. Trotz ihrer tiefen Erschöpfung und trotz der Ablenkung, die sie sich fragen ließ, was sich außerhalb des Scythers ereignete, zwang sie sich, sich auf das verstörte Wesen einzulassen. Einfühlung und Willen! Sie musste ihm zeigen, dass sie ihm überlegen war – und dass es diese Überlegenheit nicht fürchten musste. Wieder rangen sie still miteinander. Zwei mentale Felder verkrallten und verklammerten sich ineinander.

Und dann begriff sie, dass sie das Wesen unterschätzte, wenn sie es nur auf seine mentale Energie reduzierte. Hatte es ihr nicht selbst unwiderleglich demonstriert, dass es mehr war als nur Geist – dass es Fleisch war!

In ihrem Ekel hatte sie diesen Aspekt unterdrückt. Sie hatte verdrängt, was an jedem Zentimeter ihres nach allen Seiten umschlossenen Körpers klebrige und schleimige Realität war: Auch der Gegner hatte einen Körper.

Das Ringen änderte seinen Charakter. Es galt, die physische Präsenz miteinzubeziehen. Sie lockerte die Trance und erweiterte sie auf ihren Leib, dessen Grenzen im selben Augenblick zu verschwimmen schienen. Sie schien sich aufzulösen! Wurde sie von dem Scyther verdaut? Aber dann ließ sie sich auch darauf ein. Sie besann sich auf das, was sie während der albtraumhaften Tage am liebsten ganz hinter sich gelassen hätte: auf ihre eigene Leiblichkeit. Geist und Körper flossen ineinander, indem sie und das Wesen ineinanderflossen. Schmerz kehrte zurück, aber auch Lust. Das war beunruhigend, aber auch beglückend. Einheit schien möglich!

Sie rangen miteinander wie ein Reiter mit einem ungezähmten und ungezäumten Pferd. Sie spürte es zwischen ihren nackten Schenkeln arbeiten. Sie spürte seinen Willen, aber sie spürte ihn im Fleisch. In der Kraft, mit der sich Haut an Haut rieb, mit der Muskeln sich an Muskeln maßen. Sie spürte, wie neue Reservoire ihn ihr aufsprangen. Siegel brachen und neue Kräfte strömten an. Die ungeheuren Energien des Erotischen – warum sollte sie sie zurückhalten?

Sie spürte das Wesen mit der Gesamtheit ihres Körpers und ihres Geistes, wie sie den Geliebten im Liebesakt gespürt hatte. Sie spürte das Ringen, in dem Verliebte miteinander rangen. Sie spürte Bewegung und Erregung, sie spürte Lust. Sie spürte jene Unaufhaltsamkeit, in der sie nicht mehr Herrin ihres Willens war – und der andere nicht Herr des seinen. Sie spürte, wie ein Widerstand dahinsank, wie eine Mauer fiel, wie ein Einvernehmen erreicht wurde, ein Ineinanderfluten, ein Zusammenklang. Ein letzter Vorbehalt wurde davon eingerissen und davongespült.

Den Moment, da sie mit jenem Wesen eins wurde, erlebte sie als sexuellen Höhepunkt. Als der Scyther sich ihrem Willen unterwarf, durchschauerte sie ein Orgasmus. Dann gab es die Unterscheidung nicht mehr zwischen ihr und diesem Wesen. Sie rang nach Atem, als tosende Lust sie überschwemmte wie die Brandung des offenen Meeres.

Zugleich veränderte sich ihre Wahrnehmung. Sie konnte sehen! Sie sah mit den Sinnen des Scythers. Sie nahm ihre Umgebung räumlich wahr. Sie orientierte sich mithilfe der Sensoren ihres Wirtsorganismus, mit dem sie sich in sexueller Ekstase vereinigt hatte.

Sie glaubte, es steuern zu können. Nicht durch Gedankenkraft. Zu denken: »Schutzschild«, und das Wesen aktivierte sein Schutzschild, wäre ein grobes und mechanisches Verständnis der Symbiose gewesen, zu der sie sich zusammengefunden hatten. Sie konnte sich seiner Sinne bedienen wie ihrer eigenen. Und behutsam lernte sie, sich auch seiner Organe zu bedienen, wie sich ihrer eigenen bediente. Wenn sie ein Arm heben, einen Fuß vor den anderen setzen wollte, musste sie dazu auch nicht irgendwelche »Befehle« denken – sie tat es einfach. Ihre Glieder gehorchten ihrem Willen. Und das Wesen namens Scyther war nun eines ihrer Glieder.

Sie sah. Und was sie sah, stimmte sie nicht gerade glücklich. Andererseits war es auch nicht mehr geeignet, sie in Sorge zu versetzen. Sie hatte sich einen zweiten, größeren Organismus zugelegt, sie hatte einen Panzer umgeworfen, den selbst Maserstrahlen kaum durchdringen konnten. Das gab ihr Zuversicht. Sie spürte den Schutz, den ihr der Energieschild verlieh, wie sie einen schweren Raumanzug um sich gespürt hätte.

Zthronmic eilten zum Flugfeld. Es waren viele. Sie hatten ihre Flucht bemerkt. Und sie schienen auch schon zu wissen, in welchem Scyther sie sich versteckt hatte. Es war der einzige, dessen Schilde aktiviert waren und in der Sonne knisterten.

Die ersten Zthronmic hatten den kleinen Flugplatz des Forts erreicht. Sie wanden sich zwischen der ersten Reihe der abgestellten Scyther durch und eröffneten das Feuer. Einige legte mit leichten Strahlenwaffen auf sie an. Sie konnten ihr nichts anhaben. Dennoch spürte sie die Treffer. Es war ein leichtes Prickeln, als wenn man mit winzigen Nadeln nach ihr geschossen hätte. Aber immerhin. Sie spürte es. Sie spürte es am eigenen Leben. Die Symbiose beruhte auf Gegenseitigkeit.

Dann kam einer, der brannte ohne Verwarnung seinen Feldwerfer auf sie ab. Das Energiefeld prallte an ihrem Schutzschild ab und floss an ihrer rechten Flanke entlang. Es brannte wie Feuer! Es war, als wäre sie mit einem Eimer siedenden Öls übergossen worden.

Zorn stieg in dem Doppelwesen auf, das sie mit dem Scyther bildete. Sie wollte sich wehren. Sie dachte »Feuer«, aber nur so, wie ein Faustkämpfer »dachte«, wenn er zuschlug. Es war kaum mehr als ein Reflex. Sie wünschte sich zu feuern – und sie feuerte.

Das Resultat war grauenhaft. Die Bordkanonen der Scyther waren für Raumgefechte bestimmt, die über riesige Distanzen ausgetragen wurden. Sie konnten Schutzschilde und gehärteten Titanstahl durchdringen, auf Dutzende von Kilometern Entfernung. Auf wenige Meter Abstand eröffnete sie nun das Feuer auf die Zthronmic, die schreiend und gestikulierend das Rollfeld stürmten. Zerplatzendes Fleisch und verzischendes Blut waren die Folge. Von der ganzen Gruppe blieb nicht mehr als ein paar schmorende Fetzen und eine weiße Dampfwolke, in der sich das, was von ihrer Körperflüssigkeit übrig war, pilzartig verwirbelnd zum Himmel hob.

Die Demonstration war gelungen. Aber sie schien weniger Eindruck zu machen, als sie gedacht hätte. Mehr Zthronmic rückten nach. Sie hatte ihnen Unrecht getan, als sie ihnen unterstellte, sie würden die Scyther vorschicken und verheizen. Sie selbst kämpften ebenso verbissen und ebenso unbeeindruckt von den eigenen Verlusten. Immer neue liefen aufs Rollfeld, feuerten mit Strahlenpistolen und Feldwerfern auf sie, dass die Treffer sie zu peinigen begannen. Ein paar Zthronmic begannen, in rasender Hast einen schweren Feldwerfer auf eine Lafette zu montieren. Das war eine Strahlenkanone, die ihr gefährlich werden konnte. Sie drehte sich sachte um die Vertikalachse, um die Bewegung im Raum zu erproben, und gab dabei noch einige Salven ab. Wieder spritzten zur Unkenntlichkeit verschmorte Überreste gesottenen Fleisches. Doch die Zthronmic lernten schnell. Sie verschanzten sich hinter den anderen Scythern, und auch diese aktivierten nun ihre Schutzschilde!

Es wurde Zeit, das Weite zu suchen.

Behutsam erkundete sie, wie sie die Bewegung des Wesens beeinflussen konnte. Doch dann riss sie sich einfach nach oben – und flog! Sie stieg senkrecht in die Höhe. Das Flugfeld fiel unter ihr zurück. Die ganze Palisadensiedlung wurde klein. Von hier oben sah sie noch viel winziger und erbärmlicher aus. Eine Handvoll anbrüchiger Baracken und ein windschiefer Blechzaun außen herum. Und das Ganze war nur ein Mückenschiss in der endlosen Wüste, die sich bis zum Horizont erstreckte, wie hoch sie nun auch stieg.

Für einen Augenblick erfasste sie der Schwindel. Sie war mehrere Kilometer hoch, aufgestiegen dank reiner Willenskraft. Wenn sie nun die Kontrolle über das Fluggerät verlor und abstürzte?

Aber Angst war noch nie ein guter Ratgeber gewesen. Sie verschmolz ganz mit dem lebenden Wesen, das jeden Zoll ihres Körpers mit sicherer Wärme umfing, und überließ sich seinen Künsten, seinen angeborenen Fähigkeiten. Sie rollte sich herum, legte sich auf den Rücken, beschrieb einige Loopings und Pirouetten, um sich mit diesen Fertigkeiten vertraut zu machen, um sie zu den ihren zu machen. Dabei jauchzte sie laut auf. Sie war frei!

Frei!

Es war wie in manchen bizarren Träumen, in denen man fliegen kann.

Doch wann hatte sie jemals ein solches Freiheitsgefühl genossen, wann hatte sie jemals so empfunden, aus jeder Zelle, jeder Faser, jeder Fiber ihres ganzen Wesens heraus die Freiheit gelebt?

Sie dachte an den Strand von Pensacola. Dort waren sie während der Akademiezeit manchmal nachts an den Strand gegangen und waren nackt geschwommen, hatten in der Brandung getobt und der Mond hatte ihre nassen Leiber mit Silber beschlagen.

Oder wenn sie mit Norton zu jenem fernen Paradiesplaneten geflogen war, den sie auf ihrer Flucht vor den Sinesern entdeckt hatten. Wieder eine Flucht, wieder eine Befreiung! Auch dort waren sie in der jadegrünen ozeanischen Brandung geschwommen, sie waren auf den flachen Strand hinaufgetrottet, wo die tropische Sonne und der ewige Passat dieser Welt sie getrocknet hatten. Dann hatten sie sich im Schatten der bizarren Palmbäume geliebt, die sich über ihnen in den Böen des sanften Windes wiegten.

Das war Freiheit gewesen, die gleiche, aus der brennenden Bewusstheit und kraftvollen Gegenwart des ganzen Leibes strömende Freiheit.

Nun lebte sie diese Freiheit, kilometerhoch über den zinkoxidfarbenen Ebenen des Planeten Zthronmia durch die dünnen Wolken seiner staubigen Atmosphäre jagend. Wie beim Bad in den türkisgrünen Brechern warf sie sich auf den Rücken und breitete die Arme aus, rollte wieder herum, tauchte unter sich selbst hindurch, spürte die Sonne im Gesicht, den Wind zwischen den Fingern und den Zehen …

Sie war frei!

Wohin sollte sie sich wenden? Sie hatte an Norton gedacht. Doch diesmal reichte der Gedanke nicht hin, den Willen in die Tat umzusetzen. Norton befand sich auf der MARQUIS DE LAPLACE. Es hatte Momente der Nähe gegeben, in denen sie zu spüren geglaubt hatte, dass er eben jetzt an sie gedacht hatte, Billionen und Aberbillionen Kilometer entfernt. Doch auch Augenblicke der Ferne und Fremdheit, in denen sie sicher war, ihn niemals wiederzusehen.

Der Scyther war nicht warpfähig, sonst hätte sie , den Heimweg durch den Warpraum antreten können. Aber das war unmöglich. Ihr Aktionsradius war auf diesen Planeten und seinen Orbit beschränkt. Auf eine Welt von Feinden …

Dann fiel ihr etwas ein.

Kilometerhoch zwischen den strähnigen Wolken segelnd, warf sie sich herum und spähte nach unten. Ihre Augen waren die Augen des Scythers, der über starke Zoomfunktionen gebot. Aus großer Höhe, aus der sie selbst kaum das Fort als winzigen Punkt hätte ausmachen können, erkannte sie das Flugfeld und die anderen Maschinen, die lebenden Flugobjekte. Sie hatten die Schutzschilde aktiviert und standen im Begriff, ebenfalls aufzusteigen.

Im Sturzflug raste sie hinunter. Sie war ein Falke, der sich mit vorgestreckten Fängen aus dem Himmel hinabschnellt, um einer ahnungslosen Taube den Rücken aufzureißen und ihre Schwingen zu zerfleischen. Sie war ein Sturzkampfbomber, der sein Ziel anvisiert, lotrecht darauf zuhält, die zentnerschwere Mine ausklinkt und dann wieder hochzieht, mit heulenden Sirenen.

Ihre Angst brannte weg wie Zunder in einem Feuersturm und wich panischer Euphorie, kreischender Ekstase, als sie aus den Wolken fiel und senkrecht auf das Rollfeld zustürzte. Dann eröffnete sie das Feuer. Zwei, drei Scyther explodierten in weißen Feuerbällen. Sie beschrieb einen Schwenk und zog dabei eine Salve über das ganze Palisadendorf. Die Blechdächer zerbarsten, Tanks und Brennzellen gingen in Flammen auf, Feldgeneratoren detonierten. Zthronmic verglühten zu blutigen Dampfwolken. Dann legte sie sich in die Kurve, schlug einen Haken und flog neu an. Doch als sie sich in donnerndem Tiefflug wieder dem Fort näherte, stiegen die beiden übrigen Scyther mit hochgefahrenen Schilden hinter den niedrigen Baracken auf und eröffneten das Feuer. Da warf sie sich in der Luft herum, zog hoch und beschleunigte in rasender Flucht, ihr Heil über der offenen Wüste suchend.

Borissowitsch

Die Nacht war ungewöhnlich dunkel. Immer wieder zogen dünne Schleierwolken auf und verdeckten die Sterne. Der kleine Mond des Planeten, ein winziger, asymmetrischer Felsbrocken, glitt rasch auf seiner exzentrischen Bahn vorüber. Aber er spendete nur wenig Licht und war nach einigen Minuten hinter dem Horizont verschwunden.

Im Gänsemarsch stolperten sie hintereinander her. Borissowitsch ging vorweg. Er bestimmte hin und wieder die Richtung mit seinem Handkommunikator, verriet aber nicht, welches Ziel er hatte. Die drei Mädchen hielten sich dicht hinter ihm. Shanya hatte einmal zu fragen gewagt, wohin er denn ginge, war aber nur mit einem übellaunigen Grunzen abgefertigt worden. Ioan bildete den Schluss. Er und der Kommandant waren mit Strahlenwaffen und Feldwerfern ausgerüstet. Den Mädchen hatten sie leichte Offizierspistolen ausgehändigt. Zur Notfallausrüstung der Evakuierungsdrohne, die Ioan in seinem Elastilsack mit sich schleppte, gehörten auch einige kleine Stablampen, aber sie wagten nicht, sie anzuschalten. In der sternenlosen Nacht und der klaren Atmosphäre Zthronmias wäre die winzigste Lichtquelle über Kilometer hinweg sichtbar gewesen.

So trotteten sie dahin. Ioan und die Mädchen orientierten sich an den sandfarbenen Anzügen der Vorangehenden. Shanya hatte Borissowitschs schwarzen Pullover vor sich, der mit der Nacht verschmolz. Sie musste sich am geräuschvollen Keuchen und Schmatzen des Kommandanten ausrichten. Der Untergrund hatte seinen Charakter verändert. Waren sie anfangs durch sandige, tischebene Wüste marschiert, so gelangten sie nun in felsiges Land. Der Boden bestand aus verwittertem Stein. Immer wieder lagen lose Geröllbrocken auf der Erde, über die sie regelmäßig stolperten. Dann pflanzten sich leise Warnrufe und unterdrückte Flüche durch die kleine Gruppe nach hinten fort.

Wohin gingen sie? Ioan glaubte, dass sie nach Norden marschierten. Aber er hatte von der Geografie dieser Welt nur geringe Kenntnisse und wagte nicht abzuschätzen, wo sie waren und wohin der Kommandant sie führte. Schon nach der Landung hatte er nicht aus ihm herausbekommen, wohin es sie verschlagen hatte.

Er lauschte auf das Flüstern der Mädchen, die leise miteinander tuschelten.

»Dies ist Land der Paz-Thrun«, sagte eine.

Und eine andere, die mit weiblichem Instinkt gefühlt zu haben schien, dass er ihrer Unterhaltung zu folgen versuchte, drehte sich zu ihm um: »Die Paz-Thrun gelten als der aggressivste Stamm der Zthronmic. Schon deshalb verbot sich eine Flucht aus unserer Kuppel eigentlich von selbst.«

Ioan sah nur den hellen Schemen ihrer sensoriellen Kapuze und die beiden Funken ihrer schwarzen Augen. Ihr Atem bildete ein weißes Wölkchen, das der Nachtwind zerstreute. Sie stolperten weiter.

Indem der Sand zurückwich und der nackte Fels vorherrschend wurde, kamen sie aus den großen Becken heraus und erreichten einen der lang gestreckten Gebirgszüge, die die Wüste gliederten. Aus dem Orbit hatten diese roten Zackengrate unbedeutend gewirkt. Sie hoben sich nur wenig aus den zinkoxidfarbenen Wannen und Ebenen ab, und wenn die Sonne tief stand, warfen sie bizarre Schatten über die endlose Einöde. Aber vom Boden aus stellte sich alles ganz anders dar. Linker Hand begannen sich scharfe Grate und Türme aus der eintönigen Wüste zu erheben. Die Landschaft schien anzusteigen und dabei in ein riesiges Amphitheater hineinzuführen. Auch voraus zeichneten sich zerborstene und stark verwitterte Strukturen ab. Sie waren tiefschwarz und hoben sich drohend vor den Sternen des Nachthimmels ab. Ihr Ragen hatte etwas Einschüchterndes. Die Stille zu ihren Füßen war wie das Schweigen mächtiger Herrscher, die gekränkt worden waren und deren Verstummen Strafe genug war. Weit voraus schien eine Senke in die gezackte Mauer gebrochen, die den ganzen nördlichen und östlichen Horizont einnahm.

Ioan wurde immer müder. Er hatte sich noch nicht an den Rhythmus dieser nächtlichen Märsche gewöhnt, zumal die lokalen

Tage und Nächte nichts mit den 24 Standard-Stunden zu tun hatten, die an Bord der Orbitalstation geherrscht hatten. Hinzu kam die Schwere der sexuellen Erschöpfung. Er hatte immer nur stundenweise geschlafen. Dann hatte er sich von dem nächsten Mädchen und seinen Reizen animieren lassen. Jetzt hätte er sich gerne ausgeruht. Blind in der sternenlosen Finsternis und mit Beinen, die wie mit Blei ausgegossen waren, schlurfte er dahin. Manchmal schrak er hoch; dann schien er im Gehen für einige Sekunden eingenickt zu sein. Er wusste aus seiner Ausbildung, dass das möglich war. Bei Gewaltmärschen hatte er gelernt, mehrere Minuten zu schlafen, während er stur geradeaus trottete. Das erfrischte nur wenig, ließ ihn aber die nächste Stunde irgendwie überstehen.

Wieder schrak er aus dem Dösen hoch. Er fuhr zusammen und war sofort hellwach. Adrenalin flammte sein Rückgrat empor und verwandelte seinen Pulsschlag in ein fiebriges Hämmern. Ein Schrei schwebte in der klaren Nachtluft und hallte von einer Felswand wider; es schien sein eigener zu sein.

Die Nacht hatte sich belebt! Die Finsternis war zu Gestalten geronnen, die sich bewegten und die im Augenblick einen dichten Ring um sie geschlossen hatten. Ihre kleine Gruppe hatte eben ein Felsmassiv passiert. Einige kristallisch ausstrahlende Finger und Säulen, die sich über einem stumpfen Schuttkegel erhoben. Solche Formationen waren in der Wüste alltäglich. In den vergangenen Stunden hatten sie Dutzende solcher Erscheinungen hinter sich gelassen, sodass sie nicht mehr darauf achtgegeben hatten. Und das galt nicht nur für Ioan, der im Halbschlaf am Ende ihres Stoßtrupps ging, sondern auch für Kommandant Borissowitsch.

Hinter der Felsgruppe waren urplötzlich schwarz verhüllte Gestalten hervorgesprungen. Sie trugen dunkle, wallende Gewänder, Mönchskutten eher als Kampfanzüge. Die Kapuzen hingen weit über die Gesichter vor und verbargen sogar Augen und Zähne, die sonst das Einzige waren, was sich von der Finsternis abhob. Die Roben mussten in dunklem Rot gehalten sein. Sie würden sich am Tag ebenso wenig von der offenen Wüste unterscheiden wie nachts, da sie schwarz wirkten. Die sandfarbenen Tarnanzüge, die Ioan und die Mädchen trugen, schienen im Kontrast dazu hell zu leuchten.

»Stehen bleiben!«, sagte eine Männerstimme ruhig. Sie sprach leise, aber sehr bestimmt.

Die Vermummten hatten sie umzingelt. Widerstand war zwecklos. Sie alle trugen Waffen, die sie beiläufig auf die Überrumpelten richteten. Sie schienen sich ihrer Sache sehr sicher zu sein.

Borissowitsch hatte im Reflex den Feldwerfer hochgerissen. Mit dieser Waffe, auf wenige Meter Entfernung benutzt, konnte man einen Menschen zu blutiger Ionensuppe zerstrahlen. Zum Glück hatte er die Übermacht der anderen bemerkt und darauf verzichtet zu feuern. Sonst wäre ihrer aller Schicksal besiegelt gewesen.

»Die Waffen runter!«, sagte der Sprecher der Angreifer. »Wer seid ihr?«

Ioan stand am Ende der Fünfergruppe, die von der dreifachen Zahl an Kuttenträgern eingekreist war. Er blinzelte sich die Augen aus dem Leib, um in der tiefen Finsternis etwas zu erkennen. Aber die weit geschnittenen Gewänder schienen noch das letzte bisschen Restlicht aufzusaugen, das von den Sternen heruntersickerte. Es waren nur Schemen und dunkle Nebelschwaden, die sich um sie bewegten und deren Ring sich langsam um sie zusammenzog.

Borissowitsch schwieg. Er schien an seiner Taktik festzuhalten , so wenig Information wie möglich preiszugeben.

»Wir sind Soldaten der Union«, rief Ioan in die Nacht.

Er trat die Flucht nach vorne an. Die Angreifer waren Menschen. Ihre Roben verhüllten zwar ihre Körperformen, aber für Zthronmic waren sie zu klein. Außerdem hatte der Sprecher sich des Unierten Englisch bedient, das die Völker der Union überall in der Galaxis sprachen.

Der Ring der Umzingelung hatte sich wie von selbst weiter um sie zusammengezogen. Wie die Schlinge einer Falle, in der das Opfer sich durch seine eigene Kraft strangulierte. Zugleich drängten die Angreifer sie näher an die Felsgruppe heran. Einige frei stehende Steinformationen bildeten einen natürlichen Schutz. Sie wurden in den noch tieferen Schatten getrieben, den die Felsfinger in der Sternennacht über das zerborstene Geröll warfen. Waren sie in die Hand von Räubern geraten, die im Niemandsland zwischen Zthronmic und Amish ihr Unwesen trieben? Ioan hatte im StabsLog gelesen, dass es in den unwegsamen Wüstenregionen Zthronmias zu Übergriffen gekommen war. Der dünn besiedelte Planet, auf dem ein fragiles Machtgleichgewicht herrschte, war als Brutstätte für Schmuggler, Abenteurer und Banditen bekannt.

Aber der Sprecher hatte einen unverkennbaren Akzent gehabt. Wenn Ioan sich nicht sehr täuschte, hatte er das Unierte Standard mit amishem Zungenschlag gesprochen.

Noch während sie sich in dem engen Freiraum zwischen den Steinsäulen zusammendrängten, begannen die Mädchen plötzlich, auf Amish zu plappern. Ioan verstand kein Wort davon. Nur ihre eigenen Namen konnte er unterscheiden und hin und wieder fing er den Namen eines Kibbuz oder eines Distriktes auf.

Plötzlich flammte ein kleines rotes Licht in ihrer Mitte auf. Einer der Angreifer hatte es entzündet. Es war ein selbstleuchtender Elastilstab, den er an einem kurzen Griff in der Hand hielt. Das Licht war schwach und vom Farbton eines glimmenden Rubins. Es würde in der Felswüste absorbiert werden. In der Mitte ihrer dicht zusammenstehenden Gruppe reichte es eben hin, die Konturen der kuttenartigen Gewänder und – Gesichter zu unterscheiden.

Der Sprecher schlug seine tief in die Augen hängende Kapuze zurück und musterte die Gefangenen aufmerksam.

»Auch wir sind Amish«, sagte er. Seine Stimme war ernst, aber nicht unsympathisch. Auch sein Gesicht, das er jetzt langsam entblößte, hätte schlecht zu einem Verbrecher gepasst. Er war ein noch jugendlicher Mann mit südländischem Einschlag, vielleicht Mexikaner oder Puertoricaner. Vermutlich war er zwischen dreißig und vierzig Jahren alt, aber er wirkte jungenhaft.

Ein kurz gestutzter Bart nahm die untere Hälfte des markanten Gesichtes ein. Wangen, Nase und Stirn waren geschwärzt, um in der Nacht nicht zu reflektieren. Seine Augen waren die dunklen Augen eines Latinos. Aber sein Blick war der wache und selbstbewusste Blick eines Stoßtruppführers.

»Mein Name ist Lucio Taylor«, sagte er. »Konvertierter Amish. Aber ich war einst Soldat der Union.«

Die Gestalt neben ihm trat ebenfalls einen Schritt nach vorne, um in den Schein des kleinen Handflammers zu gelangen. Erst als sie die Kapuze zurückschlug, fiel auf, dass sie deutlich kleiner als der Sprecher war. Das Gesicht einer hellhäutigen Frau kam zum Vorschein. Ihr blondes Haar war zu kurzen Stacheln zurückgeschnitten, die wirr von ihrem Kopf abstanden. Im Bereich der Stirn und der Schläfen waren sie geschwärzt, ebenso wie ihr schmales Gesicht. Sie war wenigstens zehn Jahre älter als Taylor und nicht eben eine Schönheit. Aber ihre blauen Augen funkelten angriffslustig.

»Das ist meine Frau«, sagte Taylor, »Jill Lambert …«

Ioan wusste, dass er den Namen schon einmal gehört hatte. Nur wo und in welchem Zusammenhang?

»Die Jill Lambert?«, entfuhr es ihm.

»Seien Sie still, Mann«, fauchte die kleine drahtige Person. »Wir stehen schon viel zu lange hier herum und schwafeln.« Sie schüttelte ungläubig den Kopf. »Kommt hier angeschnauft wie eine Dampflokomotive von der Museumsbahn. Ihr hätte euch mal hören sollen!«

Taylor brachte sie mit einer Bewegung zum Schweigen. Dann richtete er die Waffe auf Borissowitsch. »Und wer sind Sie, Sir? Sie scheinen der Anführer dieses versprengten Haufens zu sein.«

Der Kommandant blitzte ihn böse an. Auch Taylors Erwähnung, dass er Soldat der Union gewesen war, schien seine Laune nicht zu heben.

»Boris Borissowitsch«, knurrte er.

Er ließ einen raschen Blick über die Mädchen gleiten. Aber diese lagen den anderen vermummten Gestalten in den Armen und plapperten auf Amish auf sie ein. Sie nahmen nicht Notiz von ihm. »Ich war Kommandant der Orbitalstation Alpha Ceti Tau, aber die Station …«

»Die Station ist zerstört«, sagte Jill Lambert rasch. Ihre Stimme war schrill und unangenehm. »Ihre Trümmer stürzen seit mehr als achtundvierzig Stunden auf den Planeten herab.«

Borissowitsch hob die runden Schultern.

»Dann wissen Sie ja Bescheid«, sagte er lapidar.

»Wir konnten uns in einer Rettungsdrohne absetzen«, sprudelte Ioan hervor. Er ignorierte die strafende Miene seines Chefs, die eine Aufforderung zum Schweigen darstellte. »Als Einzige …«

Lambert und Taylor musterten ihn erstaunt. So viel Auskunftsbereitschaft schienen sie nicht erwartet zu haben.

»Es gab ein schweres Raumgefecht«, fuhr der Maat, von ihrer Aufmerksamkeit beflügelt, fort. »Aber unsere Flotte wurde vollständig aufgerieben, alle Schiffe wurden zerstört, einschließlich der Ikosaeder-Kampfstation. Wir sind die einzigen Überlebenden.«

»Ioan …«, zischte Borissowitsch halblaut. Aber weder er noch einer der Amish gab auf ihn acht.

Lambert und Taylor flüsterten miteinander. Dann richtete Taylor den Handflammer prüfend auf Ioan.

»Wir haben die Ereignisse verfolgt«, erklärte er. »Nahm an dem Gefecht nicht auch eine gewisse Jennifer Ash teil, ENTHYMESIS-Kommandantin?«

Ioan zuckte eingeschüchtert die Achseln. Er hatte sich warmgeredet, aber angesichts einer solchen Ausforschung verstummte er. Hilflos wechselte er einen Blick mit Borissowitsch. Dieser stand im selben Moment im rubinroten Scheinwerferlicht von Taylors Elastillampe.

»Kann sein«, brummte der Kommandant, als er einsah, dass er sich nicht mit Schweigen behelfen konnte. »Ein ENTHYMESIS-Explorer wurde uns von der Union geschickt. Und da war auch eine Kommandantin, eine sehr vorwitzige und selbstgewisse Kommandantin, wie ich bemerken darf.«

»Und?«, fragte Taylor rasch.

Borissowitsch hob abwehrend die Hände.

»Ich habe schon zu viel gesagt«, knurrte er mürrisch. »Alle diese Vorfälle müssen untersucht werden. Im Augenblick nur so viel: Mein Maat hat recht, wir sind die einzigen Überlebenden.«

Wieder tuschelten die beiden Amish leise miteinander.

»Das muss sie sein«, glaubte Ioan zu verstehen. Und: »Die arme Jenny.«

»Wir haben das Gefecht vom Boden aus verfolgt «, erklärte Taylor. »Wir konnten uns in Ihren Funkverkehr einwählen, und teilweise konnten wir das Schlachtgeschehen mit optischen Teleskopen beobachten. Dennoch blieb vieles rätselhaft. Es ist immer noch ungeklärt, obwohl die Ereignisse schon drei Tage zurückliegen.«

»Ihre Freundin ist tot«, verkündete Borissowitsch ungerührt. »Das Letzte, was wir sahen, war, wie sich mehrere Scythergeschwader auf den Explorer stürzten. Und unsere Station war zu diesem Zeitpunkt schon zu geschwächt, um ihm noch Feuerschutz zu geben. Sie hatte keine Chance!«

Zu Ioans Erstaunen schien dieser letzte Satz die beiden zu erheitern.

»Das hat ihr immer am meisten Spaß gemacht …«, sagte Jill Lambert leise.

Auch Lucio Taylor schmunzelte, weit davon entfernt, Betroffenheit zu zeigen.

»Dass Jennifer Ash tot ist«, sagte er, »glaube ich erst, wenn ich ihre Leiche sehe.« Er zwinkerte Borissowitsch fröhlich zu. »Sie ist eine Katze. Sie hat neun Leben – mindestens!«

Die Mädchen und die anderen Amish hatten sich in der Zwischenzeit umarmt und mit Wangenküssen begrüßt. Offenbar befanden sich etliche direkte Bekannte der drei Entführten in dem Trupp, den Lambert und Taylor zu nächtlicher Stunde durch die Wüste führten.

»Genug geplaudert«, sagte Jill in diesem Moment.

Sie drückte mit sanfter Gewalt Taylors Arm herunter. Er ließ den Handflammer erlöschen und verstaute ihn unter seiner Kutte. Dunkelheit umfing sie, in der die Roben der amishen Patrouille wieder unsichtbar wurden.

Die Gruppe verließ den Schutz der Felsen und marschierte in dichter Formation in die Wüste hinaus. Zu Ioans Verblüffung setzten sie den Weg, den Kommandant Borissowitsch vorgegeben hatte, unverändert fort.

»Wohin gehen wir?«, fragte er erstaunt.

»Dies hier ist das Land der Paz-Thrun«, erklärte Taylor. Es bewirkte einen leichten Schwindel in Ioans Kopf, hatte er diesen Satz doch schon einmal in dieser Nacht gehört. »Sie sind der aggressivste Stamm der Zthronmic. Lange Zeit wurden sie unterdrückt, aber jetzt haben sie sich erhoben.«

»Was wissen Sie über die Paz-Thrun?«, warf Borissowitsch ein.

»Ihr Führer«, sagte Taylor, »ein gewisser M'tadr Zathr, hat Zthron Muqa Zthé im rituellen Zweikampf getötet. Jetzt beansprucht er die Führung über alle zthronmischen Stämme für sich. Seine Kommandos haben in der vergangenen Nacht Wrathnia besetzt, die Hauptstadt des Planeten. Dort wird er sich in den nächsten Tagen zum Herrscher ganz Zthronmias ausrufen lassen.«

»Dann hatte ich doch recht«, brummte der Kommandant halblaut vor sich hin.

»Sir?«, hakte Taylor nach.

»Ich äußerte den Verdacht, dass es zu einem Bürgerkrieg kommen könne«, sagte Borissowitsch. »Einem Bruderkrieg, in dem die Zthronmic sich gegenseitig zerfleischen.«

Taylors Reaktion war in der tiefen Dunkelheit nicht zu erkennen, aber seine Stimme klang wenig überzeugt.

»Der Bürgerkrieg ist nach allem, was wir hören, schon Geschichte. Die Zthronmic unterwerfen sich gerne dem, der sich als der Stärkste und Skrupelloseste präsentiert. Das scheint zur Stunde M'tadr Zathr zu sein.«

Borissowitsch schwieg. Nur sein schwer gehender Atem verriet, dass er sich neben Taylor durch die Nacht schleppte.

»Wenn Sie«, fuhr der Amish fort, »darauf gesetzt haben sollten, dass die Zthronmic sich in einem Bruderkrieg verbluten, muss ich Sie leider enttäuschen.«

»Ich habe auf gar nichts gesetzt«, gab der Kommandant unwillig zurück. »Ich versuche nur, die Lage einzuschätzen.«

»Und wohin gehen wir nun?«, brachte Ioan sich in Erinnerung.

In der Finsternis glaubte er, Taylors unterdrücktes Lachen zu hören.

»Dort vorne« – schemenhaft erkannte er Taylors ausgestreckten Arm, der auf die Senke in dem vor ihnen aufragenden Gebirgszug wies – »liegt der Qaiba-Pass. Der Übergang aus dem Paz-Thrun-Land in die Große Ngév. Dahinter kommen wir in amishes Gebiet.«

»Ist der Pass nicht gesichert?«, erkundigte sich Kommandant Borissowitsch. »Es muss einer der strategisch bedeutsamsten Übergänge sein.«

Ioan wunderte sich. Offenbar hatte Borissowitsch selbst vorgehabt, über den Pass zu gehen. Und nun erkundigte er sich, ob dieser nicht befestigt sei? Je länger er mit seinem Chef unterwegs war, umso weniger wurde er schlau aus ihm.

»Warten Sie's ab«, zischte Jill Lambert von vorne. Sie hatte die Führung übernommen, hörte aber ihrer Unterhaltung wachsam zu.

Lucio Taylor war auskunftsfreudiger. Er teilte das Misstrauen seiner Frau dem Russen gegenüber nicht.

»Nur eine kleine Besatzung«, sagte er. »Wenn wir sie überrumpeln, können wir uns in den Besitz ihrer Waffen bringen. Das ist noch eines der größten Probleme: Die Amish verfügen kaum über moderne Waffen. Vielleicht können wir den Pass sperren. Für die nächsten Tage sind einige wichtige Transporte angekündigt, Plasma – und Zthrontat!«

Von vorne kam ein ungläubiges Glucksen.

»Jill ist wie immer etwas skeptischer als ich«, lachte Taylor. »Aber damit hat es ohnehin noch Zeit.« Er sah prüfend zum Himmel, der sich über dem östlichen Horizont silbergrün zu färben begann. Darüber baute sich ein schwacher, flamingofarbener Lichtdom auf.

»Es wirkt ganz nah«, erklärte er dann. »Aber es sind noch mehr als zehn Kilometer. Heute Nacht kommen wir zu spät. Diese unverhoffte – Begegnung hat uns aufgehalten. Wir werden uns in der Nähe verstecken, in einer aufgelassenen Mine, und morgen angreifen.«

Schweigend marschierten sie weiter. Es fiel Ioan auf, dass Taylor viel seltener stolperte als er selbst. Der ferne Lichtstreif über dem Horizont war noch zu schwach, um den pfadlosen Weg durch die Geröllwüste zu erhellen. Inzwischen kannte er die absurden Nächte dieses bösartigen Planeten gut genug: Die grüne Aura im Osten würde noch mehrere Stunden lang unverändert vor sich hin glimmen. Und dann würde abrupt die Sonne aufsteigen. Der Himmel würde in einem platinfarbenen Gleißen explodieren, denn es gab hier weder Dämmerung noch zartes Morgenrot. Sowie die Sonne über dem Horizont stand, war sie so hell und brannte sie so hart auf die leblosen Ebenen herunter, dass sie ungeschützte Augen in wenigen Minuten blendete und unbedeckte Haut in ebenso kurzer Zeit verbrannte.

»Und wer seid ihr?«, getraute er sich irgendwann zu fragen. »Seid ihr nicht – Veteranen?«

Er fand selbst, dass das Wort unpassend klang angesichts zweier so junger Menschen, die sich eher wie ein frisch vermähltes Paar gaben denn als alternde Helden.

»Ja, das sind wir«, vernahm er Taylors angenehm sanfte Stimme in der Finsternis. »Wir haben bei Sina gekämpft. Genauer gesagt: in Sina City.«

Ioan nickte innerlich. Dann hatte er sich die Namen richtig eingeprägt. Er musste sie im StabsLog gelesen haben, wenn er aus der Langeweile auf der Orbitalstation in die Berichte des letzten Krieges entflohen war.

»Und dann?«, fragte er atemlos.

Wieder glaubte er, Taylors sympathisches Lächeln hören zu können.

»Wir quittierten den Dienst und ließen uns in Pensacola nieder«, erzählte der Kämpfer, der immer noch ein junger Mann war. »Wir konvertierten zu den Amish und heirateten nach ihrem Ritus. Das schien uns ein würdiger Neuanfang zu sein. Die Schlacht hatte uns beide ziemlich mitgenommen, wir brauchten einen Schnitt. Aber auf der Erde standen wir zu sehr im Rampenlicht. Immer wieder besuchten uns Journalisten und Historiker. Wir mussten in den Medien auftreten und vor Schulklassen.

Die Ruhe, die wir uns ersehnt hatten, war das gerade nicht.«

Er schwieg eine Weile, während sie nebeneinander durch die Wüste trotteten. Die Gruppe hatte sich auseinandergezogen. Jill Lambert ging an der Spitze, dicht gefolgt von Borissowitsch und einigen Kämpfern der Amish. Dann kamen die Mädchen, die immer wieder in vergnügtes Kichern ausbrachen, obwohl sie zu absoluter Ruhe angehalten worden waren. Das Ende bildeten die übrigen Vermummten, die ihre Identität bis jetzt für sich behalten hatten. Taylor und Ioan gingen neben der Kette her und passten auf, dass sie nicht zu weit auseinander fiel. Unterdessen setzte Lucio seine Erzählung fort.

»Wir hatten von den Kolonien und Minen der Amish erfahren. Sie unterhalten sie auf nahezu allen bewohnbaren Welten. Es sind mehr, als es Basen und Stationen der Union gibt. Ob immer zu ihrem Nutzen, muss dahingestellt bleiben. Wir bereisten viele von ihnen. Wir sahen mehr Welten, als wir uns hätten träumen lassen, fruchtbare und karge, friedliche und umkämpfte. Keine schien alle Vorzüge zu vereinen. Wir konnten uns nicht entscheiden, auf welcher wir uns niederlassen sollten. Und so hörten wir schließlich von Zthronmia und dem entbehrungsreichen Leben, das die Amish hier in ihren weit verstreuten Kibbuzim führen. Sie kämpfen nicht nur gegen den lebensfeindlichen Naturraum, sondern auch gegen das unberechenbare Volk der Zthronmic.«

»Und das hat Sie angezogen?«, fragte Ioan ungläubig. Aus seiner Tätigkeit an Dienst der Orbitalstation wusste er von den Übergriffen der Zthronmic, ihren grundlosen Bombardierungen, ihrem Terror, den Entführungen …

»Inzwischen waren wir erholt und hatten zahllose neue Eindrücke gewonnen«, fuhr Taylor fort. »Es ging uns gar nicht mehr um einen Ruhesitz. Wir waren zu jung, um uns zurückzuziehen. Zumal uns das Leiden dieses Volkes ergriff, von dem wir ein Teil geworden waren. Wir beschlossen, uns in den Dienst der Amish von Zthronmia zu stellen. Als Handwerker oder Minenarbeiter hatten wir nicht viel zu bieten – obwohl ich erwähnen darf, dass ich einmal Techniker einer Instandsetzungseinheit war –, aber wir hatten etwas, das die Amish nicht kannten, weil sie es gering schätzten: eine militärische Ausbildung und Kampferfahrung.«

Ioan schluckte. In gewisser Weise hätte auch er das von sich behaupten zu können. Aber er war immer froh gewesen, auf der Orbitalstation Dienst nach Vorschrift schieben zu können. Sich freiwillig auf diese verrückt gewordene Welt zu begeben, um sich in ihre undurchschaubaren Händel einzumischen, wäre ihm in Jahrzehnten nicht eingefallen, auch wenn Meldungen über unschuldige Opfer tagein, tagaus über die Konsole wanderten. Wenn die Station nicht angegriffen worden wäre und wenn sie nicht hätte evakuiert werden müssen, hätte er seinen Fuß niemals auf diesen verfluchten Sandplaneten gesetzt.

»Wir trafen vor einigen Monaten ein«, erzählte Taylor. »Der Terror der Zthronmic gegen die amishen Siedlungen nahm an Heftigkeit zu. Wir gingen in den Untergrund und begannen damit, die Minen und Kibbuzim zu besuchen. Seither durchstreifen wir die Wüsten und Gebirge und sprechen mit den lokalen Führern, um die Stimmung zu sondieren. Wir wollen herausfinden, ob die Amish bereit sind, sich gegen die Zthronmic zu erheben. Und falls es dazu kommt, wollen wir sie nach Kräften unterstützen.«

Ioan musterte die Silhouette der schwarzen Kutte, die neben ihm durch die Nacht ging.

»Und wie ist die Stimmung?«, fragt er leise.

Unter der Kapuze blitzten Taylors schwarze Augen auf. Zugleich beschrieb sein Arm einen Schwenk über die lange Reihe der vermummten Kämpfer, die schweigend durch die Finsternis marschierten.

»Wie sieht's denn aus?«, sagte er spöttisch.

Während der weit ausholenden Armbewegung glaubte Ioan, ein rätselhaftes Summen zu hören, ein Summen wie von starken Servomotoren, nur dass es direkt aus Taylors Schulter zu kommen schien.

Schneller!

Sie raste in mittlerer Höhe dahin. Ein doppelter Überschallknall ließ den Sand der Wüste hinter ihr dampfen. Aber wie schnell war sie wirklich? Was gab diese Maschine aus lebendem Fleisch her?

Sie konzentrierte sich auf die Einheit mit dem Scyther und legte ihren ganzen Willen in den einen Gedanken, den einen Impuls: Schneller!

Die aerodynamische Eleganz der sensenförmig nach vorne gekrümmten Schwingen und die stromlinienförmige Spindel des Rumpfes, in den sie eingebettet war, kamen zu ihrem Recht. Es musste wenigstens Mach 5 sein, mit dem sie über die rote Ebene donnerte. Hinter ihr verwirbelte sich die Luft. Dann ließen weitere Überschalldetonationen die Wüste erbeben.

Wohin sollte sie sich wenden? Wo war sie? Die Geografie Zthronmias bot wenig Anhaltspunkte. Schon beim Absturz der ENTHYMESIS war es ihr unmöglich gewesen, sich zu orientieren, obwohl es einer der Reflexe war, die man ihnen auf der Akademie eingebimst hatte: Wenn ihr schon aussteigt oder Bruch macht, vergewissert euch wenigstens, wo ihr seid, vor allem wenn ihr über feindlichem Gebiet abstürzt! Aber in dem brennenden, wie ein Kreisel herumwirbelnden Explorer hatte sie nur gesehen, dass sie über endlosen, zinkoxidfarbenen Ebenen hinunterging, die hier und da von unauffälligen Gebirgszügen gegliedert wurden. Es konnte überall auf diesem gottverlassenen Planeten sein!

Auch ihr unfreiwilliger Aufenthalt in dem heruntergekommenen Palisadenfort hatte keinerlei Auskunft darüber gegeben, in welchen Winkel Zthronmias es sie verschlagen hatte.

Andererseits war es gleichgültig. Überall gab es amishe Pueblos, überall gab es zthronmische Palisadenstädte. Die Welt war kleiner als die Erde. Bei fünf- oder siebenfacher Schallgeschwindigkeit konnte sie jeden beliebigen Punkt seiner Oberfläche erreichen.

Aber vielleicht gab es noch eine andere Möglichkeit! Sie konzentrierte sich auf ihren Wirt, auf den schwerelos dahinschießenden Scyther, in dessen rotem Fleisch sie ruhte wie in einem warmen feuchten Futteral. Sie öffnete das mentale Feld, in dem sie mit ihm zusammengeflossen war, und formulierte eine Frage. Und dann spürte sie eine Antwort. Sie fühlte ein Wissen. Es war kein abstraktes Wissen, kein begriffliches Wissen, kein Wissen, das man hätte formulieren können. Der Scyther konnte nicht sprechen. Keine KI der Welt hätte den Flow seines Bewusstseins in syntaktische Sprachmuster überführen können. Und doch war es Wissen.

Er wusste, wo er hingehörte, wie eine Ameise oder eine Biene wusste, zu welchem Staat sie gehörte und wo ihr Stock war. Und er wusste, wohin er sich halten musste, wie ein Zugvogel wusste, wohin er fliegen musste – auch über Ozeanen und Wüsten, die jeden menschlichen Navigator in die Verzweiflung getrieben hätten.

Sie waren über Gebiet der Paz-Thrun, das wusste sie nun einfach, des aufständischen Stammes, der sich von den übrigen Zthronmic losgesagt hatte. Ein Land der Blutfehde, der miteinander verfeindeten Sippen, der Erbrache, der winzigen Palisadenstädte und noch kleineren Wüstenkäffer, die alle seit Generationen Krieg gegeneinander führten. M'tadr Zathr war ihr Führer. So fügte sich eines ins andere. Er hatte Zthron Muqa Zthé getötet, den bisherigen Führer, der die Herrschaft über alle Zthronmic beanspruchte und der sie auf dem Kongress vertreten hatte. Ein neuer Führer erhob den Anspruch, Führer aller Zthronmic zu sein. Wahrscheinlich würde es einen Bürgerkrieg geben und die streitbaren Wüstenstämme zerfleischten einander wie Schiiten und Sunniten, deren Händel für jeden Außenstehenden undurchschaubar waren.

Sie wandte sich nach Osten. Dort musste die Große Ngév sein. Dort lag das Land der Amish, lagen ihre Minen und Pueblos, lagen ihre Kibbuzim. Auch Wrathnia befand sich im Osten, die Hauptstadt der Zthronmic, die sich auf einem felsigen Hochplateau über das Niveau der staubigen Wüsten erhob.

Der Wirt, in dessen stinkendes Fleisch sie sich hineingewühlt hatte, gehorchte ihrem Willen. Sie konnte ihn steuern, wie sie ihre eigenen Gliedmaßen steuerte. Sie entschied über Geschwindigkeit und Flugrichtung. Sie nahm die Umgebung mit seinen hoch entwickelten Sinnen wahr. Sie konnte sogar, auf schwer zu beschreibende Weise, in allen Richtungen gleichzeitig sehen. Was an Bord eines Schiffes komplexe holografische Konsolen und Monitore erfordert hätte, die auf verschiedene Kameras an allen Seiten seiner Außenhülle zugriffen, das hatte sie hier simultan vor Augen – und dabei hatte sie ihre physischen Augen fest verschlossen, das Gesicht tief in das rohe Fleisch des Scythers gebettet.

Die beiden Verfolger waren auf ihren Fersen, das war nicht weiter verwunderlich. Dicht nebeneinanderfliegend, kamen sie hinter ihr über den Horizont. Eine Weile wahrten sie den Abstand. Aber dann holten sie plötzlich auf! Sie schienen noch über andere Reserven zu verfügen als das Exemplar, das sie sich unterworfen hatte.

Schneller!, dachte sie.

Aber die Scyther, die ihr nachhetzten, verkürzten den Abstand rasch. Der ihre konnte oder wollte nicht schneller. Vielleicht behinderte ihn ihr Gewicht. Oder es gab Bereiche seines Willens, die er dem ihren nicht unterstellt hatte.

Sie brauchte darüber nicht mehr länger nachdenken, denn in diesem Augenblick eröffneten ihre Verfolger das Feuer. Unsichtbare Energielanzen stachen links und rechts an ihr vorbei. Sie spürte sie, wie sich auch mit verbundenen Augen die Messer gespürt hätte, die ein Zirkusartist in knappem Abstand rechts und links an ihr vorbeigeworfen hätte.

Sie flog Zickzack und Schlangenlinien, rollte über die Längsachse, stellte die Tragflächen senkrecht und zog dann in einer steilen Kurve hoch.

Die Verfolger kamen rasch näher. Ihre Salven waren dichter. Sie schossen sich auf sie ein.

Und dann war sie getroffen. Ein kompaktes Bündel harter Strahlung schnitt durch ihre rechte Tragfläche.

Sie brüllte auf vor Schmerz!

Ihr rechter Flügel war getroffen – und ihr rechter Arm!

Ein Maserstrahl hatte ihren rechten Ellbogen durchtrennt. Es brannte wie Feuer, wie wenn eine Laserklinge ihr Fleisch zerteilt hätte. Ihr eigenes Fleisch!

Plötzlich brach der Kontakt zu ihrem Wirt zusammen. Die Symbiose löste sich. Es war ihr Arm, den sie spürte, ihr Ellbogen. Sie zog ihn im Reflex aus dem Futteral, das das Innere der rechten Tragfläche auskleidete und in dem er brannte wie in flüssigem Plasma.

Im selben Augenblick wusste sie, dass sie einen Fehler gemacht hatte. Die mentale Kupplung, die sie mit dem Scyther verbunden hatte, riss auseinander. Sie verlor die Kontrolle. Es war ihr Arm und er schmerzte. Aber sie spürte die Tragfläche nicht mehr. Und so konnte sie sie auch nicht mehr steuern. Das Flugwesen hing an ihr wie ein abgestreifte Kostüm, wie das Fell eines toten Tieres, das sie sich über die Schulter geworfen hatte.

Sie schmierte ab. Über die linke Tragfläche trudelnd, stürzte sie in einer engen Spirale in die Tiefe. Ihr Wille war nur noch von dem Brennen in ihrem rechten Arm gefangen. Der Scyther taumelte und raste, sich immer schneller um den nach links verrutschten Schwerpunkt drehend, auf den felsigen Wüstenboden zu.

Die beiden Verfolger donnerten über sie hinweg. Sie waren von ihrem Kontrollverlust irritiert. Oder sie gingen davon aus, dass sie sie abgeschossen hatten.

Sie musste die Maschine abfangen, das Wesen aus lebendem Fleisch. Dazu musste sie den Kontakt neu aufbauen. Dazu musste sie den Arm wieder in die Tragfläche schieben! Es war, als stecke sie die Hand wieder in das Zthron Zathar! Furchtbarer Schmerz. Aber diesmal war es nicht nur die Hand, sondern der ganze rechte Arm bis hinauf zur Schulter. Vermutlich war es sogar derselbe Mechanismus: Schmerz durch Nerveninduktion. Der Kontakt baute sich widerstrebend wieder auf. Er war beidseitig. Das hatte sie schon auf dem Rollfeld gespürt, als die Zthronmic den Scyther mit Strahlenwaffen und Feldwerfern beschossen hatten. Ihr Wille steuerte den Leib des Scythers, aber die Wunden, die der Scyther empfing, zogen auch ihren Willen in Mitleidenschaft. Und doch war es nicht anders möglich.

Alle Kräfte und Tricks aufbietend, zu denen einige Jahrzehnte des Prana-Bindu-Trainings sie befähigten, fuhr sie den Arm wieder aus, bettete sie in das wunde Futteral aus verschmortem Fleisch, bemeisterte den Schmerz, als die tiefen Wunden dieses Fleisches zu ihren Wunden wurden, und erlangte die Kontrolle wieder.

Wenige Meter über dem Boden fing sie die trudelnde Maschine ab. Sie zog neu hoch, stieg senkrecht in den Himmel, wobei sie sich langsam um die Längsachse drehte, um möglichst wenig Angriffsfläche zu bieten, und scannte den Horizont.

Wut, Schmerz und Überlebenswille flossen zu einem amokartigen Zorn zusammen. Als Mensch hätte sie gleichzeitig geheult und laut geschrien, sie hätte ihren Frust hinausgebrüllt und Tränen wären ihr aus den Augen geschossen. So gingen die Reaktionen ihres Körpers unmittelbar auf den Scyther über. Er warf sich in der Luft herum, mobilisierte neue Energien, suchte, fand und erfasste seine Feinde und schnellte sich ihnen entgegen.

Sie waren über sie hinweggeschossen, als sie ins Trudeln geriet. Jetzt lagen sie vor ihr. Das älteste Manöver des Luftkriegs. Den Gegner vor sich bringen, durch Hochziehen, Abtauchen oder durch einen überraschenden Schwenk. Sich hinter ihn setzen, sich an sein Heck krallen. Und dann feuern!

Unsichtbare Pakete aus Röntgenstrahlen stachen nach den beiden Scythern, die einige Kilometer vor ihr in mittlerer Höhe dahinrasten. Sie registrierten, dass sie wieder da war, und brachen sofort aus. Auch jetzt konnte sie einen Impuls tiefer Bewunderung nicht unterdrücken. Obwohl es sie in wenigen Sekunden das Leben kosten würde, war sie voll Hochachtung für diese Wesen, sie empfand einen ästhetischen Genuss, als sie ihr synchron, in perfekter Spiegelsymmetrie ablaufendes Manöver betrachtete. Sie waren schnell, sie waren kompromisslos und unerbittlich, sie waren intelligent – und sie waren schön!

Die beiden Scyther kreuzten und holten in weiträumigen Bewegungen aus. Sie beschrieben Bögen von einigen Kilometern

Halbmesser, vereinigten sich in dessen gedachtem Mittelpunkt, setzten sich wieder nebeneinander und kamen frontal auf sie zu. Im gleichen Augenblick eröffneten sie das Feuer.

Eine Erinnerung durchblitzte sie. Wo hatte sie dieses Manöver schon einmal geflogen? Es war auf Sina gewesen! Über den Wolken der großen Ozeane, nach ihrer Flucht aus Sina City. Aber damals hatte sie Norton als Richtschützen gehabt. Sie selbst hatte sich aufs Fliegen konzentrieren können.

Nun musste es eben so gehen. Dafür musste sie sich nicht mit den sinesischen Ideogrammen der exotischen Konsole herumschlagen, sondern alles gehorchte unmittelbar ihrem Willen, sie musste ihn nicht einmal aussprechen, sondern ihn einfach nur vollziehen.

Sie warf sich in der Luft herum und beschleunigte auf Höchstgeschwindigkeit. Dann raste sie den beiden Angreifern frontal entgegen. Dabei glaubte sie, so etwas wie einen Unglauben zu spüren. Sie empfing ein Zurückschrecken. War es der eigene Scyther, der Angst vor ihrer Courage bekam, oder waren es die beiden anderen, die Respekt vor ihrem Schneid bekamen und sich zu fragen anfingen, mit wem sie es zu tun hatten?

Sich zwischen den unsichtbaren Maserstrahlen, die sie auf geistigen Frequenzen spüren konnte, hindurchwindend, flog sie auf die Angreifer zu und eröffnete dann selbst das Feuer. Erst auf den rechten. Er war getroffen!

Dann waren sie auch schon da. Sie legte sich auf die Seite und raste in der Mitte zwischen den beiden anderen Maschinen durch, deren eine im selben Moment in einem weißen Feuerball zerbarst. Für einen Sekundenbruchteil war sie nur wenige Meter davon entfernt. Sie sah mit den holografischen Sinnen ihres Wirts, wie das elegante, stromlinienförmige Gehäuse aus poliertem Elastalstahl zerplatzte und in einer wuchtigen Druckwelle detonierte. Diese konnte ihr nicht gefährlich werden. Denn im nächsten Augenblick war sie schon wieder viele Hundert Meter entfernt. Gut wäre es jetzt gewesen, wenn sie ein schwenkbares Geschütz besessen hätte. Dann hätte sie bei dem dichten Vorbeiflug dem anderen Scyther eine Salve in die Bauchseite jagen können. Aber die Kanonen dieser Wesen schossen nur nach vorne.

Einer weniger! Er trudelte wie ein welkes Blatt auf den Wüstenboden hinab, eine korkenzieherförmig gekrümmte schwarze Rauchspur nach sich ziehend, und zerschellte dann in einer blutig roten Pilzwolke.

Der andere hatte abermals weit ausgeholt. Sie setzte ihm nach. Wie schnell er war! Und wie gerissen! Bewunderung und Verzweiflung waren ununterscheidbar ineinandergeflossen. Ebenso der Schmerz der Verwundung und die orgiastische Lust, in die sie diese rasenden Manöver hoch über der Erde bei vielfacher Schallgeschwindigkeit versetzten. Sie war gleichzeitig hellwach, wie nach zehn Tassen Kaffee, und in tiefe Prana-Bindu-Trance versenkt. Ihr Geist war nur noch ein Quantenrechner, der keinem Bordcomputer nachstand. Sie war selbst nur eine lebende KI, die die unfassbaren Funktionen dieses Schiffes steuerte und die irrwitzigsten Luftkämpfe mit ihm flog.

Schade, dass keiner sie sehen konnte!

Und dann spürte sie doch so etwas wie eine Gegenwart.

Sie jagten hintereinander her. Immer wieder fing der eine sich abrupt ab, drückte das Tempo von Mach 5 oder 6 oder 7 auf Null herunter, um den anderen aussteigen zu lassen und sich an seine Heckflossen zu setzen . Dann eröffnete er wieder das Feuer. Der Verfolgte versuchte, den Verfolger abzuschütteln. Er schwankte und taumelte, wackelte mit den Tragflächen, beschrieb Schlangenlinien und Zickzack und komplexe Schleifen. Dann zog er wieder hoch, rollte halsbrecherisch über Kopf, warf sich gleichzeitig in einer eingedrehten Schraube herum und beschleunigte im selben Moment.

Manchmal wusste sie selbst nicht, wer gerade wen zu Tode zu hetzen versuchte, wer vorne, wer hinten lag, wer seine Salven auf wen abbrannte. Sie wusste nur eines: Die Scyther mussten mit gewaltigen Kraftfeldern ausgestattet sein, die das Innere der stählernen Ektoskelette schützten und mit gravimetrischen Kokons umgaben. Anders war es nicht zu erklären, dass sie noch lebte. Aus vielfacher Schallgeschwindigkeit bremste sie auf Null und schwebte in der Luft, dann jagte sie unvermittelt wieder los. Sie überschlug sich, gab Gegenschub und raste mit Mach Gottweiß-wieviel in der entgegengesetzten Richtung weiter. Kein Mensch hätte das aushalten können. Sein Leib wäre von den Beschleunigungs- und Verzögerungskräften zu blutigem Schaum zersprüht. Und das musste auch für das lebende Fleisch der Scyther gelten. Die gewaltigen Energien schienen ihnen nichts anhaben zu können. Wie Schwalben an einem Sommerhimmel badeten sie in der klaren Luft über den roten Ebenen Zthronmias, die ihre fauchenden Turbinen, ihre Plasmastrahlen, ihr Maserfeuer, das die Atmosphäre explodieren ließ, und ihre unausgesetzten Überschalldetonationen zerrissen .

Gewaltige Entfernungen legten sie zurück. Längst wusste sie nicht mehr, wo sie war.

Dann tauchte etwas vor ihr auf. Halblinks, am nördlichen Abhang des Sandbeckens, über das sie hinwegdonnerten, erhob sich ein stumpfer Kegel, ein aus weißen Würfeln aufgeschachtelter Komplex. Ein amisher Pueblo! Sie jagte im Tiefflug daran vorbei, wendete und warf sich ihrem Gegner wieder entgegen. Irgendwo in ihr hoffte sie, dass jemand diesen Luftkampf verfolgen, ihn beobachten, ihn für alle Zeiten festhalten würde. Sie wünschte sich, dass man das Video auf der Akademie zeigen und künftige Pilotengenerationen damit unterrichten würde. In ihrem ganzen Leben hatte sie nicht solche Manöver geflogen, hatte sie nicht solche Ekstase empfunden.

Und dann spürte sie wieder die Ahnung einer Gegenwart.

Norton, dachte sie. Beweg doch endlich, endlich deinen Arsch hierher!

Dann war sie getroffen. Sie hatte wieder einen Fehler gemacht und ihre Aufmerksamkeit geteilt. Für eine Millisekunde war sie Jennifer gewesen und nicht der Scyther.

Eine schwere Salve erwischte sie, zerschmolz ihre rechte Tragfläche, die schon mitgenommen gewesen war, sie überschlug sich, sackte zur Seite weg, die Maschine brach aus, stieg hoch, klatschte mit der Bauchseite gegen den Windwiderstand, wurde von mörderischen Kräften in die Mangel genommen und zerquetscht.

Der Wüstenboden kam rasch näher. Sie versuchte ein letztes Mal, die Gewalt über den Scyther wiederzuerlangen und die Maschine hochzuziehen.

Dann gab sie auf.

Schon wieder, dachte sie, als sie sich innerlich auf den Aufschlag vorbereitete.

Irgendeine andere Faser ihres Wesens überlegte, ob sie mit vier-, fünf- oder sechsfacher Schallgeschwindigkeit aufkommen würde.

Dann zog sie die Arme aus den Futteralen aus brennendem Fleisch, zog die Beine an, kauerte sich in embryonaler Haltung zusammen, drückte den Kopf zwischen die Schultern und versteifte ihren eiförmig zusammengekrümmten Körper mit der ganzen Kraft, die jetzt noch in ihr war.

Ioan öffnete den Elastilbeutel, den er während der ganzen Nacht auf der Schulter geschleppt hatte, und leerte den kläglichen Rest ihrer Vorräte in ihre Mitte. Die Katze Morgan sprang aus dem Sack und wischte fauchend davon, kehrte aber nach wenigen Augenblicken reumütig wieder. In alle Richtungen gab es nur Fels und Finsternis; ihr Instinkt hatte ihr untrüglich mitgeteilt, dass sie die steinernen Gänge und Stollen bis ans Ende ihres Lebens würde durchstreifen können, ohne auch nur auf den Geist einer Maus zu treffen. Verglichen mit den Katakomben der Orbitalstation Alpha Ceti Tau war diese Höhle tief im Inneren der Westberge von Zthronmia der Inbegriff der Sterilität. Auf der Raumstation hatte sie die Schnauze nur in einen Winkel stecken müssen und fette Motten oder Kakerlaken, Mäuse oder Ratten waren ihr entgegengekommen. Davon konnte hier keine Rede sein. Das Einzige, was in dieser unterirdischen Kaverne lebte, waren einige Sandfledermäuse, die für sie unerreichbar kopfunter an der Höhlendecke hingen, und die Menschen, mit denen sie hereingekommen war; also beschloss sie, sich an Letztere zu halten, um ihren nagenden Hunger zu stillen.

Borissowitsch hatte Ioan einen strafenden Blick zugeworfen, als er die Katze hatte entwischen lassen. Schließlich waren sie in feindlichem Gebiet. Aber Lucio Taylor hatte begütigend gelächelt. Hier drohte keine Gefahr. Er war in die Knie gegangen und hatte die Hände ausgestreckt, um den Kater zu beruhigen und ihn in ihren Kreis zurückzulocken. Morgan war rasch herbeigekommen. Mit pikiert aufgestelltem Schwanz hatte er an Taylors Fingern geschnuppert und es zugelassen, dass dieser ihn auf die Hand nahm und ihn kraulend an die Brust hob. Allerdings war Ioan aufgefallen, dass die Katze Taylors linken Arm gemieden und zu seiner rechten Hand gedrängt hatte.

Nach dem nächtlichen Aufeinandertreffen waren sie noch mehrere Stunden lang schweigend durch die Wüste marschiert. Die Zeit hatte sich gedehnt, wie es für das sonderbare Zwischenreich zwischen Nacht und Tag, zwischen Wachen und Traum charakteristisch war. Erschöpft und immer wieder in stolpernden Halbschlaf fallend, war Ioan in der wortlosen Kette der amishen Kämpfer mitgetrottet. Das gezackte Gebirge, das vor und neben ihnen aufragte und das so nahe schien, war wie eine schwarze Fata Morgana vor ihnen zurückgewichen. Es wurde immer noch größer, höher und bedrohlicher, je länger sie darauf zuhielten und je tiefer sie in das lang gestreckte Felsental eindrangen, das zum Qaiba-Pass führte. Und auch der silbergrüne Lichtstreif, der über dem Horizont im Osten flimmerte und den Sonnenaufgang anzukünden schien, war Stunde um Stunde unverändert geblieben. Auch er ein Trug, eine glimmende Verheißung von etwas, das nie eintrat, eine Fata Morgana in der Zeit.

Aus irgendwelchen Anzeichen hatten Taylor und die anderen erkannt, dass nun wirklich jeden Augenblick die Sonne über die endlose Ebene im Osten kommen würde. Sie waren linker Hand eingeschwenkt und in die zerklüfteten und zerborstenen Felsen eingedrungen, die die Basis des unzugänglichen Massivs bildeten. Und tatsächlich hatten sie sich eben in einen schmalen Einschlupf geduckt – den Einstieg zu einer aufgelassenen Mine, wie Taylor erklärte –, als die platinfarbene Sonne über dem Horizont explodierte und alles mit ihrem sengenden Licht überflutete. Die kurze Dämmerungsphase, die dem vorausging, hatte nur wenige Minuten gedauert. Beinahe übergangslos wich die tintenschwarze und froststarre Nacht dieses Planeten seinem gleißenden Tag, an dem der Aufenthalt im Freien kaum weniger gefährlich war. Sowie die Sonne einige Striche über dem Horizont stand, wurde ihr Licht so grell, dass es Augen verblitzte und unbedeckte Haut verbrannte – und doch wärmte sie kaum. In den harten Schlagschatten, den ihr körperloser Ball über die felsige Landschaft warf, würde es auch am Mittag kaum weniger kalt sein als um Mitternacht.

Eine Weile waren sie, dicht aneinandergedrängt, in dem schmalen Eingang gestanden und hatten über die erwachende Wüste gesehen. Einige Sandfledermäuse hatten die gehetzte

Pirsch der kurzen Dämmerphase beendet und waren über ihre Köpfe hinweg in die Höhle geflattert. Weit draußen hatte ein Felsengeier seine Kreise gezogen. Er schien das Hochtal abzusuchen, das langsam weiter anstieg und in die flache Senke des Qaiba-Passes mündete. Und sie hatten die unbefestigte Piste ausmachen können, die sich aus dem Nirgendwo der offenen Wüste herauswand und dann der Eintiefung des trogförmigen Tales zum Passübergang folgte. Dort ging es in die Große Ngév hinüber, die gewaltige Wüste, deren Fläche ein Drittel der äquatorialen Breiten des Planeten einnahm. Die Ebene, aus der sie selbst gekommen waren, das felsige und rot glühende Land der Paz-Thrun, hatte sich ihnen als lebensfeindliche Einöde präsentiert, in der es vom Sockel des Gebirges bis zum gekrümmten Horizont dieser Welt kein Blatt und keinen Strauch gab. Nur die Kämme und Zacken rostbrauner und zinkoxidfarbener Massive reihten sich in allen Abschattungen von Ocker bis zu Karmesin hintereinander. Doch wenn dieses Land auch kein Leben beheimatete, bot es doch etwas, was aus Sicht seiner Herren viel kostbarer war: Alle diese verwitterten Bergzüge bargen in ihren Tiefen unerschöpfliche Mengen des reinsten und wertvollsten Zthrontats, das in dieser Galaxie gefunden werden konnte. Des Minerals, das zum Bau von Warpspulen benötigt wurde und dessen Preis in fantastische Höhen explodiert war, seit die raumfahrende Menschheit sich für die interstellare Option entschieden hatte. Überall wurden Drohnen und Basen gebaut, Raumstationen und gewaltige Schiffe. Die Union hatte das Kolonialreich des Sinesischen Imperiums übernommen und ihre eigenen Besitzungen weiter ausgedehnt, die bis in den Eschata-Nebel reichten, jenseits des Kleinen Korridors, weit außerhalb der Milchstraße. Das neue Reich wollte erschlossen und zusammengehalten werden. Zahllose Lambda-Ionensonden durchkreuzten seine Weiten, die nach Millionen Lichtjahren zählten und nur im oszillierenden Warp zu bezwingen waren. Und mächtige Schiffe wurden in Dienst gestellt, um Mannschaften und Material, Wissenschaftler und Militärs, Menschen, Tloxi und andere Verbündete, vom einen Ende der Galaxis zum anderen zu befördern und das riesige neue Herrschaftsgebiet zu erschließen. Allein die Reaktoren der beiden neuen MARQUIS DE LAPLACEs, die im Neptunorbit entstanden, verschlangen mehrere Jahresproduktionen an Zthrontat. Die Kerne ihrer Triebwerksblöcke von der Größe eines Dorfes bildeten gewaltige Spulen, die Abertausende von Tonnen wogen – während das Rohzthrontat hier grammweise mit den bloßen Händen aus dem Urgestein geschlagen und in komplizierten Prozessen und Verfahren angereichert wurde.

Einige Amish hatten das Vorfeld der Höhle inspiziert, um Spuren zu verwischen, die sie beim Anmarsch hinterlassen haben konnten. Aber das Land der Paz-Thrun war eine einzige Felsenlandschaft, in der ihre Stiefel keine Fußstapfen zurückließen. Dann hatte Taylor sie weiter ins Innere der Mine geführt. Es war eine künstliche Höhle, ein komplexes und verwinkeltes Stollensystem, das mit Hammer und Spitzhacke aus dem anstehenden Gestein gebrochen worden war und in dessen zinnoberrotem Labyrinth sich ein Fremder hoffnungslos verirren würde. Schließlich hatten sie einen größeren Raum erreicht. Taylor hatte erklärt, dass sie hier den Tag verbringen würden. Wachen waren abgestellt worden, die den Eingang sicherten. Offenbar gab es deren mehrere, denn bewaffnete Amish entfernten sich auch in andere Richtungen und tauchten in enge Stollen ein, die tiefer ins Innere des Berges führten. Diese schienen mit anderen Minen in Verbindung zu stehen, denn im Lauf des Tages trafen immer wieder kleinere Stoßtrupps weiterer Amish ein, die sich mit ihrer Gruppe vereinigten. Ioan zählte schließlich über vierzig Kämpfer, wodurch sich ihre Streitmacht mehr als verdoppelt hatte.

Sie hatten in der zentralen Höhle einen Kreis gebildet und sich auf den Boden niedergelassen, der aus nacktem Fels bestand. Dann hatten sie ihre Vorräte zusammengeschüttet und ein frugales Mahl gehalten, das nach Maßgabe der lokalen Zeit ihr Frühstück, dem Rhythmus ihres verkehrten Tagesablaufes nach jedoch ihr Abendessen war. Ioans und Borissowitschs Proviant, den sie aus der Notfallausrüstung der Evakuierungsdrohne mitgenommen hatten, war schon stark zusammengeschmolzen. Er war für vier Personen und achtundvierzig Stunden berechnet; aber sie waren nun schon mehr als zweiundsiebzig Stunden unterwegs, und seit die Mädchen zu ihnen gestoßen waren, waren sie zu fünft. So waren es nur noch ein paar Packungen trockener Kekse und Energieriegel, die sie der Allgemeinheit zur Verfügung stellen konnten. Hunger drohte ihnen kaum. Nicht zuletzt dank Ioans in den letzten Jahren stetig perfektionierter Kochkunst waren sie beide mehr als wohlgenährt. Aber der Durst schien das wahrscheinlichere und grausamere Schicksal in den lebensfeindlichen Einöden dieses Planeten. Immerhin hatten sie in den künstlichen Wasserläufen des Kuppelpalastes ihre Flaschen und Elastilbehälter füllen können.

Ioan war aufgefallen, dass sie im Lauf der Nacht deutlich an Höhe gewonnen haben mussten. Der Aufstieg in die gebirgigen Regionen, die zum Qaiba-Pass führten, war nicht nur anstrengend und schweißtreibend gewesen, der Atem ging auch spürbar schwerer. Die dünne und trockene Atmosphäre Zthronmias drohte sich in diesem Hochland zu einer asthmatischen Ahnung zu verflüchtigen.

Was die Mädchen anging, so hatten sie nur einige rohe Früchte mitnehmen können. Sie hatten zwar berichtet, dass die Zthronmic sie von Zeit zu Zeit auch mit gehaltvolleren Dingen gefüttert hatten, aber sie wussten nicht, wo sich die Vorratskammern in der unterirdischen Oase befanden. Und Kommandant Borissowitsch, der zur Eile drängte, hatte ihnen untersagt, die Kuppel auf eigenen Faust zu durchsuchen.

So waren sie auf die Vorräte der Amish angewiesen. Diese ließen sich nicht zweimal bitten, ihnen davon mitzuteilen. Die Gastfreundschaft der amishen Siedler war sprichwörtlich in der ganzen von Menschen besiedelten Galaxis und sie traf auch bei diesen verschworenen Kämpfern und Meldeläufern, Spionen und Renegaten zu. Getrocknetes Obst erschien auf einer weißen Elastilfolie, die als Tischtuch diente, Aprikosen und Pflaumen, aber auch Sultaninen, Feigen und sogar Bananen. Letztere waren an der Luft konserviert, in dünne Chips geschnitten und gesalzen. Ioan, der kulinarischen Entdeckungen gegenüber stets aufgeschlossen war, stellte zu seiner Verwunderung fest, dass sie nicht nur vorzüglich schmeckten, sondern den Hunger und die Zerschlagenheit nach dem nächtlichen Gewaltmarsch augenblicklich milderten. Auch getrocknete Tomaten und Zucchini kamen auf den Tisch, verschiedene knollenartige Wurzeln, deren Name Ioan nicht verstand, und in dünne Streifen geschnittenes Trockenfleisch. Immer wieder nahm er von den haltbar gemachten Bananen. Irgendwo auf dieser Welt, sagte er sich, musste es fruchtbarere Klimate geben als in diesen endlosen Hochgebirgswüsten oder Sandebenen. Zumindest so viel Wasser, dass der Anbau solcher Tropenpflanzen möglich wurde.

Sie bekamen verdünnten Kaktuskefir zu trinken, das Nationalgetränk der Amish. Der bittersüße Geschmack war gewöhnungsbedürftig, aber es erfrischte augenblicklich.

Während sie tafelten, legte Taylor ihnen den Plan für den Angriff dar, der für den kommenden Abend angesetzt war. Ein Konvoi war angekündigt, der verschiedene Güter über den Qaiba-Pass transportieren sollte, fahrbare Tankdrohnen mit hochverdichtetem Plasma und ein gesicherter Lastengleiter, der eine große Menge Zthrontat geladen haben sollte.

»Woher wisst ihr das?«, fragte Ioan. Er hatte sein Bild von den Amish als wehrlosem, seit Jahrzehnten in der Opferrolle verharrendem und jeglicher Technik entsagendem Volk noch nicht revidiert.

»Spionage«, sagte Taylor schlicht. »Wir unterhalten ein Netz an Mittelsmännern und Informanten. Durch unsere Zusammenarbeit mit den Zthronmic, beim Zthrontathandel, ergeben sich genügend Kontakte. Zwar fällt alles, was jenseits der Minen mit dem Mineral geschieht, in die Domäne der Zthronmic, aber sie können nicht immer geheim halten, wann sie es wohin transportieren und wie sie es in den interstellaren Handel bringen.«

Ioan wunderte sich, dass es auf dem Landweg verbracht werden sollte. Warum flog man es nicht einfach in den Orbit und lud es dort an Bord der Schiffe, die es in der Galaxis verteilten? Auch ein solches Verhalten passte in seiner Weltsicht besser zu den Amish als zu den Zthronmic, die eine Rasse von Raumfahrern und kosmischen Abenteurern waren.

»Sie haben sehr wenige Schiffe«, erklärte Taylor. »Das ist ein Dilemma, das noch aus der Zeit ihrer Zusammenarbeit mit den Sinesern stammt. Sina versuchte, sie kurzzuhalten und ihre interstellare Ambitionenzurückzuschneiden. Wir vermuten, dass die Zthronmic derzeit dabei sind, eine eigene Flotte aufzubauen. Jedenfalls ergeben sich in den vergangenen Jahren große Differenzen zwischen den Mengen an Zthrontat, die wir ihnen übergeben, und denen, die in den Handel gelangen. Wir vermuten, dass diese Differenzen in den Warpspulen ihrer eigenen Neubauten landen. Aber wir konnten ihnen nichts nachweisen. Wir wissen noch nicht einmal, wo sich diese Werften befinden könnten.«

Ioan hörte aufmerksam zu. Das alles war neu und aufregend, wenn auch ein wenig unheimlich und bedrückend. Es schien alles so – real, und es war nicht ungefährlich. Vor allem wunderte er sich, was sich alles auf diesem Planeten zutrug und mit seinen Reichtümern verknüpft war, wovon er in all den Jahren ihrer Beobachtermission nie etwas erfahren hatte. Er musste sich eingestehen, dass es ihn auch nie besonders interessiert hatte. Aus purer Langeweile hatte er sich via StabsLog auf dem Laufenden gehalten. Aber Zthronmia war für ihn bis zuletzt nichts anderes als ein uninteressanter und lebensfeindlicher Planet gewesen, auf dem zwei sonderbare Völker lebten, die in undurchdringlicher Weise zusammenarbeiteten und miteinander verfeindet waren. Wie mit einem Aha-Erlebnis nahm er zur Kenntnis, dass er während der ganzen Zeit an einem Brennpunkt der großen Politik gesessen hatte, an dem die strategischen Interessen der im Umbruch befindlichen Galaxis kulminierten. Die Jahre auf der Orbitalstation schienen ihm im Rückblick plötzlich unwirklich, die Erinnerung daran war wie mit Staub bedeckt; während die wenigen Tage, seit er den Fuß auf jene seltsame Welt gesetzt hatte, und die Stunden, seit er Taylor und die anderen kennengelernt hatte, ihm wie eine Rückkehr in die Realität vorkamen.

Während er Taylors Ausführungen lauschte, warf er Kommandant Borissowitsch immer wieder verstohlene Blicke zu.

Der Kommandant hatte sich außerhalb des Kreises auf den Boden gesetzt und an eine Felsformation gelehnt. Er hatte die Vorräte des Notfallsets geknabbert, ohne den anderen etwas davon anzubieten oder von deren Vorräten etwas anzunehmen. Jetzt schien er zu dösen. Aber Ioan kannte ihn gut genug, um zu erkennen, dass Borissowitsch nichts weniger als schlief, vielmehr dem Gespräch und Taylors Ausführungen aufmerksam zuhörte. Die Augen zu schmalen Schlitzen zusammengekniffen, den Mund in scheinbarem Schnarchen geöffnet, lag er im Geröll des Höhlenbodens und ließ sich kein einziges Wort entgehen.

Ioan bedauerte, dass sein Chef sich nicht an den Unterhaltungen beteiligte. Borissowitsch war einige Male auf Zthronmia gewesen. Als einziges Mitglied der Beobachtermission hatte er den Planeten betreten, den die anderen nur auf ermüdenden Orbits umkreisten. Und während sie auf der Station gehockt waren und sich zu Tode gelangweilt hatten, war er mit zthronmischen Unterhändlern zusammengekommen. Seit Ioan die Kuppeloase gesehen hatte, reichte seine Fantasie kaum mehr hin, um sich die Annehmlichkeiten auszumalen, die zum Begleitprogramm dieser Besuche gehört hatten. Das alles war selbstverständlich streng geheim gewesen. Nach seiner Rückkehr hatte er ihnen regelmäßig eingeschärft, niemandem gegenüber ein Wort zu verlieren. Ihr Stillschweigen hatte er sich wiederum etwas kosten lassen. Das alles verstand Ioan nun erst richtig. Von Minute zu Minute lichteten sich die Nebel über Borissowitschs Heimlichtuerei und seinen Eskapaden. Er wünschte sich, einmal mit Taylor unter vier Augen darüber reden zu können. Denn jetzt war es so, dass Borissowitsch ihm – aus Taylors Rücken – warnende Blicke zuschoss, sowie die Möglichkeit bestand, dass Ioan sich hinreißen lassen und selbst etwas zu der Unterhaltung beitragen könnte.

»Sie sind knapp an Transportkapazitäten«, schloss Taylor gerade seine Ausführungen. »Deshalb wickeln sie alles auf dem Landweg ab, was nicht unmittelbar in den Luftraum oder den Orbit muss. In Wrathnia und einigen anderen Städten gibt es große Raumhäfen und Verladestationen. Von dort aus bringen sie die Güter in den Kosmos.«

Ioan überlegte. Waren die Zthronmic nicht unermesslich reich? Aus dem Monopol auf den Zthrontathandel mussten ihnen unvorstellbare Summen zufließen, zumal sich der Preis für das kostbare Mineral in den letzten Jahren vervielfacht hatte.

»Ich sehe Ihnen an, was Sie denken«, sagte Taylor lächelnd. Er schob eine getrocknete Tomatenscheibe in den Mund und kaute darauf herum. Jill Lambert saß neben ihn, den Kopf an seine Schulter gelehnt. Auf den ersten Blick war sie Ioan unsympathisch gewesen. Aber jetzt, da sie sich im Schutz der Höhle zu entspannen schien, wirkte sie nicht mehr ganz so schrill wie bei ihrem nächtlichen Aufeinandertreffen. Auch sie schien mit halb geschlossenen Augen zu dösen. Der Marsch war lang und anstrengend gewesen, und niemand wusste, was die kommende Nacht bringen würde. Dennoch war sich Ioan sicher, dass auch sie kein Wort der Unterhaltung versäumte und dass sie ähnlich aufmerksam über Taylor wachen würde wie Borissowitsch über ihn.

Wie passten sie zusammen? Der junge, charismatische, Sympathie erweckende Taylor und die wenigstens zehn Jahre ältere, unansehnliche und stets gestresst wirkende Lambert? Ioan meinte, im StabsLog einmal etwas über sie gelesen zu haben. Aber er konnte sich an nichts erinnern, was darüber hinausgegangen wäre, dass sie in Sina City gekämpft hatten, als es zur Entscheidungsschlacht zwischen der Union und dem Sinesischen Imperium gekommen war. Eines fiel ihm allerdings auf: Jill mied konsequent Taylors linke Seite. Sie berührte nur seine Rechte und lehnte auch jetzt an seiner rechten Schulter. Immer aber, wenn Taylor den linken Arm bewegte, drang daraus ein leises mechanisches Summen.

»Sie fragen sich«, führte Taylor aus, »wie das zusammengeht: orientalischer Reichtum aus dem galaktischen Monopol auf den kostbarsten Rohstoff unserer Zeit – und nicht genügend Sprit, um ein paar Tonnen Material auf direktem Weg in den Orbit zu bringen.« Er zuckte unbedacht die Schultern, was ihm einen schlaftrunkenen Boxhieb seitens Jill Lamberts eintrug. »Ich kann dazu nichts weiter sagen als: So sind sie! Kargheit und Überfluss liegen auf dieser Welt eng beieinander. Es gibt kaum Leben.

Dafür gibt es Dinge, die beinahe unbezahlbar sind. Das hat sich tief in der Mentalität der Zthronmic abgebildet. Geiz und Verschwendungssucht wohnen dort Tür an Tür.«

Er schmunzelte und ließ einen Blick über die drei Mädchen schweifen, die nach der Mahlzeit ineinander verschlungen eingeschlafen waren. Ihre in sandfarbene sensorielle Anzüge gekleideten Körper bildeten ein dichtes Knäuel, aus dem hier ein Bein, dort ein Arm zum Vorschein kam. Die Katze Morgan hatte sich dazwischen geschmiegt und ruhte mit wohligem Schnurren.

»Nach allem, was unsere Schwestern erzählt haben«, fuhr Taylor fort, »konnten Sie sich ein Bild davon machen, was die Zthronmic mit ihrem Reichtum anfangen. Eine künstliche Oase mitten in einer der trostlosesten Wüsten der gesamten Galaxie – das wird nicht ganz umsonst gewesen sein.«

Ioan nickte. Taylor hatte recht: Sie hausten in windbrüchigen Palisadenstädten und transportierten ihre Güter auf uralten Gleitern – und unter der Wüste schufen sie künstliche Paradiese, deren Pracht alles Dagewesene überstrahlte. Dass sie amishe Mädchen hielten, mit denen sie selbst nichts anzufangen wussten, nur um von Zeit zu Zeit einen Besucher damit zu beeindrucken, passte ebenfalls in dieses Bild. Prunk bedeutete ihnen mehr als Komfort, Renommee mehr als Annehmlichkeiten. Sie wohnten in schmutzigen Löchern und kultivierten Träume von göttlichem Überfluss. Sie tauchten beim Kongress mit einem verschwenderischen Pfalzschiff auf – Ioan hatte Bilder davon im StabsLog betrachtet, auch geheime Holos von den Orgien, die dort veranstaltet wurden – und sparten hier am Treibstoff für ein Lastenshuttle.

Taylor begleitete seine Erzählungen mit sparsamen Gesten , und da Jill an seiner rechten Seite lehnte, bediente er sich dazu des linken Arms. Ioan konnte seine Neugierde nicht mehr bezwingen und fragte, was es mit den Servogeräuschen auf sich habe.

Sofort war Jill hellwach. Ihr blasses Gesicht nahm rote Flecken an. Die wasserblauen Augen schienen ihr herauszuquellen.

»Dass Sie darauf zu sprechen kommen müssen!«, giftete sie Ioan an.

»Entschuldigen Sie«, verteidigte sich der Hobbykoch. An Lamberts Reaktion las er ab, dass er ein Tabu berührt hatte.

»Der Arm ist künstlich«, sagte Taylor lapidar. »Er wurde mir abgeschossen, als wir auf der Flucht durch Sina City waren. Die Tloxi passten mir später eine Prothese an. Es ist ein sehr komplexes Tloxi-Fabrikat, von einer eigenen KI unterstützt. Ich wage zu behaupten, dass es in unserer Technologie bis heute nichts Vergleichbares gibt.«

Er streckte den Arm aus und drehte ihn demonstrativ hin und her, winkelte den Ellenbogen an und spielte mit den Fingern, als kraule er ein Kätzchen.

»Lucio weiß, wovon er spricht«, warf Lambert ein. »Vor dieser Prothese hatte er eine andere, aus menschlicher Technik. Weil ihm der Arm vor dem Gefecht in Sina City schon einmal zerfleischt worden war.«

Ioan sah erstaunt zwischen den beiden hin und her. Der jungenhaft wirkende Taylor und Jill, die nicht eben Heldenmut ausstrahlte – und doch schienen sie mehr durchgemacht zu haben als viele andere in ihrer Generation.

»Während des Jupiter-Ereignisses«, führte Lambert aus. »Am Raumhafen von Pensacola kam es zu Gefechten um die letzten Schiffe, die noch Menschen hätten evakuieren konnten. Lucios Arm wurde bei einem Schusswechsel getroffen und so schwer verwundet, dass er später abgenommen werden musste.«

Sie sah Taylor von der Seite an und nicht nur wegen des Altersunterschiedes wirkte sie wie eine Mutter, die die Eskapaden ihres Jüngsten ausbaden muss. Sie streichelte seine bärtige Wange. Taylor setzte ein schiefes Grinsen auf.

»Jill war zwar nicht dabei«, sagte er schmunzelnd, »aber sie erzählt es doch ganz anschaulich, nicht wahr?«

Lambert boxte ihn wieder in die Seite. Er musste eine Bewegung mit dem linken Arm machen, um sich abzufangen, und dabei surrte es darin, wie um den Gegenstand der Unterhaltung zu demonstrieren.

»Die ENTHYMESIS war konfisziert worden«, erklärte Taylor. »Jill war festgesetzt. Sie hatte versucht, am Raumhafen die Stellung zu halten. Aber bis wir uns wieder zu ihr durchgeschlagen hatten, hatte man sie abgeführt. Das Schiff hob ab …«

Lambert schnaubte erbost.

»Er war beinahe am Verbluten«, stieß sie hervor.

»Und später«, sagte Ioan tastend, »haben sie denselben Arm noch einmal verloren?«

»Das war in Sina City«, antwortete Jill Lambert rasch. »Wir waren in der Höhle des Löwen gelandet. Die Tloxi versteckten uns. Sie ließen ihn lange mit der schweren Verwundung sitzen. Er wäre beinahe gestorben. Erst als Norton und Jennifer geflohen waren, ließen sie sich herab, ihn zu versorgen. Dadurch hatten sie sich uns als Geiseln gesichert. Monatelang vegetierten wir in ihren Katakomben.«

Taylor legte den rechten Arm um sie und zog sie beschwichtigend an sich.

»Es war keine leichte Zeit«, sagte er in abschließendem Tonfall.

Er küsste sie, die dabei eine komische Grimasse aufsetzte.

»Und als es zur Schlacht kam?«, fragte Ioan leise.

»Die Tloxi erhoben sich«, berichtete Taylor. »Das brachte die Wende im Sinesischen Krieg. Wir saßen in Sina City fest. Aber Norton hat uns herausgeholt.«

Jill prustete verächtlich durch die Nase.

»Norton und Jennifer! Das war nur fair, schließlich flogen wir seinerzeit ja nur nach Pensacola, um sie herauszuhauen.«

Taylor hob die Schultern.

»So waren wir wieder quitt!«

»Aber beide Male ging es auf deine Knochen«, maulte sie.

Taylor setzte ein gleichgültiges Gesicht auf.

»Diese Jennifer«, fragte Ioan noch, »ist dieselbe, die mit dem Explorer aufkreuzte und uns die Zthronmic auf den Hals hetzte?«

Plötzlich spürte er wieder Borissowitschs warnenden Blick.

»Sie muss es sein«, nickte Jill Lambert. »Unser Kontakt ist vor einigen Jahren abgerissen. Aber nach allem, was wir gehört haben, kann es sich nur um Jennifer handeln.«

Die hochgewachsene, vor Arroganz vibrierende Offizierin stand vor Ioans geistigem Auge, wie sie die Brücke der Orbitalstation betreten und den Kommandanten wie einen Kadetten abgekanzelt hatte.

»Glauben Sie, dass sie tot ist?«, fragte er die beiden.

Sie starrte ihn verwundert an.

»Sie haben doch erzählt«, entgegnete Lambert, »dass die ENTHYMESIS verschollen ist.«

Ioan wand sich unter den Blicken seines Chefs, der ihn über Taylors Schulter hinweg fixierte.

»Die Situation war sehr – unübersichtlich«, sagte er ausweichend.

Jill und Taylor wechselten einen Blick. Auch sie schienen sich der Anwesenheit Borissowitschs bewusst zu sein.

»Wir vermuten«, sagte Lambert, »dass die ENTHYMESIS abgestürzt ist. Es kam zu einem Einschlag, weit von hier, tiefer im Inneren des Paz-Thrun-Landes. Aber über Jennifers Verbleib können wir nichts sagen. Wir wissen nur, dass sie sehr zäh ist …«

Sie schwiegen, und die Schlafgeräusche der übrigen Kämpfer erfüllten die kleine Höhle. Ab und zu kam einer der Männer aus den Stollen herein, legte sich hin und weckte einen anderen, der an seiner statt die Wache übernahm. Sonst blieb es still. Taylor drehte den Handflammer herunter, der zwischen ihnen auf dem Boden stand und der ihre Gesichter in fahles Licht getaucht hatte.

»Wir sollten schlafen«, sagte er leise. »Bei Sonnenuntergang greifen wir an. Dazu sollten wir frisch und ausgeruht sein.«

Ioan vermutete, dass das eine elegante Möglichkeit war, das Gespräch zu beenden. Andererseits war er froh, ein paar Stunden zur Ruhe zu kommen. Er knüllte den leeren Elastilsack zusammen, um ein Kopfkissen zu haben, und streckte sich auf dem nackten Steinboden aus. Der sensorielle Anzug gab Wärme ab und ließ die Härte des Untergrundes vergessen. Einen Augenblick später war der Maat eingeschlafen.

Norton

Ich konnte nichts tun.

Stunde für Stunde, Tag um Tag hockte ich herum, verurteilt zu einer Untätigkeit, die unerträglich war. In bösen Augenblicken hätte ich sogar gerne mit Jennifer getauscht; die schlimmste Folter konnte nicht so schlimm sein wie das Mitansehenmüssen einer Folterung, wenn man nichts tun konnte.

Sekunden, Minuten, Stunden tröpfelten aus mir wie das Blut aus der Wunde eines Bluters. Ich wusste, dass sie sich nie wieder schließen würde.

Jennifer hatte mir einmal erzählt, dass die Prana-Bindu-Technik darauf abzielte, das Bewusstsein für das Verfließen der Zeit zu schärfen. Ohne Uhr musste ein Prana-Meister eine Empfindung davon haben, wie die Zeit verging. Denn Zeit war immer Lebenszeit. In der Prana-Bindu-Trance sah sie die aufgehäufte und die verbrauchte Zeit ihres Lebens wie in einer Sanduhr vor sich. In der oberen Glocke die Zeit, die ihr noch blieb, in der unteren jene, die bereits vergangen war. Und in jeder Sekunde fiel wieder ein Körnchen durch die Taille.

Diese Vorstellung bildhaft in sich wachzurufen, macht es einem unmöglich, untätig zu sein, das leere Verstreichen der Zeit zu ertragen.

In diesen Tagen begriff ich, was sie gemeint hatte. Das Vergehen der Zeit wurde schmerzhaft. Jede Sekunde war ein Nadelstich. Und jeder Tag war eine Qual, der man sich immer noch weniger gewachsen fühlte.

Ich saß in der Kommandantensuite der MARQUIS DE LAPLACE. In der Nacht war Commodore Wiszewsky gestorben. »Nach langer schwerer Krankheit«, würde in den Nachrufen stehen. Er hatte sich langsam und in Etappen von dieser Welt verabschiedet, war in milde Demenz geglitten, hatte nicht mehr gewusst, wer er war, wer er gewesen war und wo er sich befand. Er hatte nicht gelitten. Der Bordarzt hatte am Morgen den Tod festgestellt und die Papiere ausgestellt. Der Geistliche hatte am Bett des Verewigten ein paar Worte gesprochen. Nur die engsten

Vertrauten nahmen daran teil. Dr. Rogers und Direktor Reynolds, der alte Weggefährte Laertes und der Hohe Repräsentant Xanda Salana. Und natürlich Svetlana Komarowa, die untröstlich war. Sie verlangte, dass ein Staatsbegräbnis veranstaltet werde. Am besten in Etappen, eines im Großen Drohnendeck des Mutterschiffs und eines auf der Erde.

Ich musste sie enttäuschen. Eine Zeremonie hätte zum gegenwärtigen Zeitpunkt jeder Würde entbehrt. Ich ordnete an, den Leichnam in die KryoKammer zu überführen und dort aufzubewahren, bis die Zeitläufe eine angemessene Bestattung erlaubten.

Die Eröffnung des Testaments gab mir recht. Wiszewsky wünschte weder Staatsakt noch sonstigen Aufwand. Er wollte weder auf der Erde noch auf einem anderen Himmelskörper beigesetzt werden, sondern – im Weltraum. Sein letzter Wille verlangte eine Feuerbestattung und die Ausbringung der Asche in den interstellaren Kosmos. In den Raum, den für die Menschheit in Besitz zu nehmen sein Lebenswerk gewesen war.

Ich sicherte zu, ihm diesen Willen zu erfüllen.

Als das erledigt war, war der Vormittag immer noch nicht vorbei. Ich tigerte auf meiner Suite hin und her. Dann stand ich wieder an der großen Panoramafront des Kommandantendecks und starrte in den Raum hinaus, ohne etwas wahrzunehmen. Die Untätigkeit wurde umso unerträglicher, je deutlicher man die anderen sich bewegen sah. Das ging mir auf, als ich über die Schiffskörper des Parkraums und den Regenbogen des Torus hinwegsah.

Ich selber ruhte im Mittelpunkt des Geschehens. Die anderen kamen und gingen. Seit vierundzwanzig Stunden war kein Video mehr eingetroffen.

Zthron Muqa Zthé war abgeflogen.

Und schließlich hatte Cyrill ben Cyrion die Koffer gepackt und den Kongress verlassen. Am Morgen hatte er sich in meiner Suite gemeldet und in der ihm eigenen Förmlichkeit seinen Abschied eingereicht.

Was den Kongress betraf, so schied er in tiefer Enttäuschung. Sein Volk litt unter dem Terror der Zthronmic.. Cyrill erhielt jeden Tag einen Brief von seiner Frau Shorena, in dem diese von neuen Scytherangriffen auf ihren Heimatkibbuz berichtete. Aber er wurde überstellt von einer zthronmischen Sonde, da die Amish nicht über entsprechende Vorkehrungen verfügten. Mit dem Anflug Muqa Zthés wurde die Lage komplizierter. Wenn es zu einem Umsturz kam, konnte es sein, dass dieser edelmütige Service der Zthronmic eingestellt wurde. Und da die Beobachtermission der Unionnicht mehr existierte, wäre die Welt Zthronmia und wären die amishen Siedlungen auf ihr von der Außenwelt abgeschnitten und der Willkür ihres Herrenvolkes ausgeliefert.

»Ich muss bei meinem Volk stehen«, sagte er. »Und bei meiner Familie.«

Jeder andere hätte es andersherum gesagt. Aber für die Amish war die Familie ein Teil ihres Volkes. Er hatte ein Kind in einem zthronmischen Scytherangriff verloren. Seine junge Frau und sechs weitere Kinder waren ihnen ausgesetzt. Ich begriff nur zu gut, dass er nicht länger auf dem Kongress herumsitzen und fromme Worte zu Protokoll geben mochte.

»Ich habe einen Nachfolger bestimmt«, sagte Cyrill in der ihm eigenen würdevollen Diktion. »Ari Baron. Er wird die Delegation leiten und in meiner Abwesenheit die Geschäfte führen.«

Der Blick, den er dabei in mich senkte, sprach deutlich aus, was er von diesen Geschäften hielt.

»Sie haben mich oft gefragt«, sagte Cyrill, »warum ich der Union so wenig traute. Warum ich manchmal sogar mit den Zthronmic gestimmt habe, um die Union zu schwächen. Sosehr ich Ihr persönliches Schicksal und das Ihrer verehrten Gattin bedauere, vielleicht hat es doch auch sein Gutes. Vielleicht verstehen Sie uns nun ein wenig besser. Wir haben uns unter den Schutz der Union gestellt. Geschehen ist nichts. Unsere Situation vor Ort ist schlechter, als sie jemals vor Ausrufung dieses Kongresses war. Wir hatten gelernt, mit den Zthronmic zurechtzukommen. Wir hatten gelernt, uns auf die Phasen ihrer internen Machtkämpfe einzustellen. Jetzt scheint wieder eine solche Phase angebrochen. Und sie erlebt uns schutzloser denn je. Ich habe für mich die Konsequenz daraus gezogen. Im Zweifelsfall verlassen wir uns lieber auf uns selbst. Auf den Mut unserer jungen Männer und Frauen, auf den Reichtum unserer Minen, auf die Opferbereitschaft unseres Volkes – und auf Gottes Hilfe.«

Er sah mich lauernd an.

»Bis jetzt«, sagte er leise, »sind die Zthronmic noch jedes Mal ihres Blutdurstes und ihrer Grausamkeiten müde geworden. Auch sie brauchen Phasen der Normalität. Sie brauchen uns und das Zthrontat. Und sie brauchen Friedenszeiten, in denen sie Handel führen können.«

Ich nickte.

»Alles Gute Ihnen und den Ihren …«

Ich wollte noch etwas anfügen. Aber der Satz erstarb mir in der Kehle. Was konnte er vor Ort ausrichten? Es war ein ganzer Planet. Und die Zthronmic kontrollierten ihn. Nachdem er mich eine Weile aufmerksam gemustert hatte, sagte er noch:

»Ich habe – Informationen, dass in einigen unserer Kibbuzim ein bewaffneter Aufstand begonnen hat.«

Ich starrte ihn an. Mein Weltbild stürzte vom Kopf auf die Füße. Die Amish – erhoben sich?

»Das ist wunderbar!«, rief ich aus. Dann stockte ich. War es das wirklich? Was für Chancen hatten sie gegen die hochgerüsteten Zthronmic?

»Haben Sie …«, stotterte ich. »Was haben Sie für Möglichkeiten?«

Er winkte ab.

»Wir sterben lieber in Ehre, als in Unehre zu leben!«

Das waren diese Sprüche, wie man sie sonntags nach der Kirche ausgeteilt bekam. Zehn Stück für drei Pfennig. Aber was hatte sie in der Hand. Hatten sie schwere Waffen? Flugzeuge, Raumschiffe, Kommunikationsmittel?

»Es wundert mich, wenn ich das sagen darf …« Er hob die Brauen und wartete ab.

Ich nickte.

»Commander Norton, Sir! Es wundert mich, dass Sie noch hier sind. Ihre Frau wird von den Paz-Thrun gefangen gehalten, gefoltert und verhört.« Er ließ einen vielsagenden Blick über die komfortable Kommandantensuite der MARQUIS DE LAPLACE schweifen.

»Was soll ich tun?«, sagte ich hilflos. »Ich bin der Kommandant dieses Schiffes. Durch die Blockade des Kriegsrechts – an dem Ihr Veto nicht ganz unschuldig war – wurde es unter Bann gestellt. Die Tloxi kontrollieren jede Bewegung sämtlicher Großkampfschiffe. Ich kann nicht auslaufen. Und als Kapitän kann ich das Schiff auch nicht verlassen.«

Es starrte mich unverwandt an. Diese Art, einen schweigend anzusehen, konnte einen in den Wahnsinn treiben.

»Worauf wollen Sie hinaus, Cyrill?«, fragte ich. »Soll ich mit der MARQUIS DE LAPLACE in den Orbit von Zthronmia einfliegen und das Feuer auf die Stellungen der Paz-Thrun eröffnen? Sie wissen genau, dass das unmöglich ist!«

Er zuckte die Achseln.

»Sie müssen selbst wissen, was richtig ist, Commander!«

Dann hatten wir uns die Hand gegeben, und er war hinausmarschiert. Wenige Augenblicke später legte sein Tloxi-Shuttle von der Schleusenkammer ab, flog bei konventionellem Antrieb einige nautische Kilometer vom Torus weg und zündete dann den Warpkern.

Ich blieb allein zurück.

Eine Stunde später traf ich eine Entscheidung.

Borissowitsch

Der Pass lag unter ihnen. Es war ein schmaler Einschnitt in der Masse des Gebirges, kaum breit genug, dass sich die unbefestigte Piste darüber hinwegwinden konnte. Der trassierte Bereich bot zwei schweren Gleitern oder Lastendrohnen Raum, um aneinander vorbeizukommen. Nur die eigentliche Passhöhe war weit genug ausgebaut, um einen größeren Fuhrpark aufnehmen zu können. Hier erhoben sich starke Befestigungen. Meterdicke Bollwerke und Verschalungen aus Elastalstahl sicherten den Übergang. Im schemenhaften Licht, kurz nach Sonnenuntergang, erkannte man zthronmische Wachen, die dort patrouillierten. An mehreren Stellen waren schwere Feldwerfer auf Lafetten montiert. Mit ihnen konnte man das ganze Tal bestreichen.

Ioan fiel auf, dass der Pass nach beiden Seiten hin gesichert war. Sowohl der trogförmige Abhang, der ins Land der Paz-Thrun führte, als auch der steilere, der in die Große Ngév hinunterbrach, waren stark befestigt. Als fürchteten die Zthronmic nicht nur einen Angriff aus der Richtung der amishen Siedlungen, sondern auch einen Hinterhalt aus ihren eigenen Reihen. In diesem Fall konnte das von taktischem Vorteil sein. Denn wer den Pass einmal in seinen Besitz gebracht hatte, der konnte ihn auch gegen sein eigenes Hinterland verteidigen, gegen die Paz-Thrun – und aus dieser Richtung war der Konvoi zu erwarten.

Die Sonne war in ihrem Rücken, hinter der Mauer des zerklüfteten Gebirges, untergegangen. Ihr Abglanz hatte den Pass und den dahinter abstrahlenden Seitenkamm des Bergmassivs für einige Augenblicke in intensives Zinnoberrot getaucht. Dann war die überstürzte Nacht dieses Planeten eingefallen. Die dünnen Wolken brannten noch flamingofarben, da zogen zwischen ihnen schon die ersten Sterne auf. Die Nacht war empfindlich kalt, das war selbst durch die sensoriellen Anzüge zu spüren. Und sie überschüttete alles mit einem metallischen Blauschwarz, vor dem sich die schwerfälligen, schleppenden Bewegungen der Zthronmic wie die von gepanzerten Robotern ausnahmen.

Die Passhöhe präsentierte sich als kleine, kreisrunde Ebene.

Davor sank das Tal ab, dessen Steilheit die Piste zu einigen Serpentinen zwang. Dazwischen bildeten die Befestigungen Terrassen und Schanzwerke. Wehrgänge führten auf den Kronen der Mauern entlang, in deren Rücken sich Unterstände an die massiven Stahlbetonwände drückten. Ioan verstand nicht allzu viel von militärischer Taktik und Strategie. Was man ihm während der Ausbildung eingetrichtert hatte, hatte er sich möglichst schnell zu vergessen bemüht. Aber hier reichte ein einziger Blick hin, um die Situation zu erfassen: Der Pass war uneinnehmbar. Wer ihn einmal in seine Gewalt gebracht hatte, würde ihn auch gegen eine große Übermacht verteidigen können.

Und zu seiner Überraschung lag er unter ihnen. Seine Befürchtung, sie würden ihn aus dem Tal heraus erobern müssen, hatte sich in einem Augenblick zerstreut. Nach dem Wecken und dem kargen Frühstück waren sie nicht ins Freie zurückgekehrt, sondern hatten den Marsch im Inneren der Mine fortgesetzt. Ein undurchdringliches Labyrinth von Gängen und Stollen, Knotenpunkten und senkrechten Schächten hatte sie durch das Gebirge geleitet. Und als sie sich vorsichtig ins letzte Licht das rasch scheidenden Tages hinauslehnten, war der Pass hundert geröllbedeckte Meter unter ihnen gelegen. Das Kommando der Amish, das sie durch die Mine geführt hatte, hatte sich wieder zerstreut. Ioan konnte nur vermuten, dass es noch andere geheime Ausgänge gab und dass die Angriffstaktik darauf hinauslief, aus vielen Richtungen gleichzeitig loszustürmen. Die zthronmische Besatzung musste in einem Augenblick überrumpelt werden. Das war das ganze Geheimnis.

Sie hatten sich noch einmal zurückgezogen und im Inneren des Berges Kriegsrat gehalten. Wichtig war die Verteilung der Waffen und ihr effizienter Einsatz. Ioan und Borissowitsch verfügten über tragbare Feldwerfer aus dem Bestand des Notfallequipments ihrer Evakuierungsdrohne. Damit ließ sich einiges ausrichten. Die Strahlenpistolen hatten sie den Mädchen ausgehändigt, als sie aus der Kuppel geflohen waren, und offenbar gingen die Amish davon aus, dass die drei Befreiten die Waffen behalten – und sich an dem Überfall beteiligen würden. Die amishen Kämpfer hatten Pistolen und Feldwerfer bei sich. Ioan sah auch zwei schwere Feldwerfer, die durch die Stollen herbeigeschleppt wurden. Sie mussten auf feste Lafetten montiert und mit Brennzellen versorgt werden. Im Gefecht waren sie unbeweglich. Dafür war ihre Feuerkraft derjenigen der tragbaren Waffen bei Weitem überlegen. Zumal wenn die Zthronmic sich in die Unterstände flüchten sollten, kam den schweren Strahlenkanonen überragende Bedeutung zu. Umso mehr kam darauf an, sie im Vorfeld des Angriffs möglichst weit nach vorne zu bringen, um sie während des Überfalls sofort einsetzen zu können. Die Vorkehrungen nahmen mehrere Stunden in Anspruch, aber es sollte ohnehin nicht vor Mitternacht losgeschlagen werden.

Jill Lambert und Lucio Taylor sprachen sich wieder und wieder mit ihren Unterführern ab. Jeder Kämpfer bekam ein Ziel zugeteilt, auf das er sein Feuer richten solle. Auch die Reihenfolge, in der sie aus dem engen Stollen stürmten und die Zthronmic einzudecken begannen, musste exakt festgelegt sein. Ioan und Borissowitsch wurden von Taylor wie Befehlsempfänger behandelt. Auch sie bekamen ihre Ziele angewiesen. Dass sie zu den Letzten gehörten, die hinauszugehen hatten, war Ioan nicht unrecht. Er erhob keinen Anspruch auf Heldentum. Der Kommandant schien mit sich zu ringen, ob er größere Autorität für sich beanspruchen solle. Schließlich war er der ranghöchste Offizier, der an der Aktion teilnahm. Aber es war keine Unternehmung der Union und keine reguläre militärische Handlung, sondern ein Partisanenüberfall der Amish. Borissowitsch mochte daher zu der Überzeugung gelangt sein, dass es besser war, Personen und Embleme der Union im Hintergrund zu belassen. Tatsächlich, überlegte Ioan, waren die politischen Implikationen kaum absehbar, die sich ergeben würden, wenn die Teilnahme zweier Unionssoldaten an einer solchen Kommandoaktion herauskäme.

Dann gab Taylor das Zeichen zum Vorrücken. Die letzten Handflammer wurden ausgeschaltet. Ihre Augen gewöhnten sich an die Finsternis. Die Besatzungen der schweren Feldwerfer verfügten über Nachtsichtgeräte. Alle anderen mussten sich mit dem Sternenlicht behelfen. In der umständlich ausbaldowerten Reihenfolge gingen sie in dem engen Stollen nach vorne bis an die Abbruchkante, an der die Passhöhe senkrecht unter ihnen lag. Ein fast unhörbares Summen teilte mit, dass die Brennzellen aktiviert wurden und sich mit Energie aufluden. Die Männer stellten ihre Lafetten auf und brachten die schweren Geschütze in Position. Drangvolle Enge herrschte in dem Stollen.

Taylor sah auf seinen Handkommunikator.

Atemlos kauerten sie in dem Durchgang. Ioan spürte die Wärme und Anspannung der vielen menschlichen Körper. Er glaubte, den Pulsschlag der anderen zu empfinden, und eine gemeinsame Lunge schien die Brust aller Verschworenen zu heben. Die Feldgeneratoren hatten den Punkt der vollen Kapazität erreicht. Das Summen stieg immer weiter an und näherte sich der Schwelle, an der es das menschliche Hörvermögen zum Ultraschall hin überschreiten würde. Plötzlich war eine zappelnde Bewegung an seiner Seite.

Zu spät erkannte er, dass die Katze Morgan sich losgerissen hatte. Die Enge in dem Stollen und das hohe Pfeifen der Generatoren hatten das Tier in Panik versetzt. In blindem Reflex griff Ioan zwischen die Leiber der dicht gedrängt wartenden Kämpfer. Er erwischte die Katze, konnte sie aber nicht festhalten. In wilder Flucht schoss sie zwischen den Füßen der Amish nach vorne und ins Freie. Wie aus einem Kanonenrohr gefeuert, raste sie aus der Stollenmündung, strauchelte den steilen Hang hinunter und riss eine Gerölllawine los.

Kommandant Borissowitsch unterdrückte einen Fluch.

Unten patrouillierten die Zthronmic auf den Wehrgängen und auf der Passfläche. Sie wurden auf das kollernde Geröll aufmerksam, das von dem Abhang oberhalb des Passes herunterprasselte. Ein Scheinwerfer wurde emporgerissen. Gleichzeitig feuerten die Wachen einige Warnschüsse ab. Ioan wollte vor Verzweiflung versinken. Zugleich empfand er Anerkennung für die Wachsamkeit der Zthronmic. Seit Jahren schoben sie hier Dienst. Nach allem, was er wusste, war während der ganzen Zeit kein einziger Schuss auf dem Planeten abgegeben worden. Und dennoch reagierten sie sofort.

»Feuer!«, rief Taylor.

Die Kämpfer stießen sich nach vorne und warfen sich in die Deckung größerer Felsbrocken. Die schweren Batterien begannen zu schießen, dass die Luft in dem engen Tunnel kochte und in den Entladungen bebte. Mit einer Disziplin, die weder auf mangelnde Kampferfahrung noch auf den verspielten Überraschungseffekt hindeutete, strömten die Amish aus der Mine und feuerten aus allen Rohren auf die Zthronmic, die sich in der Tiefe aneinanderdrückten. Doch diese erwiderten das Feuer sofort und leuchteten den Abhang mit starken Scheinwerfern taghell aus.

Jetzt wurde auch Ioan ins Freie geschleudert. Er taumelte gegen eine Wand aus gleißendem Licht, dass seine Augen revoltierten. Überall krachten Explosionen, brannten die überheißen Luftströme der Feldwerferentladungen. Gestein, das aus den Felswänden gesprengt wurde, prasselte auf ihn ein. Verwundete schrien. Er robbte sich den steilen Hang hinunter, drückte sich in den Schutz eines großen Steins und legte den Feldwerfer an.

Auf der Passhöhe herrschte Chaos. Die Zthronmic rannten durcheinander wie Ameisen, in deren Nest ein Fressfeind eingedrungen war. Manche liefen zu den schweren Strahlenkanonen, die auf das Tal ausgerichtet waren und sich nur mühsam herumschwenken ließen. Andere begaben sich in den Schutz der Unterstände, während wieder andere in den massiven Gebäuden Zuflucht suchten.

Ioan legte an und schoss. Zahlreiche Zthronmic lagen auf der großen Freifläche, während aus unterirdischen Kavernen neue Kämpfer ins gewitternde Licht der Kämpfe strömten. Auch einige Amish waren getroffen. Im grellen Schein, den die Verteidiger auf das Felsmassiv richteten, waren sie eine leichte Beute.

Die Kämpfe entbrannten mit erbitterter Heftigkeit. Auch aus anderen Stollen kamen Amish hervor. Ioan erkannte, dass ein kleines Kommando von der anderen Seite des Passes aus angriff. Sie mussten den Pass in einem unterirdischen Stollen überquert haben. Gemeinsam mit Ioans Gruppe nahmen sie die Zthronmic in die Zange. Das Gewirr sich kreuzender Feuerstrahlen verwandelte das Kampfgebiet in eine Todeszone. Auf der Netzhaut brannte das abstrakte Muster roter und grüner Linien nach, während die Luft von Schreien widerhallte und von schweren Explosionen bebte. Die Zthronmic, die sich im Freien aufgehalten hatten, waren bald überwunden. Einige verschanzten sich jedoch in den Unterständen, von wo aus sie den Widerstand verbissen fortsetzten. Wieder und wieder brannten die Besatzungen der schweren Feldwerfer ihre gewaltigen Energiepakete auf die Bunker ab, bis die tonnenschweren Decken und Wände zerbarsten und in sich zusammenfielen.

Sie rückten vor. In loser Gruppe fluteten sie den Hang hinunter. Wummernd feuerten die Geschütze über sie hinweg, während sie mit den leichten Waffen auf die zurückweichenden Zthronmic anlegten. Dann sprangen sie über die ersten Leichen. Die meisten von ihnen brannten. Die Strahlenbündel hatten tiefe Löcher in die massigen Leiber gerissen, aus denen schwelende Flammen leckten. Die handlangen Hauer der monströsen Wesen bleckten in die Nacht.

Ein letzter Unterstand hielt sich. Er wurde mit dichten Salven aus mehreren Feldwerfern eingedeckt. Schließlich war nur noch ein Berg aus verschmortem Elastalstahl übrig.

Von einem Augenblick zum anderen war es still.

»Feuer einstellen!«, rief Taylor irgendwo.

Mit dem letzten Schuss der Zthronmic, die in den zusammengeschmolzenen Trümmern ihrer Bunker starben, stellten die Amish die Kampfhandlungen ein. Die Stille legte sich über sie wie eine Glasglocke. Gleichzeitig brach die Finsternis über Ioan herein, der stehen blieb und sich an einer verrenkten Stahlarmierung festhielt, bis das irre Glühen schwefelgelber und giftgrüner Nachbilder nachgelassen hatte. Dann trottete er die letzten Meter auf die Passfläche hinunter.

Amish gingen von einem gefallenen Zthronmic zum anderen und vergewisserten sich, dass sie tot waren. Andere erkundeten die Wehrgänge. Zwei ihrer Leute waren gefallen. Einige andere hatten Verletzungen erlitten. Ioan musste sich sagen, dass die Verluste einzig auf sein Versagen zurückzuführen waren.

Jedoch sagte keiner der amishen Kämpfer ein Wort zu ihm. Einige kümmerten sich um die Verwundeten, deren Verletzungen sie mit sensoriellen Bandagen versorgten. Die anderen besetzten lautlos die Passhöhe und inspizierten die Verteidigungsvorrichtungen. Schon in wenigen Augenblicken würden sich die Rollen umkehren. Nun mussten sie den Pass verteidigen.

Lucio Taylor und Jill Lambert kamen aus einem der Unterstände, der das Kommandozentrum der zthronmischen Abteilung gewesen zu sein schien.

»Der Pass ist unser«, sagte Taylor leise. »Aber sie konnten noch eine Maydaysequenz auslösen.«

Er sah Ioan lange an.

»Der Konvoi ist gewarnt!«

Norton

Meine erste Empfindung war Enttäuschung. Ich hatte zwar mit keinem großen Bahnhof gerechnet – dazu kannte ich die Amish gut genug –, aber ein kleines Empfangskomitee hätten sie ja abstellen können. Sie hätten mich wenigstens zur Kenntnis nehmen können. Schließlich setzte nicht jeden Tag ein sinesisches Gefechtsshuttle in einem ihrer Pueblos auf, noch dazu eines, das den ranghöchsten Offizier der Union beförderte. Aber als ich auf der großen Freifläche der Unterstadt aufgesetzt hatte, die Systeme heruntergefahren hatte und ausgestiegen war, schien niemand von mir Notiz zu nehmen.

Das Shuttle hatte die Passage gut bewältigt. Im oszillierenden Warp hatte der Weg vom Torus nach Zthronmia nur wenige Augenblicke gedauert. Auch der Abstieg durch die Atmosphäre war kein Problem. Schließlich der Landeanflug auf den Kibbuz S'Deró im Distrikt Kirjasch Moná. Das Shuttle gehorchte meinen mündlichen Befehlen aufs Wort. John Reynolds hatte mir einen Konverter installiert, basierend auf einer Übersetzer-KI. Sie verdolmetschte meine Spracheingabe in Sinesisch und leitete sie an die Bordautomatik des Schiffes weiter. Ich musste mich nicht mit den fremden Ideogrammen der Konsole herumschlagen.

In der umgekehrten Richtung haperte es ein wenig. Ich hatte das Gefühl, dass nicht alle Meldungen der Schiffsautomatik bei mir ankamen. Immer wieder flammten Symbole auf, leuchteten Anzeigen oder trillerten Durchsagen, ohne dass die Transponder-KI angesprungen wäre. Ich ließ das auf sich beruhen. Über den Status jeder einzelnen Korrekturdüse wünschte ich nicht unterrichtet zu sein. Wenn etwas Akutes und Lebensbedrohliches vorfiele würde ich es schon mitbekommen.

Der Kibbuz stieg in stumpfer Kegelform einen niedrigen Hügel hinauf und nahm einen Teil der Ebene ein. Alles war von einer durchgehenden, mehrfach verstärkten Palisadenmauer umgeben, die mit militärischer Intelligenz und taktischem Sachverstand in Wehrtürme und Verteidigungsbereiche gegliedert war. Aus der Luft sah das Ganze aus wie eine antike Festung. Die Oberstadt mit dem Palast –aufeinandergetürmte, ineinander verschachtelte, weiß gekalkte und würfelförmige Häuschen, die den Pyramidenstumpf des Hügelchens erklommen. Und davor die Unterstadt, hier gab es größere Freiflächen. Ringsherum die dicke Mauer.

Ich ließ die Reaktoren auslaufen, wies die Schiffsautomatik aber an, auf Bereitschaft zu bleiben.

Dann stieg ich aus und sah mich auf dem großen Platz um. Man sah noch die Trichter und Narben der jüngsten Scytherangriffe. Metertiefe Löcher waren in den Belag gerissen, der aus Beton oder nacktem Naturstein bestand. Man hatte sie notdürftig mit Kies verfüllt. Auch eines der Seitengebäude stand als rußgeschwärzte Ruine dar. Es war eine lang gestreckte Halle, das Schulhaus, soviel ich wusste. Im Aerosolfeuer einer zthronmischen Bombe hatten hier fünfzig Kinder den Tod gefunden. Das hatte die Amish aufgerüttelt. Sie hatten sich bewaffnet und versuchten, so etwas wie militärischen Widerstand zu organisieren. Ihre Chancen waren gering.

Schon deshalb hatte ich erwartet, dass der ganze Kibbuz zusammenlaufen werde, sowie ich in dem spektakulären Shuttle innerhalb ihrer Mauern aufsetzte. Aber sie waren viel zu stolz, um auch nur zu reagieren. Ein interstellares Schiff! Ein Kampfshuttle sinesischer Bauart, Tloxi-Fabrikat, überlichtschnell, mit intelligenten Polymeren gepanzert und mit zwei doppelläufigen Strahlenkanonen bestückt … Da wandten sie sich ab und gähnten.

Ich ging ein paar Schritte auf großen Platz hinaus. Hier und da standen sie in Grüppchen und starrten zum Himmel. Auch auf den flachen Dächern der Pueblos sah ich Männer und Frauen – kaum unterscheidbar in ihren weißen Gewändern. Sie alle sahen über mich hinweg …

Ein Mann kam auf mich zu. Er trug einen Feldwerfer über der Schulter und schien das Amt eines Wachmannes ihrer Bürgerwehr zu versehen. Er war groß und kräftig. Rein physisch hätte er beeindruckend wirken können. Aber seine Aufmachung mit dem taschen- und nietenlosen weißen Kaftan und der lächerlichen Waffe erregte eher Mitleid.

Ich stellte mich ihm vor. Auch jetzt wurden mein Name, mein Dienstgrad und meine Person regungslos hingenommen. Ich versuchte, ihm zu erklären, wer ich sei und weshalb ich gekommen war.

»Gut, dass Sie da sind «, sagte er mechanisch. »Wir waren schon in Sorge …«

Und dann beschattete auch er die Augen mit der flachen Hand und glotzte über mich hinweg zum Himmel. Ich folgte der Bewegung und musterte den Luftraum über der offenen Wüste, die sich im Süden des Kibbuz dehnte. Der Himmel war gleißend hell. Ich konnte nichts erkennen. Es war früher Nachmittag Ortszeit, die Sonne stand im Zenit und brannte platinweiß auf alles herab. Dünne, streifige Wolken verschlierten den Himmel, der von blasser Farbe war.

»Was …?«

Meine Pilotenbrille vertiefte selbsttätig die Polarisierung und wurde schwarz. Gleichzeitig aktivierte sie den eingebauten Zoom. Ich sah winzige Punkte, die in den Wolken umherkurvten. Ein Luftkampf?

»Scyther«, sagte der Fremde, als er meine Verwunderung bemerkte.

Also die Flugmaschinen der Zthronmic. Sie waren zu hoch, ihre Bewegungen waren viel zu schnell, als dass ich Einzelheiten hätte unterscheiden können. In haarsträubenden Manövern schrieben sie Kreise und Spiralen, Helices und komplexe Schleifenmuster in den Himmel. Mündungsfeuer schien an den Spitzen ihrer sensenförmig nach vorne gezogenen Tragflächen zu blitzen. Mit langen Verzögerungszeiten hörte man das leise Knattern, wenn die Maserstrahlen ihrer Bordkanonen die Luft durchschnitten, ihre Moleküle ionisierten und sie zum Explodieren brachten. Hin und wieder ließ ein Überschallknall die Erde beben und den Luftraum über dem Pueblo erzittern.

Obwohl die Scyther sehr gefährlich sein mussten, fühlte ich mich im Besitz des Sinesershuttles sicher. Schlimmstenfalls zündete man den Warpkern und absentierte sich in einen anderen Quadranten. Soweit ich wusste, waren diese kleinen Maschinen nicht warpfähig.

Wieso bekämpften sie sich gegenseitig? Ich hatte von Spannungen innerhalb der Zthronmic gehört. Offenbar gab es alte Fehden zwischen den Stämmen, die einander die Führung über das ganze Volk streitig machten. Gingen sie zu offenen Kampfhandlungen über? Wurden wir Zeugen des Beginns eines zthronmischen Bürgerkriegs?

Ein Pater kam mit wehender Kutte auf mich zugelaufen. Sein dünnes weißes Haar war vom Wind zerzaust und sein Gesicht von Anstrengung und Aufregung gerötet.

»Sie müssen Commander Norton sein!«, rief er mir von Weitem zu.

Ich wartete, bis er herangekommen war, und begrüßte ihn, indem ich seine Vermutung bestätigte. Wie alle Amishstrahlte er natürliche Würde aus. Bei ihm kam die Autorität des Geistlichen dazu. Man würde nicht gewagt haben, ihm zu widersprechen.

»Sehen Sie nur!«, sagte er atemlos. Dann starrte auch er zum Himmel.

Die Kampfhandlungen waren weiträumig. Sie wurden, wie die Überschalldetonationen belegten, bei hohen Geschwindigkeiten ausgetragen und über große Strecken hinweg. Die drei Maschinen verbissen und verknäuelten sich ineinander. Sie wurden bis zum südlichen oder östlichen Horizont abgetrieben. Dann rasten sie wieder heran. Wie man es auf der Akademie gelehrt bekam, versuchten sie, einander zu unterlaufen, um sich vor die Mündungen ihrer Bordwaffen zu bekommen. Ununterbrochen flammten schwere Salven der Strahlenkanonen. Das ferne Knattern, das davon zu uns drang, verharmloste die Feuerkraft dieser Waffen. Eine der Maschinen war getroffen. Sie trudelte und stürzte ab. Irgendwo vor den Toren des Pueblos, einige Kilometer tief in der offenen Wüste, zerschellte sie in einem roten Explosionspilz. Eine schwarze Rauchfahne stieg über der Absturzstelle auf. Mit etlichen Sekunden Verzögerung war das Echo einer schweren Detonation zu hören.

Pater Bel, wie der Fremde sich vorgestellt hatte, beobachtete fasziniert, was in der Höhe und draußen in der Wüste vor sich ging. Dabei unterrichtete er mich über die Situation in dem Kibbuz und in den amishen Siedlungen. Die Amish hatten sich erhoben. Aber sie waren schwach. Und die Zthronmic waren untereinander zerstritten. Die Lage war komplizierter denn je.

»Und das …«, sagte ich und deutete zum Himmel hinauf, »ist das der Anfang eines Bürgerkriegs?«

Er schüttelte den Kopf, ohne die Augen von den Luftkämpfen zu nehmen, die mit unverminderter Heftigkeit fortdauerten. Jetzt waren es noch zwei Maschinen, die sich unter dem Himmel beharkten.

»Nein«, sagte er. »So etwas habe ich noch nie gesehen.«

Hinter dem Pater schob sich eine junge Frau heran. Sie war von märchenhafter Schönheit. Zugleich war ihr schmales Gesicht, das von einer schweren schwarzen Haarwoge umrahmt war, von Trauer und tiefem Ernst verhängt.

Der Pater stellte sie mir als Shorena vor. Cyrills Frau! Sie trug einen kleinen Jungen auf dem Arm.

Cyrillwar draußen unterwegs. Er besuchte die Minen, um die Stimmung der Amish zu erkunden. Waren sie wirklich bereit, sich gegen die Vorherrschaft der Zthronmic zu erheben?

Ich würde ihn nicht sprechen können. Damit hatte meine Mission einen herben Rückschlag erfahren. Sollte ich auf eigene Faust in diesen Einöden umherfliegen und sie suchen?

»Es tut mir leid«, sagte Shorena, »was mit Ihrer Frau geschehen ist. Sie muss sehr tapfer sein.«

Verzweifelt sah ich zum Himmel. Auch der zweite Scyther schien getroffen. Dicker schwarzer Qualm quoll aus seiner rechten Tragfläche, er schmierte ab und stürzte in lang gestreckter Parabel in die Wüste. Bis zuletzt schien er zu kämpfen, ob er die Maschine noch würde hochziehen können. Dann war der Drall zu groß, die Triebswerksleistung des zerfetzten Flügels zu gering. Er prallte mit furchtbarer Wucht auf den Boden, überschlug sich rasend wie ein flammendes Rad, wieder und wieder, sprang hoch, von der ungeheuren kinetischen Energie mitgerissen, die er während des Fluges aufgebaut hatte, stürzte wieder ab, haushohe Sandfontänen in die Luft schleudernd, und blieb dann endlich liegen. Ein dünner Rauchfaden kräuselte sich über dem Wrack.

Und plötzlich erreichte mich etwas wie ein Echo. Als ich an Jennifer gedacht, meinen Geist in ihre Richtung geöffnet hatte, hatte ich sie vor mir gesehen. Ich hatte ihre Stimme gehört. Ich hörte sie wirklich! In meinem Inneren schlug eine Saite in mentaler Resonanz an. Ein telepathischer Kontakt. Es war ein Notruf. Ein in tiefster Inbrunst gedachtes: Wo bist du denn? Warum bewegst du nicht endlich deinen Arsch hierher …?

Ich starrte Shorena an. Auch sie schien etwas gespürt zu haben.

Ich starrte den Pater an.

»Mein Sohn …«, sagte er leise.

Dann starrten wir beide zum Himmel hinauf, zur Wüste hinaus, zu den beiden schwarzen Rauchfäden, die über den beiden abgestürzten Maschinen standen wie Markierungsfähnchen. Zum dritten Scyther, der sich langsam aus der Höhe herunterschraubte und dann im Tiefflug über der Wüste patrouillierte. Was suchte er?

»Oh mein Gott!«

Plötzlich begriff ich alles. Wie vernagelt konnte man denn sein?!

Ich begann zu laufen.

»Gehen Sie!«, schrien der Pater und Shorena hinter mir her. »Beeilen Sie sich!«

Ich rannte über den großen, in der Sonne flimmernden Platz. Die Absturzstelle lag etliche Kilometer weit draußen in der Wüste. Zu Fuß hätte es viel zu lange gedauert. Wenn die Amish einen schnellen Gleiter besessen hätten! Aber für so etwas waren sie sich zu vornehm!

Außerdem war da noch der dritte Scyther …

»Notstart!«, rief ich, als ich ins Shuttle sprang. »Sofort abheben. Bordkanone klar zum Feuern. Nachführautomatik …«

Die Einstiegsluke schloss sich und verschmolz mit den intelligenten Polymeren der Außenhaut. Das Shuttle stieg auf, sich um die Hochachse drehend und auf die Wüste ausrichtend. Ich sah zu, dass ich den Hauptbedienplatz einnahm und die GraviGurte schloss. Das würde jetzt ein bisschen turbulent werden!

»Aufsteigen!«

Ich nahm den Knüppel der manuellen Steuerung in die Hand. Das kurze Stück flog ich so. Sollte die Automatik sich um den Scyther kümmern!

Jennifer! Wo steckst du? Sie musste in einem der beiden abgestürzten Scyther stecken. Vermutlich in dem letzten, denn wozu hätten die anderen beiden sich gegenseitig bekämpfen sollen. Ihr mentaler Hilferuf war abrupt unterbrochen worden. War sie tot? Etwas sagte mir, dass sie noch lebte. Das Gefühl hatte mich auch nicht getrogen, als sie mit der ENTHYMESIS verschollen gewesen war. Jetzt lag sie irgendwo dort draußen.

»Suchalgorithmus!«, befahl ich. »Commodore Jennifer Ash!«

Wie jedes Mitglied der fliegenden Crew hatte auch Jenny einen ID-Chip, der in ihren Schädelknochen implantiert war. Die Zthronmic konnten ihr alles genommen haben. Diesen winzigen Kristall, der einige Zentimeter tief unter ihrer Kopfhaut saß, würden sie nicht gefunden haben.

Ich stieg einige Hundert Meter auf und ließ den Pueblo hinter mir. Die gedrungene Stirn des Shuttles gesenkt, flog ich die Absturzstelle an. Zwei Wracks, zwei Rauchsäulen. Welche Maschine war die, in der Jennifer gesteckt hatte? Und die dritte kreiste im Tiefflug über dem Kampfgebiet. Stellte der Pilot sich gerade dieselbe Frage? Und was, wenn Jenny in diesem Moment aus dem brennenden Wrack gekrochen kam? Er würde sie mit seinen Bordkanonen aus nächster Nähe aufs Korn nehmen können.

Ich schob den Regler nach vorne und beschleunigte auf Höchstgeschwindigkeit. In Sekunden glitten die Kilometer eintöniger Wüste unter mir dahin. Dann fing ich das Shuttle ab. Ich wies die Nachführautomatik an, den dritten Scyther ins Visier zu nehmen. Ich schoss ihn ab. Das kostete mich ein einziges Wort:

»Feuer!«

Den Rest erledigte die Automatik des Sinesershuttles.

Die zthronmische Maschine zerplatzte in einem Feuerball. Dann regneten ihre Trümmer auf die Wüste herab. Jetzt waren es drei brennende Wracks, die infrage kamen. Aber das war anders nicht zu machen gewesen.

»Suchalgorithmus!«, wiederholte ich. »Finde Jennifer Ash. Sie hat eine implantierte ID!«

Warum dauerte das so lange? Irgendwelche Anzeigen flammten über die Konsole. Sinesische Ideogramme! Warum sagte die Übersetzer-KI nichts? Ich würde Reynolds ganz schon zusammenstauchen, wenn ich ihn zur Rechenschaft zog!

Mit gedrosselten Motoren kreiste ich über der Wüste. Die Wracks lagen zu weit auseinander. Wenn ich beim falschen aufsetzte, verlor ich kostbare Zeit. Die Automatik scrollte Algorithmen hinauf und hinunter.

Dann schrillte Alarm.

Verdammt!

Ich warf das Shuttle in der Luft herum und musterte panisch meine Kontrollen.

»Feindliches Geschwader im Anflug!«, meldete die Automatik.

Ging doch.

Dann drehte ich die Schnauze in den Wind und sah, was keines Kommentars durch die Bordintelligenz mehr bedurfte.

Eine Scytherstaffel kam über den östlichen Horizont. Es waren zwölf Maschinen. Sie mussten in Wrathnia aufgestiegen sein. Dicht über dem Boden klebend, rasten sie auf mich zu und bildeten dabei ihren charakteristischen Gefechtskeil. Eine asymmetrische Deltaformation, sieben zur Rechten, fünf zur Linken.

»Feuer!«, schrie ich in die Automatik. »Automatisch nachführen. Am rechten Rand beginnen!«

Die beiden Zwillingsgeschütze begannen zu schießen. Allerdings musste man ihnen genaue Anweisungen geben, sonst versagte die KI ihrer Nachführung vor der Vielzahl der flinken und wendigen Objekte.

Auch die Scyther eröffneten das Feuer. Sie waren noch zu weit entfernt, als dass sie meinem Shuttle etwas hätten anhaben können. Aber ihr in schweren Breitseiten blitzendes Mündungsfeuer störte die Instrumente des Sinesers. Die KI wurde irritiert. Dabei war es doch so einfach: rechts außen anfangen und einen nach dem anderen vom Himmel schießen!

Aber offenbar wussten die Scyther, dass ich wusste, worin die Schwierigkeiten beim Luftkampf mit diesen pfeilschnell umherkurvenden Mistdingern lagen. Die beiden äußeren Maschinen drehten ab, zogen kilometerlange Schleifen, schnitten in großer Entfernung an mir vorüber und setzte im Tiefflug die Suche ihres Kameraden fort, den ich gerade ausgeschaltet hatte. Und irgendwo dort lag Jennifer jetzt vielleicht neben der zerschellten Maschine, verbrannt, blutend, bewusstlos …

Ich durfte nicht an sie denken. Ich musste mich auf das hier konzentrieren.

Die Nachführung hatte sich berappelt und begann, das Feuer auf die Scyther zu richten. Eine, zwei, drei Maschinen zersprangen in weißen Feuerbällen. Dann waren die übrigen so nahe heran, dass sie mich mit ihren Salven eindecken konnten. Ich hatte mich gedreht und bot ihnen die Flanke. Dann taumelte das Shuttle unter Dutzenden Einschlägen. Die Energieschilde streuten die harten Strahlenpakete. Dennoch stöhnte der Feldgenerator auf, als er die ungeheuren Kräfte kompensieren musste.

Sie waren vorbei. Ich warf mich ächzend herum. Irgendwo flammten Warnungen und Fehlermeldungen auf. Energieabfall in zwei Sektoren. Am Heck stand die Abschirmung kurz vor dem Kollaps. Das Leitwerk war beschädigt. Auf so etwas konnte ich jetzt keine Rücksicht nehmen.

Ich setzte den Scythern nach und machte mich an die Verfolgung. Aber auch sie lernten sehr schnell. Sie schwärmten aus, bildeten eine offene Fächerformation, trudelten und kreisten umeinander herum und knockten so meine Nachführungsautomatik aus.

»Feuer!«, schrie ich. »Feuer aus beiden Batterien! Randomliste abarbeiten!«

Die KI ließ sich von den durcheinanderwirbelnden Scythern irritieren. Die einzelne Maschine war zu schnell und wendig. Sie spielte die Nachführung aus. Und nun, da ein halbes Dutzend davon umeinander herumkurvte, gab der Bordcomputer den Geist auf. Ich wies ihn an, auf alles zu schießen, was sich bewegte.

Der vierte und fünfte waren getroffen und explodierten. Überall regneten Wracks und Trümmerteile herab. Die Suche nach Jennifer wurde dadurch nicht leichter. Aber zunächst musste ich mir dieses Zeug vom Hals schaffen. Es war schlimmer als ein Moskitoschwarm.

Jetzt sammelten sie sich und formierten sich zum Gegenangriff. Aus der Sonne heraus, senkrecht von oben, kam einer direkt auf mich zu. Ich riss das Shuttle hoch und feuerte, was die Rohre hergaben. Er verbrannte wenige Meter vor der Schnauze meines Shuttles, auf das Splitter und metallische Fetzen einprasselten. Ein zweiter, der unmittelbar dahinter angeflogen sein musste, brannte mir eine weitere Salve auf den Pelz. Dann schnitt er so eng an mir vorbei, dass sein Sensenflügel meine Backbordseite streifte.

Alles, was dem Shuttle an Sirenen und Alarmsignalen zu Gebote stand, schrillte los. Die überharten und messerscharf zugeschliffenen Klingen, in die die Tragflächen des Scythers ausliefen, hatten die Außenhaut aus KI-gestützten Polymeren der Länge nach aufgeschlitzt. Ein paar Zentimeter tiefer und das Shuttle wäre wie von einem Dosenöffner aufgebrochen worden! Was für eine Energie! Beide Schiffe waren mit Überschallgeschwindigkeit aufeinander zugerast und um Haaresbreite aneinander vorbeigezogen.

Aber ich kam nicht dazu, mich mit Schadensmeldungen zu beschäftigen. In offener Geschwaderformation griffen sie wieder an. Ich zog das Shuttle hoch, nahm das Gas weg, stand bewegungslos in der Luft und drehte mich ihnen langsam entgegen. Wie ein Stier in der Arena bot das Shuttle ihnen drohend die wulstige Stirn. Indem ich die eigene Position fixierte, verbesserte ich die Chancen meiner Geschütznachführung. Tatsächlich schoss meine KI, was die Rohre hergaben. Dennoch zeigten sich die Scyther davon unbeeindruckt. Einer wurde getroffen, noch einer …

Dann erwischte es mich.

Für einen Augenblick war ich schwerelos. Dann bauten sich die GraviGurte neu auf. Aber fast hätte es mich aus dem Sitz gehoben. Das Shuttle war getroffen. Irgendetwas stimmte mit den hinteren Stabilisatoren nicht. Es war, als wolle man sich auf einen Stuhl setzen, der unter einem nachgab, man kippte und das eigene Gewicht zog einen nach unten. Aber statt mit dem Arsch auf den Boden zu prallen, fiel ich immer weiter. Das Shuttle krängte über Heck, seine Schnauze wies sechzig Grad steil gen Himmel. Irgendwo ächzten und stöhnten die Reaktoren. Feldgeneratoren brachen winselnd zusammen. Einschläge krachten, beleidigend laut und roh, als sie nicht mehr von Energieschilden kompensiert wurden.

»Stabilisieren!«, schrie ich einige Male.

Das Shuttle kämpfte. Immerhin war es ein Tloxi-Fabrikat!

Und wo waren die Scyther? Ich hatte nicht mehr mitgezählt. Aber zwei oder drei mussten noch übrig sein. Warteten sie, dass ich abstürzte? Oder gaben sie mir vorher den Gnadenstoß? Im Augenblick schienen sie nicht mehr anzugreifen.

»Stabilisieren!«

Die Geschütze gaben noch ein paar Salven ab. Die Feldgeneratoren schafften es, das Heck wieder in die Höhe zu bekommen und den ungebremsten Sturz des Shuttles abzufangen. Es war so etwas wie eine Notlandung. Zuerst setzte der stumpfe Dorn des Warpantriebs auf und bohrte sich zischend in den Wüstensand, der unter der Hitzeabstrahlung verkochte. Dann sackte noch einmal etwas weg. Die Stummelbeine, die das Heck stützten, waren eingeknickt. Röchelnd und stöhnend ließ sich das Shuttle auf die vorderen Stelzen nieder.

Dann hockte es keuchend in der Ebene.

Ich schnappte mir zwei Handfeuerwaffen – eine Strahlenpistole und einen leichten Feldwerfer – und sprang ins Freie. Dann besah ich mir die Misere. Das Shuttle war Schrott! Mit demoliertem Heck, wie ein Hund, dem man die Hinterläufe weggeschossen hatte, lag es im kochenden Sand. Der stumpfe Dorn des Warpantriebs war eingeknickt und nicht mehr funktionstüchtig.

Die Stummelbeine waren unter der Last des Gefährts zusammengebrochen. Auf der linken Seite zog sich ein offener Riss über die ganze Länge der Außenhaut. Da hatte der rasiermesserscharfe Flügel des Scythers mich aufgeschlitzt. Überall klafften Einschusslöcher in der Außenhaut. Sie schienen zu vernarben; die intelligenten Polymere schlossen sich darüber wie bei einer Wundheilung in Zeitraffer. Allerdings gelang es ihnen nicht an allen Stellen. Die Reaktoren und Geschütze waren überhitzt. Die Luft rings um das Shuttle brodelte in ihrer Abstrahlung.

Das Ding war hinüber. Die Scyther hatten es geschlachtet. Und was hatte es nicht alles durchgemacht? Jennifer hatte im Alleingang eine sinesische Ikosaeder-Kampfstation darin ausgespielt.

Jennifer!

Ich sah mich um. Gerade schien ich noch senkrecht über den brennenden Wrack geschwebt zu sein. Nun hatte es mich etliche Kilometer abgetrieben. Ein solcher Planet war aber auch zu klein, wenn man an Bewegungen im interstellaren Raum gewöhnt war!

Der ganze westliche und südwestliche Horizont stand voller Rauchsäulen. Dort brannten die abgestürzten oder explodierten zthronmischen Maschinen. Es waren viele. Und in einer davon steckte vielleicht Jennifer. Aber in welcher? Sie waren Kilometer weit entfernt, und sie bedeckten ein Feld, das sich über mehrere Quadratkilometer in die Wüste hinaus erstreckte.

Während ich überlegte, ob ich zu Fuß loslaufen oder versuchen sollte, das Shuttle flott zu kriegen, donnerte vorne eine Detonation.

Was war das denn? Jetzt sah ich die restlichen Scyther. Sie kreisten wie Aasgeier über der Brandstätte. Sie suchten das Schlachtfeld ab. Und einer war gerade in der Luft zerplatzt wie eine Feuerwerksrakete. Die anderen formierten sich wie gereizte Hornissen und stießen auf etwas hinab, das am Boden zu stehen schien!

Ich betätigte die Zoomfunktion meiner Pilotenbrille, um mir das Geschehen heranzuholen. Auch so erkannte ich nur schemenhaft, was vor sich ging. Drei oder vier Scyther waren noch übrig. Und unten auf der Erde stand jemand, der knallte sie einfach weg. Sie verpufften wie Luftballons, die mit weißem Rauch gefüllt waren. Ihre Trümmer regneten überall herab und ließen Fäden und Schnüre, Säulen und Vorhänge aus Feuer auf die Wüste niedergehen. Der ganze Horizont war nur noch eine Theaterkulisse aus weißem und schwarzem Rauch und vom Himmel heruntertrudelnden Metallfetzen.

Ich schraubte und drehte an manuellen Nachführung der Brille. Der da stand, hatte sein Werk vollendet. Auch dieses Scythergeschwader war nicht mehr. Dann schien er auf mich zuzukommen. In der flimmernden Hitze, die über dem Wüstenboden waberte, sah ich die strichmännchenhafte Silhouette eines Menschen, der langsam auf mich zuschritt.

Er trug etwas.

Und dann begann ich zu laufen. Das Wasser lief mir aus den Augen. War das möglich! Ich sah noch nicht, wer das war. Aber ich wusste es.

Ich lief ihm entgegen. Er lief nicht, sondern schritt feierlich, die Last auf seinen Armen. Allein an diesem Habitus erkannte ich ihn. Und ich erkannte seine Last, seine kostbare Last. Die kostbarste Last im Universum, derentwegen ich die halbe Galaxis hinter mir gelassen hatte.

Brandgeruch und das Echo schwerer Explosionen wehten mir entgegen. Rußige Flocken und zu Schrot zermahlene Metallfetzen flogen mir ins Gesicht, verklebten meinen Mund, sammelten sich im heißen Wind auf meiner Brust. Auf der Zunge hatte ich den Geschmack von abgeflammtem Plasma und verschmortem Fleisch. In den Augen hatte ich Tränen.

Immer wieder trieben schwere Rauchschwaden wie Theaternebel durch die Wüste und schlugen über ihm zusammen. Und immer wieder kam er aus diesen dunklen unstofflichen Skulpturen herausgeschritten wie Siegfried aus dem Feuer.

Dann blieb er stehen. Es war an mir, die letzten Meter aus eigener Kraft zu überwinden.

Cyrill ben Cyrion trug einen schweren Feldwerfer auf dem Rücken. Damit hatte er die Scyther abgeknallt wie Tontauben.

Er trug das sandfarbene Tarngewand der Wüstenkämpfer, das nur das bärtige Gesicht frei ließ. Und auf den Armen trug er Jennifer. Als ich sie sah, rang sich ein Schluchzen aus mir los.

Mein Gott, wie sie aussah!

Sie war nackt, zum Skelett abgemagert und bewusstlos. Ihr Schädel war geschoren und am ganzen Leib war sie mit blutigem Schleim bedeckt. Sie sah aus wie ein Neugeborenes, das von Fruchtwasser und Nabelschnurblut troff. Ihre Beine hingen leblos herab. Der linke Fuß baumelte in einer verrenkten Stellung, deren Anblick Schmerz bereitete. Eine improvisierte Bandage aus Fetzen sensoriellen Elastils, die sich mit Blut vollgesogen hatte, war alles, was das zertrümmerte Gelenk zusammenhielt.

Und das war das Einzige, was sie am Körper hatte. Über und über war sie mit dieser klebrigen Flüssigkeit besudelt …

Ich starrte sie an. Ihre Augen waren geschlossen. Selbst die Lider waren von blutigem Schleim verschmiert. Sogar die Brauen hatte man ihr abrasiert. Sie war nackt und bloß vom Scheitel bis zu den Füßen. Sie war noch nie so schön gewesen.

Und sie lebte. Die Lippen waren leicht geöffnet. Flacher Atem hob ihre bis auf die Rippen abgemagerte Brust.

Cyrill sah mich ernst und regungslos an. Er sagte kein einziges Wort

Ich nahm sie ihm ab. Beinahe wäre sie mir aus den Armen gerutscht, so glitschig war ihr abgezehrter, ausgemergelter Körper. Aber dann fasste ich sie und trug sie auf den Armen. Als ich spürte, wie leicht sie geworden war, riss etwas an mir. Der Gestank, der von dem blutigen Schleim ausging, raubte mir fast den Atem.

Sie kauerte sich in meinen Armen zusammen und schmiegte sich an meine Schulter. Dann schüttelte auch sie das Weinen. Sie barg das Gesicht in meiner Achsel und schluchzte wie ein Kind.

Schließlich formten sich Worte. Sie öffnete die Lippen dicht an meinem Ohr. Es war nur wie ein Hauch. Dann verstand ich.

»Durst …«

Cyrill nahm eine Elastilflasche vom Gürtel. Die Wüstenkämpfer transportierten darin ihre lebensrettende Ration. Er reichte sie mir. Ich führte sie an Jennys Lippen.

Sie verschluckte sich bei dem Versuch zu trinken. Eine Weile hustete und spuckte sie wie ein Säugling. Dann holte sie Luft und trank. Sie setzte die Flasche ab und gab sie Cyrill zurück. Dabei schlug sie die Augen auf. In meine Arme gebettet, sah sie mich an. Ihre Augen waren die trüben, geröteten Augen einer zu Tode Erschöpften. Das Weiß der Augäpfel war blutig, der Blick ihrer geweiteten Pupillen unpräzise. Sie schien unter Drogen zu stehen – und unter Schock. Und dennoch waren es ihre Augen. Sie waren so schön, wie ich sie noch nie gesehen hatte.

Sie versuchte aufzustehen. Auf dem rechten Bein balancierend, den linken Fuß in der Luft, klammerte sie sich an meine Schulter. Mit erschreckten Augen, aus den sich Panik und Todesangst nur langsam zurückzogen, musterte sie das Schlachtfeld. Überall stiegen schwarze Rauchsäulen zum Himmel und verfinsterten die platinfarbene Sonne dieses missratenen Planeten.

Sie rasterte mit Raubvogelblicken das Gelände, suchte den Himmel ab. Dann schien sie sich davon zu überzeugen, dass keine Gefahr mehr drohte. Sie fixierte Cyrills schwere Waffe, die immer noch Hitze abstrahlte. Die Luft flimmerte über dem armdicken Lauf. Dann erkannte sie, über meine Schulter hinweg, das sinesische Shuttle.

Cyrill legte den Umhang aus sandfarbenem amishen Leinen ab. Wir hüllten sie darin ein. Sie konnte nicht gehen. Ich nahm sie wieder auf die Arme und trug sie zu dem ramponierten Schiff.

Das Enthymesis-Universum von Matthias Falke

Bisher erschienen: Die Exploration-Trilogie

Band 1: Explorer Enthymesis

Commander Frank Norton und seine Mannschaft treffen mit dem Explorer ENTHYMESIS auf rätselhafte Phänomene: Auf dem Eisplaneten Thule, dem blauen Planeten Lu-Au, der Riesenwelt Lento oder beim mysteriösen Spiegelnebel Amygdala. Begleiten Sie die ENTHYMESIS bei ihren sechs Abenteuern.

ISBN: 978-3-943795-25-7, TB, 340 Seiten, 13,95 €

Band 2: Ruinenwelt

Bei der Erkundung von 3Alpha-X muss das Shuttle des obersten Planetologen notlanden. Die ENTHYMESIS, der modernste Explorer der Flotte, wird ausgesandt, um Rogers zu Hilfe zu kommen. Doch der Planet birgt ein Geheimnis, das die Bergung des Shuttles zweitrangig werden lässt …

ISBN: 978-3-9813946-8-9, TB, 328 Seiten, 13,95 €

Band 3: Der Actinidische Götze

Während der Flitterwochen von Commander Frank Norton und seiner Partnerin Jennifer Ash auf Musen häufen sich unerklärliche Vorkommnisse. Schließlich geschieht ein furchtbares Verbrechen. Der imperiale Anspruch einer fast vergessenen Macht platzt mitten in die Idylle. Dann überschlagen sich die Ereignisse ...

ISBN: 978-3-943795-37-0, TB, 220 Seiten, 12,95 €

Die Gaugamela-Trilogie - Das Abenteuer geht weiter, als ein alter Feind aus dem Dunkel auftaucht ...

Band 1: Planetenschleuder

Ein gefährlicher Meteoritenschauer stört die beschauliche Ruhe des Etappendaseins. In einem halsbrecherischern Manöver gelingt es Commander Frank Norton und seiner Crew, die navigationsunfähige MARQUIS DE LAPLACE aus der Gefahrenzone zu bringen. Doch dann bringt eine ungeheure Explosion den Jupiter aus der Bahn ...

ISBN: 978-3-943795-48-6, TB, 320 Seiten, 13,95 €

Band 2: Museumsschiff

Die MARQUIS DE LAPLACE wurde in den extragalaktischen Raum verlegt. Dort versucht die Wissenschaftliche Abteilung verzweifelt, mit der sinesischen Technologie gleichzuziehen. Sie beginnen mit der Kolonisierung ferner Welten. Dann taucht ein Schiff auf. Es reagiert auf keinen der Kontaktversuche. Schließlich ge hen Norton und seine Crew an Bord. Das Schiff scheint ausgestorben. Doch dann erwacht es plötzlich zum Leben. Es beginnt ein atemberaubendes Abenteuer.

ISBN: 978-3-943795-65-3, TB, 460 Seiten, 14,00 €

Band 3: Schlacht um Sina

Nach dem Jupiter-Transit patrouillieren sinesische Späher im Sonnensystem. Doch in geheimen Werften konnte eine neue Flotte geschaffen werden. Nach Jahren der Demütigung durch die brutale Herrschaft der Sineser holt die Menschheit zum Gegenschlag aus.

ISBN: 978-3-943795-71-4, TB, 450 Seiten, 14,00 €